zahnberge
Nanoak
Fließe
Armaah
rec
re-See
Nomidien
Die Tyrs
Gipfel des Wahnsinns
Ragnarok

rororo

Deutsch von
Frank Böhmert

Suresh und Jyoti Guptara

Calaspia

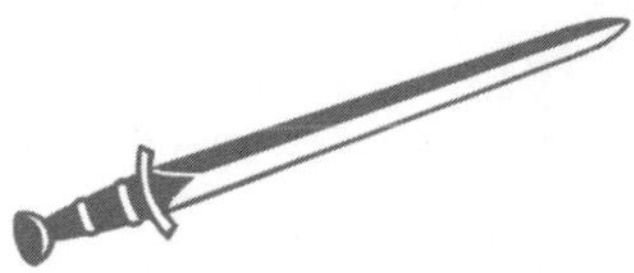

Das Erbe der Apheristen

Rowohlt Taschenbuch Verlag

Originalausgabe
Veröffentlicht im Rowohlt Taschenbuch Verlag,
Reinbek bei Hamburg, Oktober 2010

Umschlaggestaltung any.way, Barbara Hanke/Cordula Schmidt
(Illustration: Corinna Hein GmbH/Alan Baker; Fitzwilliam Museum,
University of Cambridge, UK/Bridgeman Berlin)
Illustration Landkarte und Innenvignette
Gottfried Müller
Satz Adobe Garamond PostScript, InDesign, bei
Pinkuin Satz und Datentechnik, Berlin
Druck und Bindung CPI – Clausen & Bosse, Leck
Printed in Germany
ISBN 978 3 499 21455 4

Inhalt

✦ PROLOG ✦

Oberhoheit

Der mächtigste Mann Calaspias, der Imperator der Numenii, war nur ein Mensch und daher den Mächten, die sich seiner bedienten, hoffnungslos unterlegen. Er wusste nicht einmal von der längst verlorenen Schlacht. Ihn hielten persönliche Probleme im Griff. Seit geraumer Zeit hatte er sich mit Mitteln getröstet, die seinem Geisteszustand mehr schadeten als seiner Schatzkammer. Und nun, da sich die Nationen seines vermeintlichen Hoheitsbereichs auf den Krieg vorbereiteten, ging der Imperator im Thronsaal in die Knie.

«Seid gegrüßt, allmächtiger Herrscher!», stammelte er dem eigenen Thron entgegen. Dort saß kein Herrscher, dort lagen nur der prachtvolle Umhang, das Zepter und die Krone Calaspias.

«Was darf ich für meinen Lehnsherrn tun?»

Aurgelmir verneigte sich schwerfällig und verschüttete dabei etwas von seinem Getränk. Seine Kleider sahen aus, als ob er blutete.

«Euer Wunsch ist mir Befehl, Herr.»

Er verharrte einen Moment in der Verbeugung, dann stand er auf und schüttelte sich, als ob er eben erst erwacht wäre. Er schaute sich um und stellte fest, dass er allein war. Er schien vergessen zu haben, womit er sich gerade beschäftigt hatte – und warum.

Ziellos trottete er durch den Saal, beugte sich über einen goldenen Schmuckgegenstand, um ihn zu inspizieren, und stieß mit der Nase daran. Er zuckte zurück und trottete weiter. Als Nächstes versuchte er, an einem Wandteppich hochzuklettern wie an einem Baum. Wenige Zentimeter über dem Marmorboden heulte er wie eine Urwaldbestie, dann fiel der Wandteppich herunter und beendete das Spektakel mit einem lauten Rums.

Aurgelmir hatte einige Mühe, sich wieder aus dem Teppich zu befreien. Keuchend stand er auf und schnupperte. Es roch nach Räucherwerk. Er blickte sich suchend um, bis er die Weihrauchkugeln fand, die in einer Schale brannten. Schnuppernd ging er immer näher heran. Als ihn der Rauch in die Nase biss, schüttelte er mit einem Niesen den Kopf und tastete mit zittrigen Fingern nach der Glut. Er riss die Hand zurück.

«Hast du den Verstand verloren, du Narr?»

Plötzlich schien ihn der Anblick seines Gemachs zu ängstigen. Er sah sich vergeblich nach einer Wache um. Er hatte längst vergessen, dass sie allesamt draußen postiert waren, und wagte es nicht, die Tür zu öffnen, weil davor unaussprechliche Wesen auf der Lauer liegen mochten.

«Peasmi? Rameon? Warum habt ihr mich verlassen?»

Klagend und hustend schlich er umher. «Vater? Ich dachte, du wärst tot ... Elyon sei Dank, dann bin ich gar nicht Imperator! Ich hatte einen Albtraum ... viele Albträume ...»

Seine wirren Reden endeten in einem Aufschrei: «Holt mich hier heraus!»

Er stolperte zu seinem Thron und strich mit den Fingerspitzen über die Schatulle auf der Armlehne. Es bereitete ihm einige Mühe, den Deckel zu öffnen.

Bald seufzte er erleichtert, versank in immer tieferen Schichten der Bewusstlosigkeit.

Außerhalb der Gefangenschaft seiner Gedanken, außerhalb seines Palasts, der ihm wie ein Kerker vorkam, brannte sein Imperium.

✦ ✦ ✦

Hundert Wegstunden von der schwimmenden Hauptstadt des Imperiums entfernt, stapfte ein bebrillter Krieger mit freiem Oberkörper durch den Schnee der Säbelzahnberge. Die behaarten Arme des Zwergs besaßen denselben Umfang wie die Oberschenkel der Soldaten, die er mit einem finsteren Blick bedacht hatte, als sie über diese Kombination von Körperkraft und Sehschwäche zu lachen wagten.

Inzwischen befand sich Galar Sturlison im sturmumtosten Grenzland. Er kniff die tränenden Augen zusammen und hielt nach anderen Lebensformen Ausschau. Die Heere der Numenii standen versammelt im Hinterland und warteten auf den Befehl, in das unabhängige Königreich des Nordens einzufallen, und er sollte erkunden, inwieweit Polgaren seine Truppen bereits zusammengezogen hatte.

Außer ein paar Bauern, die in der rauen Umgebung ein undankbares Dasein fristeten, lebte im Umkreis von Meilen niemand. Die windgepeitschten Gipfel ließen sich kaum voneinander unterscheiden, die Sonne gleißte schmerzhaft auf den Schneefeldern und Gletschern.

Da nahm er ja sogar lieber am Rat von COLA teil, von Calaspias Offiziellen und Landesältesten, die durch ein schmutziges Komplott dazu verleitet worden waren, das Land in diesen Schlamassel zu stürzen. Politik hin oder her, dort gab es wenigstens etwas Anständiges zu futtern.

Aus der Wüste in die Tundra. Er spuckte aus. *Um einem Reich zu dienen, das nicht mal davon weiß – und diejenigen, die Bescheid wissen, haben sogar noch was dagegen.*

Er trat nach der blitzschnell gefrorenen Spucke, sodass eine Eiswolke durch die Luft schoss. Zurückgezogenheit war für den Zwerg nicht ungewöhnlich, aber selten hatte er sich dabei einsam gefühlt. Schlug ihm diese nutzlose Leere aufs Gemüt, oder hatte er die jungen Barue schätzen gelernt? Wohl beides. Was im Süden auch immer geschah, er hoffte, dass seine Freunde mehr zustande brachten. Er war auf ihren Befehl hin hier, was seiner Meinung nach eine pure Verschwendung seiner Zwergenkräfte darstellte.

Noch zwei weitere Tage musste er durchhalten, dann konnte er endlich für den Kriegsrat zurückkehren. Wenn die anderen auch so wenig zu berichten hatten wie er, würde es allerdings ein äußerst langweiliges Treffen werden. Diese Erkundungsmissionen brachten selten nützliche Informationen. Natürlich war es immer noch besser, als in Eisenfels Däumchen zu drehen … Er trat eine weitere Eiswolke in die Luft und schlug mit seiner goldenen Axt nach den Flocken.

Galar erstarrte. Für einen Moment hatte er den Eindruck, eine große, dünne Gestalt zu sehen. Vielleicht rührte das Bild von seinen Atemwolken im Zusammenspiel mit diesen Eiskristallen her.

Der Zwerg stapfte ein Stück bergauf, um besser sehen zu können. Niemand weit und breit. Er schloss kurz die Augen, damit sie sich etwas beruhigten, dann putzte er argwöhnisch seine Brille und schob sie sich wieder auf die Nase.

Dort, in der Ferne: ein Wachturm. Von diesem Aussichtspunkt aus könnte er sicherstellen, dass er niemanden gesehen, sondern dass seine gelangweilte Vorstellungskraft wahrscheinlich genau diesen Wachturm in das flüchtige Trugbild verwandelt hatte.

Er umrundete einen gefrorenen See. Niemand war zu sehen, und doch fühlte er sich beobachtet. Er gelangte ohne Zwischenfall am Fuß des Bauwerks an und erklomm den verlassenen Wachturm. Seltsam, dass die Polgaren hier keine Wachen stationiert hatten. Die drohende Gefahr musste ihnen doch bekannt sein. Seine vernarbte Hand griff nach der letzten Sprosse der Leiter, und er zog sich nach oben. Doch der Wachturm war nicht verlassen. Dort lag ein Toter.

«Droch!», fluchte er. Anscheinend hatte er ein Talent für das Auffinden von Toten.

Er nahm seine Brille ab und besah sich den Mann genauer. War er wirklich tot? Und was hatte ihn getötet? Es war kein Blut zu sehen, seine Haut wies jedoch eine seltsame Färbung auf. Eigentlich sahen Polgaren doch nicht viel anders aus als die meisten Numenii des Nordens. Definitiv waren sie nicht dunkelhäutig wie Nomidier! Konnten Erfrierungen so etwas hervorrufen?

Galars Stiefelschritte erzeugten ein eigenartig hohles Geräusch. Er beugte sich hinunter und tastete das Brett ab. Es fühlte sich weder nach Holz noch nach Eis an. Er untersuchte seine Finger. Das Holz unter dem gefallenen Krieger war verkohlt.

Galar der Töter hatte mehr gesehen, als sich mancher blutdurstige Kopf vorstellen konnte, aber hiervon wurde ihm schlecht. Der Soldat lag da, als schliefe er, und doch war er vollständig verbrannt. Die Haare versengt, die Kleider unberührt.

Was für ein widernatürliches Feuer könnte jemanden auf diese Weise verbrennen?

Erneut hatte der Zwerg das Gefühl, beobachtet zu werden. Mit einem Gefühl aufsteigender Panik, wie er sie zuletzt hoch oben auf dem Gipfel des Wahnsinns empfunden hatte, drehte Galar sich um.

Etwas kam die Leiter nach oben.

Der Zwerg schwang seine Axt nach vorn. Am besten griff er an, bevor es viel ausrichten konnte. Doch es war bereits oben, und der Anblick verschlug dem Zwerg die Sprache. Mit starren Beinen wich er zurück.

Hier würde seine Axt nutzlos sein.

Sehet die Geschenke des Wahns
Stärke und Macht wider die Natur
Drehet selbst am Rad des Schicksals
Entfesselt Erde und Feuer
Brechet Luft und Wasser Bahn
Zu neuer Geburt – zum Staunen der Welt
Sprenget die Fesseln der Sterblichkeit
Sie steht euch zu, diese wahnhafte Macht
Durchbrechet die Schranken
Der Sinne und Gedanken
Und ihr werdet wie Götter sein

✦ 1. KAPITEL ✦

Schwer erreichbare Ziele

Bryn Bellyset hatte schon zwei Wochen lang kein Swigny mehr getrunken. Das Volk der Barue konnte das nicht verstehen. Wozu diese lächerliche Abstinenz? Sicher nicht, weil es ihnen an dem beliebten Gebräu mangelte. Und welchen anderen Grund sollte es dafür geben, dass jemand kein Swigny mehr trank? Zumal als Bellyset!

Aber eigentlich lag genau darin die Antwort. Seit sein Urgroßvater Barnabas Bellyset das Getränk erfunden und damit all seinen Nachkommen Ruhm und Reichtum gesichert hatte, arbeitete seine Familie daran, den Durst möglichst ganz Calaspias mit Swigny zu löschen. Nur hatte Barnabas das Swigny eigentlich gar nicht erfunden, und wie Bryn erst seit kurzem wusste, barg die Familiengeschichte auch noch ein viel dunkleres Geheimnis.

Seit dem ersten Wiedersehen mit seinen Eltern nach über einem Jahr konnte er das beliebte Gebräu nicht mehr anrühren. Swigny war wie so vieles andere nur eine Fassade, eine Verschleierung der Wahrheit, eine Illusion.

Bryn trank einen Schluck Mineralwasser und lachte finster: Diese Worte beschrieben auch den Zustand des Numenii-Imperiums sehr treffend. In einer weitreichenden Verschwörung war Aurgelmir nach dem Attentat auf seinen Vater zum Imperator gekrönt worden – als Marionette. Die Mehrheit der Bevölkerung wusste nichts von diesem Täuschungsmanöver. Große Teile davon blieben selbst dem jungen Herrscher verborgen.

Es war das Werk eines meisterhaften Ränkeschmieds, der sich hervorragend auf Einschüchterungspraktiken verstand: ein ganzes Netz aus Illusionen. Verwendete er Zauberei? Vielleicht. Fest stand, dass Lehrmeister aus Itrim beteiligt waren, ebenso Führer der apheristischen Kirche. Wie auch immer sich die Verschwörung zusammensetzte, sie war ein Werk des Wahnsinns. Und das harmlose und bescheidene Völkchen der Barue, das sich nachts an Lagerfeuern versammelte und Schrammeln lauschte – übertriebenen Heldenliedern, die von einem harfenartigen Instrument begleitet wurden –, dieses Völkchen, dessen Ehrgeiz sich auf das Austüfteln derber Streiche beschränkte, war als Auslöser der Krise missbraucht worden.

Nach der Zerstörung ihres Dorfes Quivelda durch Monster, die seit dem Krieg um das Tor vor einem halben Jahrhundert als ausgestorben galten, hatten sich einige Barue, darunter auch Bryn, eilig auf den Weg zur Hauptstadt Armaah gemacht, um das Imperium vor dem Wiederauftauchen der Monster zu warnen und Hilfsgüter zu beantragen, mit denen sich die bevorstehende Schneezeit überstehen ließ. Mehrere hochrangige Persönlichkeiten hatten ihr Anliegen unterstützt, allen voran der legendäre Zwergenkrieger Galar Sturlison und der Hohe Lehrmeister Eridanus, beides Veteranen des Kriegs um das Tor. Binnen kürzester Zeit standen die Barue als Betrüger da, und ihren Fürsprechern wurde das Attentat auf Aurgelmirs Vater Opeion in die Schuhe geschoben; sie hatten gerade noch fliehen können. Seit der anschließenden Säuberungsaktion gehörte den wahren Verschwörern das Reich.

Im Grunde verdankten sie einer Illusion ihren Sieg. Denn es gab überhaupt keine neuen Ostentum – das waren nur billige Imitate gewesen, kurzlebige Klone, eine typische Täuschung des Wahnsinns …

Das Gluckern von Flüssigkeit in einem Flaschenhals holte Bryn aus seinen Grübeleien zurück. Mittni, sein bester Freund, füllte gerade zum fünften Mal seinen Becher mit Swigny. Die beiden Barue hatten schon mehrmals füreinander ihr Leben aufs Spiel gesetzt, aber aus Solidarität mit Bryn kein Swigny mehr zu trinken kam Mittni nicht in den Sinn.

Er wischte sich mit einem zufriedenen Seufzer den Mund ab. «Na, fühlst du dich langsam wieder normal?»

Bryn grinste. «Wie könnte ich, wenn du Swigny in dich hineinschüttest wie ein saufender Plimp?» Der junge Barue sah sich um, ob nicht zufällig Kik-Eritee in der Nähe war. Diese magischen Kreaturen tauchten oft plötzlich hinter einem auf, wenn man über sie redete. Es hieß, dass Plimpe so voller Magie waren (und so ohne jeden Sinn für Logik), dass ein ertrinkender Plimp wahrscheinlich eher versuchen würde, den Fluss auszusaufen, statt einfach zu schwimmen. Was, wie Bryn die Plimpe kannte, durchaus funktionieren konnte.

Mittni schüttelte über die Worte seines Freundes den Kopf und goss sich entschlossen den Rest ein.

«Ich komme langsam wieder zu mir», sagte Bryn, den Kopf auf die Hände gestützt. «Warum fragst du?»

Mittni runzelte die Stirn. «Na ja, sie haben dich neulich aus der Ratsversammlung geworfen. Das heißt aber nicht, dass du nicht in die Pläne eingeweiht wirst … wenn wir erst mal so weit sind, Pläne zu schmieden. Wobei Sarghenta sich nicht gerade darauf freut, dich mit einzubeziehen.»

«Kann man ihr kaum zum Vorwurf machen. Sie hatte ja allen Grund, meinen Tod anzuordnen.» Bryn seufzte. «Ich hoffe nur, sie trägt mir das Ganze nicht nach.»

Mittni machte ein vielsagendes Gesicht. «Sarghenta ist vielleicht die Herrin der Culmus Sangui, aber in Eisenfels hat sie nicht das Sagen.»

«Sondern Onkel Thybil.»

«Stimmt. Wenn der gute Thybil nicht wäre, hätte sie dich schon lange rausschmeißen lassen. Ein Hoch auf die Vetternwirtschaft!» Sein herzliches Lachen endete abrupt. «Schau, da kommt Eridanus.» Wie viele andere wurde Mittni in der Nähe des mächtigsten Magiers von Calaspia nervös. Eridanus war als Hoher Lehrmeister aus dem Orden von Itrim geworfen worden, weil er die verbotenen Kräfte des Wahnsinns eingesetzt hatte. Dass er dies nur aus Gründen der Selbsterhaltung getan hatte, spielte für die Inquisition keine Rolle. Dabei hatten Galar und er nur so vom Gipfel des Wahnsinns entkommen können. Andernfalls wären sie direkt in den Strudel der verderblichen Energie gezogen worden. Und Calaspia brauchte sie noch.

Auch Bryn verdankte ihm sein Leben. Ohne das gute Wahrnehmungsvermögen und die schnellen Reaktionen des großen Alten hätten ihn die Culmus Sangui getötet. Und wenn nicht seine damaligen Kameraden, dann die Inquisition. Und wenn nicht die Inquisition, dann gewiss die Tahl Uthnae, die maskierten Todesmaschinen eines alten Kultes. Bryn erinnerte sich an diese verzweifelten Tage wie an einen Traum: gerade erst vorbei und doch schon verschwommen.

Eridanus hatte ihn vor den feindlichen Kriegern gerettet, aber vor allem hatte er ihn vor sich selbst gerettet. Nach dem gewaltsamen Tod seiner Großmutter, Mama Bellyset, war Bryn in immer tiefere Depressionen verfallen. Kurz nach seiner Rückkehr nach Eisenfels, der verborgenen Burg der Loyalisten, hatte er einem Tahl Uthnae gegenübergestanden – und gewonnen. Aber nicht ohne Folgen. Bryn hatte den Angreifer mit dessen eigener Klinge, einer Klaue des Todes, niedergestreckt und war dadurch eine spirituelle Verbindung mit der Waffe eingegangen, die er nicht durchtrennen konnte.

Eine Klaue des Todes konnte von ihrem Träger beliebig umgeformt werden. Das hatte sich als nützlich erwiesen. Die Albträume eher weniger. Trotz seines Wissens um die abgrundtief bösen Kräfte der Waffe hatte er sie heimlich behalten und immer häufiger zwischen apathischen Depressionen und enthemmter Gewalttätigkeit gewechselt.

Bryn strich über den Griff seines Culmusschwerts. Er war froh, dass er es wieder tragen durfte, und noch mehr freute es ihn, dass er das Gift der Klaue losgeworden war. Er stand auf, um Eridanus mit einem dankbaren Nicken zu grüßen. Sylvata, das Adlerjunge, das er verlassen in den Ambossbergen gefunden hatte und seither aufzog, kam von der Schulter des Magiers auf seine eigene herübergeflogen.

«Wie kommst du mit deiner Aufgabe voran?» Eridanus betrachtete ihn mit einem Blick, der schon Könige und Politiker zum Verstummen gebracht hatte. Seine Augen waren grün und blau gesprenkelt und von einem gelben Rand umgeben. Oft schielte Bryn verstohlen zu diesen Augen hinüber – er scheute den direkten Blickkontakt, weil er das Gefühl hatte, dass es eine Verbindung zwischen ihren Seelen gab.

Barue besaßen die Fähigkeit, die Gefühle anderer Lebewesen zu erspüren. Nähe, Blickkontakt und Berührungen wirkten unterstützend. Seit ihrer ersten Begegnung in Armaah, als der Magier gewusst hatte, wer Bryn war, ohne dass sie einander vorgestellt worden waren, hatte der Barue das Gefühl gehabt, dass Eridanus ihn kannte. Wieso wusste der größte Magier

Calaspias von ihm? Wieso machte er sich Sorgen um ihn und passte auf ihn auf? Vor zwei Wochen hatte er es erfahren.

Die Antwort lag ein Jahrhundert zurück. Noch vor dem Krieg um das Tor hatte Eridanus einen besten Freund namens Lueth gehabt, während des Studiums in Itrim. Die beiden jungen Magier waren die jüngsten Lehrmeister geworden, die es im Orden je gegeben hatte. Eridanus hatte es später sogar zum jüngsten Hohen Lehrmeister der Geschichte gebracht, während aus Lueth der meistgehasste Schwarzmagier der Geschichte geworden war. Und Lueth, jetzt Nequam, war mit Bryn verwandt.

Bryn versuchte noch immer, mit dieser Neuigkeit fertigzuwerden. Die Hintergründe waren allerdings noch beunruhigender: Lueth war nämlich der Überzeugung gewesen, von Apherist abzustammen, Calaspias größtem Helden, dem Namensgeber der größten Religion und dem Gründer der Culmus Sangui. Der legendäre Krieger hatte vor sechstausend Jahren gelebt.

Lueth hatte Apherists Aufgabe, Calaspia für alle Zeiten vom Wahnsinn zu befreien, zu Ende bringen wollen. Darüber war er zu Nequam geworden, einem der schlimmsten Werkzeuge des Wahnsinns, und hatte die Welt in Chaos und Kriege gestürzt. Nun sollte Bryn es besser machen, aber er fühlte sich nicht für diese Aufgabe gewappnet und wusste auch gar nicht, wo er beginnen sollte.

Eines wusste er jedoch genau: Lueth war gescheitert, weil ihm die Unterstützung seiner Freunde gefehlt hatte. Glücklicherweise waren seine eigenen Freunde ihm wohlgesinnt. Mittni hatte zu ihm gehalten, obwohl Bryn unter dem Einfluss der Klaue zu einem kleinen Nequam geworden war. Und Eridanus hatte ihn zum Schmiedenlord der Zwerge gebracht und aus dem Würgegriff der Klaue befreien lassen. Seitdem verbrachten sie jeden Tag einige Zeit damit, magische Theorien zu diskutieren. Dazu gab Eridanus ihm Rätsel auf, die Bryn lösen sollte.

Bryn erhob sich. «Ich habe die Lösung, Eridanus.»

An diesem Tag hatte der Magier einen Stein mit einem Ausweichzauber versehen und Bryn aufgefordert, ihn mit einem anderen Stein zu treffen. Bryn hatte rasch erkannt, dass es nicht reichen würde, andere Steine auf ihn herabschweben zu lassen, weil sie dann aus allen Richtungen zugleich hätten kommen müssen. Wie bei den meisten solcher Aufgaben war es am einfachsten, eine Lücke im eigentlichen Zauber zu suchen. Bryn erklärte, wie er vorgegangen war.

«Nachdem es mir nicht gelungen war, den ständig ausweichenden Stein auf irgendeine Art und Weise zu treffen, wusste ich, dass ich das Problem an der Quelle angehen musste. Da Ihr Ergeomorphismus verwendet habt, habe ich den Fluss der Erdenergie umgekehrt, und plötzlich wurde der Stein von meinen Steinen *angezogen*. Wie ein Magnet.» Bryn versuchte, nicht allzu selbstgefällig zu klingen. «Dann habe ich meinen Zauber zurückgenommen und einen zweiten Weg gesucht. Ich hatte auch mit Psychallaisismus Erfolg. Ergeomorphismus verwendet nur tatsächlich existierende Dinge, Psychallaisismus hingegen kann vollkommen neue Gegenstände hervorbringen. Dann versuchte ich, Euren Stein zu berühren, indem ich meinen unsichtbar machte, aber dadurch sprach Euer Stein nur noch empfindlicher an. Was mich auf die Idee brachte, meinen Stein nicht hier, sondern in der Unsichtbaren Welt unsichtbar zu machen. Somit war ich also dreimal erfolgreich! Und, was habt Ihr in der Zwischenzeit so getan?»

«Mein junger Zauberer, es gibt mindestens sieben Möglichkeiten, das Ziel zu erreichen – sieben, die ein Anfänger hätte verwenden, und einige mehr, die er hätte identifizieren können. Warum hast du nicht versucht, meinen Zauber mit weiteren Mitteln zu überwinden?»

«Ich war erschöpft», sagte Bryn enttäuscht.

«Schon erschöpft? Wie du weißt, ging es in der Übung nicht darum, die Symptome zu behandeln, sondern die Ursache. Und das bei geringstem Aufwand.» Eridanus seufzte. «Und nun bist du müde, wo doch der beste Teil des Tages noch vor uns liegt. Ich hatte dir noch andere Wege zeigen wollen, wie du den Ausweichzauber umgehen kannst, und dann hättest du noch eine zweite Aufgabe lösen sollen, bevor der Tag zu Ende geht.»

Der Hohe Lehrmeister raffte sein Gewand etwas und machte eine Bewegung, als ob er sich auf einen nicht vorhandenen Stuhl setzen wollte. Im selben Moment erhob sich ein flacher Stein vom Boden und stützte schwebend sein Gewicht.

Bryn setzte sich wieder ins Gras.

Sie besprachen ausführlich, wie er den Ausweichzauber überwunden hatte und welche Gedankengänge zielführend gewesen waren. Mittni hörte mit einem halben Ohr zu, während er verstohlen eine neue Flasche Swigny-Tee aus seinem Beutel holte.

Ein leichter Wind blies über das Feld und fuhr durch Bryns Haare. Weit über ihnen trieben ziellose Wolken dahin und warfen ihre Schatten auf die Hügel von Eisenfels.

Bryn fühlte einen leichten Stoß an seiner Schulter. Einen Moment später stupste Eridanus' Stein ihn erneut verspielt an, und Bryn fuhr herum und schlug nach ihm. Er traf ihn natürlich nicht, aber ihm kam dabei eine neue Idee. Der Stein war so verzaubert, dass er es vermied, berührt zu werden … Aber wich er einfach nur Dingen aus, die auf ihn zukamen, oder handelte es sich um eine abstoßende Kraft? Bryn wusste, dass es für beide Fälle Zaubersprüche gab. Wenn es sich um aktives Ausweichen ohne passives Abgestoßenwerden handelte, hatte er gerade eine weitere Möglichkeit gefunden, an den Stein heranzukommen.

«Als Träger der Magie obliegt es uns, die Schöpfung sowohl der Sichtbaren als auch der Unsichtbaren Welt mit Autorität und Präzision zu gestalten …»

Bryn lauschte den Worten des Meisters, trieb jedoch gleichzeitig den Stein mit seiner Hand langsam durch die Luft auf sich zu. Gespannt sah er zu, wie der Stein in den Hohlraum zwischen seinen kaum geöffneten Fingern schwebte, und als die raue Oberfläche des Steins seine Handfläche berührte, durchfuhr ihn Begeisterung. Recht gehabt! Rasch schloss er seine Finger um den ausweichenden Stein, der noch einmal zuckte. Eridanus hatte den Stein aber nicht mit übernatürlicher Geschwindigkeit ausgestattet, und so konnte der Barue ihn festhalten.

«Gratuliere!» Der Magier klatschte einmal in die Hände, und der Stein zerfiel zu Sand, der Bryn durch die Finger rieselte.

Bryn bemerkte, dass er Eridanus' Worten gar nicht mehr gefolgt war. «Verzeiht … Ich hatte nur gerade einen Einfall und wollte ihn ausprobieren …»

Der Magier war nicht verärgert. Er gab zu, dass Bryn verstanden hatte, worum es bei der Übung ging. Wieder fingen sie an, über das Wesen der Magie zu diskutieren, über Macht und über Verantwortung. Bryn hatte in den letzten Tagen sehr viel gelernt. Magie war weitaus mehr eine Wissenschaft, als er geglaubt hatte: konsequent logisch, Zauber und Gegenzauber stets herleitbar und nur äußerst selten intuitiv. Als ehemaliges Mitglied der apheristischen Kirche war ihm die Einteilung der Magie in fünf Zweige bekannt, drei wissenschaftliche und zwei dunkle und verbotene. Ihm fiel wieder ein, wie er auf dem Weg nach Armaah einen einfachen Schwebezauber durchgeführt hatte und wie besorgt Galar und Onkel Thybil deshalb gewesen waren …

Eine vorüberfliegende Hummel riss Bryn aus seinen Gedanken, ein Dröhnen in der Unsichtbaren Welt. Eridanus zog einen kleinen Handspiegel aus einer Falte seines Gewands.

«Sieh zu und überlege, wie es funktioniert», sagte der Magier. «Djutoris?»

«Derselbe!», sprach eine tiefe, nervöse Stimme, die dem Barue nicht bekannt vorkam.

Mittni sprang auf und verschüttete sein Swigny. «Schuckel, was war das?»

Bryn hielt sich einen Finger an die Lippen, und die beiden schauten über Eridanus' Schulter hinweg in den Spiegel. Statt ihrer Spiegelbilder sahen sie das Gesicht eines Mannes. Hinter ihm erstreckte sich eine gerippte Mauer. Es sah aus, als ob er sich im Bauch eines Mammuts befinden würde.

«Wir haben ihn endlich identifiziert!» Djutoris, der unter Eridanus ein Dekan gewesen und nach dessen Flucht zum Hohen Lehrmeister aufgestiegen war, schaute sich rasch um. «Den Verschwörer.»

Bryns Herz schlug schneller. Seit Monaten versuchten die Loyalisten, das komplexe Netz von Erpressungen zu entwirren, das aus anständigen Beamten und Würdenträgern unfreiwillige Mitverschwörer gemacht hatte. Sämtliche Spuren führten in Sackgassen und zeichneten das Bild einer Gruppe von Erpressungsopfern, die ihre Anweisungen entweder von Leidensgenossen oder von Unbekannten, durch nicht zurückverfolgbare Briefe oder, so berichteten sie den Culmus Sangui, sogar in Träumen erhielten.

«Wer ist es?», fragte Eridanus mit verblüffender Beiläufigkeit.

«Alle Spuren führen zu Perduellis.»

«Zu diesem Schluss sind wir vor einiger Zeit ebenfalls gekommen, Djutoris, bisher war es jedoch nur eine Vermutung.»

«Es steht fest, felsenfest! Ich bin mir ganz sicher!»

«Und woher rührt Eure Gewissheit?»

Der rothaarige Magier strich sich über die Stirn und blickte sich um. «Er ist es, der die körperlosen Geister befehligt, aus denen die Befehlskette gebildet wird. Diese Geister suchen viele heim, auch mich.» Ihn überlief ein Zittern. «Perduellis hat sie heraufbeschworen.»

«Wer könnte noch auf seiner Seite sein?»

«Er braucht niemanden weiter. Es kommen immer mehr. Er wird von Tag zu Tag stärker.» Djutoris wollte noch mehr sagen, aber etwas auf seiner rechten Seite lenkte ihn ab. Er beugte sich näher heran und flüsterte: «Ihr müsst handeln.»

«Wovon kommen immer mehr?»

Eridanus seufzte. Der Spiegel zeigte nur noch sein eigenes Gesicht. Er steckte ihn wieder in die Tasche und zog ein Pergament und eine kleine Feder heraus. Statt zu schreiben, ließ er einen Tropfen Tinte aus dem Nichts herabtropfen. Die blaue Tinte spritzte auf das Blatt und wurde aufgesogen. Langsam erschienen auf der Seite Buchstaben. Während sich die Worte noch bildeten, faltete Eridanus das Blatt in der Mitte und an den Ecken, sodass es einer Speerspitze oder einem Vogel ähnelte. Er blies unter die Flügel und warf es wie einen Pfeil fort. Es verschwand in der Ferne. Offensichtlich eine Nachricht an das Hauptquartier.

«Kommt, bereiten wir uns auf die Ratsversammlung vor.»

Eridanus erhob sich und marschierte los. Bei jedem zweiten Schritt schwang er seinen Stab nach vorn.

Mittni hob schützend eine Hand vor die untergehende Sonne.

Sie hatten die Bergwiese gerade erst verlassen, als sie einige Gestalten entdeckten.

«Ist das nicht …? Galar!»

«Stimmt», sagte Bryn, «der Schläfer ist erwacht.»

Der Töter war vor zwei Tagen zurückgekehrt, aber von Besprechungen mit den Ältesten abgesehen, hatte er nur gegessen und geschlafen.

Der Zwerg wurde von Onkel Thybil und Sarghenta begleitet, der Herrin der Culmus Sangui. Die beiden jungen Barue waren erstaunt, wie schnell ihr alter Begleiter werden konnte, als sie den Hang des versteckten Tals hinuntergingen. Das Tal konnte von außen kaum entdeckt werden, denn eine Festung aus natürlichem Felsgestein schützte es: Eisenfels.

Von außen schien die Festung nur eine Felswand zu sein. Innen war sie ein Labyrinth aus hohlem Felsgestein und bot den Loyalisten viel Platz. Und selbst wenn der Feind ihren Aufenthaltsort entdecken und den versteckten Eingang nach Eisenfels finden würde, so war die Festung einfach zu verteidigen und sogar mit der zehnfachen Überzahl praktisch uneinnehmbar.

«Eridanus!», grüßte Sarghenta schon von weitem. Trotz ihres hohen Alters (das nur von Galars übertroffen wurde, der für einen Zwerg jedoch wohl immer noch als jung galt) hatte die ergraute Dame einen Schwung an sich und ein Funkeln in den Augen, die zeigten, dass sie bestens in Form und überaus agil war. An ihrem breiten Ledergürtel schwang bei jedem Schritt das vertraute Langschwert.

Neben ihr kam Galar Sturlison, wie ihn die Barue lieben gelernt hatten: eine große, goldene Axt auf dem Rücken festgeschnallt, kleinere Wurfäxte an den Seiten, die kräftigen Arme entblößt.

Die beiden Gruppen trafen sich im Tal. Onkel Thybil stützte

sich auf Galars Schulter, um zu verschnaufen. «Seid gegrüßt, Jungens», keuchte er. «Eridanus, das ist ja eine Neuigkeit!»

«Es ändert alles», sagte Sarghenta. «Wir müssen die Lage noch einmal neu beurteilen. Eine neue Ratsversammlung einberufen.»

«Sollen wir euch besser allein lassen?», fragte Bryn. Thybil verneinte, bevor Sarghenta noch nicken konnte. Sie schien die jungen Barue, die Galar mit einem Lächeln begrüßten, gar nicht zu beachten.

Der goldhaarige Zwerg grüßte grimmig zurück. Obwohl er keine Regung zeigte, konnte Bryn spüren, dass er sich ebenfalls freute, sie zu sehen. Aber irgendetwas störte ihn auch … Vielleicht dieselbe Sache, deretwegen er schon die Ratsversammlung versäumt hatte.

«Wir können uns beim Gehen unterhalten», sagte Sarghenta bestimmt. «Auf dem Weg zur Zitadelle.» So nannten sie den am stärksten ausgebauten Teil von Eisenfels, an dem sich die Anführer trafen.

«Erläutere du die Situation», sagte Thybil und machte widerstrebend kehrt.

«Diese Neuigkeit hätten wir weiß Ruach'zam für die Ratsversammlung gebrauchen können», begann Sarghenta, «und es gibt noch mehr. Unsere Zeit ist gekommen. Wir müssen handeln, und zwar schnell.» Die Herrin der Culmus Sangui starrte Eridanus mit ihren eisblauen Augen an. «Wenn wir Erfolg haben, können wir der Verschwörung einen Todesstoß versetzen. Ein Misserfolg führt alle freien Völker in die Katastrophe.»

«Es ist Zeit, die Welt zu retten», sagte Mittni. «Mal wieder.»

«Aber lasst uns diesmal den Feinden nicht die Arbeit abnehmen», sagte Bryn.

Sarghenta schien das nicht gehört zu haben. «Endlich kennen wir die Identität des Verschwörers. Wir hatten Perduellis schon lange in Verdacht, aber jetzt ist es Gewissheit.»

Eridanus war vorsichtiger. «Zumindest können wir sicher sein, dass alle Anweisungen über Perduellis erfolgen. Ganz gleich, ob über ihm noch jemand anders steht oder ob er der alleinige Verschwörer ist, bei ihm laufen alle Fäden zusammen.»

«Mit Aurgelmir als Strohmann, meint Ihr», sagte Mittni.

«Ach, mit dieser Heuchelei hält sich der Hochinquisitor Perduellis nun nicht länger auf», antwortete Thybil. «Befehle im Namen der verdammten Inquisition tragen inzwischen sein Siegel und seine Unterschrift. Wir müssen uns etwas überlegen, wie wir auf die Regierungsinsel gelangen können. Sie ist ziemlich gut abgeriegelt.»

«Wir ziehen nach Armaah», fuhr Sarghenta fort. «Ins Regere Mansionum. Sobald wir mobil gemacht haben, greifen wir in voller Stärke an.»

«Aber diese Aufgabe müsste doch ein kleiner Trupp Culmus Sangui übernehmen können», sagte Eridanus. «Ich wüsste keinen Grund, für eine solche Operation Ressourcen zu verschwenden. Wozu unausgebildete Soldaten einer Gefahr aussetzen? Die in der Hauptstadt stationierten Culmus Sangui sollten sich binnen eines Tages darum kümmern können. Außerdem können wir gar nicht die komplette schwimmende Stadt in unsere Gewalt bringen, nicht einmal mit all unseren Leuten einschließlich Frauen und Kinder.»

«Wir brauchen eine Streitmacht anderer Art», sagte Sarghenta. «Armaah hat sich verändert. Die schwimmenden Inseln, die an sich schon eine exzellente Verteidigungsanlage sind, wurden in Formation gebracht, sodass man den Königssitz nicht einmal mehr erreichen kann. Die Brücken wurden eingezogen. Das Regere Mansionum ist jetzt eine Einzelinsel, und von dort aus regiert Perduellis.»

«Und das sind noch längst nicht alle Hindernisse», fügte Thybil hinzu. «Die wirkmächtigen Materialien, die man in Armaah zusammengetragen hat, werden ihr Übriges tun. Schwarzgold und ähnliche Erscheinungen haben diesen Ort in eine Wüstenei der natürlichen und einen Sumpf der korrupten Kräfte verwandelt. Wir werden starke Zauber benötigen, um da hindurchzukommen.»

Eridanus grinste. «Und da komme ich ins Spiel.»

«Uns bleibt nichts anderes übrig», sagte Sarghenta. «Obwohl wir deine Hilfe auch im Norden brauchen könnten.»

«Es geht um die Nurgor, die wir überwacht haben», erklärte Thybil, bevor Bryn oder Mittni fragen konnten. «Soweit wir wissen, wurde die *Horgest*, die Versammlung der Nurgor, einberufen. Allein das kann verhindern, dass sich die Biester gegenseitig zerfleischen. Nur durch ein Ziel ungeheuren Ausmaßes lassen sich die Stämme vereinen. Andernfalls schaffen sie es nie, sich auf einen einzelnen Anführer zu einigen. Das ist die größte Nurgor-Versammlung seit fünfzig Jahren – seit sie beim Krieg um das Tor besiegt wurden.»

«Seit den Tagen von Nequam haben sich die Bestien nicht mehr unter gemeinsamer Flagge versammelt», stimmte Sarghenta zu. «Ihre Ziele und ihre Anführer waren bis vor kurzem unbekannt. Nun hat sich unser Verdacht bestätigt, allerdings gab es auch noch einige Überraschungen.»

Galar, der bisher nichts gesagt hatte, schnaubte. *«Überraschungen»*, grollte er in seinen verfilzten Bart.

«Wie unsere Spione berichten, wandern nicht nur Nurgor nach Norden.» Sarghenta starrte grimmig zur Zitadelle hinauf, die aus nackten, fast schon unnatürlich verdrehten Felsen bestand. Grob behauene Stufen führten in den Berg wie eine zerfurchte Zunge in einen höhlenartigen Rachen. «Numenii-Legionen marschieren zur Grenze nach Polgaren, und ihnen ist nicht bewusst, dass im Schutz der Ambossberge Horden von Nurgor dorthin gezogen sind. Das kann kein Zufall sein. Der Kopf der Verschwörung hält auch bei den Nurgor die Fäden in der Hand. Und er möchte in Polgaren einmarschieren.»

«Was kann Perduellis dort wollen?», fragte sich Eridanus. «Nanoak ist ebenso reich an Bodenschätzen, und das Numenii-Imperium ist wirtschaftlich stärker als das Königreich des Nordens. Soweit wir die Verschwörer einschätzen können, sind sie viel zu intelligent, viel zu schlau, als dass sie nur nach der Weltherrschaft streben könnten.»

«Er kann nicht allein dahinterstecken, selbst wenn er mächtiger sein sollte, als wir glauben», sagte Thybil. «Ob als Verbündeter oder Strohmann, Perduellis arbeitet mit Ayactan zusammen.»

Galar stieß ein heiseres Knurren aus, und für einen Moment dachte Bryn, ihnen wäre ein Wolf auf den Fersen. «*Droch!* Ayactan hat hinter der List mit den angeblichen Ostentum gesteckt; er hatte bei der Verschwörung von Anfang an die Finger im Spiel. Erinnerst du dich, wie er vor uns geprahlt hat, Red? Wir haben noch eine Rechnung offen.»

«Alles zu seiner Zeit, Tawny», sprach ihn Eridanus mit seinem Spitznamen bei den Culmus Sangui an.

«Der richtige Zeitpunkt ist schon lange vorbei», murrte Galar.

«Es gibt dringendere Angelegenheiten als persönliche Rachefeldzüge», sagte Sarghenta. «Obwohl, je eher wir Ayactan beseitigen, desto besser. Wir müssen verhindern, dass ein vollständiges Heer abgeschlachtet wird – oder vielleicht sogar zwei, oder eine ganze Nation.»

«Vergiss die Heere», knurrte Galar. «Was kann Ayactan in Polgaren wollen? Was kann überhaupt irgendjemand in Polgaren wollen?»

Sarghenta hustete. Bryn hatte den Eindruck, dass sie vielleicht dort geboren war.

Thybil zuckte mit den Achseln. «Da hat er nicht ganz unrecht.»

«Die Quelle», sagte Eridanus langsam. «Wie Tawny schon sagte, steckt Ayactan hinter der Ausbreitung des Wahnsinns über Calaspia. Die Steinfelder, die Perduellis hat errichten lassen, bilden ein Netz, das die natürlichen Strömungen in die Unsichtbare Welt umlenkt. Dadurch konnte sich der Wahnsinn ungehindert ausbreiten, und wir wurden wirkungsvoll mit verderblicher Energie überflutet. Vielleicht liegt Ayactans Interesse nicht so sehr im Königreich des Nordens als vielmehr in der Wohnstätte der Plimpe. Wenn der Dämon die Quelle unter seine Kontrolle bekäme ...»

«Natürlich!», keuchte Thybil. «Der Gipfel des Wahnsinns stößt seine Energien nach Calaspia aus, und sie strömen durch das Gebiet des Imperiums, um schließlich in die Quelle eingesogen zu werden und in die Geisterwelt zurückzukehren. Aber wenn er dieses Loch verschließen könnte ...»

«Gäbe es keine Möglichkeit, die Streitkräfte des Wahnsinns aufzuhalten», sagte Bryn. «Mit jedem Tag würde Ayactan stärker werden!»

«Wie ich schon sagte, wir müssen die Invasion in Polgaren aufhalten, Quelle hin oder her», erklärte Sarghenta. «Die Plimpe können selbst auf sich aufpassen. Unser konkretes Problem sind die einhunderttausend Numenii-Soldaten, die glauben, dass sie das Imperium vor einer Invasion schützen, und die darauf brennen, den Erstschlag auszuführen. Und wie viele Nurgor den Polgaren dann in die Flanke fallen, weiß allein Ruach'zam.»

«Oder sie fallen den Numenii in die Flanke», warf Galar ein.

«Wenn wir den Generälen nicht die Augen öffnen», fuhr Sarghenta fort, «wird es ein Massaker geben und danach einen offenen Krieg zwischen zwei freien Völkern. Ich bestreite ja nicht, dass manche Leute Perduellis' Pläne sympathisch finden. Die Beziehungen zum Königreich des Nordens waren nie besonders gut. Viele würden es gern sehen, dass Polgaren das siebente Königreich des Numenii-Imperiums wird.»

«Wir können nicht zulassen, dass Jahrzehnte mühevoller Verhandlungen zunichtegemacht werden.» Thybil warf einen düsteren Blick in die Runde, als glaubte er, dass auch von ihnen einige so dachten. «Beide Imperatoren, Aurelius und Opeion, haben viele persönliche und politische Opfer gebracht, um den instabilen Frieden mit unseren Nachbarn zu erhalten. Auch wenn die Numenii siegreich sein sollten, was ihnen mit Hilfe der Nurgor gelingen dürfte – dem Verschwörer diesen Wunsch zu erfüllen ist gefährlich. Ayactan darf nicht an die Quelle herankommen.»

Sarghenta seufzte. «Also entsenden wir eine Kampftruppe, um uns in Armaah einzuschleichen und Perduellis auszuschalten. Und kümmern uns vordringlich darum, das drohende Unheil in Polgaren aufzuhalten.»

Schweigend betraten sie den Sitzungssaal in den dunklen Tiefen der Zitadelle. Pläne wurden geschmiedet, Einwände erhoben und Pläne wieder verworfen. General Hornbeam, ein hochrangiger Deserteur, der jetzt die militärischen Operationen der Loyalisten leitete, mischte ebenso lautstark wie eifrig mit. Pläne zu verwerfen war eine seiner Stärken. Unzählige Vorschläge wurden besprochen, bevor sich alle auf die diversen Wers, Wanns und Wos geeinigt hatten. Schließlich trennten sich ihre Wege, und jeder begann mit seinen Vorbereitungen.

«Na schön.» Thybil rieb sich die Augen. «Heute Abend ist

noch viel zu erledigen, und die Jüngeren müssen früh zu Bett. Sobald es hell wird, brechen die einzelnen Trupps auf.»

Galar schob die letzte Landkarte von sich weg. Er war heilfroh, endlich seine Brille absetzen zu können.

«Wie ärgerlich», sagte Eridanus. «Ich wollte Sarghenta noch fragen, ob sie mir einen ihrer Culmus Sangui ausleihen kann.»

Bryns Kopf schmerzte. Er war froh, dass Sarghenta ihn die ganze Zeit ignoriert hatte. Endlich unternahmen sie etwas. Welche Rolle würden die Barue wohl spielen, nachdem sie den Verschwörern den Boden geebnet und für Ayactan Schwarzgold abgebaut hatten? Welche Rolle würde er spielen?

«Bryn, pack deine Sachen.» Eridanus sammelte einige Dokumente vom Tisch und drückte sie ihm in die Hände. «Du wirst mich begleiten. Armaah erwartet uns.»

✦ 2. KAPITEL ✦

Reflexionen

Mittni ließ sich kaum davon abbringen, sie zur schwimmenden Hauptstadt zu begleiten, und stimmte letztlich nur widerstrebend zu, die Raben gemeinsam mit Cunar nach Norden zu führen. Diese wilden Gesellen kannten die Ambossberge besser als die meisten anderen und erwiesen sich vielleicht als unersetzliche Kundschafter – und irgendjemand musste ihr Vorgehen schließlich mit General Hornbeam und Sir Humphrey Aelic koordinieren, den abgesandten Loyalisten. Bryn fand es schade, dass er Mittni und Sir Humphrey nicht begleiten konnte. Mit dem Adligen hatte er in Armaah nach der Krönung von Imperator Aurgelmir eine Gefängniszelle geteilt. Sir Humphrey war ein Militär im Ruhestand und spionierte für Eisenfels vor Ort im Imperium.

«Als wir uns kennengelernt haben, hast du im Gefängnis gesessen, weil du nicht mit den Verschwörern gemeinsame Sache machen wolltest», sagte Bryn. «Wie kommt es, dass du jetzt in ihre Organisation eindringen konntest?»

«Weil es ihnen gelegen kam. Wenn sogar ich wieder eingesetzt werde, so sollten andere denken, dann stellt die Verschwörung wohl keine Bedrohung mehr dar.»

«Aber sie ist doch immer noch eine Bedrohung.»

«Was zeigt, wie gleichgültig die Leute sind.» Humphrey strich sich über den Schnauzbart. «Und entsprechend mächtig sind die Verschwörer. Egal, bald wird Perduellis für seine Verbrechen bezahlen.»

Wenn überhaupt jemand das Ansehen und den Respekt der Numenii-Militärführer besaß, dann Sir Humphrey. Hoffentlich würden seine und General Hornbeams Worte ausreichen, damit die Streitkräfte Polgarens und des Imperiums die Lage erfassten und sich nicht unter den Augen einer Horde Nurgor gegenseitig aufrieben.

«Man möchte mich wegen meines großen Einflusses nach Norden schicken. Bloß glaube ich kaum, dass diese Grünschnäbel je von mir gehört haben.» Der hochgewachsene Mann mit den braunen, ergrauenden Haaren schnaubte. «Manche Offiziere haben noch in die Windeln gemacht, als ich ausgeschieden bin.»

«Aber die Feindseligkeiten sind echt», sagte Bryn. Obwohl ihn die Situation sehr interessierte, musste er ein Gähnen unterdrücken. «Entweder Polgaren oder das Imperium zielt auf einen Krieg ab, sonst würde es dort oben keine Truppen geben.»

Humphrey schüttelte den Kopf und tätschelte seinem Pferd das Maul. Sie warteten darauf, dass sich alle Gefolgsleute gesammelt hatten, bevor es nach Norden weiterging. «Perduellis hat seinen Befehlshabern eingeredet, dass Polgaren Krieg will und sie deshalb ihre Truppen mobilisieren müssen. Als das Königreich des Nordens den Vorstoß der Numenii bemerkte, brachte es rasch seine eigenen Soldaten zum Schutz der Grenzen in Stellung. Beide Seiten sehen das Auftauchen der feindlichen Heere als Hinweis auf eine geplante Invasion der anderen Seite. Eine der Stärken unseres Feindes ist es, sich falsche Vorstellungen zunutze zu machen.»

Genau wie bei den Ostentum. Bryn konnte nicht fassen, wie leicht sich ein Trugbild als Wirklichkeit vorgaukeln ließ.

Bald tauchten ein Dutzend Raben auf, Cunar in vorderster Reihe.

«Ich hab sie bei einer Runde Metzeln gefunden.» Mittni verdrehte die Augen. «Wir hätten ihnen dieses Spiel nie beibringen dürfen! Ich meine, *so* früh am Morgen …»

Cunar grinste, dass seine goldenen Zähne im Morgenlicht funkelten, und krempelte sich die Ärmel hinunter. Dann versuchte er, den Staub von seinem Hemd zu fegen. «Nur eine Runde zum Aufwärmen», zwinkerte er Bryn zu.

«Aufwärmen?», wiederholte General Hornbeam, der wie Humphrey in Gold und Rot gekleidet war, den Farben von Armaah, wie es sich für einen hochrangigen Offizier gehörte. «Wir ziehen in den Krieg! Vielleicht sehen wir alle uns gerade zum letzten Mal, Mann.»

«Wenn alles wie geplant läuft, wird es keinen Krieg geben.» Onkel Thybil legte Bryn eine Hand auf die Schulter. «Komm, Hornbeam, ein bisschen mehr Optimismus ist durchaus gestattet, schließlich werden sie von Galar und Eridanus begleitet! Sie werden schon durchkommen.»

«Aye», sagte der Zwerg. «Ich war schon bei genug Himmelfahrtskommandos dabei.»

«Er *ist* ein wandelndes Himmelfahrtskommando», sagte Rameon, der jüngere Bruder Imperator Aurgelmirs, ehrfürchtig.

«Das war aber nicht sehr freundlich!», sagte Prinzessin Peasmi bestürzt.

Der Prinz hob die Schultern. «Nun, das gehört sich für einen Töter doch so, oder etwa nicht?»

«Die Einsatztruppen sind vollzählig», verkündete Sarghenta. «Eure Imperialen Hoheiten, welche … Freude … Euch dabeizuhaben.»

Rameon hatte darauf bestanden, seinen Helden Galar nach Armaah zu begleiten, weil er seinem Bruder, dem Imperator, gegenübertreten wollte. Und als seine ältere Schwester hörte, dass seinem Wunsch entsprochen worden war, hatte sie auch darauf bestanden, mitzukommen. Keiner der Ältesten hatte sie davon abbringen können, und so stand sie nun hier, eine würdevolle, braunhaarige junge Frau in den Kleidern des einfachen Volks. Bryn, der sie bei der COLA-Versammlung gesehen hatte, fand, dass ihre natürliche Schönheit ohne Juwelen nur umso heller strahlte. Die rätselhafte Espera hingegen, ihre rothaarige Schwester und Cousine, hatte er nie ungeschminkt und ohne funkelnden Schmuck gesehen. Er fragte sich, wo sie wohl war und was sie trieb. Zwischen ihr und ihm hatte eine äußerst schwierige Verbindung bestanden, da sie in den Diensten von Okolnit stand und der berüchtigte abtrünnige Lehrmeister der Erste gewesen war, der seinen Tod gewollt hatte.

Sarghenta sammelte die Culmus Sangui um sich. «Für Zeiten wie diese wurden wir gerüstet. Für Zeiten wie diese wurdet ihr ausgebildet. Ihr wisst eure Pflicht zu erfüllen. Ihr wisst euch und eurem Orden Ehre zu machen.» Aller Augen waren auf ihre ernsten Gesichtszüge gerichtet. «Wir brechen heute auf, um eine Katastrophe zu verhindern. Heute wird unser guter Ruf auf die Probe gestellt. Sind wir es wert, uns die Wächter der Menschheit zu nennen? Die Beschützer des Friedens? Wenn wir hierbei scheitern, meine Krieger, haben wir umsonst gelebt. Wenn wir in Polgaren oder in Armaah scheitern, wird unsere bloße Existenz eine Schmach für die Hallen von Caer Isnova sein. Ab heute, meine Löwen, seid ihr den Unredlichen die Vorboten ihres Untergangs und den Schuldigen die Schwerter der Gerechtigkeit. Mehr noch als jede Institution oder Sammlung von Moralvorstellungen seid *ihr* das Vermächtnis des Apheristen.»

Als Bryn ein Dutzend der größten Krieger Calaspias so stolz vor ihrer Herrin stehen sah, empfand er es wirklich als einen Jammer, dass er den Culmus Sangui nicht länger angehörte. Da war Zuola mit ihren glänzenden schwarzen Haaren und unfassbar grünen Augen. Daneben Cerion, der früher sein Rivale gewesen und jetzt sein Freund war. Hoffentlich sah er sie alle lebend wieder. Sein Mentor Aquiuss fehlte, der erste Culmus Sangui, dem er je begegnet war. Ohne Zweifel befand er sich auf einer Mission. Niemand konnte den jungen Mann aufhalten, wenn es darum ging, sich in ein Abenteuer zu stürzen.

Nach beendeter Rede kam die Hälfte der Krieger zu Bryn herüber. Sie waren es, die sich in Armaah einschleichen sollten: die Geschwister Féalon und Fenoár, zwei vielversprechende Culmus Sangui, die einige Jahre älter als Cerion waren, der erst in der letzten Schneezeit vom Lehrling zum Paladin aufgestiegen war; dann die zuverlässigen Paladine Justin, Clive und Meta. Die anderen kannte Bryn nicht. Eridanus nickte Thybil und Sarghenta zu und stieg die Stufen zur Festungsmauer von Eisenfels hinauf.

Bryn umarmte Mittni. «Pass auf dich auf.»

Sein Freund grinste. «Was soll mir schon passieren, wenn ich nicht mehr ständig auf dich aufpassen muss.»

«Schön, dann vergiss nichts von dem, was ich dir beigebracht habe!»

Mittni wurde ernst. «*Schuckel*, werden wir uns was zu erzählen haben, wenn wir uns das nächste Mal sehen …»

«Mir graust es davor, wie sie alle wachsen werden in dieser Zeit.» Bryn lachte. «Mach's gut, Bruder.»

Er nickte Cunar ein letztes Mal zu und winkte zu den Raben hinüber. «Du passt auf die Halunken auf, ja, Mittni?»

«So sicher, wie ich mein nächstes Swigny trinke.»

Sie klopften sich unbeholfen auf die Schultern. Galar kam vorbei und gab Mittni einen herzhaften Schlag auf die Schulter, der ihn fast zu Boden warf. Bryn wandte sich ab und ging als Letzter zu seiner Truppe hinüber.

✦ ✦ ✦

Die Strahlen der Morgensonne hatten wenig Anteil daran, dass sie ins Schwitzen gerieten; das lag eher an der starken Steigung. Eridanus wollte die Berge weiter im Süden durchqueren, wo eine Transportmöglichkeit nach Armaah auf sie wartete. Während der Wanderung genoss Bryn den Frieden, der die Berge durchströmte. Sylvata, sein Adlerweibchen, segelte munter hin und her, als ob sie gar nicht genug davon kriegen konnte, sich zu bewegen. Bryn ging es nicht viel anders. Endlich unternahmen sie etwas, endlich wehrten sie sich.

Von allem, was unter ihr vorging, gänzlich unberührt, stieg die Sonne empor und vertrieb den Nebel, der an den Berghängen wallte. Bryns Anspannung stieg, als er über ihre Mission nachdachte. Sich in Armaah einzuschleichen würde selbst mit Eridanus und Galar an ihrer Seite nicht leicht werden.

Die Culmus Sangui wirkten ganz entspannt – wie nicht anders zu erwarten war. Bryn wusste jetzt, was man ihnen abverlangte, und war durchaus froh, ihnen nicht offiziell anzugehören.

Mittni und er hatten zwar die Ausbildung mitgemacht, aber man hatte sich darauf verständigt, dass sie keine Mitglieder waren, sondern Verbündete, und die Culmus Sangui nach Kräften unterstützten. Das war vermutlich darauf zurückzuführen, dass Sarghenta zwar auf ihre Schwerter zurückgreifen können wollte, die sie trotz ihres Ausscheidens hatten behalten dürfen, aber keine Verantwortung für Bryn tragen wollte. Die beiden hatten gescherzt, dass sie mit dieser Entscheidung eigentlich den Rächern der Enterbten zuzuzählen waren, den ehrenvollsten und erfahrensten Paladinen, und auf der Suche nach eigenen Missionen durch die Lande streifen konnten. Sie hatten zwar darüber gelacht, waren sich aber ihrer außergewöhnlichen Stellung durchaus bewusst – die obendrein ein Glück war. Thybil hatte sie nicht erst daran erinnern müssen, wie man normalerweise mit aus der Art schlagenden Culmus Sangui verfuhr: Sie wurden als höchste Gefahr angesehen und entweder unter Kontrolle gebracht und wieder in die eigenen Reihen eingegliedert – oder das Problem wurde, wenn es sich als zu groß erwies, ein für alle Mal aus der Welt geschafft. Bryn war sich durchaus bewusst, dass er ohne die Fürsprache von Eridanus und Onkel Thybil längst tot gewesen wäre.

Dass Disziplin unbedingt notwendig war, zumal in einer so wichtigen Organisation wie den Culmus Sangui, brauchte man ihm nicht zweimal zu sagen. Schließlich hatte er den Codex Culmus gesehen und seine Bedeutung erfahren. Andererseits konnte er Cerions Worte an dem Tag, als er ihm das Leben gerettet hatte, nicht vergessen: Es gab noch einen anderen Codex. Ja, Bryn hatte durchaus noch einige Fragen, was die Culmus Sangui betraf, aber im Moment war er damit zufrieden, Teil der Mission zu sein.

Er sah zu Peasmi und Rameon, die im Unterschied zu den Kriegern noch nicht für solche Aufgaben eingesetzt worden waren. Trotzdem waren sie, wenn überhaupt, nur ein bisschen nervös. Er spürte beim Prinzen eine leichte Aufgeregtheit und bei der Prinzessin eher etwas wie gespannte Erwartung.

«Da wären wir», sagte Eridanus, als sie die Kuppe eines weiteren Bergrückens erreicht hatten. Von hier, hoch oben in den Ambossbergen, bot sich nach beiden Seiten ein guter

Ausblick – nach Westen auf Bel-Tued und nach Osten auf Nanoak. «Nun heißt es warten, bis unsere Transportmöglichkeit nach Armaah kommt. Außerdem schließt sich uns noch jemand an.»

«Was ist es denn für eine Transportmöglichkeit?», fragte Bryn.

Der Alte setzte sich auf einen Stein, der anscheinend gerade gelernt hatte, wie man die Schwerkraft besiegte, und sah ins Tal hinab. «Eigentlich geht es nicht um einen Transport, sondern um eine Translozierung.» Der exkommunizierte Hohe Lehrmeister drehte sich lächelnd zu Bryn um. «Jemand in Armaah hilft uns – mit einem stationären Portal ...» Er sah Bryn abwägend an, beurteilend schon fast. Der Barue erinnerte sich an ihre erste Begegnung und daran, wie diese eigenartigen Augen ihn schier durchleuchtet hatten.

«Mir fällt gerade etwas Besseres ein. Wenn wir auf der anderen Seite wieder herauskommen, kannst du mir sagen, wie das Ganze deiner Meinung nach vor sich geht. Den besten Einblick in Funktionsweisen bekommt man immer noch durch Erfahrung.»

Bryn grinste. Eridanus liebte es, ihn ins kalte Wasser springen zu lassen.

Er wollte gerade gehen und sich etwas umsehen, als Eridanus weitersprach. «Bryn.» Jetzt war seine Stimme wieder sehr ernst. Mit diesem Tonfall beriet er sonst Könige – oder wies sie zurecht. «Sobald wir in Armaah sind, musst du vorsichtig sein. Ich weiß, du kannst auf dich aufpassen und hast in den letzten Wochen viel gelernt, aber du solltest auf der Insel niemanden unterschätzen.» Die goldgesprenkelten Augen des alten Mannes sahen ihn einschüchternd an. Er beugte sich vor. «Ich weiß nicht, wie die Unsichtbare Welt dort auf die Menhire reagiert hat. Selbst die einfachsten Zaubersprüche könnten unter dem Einfluss des Wahnsinns in einer Katastrophe enden. Natürlich wird es eine unserer Hauptaufgaben sein, diese Kräfte zu neutralisieren, aber das kann eine Zeit dauern – Zeit, die wir erst haben werden, wenn andere Ziele erreicht sind.» Er wartete, bis Bryn nickte. «Halte die Augen offen und behalte einen klaren Kopf.»

Einige Minuten später gab Justin Meldung, dass sich jemand näherte. Zunächst sah Bryn nur eine kräftige, langhaarige Gestalt, die sich über Gras und lose Steine einen Weg zu ihnen suchte, die Hand lässig auf dem Knauf des Schwerts.

Justin begrüßte ihn zuerst. «Aquiuss, schön, dich zu sehen.»

Die beiden ergriffen einander zur Begrüßung am Unterarm.

«Ebenso, Bruder.»

Aquiuss grinste seinen Kameraden an, dann sah er Bryn. Die Lachfältchen um seine Augen verschwanden nicht, aber der Barue spürte die Änderung in den Gefühlen des Mannes.

«Wie ich sehe, ist Bryn auch hier», sagte er, und auf einmal klang seine Stimme nicht mehr so warm.

«Hallo, Aquiuss.» Bryn bemühte sich um einen freundlichen Ton. «Begehrt wie immer, wie ich sehe.»

Ein knappes Nicken war die einzige Antwort. Bryn setzte sich seufzend wieder hin und sah zu, wie Aquiuss seine Willkommensrunde drehte.

Zwangsläufig hegten manche ihm gegenüber noch immer widersprüchliche Gefühle. Besonders Leute wie Aquiuss. Die letzte Mission, auf der sie miteinander zu tun gehabt hatten, war schließlich diejenige gewesen, bei der ihn Aquiuss und seine Männer hatten töten sollen. Zwar hatten sie seitdem noch keine Gelegenheit gehabt, sich auszusprechen, aber Bryn hatte dennoch darauf gehofft, dass sich die Dinge wieder normalisiert hätten. Aber er konnte weder Aquiuss noch sonst jemandem die Schuld in die Schuhe schieben. Das alles hatte er sich ganz allein selbst zuzuschreiben.

Hinter ihm lachte jemand, und er sah Aquiuss bei Prinz Rameon stehen, während Prinzessin Peasmi demonstrativ von ihnen wegsah. Bryn ließ seine Gedanken ein paar Monate zurückwandern. Der zeitliche Abstand gab ihm Sicherheit; er konnte jetzt an diese Phase zurückdenken, ohne erneut in Depressionen zu versinken. Wie immer, wenn er über diese dunklen Momente nachdachte, spürte er nach Sylvata aus, die damals so etwas wie sein einziger Freund gewesen war. Sie befand sich weiter im Norden, wo sie hoch über den Berggipfeln auf sanften Winden dahinglitt. Er schloss die Augen und vertiefte die Verbindung. Da sie bald aufbrachen, wollte er, dass das Adlerweibchen zurückkehrte, und so stürzte sie sich sie in tiefere Luftschichten hinunter und kam nach Süden geflogen.

Die Augen noch immer geschlossen, dachte er über Eridanus' Worte nach. *Translozierung … Stationäres Portal.* Nun, dann konnte es sich nicht um eine normale Teleportation handeln. Dafür hätten sie Eisenfels nicht verlassen müssen; die hätte Eridanus überall durchführen können. Außerdem war ihre Truppe dafür zu groß.

Bryn überlegte, was er über Portale wusste. Beziehungsweise nicht wusste. Zunächst einmal hatte er nicht gewusst, dass es stationäre und nichtstationäre Portale gab. Die meisten Portale erforderten eine Substanz, zumeist Wasser oder einen Spiegel, manchmal auch Steine oder poliertes Holz. Dann gab es noch objektorientierte Portale. Echte Teleportation, wie Normalsterbliche sie sich vorstellten. Ihm fiel ein, was Eridanus über sie gesagt hatte: Austausch, das war es. Man musste am Zielort über ein ähnliches Objekt verfügen und dann einen Austausch durchführen. So weit zumindest erinnerte er sich noch daran. Eridanus hatte es ausführlicher beschrieben, und es hatte sehr komplex geklungen. Außerdem hatte er noch gesagt, dass es erst richtig kompliziert wurde, wenn man Personen austauschen wollte.

In der Unsichtbaren Welt erzitterte etwas.

Bryn öffnete die Augen. Eridanus hatte sich bereits von seinem schwebenden Stein erhoben. Von den anderen schien niemand außer Galar etwas bemerkt zu haben. Er sah zu Eridanus und hatte den Gurt, mit dem die Axt auf seinem Rücken befestigt war, gelöst.

«Es ist noch zu früh», flüsterte Eridanus düster. «Komm, Bryn. Und du auch, Tawny.» Ein Stück entfernt, neben einem unauffälligen Gebüsch, zog der Lehrmeister einen länglichen Spiegel aus seinem Gewand hervor. Er lehnte ihn an und legte seine Hand auf die rechte obere Ecke. Das Glas kräuselte sich leicht, als ob es aus Seide wäre. War der Spiegel das stationäre Portal? Aber warum waren sie dann nur zu dritt hier?

Einen Moment später beschlug und verdunkelte sich die Oberfläche, als ob sie dringend poliert werden müsste. Bryn sah, wie das Spiegelbild flackerte und verwischte, dann verschwand und durch das Bild eines Mannes ersetzt wurde.

«Du bist früh dran. Was ist los?» Eridanus sprach rasch, noch bevor der Mann deutlich zu sehen war.

Der andere strich sich mit der Hand über die hohe Stirn und blinzelte. «Eridanus, bin ich froh, dass du mich gehört hast.»

«Natürlich habe ich dich gehört, Djutoris. Aber warum bist du so früh? Wir hatten Mittag abgemacht.» Er runzelte die Stirn. «Du weißt, wie gefährlich es ist, diese Verbindung länger als nötig zu öffnen. Wir könnten entdeckt werden.»

«Das ist ein Teil des Problems.» Der Mann auf der anderen

Seite seufzte schwer und blickte sich um. «Armaah hat sich ziemlich verändert, seit du das letzte Mal hier warst. Sie werden euch bemerken, sobald ihr hier eintrefft. Ihr dürft nicht auf diesem Weg herkommen. Es ist zu gefährlich.»

«Hör auf, Djutoris. Das haben wir bereits besprochen, und ich bin bereit, dieses Risiko einzugehen. Selbst wenn Perduellis uns entdecken sollte, sind wir doch immerhin in der Hauptstadt, bevor er reagieren kann.»

«Die Lage hat sich seit unserem letzten Gespräch erneut verschlechtert. Schwarzgold und ähnliche Substanzen sind jetzt mit der Struktur der Insel verwoben.» Der neuernannte Hohe Lehrmeister machte ein besorgtes Gesicht. Er nestelte am Saum seiner Robe herum. «Translozierung ist unmöglich. Hier ist die Unsichtbare Welt vom Wahnsinn durchtränkt – ihr werdet das niemals schaffen. So leid es mir tut.» Djutoris wandte den Blick von seinem früheren Vorgesetzten ab, der ihn finster anstarrte. Einen Moment lang herrschte Stille. «Perduellis überwacht mich. Er hat mich erwischt, als ich das Portal einrichten wollte.» Der rothaarige Mann rang die Hände. «Ich habe versucht, dir zu helfen, Eridanus, wirklich!» Er sah wieder hoch, suchte den Blick seines Mentors. «Aber es liegt nicht mehr in meiner Macht, mir sind endgültig die Hände gebunden. Man beobachtet mich.» Er blickte sich rasch um. «Ich muss gehen. Es … es tut mir leid. Viel Glück euch allen.»

Eridanus nickte nur knapp.

Der Spiegel verdunkelte sich, glänzte für einen Moment wie Tinte, dann sah er wieder wie ein normaler Spiegel aus.

Eridanus mahlte mit den Kiefern.

Bryn spürte, wie die Frustration seine Brust einschnürte, und atmete tief ein.

Der Magier spuckte auf den Spiegel – angewidert, wie Bryn

dachte, aber dann verstrich er den Speichel mit zwei Fingern zu einem Rechteck. In diesem Feld verdunkelte sich das Glas, sodass es das Sonnenlicht nicht mehr reflektierte.

«Oberst Langworth, wir werden die Hauptstadt gewaltsam einnehmen. Lasst zwanzig Pferde vorbereiten. Wir gehen zu Fuß nach Armaah.»

✦ ✦ ✦

Djutoris starrte auf sein Spiegelbild. Auf seine scharfen Gesichtszüge trat ein angespanntes Grinsen, seine Schultern sackten herab. Er strich mit der Hand über die Stirn.

«Das war doch gar nicht so schwer, oder?» Perduellis trat aus dem Schatten. Der weiße Umhang um seine schmalen Schultern glänzte schwach, wie ein ätherisches Exoskelett. «Und nun zum nächsten Schritt.»

Der Hochinquisitor berührte den Hohen Lehrmeister leicht an der Schulter, und Djutoris fuhr zusammen. Perduellis erinnerte an eine Leiche, die nicht zerfiel, sondern sich im Gegenteil um das Skelett herum aufbaute – von der haarlosen Wölbung seines Schädels über die von tiefen, narbenartigen Falten entstellte Stirn bis hin zu den tief in den Höhlen liegenden Augen, welche noch durch schwarzblaue Flecke betont wurden, die wie verwischte, verlaufene Tätowierungen aussahen. Djutoris musste unwillkürlich zittern, als er die verbotene Macht hinter dieser Berührung fühlte. Perduellis, der Hochinquisitor, der eigentlich Beschützer des Imperiums sein sollte, war tatsächlich dessen Nemesis.

«Ihr habt Eure Anweisungen doch verstanden?»

Djutoris starrte in das schiefe Gesicht und konnte sich nicht erinnern, jemals irgendjemanden – oder irgendetwas – so gehasst zu haben. Er wollte in dieses Gesicht spucken und dann den verderbten Geist dahinter mit seinem Stab ins brennende Ruach'zam schicken, wo er hingehörte. Aber er war zu schwach. Der Hohe Lehrmeister wusste, dass er nicht einmal seine frühere Stellung als Dekan verdient hatte – ein Dekan sollte seinen Orden auf intellektueller, physischer und magischer Ebene beschützen, weil er dort angeblich über bessere Fähigkeiten als andere Lehrmeister verfügte. Und doch stand er jetzt besiegt hier, ohne sich zu wehren. Eridanus hätte sich schon lange zur Wehr gesetzt. Ha! Eridanus war schon immer etwas Besonderes gewesen. Wie ließen sich solche unsichtbaren Mächte bekämpfen?

Perduellis beobachtete sein Gesicht, und Djutoris hatte das Gefühl, dass er genau wusste, was in seinem Kopf vorging. «Ausgezeichnet. Vielen Dank für Eure Kooperation, Hoher Lehrmeister. Im Gegenzug will ich als wohlmeinender Inquisitor, der Gehorsam belohnt, von einer Mitteilung an die Inquisition absehen, was Eure große Sympathie für diese Verräter betrifft.» Ein schmieriges Lächeln umspielte seine dünnen, blutleeren Lippen. «Die Würmer werden wie vorhergesehen hierherkommen.» Er glitt mit wehendem Umhang über den Marmorboden, ohne dass ein Schritt zu hören war. «Kommt, mein Fuchs. Nutzen wir die Zeit zur Vorbereitung.»

✦ ✦ ✦

Während Galar froh war, nicht durch einen Spiegel reisen zu müssen, hatte Eridanus äußerst schlechte Laune. Er brummelte zwar nicht vor sich hin, wie es Thybil in ähnlicher Stimmung tat, aber er sprach wenig und legte ein für sein Alter beeindruckendes Tempo an den Tag. Bryn konnte nur mithalten, weil er von der Ausbildung durch die Culmus Sangui gestählt war.

Der vereitelte magische Transport ließ sie alle mit dem Schlimmsten rechnen. Rameon und Peasmi machten besorgte Gesichter und redeten nur mit leisen, nervösen Stimmen miteinander. Nicht einmal Aquiuss besaß seinen üblichen Schwung, er war genauso ernst und verhalten wie die anderen. Nur Galar war wie immer – weil er immer so wortkarg war. Bryn lief oft neben dem legendären Töter her und genoss seine ruhige Gesellschaft. Jetzt, wo er wusste, was es hieß, ein Krieger zu sein – Verantwortung zu tragen, Schuld auf sich zu laden, Gewissensbisse –, bewunderte er den Zwerg mehr denn je.

Am meisten unterhielt er sich aber mit Cerion, dem Jüngsten der Truppe. Der Lehrling stand der Mission noch mit derselben Begeisterung und Erwartung gegenüber, die auch Bryn bis vor nur zwei Wochen naiverweise noch gehegt hatte. Der Barue versuchte sich darüber klarzuwerden, was sich geändert hatte – aber ohne Erfolg. Gewiss, es stand mehr auf dem Spiel als vorher. Und offensichtlich hatte er selbst sich verändert. Aber auf welche Weise? Was genau war anders?

Sogar die Natur wirkte weniger farbenprächtig. Der Himmel hatte – so blau er auch war – etwas Bedrückendes. Die Wolken waren gespenstische Erscheinungen, die alles, was sich unter ihnen abspielte, beklagten. Die Berge, die zuvor so mächtig und majestätisch auf ihn gewirkt hatten, sahen jetzt schroff und zerklüftet aus. Überall spross neues Leben, aber Bryn konnte nur daran denken, wie sinnlos alles war. Statt an seinen Erfahrungen gewachsen zu sein, fühlte er sich älter und leerer. Sein Körper war stark, aber sein Geist schwach und seine Seele müde. Fühlte es sich so an, erwachsen zu sein?

Am dritten Tag ihrer Reise wurde ihm bewusst, dass irgendwo westlich von ihnen Neu-Quivelda lag. Dort baute ein Teil seiner alten Dorfnachbarn Schwarzgold ab, eine magische Substanz, die in ihrer natürlichen Form nur für Barue zu erkennen war. Sie hatten sich verkauft, hatten sich praktisch in Sklaverei begeben, aber man konnte ihnen schlecht vorwerfen, sich nicht gegen Mächte gestellt zu haben, die um ein unfassbares Maß größer waren. Sie hatten bereits genug unter dem Angriff der Ostentum und der anschließenden Intrige, die ihnen einen schlechten Ruf beschert hatte, zu leiden gehabt. Vielleicht war es besser so. Wer wusste schon, was sonst geschehen wäre. Sie hätten nicht alle in die Berge fliehen können, und damals hatten sie noch nicht einmal von Eisenfels gewusst. Aber wenn alles gutging, wenn sie mit ihrer Unternehmung Erfolg hatten, würden die Dorfbewohner bald frei sein. Er fragte sich, wie Bartholdi damit zurechtkam, seine Leute an den Folgen ihrer Entscheidung leiden zu sehen, wo er doch gegen die Abmachung gewesen war. Bryns Gedanken wanderten prompt zu Bartholdis jüngeren Kindern weiter, zu Telseara und Dordios, Mittnis frechen Geschwistern. Sie zumindest hatte Bryn befreien können. Bei dem Gedanken an sie in Baruto bei seinen Eltern musste er lachen – zweifelsohne arbeiteten sie bereits für die Swigny-Fabrik.

Gleich südlich von Ged-Ruak, der Hauptstadt der Zwerge und höchsten Festung Calaspias, verließen sie die Ambossberge. Sie folgten einem Nebenfluss bis zum Pendix, der weiter südöstlich in den Armre-See mündete. Bryn musste an das letzte Mal denken, als sie diesen Weg gereist waren, um die Nachricht von der Rückkehr der Ostentum zu verbreiten. Er war heilfroh, jetzt diesem Trupp anzugehören. Es wurde Zeit, wieder in Ordnung zu bringen, was durch seine unabsichtliche Hilfe zerstört worden war.

«Oberst Langworth ist ein verdeckt arbeitender Culmus Sangui», sagte Cerion leise, als sie einige Meilen im Tiefland auf einen Außenposten der Inquisition zumarschierten. Bryn kam der Name bekannt vor, aber er konnte ihn nicht einordnen. Die Anführer der Loyalisten sprachen ständig über irgendwelche Geheimagenten. «Er ist unser höchster Mann in der Inquisition – unersetzlich.»

«Und jetzt riskieren wir seine Enttarnung, indem wir ihm seine Pferde stibitzen», sagte Bryn.

Man musste sie bereits von weitem erkannt haben, denn die Wachen salutierten und öffneten das Tor, und innerhalb der Befestigung gingen gleichzeitig Stalltüren auf und gestatteten ihnen einen Blick auf die Reittiere. Bryn fragte sich, was für eine Geschichte der Oberst seinen Untergebenen aufgetischt haben mochte, damit niemand sich querstellte. Wenig später wurde seine unausgesprochene Frage beantwortet.

«Oberst Langworth!», verkündete ein einfacher Numenii-Soldat. Alle nahmen prompt Haltung an. Bryn brauchte einen Moment länger, aber es schien niemandem aufzufallen.

Aquiuss trat aus ihren Reihen hervor und ergriff freundschaftlich den Arm des Obersts. «Die Mission war erfolgreich, Sir. Prinz Rameon und Prinzessin Peasmi, wie der Hochinquisitor befohlen hat.»

«Ausgezeichnet.» Während ihre Pferde herausgeführt wurden, schnippte Langworth mit den Fingern, und mehrere Diener kamen mit Bündeln schwarzer Kleidung herbei. «Das wird nicht das letzte Mal gewesen sein, dass ihr in einer Geheimmission eingesetzt werdet, Jungens», sagte der Oberst. «Gute Arbeit. – Geht euch umziehen. Die Königlichen Hoheiten ebenfalls. Sie dürfen nicht auffallen.»

«Zu Befehl, Herr!»

Einige Minuten später traten sie in den Uniformen der Inquisition wieder aus dem Außenposten; sogar das Abzeichen mit der Faust fehlte nicht. In diesem Aufzug bekam man leichter Zutritt zu bestimmten Orten und konnte sich einige Verzögerungen ersparen, besonders durch andere schwarz Uniformierte. Niemand würde sich um zwanzig vorbeieilende Soldaten kümmern. Ihre Pferde waren gesattelt und bereit.

Bryn war verblüfft, dass Galar, ohne zu zögern, in den Sattel stieg und seiner Stute die Sporen gab. Eigentlich konnte der Zwerg Pferde nicht ausstehen.

Er ließ Sylvata wissen, dass sie ihm nicht weiter folgen sollte, und spürte, dass sie seinen Kummer über ihre Trennung teilte. Seit er sie gefunden hatte, waren sie nie lange voneinander getrennt gewesen. Aber es war für das Tier sicherer so.

Als sie nun losgaloppierten und besser vorankamen, hellte sich Bryns Stimmung auf. Der Wind fühlte sich gut an auf seiner Haut und in den Haaren. Als sie später Rast machten, damit die Pferde sich ausruhen und etwas trinken konnten, ließ er sich sogar von Cerions Enthusiasmus anstecken.

Die Rivalität und Feindschaft, die in der Eisfeste zwischen ihnen geherrscht hatte, war vergessen. Cerion erinnerte ihn sehr an Mittni; nur dass er ein Selbstbewusstsein besaß, das schon an Arroganz grenzte, und eine etwas herablassende Art hatte. Das nahm ihm aber niemand übel. Er war derzeit der vielversprechendste Culmus Sangui in Ausbildung und auf dieser Mission – von Bryn abgesehen –, der einzige im Rang eines Lehrlings. Es überraschte ihn, dass der blonde Jugendliche ein so umgänglicher Begleiter war. Und das hatte nichts damit zu tun, dass er ihm sein Leben verdankte.

Unter einem Himmel, dessen Blau allmählich dunkler wurde und der zum Horizont hin mit einem Verlauf immer zarterer Farbtöne protzte, ritten sie den Abend hindurch. Hinter ihnen verschwand das letzte Licht des Tages. Die Hufe der Pferde, die bisher Erde aufgewirbelt hatten, klapperten jetzt stakkatoartig auf den gepflasterten Straßen, die zu der ersten Numenii-Siedlung führten, die Bryn seit dem Besuch seiner Eltern in Baruto aufsuchen würde.

Die Stadt konnte sich gewiss nicht mit Baruto messen, das so etwas wie die heimliche Hauptstadt der Barue war und neben der eigentlichen Handelsbucht die vielleicht wohlhabendste Stadt Calaspias. Aber immerhin kam er hier einmal wieder in den Genuss von ein wenig Numenii-Zivilisation.

Bryn war schon gespannt auf die Stimmung in der Stadt. Ob sich im Imperium wirklich so viel geändert hatte? Seit Monaten hatten sich die Anführer der Loyalisten über den moralischen Verfall der Numenii-Kultur beklagt, der angeblich mit dem Aufstieg des Wahnsinns in der Unsichtbaren Welt einherging. Falls es sich tatsächlich so verhielt, wie wirkte sich das im täglichen Leben aus?

Dappleton schmiegte sich auf halbem Wege zwischen den Ambossbergen und dem Armre-See ans Ufer des Pendix. Die von der Landwirtschaft lebende Stadt war durch Bauern begründet worden und durch Handel gewachsen. Auf der Hauptstraße wurden gerade die letzten Laternen angezündet, als die Truppe nach dem Gasthof Ausschau hielt, den Oberst Langworth ihnen beschrieben hatte und den die Inquisition als Kaserne nutzte. Indem sie dort die Nacht verbrachten, wollten sie nicht nur Geld sparen; sie hofften auch auf Neuigkeiten. Sie wollten ein bisschen Klatsch hören – was die Leute auf der Straße so redeten.

Aquiuss sah das gedrungene Haus zuerst. «Da ist es: *Bei Lamberto*.» Für ein Zentrum der Inquisition sah es ziemlich gemütlich und einladend aus, fand Bryn. Sie übergaben ihre Pferde einigen Dienstleuten und traten durch die blumengeschmückte Tür. Bryn sah von dem Kranz zum Türrahmen und entdeckte im Holz zwei schräge Kerben: Die eine führte abwärts, die andere wieder hinauf, fast wie ein V.

«Sehr witzig.» Er zeigte es Cerion. «Was hat das Zeichen des Wahnsinns über einer Eingangstür der Inquisition zu suchen?»

«Vielleicht ist es ein Zeichen für den Widerstand gegen den Kult.» Der junge Krieger machte ein grimmiges Gesicht. «Oder ein Kultangehöriger hat es dort aus Protest angeschlagen.»

Ein Kellner wies ihnen einen großen Tisch in der Ecke neben dem Kamin zu und brachte einige Krüge Bier. Wenig später kam ein hochgewachsener Mann mit einem väterlichen Gesichtsausdruck in den Schankraum geschossen, rief nach links und rechts Willkommensgrüße und begann sich mit einzelnen Leuten zu unterhalten. Bald wurde sein Besuch an ihrem Tisch durch ein süßliches Parfüm angekündigt, das fast schon ein Duftwasser für Frauen war. Er hatte einen sauber gestutzten schwarzen Bart und öliges, nach hinten gekämmtes Haar, das sich ringelte, wo es nicht an seinem Schädel klebte. Er rieb sich die Hände und sah sie erfreut an. Seine Statur und Ausstrahlung erinnerten Bryn an Bruder Maxwell, den Apheristenmönch, der sich um die Raben gekümmert hatte – allerdings nur, bis er den Mund öffnete.

«Meine Damen, meine Herren …» Er machte eine Pause, als ob er ihnen eine Delikatesse anbieten wollte: «*Lamberto*, stets zu Diensten.» Er sah sie stolz an und neigte dabei den Kopf vor, bis sich ein Doppelkinn bildete, fast wie bei einem Plimp. Als diese Selbstvorstellung nicht den gewünschten Effekt erzielte, wurde sein Lächeln breiter, und er wackelte erwartungsvoll mit den Augenbrauen. Als sie weiterhin unbeeindruckt blieben, rief er nach einigen peinlichen Sekunden: «Ah, die Herrschaften sind zum ersten Mal hier! Aber ihr habt doch bestimmt schon einmal von unserer bescheidenen Zufluchtsstätte gehört?»

Aquiuss, der mit Fremden umzugehen verstand, erbarmte sich ihres Wirts. Am anderen Ende des Tisches sah Galar angewidert oder gelangweilt weg, während die beiden Höflichkeiten miteinander austauschten. Bryn spürte zu Peasmi und Rameon hinüber. Die Prinzessin freute sich, dass Zuola neben ihr saß – vielleicht, weil es ihr nicht behagte, mit einem Dutzend fremder Krieger, die über fragwürdige Manieren verfügten, zu reisen. Und Rameon war stolz, in der Gesellschaft von Leuten wie Galar zu sein. Vor nicht allzu langer Zeit hatte Bryn ähnlich gefühlt.

«Was gibt's denn zu beißen heute Abend?», knurrte der Töter, als das Geschwafel nicht enden wollte. Überall am Tisch gab es erleichterte Gesichter.

«Ein üppiges Festmahl», strahlte Lamberto. Er strich sich über den Bauch, als er ihnen die Speisenfolge bekanntgab: Hühnersuppe, dann Salat, eine Auswahl von drei Hauptgerichten und ein Dessert. Er nahm ihre Bestellungen auf und nickte zufrieden. «Gut, dann will ich mich einmal um euer Essen kümmern, nicht wahr?» Er verneigte sich, sodass zwischen den seidenglänzenden Haaren eine kahle Stelle zum Vorschein kam. «Lamberto wünscht seinen Brüdern und Schwestern Freiheit von Unterdrückung und einen gesegneten Aufenthalt.»

Als der Wirt gegangen war, sah Cerion seine Kameraden fragend an. «Aber für ihn sind wir von der Inquisition. Wir *sind* die Unterdrücker.»

«Vielleicht wünscht er uns, dass wir weiter andere unterdrücken können, ohne selbst unter die Räder zu kommen», flüsterte Rameon, «oder er ist von der apheristischen Kirche.»

«Er gehört dem Kult an, verdammt!», sagte Galar.

«Und arbeitet hier?», fragte Peasmi. «Äußerst unwahrscheinlich!» Die Prinzessin, die Bryn fast direkt gegenübersaß, zog ihre Reitjacke aus, die sie am warmen Kamin nicht mehr brauchte. Die Vorfreude auf ein gekochtes Mahl war ihr deutlich anzumerken.

«Sie ist zu alt für dich», flüsterte Bryn grinsend, als ihm auffiel, wie Cerion sie ansah.

«Musst du gerade sagen.» Der Culmus Sangui nickte quer über den Tisch zu Zuola. Sie sah Bryn an, und er guckte rasch wieder in sein Bier. War es möglich, dass Cerion etwas bemerkt hatte? Andererseits *gab* es da gar nichts zu merken. Zwischen ihnen hatte es nichts weiter gegeben als einige Momente voller dümmlichem Stolz! Und seitdem viele verlegene Blicke. Aber bevor Bryn antworten konnte, fügte der Jüngere hinzu: «Und für dich ist Peasmi geistig zu gesund.»

«Na, vielen Dank auch.» Er sah sich im Schankraum um, suchte nach Symbolen des apheristischen Glaubens. Er fand nicht eines. Um das Thema zu wechseln, fragte er: «Meinst du, dass Lamberto tatsächlich dem Kult angehört? Wenn es nach Galar geht …»

Cerion zuckte die Achseln. «Er kann genauso gut ein Gemäßigter sein.»

«Ein Gemäßigter?»

«Ja. Jemand, der dem eigentlichen Kult nur nahesteht.» Der blonde Jüngling sah ihn ungläubig an. «Sag bloß, du kennst die Terminologie der Inquisition nicht?»

Bryn schüttelte den Kopf.

«Da würdest du ja einen erstklassigen Spion abgeben. Ach, ich vergaß, dass du eine Zeitlang aus dem Verkehr gezogen warst. Es gibt jedenfalls die sogenannten *Gemäßigten,* die gern ein bisschen mit dem Wahnsinn herumspielen. Sie sind sehr zahlreich, aber sie stellen keine ernste Bedrohung dar. Es ist gerade in Mode, ein Gemäßigter zu sein – wobei sie sich selbst natürlich nicht so nennen. Sie stellen auf der Seite des

Wahnsinns die Mehrheit.» Cerion machte ein herablassendes Gesicht. «Die Leute denken heutzutage, es wäre kultiviert, dem Kult anzugehören. Es ist attraktiv. Es hat den Reiz des Verbotenen, des Aufregenden. Dass es tatsächlich verboten ist, kümmert sie nicht, denn es hat ja keine Konsequenzen. Zumindest nicht, wenn du ein Gemäßigter bist. Und noch weniger, wenn du ein sogenannter *krankhafter Intellektueller* bist.»

Bryn machte große Augen.

Cerion grinste. «Lustiger Begriff, oder? Krankhafte Intellektuelle behaupten, dass man mit Logik immer nur bis zu einem gewissen Punkt kommt und wir den Wahnsinn deshalb nicht verdammen sollten, da er uns ja vielleicht Möglichkeiten bietet, die wir ansonsten aus Kurzsichtigkeit nicht in Betracht ziehen würden. Dann gibt es noch die Liberalen. Deren Einstellung ist unter den Lehrmeistern von Itrim und ihren Anhängern sehr beliebt.»

«Welche Ironie, nicht wahr?», warf Eridanus ein. Bryn hoffte nur, dass er nicht schon gehört hatte, worüber sie davor noch gesprochen hatten. «Hätte mein Kampf am Gipfel des Wahnsinns ein Jahr später stattgefunden, wäre ich von den Lehrmeistern nicht exkommuniziert, sondern mit offenen Armen empfangen worden.»

Bryn lachte unsicher.

«Mit den krankhaften Intellektuellen und den Gemäßigten befasst sich die Inquisition nicht», fuhr Cerion fort. «Aber aus Gemäßigten werden leicht *Kinder des Wahnsinns* – und die nehmen den Kult sehr ernst.»

«Der Wahnsinn wird uns glücklich machen», flötete Eridanus mit einer kindlichen Stimme. «Wir sind alle eine große Familie. Es ist alles mit-ein-an-der ver-bun-den.» Bei jeder Silbe beschrieb er mit seinem Finger einen imaginären Kreis.

Bryn lachte über den unerwarteten Scherz des alten Magiers.

Cerion nickte ernst. «Eine große gestörte Familie. Man unterzieht sie einer Gehirnwäsche, und dann dauert es nicht mehr lange, und sie werden von den *Wahnarchisten* rekrutiert.»

«Das sind die Fanatiker, eine gewalttätige, apokalyptische Brut», erklärte Eridanus. «Gegen sie kämpft die Inquisition hauptsächlich. Sie ermorden Leute und sorgen dafür, dass alles schlimmer wird. Die *Garamanen* sind besonders lästig.» Eridanus strich sich über den Bart, bis er merkte, dass Bryn mit dem Begriff nichts anzufangen wusste. «Leute, die von der Energie des Wahnsinns besessen sind. Sie halten sich vielleicht nicht an die Philosophie des Wahnsinns, aber sie befassen sich ohnehin nicht mit metaphysischen Fragen. Sie vertreten nur die Ansicht, dass der Wahnsinn eine Kraft ist, die wie jede andere Kraft für den materiellen Fortschritt genutzt werden kann und sollte. Itrim hat bereits eine Technologie entwickelt, mit der er sich aus der Unsichtbaren Welt absaugen und in elektrischen Strom umwandeln lässt.»

«Das ist doch bestimmt von Vorteil», sagte Bryn. «Der Wahnsinn lässt sich umwandeln? Und verliert seine negativen Eigenschaften dabei?»

Eridanus schüttelte müde den Kopf. «Das möchten uns manche glauben machen. Ich kann es mir nicht vorstellen, dahinter muss noch etwas anderes stecken. Ansonsten sind die krankhaften Intellektuellen eigentlich eher harmlos, auch wenn sie über den Kult hinwegsehen und in der Politik eine ziemliche Plage sind.» Eridanus fuhr sich mit der Hand durch die weißen Haare. «Die Anhänger dieser Energiegewinnung sind das eine, aber die Garamanen können gefährlich werden, wenn sie zugleich auch Zauberer oder sogar Magier sind.

Dann werden ihnen nämlich umgehend mächtige Positionen bei den Wahnarchisten übertragen. Dort schätzt man die zusätzliche Zerstörungskraft von Magiern, die sich dem Wahnsinn zuwenden. Daher behält die Inquisition die Garamanen im Auge.»

«Wie schön, dass ich jetzt Bescheid weiß», sagte Bryn. «Da fühle ich mich doch gleich viel besser, was den Kult betrifft.»

«Das ist nur die Spitze des Eisbergs», sagte Eridanus düster.

3. KAPITEL

Haarige Angelegenheiten

Mittni suchte sich einen Weg zu Cunar hinüber, der an einem Felsen lehnte, wie immer mit offenem Hemd. Er schien die Wolken hinter sich gar nicht wahrzunehmen, dabei verschluckten sie den Berggipfel, beraubten den steinigen Boden jeglicher Farbe und versprachen eine ebenso kalte wie feuchte Reise.

«Mach bloß nicht so ein unternehmungslustiges Gesicht!», rief Cunar ihm entgegen. «Siehst ja so aus, als ob du dazu verdammt wärst, es ganz allein mit den Nurgor aufzunehmen!»

Tatsächlich kam das der Wahrheit näher, als der Rabe dachte. Als Mittni bei ihm ankam, seufzte er und wischte sich die Haare aus dem Gesicht. Sie klebten ihm schon jetzt am Kopf.

«Wenn die Numenii weiterhin so denken beziehungsweise das Denken lieber lassen, dann müssen wir es vielleicht tatsächlich selbst mit den Viechern aufnehmen.»

«Schöner Mist, hm?» Cunar kratzte sich das bärtige Kinn. «Ich hatte gehofft, dass dieser Haufen hier keine typischen Numenii wären und vielleicht wenigstens mal zuhören würden.»

«Zugehört haben sie schon, aber es sind eben einfach … selbstgefällige Idioten!» Mittni starrte zum Berg hinauf, als ob er aus ihrer Lage schlauer wurde, wenn er sah, was vor ihnen lag. «Als Soldaten glauben sie nur, was sie gesehen haben. Wer ihnen erzählen will, dass auf der anderen Seite dieses Berges eine Horde Nurgor auf sie wartet, kann mir ebenso gut weiszumachen versuchen, dass es Swigny gar nicht gibt. Da faselt dieser Hauptmann glatt etwas von hypothetischen Situationen, Möglichkeiten und … ach, irgendwas – weiß nicht mehr genau. Im Grunde sagte er, wenn dort Nurgor wären, würde das Heer sie eben dazu benutzen, die Invasion der Polgaren abzuwehren.»

«Die Invasion der Polgaren, die es eigentlich gar nicht gibt. Bestimmt hat ihm dieses kleine Detail besonders gefallen.» Cunar grinste, dass die Goldzähne blitzten.

«Und deine Neuigkeiten sind auch nicht besser, oder? Du sagtest, dass es mehr Nurgor sind als gedacht.»

Nun grinste Cunar nicht mehr. «Darum solltest du ja herkommen – damit du es mit eigenen Augen siehst.» Er drehte sich um und ging die Steigung nach oben, die Hände tief in den Taschen vergraben. Mittni folgte ihm.

«Es hätte keinen Zweck gehabt, es zu beschreiben, und mit Zahlen habe ich es nicht so – jedenfalls nicht bei den Nurgor. Die sind nicht so leicht zu zählen wie ein ordentlich aufgestelltes Heer Numenii.»

Der kleine Pfad führte weiter in den Nebel hinein – beziehungsweise in die Wolke; Mittni war sich nie sicher, worin der Unterschied bestand.

«Sie sind sehr gut versteckt», sagte Cunar zu ihm nach hinten. «War gar nicht so einfach, eine Stelle zu finden, von der aus man alle sehen kann, ohne selbst gesehen zu werden.»

«Was dir aber gelungen ist?»

Cunar lachte. «Natürlich! Noch ein bisschen weiter, direkt am Ende dieses … na ja, Wegs.»

Mittni blickte zurück ins Tal. Nach oben hin konnte man zwar nichts erkennen, aber die Wolke war langsam aufgestiegen, und unten dehnte sich das Tal aus. Gras und Felsen glitzerten, wo die Sonne auf sie fiel. Der Pfad bog zur Seite ab, aber Cunar stieg den Berghang hinauf. Er ging auf alle viere und arbeitete sich vorwärts. Der Barue folgte ihm über eine Kuppe und hinter einem Felsen hinunter.

Sie kauerten in einer Art kleinen Höhle zwischen der gebogenen Bergwand und einigen Felsen, die vor ihnen lagen, als hätte sie jemand absichtlich dort platziert, um einen Ausguck zu schaffen.

«Dort.» Cunar nickte zum Felsen hin. «Sieh selbst. Und mach dich auf was gefasst.»

Sein Tonfall oder vielleicht auch das fehlende Grinsen ließ Mittni zögern, und er spürte etwas von Cunar ausgehen, das er von ihm nicht kannte: Furcht.

Er lehnte sich gegen den Felsen, spähte über den Rand und erstarrte. Sein Magen zog sich zusammen, und er riss entsetzt die Augen auf. Mehrere Sekunden lang starrte er nach unten und konnte es nicht fassen.

«Ja, genau», flüsterte Cunar neben seinem Ohr. «So ging's mir auch.»

Unter ihnen, gut versteckt in einer Talmulde, die nur von so hoch oben einzusehen war, herrschte ein einziges bräunliches Wimmeln. Der Boden hob und senkte sich wie ein wildes, von Parasiten bedecktes Untier – ein Untier, das jedoch aus zahllosen Einzelteilen bestand. Hätte die Wolke nur ein wenig tiefer gehangen, wäre der Anblick großenteils verborgen geblieben. Und nun wagte Mittni kaum, ihre Anzahl zu schätzen. Er wusste nur, dass es weit mehr waren, als sie alle gedacht hatten.

Er ließ sich zu Boden gleiten und lehnte sich mit dem Rücken gegen den Felsen.

Cunar tat es ihm gleich. «Das Frösteln, das dich jetzt überkommt, hat nichts mit diesem kalten Gestein hier zu tun. Es ist einfach nur Angst, der reine Schrecken.»

«Danke für die aufmunternden Worte.» Mittni rang sich ein Grinsen ab.

«Verstehst du jetzt, warum ich gesagt habe, dass ich es nicht beschreiben und unmöglich sagen kann, wie viele es sind?»

Mittni nickte missmutig. «Wie sind die eigentlich alle hierhergekommen? Wir hatten erwartet, dass uns einige Horden entgangen sind auf ihrem Weg nach Norden, aber dass es so viele mehr sind …»

«Die logischste Erklärung ist, dass wir nur diejenigen bemerkt haben, die durch den Amboss gekommen sind», sagte Cunar. «Die Berge bei Bel-Tued sind nicht gerade frei von Nurgor, und oben in Nanoak können ganze Scharen unterwegs sein, ohne dass es jemand merkt. Und dann darf man nicht vergessen, dass es diese Viecher auch in Polgaren gibt.»

«Und alle sind sie zum Horgest zusammengekommen», sagte Mittni. Zum ersten Mal ließ ihm das Wort einen Schauder über den Rücken ziehen. «Hornbeam hatte eigentlich vor, einige Heerführer dazu zu bewegen, sich mit den polgarischen Streitkräften gegen die Nurgor zusammenzutun, aber das hat sich wohl erledigt. Wenn nicht beide Heere reibungslos zusammenarbeiten, werden sie restlos aufgerieben.»

«Tja, nur wie du schon gesagt hast: Eher werde ich zum Bürgermeister von Bel-Tued gewählt, als dass diese schrumpfköpfigen Soldaten auf uns hören werden.»

Mittni seufzte und warf einen letzten Blick auf die wimmelnden Massen. «Das wird um einiges schwieriger, als wir dachten.»

✦ ✦ ✦

Lamberto ließ es sich nicht nehmen, die Hühnersuppe und das Brot selbst zu bringen, während mehrere Diener den Tisch deckten. Die ganze Mahlzeit hindurch ließ er Nachschub bringen. Als alle satt und schläfrig waren, kehrte er strahlend zu ihnen zurück, in jeder Hand eine Flasche Wein. Aquiuss lehnte im Namen aller dankend ab, aber ihr öliger Gastwirt blieb hartnäckig. Es entspann sich ein freundschaftlicher Streit.

«Ihr müsst ja nicht einmal dafür bezahlen!» Als Lamberto bei dem standhaften Culmus Sangui keinen Erfolg hatte, wandte er sich an die junge Herrin. Peasmi nahm sein Angebot freundlich an, und bevor ihn noch jemand daran hindern konnte, füllte er ihr ein Glas bis zum Rand. Zuola lehnte wortlos ab, und er bedrängte sie auch nicht weiter.

«Sonst noch jemand?», fragte er schon beinahe frech – mit einem charmanten Augenzwinkern, als könne man eine so verlockende Gelegenheit zur Sünde unmöglich verstreichen lassen. Als ihm niemand sein Glas entgegenstreckte, erklärte er leicht pikiert: «Dieser Tropfen ist drei Jahre gereift – ein 769er, ein prächtiger Jahrgang! Ah, na bitte.» Rameon hatte nachgegeben, und Lamberto grinste ihn an. Die Culmus Sangui wollten sich keinen noch so kleinen Schluck einschenken lassen, aber Bryn beschloss, es lieber mit den königlichen Hoheiten zu halten. Das distanzierte ihn zwar mehr von den Kriegern, aber was sollte es? Seit seiner Rückkehr aus Baruto, wo sie ihn wegen Verdachts auf Hochverrat festgenommen hatten – weil er für Okolnit gearbeitet haben sollte, der in Wirklichkeit seinen Tod in Auftrag gegeben hatte –, waren sie ihm gegenüber äußerst zurückhaltend. Fysal, ein leitender Paladin, hatte in den Wirrungen sein Leben gelassen, und Bryn spürte, dass sie ihm irgendwie die Schuld daran gaben.

Aquiuss hatte sich Fysals Tod sehr zu Herzen genommen, denn Fysal war sein Mentor gewesen.

Bryn erhob sein Glas, um mit Rameon und Peasmi anzustoßen. «Auf die Gerechtigkeit», sagte er, und die Culmus Sangui nickten grimmig.

Bevor jemand auch nur sein Glas zum Mund führen konnte, kräuselte sich die Oberfläche von Peasmis Wein, und ein Tropfen stieg in die Luft empor – als ob er in den Wein fiele, nur genau umgekehrt. Er wurde zu einer rubinroten Perle, die ein paar Zentimeter über dem Glas in der Luft hing. Alle blickten zu Eridanus, der offensichtlich dafür verantwortlich war. Ohne darauf einzugehen, teilte er den Tropfen mit einem Spreizen der Finger in seine Bestandteile auf. Er inspizierte die einzelnen Tröpfchen und nickte zufrieden. Dann ließ er sie nicht zurück in das Glas fallen, sondern tupfte sie mit dem Finger aus der Luft und kostete sie.

«Er enthält also kein Gift?», fragte Bryn.

Eridanus leckte sich die Lippen. «Gar nicht schlecht – für einen Wein aus Armaah. Ich bevorzuge allerdings Nomidien, wobei das westliche Arleath auch nicht schlecht ist.»

Lamberto machte ein selbstgefälliges Gesicht. «Vom eigenen Weinberg.» Er stellte die Flasche auf den Tisch und bedachte Peasmi mit einem vielsagenden Blick. Dann wandte er sich an Eridanus. «Ihr seid ein Zauberer, ja?»

Bryn hielt den Atem an. Nach der Terminologie Itrims war *Zauberer* ein abfälliges Wort für jemanden, der zwar Talent zeigte, aber keinerlei magische Bildung besaß.

Eridanus lächelte gelassen. «Ja, so nennt man das wohl.»

Bryn konnte die Wachsamkeit Galars spüren, der seine Uniform der Inquisition mit seinem Brustkorb fast zum Platzen brachte. Ein Magier und ein Zwerg … Das konnte einen leicht an Eridanus und Galar denken lassen, die beiden Geächteten, die in den Tod des Imperators Opeion verwickelt gewesen sein sollten. Der Töter drehte sein Gesicht in den Schatten.

«Und wo ist dann Euer Bannbrecher?», fragte Lamberto. «Ich kann keinen Apheristenharnisch entdecken.» Bryn spürte, dass er eher neugierig als misstrauisch war, aber auf diese freundliche Neugierde konnten sie gern verzichten.

«Getarnt», antwortete Eridanus. «Uns ist aufgefallen, dass es nicht gerade hilfreich ist, den Feind gleich wissen zu lassen, wo einer steckt.»

Ihr Gastwirt schwieg für einen Moment. Er bekam einen glasigen Blick, dann nickte er philosophisch. «Einfallsreich, sehr einfallsreich.» Er kratzte sich am Bart. «Ach, wo wir gerade dabei sind …» Er deutete mit dem Kopf geheimnisvoll nach draußen. «Nun ja … Ihr wisst schon … Achtet nicht weiter darauf, ja?» Er sah sich in der Runde um. «Wenn Ihr versteht, was ich meine.» Bryns Begleiter nickten. «Beziehungsweise wer *dazugehört*, kann natürlich gern teilnehmen.» Und an dieser Stelle zwinkerte er ihnen tatsächlich zu.

«Kein Sorge», sagte Eridanus. «Von uns hat niemand etwas zu befürchten. Solange sich das Ganze in Grenzen hält.»

Lamberto lachte. «Ihr kennt uns, Herr.» Er zog eine Kette aus seinem seidigen Gewand.

Bryn hielt es zunächst für eine stilisierte Träne in der Form einer Schlangenlinie, erkannte es auf den zweiten Blick aber als eine Feuerzunge. *Vielleicht der Flammenstern des Wahnsinns*, dachte er.

Lamberto tätschelte die goldene Kette. «Wir haben für Fundamentalisten nichts übrig. Wir tun niemandem etwas zuleide. Nun, falls vielleicht doch jemand teilnehmen möchte …? Ich wünsche jedenfalls einen angenehmen Aufenthalt. Danke, dass Ihr bei Lamberto wart.» Er verneigte sich und ging langsam rückwärts. «Fangt die Wahnarchisten für uns, ja? Die gehören nicht zur *Familie.*»

✦ ✦ ✦

«Wie kann man so etwas zulassen?», schimpfte Bryn, nachdem sie die Tür zu ihrem Schlafsaal hinter sich geschlossen hatten. Hier sollte er zusammen mit neun Culmus Sangui übernachten – nicht gerade eine Gesellschaft, in der er sich wohl fühlte, aber sein Ärger über Lamberto ließ ihn seine Unsicherheit nicht merken. «Er betreibt einen Gasthof der Inquisition und hängt dem Kult an!»

«Er ist ein Gemäßigter», sagte Cerion beschwichtigend.

«Galar hatte recht.» Bryn lachte hohl. «Ich hätte es wissen müssen. Er hat eine Nase für solche Sachen.»

«Galar ist paranoid.» Der Lehrling lachte. «Und war es schon immer.»

«Und ich, ich hab noch nach apheristischen Symbolen gesucht! Dabei ist er ein Fanatiker! Der als Diener der Inquisition an den Wahnsinn glaubt!»

«Schweig! Wenn das Gesinde dich hört, ist das nicht gerade hilfreich für unsere Mission. Vergiss nicht, wir sind hier, um Informationen zu bekommen – das hier ist ein berüchtigter Treffpunkt. Hier werden zwischen dem Kult und der Inquisition viele Kompromisse gemacht.»

«Offensichtlich», fauchte Bryn. «Ha, wir *Gäste* sollten ihn einsperren! Oder auf den Scheiterhaufen bringen oder was man auch sonst immer mit solchen Leuten macht …»

«Herrje, er ist ein *Gemäßigter*, will das denn nicht in deinen Kopf? Wenn du bei jedem herumschreist, der Sympathien für den Kult hegt, wirst du heiser sein, bevor wir in Armaah ankommen. Hör schon auf.» Cerion schob ihn auf ein Etagenbett hinauf, und Bryn gab murrend nach. «Die Inquisition kann nicht sämtliche Sympathisanten einsperren. Es sind einfach zu viele. Sie kann sie erst recht nicht alle umbringen. Da müsste die halbe Numenii-Bevölkerung zum Tode verurteilt werden. Also sieh es einfach ein – so stehen die Dinge nun mal. Und so schlimm, wie das erst mal klingt, ist es gar nicht. Die meisten Gemäßigten sind nicht böse, sondern einfach dumm.»

«Nicht zu fassen.» Bryn seufzte. «Was ist mit den anderen? Wie viele Kinder des Wahnsinns gibt es? Wie sind die Relationen?»

«Gute Frage», sagte Aquiuss, ohne sich im Bett aufzusetzen. «Nach den aktuellen Schätzungen von Oberst Langworth sind fast ein Viertel der Bevölkerung Gemäßigte – also Leute, bei denen sich nachweisen lässt, dass sie Kontakte zum Kult haben und mindestens einmal im Monat an Versammlungen oder Aktivitäten des Kults teilnehmen. Einer von hundert ist ein Wahnarchist. Oder hegt zumindest Sympathien für die Wahnarchie.»

Bryn pfiff. «Was ist bloß aus der Welt geworden? Gibt es denn nur noch Verrückte?»

«Schlaf jetzt», befahl Aquiuss kurz angebunden.

Bryn lag noch eine Zeitlang wach und dachte über den Aufstieg des Kults nach. Wie konnten die Leute nur so dumm sein? Welche Folgen konnte es haben, wenn so viele Leute mit dem Feuer spielten? Was bedeutete das alles für Calaspia? Wie in aller Welt sollten sie den Kult zurückschlagen, wenn er von so vielen unterstützt wurde?

Den ganzen Tag im Sattel zu sitzen strengte ihn nicht mehr sonderlich an. Seine Müdigkeit hatte andere Gründe. Trotz des bequemen Bettes und der geistigen Erschöpfung – oder vielleicht gerade deswegen – hatte er das Gefühl, ewig nicht einschlafen zu können. Er nickte ab und zu ein und verfing sich in verstörenden Gedankenbildern.

Dann hing Lambertos fröhliches Gesicht vor ihm, und aus seinem Kragen stieg die Kette empor, die Feuerzunge, enthüllte sich selbst wie ein dunkles Geheimnis. Voller Stolz trug ihr Gastwirt das Unheil verkündende Zeichen und merkte nicht, wie die Kette sich zusammenzog. Immer weiter liebkoste er das Schmuckstück, das mal eine Träne war und die verborgenen Sorgen ihres Trägers ausdrückte, mal eine Flamme der Leidenschaft. Der Gastwirt lächelte Bryn zuversichtlich an, mit einem Augenzwinkern – und ständig wurde die Kette enger.

Bryn wollte ihn warnen, aber er bekam den Mund nicht auf. Lamberto fing an, über sein besorgtes Gesicht zu lachen, und hatte bald einen Lachkrampf. Schließlich war die goldene Kette so eng, dass sein tiefes Lachen nicht mehr richtig herauskam. Er schluckte, fing an zu husten und musste noch immer lachen.

Die Zeit verging qualvoll langsam: Lamberto hielt an dem Symbol fest, als ob es seine letzte Hoffnung wäre, ohne dass ihm auch nur eine Sekunde bewusstwurde, dass die Kette die Ursache seiner Leiden war. Jedes Streicheln des Schmuckstücks beschleunigte die Strangulierung. Er zog einen letzten Lufthauch durch seine sich schließende Kehle und presste damit ein raues Lachen hervor. Mit schwellenden Adern und hervortretenden Augen sackte er zusammen.

Und streichelte noch immer die Kette.

Bryn erwachte, in kalten Schweiß gebadet. Die Vision hatte sehr den Albträumen geähnelt, an denen er unter dem Einfluss der Kralle des Todes gelitten hatte. Er tastete seine Finger ängstlich nach dem Ring ab, als den er die verderbte Waffe manchmal getarnt hatte. Er suchte auch auf dem Nachttisch danach, dann erst wurde ihm bewusst, dass er sich nicht in Eisenfels befand. Er seufzte erleichtert. Die Kralle hatte ihn nicht mehr in ihrem Griff.

Draußen schien es bereits hell zu werden. Er atmete tief ein und aus, um zur Ruhe zu kommen – eine Technik, die ihm Meister Vallon, ein Professor im Körper eines Babys, in der Eisfeste beigebracht hatte. Während er über den Traum nachdachte, erkannte er die Natur des Wahnsinns. Es handelte sich um ein Gift, das süchtig machte. So ähnlich wie die Macht der Todeskralle. Im Gegensatz zu anderen Schwertern hatte er ihre Klinge nicht reinigen müssen, denn sie war von allein wieder sauber geworden – indem sie das Blut ihrer Opfer in sich aufsog. Im Kampf hatte er sich mit jedem Hieb weiter vergessen, war in einem sehr wörtlichen Sinn im Blutrausch versunken. Nicht nur einmal hatte er sich nach einer Schlacht nicht an das Geschehene erinnern können.

Er rollte sich auf die Seite, um wenigstens noch ein wenig zu schlafen, bevor die Reise weiterging. Ein Knarren war zu hören und schlurfende Schritte – wer trieb sich zu dieser Nachtzeit hier herum? Die Geräusche führten durch das Haus, dann war wieder Ruhe. Nach einigen Sekunden hörte er Schritte draußen im Hof. Dann verstohlenes Geflüster.

Auf einmal hellwach, schlüpfte Bryn unter der Decke hervor und schlich zum Fenster. Die anderen Culmus Sangui schliefen tief und fest, aber er wusste, dass sie bei einem Angriff blitzschnell auf den Beinen sein würden. Die Tür war abgesperrt, und alle hatten ihre Waffen in Reichweite, die Dolche unter den Kopfkissen, die Schwerter neben den Matratzen.

Er hielt den Vorhang beiseite und spähte hinaus. Was er für die Morgendämmerung gehalten hatte, waren Fackeln. Wieso begriff er das erst jetzt? Sie flackerten doch. Getragen wurden sie von einem Dutzend Kapuzengestalten.

Zieh keine voreiligen Schlüsse, ermahnte er sich. Nach den ganzen Gesprächen über den Kult war er prompt davon ausgegangen, dass die Gestalten dort unten dazugehörten. An seinen Füßen spürte er die Kälte, die durch den dünnen Teppich sickerte, den Luftzug vom Spalt unter der Tür. Fröstelnd beobachtete er, wie noch jemand zu der Gruppe stieß und alle sich entfernten. Die massige Gestalt drehte sich um, ließ den Blick über den Gasthof schweifen und hastete davon. Bryn wäre beinahe in Deckung gegangen, aber das Zimmer lag ja in völliger Dunkelheit. Ihm wurde ganz anders. Es war Lamberto.

In feierlicher Prozession gingen sie langsam die Gasse hinunter. Nur das Leuchten ihrer Fackeln war zu sehen und ab und zu auf einer Wand ein Schatten. Bryn lehnte sich auf den Fenstersims und genoss die frische Luft, die bei jedem Windstoß durch einen Spalt hereinwehte. Er sah, wie die Prozession ihren Weg durch die Stadt fortsetzte und sich mit anderen Gruppen vereinte. Schließlich gingen sie alle auf einen entfernten Hügel zu. Auf dem Weg dorthin trafen sie auf weitere Gruppen. Aus ihren Reihen erklang ein unheimlicher Gesang.

Mit einem mulmigen Gefühl ging er zurück ins Bett. Lamberto hatte erwähnt, dass heute Nacht etwas passieren würde – er hatte sie sogar gefragt, ob sie mitmachen wollten! Bryn stellte sich vor, wie in ganz Calaspia überall heimlich solche Gruppen zusammenkamen … Dann fiel ihm plötzlich etwas ein. Sollte er die Einladung annehmen? Dadurch würde er vielleicht wichtige Einblicke in das Aufblühen des Kults und die Motivation dieser Narren erhalten. Er überlegte, Cerion zu wecken, aber dann riskierte er, dass der ihm das Ganze ausredete. Und vielleicht bekam er ja etwas heraus, das ihnen bei ihrer Mission helfen würde. Das konnte seinen Stand nur verbessern.

Obwohl seine Müdigkeit zurückkehrte, hatte die Idee Bryn ergriffen. Er schlüpfte unter der Decke hervor und zog sich leise an. Glücklicherweise knarrte die Tür nicht. Er ließ sie einen kleinen Spalt offen, um unbemerkt zurückkehren zu können. Sein Wehrgehenk legte er erst auf der Treppe an.

Die Vordertür war nicht verschlossen. Rasch schlich er an Wänden entlang und durch die Schatten, um Lamberto und seine Spießgesellen nicht zu verlieren. Aber da brauchte er sich keine Sorgen zu machen. Er konnte ihren Gastwirt ruhig aus den Augen verlieren, denn zahllose andere waren auf demselben Weg. Manche schritten zielstrebig in feierlicher Stille dahin; andere waren verstohlen wie Kinder, die versuchten, ganz leise zu sein, und dabei aber einen Höllenlärm machten. Wieder andere schlenderten scherzend und plaudernd zur Stadt hinaus.

Am Rand von Dappleton musste Bryn sich in die Büsche schlagen, um die «Gemäßigten» aus der Deckung beschatten zu können. Er sah sich um. Die Bauernhäuser boten einen perfekten Übergang vom Stadtgebiet zum Weideland. Er schlich durch einen Hof und fand ein Stück offener Wiese vor sich. Das musste er überqueren, um zu einer Hecke zu gelangen, die Äcker und Weiden umschloss und sich den ganzen Hang hochzog.

Er überlegte fieberhaft und vergaß dabei, auf seine nähere Umgebung zu achten. Er war es so gewöhnt, sich im Schutz von Hauswänden zu bewegen, dass er gar nicht daran gedacht hatte, bei Scheunen anders vorzugehen. Bis hinter dem Tor links neben ihm ein tiefes Knurren erklang, das in ein Bellen umschlug.

Die Hand am Schwert, erstarrte er. Das Scheunentor war geschlossen, und es gab anscheinend keinen anderen Weg, auf dem der Hund an ihn herankam, also schlich Bryn weiter. Auf der anderen Seite der Holzbretter hörte er Pfoten über Steine kratzen und das Hecheln des Hundes, der sich mit ihm mitbewegte.

Wieder bellte das Tier, wütender diesmal. Bryn machte sich bereit zu rennen. Ein Heulen – hinter ihm. Er zog sein Schwert und spähte in die Dunkelheit. Befand sich dieser Hund einfach drüben in einem anderen Stall, oder war er im Hof angekettet? Oder war er vielleicht gar nicht angekettet …

Jetzt bellten mehrere Hunde. Bryn beschloss, lieber Fersengeld zu geben, bevor die Bauern nachsehen kamen, was los war. Wenn die Hunde erst seine Witterung aufgenommen hatten, würde er sich kaum noch verstecken können.

Er rannte los und hörte Pfoten hinter sich auf den gepflasterten Hof schlagen. Ein kräftiges Tier kam hinter ihm hergerannt. Bryn lief, so schnell er konnte, aber der Hund holte auf. Gleich würde er ihn anspringen, und die Hecke war noch weit weg. Er würde es niemals schaffen. Und selbst wenn er über sie hinwegsetzte, schaffte der Hund das auch. Er musste das Tier töten.

Mit erhobenem Schwert fuhr er herum. Vielleicht war es sicherer, den Hund mit Magie zu töten. Angefallen oder auch nur gebissen zu werden, war das Letzte, was er brauchen konnte, wenn er dabei helfen wollte, Recht und Ordnung im Numenii-Imperium wiederherzustellen.

Da war das Tier: die Ohren angelegt, die Lefzen knurrend zurückgezogen, geifernd. Einen größeren Hund hatte er noch nie gesehen – «Wolf» traf es besser. Fangzähne wie die eines Vampirs schimmerten in der Nacht. Statt Bryn an die Kehle zu springen, war der Wolf jedoch langsamer geworden. Er umkreiste seine Beute.

Bryn spürte seine Neugierde, sein Pflichtgefühl. Er zwang

sich zur Ruhe. Er wollte den Wolf noch nicht angreifen, sondern zuerst etwas ausprobieren. Er versuchte, Kontakt zu den Gefühlen des Tiers aufzunehmen und selbst Anerkennung, Ruhe und Zuneigung auszustrahlen.

Das Knurren erstarb, die Lefzen entspannten sich, und die Zunge hing locker aus dem Maul. Der Wolf kam ihm mit wedelndem Schwanz auf seinen Tatzen entgegen.

Interessant, dachte Bryn. Das musste er nochmal probieren. Mit Personen.

Er hielt die Luft an und streichelte das seidige Fell des Tiers. Sein neuer Freund begleitete ihn noch bis zur Hecke.

Geduckt folgte Bryn den Hecken zum Hügel hinauf. Noch immer pochte ihm das Blut in den Ohren, aber eine leichte Brise kühlte seinen Schweiß, sodass er fröstelte, als er oben ankam und sich von der Hecke löste.

Auf dem nächsten Hügel ragten mehrere unregelmäßige Felsen aus der verbrannten Erde hervor – wie Zahnstümpfe aus krankem Zahnfleisch. Sie waren im Kreis aufgestellt, offensichtlich in Nachahmung der Menhire von Armaah, mit denen angeblich die Kräfte des Wahnsinns aus dem Land abgeleitet werden sollten, obwohl sie das genaue Gegenteil taten. Vielleicht einhundert Gestalten waren dort versammelt. Feuer brannten, an denen offensichtlich höchst unterschiedlichen Kulthandlungen nachgegangen wurde. Eine Horde gelangweilter Leute, die versuchten, ihrem Leben mit etwas Exotik und verbotenem Tun mehr Pepp zu verleihen. Bald fiel ihm auf, dass sie zwischen den Ritualen wechselten und dass besonders eine Stelle die Teilnehmer anzog. Er musste dichter heran. In der Mulde zwischen den Hügeln war es stockdunkel. Dass die Gemäßigten Wachen aufgestellt hatten, war nicht zu befürchten; zudem würden sie von den Feuern geblendet sein. Er konnte sich einfach an die Gruppe heranschleichen, die gerade auf dem Weg zum vorderen Lagerfeuer war.

Schließlich war er dicht genug heran, um sich unter die nächste vorbeikommende Gruppe zu mischen – aber er kam zu spät. Die Rotation zwischen den Feuern hatte aufgehört. Einige Leute machten sich bereits auf den Heimweg, und eine andere Gruppe sah ihm ganz und gar nicht gemäßigt aus. Er ging näher heran und hörte einen Gesang. Der Wind änderte die Richtung, und eine Rauchschwade zog an Bryn vorbei, hüllte ihn in süßlichen Kräutergeruch.

Er nutzte die überraschende Deckung des Rauchs und tat noch ein paar Schritte. Aber seine Augen brannten und tränten mehr als erwartet; er musste praktisch blind gehen, mit einem Arm vor dem Gesicht. Als sich die dichte Wolke verzog, stand er direkt vor einem Kapuzenmann.

Ganz ruhig! Tu, als ob du einer von ihnen wärst. Bryn beachtete den Mann nicht weiter, als ob er dazugehörte und damit gerechnet hatte, ihn dort anzutreffen. Äußerlich gelassen ging er weiter den Hügel hinauf. Er spürte nach den Gefühlen des Mannes und stellte erleichtert fest, dass dieser ihn kaum wahrgenommen hatte. Im Schatten eines der Monolithen blieb er stehen und versuchte die Situation einzuschätzen. Die Worte, die gesungen wurden, waren unverständlich, also ignorierte er den Gesang erst einmal. Der ging ihm ohnehin schon auf die Nerven.

Er lugte um den Stein. Die Kapuzenmänner beugten sich über eine Art Pergament und unterhielten sich lebhaft. Vielleicht konnte er einfach hinüberspazieren und sein Glück versuchen. Einen sonderlich organisierten Eindruck machte das Ganze hier oben nicht. Und noch immer trudelten Neuankömmlinge ein.

Leise, aber wie selbstverständlich, ging Bryn auf die Gruppe zu. Er beeilte sich, doch der Mann, um den sich alle geschart hatten, klappte das Pergament zusammen und verstaute es in einem Lederbeutel, während sie sich weiter unterhielten. Zu spät!

Dann musste er das Heft eben stehlen. Er schaffte es, sich unbemerkt dazuzugesellen, und hörte drei Kapuzenmännern zu, die sich gerade über eine größere Versammlung unterhielten, die nur einmal im Monat stattfand und zu der Tausende von Teilnehmern erwartet wurden.

Die drei standen direkt zwischen ihm und einer Fackel, sodass Bryn sich glücklicherweise im Schatten befand. Er schlich dichter an den hochgewachsenen Mann mit dem Heft heran und streckte die Finger nach dem Beutel aus, um ihn zu öffnen.

Genau in diesem Moment wandte der Mann sich um und ergriff seinen Arm.

Bryn wollte sich losreißen, ihm die Tasche entwinden und flüchten, aber als er erkannte, wer ihn dort festhielt, erstarrte er.

«Lamberto vergisst nie ein Gesicht.» Der lockenköpfige Gastwirt strahlte ihn an. «Ihr seid doch von der Inquisition, nicht wahr?»

Bryn nickte stumm.

«Sehr schön! Habt Ihr keinen Eurer Freunde mitgebracht? Nein?» Sein Lächeln wurde breiter. «Ihr seid der Einzige, ja? Ich begrüße Euren Mut! Und ich bewundere Eure Aufgeschlossenheit!»

Der Gastwirt klopfte ihm auf die Schulter und zog ihn neben sich ins Gras. Seinen Augen und dem Geruch seines Atems nach zu urteilen, hatte er wohl das inhaliert, was auch immer den Rauch so seltsam riechen ließ.

Bryn konnte spüren, dass Lamberto guter Stimmung war,

aber das war vielleicht auch sein Normalzustand. «Ich wollte mit Euch hier hinauskommen, aber ich habe Euch in der Menge aus den Augen verloren.»

«Nun, jetzt habt Ihr uns ja gefunden, hm?»

Ungläubig sah Bryn, wie Lamberto den Beutel öffnete und das Objekt seiner Begierde wieder herauszog. Es handelte sich um eine der Speisekarten aus dem Gasthof. Verdutzt überlegte Bryn, dass die meisten dieser Gemäßigten bestimmt gute Kunden von Lamberto waren und er sie voller Stolz auf ein neues Menü hinweisen wollte.

Aber der Gastwirt war auf etwas ganz anderes stolz und zugleich auch fast schon etwas ängstlich deswegen. «Hier – schaut.»

Er drückte Bryn die Speisekarte in die Hand, öffnete sie und strich mit einem Finger um die Darstellung des Gasthofs oben auf der rechten Seite herum. Die Unsichtbare Welt, die Bryn dafür, dass er sich mitten unter Okkultisten befand, als einigermaßen ruhig und friedlich empfunden hatte, begann erwartungsvoll zu vibrieren. Bryn spürte, wie sich etwas mit der Karte verband, das ihm jedoch nicht als gefährlich erschien.

«Eine Nachricht», sagte Lamberto. «Vom Kultivator höchstpersönlich!»

«Vom Kultivator?», entfuhr es Bryn, bevor er sich zusammenriss. Wer mochte ein Kultivator sein? Natürlich ihr Anführer. Also fügte er rasch hinzu, um sich nicht durch seine Unwissenheit zu verraten: «Dann seid Ihr alle Anhänger des Kultivators?»

Lamberto nickte begeistert.

«Ja, er ist gut, nicht wahr?», sagte Bryn.

Dann schwieg er, während die Zeichnung langsam aufschimmerte und sich veränderte. Wie vor ein paar Tagen in

Eridanus' Spiegel erschien ein Gesicht. Das Bild blieb recht verschwommen. Das Gesicht war blass und sah irgendwie flach und unwirklich aus.

«Meine geliebten Kinder», ertönte eine Stimme. «Verbreitet das Wort! Wir leben in aufregenden Zeiten. Die Feinde der Freiheit tun sich zusammen, um unseren Widerstand zu erdrücken, aber es ist zu spät. Immer mehr Vettern werden erleuchtet und erfahren die Wahrheit des Wahnsinns am eigenen Leib, und viele steigen in Höhen auf, die sie sich nie hatten träumen lassen. Dennoch werden unsere Reihen von Zwietracht und inneren Kämpfen erschüttert, stellen sich Brüder in Fragen der Lehre gegeneinander. Es müssen mehr Vettern durch innere Händel ihr Leben lassen als durch die Hand des schwächlichen, machtlos wankenden Imperiums.»

Bryn war beeindruckt. Das klang eher nach einem apheristischen Priester als nach einem Wahnarchisten, und doch sprach hier ein Anführer des Kults. «Aber das hat mit Wahnsinn nichts zu tun, meine Kinder. Das ist bloße Dummheit! Wenn wir überleben wollen, müssen wir uns vereinen und laut und deutlich mit *einer* Stimme sprechen. Nicht die Lehre ist entscheidend, denn auch in der Einheit kann es Vielfalt geben. Geht es beim Wahnsinn, dem großen Gleichmacher, nicht genau darum?»

Bryn starrte auf das Bild und versuchte, das Gesicht zu erkennen. Die Lippen schienen sich kaum zu bewegen. Mit den Augen stimmte auch etwas nicht.

«Lasst uns daher die armseligen Zänkereien vergessen und zusammenkommen, um die Befreiung unserer Gedanken zu feiern. Ich habe es vorausgesehen, Brüder und Schwestern: Nur wenn die Winde des Wahnsinns alle Ungläubigen Calaspias zusammenbringen, kann die wahre, die grausame Schönheit des Wahnsinns in einer Manifestation über die

Lande fegen, wie sie die Welt seit seinem ersten Eindringen noch nicht gesehen hat! Schließt euch mir an, meine Kinder, denn ich kenne den Weg.»

Jetzt wusste Bryn, was ihn an dem Gesicht störte. Es war nur eine Maske, ebenso lebensecht wie leblos. Er versuchte, wenigstens die Augenfarbe zu erkennen, aber da verschwamm das Bild schon, und nach einem kurzen Aufblitzen des Flammensterns war wieder nur Lambertos Gasthof zu sehen.

«Inspirierend», hauchte Bryn. «Und was ist das für eine Manifestation des Wahnsinns?»

Hinter ihm hatten sich andere versammelt und ihm über die Schulter geschaut. Er hatte den Eindruck, dass sie sich das Ganze schon mehrmals angesehen hatten.

«Genau das wissen wir nicht», sagte Lamberto. «Habt Ihr irgendeine Idee?»

Bryn dachte angestrengt nach. Was auch immer dahintersteckte, es versprach nichts Gutes. «Nun, er hat darüber geredet, die Kulte zu vereinen …» Nicht zu fassen, dass er hier mit dem Feind dessen Strategie diskutierte – als würde er dazugehören! «Es muss eine Manifestation von gewaltigen Ausmaßen sein, wenn er so viele von uns benötigt. Hat er eigentlich je gesagt, wie viele er genau braucht?»

Lamberto schüttelte den Kopf, und Bryn musste an seinen Traum denken. «Der Kultivator führt bereits die größte Schar von ganz Armaah an. Meine Kontakte haben mir erst vor kurzem berichtet, dass die bis dahin größte Gruppe von Kindern sich ihm untergeordnet hat – darunter sogar die *Glückseligen* aus Bel-Tued!»

Also keine eindeutige Zahlenangabe. «Habt Ihr den Kultivator je persönlich getroffen?»

Die anderen lachten, und Lamberto schüttelte den Kopf. «Das wäre eine große Ehre! Wenn wir Glück haben, treffen wir ihn demnächst. Meine Vettern und ich denken darüber nach, einige Zeit freizunehmen, um uns seinen nächsten Vortrag selbst anzuhören, wo immer das auch sein mag. Aber wer weiß, vielleicht kommt er eines Tages sogar hierher! Wenn wir nur genügend Leute begeistern können, erregt das gewiss seine Aufmerksamkeit.»

«Und wie funktioniert das mit der Speisekarte? Was für eine Art Magie ist das?» Bryn ärgerte sich über sich selbst, weil er nicht daran gedacht hatte, ein staunendes Gesicht zu machen.

Lamberto breitete die Hände aus. «Einer aus der Schar des Kultivators hat sie für uns verzaubert, ein begnadeter Magier. Wir sind äußerst dankbar dafür, so von den neuesten Entwicklungen zu hören und daran teilhaben zu können, Calaspia zum Guten zu verändern.»

Die Freunde des Gastwirts waren sehr angetan von seiner kleinen Rede, doch Bryn hatte den Eindruck, nichts mehr erfahren zu können, was ihm sonderlich weiterhalf. Also gähnte er. «Oh, ich sollte zurückgehen, bevor irgendjemand merkt, dass ich weg bin.»

«Jetzt schon?» Lamberto sah ihn enttäuscht an. «Ihr wart ja noch nicht einmal bei den Feuern!»

«Aber ja, kurz bevor ich Euch wiedergefunden habe.» Bryn stand auf und verbeugte sich. «Vielen Dank. Ich hoffe, Ihr … findet Euch auf diesem Pfad des Wahnsinns zurecht und könnt Calaspia tatsächlich zum Guten verändern.»

Niemand bemerkte seinen versteckten Spott. Mit einem Kopfschütteln folgte er anderen Heimkehrern, hielt aber etwas Abstand. Das Alleinsein tat ihm gut, aber die kalte, klare Nachtluft half ihm auch nicht, Ordnung in seine kreisenden Gedanken zu bringen.

Bei seiner Rückkehr schliefen die Culmus Sangui noch

immer. Anscheinend war niemandem seine Abwesenheit aufgefallen. Trotz seiner inneren Unruhe überkam ihn Müdigkeit, und er schlief rasch ein.

Das Symbol des Flammensterns tanzte hinter seinen geschlossenen Lidern wie ein brennendes Auge. Ewige Flammen verbreiteten vom Gipfel des Wahnsinns aus ihre Rauchschwaden über ganz Calaspia – wie ein fortwährend ausbrechender Vulkan, dessen Kräfte Wahrheit und Schönheit bei jeder Eruption entstellten und verdarben, indem sie die Schale bewahrten, aber Seele und Substanz zerstörten.

Wieder baumelte Lambertos Kette vor ihm. Die Flamme … Worin lag ihre Verlockung?

Er sah das Zeichen des Imperiums: die sechs Flammen der Numenii-Königreiche, in der Krone vereint. Langsam, aber unaufhaltsam verschmolzen die sechs Feuerzungen miteinander, wurden zu einem tosenden Schmelzofen, der die Fesseln der sie umfassenden Krone zerstörte.

Ja – diese eine Flamme stand für die Vereinigung aller Flammen. Und das Fehlen der Krone stand für die Abwesenheit von Engstirnigkeit und Kleingeistigkeit, für die Freiheit von Grenzen, Einschränkungen und jedweden gesellschaftlichen Hemmnissen.

Der Flammenstern zwinkerte ihm zu, lockte ihn, sich seinen Verehrern anzuschließen.

Eine Kerze. Eine Lampe. Ein Leuchtfeuer, das kein Licht ausstrahlte, sondern Dunkelheit …

Bryn erwachte endgültig, als Cerion ihn schüttelte.

«Komm. Eridanus will, dass wir abreisen. Gegessen wird unterwegs, also pack dir Proviant ein, falls du vor der Mittagsrast noch etwas essen möchtest!»

✦ 4. KAPITEL ✦

Bodenkultivierung

Mittni, Sir Humphrey und General Hornbeam hatten sich, eskortiert von Culmus Sangui, bereits am Morgen mit den polgarischen Heerführern getroffen, aber wie es Sir Humphrey so treffend beschrieben hatte, hätten sie ebenso gut versuchen können, einem Löwen etwas über vegetarische Ernährung beizubringen. Der Oberbefehlshaber, ein gewisser General Wainwright, war ihnen mit Höflichkeit begegnet, und er hatte auch gewusst, dass sich im Nebental Nurgor versteckt hielten. Er zweifelte jedoch Mittnis Angaben über ihre große Zahl an, und bei der Erwähnung des Horgests hatte er ihnen ins Gesicht gelacht. Dann hatte er erklärt, dass die numeniischen Heere doch nur dort waren, um einen angeblichen Angriff Polgariens abzuwehren, und sie aufgefordert zu gehen.

Mittni verzweifelte langsam: Keine Seite wollte zuhören und sich auf gemeinsame Gespräche einlassen. Die Zeit lief ihnen davon, und die Situation war noch finsterer als gedacht. Die Sonne drohte bereits hinter den Bergen zu verschwinden und das Tal ins Halbdunkel zu tauchen. Sie mussten etwas unternehmen, mussten versuchen, die drohende Katastrophe abzuwenden. Wenn sie es nicht taten, wer dann? Also trieben sie ihre Pferde nach Norden, um sich mit dem polgarischen Oberbefehlshaber zu treffen.

«Wer kommt dort angeritten?», rief plötzlich einer der Culmus Sangui. «Sieht mir nicht wie ein Soldat oder Abgesandter aus.»

Mittni blickte hoch. Ein graues Pferd suchte sich seinen Weg über das kurze Gras und die verstreuten Steine auf sie zu. Der Reiter trug einen Reiseumhang. Sie hielten an und warteten auf den Neuankömmling.

Mittni runzelte die Stirn. Das wallende rote Haar kannte er doch!

«Ist das Espera?» General Hornbeam hatte sie offensichtlich auch erkannt.

Mit einem Lächeln brachte sie ihr Pferd zum Stehen.

«Guten Abend, alle miteinander», begrüßte Espera sie, als wäre dies kein zufälliges Zusammentreffen. Mittni und Hornbeam verneigten sich leicht, denn im Grunde gehörte sie nach wie vor zur königlichen Familie.

«Espera, wie schön, Euch zu sehen. Was bringt Euch so weit in den Norden?», fragte Sir Humphrey.

«Nun, falls Ihr es noch nicht bemerkt habt, zwei Heere stehen unmittelbar davor, ihre Nationen in den Krieg zu treiben. Und darüber hinaus versteckt sich auf der anderen Seite dieser Berge eine Nurgor-Streitmacht, die groß genug ist, beide Heere zu vernichten.» Sie klang, als ob sie einfach ein paar Argumente auflistete.

«Ja, das ist uns durchaus bewusst – obschon wir anscheinend die Einzigen sind, die versuchen, das Unvermeidliche aufzuhalten.»

Espera lachte. «Warum so verdrießlich?»

Mittni spürte, wie bei den anderen einen Anflug von Ärger aufstieg.

«Weil wir sagen können, was wir wollen», blaffte Hornbeam, «und diese inkompetenten Generäle trotzdem blind für die Wahrheit bleiben.»

Sie schmunzelte wie über einen Witz, an den sie sich erinnerte, und sagte leise: «Ja, ich dachte mir schon, dass er Euch damit meinte.» Dann sprach sie lauter: «Lasst mich Euch in diesem Fall eine gute Nachricht überbringen – die Euch äußerst willkommen sein dürfte, wie es klingt. Ihr könnt Euch ab sofort auf die Numenii konzentrieren. Mit Wainwright habe ich mich bereits befasst.» Sie trieb ihr Pferd an der Truppe vorbei.

«Was meint Ihr mit ‹bereits befasst›?», fragte Mittni, als sie kehrtmachten, um ihr zu folgen. Bei Espera und den Leuten, für die sie arbeitete, konnten diese Worte vieles bedeuten.

«Keine Sorge, Mittni, er lebt und ist wohlauf.» Sie wandte sich zu ihm um und grinste. «Ich meine damit, dass er jetzt begriffen hat, dass die Numenii nur hier sind, weil sie glauben, dass Polgaren kriegerische Absichten hegt.»

Hornbeam fiel regelrecht die Kinnlade herunter. Hätte er nicht auf einem Pferd gesessen, wäre er wahrscheinlich gestolpert.

«Wie das?», war alles, was er sagen konnte.

«Ich bilde mir gern ein, dass es meiner natürlichen positiven Ausstrahlung und Wortgewandtheit zu verdanken ist. Aber es kann auch daran liegen, dass ich Mitglied der königlichen Familie bin – und sogar der Polgarens. Oder an der Tatsache, dass General Wainwright und ich entfernt miteinander verwandt sind. Oder sogar daran, dass ich ihm dies hier gezeigt habe …» Sie griff in ihre Tasche und zog eine mit einem Band zusammengebundene Rolle heraus, an dem das schwarze Siegel der Inquisition hing. «Wie aus diesem Schriftstück hervorgeht, weiß der Hochinquisitor, dass Polgaren nicht die

Absicht hegt, das Imperium anzugreifen, und will die Heerführer des Imperiums dennoch dazu bringen, mit Unterstützung der im Horgest zusammengerufenen Nurgor in Polgaren einzumarschieren.»

«Aber das sind ja wundervolle Neuigkeiten!», rief Hornbeam und ritt an ihre Seite. «Das können wir Marnus zeigen, dem General der Numenii, und dann muss sogar dieser nutzlose Mensch einsehen, dass wir die Wahrheit gesagt haben. Dann hat diese ganze Scharade ein Ende.»

Mittni konnte über Esperas Gewandtheit nur staunen, als sie auf die Worte des Generals reagierte. Die äußerlichen Anzeichen der Überraschung waren alle vorhanden, aber erspüren konnte er nicht einmal einen Anflug davon. Sie lehnte sich hinüber und sagte mit etwas tieferer Stimme: «Wie, Ihr wisst es nicht?» Für jemanden ohne Barue-Sinne musste sie völlig verblüfft wirken. Mittni kam sie vor wie eine begnadete Auftrittskünstlerin oder Schauspielerin. Wie jemand, der den Ablauf bis ins kleinste Detail wusste und dem Publikum trotzdem das Gefühl vermittelte, sich auf jede Drehung und Wendung der Handlung erst einstellen zu müssen.

Als Hornbeam nicht antwortete, fuhr sie fort.

«Dieses Schreiben», sie winkte mit der Rolle wie mit einer überaus verlockenden Delikatesse, «wurde niemand anderem als General Marnus überbracht. Natürlich hätte es nach dem Lesen eigentlich vernichtet werden sollen, damit sich das Ganze als lachhafte Verschwörungstheorie hätte leugnen lassen können.»

Sir Humphrey kniff die Augen zusammen und mahlte mit den Kiefern. General Hornbeam packte die Zügel so fest, dass seine Knöchel weiß wurden.

«Schuckel, und wie habt Ihr die Rolle dann in die Finger

bekommen?», fragte Mittni. Es überraschte ihn nicht sonderlich, wie weit die Verschwörung tatsächlich reichte.

Espera zuckte die Achseln. «Okolnit wollte sie, und irgendjemand schuldete ihm einen Gefallen. Viele Leute schulden ihm den einen oder anderen Gefallen, und so bekommt er früher oder später, was er will.»

«Vergebt einem alten Mann seinen Zynismus», sagte Sir Humphrey. «Aber welches Interesse bitt schön hat Okolnit an der hiesigen Lage? So gern ich glauben würde, dass ihm der Frieden und die Sicherheit Polgarens und des Imperiums am Herzen liegen, kann ich mir doch schwerlich einreden, dass ihn solch hehre Motive bewegen.»

«Krieg ist nicht gut fürs Geschäft. So einfach ist das.»

Humphrey runzelte die Stirn. «Was nun aber eigenartig ist und gar nicht zu ihm passen will. Ich weiß genau, dass er sich für ein stärkeres militärisches Engagement in den Westlichen Gefilden eingesetzt hat. Im Allgemeinen haben Organisationen wie die seine etwas davon, wenn das Imperium Krieg führt und expandiert. Warum sollte er ausgerechnet jetzt Bedenken hegen, zumal das Ganze als Geheimoperation angelegt war?»

Die letzten goldenen Sonnenstrahlen ließen Esperas Gesicht aufleuchten. «Ich bin natürlich nicht mit sämtlichen Einzelheiten vertraut. Aber es gibt einige wichtige Abmachungen mit polgarischen Händlern und Kaufleuten, und bei einer Besetzung durch die Numenii müssten erst neue Verträge und Konditionen ausgehandelt werden.»

Sie führte weiter aus, wie lukrativ die derzeitigen Schmugglerrouten wären und wie bereitwillig die zuständigen Offiziellen ein Auge zudrücken würden – vorzugsweise, wenn man ihnen dafür etwas in die Hand drückte. Nach Esperas Worten war das politische Klima für jemanden wie Okolnit derzeit ideal.

«Er muss einfach nur eine Andeutung machen, und schon hat er die Lizenzen zum Herstellen und Vertreiben aller möglichen Waren in der Hand. Früher musste er sich ganz schön anstrengen, um etwas einigermaßen Interessantes zu organisieren; da durfte er seine Fühler bis in die hintersten ökonomischen, kulturellen, politischen und sogar religiösen Winkel ausstrecken.» Sie sprach mit immer leidenschaftlicherer Stimme, und ihre grünen Augen glänzten. «Es ist wirklich verblüffend zu sehen, wie er arbeitet und was er zu leisten vermag. Es ist beinahe schon eine Schande, dass er in den Geschichtsbüchern kaum Erwähnung finden wird. Er ist ein wunderbarer Mann, von dem sich unglaublich viel lernen lässt.»

Humphrey grinste – was irgendwie gar nicht zu ihm passte, fand Mittni –, dann brach ein Lachen aus seiner Brust hervor. «Oh, meine liebe junge Dame, Ihr scheint seinem Charme ziemlich erlegen zu sein! Als Nächstes wollt Ihr uns vielleicht noch von seinem neuen Wohltätigkeitsprojekt zur Rettung verletzter Tiere erzählen.»

Der Moment der Offenheit und Verletzlichkeit war vorüber, und sie machte wieder ein so stolzes und unnahbares Gesicht wie immer. «Seine Pläne gehen wenigstens auf. Ein paar Minuten mit seiner lieben Verwandten, und der gute Wainwright war ganz Ohr. Mal sehen, was sich bei den Numenii erreichen lässt.»

Humphreys Züge verhärteten sich. «Ja, lasst uns diesem doppelzüngigen Schurken einen Besuch abstatten. Befehlshabende Offiziere verfügen normalerweise über ein gewisses Maß an Anstand und Vertrauenswürdigkeit. Doch Marnus weiß offensichtlich gar nicht, was das ist.»

Hornbeam zwirbelte seinen Schnurrbart und brummte zustimmend.

Eine Zeitlang ritten sie schweigend dahin. «Aber was ist mit Wingnut?», fragte Sir Humphrey dann. «Er ist ein ziemlich anständiger Kerl, oder? Als Major verfügt er bei den Truppen über einigen Einfluss. Wenn man nun ihm die Rolle zeigen würde …?»

«Das wird nicht funktionieren, Aelic», grollte General Hornbeam. «Im Moment läuft alles leider nach dem Motto: *Augen zu und durch, wenn du weißt, was gut für dich ist.* Selbst wenn Major Wingnut uns glaubt, wird er nichts unternehmen. Alle haben einfach viel zu viel Angst.»

Den Rest des Wegs schwiegen sie, und jeder fragte sich, was der Abend wohl bringen würde. Als das Lager der Numenii in Sichtweite kam, schien sich die Sonne aus Furcht vor den anstehenden Gesprächen hinter dem Amboss zu verstecken.

✦ ✦ ✦

«Was die Polgaren glauben, ist mir gleich», knurrte General Marnus. «Ich weiß nur, dass ich den Auftrag habe, eine Invasion abzuwehren. Ein kleines Stück von hier lagert das polgarische Heer, und es stellt eine Bedrohung für die Sicherheit unseres Landes dar und muss entsprechend behandelt werden. Ob sich außerdem noch irgendwelche Nurgor in der Nähe befinden, ist momentan völlig ohne Belang.» Er lehnte sich in seinem Stuhl zurück und verschränkte die Arme vor der breiten Brust.

Mittni seufzte. Ihr Gespräch drehte sich im Kreis: Dem General war mit Vernunft nicht beizukommen. Außer Marnus und ihnen befanden sich noch Major Wingnut und zwei Hauptleute im Kommandozelt, aber der General war der Einzige der vier, der mit ihnen sprach. Zwei Feuerstellen tauchten das Zelt in flackerndes Licht und erfüllten die Luft mit dem Geruch glühender Kohlen.

«Und wenn die Polgaren nur hier sind, um die Nurgor abzuwehren?», sagte Espera, aber auch diese Möglichkeit hatten sie schon vorgebracht. «Wäre es den Versuch nicht wert, sich mit ihrem General zu treffen, um zu schauen, ob es eine nachvollziehbarere Erklärung für ihre Präsenz gibt?»

Bei dem Wort «nachvollziehbar» zuckte der Barue innerlich zusammen und spürte schon im selben Moment Marnus' Verärgerung.

Der General schnaubte durch seinen dichten schwarzen Schnauzer. «Wann haben diese Täuscher je *nachvollziehbar* gehandelt? Ihnen ist jede Ausrede recht, sich mehr Land unter den Nagel zu reißen. Sie glauben, dass wir schwach sind und dass sie hier ohne Widerstand einmarschieren können. Aber eines kann ich Euch sagen: Das wird nicht geschehen. Wir werden sie hinter die Grenze zurücktreiben und ihnen Manieren beibringen!»

«Nun macht aber mal einen Punkt, guter Mann.» Humphrey kratzte sich an der Nase. «Als Befehlshaber dieser Streitkräfte ist es Eure Pflicht, sämtliche Möglichkeiten zu …»

Der General fiel ihm schnaubend ins Wort: «Ihr müsst mir nichts über *meine* Pflichten erzählen, ich –»

«Hättet Ihr die Güte, mich ausreden zu lassen!», brüllte Humphrey mit gefährlich blitzenden Augen. Es wurde mucksmäuschenstill im Zelt; sogar die Feuerstellen schienen den Atem anzuhalten. «Früher besaßen Generäle, wenn es ihnen schon an Respekt mangelte, doch wenigstens den Anstand, ihren Vorgesetzten zuzuhören. Außerdem ließen sie die Umgebung vernünftig auskundschaften. Und was am wichtigsten ist: Ein guter Heerführer versetzte sich in die Lage des Gegners und versuchte dessen Gedanken, Motivationen und Beweggründe nachzuvollziehen, um jeden seiner Schritte vorauszusehen. Wisst Ihr denn auch nur, wie der polgarische Heerführer heißt? Kennt Ihr seine Ziele? Seine Vorgeschichte? Wenn ich einer Eurer Männer wäre, würde ich mich weigern, unter solch einer erbärmlichen Führung in die Schlacht zu ziehen.»

«Nun mal halblang!» Marnus sprang auf, dass sich sein prächtiger Umhang hinter ihm blähte. «Ich kann damit umgehen, dass Ihr mich mit Verschwörungstheorien überschüttet; ich wäre sogar bereit, mir Eure taktischen Ratschläge anzuhören, aber ich werde nicht zulassen ...» – er hob warnend einen Finger –, «... dass Ihr meine Autorität in meinem eigenen Lager untergrabt. Mag sein, dass Ihr mir gegenüber ranghöher seid, aber Ihr besitzt keinerlei Befehlsgewalt über mich.» Er tippte mit dem Finger auf die Brust seiner Uniform, wo das Zeichen eines Generals aufgestickt war – ein Schwert unter einer Krone –, und starrte Sir Humphrey an. «Ansonsten wissen wir genau, was wir tun. Alles ist unter Kontrolle und verläuft genau nach Plan.»

Major Wingnut schien davon nicht so überzeugt. Er hatte einen besorgten Gesichtsausdruck, und Mittni konnte spüren, welche Mühe er hatte, die Augenbrauen nicht hochzuziehen.

«Nun, es freut uns sehr zu hören, dass es einen Plan gibt», sagte Espera gelassen.

«Ich habe gemeint, was immer geschieht, wir sind auf alles vorbereitet», korrigierte sich der General. «Und warum sollte ich ausgerechnet Euch in meine Vorbereitungen einweihen? Ihr kommt hierher, tischt mir Lügen auf und untergrabt die Moral der Truppe. Sogar Lady Espera ist involviert! Soweit ich das beurteilen kann, könntet Ihr ebenso gut Spione Polgarens sein!»

«Was erdreistet Ihr Euch!» Nun war auch Humphrey aufgesprungen. «Das hättet Ihr Euch besser zweimal überlegt, eine solche Anschuldigung gegen jemanden zu erheben, der dem Numenii-Heer stets treu gedient hat.» Stolz und aufrecht stand er dort, wenn auch um einiges kleiner, und strahlte eine Autorität aus, der Marnus trotz seiner physischen Erscheinung nichts entgegenzusetzen hatte. «Ich bin länger General gewesen, als Ihr überhaupt gedient habt. Ich habe Feldzüge in die Westlichen Gefilde angeführt, war königlicher Berater in Sachen Kriegsführung und Sicherheit und habe die Taktiken und Manöver, die Ihr heutzutage fleißig übt, überhaupt erst entwickelt und an der Front erprobt.»

Auch General Hornbeam stand nun auf, und die anderen taten es ihm nach. Major Wingnut und die beiden Hauptleute rückten näher zu ihrem General, die Hände an den Griffen ihrer Schwerter.

«Wenn Ihr uns als Verräter und Spione festnehmen lassen möchtet», sagte Humphrey, «dann viel Vergnügen. Aber bedenkt, dass Ihr dann unter anderem einen hochrangigen Militär, eine Verwandte der Imperialen Familie und einen wichtigen strategischer Berater der Inquisition sowie der Imperialen Streitmächte des Hochverrats bezichtigt.» Er ging zum Zeltausgang. In der Öffnung blieb er kurz stehen. «Nichtsdestotrotz wünsche ich Euch und Euren Truppen das Beste – auch was eventuelle Vorbereitungen angeht, die Ihr ja vielleicht doch noch trefft, obwohl Euren Worten zufolge alles unter Kontrolle ist und nach Plan verläuft.» Damit war er verschwunden.

«Vielen Dank für Eure Gastfreundschaft, General Marnus», sagte Espera und ging ebenfalls. Die anderen nickten dem General und dem Major beim Hinausgehen nur knapp zu. Major Wingnut und die beiden schweigsamen Unteroffizieren salutierten General Hornbeam.

Es war dunkel geworden, und eine kalte Brise strich zwischen den Zelten hindurch und ließ die Lagerfeuer blaken und flackern.

Sie gesellten sich zu Humphrey, der tief die wohltuende Luft einatmete und zum Himmel blickte. Dann verließen sie unter den wachsamen Blicken der Soldaten das Lager.

«Jetzt können wir nur noch hoffen, dass irgendjemand Marnus fragt, ob er wirklich weiß, was er tut», sagte Humphrey lauter als nötig.

«Die Truppe zumindest wird sich das auf jeden Fall fragen», sagte Hornbeam. «Dafür sorgen schon der ihr angeborene Zynismus und schwarze Humor, der in solchen Momenten gar nicht schwarz genug sein kann.»

«Die Truppe sollte sich aber auch fragen, ob ihr werter General überhaupt in der Lage ist, sie zu führen!», rief Humphrey. «Er hat keine Ahnung, was er tut, und den Horgest ignoriert er auch noch.»

Mittni grinste. «Noch ein bisschen lauter, Humphrey. Ich glaube, ein paar haben Euch noch nicht gehört.»

Humphrey zwinkerte ihm zu. «Keine Sorge, Mittni. Du wärst überrascht, wie schnell sich Gerüchte in solchen Lagern verbreiten. Noch vor dem Morgengrauen haben alle davon gehört, ihre eigenen Versionen weitererzählt und ihre Gedanken und Sorgen ausgetauscht.»

«Das ist ja alles schön und gut», sagte Espera streng. «Aber wird uns das in irgendeiner Weise helfen? Glaubt Ihr wirklich, dass es klug war, die Beherrschung zu verlieren?»

Humphrey lachte und legte ihr väterlich eine Hand auf die Schulter. «Nur zu Eurer Information, diese kleine Scharade dort drinnen war von vorn bis hinten durchdacht. Ich habe auf ihm gespielt wie auf einer Fiedel – auch wenn ich mich gar nicht aufs Geigenspiel verstehe, aber Ihr wisst, was ich meine.»

«Ja, Aelic», sagte Hornbeam. «Ihr habt das recht gut hinbekommen, aber es war auch ein Glücksspiel. Einen Moment lang glaubte ich schon, er beißt nicht an. Aber am Ende habt Ihr den gewünschten Effekt erzielt.»

Humphrey grinste schief. «Oh, vielen Dank, General. Das war ja schon fast ein Kompliment.»

«Selbst wenn Ihr darauf abgezielt hattet», beharrte Espera, «gab es denn keine geeignetere Vorgehensweise?»

«Definitiv nicht», ergriff Hornbeam Partei. «Es war völlig unmöglich, ihm mit Vernunft beizukommen. Er ist auf jeden Fall mit Perduellis verbündet. Nein, das Beste war schon, ihn dazu zu zwingen, sich in die Karten gucken zu lassen. Wahrscheinlich wusste nur er von den Nurgor, aber nun haben wir die Neugierde der anderen Offiziere geweckt.»

«Ich glaube trotzdem nicht, dass es besonders hilfreich war», sagte Espera spitz.

Sie erreichten den Rand des Lagers, wo einige Zelte etwas abseits von den anderen standen. In ihrer Mitte flatterte eine Flagge, die Mittnis Interesse weckte.

«Warum stehen diese Zelte nicht im Hauptlager?», fragte er General Hornbeam. «Ist das eine Eliteeinheit oder so?» Danach sah es hier allerdings nicht aus. Im Gegenteil, es schien ein bunt zusammengewürfelter Haufen zu sein. Die Flagge zeigte eine ausgestreckte Hand vor einem schwarzen Hintergrund, die etwas zu schenken schien.

Espera runzelte die Stirn, und Mittni brauchte keine Barue-Sinne, um ihr tiefes Misstrauen zu erkennen.

«Begnadete», fauchte sie, bevor Hornbeam antworten konnte.

«Was?»

«Leute, die die Gabe haben», sagte sie, als ob das alles erklären würde.

«Was für eine Gabe?»

«Du hast noch nie davon gehört, Mittni?» Sie war sichtlich überrascht und fuhr sich mit der Hand durchs offene Haar. «Die genauen Hintergründe kenne ich nicht, aber ich weiß, was alle wissen.» Sie lächelte spöttisch. «Alle außer dir. Vor einigen Monaten nahm die Inquisition eine Gruppe fest, die man damals für Wahnarchisten hielt – Zauberer, die mit dem Wahnsinn sympathisieren und gewalttätige anarchistische Methoden anwenden. Es wurde jedoch rasch deutlich, dass sie damit nichts zu tun hatten. Die Begnadeten haben keinerlei Erinnerungen an ihr Leben vor dem Zeitpunkt, an dem sie ihre Gabe erhalten haben. Wenn man die Gabe erhält, vergisst man alles: Freunde, Familie, den eigenen Namen, die Heimat. Unter anderem deshalb fällt es so schwer, Gemeinsamkeiten festzustellen.»

«Ja, aber was ist die Gabe?»

«Wer die Gabe hat, kann zaubern.»

«Aber viele Leute können zaubern, das ist nichts Besonderes.» Mittni musste an Bryn denken.

«Diese Magie ist … anders. Diese Menschen sollten keine magischen Fähigkeiten besitzen, und doch können sie zaubern. Sie müssen nicht einmal daran denken. Es ähnelt der Fähigkeit von euch Barue, Gefühle zu erspüren. Sie können aber jeweils nur etwas ganz Bestimmtes tun. Am häufigsten scheint die Fähigkeit zu sein, Feuer auszulösen. Andere verfügen über telekinetische Kräfte oder übermenschliche Schnelligkeit oder Stärke. Wie ich schon sagte, können sie diese Dinge tun, ohne daran denken oder ihre magische Kraft erst bündeln zu müssen. Es ist für sie genauso normal wie gehen oder sprechen. Jedenfalls wurden die meisten Begnadeten, damit sie nicht auf Abwege gerieten, ins Heer eingegliedert. Den einfachen Soldaten ist es jedoch lieber, wenn die Begnadeten unter sich bleiben.»

Mittni blickte noch einmal zu den verstreuten Zelten, die jetzt schon ein Stück hinter ihnen lagen. Vom Gedächtnisverlust einmal abgesehen, klang es ziemlich gut, ein Begnadeter zu sein. Andererseits – was hatte man von einer solchen Gabe, wenn man das Ende der Woche wahrscheinlich nicht mehr erleben würde?

✦ ✦ ✦

Während Bryn sich allmählich an die Monotonie des Reitens gewöhnte, überlegte er, was er bei den Aposteln des Verstehens alles über den Wahnsinn gelernt hatte. Der Feind bestand nicht aus einer Horde Ostentum oder Nurgor – nicht einmal aus einem Heer von Anhängern des Kults. Er war heimtückischer und ließ sich nicht in einer offenen Schlacht besiegen. Im Geschichtsunterricht hatte Bryn gelernt, dass es den Kult des Wahnsinns schon immer gegeben hatte. Wie auch die Nurgor hatte er nie eine homogene Einheit gebildet. Die verschiedenen Gruppierungen besaßen zahlreiche, einander widersprechende Ideologien. Den Wahnsinn zu tolerieren und zu verehren hatte etwas von einer Verletzung, die man nicht ernst nahm, von einer Wunde, die nicht aufhörte zu eitern, von einem bösen Geist, der niemals endgültig ausgetrieben worden war. Und nun besaß der Kult eine Gefolgschaft wie nie zuvor. Er war keine Abscheulichkeit im Verborgenen mehr, sondern wurde als Ausdruck von Kultiviertheit und Aufgeklärtheit angesehen – als eher von befreiender denn verheerender Wirkung. Es überraschte Bryn nicht, dass jemand wie der Kultivator diese Situation politisch ausnutzte. Doch Bryn hütete sich davor, den Culmus Sangui von seinem nächtlichen Ausflug zu erzählen. Das Ganze hätte nur wieder seinem Ruf geschadet.

Unterwegs trafen sie auf die üblichen Verdächtigen: Numenii-Soldaten, echte Inquisitionstruppen, Bürgersleute und Handelskarawanen sowie apheristische Pilger. Die einen pilgerten ostwärts nach Nord-Armaah ins Goldene Tafelland, wo Apherist während des Ersten Eindringens die Fluten des Wahnsinns zum ersten Mal zum Halten gebracht hatte, oder nach Nomidien zum Gipfel des Apheristen, wo er nach der Goldenen Schlacht geschworen hatte, nicht eher zu ruhen, als bis die Streitkräfte des Wahnsinns bezwungen waren. Die anderen zog es westwärts nach Arleath zum Sitz des Apheristen, dem Ort seiner Amtseinführung als Befehlshaber der vereinten Heere Calaspias, oder nach West-Itrim zur Krone des Apheristen, den hinter Wäldern versteckten Bergen, die heutzutage politisch korrekt einfach nur «die Krone» genannt wurden. In diese Berge war er von seinem Drachen wohl gebracht worden, nachdem er eine Verwundung erlitten hatte, an der er fast gestorben war. Die ganze Nacht hindurch hatte Apherist dort geblutet, und so war das Auge des Apheristen entstanden.

Bryn hatte diesen Stein tief in den Säbelzahnbergen gesehen, in der inneren Rüstkammer der Eisfeste. Dort überprüfte man die Ehrenhaftigkeit derjenigen, die Culmus Sangui werden wollten. Der Barue dachte mit neuem Interesse an die verbreiteten Legenden. Der ganze Kontinent war mit Orten überzogen, an denen des Apheristen gedacht wurde – oder die jedenfalls nach ihm benannt waren, unabhängig davon, ob die Ansiedlung der Geschichten auch tatsächlich zutraf. Wie viel Wahrheit lag in diesen Geschichten? Nequam war von diesen Legenden fasziniert gewesen, und da sie möglicherweise beide von Apherist abstammten, musste auch Bryn sich näher damit befassen.

Unzählige Pilger waren unterwegs, mehr als er je außerhalb

eines bedeutsamen Pilgerorts gesehen hatte – zumal heute nicht einmal ein Feiertag war. Tatsächlich fielen ihm nun immer mehr lautstarke Glaubens- oder auch Unglaubensbekenntnisse auf. Schreine schmückten die Berghänge, auf Dorfplätzen blickten die Statuen von Heiligen und Päpsten auf sie herab, und über ferne Berggipfel herrschten Menhire. In Türen und Torbögen waren Symbole des Kultes oder Verse aus der Heiligen Schrift geschnitzt. Blumenkränze und Kerzen schmückten den Straßenrand, wo ein Märtyrer von Wahnarchisten getötet worden war oder Getreue des Apheristen eine Gegend von Ketzern gesäubert hatten, und aus den Fenstern wehten Ehrengesänge und Weihrauch. Neben Zeugnissen des militanten Mystizismus fanden sich auch Plädoyers für Toleranz und Vergebung sowie Botschaften derjenigen, die jeden Glauben an das Übernatürliche als eigentlichen Auslöser dieses ganzen Wahnsinns anprangerten.

Sie bogen auf eine Hauptstraße ein und folgten ihr zur nächsten Stadt. Auch hier zeigte sich überall diese Frömmigkeit. Man trug seine Ringe und Halsketten mit den entsprechenden Symbolen offener und seine pompösen Gewänder und Lehrmeisterroben hochmütiger zur Schau. Tonsuren waren sorgfältiger geschoren, Zeremonien wurden sichtbarer und wortreicher vollzogen. Begrüßungen, Ausrufe, Lob und Flüche waren von immer aufdringlicherer Religiosität geprägt. Wohin Bryn auch schaute, gab es mehr grelle Glaubensbekundungen zu sehen. Er konnte sich gut vorstellen, dass es erst seit kurzem so war. Die ganze Oberflächlichkeit betäubte seine Barue-Sinne, und er war nicht traurig darüber.

Als Apostel des Verstehens hatte er die Ansicht vertreten, dass der persönliche Glaube in sämtliche Lebensbereiche ausstrahlte und es darum eine sachliche öffentliche Diskussion über Wahrheit und Wirklichkeit geben sollte – aber von

Sachlichkeit war hier keine Spur. Die meisten Leute protzten schier mit ihrem Glauben, und diese Zurschaustellung besaß nicht einmal einen Hauch von Offenheit für ihn; im Gegenteil, diese geradezu rekordverdächtige Heuchelei und Hochnäsigkeit machten ihn krank. Es war, als ob alles sprach und niemand mehr zuhörte.

Wohin auch immer er sah, zeigte sich der moralische Verfall, den Aquiuss, Onkel Gug und Thybil beklagt hatten. Bettler, Banditen, Wahrsager, Glücksspieler, Huren und Betrüger jeglicher Sorte bevölkerten die Straßen. Die Leute schienen entweder sehr reich oder sehr arm zu sein.

Bryn war heilfroh, als sie ihr Ziel erreichten, ein Lagerhaus der Culmus Sangui. Ein Mann mit braunem Bart, silbernem Haar und breitem Brustkorb schwang die Türen zum Stall weit auf und nickte ihnen zum Gruß zu.

«Meister Usdun!», rief Bryn. Der Meister blinzelte ihn an, die Augen wie immer voller Sanftmut. Usdun Leeren, in Caer Isnova als der Brückenmeister bekannt, war ein ruhiger Bär von einem Mann, der ihnen beigebracht hatte, wie sich das bei der Waffenmeisterin Tamasan und dem Denkmeister Vallon Gelernte auf Reisen oder Missionen kombinieren ließ. Bryn sah an ihm vorbei in das dunkle Gebäude, konnte aber niemanden sonst entdecken. Was machte er hier? Es kam selten vor, dass Meister an Missionen teilnahmen. Ganz gewiss war er nicht hier, um sie mit Proviant auszustatten.

Zuola umarmte Usdun zur Begrüßung. Sie hatte ihm als Paladinin beim Unterricht assistiert. Bryn erinnerte sich, wie sie Mittni und ihm das Abseilen und einiges mehr beigebracht hatten. Es schien lange her zu sein. Er hatte viel gelernt damals. Ob seine alten Ausbilder wohl von seinem vermeintlichen Verrat gehört hatten und von der Rolle, die er bei Fysals Tod gespielt hatte? Er fragte sich, was sie wohl darüber dachten. Usdun jedenfalls war nichts anzumerken; er wirkte so gleichmütig wie immer. Das war es in Bryns Augen auch, was den stillen Mann auszeichnete. Nicht die ruhige Miene, die starken Arme oder die sanft brummende Stimme, sondern wie er sich in seinem Inneren anfühlte. Er war überaus friedvoll für jemanden, der Kriegskunst unterrichtete.

Auf sie wartete bereits ein Mahl aus Milch, Brot, Käse und Früchten. Die anderen stiegen ab und gingen hinein. Bryn glitt aus dem Sattel und folgte ihnen, schnupperte seufzend den Heuduft und würgte ein paar Bissen hinunter. Usduns Beispiel folgend, aßen sie schweigend. Alle waren mit den Gedanken bei dem, was vor ihnen lag. Dann konnten sie gerade noch einmal ihre müden Knochen strecken, und schon warteten frische Pferde auf sie. Dafür hatte Eridanus gesorgt, der möglichst schnell zum Armre-See gelangen wollte.

«Wie kommst du mit deiner Aufgabe voran?», fragte ihn der Magier, als sie aus dem Stall trotteten. Als Bryn nicht antwortete, runzelte Eridanus die Stirn. «Nirgendwo lässt sich besser nachdenken als beim Reiten.»

Der Barue wollte nicht zugeben, dass er durchaus nachgedacht hatte – nur über die falschen Dinge. *Konzentriere dich.*

Meister Usdun begleitete sie tatsächlich. Vielleicht würde später ja auch noch Tamasan zu ihnen stoßen, dachte Bryn voller Hoffnung. Wenn man bedachte, was auf dem Spiel stand, war es schon erstaunlich, dass nicht Sarghenta persönlich mit dabei war.

Sie verließen die Stadt und ritten zu Bryns Freude nicht mehr auf gepflasterten Straßen, sondern über weite Ebenen. Sie galoppierten mit neuem Schwung dahin und kamen gut voran, während die Sonne ihren Abstieg begann. Als sie den

Horizont erreichte und den Himmel in melancholischen Farben aufleuchten ließ, waren auch diese Pferde müde. Sie wurden langsamer und trabten bald nur noch. Aquiuss informierte seine Gefährten, dass sie sich der Mündung des Pendix näherten. Bei etwas weniger Dunkelheit hätten sie vielleicht bis zum Armre-See sehen können. Bryns Herz schlug schneller. Morgen war es so weit. Wenn sie nicht sogar schon bei Nacht angreifen wollten.

«Wir haben heute Nacht viel vor.» Eridanus setzte sich an die Spitze, und sie hielten an und hörten zu. «Zuerst müssen wir die Pferde loswerden. Galar und ich gehen schon mal vor zur Flussmündung. Ihr liefert unsere Pferde mit ab und stoßt dann zu uns. Aquiuss und Zuola wissen, wo.»

«Wie lange soll man sich um unsere Pferde kümmern?», fragte Cerion. «Was sollen wir den Leuten sagen?»

Bryns Barue-Sinne verrieten ihm, dass Galar im Dunkeln grinste. «Vielleicht für immer, wer weiß.»

«Anschließend habe ich für einige von euch bestimmte Einzelaufgaben», sagte Eridanus. «Seht zu, dass ihr euch so lange ein wenig erholt. Unsere Verabredung ist gleich morgen früh.»

«Was für eine Verabredung?», fragte Bryn.

«Ich musste alternative Vorkehrungen treffen.» Nun grinste Eridanus. «Zwerge sind nicht gerade begeistert von der Vorstellung, dass zwei Dutzend Pferde in ihrer Werkstatt herumschnuppern.»

Der Töter und der Magier stiegen ab, gaben ihre Zügel weiter und verschwanden in der Dunkelheit. Zuola ritt voran, Aquiuss bildete die Nachhut. Bryn drückte die Beine an die Flanken seines Pferdes. Seit Sonnenuntergang war es merklich kühler geworden, und nun begann es auch noch zu nieseln. Kalt klebte ihm das Haar am Kopf. Glücklicherweise ritten sie noch nicht besonders lange, als durch den Regen eine Lampe zu sehen war.

Sie warteten unter einem Vorbau, während Zuola mit dem Bauern sprach. Dann führte der Mann sie in den Stall. Es handelte sich um einen von vielen stillen Helfern der Culmus Sangui. Bryn verabschiedete sich leise von seinem Pferd und vergaß auch nicht, ihm zu danken.

«Bryn, Cerion, ihr helft mir mit dem Proviant.» Aquiuss ging ins Haus.

«Vielleicht ist der Bauer ein Culmus Sangui im Ruhestand», überlegte Cerion. «Und nun führt er ein einfaches Leben und sorgt lieber für seine Feldfrüchte als für die Königreiche.»

Bryn dachte an seine eigenen Zukunftspläne. Vor langer Zeit hatte ein anderer Bryn erst Bäcker, dann Koch und dann Schreiber werden wollen. Seine Eltern wollten, dass er in das Familiengeschäft einstieg und irgendwann das Swigny-Imperium übernahm. Und der böse Zauberer Nequam hatte, obschon tot, gewollt, dass er die Wahrheit über den Apheristen herausfand. An seine eigenen Träume hatte Bryn schon lange nicht mehr gedacht. Aber irgendwie wollte er gern versuchen, beide Seiten der Verwandtschaft zufriedenzustellen.

«Seid gegrüßt», sagte ein strammer Bursche, der aus dem Bauernhaus trat. «Ferenc, zu Euren Diensten. Wer seid Ihr?»

Was immer sein Vater oder Onkel einmal gewesen war, Ferenc wusste offensichtlich nichts über die Culmus Sangui. Sie stellten sich einfach als Bryn und Cerion vor. Die Krieger arbeiteten oft unter falschem Namen, aber das war hier nicht nötig.

Während Ferenc sie von einem Schuppen zum anderen führte, um verschiedene Esswaren zusammenzustellen, blieb ihnen nichts anderes übrig, als sich mit ihm zu unterhalten – wobei er jedoch am meisten redete. Der Bursche konnte offensichtlich auch ungefragt die ausführlichsten Antworten geben. Und schaffte es nebenbei dennoch, sie ihrerseits mit Fragen zu überziehen. Ferenc war Landarbeiter und arbeitete auf einem Gemeindehof.

Bryn erbleichte, als Ferenc erwähnte, dass seine Eltern an Versammlungen des Kults teilnahmen. Cerion warf ihm einen spitzen Blick zu, der wohl sagen wollte: «Siehst du?» Und Bryn musste zugeben, dass er recht hatte. Viele dieser sogenannten Gemäßigten waren gutherzige, wenn leider auch fehlgeleitete Leute. Bryn war bemüht, sich nichts anmerken zu lassen, und stellte ihm ein paar Fragen – zunächst, um ihn zu beschäftigen, und später aus echtem Interesse.

Ferenc gab ihnen Käselaibe mit, die so aromatisch waren, dass man es sogar durch das Tuch noch riechen konnte; außerdem abgepacktes Fleisch und mehrere Brote.

Aquiuss wartete unter dem Vordach auf sie. Er zeigte zur Straße und rief durch den stärker werdenden Regen: «Steigt in den Wagen!»

Sie kämpften sich durch den Regen, der ihre wackeren Leiber gehörig durchnässte. Was sie getan hatten, dass sich das Wetter so gegen sie stellte, konnte Bryn sich kaum vorstellen. Er fand, dass es in Anerkennung ihrer Bemühungen wenigstens ein bisschen schön hätte sein können. Sie waren unterwegs nach Armaah, um Calaspia wieder ins Gleichgewicht zu bringen. In Nomidien, wo normalerweise Trockenheit herrschte, war es in letzter Zeit zu Hochwassern gekommen, und in Arleath, einem Reich mit gewöhnlicherweise feuchtem Klima, herrschte Dürre. Calaspia konnte ein bisschen Gleichgewicht und geistige Gesundheit brauchen. Soweit er gehört hatte, stellte das Wetter allerdings ihr kleinstes Problem dar.

Ihm wurde klar, dass der Aufstieg des Wahnsinns auch das Land beeinflusst hatte, und er fragte sich, ob dieser Einfluss auch ihn selbst verändert hatte. War das Ungleichgewicht in der Unsichtbaren Welt für seine schlechte Stimmung während des ersten Teils der Reise verantwortlich? Mit seinen Gedanken und dem Wind beschäftigt, eilte er Cerion hinterher.

Aquiuss überholte sie und schwang sich auf den Bock. Er beugte sich über das Pferd, die Peitsche in der Hand.

Bryn, Cerion und Ferenc warfen den Proviant hinten in den Wagen und kletterten hinein. Schlingernd setzte sich das Gefährt in Gang. Der Holzboden war mit einer dünnen Schicht Stroh und Sägemehl bedeckt, die an ihren Hosen kleben blieb – aber lieber im staubigen Wagen als in diesem Regenguss.

Sie unterhielten sich über die Philosophie der Freiheit, die der Kult nach Ferencs Meinung verfolgte. Der Landarbeiter freute sich schon darauf, ihm beim nächsten Vollmondfest an einem nahegelegenen Menhir beizutreten. Seinen Worten zufolge strömten die Leute von nah und fern dorthin, um den Kultivator zu hören, einen charismatischen Redner, der Angehörige aller möglichen Gruppierungen des Kults vereinigte, auch Kinder des Wahnsinns und Wahnarchisten.

«Der Kultivator wird die Zwietracht in Calaspia beenden», erklärte Ferenc.

Bryn war sprachlos, als ihm sein nächtliches Gespräch mit Lamberto einfiel.

«Was ist das für ein Mann?», fragte Cerion. Glücklicherweise war er kein Barue.

«Da gibt es verschiedene Meinungen. Manche sagen, er wäre ein Lehrmeister. Wir glauben, er ist ein Bauer. Das würde zu seinem Namen passen.» Der Landarbeiter zuckte die Schultern. «Sein Gesicht hat niemand je gesehen. Er trägt stets eine Maske.»

✦ 5. KAPITEL ✦

Unter Wasser

«Eine Maske?», sagte Cerion. «Klingt ja vielversprechend.» Bryn sah wieder das Bild in Lambertos Speisekarte vor sich. «Warum wird der Kultivator wohl Erfolg haben?»

Ferenc zuckte die Achseln. «Er weiß, was er tut.»

«Und was ist mit der Inquisition?», fragte Bryn, obwohl er die Antwort eigentlich schon wusste.

Der Regen trommelte gegen die Plane. «Die?» Ferenc grinste. «Es kommen wirklich etliche Inquisitoren zu den Versammlungen, sagt Vater. Offiziell, weil sie sicherstellen sollen, dass keine Hassprediger auftreten – was natürlich auch gar nicht passiert. Aber inzwischen, so hört man, haben sie längst Geschmack an der Sache gefunden.»

Die Culmus Sangui wechselten zynische Blicke.

«Die neue Regierung ist gar nicht mal schlecht», gab Ferenc sich philosophisch. «Wenn man die Umstände bedenkt, schlägt sie sich doch recht wacker.»

Bryn hätte ihn am liebsten angeschrien, dass es keine Regierung war, sondern ein Regime von Thronräubern und Lügnern, das von einem Dämon angeführt wurde und seine Herrschaft einer Verschwörung verdankte, an der er selbst leider nicht ganz unbeteiligt gewesen war. Aber er schwieg.

«Vater sagt, sie legt sehr viel Wert auf Transparenz», rieb Ferenc ihm, ohne es zu wissen, noch Salz in die Wunde. «Sie ermutigt den Kult regelrecht, sich nicht länger zu verstecken. Sie sagt ‹Lasst uns eine zivilisierte Diskussion darüber führen›, anstatt dass sie seine Anhänger einfach verdammt – oder sie exkommuniziert und zu Ketzern erklärt, wie es die apheristische Kirche tun würde.»

Bryn schluckte. Reden war ja schön und gut, aber hörte denn auch irgendjemand zu? Auf dieser Reise lernte er, dass man mit diesen Leuten tatsächlich reden konnte. Ferenc war sehr gewillt, sich zu unterhalten. O ja, sie hörten bereitwillig zu – bloß dass sie nicht auf einen hörten. Sie waren viel zu sehr damit beschäftigt, aufgeschlossen und tolerant zu sein, um tatsächlich etwas anzunehmen.

Ferenc erzählte ihnen, dass die Leute vom rechten Weg abkämen. In den Städten würden sich Kleinkriminalität und Gewalttätigkeiten häufen, und er wäre froh, auf dem Land zu leben. Aber sogar hier, erzählte er ihnen traurig, sei es nicht mehr so wie früher.

«Die Leute spielen also langsam verrückt?», fragte Bryn sarkastisch. Er hätte am liebsten noch hinzugefügt: *Was erwartest du auch, wo ihr doch alle zum Kult des Wahnsinns gehört?*

Ferenc nickte ernst, und Bryn konnte spüren, dass er seine Verachtung nicht bemerkt hatte. «Früher gab es in den Städten anständige Ware für anständiges Geld. Vor zwei Jahren wollte man dann alles möglichst billig haben, vor einem Jahr wurden die Märkte von gefälschter Markenware überschwemmt, und inzwischen bekommen wir für unser Geld nur noch gefälschte Ware, die nicht einmal mehr funktioniert!»

Er zählte noch weitere Beispiele für den erbärmlichen Zustand des Imperiums auf, und Bryn konnte nur den Kopf schütteln. Er wunderte sich im Stillen, wie es sein konnte, dass jemand die Symptome so scharfsinnig erfasste, ohne die Ursachen und die tatsächlichen Probleme auch nur ansatzweise zu erkennen. Onkel Gug und Thybil hatten recht gehabt. Und wie schnell alles gegangen war!

«*Der Mensch wird frei geboren, bevor ihn die Gesellschaft in Ketten legt und er sich selbst in Ketten legt*», bemerkte der Bauer. «Das ist vom Kultivator.»

«Mit manchen Ketten lebt es sich freier als ohne sie», sagte Bryn. «Manche Ketten erinnern uns daran, wo wir hingehören.»

Ferenc nickte. Er akzeptierte diese Weisheit, ohne den Widerspruch zu bemerken. *Elyon, öffne ihm die Augen*, betete Bryn.

Der Wagen hielt an, und sie sprangen hinaus. Aquiuss gesellte sich zu ihnen. Hinter ihm kam ein Zwerg mit einem schwarzen Bart.

«Nicht auf den Boden stellen!», piepste er – für einen Zwerg hatte er eine sehr hohe Stimme. «Seht ihr denn nicht, wie schmutzig es hier ist?»

Ferenc entschuldigte sich, und sie fingen an, die Lebensmittel zur Veranda zu schaffen. Die Haustür stand offen, und Galar kam und nahm ihnen zwei schwere Milchkrüge ab.

Aquiuss übergab Ferenc die Peitsche und eine Münze. Er wünschte dem jungen Landarbeiter alles Gute und folgte Galar in die dunkle Manufaktur. Die Tür schlug hinter ihnen zu, und ein metallisches Scheppern hallte von den Wänden wider. Der Boden bestand aus Gitterrosten, durch die ein sanftes Glühen trat – eine seltsame Beleuchtung, fand Bryn, aber dann verbreiterte sich der Korridor vor ihnen. Obwohl sie das Haus im Erdgeschoss betreten hatten, standen sie jetzt auf einer Art Brücke oder Balkon und sahen auf vier oder fünf

Stockwerke hinab, die spiralförmig im Boden verschwanden. Von dort kam auch das Licht.

«Nichts anfassen!», keifte der Zwerg mit dem schwarzen Bart. «Und schön bei mir bleiben.»

Manche Ebenen waren stockdunkel, während anderswo vielleicht ein glühender Ofen stand und in dunklen Winkeln seltsame Formen funkelten und leuchteten. Brummen, Klirren und Hämmern schallten die Treppe herauf. Galar wankte schwer beladen die Stufen hinunter, was der Schwarzbärtige misstrauisch beobachtete, ohne jedoch mit anpacken zu wollen.

«Sollen wir dir etwas abnehmen, Galar?», fragte Bryn. Der Stapel reichte dem Töter bis vor die Augen.

«Ach was», keuchte Galar. «Schont eure dünnen Ärmchen lieber für morgen.»

«Wie du meinst», grinste Bryn. Dann sagte er zu dem Schwarzbärtigen: «Schön habt Ihr es hier.»

Der Zwerg schwieg. Cerion warf ihm einen belustigten Blick zu.

«Gehört das alles Euch?»

Möglicherweise schüttelte der Zwerg ganz leicht den Kopf.

«Ich heiße Bryn. Und mit wem haben wir das Vergnügen?»

«Nennt mich Schwarzbart», antwortete der Zwerg.

«Haben wir eh schon gemacht», flüsterte Cerion in Bryns Ohr, und sie unterdrückten ein Lachen.

Noch immer wirkte die Manufaktur wie ausgestorben. Sie ließen die Treppe auf der untersten, gut ausgeleuchteten Ebene hinter sich und kamen an vielen verschiedenen Arbeitsbereichen vorbei. An einigen Stellen war Bewegung, aber Bryn konnte in diesem diffusen Licht nichts Genaues erkennen. Was waren denn das für Wesen?

«Gnome», sagte Cerion, als er seinen überraschten Gesichtsausdruck bemerkte.

«Die gibt es wirklich? Ich habe noch nie welche gesehen …»

«Oh, die gibt es genauso wie Plimpe. Sagt man jedenfalls. Von denen habe ich nämlich noch nichts zu sehen bekommen.»

Sie waren winzig – als einer von dem Gerät heruntersprang, an dem er gerade schweißte, reichte er Bryn kaum bis zum Knie. So ganz genau konnte man es nicht erkennen, denn die Gnome flitzten unablässig umher wie Ameisen. Sie sausten von der einen Seite ihrer Maschinen zur anderen, sahen sich hektisch irgendetwas an, redeten vor sich hin, und ihre Finger waren ständig beschäftigt. Ihre Mienen wirkten verschlagen, zugleich aber hochkonzentriert, als ob sie vollständig in ihrer Arbeit aufgingen. Zwischen den Maschinen stand ein Zwerg und studierte eine Zeichnung.

«Wenn Ihr wisst, was gut für Euch ist, posaunt Ihr besser nicht draußen herum, dass wir hier Gnome beschäftigen», sagte Schwarzbart mit seiner hohen, schneidenden Stimme. Er sah sie scharf an. «Am besten erwähnt Ihr nicht einmal, dass Ihr überhaupt hier gewesen seid.»

Die Culmus Sangui nickten. Schwarzbart hielt Galar einen Vorhang auf, und der Töter wankte hindurch und wuchtete seine Last auf einen Tisch. Die drei folgten ihm. Bryn erblickte einige Zwerge und unzählige weitere Gnome, die dort arbeiteten und spielten. Schon waren ein halbes Dutzend der kleinen Gestalten auf den Tisch gesprungen und stellten sich zu einer Pyramide auf. Sobald sie über Bryns Kopf hinausragte, sprang der Oberste von der Spitze und versetzte ihm eine Backpfeife, um dann gegen die Wand zu knallen und zu Boden zu gehen. Die Gnome lachten wie verrückt.

«Unsere kleinen Vettern», sagte Galar.

Bryn massierte sich das Kinn. «Niedlich.»

Schwarzbart funkelte ihn an.

«Aquiuss, Bryn, Cerion! Schön, dass ihr es geschafft habt.»

Sie sahen sich um und entdeckten Eridanus, der sich mit einigen Culmus Sangui über einen Tisch voller Landkarten beugte. Galar lockerte seine Schultern und ging hinüber. Die drei folgten ihm.

«Danke für die Hilfe mit der Lieferung», sagte Eridanus zu Galar oder vielleicht auch zu allen. Rasch wurden die Pakete aufgerissen und ihr Inhalt begutachtet.

«Meine Herren, wir sehen uns gerade die Zugänge an.»

«Die Zugänge?», fragte Bryn.

«Wir müssen uns irgendwie Zutritt nach Armaah verschaffen», sagte eine sehr junge Stimme ungeduldig. «Ich würde nicht empfehlen, hinüberzuschwimmen und an die Tür zu klopfen, aber du kannst es ja gern versuchen.»

Bryn starrte den Sprecher an, der, an einen Bücherstapel gelehnt, auf dem Tisch saß und eine Windel trug. «Professor Vallon? Wie seid Ihr denn hierhergekommen?» Den Denkmeister aus Caer Isnova hätte Bryn hier am wenigsten erwartet.

«Ich bin teleportiert», sagte der Säugling mit dem üblichen Spott. Bryn wusste nicht, ob er ihm glauben sollte; unwahrscheinlich war es jedenfalls nicht. Er hatte sich schon oft gefragt, ob Meister Vallon wohl diese Magie beherrschte.

«Darum haben wir uns an die Zwerge gewandt», fuhr Eridanus fort. «Wir werden mit Hilfe von Unterseebooten nach Armaah und ins Regere Mansionum kommen.»

«Donnerwetter.» Bryn versuchte, nicht allzu überrascht zu wirken. «Ähm … klingt gut.»

«Danke, dass du dem Vorhaben deinen Segen gibst, Bürschchen.» Vallon verdrehte spöttisch die Augen.

Bryn konnte spüren, wie Cerion in sich hineinlachte, obwohl er keine Miene verzog. Der Barue beschloss, lieber den Mund zu halten.

Es reichte, dass er einfach bei der Planung dabei war. Das hier war endlich ein Beitrag für Calaspia, der mehr bedeutete als Swigny. Es war eine Möglichkeit, seinen Freunden, den Barue von Quivelda, aus ihrer selbstgewählten Gefangenschaft in Neu-Quivelda zu helfen.

Wenn er am nächsten Tag mit dem Wissen sterben sollte, dass ihre Mission erfolgreich sein würde, wäre es die Sache mehr als wert.

Sie brüteten über den Karten von Armaah, überprüften den Aufbau der Inseln, die Abwasserkanäle und Unterwasserwege, und planten ihr weiteres Vorgehen. Culmus Sangui kamen und gingen und trafen spezielle Vorbereitungen für die Infiltrierung der schwimmenden Stadt. Schwarzbart brachte ihnen ein Tablett mit Essen, das er dem erstbesten Krieger schroff in die Hände drückte.

Als das Tablett bei Bryn ankam, griff er sich eine Handvoll süße Flocken zum Knabbern. Nicht schlecht, was die Zwerge sich so einfallen ließen. Danach gab es Mineralwasser, und Bryn fiel plötzlich wieder ein, dass die Zwerge zu diesem Zweck eine Partnerschaft mit der Firma seiner Eltern eingegangen waren. Auch Mineralwasser stammte aus der Swigny-Fabrik. War sein Boykott zwecklos? Kaum hatte er das gedacht, stieg in ihm gleichsam zur Bestätigung das Verlangen nach dem lieblichen Aroma von Swigny auf.

«Sicher, dass im Unterseeboot genug Platz ist?», fragte Galar den Magier. Eridanus bejahte, und der Zwerg fragte, ob für ihn etwas mehr Platz eingerechnet worden war, da er die meisten doch an Breite übertraf. Eridanus bejahte auch dies. Am Ende erhob Galar keine sachlichen Einwände mehr, sondern sagte schlicht: «Kann ich nicht auf dem Landweg zur Regierungsinsel rüber? Wir treffen uns dort.»

Eridanus schüttelte lächelnd den Kopf. «Es dürfte leider unmöglich sein, dort auf herkömmliche Weise einzudringen. Wir haben Culmus Sangui in der Stadt, aber die stoßen möglicherweise erst zu uns, wenn wir das Regere Mansionum von innen her gesichert haben. Und dazu werden wir dich wohl brauchen. Also können wir schlecht auf dich warten.»

«Hm, kann mich deine Magie nicht reinschaffen?»

«Dagegen gibt es mächtige Schutzzauber, die ich selbst mit eingerichtet habe. Glaub mir, da finden sich keine Schlupflöcher. Ich habe bewusst keine gelassen, wegen Personen wie Nequam. Gerade denjenigen, die in der Lage sind, Schlupflöcher zu nutzen, muss ein Eindringen unmöglich gemacht werden. Wo der Wahnsinn ins Spiel kommt, gibt es ohnehin keine hundertprozentige Sicherheit.»

✦ ✦ ✦

«Wir werden zahlenmäßig deutlich unterlegen sein. Das ist für euch nichts Neues, ich weiß. Aber sie werden gut ausgerüstet und in mehrerlei Hinsicht im Vorteil sein.»

Die Worte des Lehrmeisters vertrieben den Schlaf aus ihren Köpfen. Bryn war es gewohnt, auf unkonventionellen Lagern und häufig sogar einfach in der freien Natur zu schlafen, aber das leere Werkzeugfach eines Zwergs hatte bisher nicht dazugezählt. Es war nicht besonders eng gewesen – Zwerge verfügten über einige äußerst beeindruckend große Werkzeuge –, aber der Geruch von Metall und Öl hatte seine Nase gereizt.

«Spione haben berichtet, dass Armaah ein Sumpf des Wahnsinns ist. Die Zeit spielt nicht für, sondern gegen uns.

Wir müssen uns beeilen, wenn wir überleben wollen.» Eridanus sah sie an und war jetzt kein Lehrmeister mehr, sondern ein Kriegsherr. «Wobei es nicht vordringlich darum geht, zu überleben. Unser oberstes Ziel ist es, Perduellis auszuschalten, den Kopf der Verschwörung. Dann, den Imperator zu beschützen. Drittens müssen wir so viele Ratsmitglieder, Gesetzgeber und Politiker wie möglich auf der Regierungsinsel vor feindseligen Handlungen schützen. Vorläufig können wir nicht wissen, wer den Verschwörern angehört – und mit welchem Grad von Freiwilligkeit. Das muss uns erst einmal egal sein. Eure Aufgabe wird es sein, sie in die Ratshalle zu schaffen. Wenn sie Ärger machen, stellt sie ruhig, möglichst ohne sie zu töten.»

Es war fünf Uhr morgens. Davon merkte man jedoch nichts, denn in der ganzen Manufaktur schien es keine Fenster zu geben, auch im Erdgeschoss nicht. Als sie geweckt worden waren, hatte Bryn das Gefühl gehabt, gerade erst eingeschlafen zu sein, aber immerhin hatten ihn keine verrückten Visionen heimgesucht. Wie die anderen auch sah er mit trüben Augen zu ihrem Anführer und dachte an die bevorstehende Herausforderung.

Der königliche Blick des Magiers wurde hart. «Ich werde mich auf die Suche nach Djutoris machen, den die Verschwörer zum Hohen Lehrmeister ernannt haben. Er wird sich entweder als Verbündeter oder als Feigling erweisen. Anschließend werde ich Perduellis ausfindig machen und ausschalten.»

Er wies mit einem leichten Ruck seines weißbärtigen Kinns – die roten Wangen waren wie immer glatt rasiert – auf verschiedene Anwesende. «Tawny, du begleitest Prinz Rameon und Prinzessin Peasmi zu ihrem Bruder, dem Imperator, und räumst jeden Widerstand aus dem Weg. Sorge für Aurgelmirs

Sicherheit. Wenn sie ihn einer allzu umfassenden Gehirnwäsche unterzogen haben und er nicht mehr erkennt, was gut für ihn ist, stellst du ihn ruhig.»

Galar grinste Rameon an, und im Licht der Manufaktur blitzte sein Goldzahn auf. «Und zwar nicht mit Pillen», flüsterte er vertraulich und rieb sich über die Knöchel.

Rameon reagierte schockiert, was den Zwerg daran zu erinnern schien, dass er es nicht mit irgendeinem Culmus Sangui zu tun hatte, sondern mit dem Prinzen. Er hustete.

Eridanus fuhr fort. «Meister Usdun, Aquiuss und Zuola, ihr werdet die Politiker zusammentrommeln. Vallon unterstützt mich.»

Bryn fragte sich, auf welche Weise Eridanus ihn unterstützen würde: Indem er den Feind verwirrte? Würde ein Säugling ihre Gegner zögern lassen? Bryn bezweifelte es.

«Und wer trägt mich?» Der kleine Denkmeister sah niemand anderen als Eridanus an.

Der antwortete prompt: «Ich brauche meine Hände für die Magie.»

Meister Vallon bedachte ihn mit einem Blick, der nahelegte, dass er das für einen Ausdruck von Charakterschwäche hielt.

Der Magier ignorierte diese Dreistigkeit und ließ den Blick über die Gruppe schweifen. Bei Bryn hielt er inne. Der Anflug eines Lächelns zuckte in seinen Mundwinkeln. «Ja. Bryn wird Euch tragen.»

Träger des Denkmeisters – eine Ehre, auf die der Barue gern verzichtet hätte. Ihm fiel wieder ein, wie sich Vallon von seinen Lieblingsschülern (zu denen sich Bryn ganz gewiss nicht zählte) von der einen Lektion zur nächsten hatte tragen lassen. Und jetzt wollte er in die Schlacht getragen werden? Großartig. Was hatte der winzige Professor überhaupt hier zu suchen? Bryn machte ein finsteres Gesicht und sagte nichts. Hoffentlich lehnte der Meister ihn ab.

Der Säugling starrte Bryn an und kaute auf seiner Zunge, als ob er etwas Unangenehmes herunterzuschlucken hatte. Einen Moment darauf nickte Eridanus. Bryn seufzte. Er war als würdig erachtet worden – oder was auch immer.

«Denkt daran, wir können auf der Insel kaum mit nennenswerter Hilfe rechnen. Unsere Leute in der Inquisition werden anderweitig eingesetzt. Perduellis ist zu gerissen. Er hat viele Vorspiegelungen durchschaut und sich ausschließlich mit Getreuen umgeben – mit Narren, die wissen, dass er sich dem Wahnsinn hingegeben hat.» Nun, da er ihnen Anweisungen für die wichtigste Mission ihres Lebens gab, wirkte das Gesicht des wahren Hohen Lehrmeisters auf Bryn so jung wie nie zuvor, wohingegen die Augen umso älter schienen. «Perduellis' Genialität besteht darin, Leute gegen ihren Willen zu benutzen. Ganz wie vor ihm Nequam. Deshalb werden wir so wenige wie möglich töten und von allen außer dem Hochinquisitor selbst die Kapitulation akzeptieren. Möglicherweise wollen uns manche sogar helfen. Ich bete zu Elyon, dass sie die Lage nicht noch unübersichtlicher machen. Ihr wisst, was ihr zu tun habt. Was Djutoris betrifft, so weiß Perduellis möglicherweise bereits, dass er in Wirklichkeit auf unserer Seite steht. Wir müssen damit rechnen, dass er längst tot ist.»

Eridanus teilte sie in vier Gruppen ein, ernannte je einen Truppführer und beantwortete ihre Fragen.

Als Schwarzbart demonstrativ auf sein Chronometer sah, kam er zum Ende: «Höchstens sieben Leute je Unterseeboot. Die Maschinen werden von Zwergen aus der Manufaktur bedient. Tut, was sie sagen, bis wir vereint sind. Meine Damen, meine Herren ...» Er ließ seinen Blick herausfordernd und

Mut machend zugleich durch die Runde schweifen. «… wir treffen uns unter dem Regere Mansionum.»

Die Trupps scharten sich um ihren jeweiligen Führer, und sie gingen schweigend zum Unterseehafen, wo unterirdische Kanäle die Manufaktur mit dem Armre-See verbanden.

✦ ✦ ✦

Die verfärbte Haut um seine Augen herum legte sich in Lachfalten. Der Hochinquisitor bewunderte sein Werk: eine Reihe von Spiegeln mit geheimnisvollen Oberflächen, die er vor Monaten aufgestellt hatte. Sie waren von grundlegender Bedeutung für die Umsetzung seines Plans gewesen. Und heute waren sie wichtiger denn je.

Perduellis tippte mit ausgestrecktem Finger in ein Becken mit Flüssigkeit. Die Oberfläche kräuselte sich kurz und beruhigte sich sofort wieder. Der mittlere Spiegel, der etwas tiefer im Kühlraum stand als seine kleineren Brüder, warf kein Licht mehr zurück. Eine Gestalt wurde darin sichtbar, undeutlich wie durch dichten Nebel, und kam langsam näher.

«Wandler», begrüßte Perduellis die Kreatur. «Sind die Nurgor noch in Position?»

Die Antwort kam von einer substanzlosen Stimme, die dennoch durch Mark und Bein ging.

– Ja. –

«Ausgezeichnet. Gib den Häuptlingen Befehl, das polgarische Heer so schnell wie möglich anzugreifen. Verluste spielen keine Rolle.»

– Verstanden. –

Der Spiegel reflektierte wieder, und Perduellis wandte sich triumphierend zu Djutoris um, der sehr blass geworden war. «Wir haben noch eine Stunde, dann lassen wir die Numenii angreifen. Zu diesem Zeitpunkt werden die polgarischen Streitkräfte bereits geschwächt sein.» Er fuhr sich mit seiner krallenähnlichen Hand über den teigigen Kopf. «Hoher Lehrmeister, Ihr geht eine Ebene höher und überwacht die Bewegungen in der Unsichtbaren Welt. Die polgarischen Truppen werden auch über Magier verfügen. Ich möchte wissen, ob es signifikante Vorkommen von Ergeomorphismus gibt. Oder ob die Feiglinge sich am Ende doch dazu entschieden haben, ihren schwächlichen Verstand an der Kunst des Psychallaismus zu versuchen. Und ich will sehen ...», ein Grinsen umspielte seine Lippen, «... ob die Begnadeten wirklich unsichtbar sind.»

Djutoris nickte. Seine Kiefer mahlten, in seinen kastanienbraunen Augen stand Aufbegehren.

«Wartet oben auf mich, mein Fuchs.»

✦ ✦ ✦

Cunar zögerte. Er traf solche Entscheidungen nicht gern. Zwischen zu früh und zu spät oder sogar unnötig bestand nur ein kleiner Unterschied. Seit den frühen Morgenstunden war die Masse der Untiere im Tal unruhig geworden. Unruhiger als sonst. Jetzt schien der dem polgarischen Heer am nächsten liegende Rand in Bewegung zu geraten. Aber ganz sicher war Cunar sich nicht.

Abgemacht war, dass er ein Signalfeuer entzündete, sobald die Nurgor loszogen, um die anderen zu alarmieren. Seine Hand umfasste die Zunderbüchse, während er fieberhaft überlegte. Sollte er das Signal jetzt geben, oder wanderten die Nurgor nur umher? Von hier oben sah es so aus, als ob sie sich nur etwas verteilten. Aber wenn sie sich nun doch für den Angriff bereitmachten ... Nichts ließ eindeutig darauf schließen, dass sich die ganze Horde in Bewegung setzte – sie nahm noch immer dasselbe Gebiet ein, nur der eine Rand franste etwas aus.

Wenn er das Signal jetzt entzündete, gingen Mittni und die anderen vom Schlimmsten aus und legten los. Er konnte sich keinen falschen Alarm leisten, und doch gab es keine Möglichkeit, wirklich sicher zu sein. Der eine Rand schob sich weiter vor – als ob die Untiere Cunar verspotten wollten.

Er fluchte leise. Niemand sollte so früh am Morgen solche Entscheidungen treffen müssen! Er beobachtete das Ganze noch einen Moment, dann sprang er auf und ging den Pfad zum vorbereiteten Signalfeuer hinunter. Nun war doch die gesamte Horde in Bewegung geraten; sie drängte die weiter vorn befindlichen Monstren langsam aus dem Tal. Mit zittrigen Fingern schlug er den Stein, bis endlich Funken auf den Zunder übersprangen und das Signal Feuer fing.

Nachdem er sich noch einmal versichert hatte, dass die Nurgor wirklich aus dem Tal drängten, lief er den Hang hinunter, um die Raben zu versammeln: Die Schlacht stand bevor.

✦ ✦ ✦

Irgendetwas stimmte nicht mit Galar – etwas, das über Platzangst hinausging. Bryn hatte es schon in Eisenfels gespürt, als der Töter gerade aus dem Norden zurückgekehrt war. Zu diesem Zeitpunkt hatte er angenommen, dass Galar sich einfach wegen der drohenden Auseinandersetzungen im Norden und der Mission gegen Perduellis Sorgen machte. Jetzt war er sich da nicht mehr so sicher. Seit wann ließ sich der Töter durch die Aussicht auf eine Herausforderung oder gar eine Schlacht beunruhigen? Nein, das Ganze hatte für den Barue eher etwas von der Sache mit seiner Brille. Nur dass Galar längst zu seiner Kurzsichtigkeit stand und sich gelegentlich mit seiner Brille zeigte – sogar im Kampf.

Bryn teilte sich mit dem Zwerg und dessen Schützlingen Rameon und Peasmi dasselbe Unterseebot. Auch Bryn hatte einen Schützling, Meister Vallon; aber der zählte transporttechnisch nicht. Er war einfach zu klein und zu leicht. Deshalb waren sie einschließlich ihres Zwergenkapitäns zu acht an Bord. Und als Bryn so neben Galar saß, konnte er wieder spüren, dass irgendetwas nicht stimmte.

«Was ist los?», fragte er. Das Dröhnen des Antriebs verhinderte, dass jemand mithören konnte – außer Meister Vallon natürlich, der auf seinem Schoß lag.

«Ist schon komisch», knurrte der Zwerg. «In meinen achtzig Jahren als Töter habe ich die verrücktesten Sachen erlebt. Die reinsten Ausgeburten des Wahnsinns im Krieg um das Tor. Ob du's glaubst oder nicht: Ein-, zweimal hab ich sogar Angst gehabt.»

Dieses Eingeständnis befremdete Bryn nur deshalb nicht, weil er mit dem Zwerg so vertraut war. Er kannte nur wenige Leute, die behaupten konnten, nie vor einer Schlacht Angst gehabt zu haben. Der Barue spitzte die Ohren, er wollte keines der gebrummten Worte verpassen.

«Mit Nequam konnte es schwerlich schlimmer kommen. Und der Wahnsinn ist auch damals mächtig geströmt. Aber bei alldem hatte ich nie ein so schlechtes Gefühl wie jetzt.» Der Zwerg riss die goldbraunen Augen auf. Er roch nach getrocknetem Schweiß und hatte Mundgeruch, aber das störte Bryn nicht. Er hatte selbst schon schlimmer gestunken. Galar auch. «Da braut sich Fürchterliches zusammen», grollte der Zwerg. «Ich spür's in den Knochen.»

Seine Schultern wirkten nicht so breit wie sonst. Sie hingen unter einem unsichtbaren Gewicht herab, das sich nicht mit einem Axtschwung vertreiben ließ. Er holte tief Luft, dass der breite Brustkorb sich dehnte und die kräftigen Schultern straffte, dann atmete er hilflos und geschlagen aus. «Ich bin der falsche Zwerg für solche Gespräche …»

Galar sah sich in dem engen Bauch des Unterseeboots um. Seine kurzsichtigen Augen blieben an dem Glaskreis im Boden hängen, als ob jeden Moment das Wasser hereinzuschießen und sie alle zu ertränken drohte. Dann fiel ihm wohl auf, dass dasselbe auch für die Bullaugen galt, denn seine Blicke schossen vom einen Fenster zum nächsten. Zu viele Bullaugen!

«Du meinst, der Wahnsinn steigt an?», fragte Bryn. «Und wenn unsere Mission fehlschlägt und Ayactan es schafft, die Quelle zu verschließen, dann wird die Macht des Wahnsinns sogar noch stärker. Ist es das, was dir Sorge bereitet?» Er spürte Galars Gefühle und kannte sie aus dem vergangenen Jahr nur zu gut: völlige Hilflosigkeit und Verzweiflung.

Der Zwerg schüttelte den Kopf. «So weit sind wir ja schon. Auch ohne verschlossene Quelle gab es seit Jahrhunderten nicht so viel Wahnsinn in der Welt wie heute. Und dann die Leute! Der Kult ist noch nie so herzlich aufgenommen worden, nicht mal zu Nequams Zeiten. Er hatte viele heimliche Anhänger, gewiss … Aber heimliche eben. Jetzt besitzen sie nicht mal so viel Anstand, ihren Mist im Verborgenen zu machen.» Er seufzte. «Und wenn es schon zu spät ist? Selbst wenn wir das mit Polgaren verhindern können – wer sagt, dass es nicht trotzdem so weitergeht?»

«Da ist was dran. Aber jetzt können wir endlich handeln. Wenn alles gutgeht, wird Perduellis gestürzt.»

Galar nickte. «Und dann knöpfen wir uns Ayactan vor. Der hat schon viel zu lange seine Ruhe, und ich sage dir, er steckt von Anfang an hinter der Verschwörung. Wenn es nicht schon zu spät ist …»

Bryn konnte sich nicht vorstellen, dass den Zwerg einfach eine allgemeine Angst vor dem Wahnsinn belastete. Dahinter musste mehr stecken. Allerdings hatte er nicht vor, ihm die Würmer einzeln aus der Nase zu …

«Als ich oben im Norden war», fuhr Galar plötzlich so leise fort, dass Bryn sich ganz dicht hinüberbeugen musste, um ihn zu verstehen, «da wurde ich angegriffen.» Den Zwerg überlief ein Schaudern; es war ihm nicht anzusehen, aber Bryn spürte es als ein Kribbeln.

«Von wem?»

«Von was, meinst du wohl. Schwer zu sagen. Ich … Keine Ahnung.» Der mächtige Töter machte einen gehetzten Eindruck und flüsterte etwas von den Feuern der Hölle. «Ein verbranntes, gequältes Geschöpf des Wahnsinns … irgendeine verdammte Seele aus dem brennenden Teil Ruach'zams.»

«Hast du Thybil oder Eridanus davon erzählt?»

Der Zwerg nickte langsam und beließ es dabei. Wie Bryn es auch drehte und wendete, er wurde aus dem Gesagten nicht schlau. Aber er wusste, dass Galar recht hatte. Ihm fiel wieder ein, wie er in den Säbelzahnbergen das Markenzeichen des Wahnsinns gesehen hatte, die verdrehte Natur: einen gefrorenen Geysir. Sarghenta hatte Mittni und ihm befohlen, niemals jemandem davon zu erzählen. Hatte auch sie Angst gehabt? Über Calaspia lauerte etwas Grausiges und warf seine dunklen Schatten über das Land. Bryn spürte es in den Knochen, genau wie Galar: Die Finsternis und der Wahnsinn duckten sich zum Sprung.

In diesem Moment warf der Barue einen Blick aus dem oberen Bullauge und erschrak.

Von der Unterseite einer Plattform hingen groteske, schleimige Formen herunter. Für einen Moment sahen sie lebendig aus, wanden und schlängelten sich in Blasen verschiedenfarbiger Flüssigkeiten. Dann blieben die monströsen Formen im trüben Wasser zurück, ohne das Tauchboot zu verfolgen, und Bryn kam zu dem Schluss, dass es sich wohl nur um Seetang oder vielleicht eine Geistererscheinung gehandelt hatte.

«Wir befinden uns unter der ersten Insel», sagte Schwarzbart.

Na also – es war die Unterseite einer Insel gewesen. Aber auch wenn es die hässlichen Flecke tatsächlich gab, wer sagte denn, dass nicht sie es waren, die Armaah über Wasser hielten? Bryn wusste eigentlich gar nicht genau, wie eine ganze Stadt auf ein paar von Menschenhand erbaute Inseln passen konnte.

Etwas kratzte am Schiffskörper und ließ die Wände vibrieren. Dann gab es einen Knall, und ein gewaltiger Ruck fuhr durch das Boot, sodass die Passagiere übereinanderfielen.

«Alarm!», schrie Galar und hielt sich an einem Griff an der Decke fest. Bryn, der Vallon in seinen Armen barg, konnte sich nicht festhalten und krachte gegen den Zwerg. «Luke absprengen!», rief Galar und hämmerte mit der Faust gegen die Decke. «Schleudersitze auslösen! Lasst uns raus, oder wir ertrinken alle!»

Kreischend kratzte Metall über Stein, dass das Boot erbebte und Bryns Ohren klingelten. Noch ein letztes besorgniserregendes Knirschen, und dann schoss das Boot voran.

Die Passagiere setzten sich mit wackeligen Beinen wieder auf ihre Plätze.

«Warum gibt es hier drin keine Sicherheitsgurte?», schimpfte Peasmi.

Galar holte tief Luft und beäugte wieder die Bullaugen. «Wenn ich hier unten sterbe, werde ich *so was* von sauer …»

Das glaubte Bryn sofort. Jahrzehntelang hatte sich Galar auf jeden Feind gestürzt, um einen ehrenhaften Heldentod zu sterben, und es wäre schon eine üble Laune des Schicksals, wenn er jetzt einfach ertrank.

Einige Minuten lang glitten sie schweigend durch die dunklen Fluten, und es wurde deutlich, dass nirgendwo Wasser eindrang. Schwarzbart entschuldigte sich weder für die Aufregung, noch ließ er sich zu einer Erklärung herab. Sie durchquerten stockdunkle Zonen unter den schwimmenden Inseln, in die kein Strahl der Morgensonne drang.

Bryn spürte die steigende Erregung seiner Begleiter, und wie auf Kommando schlug auch sein Herz schneller. Er bemühte sich darum, ganz ruhig zu atmen, und rieb seine feuchten Hände an der Hose ab. Sein letzter Kampf war schon eine Weile her. Und noch länger war es her, seit er mit seinem Culmus gekämpft hatte und nicht mit der Kralle des Todes.

Die Zeit verging quälend langsam. Das Unterseeboot schraubte sich zum Boden des Sees hinab. Das Wasser draußen vor den Bullaugen wurde immer trüber und brodelte nicht nur hinter der Schiffsschraube, sondern überall. Sie stießen auf irgendeinen Widerstand, und das Schiff wurde rasch langsamer, bis es fast gar nicht mehr vorankam.

«Nun sag bloß noch, dass wir selbst tauchen müssen», grollte Galar.

Schwarzbart antwortete nicht, sondern drückte einen Schalter, drehte einen Hebel, und das Tauchboot schoss mit höherer Drehzahl und surrenden Turbinen vorwärts und presste sie in die Sitze.

«Schon besser.» Galar grinste erleichtert. «Sonst denkt man ja noch, der Fortschritt der Zwerge wäre zum Stillstand gekommen!»

Sie kamen in sanfteres Gewässer, und Schwarzbart drosselte die Maschinen wieder. Galar verzog das Gesicht, als plötzlich vor ihnen der versunkene Teil einer Insel auftauchte. Auch ohne Zusatzantrieb näherten sie sich dem Hindernis bedrohlich schnell, und da Schwarzbart nicht rasch genug abbremsen konnte, lenkte er das Boot in eine scharfe Kurve. Der Bug schoss knapp an der Insel vorbei, doch das Heck schwang herum und wäre fast doch noch kollidiert. Zahllose Blasen strudelten Richtung Wasseroberfläche. Das Tauchboot glitt noch einige Minuten weiter dahin, und mit der aufgehenden Sonne wurde die Sicht besser. Schließlich zog Schwarzbart das Schiff nach oben auf den Schatten einer runden Insel zu.

Rameon verrenkte sich den Hals, um aus dem Bullauge einen Blick nach oben zu werfen. «Sollen wir nicht vom Wasser aus in die Kellergeschosse vordringen? Eridanus hat versprochen, dass wir nicht nass werden.»

«Das Regere Mansionum steht auf der höchsten Insel», sagte Peasmi. «Daher liegen die obersten Keller nicht mehr unter Wasser.» Ihre Stimme bebte; Bryn konnte nicht erspüren, ob vor Widerwillen oder vor Furcht. «Wir können unterhalb der Stadt auftauchen und die unterirdischen Ebenen betreten. Dadurch wird uns von außen niemand sehen können, und nein, wir werden nicht nass.»

Da Bryn die Nervosität seiner Begleiter nicht länger ertrug und – ohne den Blutdurst der Kralle – an seinen kämpferischen Fähigkeiten zweifelte, ließ er sich in eine Meditation sinken. *In Kan'Elia* hieß dieser Zustand, in dem er seinen Geist abkühlte und seinen Körper aufwärmte, ohne beide zu erschöpfen.

Der Druck änderte sich. Totale Dunkelheit umfing sie. Bryn schluckte, um das Stechen in den Ohren zu vermindern. Er hatte den Eindruck, dass sie senkrecht nach oben stiegen. Dann lief das Wasser in Wellen vom Dach und dem zylindrischen Schiffskörper hinunter, und sie waren aufgetaucht.

«Was ist?», fragte Bryn etwas irritiert, als er sich des Bündels in seinen Armen bewusstwurde. Meister Vallon starrte ihn an.

«Ich bemühe mich, nicht allzu beeindruckt zu sein», sagte der Denkmeister. «Nur wenige Paladine können *In Kan'Elia* erreichen. Du bist gereift. Vielleicht überlebe ich den heutigen Tag ja doch.»

Der Barue quittierte das Lob mit einem Nicken. Der kleine Kerl war zwar unsympathisch, aber plötzlich machte Bryn sich Sorgen um sein Wohlergehen. Einem Kleinkind tat wohl niemand absichtlich etwas an, aber der Professor konnte leicht von einem herumschwirrenden Pfeil getroffen werden. Bryn besaß keinen Schild. Und wie sollte er mit diesem Bündel im Arm kämpfen?

«Geduld», quakte Schwarzbart mit seiner hohen Stimme, als Galar aufstand. «Wir müssen erst noch … *Droch*, du würdest es ja doch nicht verstehen.»

Metall knarrte. Knöpfe wurden gedrückt, Hebel gezogen, Belüftungsrohre öffneten sich, und staubige Luft strömte in die Kabine. Sie roch nach Erde und Öl. Das letzte Tuckern der Maschinen erstarb, das Surren der Schrauben verlangsamte sich und ging in einen unregelmäßigen Rhythmus über.

Durch das Bullauge sah Bryn die drei anderen Unterseeboote auftauchen. Auf dem einen – Eridanus' «Flaggschiff» – ging eine flammenlose Lampe an und beleuchtete die höhlenartige Umgebung.

Die Infiltrierung von Armaah hatte begonnen.

✦ ✦ ✦

Da mit einer Reaktion auf die Infiltrierung zu rechnen war, positionierten Schwarzbart und seine Kollegen ihre Tauchboote rund um die Regierungsinsel. Sie sollten dafür sorgen, dass niemand von den anderen Inseln zum Regere Mansionum gelangte, falls die Brücken ausgefahren wurden. Wenn die Verteidiger Verstärkung bekamen, waren Galar und sein Trupp zum Untergang verdammt.

Sie bezogen knapp unter der Wasseroberfläche Stellung und fuhren ihre Periskope aus. Wenn es losging, mussten sie schnell sein. Dann galt es, der Verstärkung den Weg abzuschneiden beziehungsweise – wenn sie damit keinen Erfolg hatten und die Insel nicht unter Kontrolle zu bringen war – den Imperator zu evakuieren. Oder schlimmstenfalls den Einsatztrupp unverrichteter Dinge zurück zum Festland zu bringen. Falls dann noch jemand übrig war.

✦ 6. KAPITEL ✦

Alles fließt

Verliert nicht die Prioritäten aus dem Blick. Zuallererst sind wir ein Mordkommando. Gleichzeitig gilt es, dafür zu sorgen, dass dem Imperator nichts zustößt. Erst wenn wir so weit gekommen sind, werden wir zu einer Friedenstruppe.»

Sie hatten sich alle am Kopf der langen Leiter im untersten Stockwerk des Regere Mansionum versammelt, um Eridanus' letzten Anweisungen zu lauschen. Von unten schallte das Plätschern des Wassers herauf. Einige kleine Lichter umschwirrten sie mit leisem Summen. Der Magier hatte sie «Leuchtkäfer» genannt, und wie Bryn wusste, lag ihnen ein unabhängiger ergeomorphistischer Vorgang zugrunde. Das hatte den Vorteil, dass Eridanus keinen Zauber aufrechterhalten oder sich weiter um sie kümmern musste.

«Wir brauchen die Hilfe der Ratsmitglieder, um die Ordnung im Regere Mansionum wiederherzustellen. Je weniger Lärm wir machen, desto besser. Wie immer wird das Volk vom Machtwechsel nichts bemerken. Nur den Regierenden müsst ihr klarmachen, dass die Verschwörung ein Ende hat, und wer diese Neuigkeit begrüßt, soll nichts zu befürchten haben.»

Vallon gähnte in Bryns Armen.

«Krieger, ihr wisst, was zu tun ist. Verfolgt die Strategie, die Meister Usdun uns letzte Nacht erläutert hat. Durchsucht die Räumlichkeiten in der von ihm beschriebenen Reihenfolge. Wir sichern die äußeren Korridore, blockieren die Ausgänge und arbeiten uns nach innen vor. Sobald wir alle oben im Regere Mansionum sind, erledigt ihr möglichst geräuschlos die Wachen und macht euch auf den Weg zu den verschiedenen Zielen. Usdun, Zuola und Aquiuss nehmen den Gang nach rechts. Galar, Peasmi und Rameon gehen nach links zum Thronsaal.»

Mit einer Handbewegung teilte der Magier die Leuchtkäfer in zwei schimmernde Schwärme auf. «Ich werde nachsehen, welchen Gang ich nehmen muss, um erst Djutoris und dann Perduellis zu finden. Laut Rameon könnten wichtige Bereiche auch unterhalb der Stadt liegen. Der Verschwörer ist vielleicht näher, als wir glauben. Wenn alles klappt, treffen wir uns in der Ratshalle. Viel Glück.»

Meister Usdun verschwand mit seinen Leuten und seinem Teil der Leuchtkäfer – bis auf zwei Culmus Sangui, die bei Eridanus, Bryn und Vallon blieben.

«Justin und Cerion, ihr werdet heute Dinge sehen, die niemand je sehen sollte. Bleibt dicht bei mir und befolgt meine Anweisungen.»

«Gewiss», gelobte Cerion. Der Paladin Justin nickte nur.

«Nun, mal sehen …» Eridanus zog einen Stein aus seinem Gewand hervor und rieb ihn. «Welchen Weg sollen wir nehmen?» Er starrte auf den Stein. «Eine kleine Orientierungshilfe. Ich habe ihn so präpariert, dass er uns zur mächtigsten Magie in der Stadt führt.»

«Aber die neue Ratshalle besteht aus Schwarzgold und anderen esoterischen Materialien», sagte Bryn. «Damit dürften es selbst die verborgenen Zaubersprüche eines gewissen Magiers nicht aufnehmen können, oder?»

Eridanus schmunzelte. *Typisch,* dachte Bryn, *gelassen wie immer.*

«Da hast du recht, Bryn. Aber es gibt eine Kraft, die stärker ist als die esoterischen Materialien. Du vergisst, dass sich Schwarzgold, solange man es nicht anregt, in einem passiven Zustand befindet.» Seine königlichen Augen leuchteten. «Dieser Heimstein wird uns geradewegs zu den Menhiren führen, die eine bedeutende Rolle beim Anwachsen des Wahnsinns spielen. Wir haben erst eine Chance, Perduellis und seine Gefolgschaft zu bekämpfen, wenn wir zuvor das Fließen des Wahnsinns aufhalten. Es wird zwar immer noch genug übrig bleiben … Aber damit müssen wir zurechtkommen.»

«Ich bin nach wie vor der Ansicht, dass wir dieseДreckskerle mit Hilfe des Wahnsinns ertränken sollten», sagte Vallon.

Eridanus ging nicht darauf ein. Er warf den Heimstein in die Höhe. Statt wieder in seine Hand zurückzufallen, schoss der Stein bis zur Decke empor und verharrte dort. Seufzend schnippte der Magier mit den Fingern. Der Stein beugte sich erneut der Schwerkraft und landete auf seiner Handfläche. Eridanus runzelte die Stirn. Er tippte den Stein in der Mitte an, und dieser begann sich in verschiedene Richtungen zu drehen. Als der Heimstein ruckartig anhielt, grunzte Eridanus zufrieden. «So dürfte es gehen. Das dumme Ding hat uns mit dem Kopf durch die Wand schicken wollen.»

«Kein Wunder, wo doch Bryn mit dabei ist», spottete Vallon. «Der macht das immer so.»

Sie marschierten los, und um sie herum brummten fröhlich die Leuchtkäfer.

«*Droch*, nun sagt schon, warum sollten wir uns nicht derselben Waffen bedienen?», fing Vallon erneut an.

«Weil es die Vorschriften des Ordens von Itrim verletzt, wie ich Euch bereits erklärt habe», sagte der hochgewachsene Magier. «Und weil es gefährlich ist.»

«Ich bin kein Bürger dieses Landes. Und Ihr seid ein Geächteter.» Meister Vallon grinste. «Außerdem wissen wir zwei doch genau, wer als Erster dran glauben muss, wenn beide Seiten die Kräfte des Wahnsinns einsetzen.»

«Selbst wenn sich Perduellis mit seiner eigenen Magie umbringen sollte, ist es nicht gerade unwahrscheinlich, dass wir dabei ebenfalls in Mitleidenschaft gezogen werden. Nein, wir werden den Fluss des Wahnsinns neutralisieren. Das ist ein Befehl.»

«Hölle und Verdammnis», sagte Meister Vallon und brabbelte gehässige Worte in seine Windeln, bis Bryn erklärte, dass er ihn kurzerhand hier ablegen würde, wenn er nicht aufhörte, so herumzufluchen. Gegen den winzigen Denkmeister hatte selbst Galar, der kein Blatt vor den Mund nahm, eine gepflegte Ausdrucksweise.

Vallon im Arm zu haben war stets eine eigenartige Erfahrung, zumal für einen Barue. So warm und weich sein kindlicher Körper auch war, er dünstete eine Missgunst aus, wie nur verbitterte Erwachsene sie hegten.

«Wir kommen im äußeren Park heraus», sagte Eridanus. «Dort liegt der Außenring der Menhire. Ohne ihn müsste der Innenring auch aufhören, den Wahnsinn durchzuleiten.»

«Und wie sollen wir den Fluss des Wahnsinns aufhalten?», fragte Bryn.

«Schauen wir mal», antwortete Eridanus seelenruhig.

In wenigen Minuten sollten sie die größte Quelle des Wahnsinns außerhalb von Garakron abstellen. Bryn hatte keine Ahnung, wie sie das schaffen sollten, und darüber hinaus trug er einen schlechtgelaunten Säugling im Arm.

Na prächtig, dachte Bryn. *Einfach prächtig.*

✦ ✦ ✦

General Wainwright in Polgaren war es gewohnt, schwerwiegende Entscheidungen zu treffen. Es war nichts Neues für ihn, Risiken abzuwägen und mit dürftigen Meldungen zurechtzukommen. Trotzdem schreckte er immer ein wenig vor solchen Entscheidungen zurück. Und nun war es wieder einmal so weit.

«General», sagte sein stellvertretender Kommandeur. «Wie gehen wir vor?»

Wainwright sah den Kundschafter an, der vor ihnen stand. Einen Moment lang verspürte er den Drang, den Kundschafter noch einmal auszuschicken und ein weiteres Mal überprüfen zu lassen, ob die Nurgor sich tatsächlich in Bewegung gesetzt hatten und ob es tatsächlich so viele waren, wie auch seine Verwandte berichtet hatte – aber er wusste, dass das auch nicht weiterhalf.

«Schickt einhundert berittene Bogenschützen los und gebt Anweisung für einen Blitzangriff, wie gestern besprochen.»

«Einhundert, Herr?»

«Das muss ausreichen.» General Wainwright atmete tief durch und entließ den Kundschafter.

Er schloss die Augen und spürte den Strömungen der Erdenergie nach. Espera hatte gesagt, dass sie ganz in der Nähe sein würde. Nicht weit von den Numenii-Truppen entfernt befand sich eine dunkle Erscheinung – er umrundete sie in einem Bogen. Dann spürte er die Anwesenheit seiner Verwandten und tastete sich voran. Grüne Augen blitzten auf.

Geschätzte Espera, ich habe mich so lange herausgehalten wie möglich, aber nun ist mir die Angelegenheit aus der Hand genommen. Ich habe keine andere Wahl, als die Nurgor zu den Numenii zu führen. Dann fiel ihm noch etwas ein, und er fügte hinzu: *Sie haben sie hier hochgeschafft, nun müssen sie mit ihnen fertigwerden.* Die Verbindung über die ergeomorphischen Ströme ließ nach, als er sich zurückzog, doch er hielt die Augen weiterhin geschlossen.

General Wainwright hätte sich niemals als abergläubisch bezeichnet, aber am Tag einer Schlacht verlangte es ihn nach einem guten Omen. Am Morgen hatte er beim Erwachen einen Schatten auf der Zeltwand gesehen, der wie eine Gestalt aussah, die über ihn wachte. Oder ihn *bewachte*? Er hoffte auf ein eindeutigeres Zeichen und öffnete die Augen.

Zu seiner Linken, über den Bergen, tauchte einen Moment lang die Morgensonne zwischen den Wolken auf und verschwand dann wieder.

Ein Licht in dunklen Zeiten? Oder Finsternis, die sich über das Licht legte? Es war schwer zu sagen.

✦ ✦ ✦

«Espera, seid Ihr wohlauf?», fragte Mittni. Die Gesellschaft der rothaarigen Frau beunruhigte ihn immer etwas, denn er konnte ihre Gefühle nicht erspüren. Sie war nicht nur rätselhaft, sondern auch attraktiv und temperamentvoll; kein Wunder, dass Bryn sie während seiner Krise in seiner Nähe geduldet hatte.

Auf Cunars Signal hin steuerten sie auf das Lager der Numenii zu, obwohl Mittni demnächst weiter zu den Raben stoßen sollte. Aber nun hatte Espera ihr graues Reittier angehalten und saß mit geschlossenen Augen da.

«Was hat die Frau?», fragte Hornbeam.

«Gar nichts, General», antwortete sie und öffnete die Augen. «Aber die Situation hat sich geändert. Die Nurgor stehen kurz davor, die Numenii anzugreifen – wir müssen sie warnen.»

«Wie jetzt?», fragte Mittni.

«Und woher wollt ausgerechnet Ihr das wissen?», blaffte Hornbeam.

Espera trieb ihr Pferd voran. «General Wainwright hat mich gerade darüber in Kenntnis gesetzt, dass er die Nurgor dazu bringen will, die Numenii anzugreifen, um einen Angriff auf seine eigenen Truppen zu verhindern. Wir müssen zu General Marnus und ihn davon überzeugen, dass er seine Truppen zurückzieht.»

«Na, dann los!» Humphrey gab seinem Pferd die Sporen. «Sosehr ich den Gedanken verabscheue, Marnus zu helfen: Es geht um das Leben seiner Soldaten.»

✦ ✦ ✦

Durch einen Schacht stiegen sie im äußeren Park an die Oberfläche der Regierungsinsel. Nun brauchte Bryn nicht mehr die Unsichtbare Welt anzuzapfen, um den verderblichen Einfluss des Wahnsinns zu erkennen; die schwindelerregende Entstellung war beinahe mit den Händen zu greifen. Seine Barue-Sinne verloren sich in einer plötzlichen Aufwallung widerstreitender, ständig wechselnder Gefühle. Bryn konnte sich nicht konzentrieren – ihm schwirrte unablässig der Kopf. Er ertrug es nur einen Moment lang, dann schottete er seine Barue-Sinne vollständig ab, um einigermaßen Ruhe zu finden. Dadurch spürte er jedoch umso mehr den Einfluss, den der Wahnsinn auf seinen Körper ausübte. Manche Stellen fühlten sich völlig taub an, während es in seinen Fingern und Zehen kribbelte.

Ein widernatürlicher Nebel hing über der Regierungsinsel, aber er verhinderte immerhin, dass ihre Aktivitäten von den anderen Inseln aus zu sehen waren. Sämtliche Konturen waren weich, verschwommen beinahe, als wäre alles nur eine Illusion und nichts greifbar, als würde sich alles entfernen, wenn man darauf zuging, oder sich in Luft auflösen, wenn man es berührte.

Bryn bückte sich fasziniert. Die Sonnenzeit hatte angefangen, also war es nicht weiter überraschend, überall frisches Grün zu sehen. Aber für die Pflanze vor ihm gab es nur ein Wort: widernatürlich. Ihre Blätter waren zum Boden gerichtet, und ihre Wurzeln tasteten in der Luft wie Fühler.

Angewidert wich Bryn vor dieser grässlichen Laune der Natur zurück und blickte sich um. Die Parkanlagen des Regere Mansionum, die normalerweise äußerst gepflegt waren und selbst die stolzesten Gutsbesitzer in Bel-Tued beschämt hätten, befanden sich in einem erbärmlichen Zustand. An manchen Stellen war der Erdboden ausgedörrt und rissig, an anderen standen Pfützen. Alles, was wuchs, war verfilzt, verheddert, verdreht. Modergeruch lag in der Luft.

Die anderen ließen sich nicht anmerken, ob ihnen das Durcheinander aufgefallen war. Cerion kniete mit griffbereiten Waffen da, sein Gesicht eine Maske der Entschlossenheit. Justin hatte sein Wurfmesser erhoben und war bereit, den ersten Wachsoldaten zu erledigen, der sie entdeckte.

«Wir gehören der Inquisition an», sagte Eridanus. «Solange die Wachen nicht begriffen haben, was wir tun, ist jede Gewaltanwendung überflüssig. Wir fällen die Menhire einen nach dem anderen; ein Drittel des Kreises sollte genügen.»

Als sie sicher waren, dass niemand sie beobachtete, krochen sie aus dem Gebüsch hervor und gingen den Weg hinunter, der außen am Ufer der Insel entlangführte. *Das Gewand eines*

Inquisitors trage ich, dachte Bryn, *aber ein Säugling im Arm dürfte Verdacht erregen …*

«Ich kann gar nichts sehen», jammerte Meister Vallon. «Kannst du mich beim Gehen nicht hochhalten? So schwer bin ich doch nicht.»

Bryn ging nicht darauf ein. Vor ihnen zeichnete sich im Nebel bereits der erste Menhir ab. Die Morgensonne kämpfte zaghaft gegen die verderbte Dunkelheit auf der Regierungsinsel an. Für einen Moment drangen einige Strahlen durch, aber danach wirkte alles nur noch düsterer. Oben in den Wolken flackerten Lichter auf, wo keine hätten sein dürfen.

«Ich sehe nichts als Himmel», klagte Vallon. «So schlecht habe ich nicht gesehen seit … ach, keine Ahnung seit wann …»

«Pst!», machte Bryn.

Sie passierten den ersten Wachsoldaten, der sie weder grüßte noch aufhielt, aber ihnen nachsah. Sie nahmen ihn gar nicht zur Kenntnis, sondern strebten zuversichtlich auf ihr Ziel zu. Als eine Hand sein Kinn traf, sackte der Soldat in Justins Arme. Der Paladin hievte den Körper über das Geländer und ließ ihn im Armre-See verschwinden; dann übernahm er seinen Platz als Wachtposten, um sich zu versichern, dass niemand etwas bemerkt hatte.

Währenddessen gelangte Eridanus bei dem ersten Menhir an.

✦ ✦ ✦

Die beiden Wachen sahen zu der kleinen, untersetzten Gestalt hinüber, die zwei Jugendliche im Schlepptau hatte. Alle drei trugen die Uniform der Inquisition – aber gab es überhaupt so etwas wie einen Zwergeninquisitor? Der Anblick des Zwerges alarmierte jeden Wachsoldaten. Dieser verrückte Veteran des

Kriegs um das Tor, der legendäre Töter Galar Sturlison, hatte den Numenii schließlich genug Schaden zugefügt. Außerdem gab es so gut wie keine Zwerge, die sich anständig ins Imperium integriert hatten. Und davon einmal abgesehen: Besaß Sturlison nicht auch goldenes Haar? Aber der war wegen Hochverrat zum Tode verurteilt worden und doch bestimmt nicht so dumm, ausgerechnet hier am Regierungssitz aufzutauchen, wo er Tatbeteiligter beim Attentat auf Imperator Aurgelmir gewesen war. Oder doch?

Zwerg hin, Zwerg her – das hinter ihm war doch Prinzessin Peasmi!

Die beiden Wachen sahen einander überrascht an, und als ihnen klarwurde, dass dies den anderen nicht verborgen blieb, hoben sie die Waffen. Doch es war schon zu spät: Ihre Helme schepperten laut, als Galar sie mit den Köpfen zusammenschlug. Die Wachen sanken mit einer Gehirnerschütterung zu Boden.

«Ich dachte, wir sollten die Operation so lange wie möglich im Verborgenen durchführen», zischte Peasmi.

Galar zog die Schultern hoch. «War doch so lange wie möglich.»

✦ ✦ ✦

Von den klaffenden Spalten an den Seiten einmal abgesehen, machte der Menhir einen recht harmlosen Eindruck. Grau und rau stand der Stein da, ein vor Jahrhunderten in die Ebenen von Armaah hinuntergetragener Findling vielleicht, der Abbruch einer Bergwand. Er war mit grünen, gelben und weißen Flechten bewachsen und beugte sich über den Weg wie ein buckliger Großvater, der schweigend mit ansah, wie seine Enkel das Land in Schutt und Asche legen. Auf dem

Monolithen prangten gemalte und geschnittene Symbole wie eiternde Wunden und verkündeten Qualen und Leid.

Bryn spürte Schwingungen in der Luft – oder vielleicht auch in der Unsichtbaren Welt; es war unmöglich zu sagen. Er wurde von dem plötzlichen Impuls gepackt, Magie zu wirken. Es schien ihm genau das Richtige zu sein. Er nahm Meister Vallon so, dass er einen Arm frei hatte und einen Zauberspruch ausführen konnte – egal welchen. Vallon stieß einen Schrei aus, und Eridanus fuhr zu ihnen herum. Er deutete Bryns Gesichtsausdruck richtig und schlug seine Hand herunter.

Bryn schreckte auf und hatte das Gefühl, eben geschlafwandelt zu sein. Dennoch schien ihm der Gedanke, diese heiligen Steine niederzureißen, auf einmal ungeheuerlich. Warum sollten sie diese altehrwürdigen, mystischen Monumente zerstören?

«Ergib dich nicht den Verlockungen des Wahnsinns», sagte Eridanus. «Er ist ein Verführer wie kein anderer.»

Aus irgendeinem Grund musste Bryn bei diesen Worte an die schöne und offenherzig gekleidete Espera mit ihren roten Haaren denken.

Eridanus lachte. «Galar hat ganz schön damit angegeben … angeblich hat er während seiner Wanderung durch das Imperium in diverse Monolithen irgendwelche Fratzen gemeißelt. Wie du weißt, hat der Kult im ganzen Land Nachbildungen dieser Menhire aufgestellt. Aber stell dir vor: Sie haben die Fratzen nicht als Vandalismus angesehen, sondern als überirdische Zeichen. Typisch!»

Justin stieß zu ihnen. «Wir sollten uns beeilen, eine Patrouille dreht die Runde.»

«Selbst wenn wir rechtzeitig wieder verschwunden sind», sagte Cerion, «werden sie merken, dass sich jemand an dem Stein zu schaffen gemacht hat.»

«Damit müssen wir leben», sagte Eridanus. «Schnell, grabt.»

Cerion, der den Boden neben dem Monolithen bearbeitet hatte, reichte Justin einen Spaten, und nun schaufelten sie nach Kräften die Erde weg. Allmählich entstand auf der einen Seite des Steins eine kleine Grube. Sie lag auf der dem Parlament abgewandten Seite, damit jemand, der dort zufällig aus dem Fenster schaute, nichts mitbekam.

Bryn stand nervös neben ihnen und wartete auf die näherkommende Patrouille.

Vallon warf einen skeptischen Blick in die Grube. «Sehr effektiv.»

«Wenn Ihr eine bessere Idee habt, nur raus damit!», sagte Eridanus.

«Seid Ihr ein Magier oder ein Zauberer?», fragte der Denkmeister.

Eridanus überhörte diese Beleidigung. «Das Risiko gehe ich nicht ein. Wir werden die Patrouille beseitigen und die Menhire wie geplant mit körperlicher Arbeit neutralisieren. Justin, das Seil.»

Der Paladin öffnete den Verschluss seines Beutels und wollte gerade hineingreifen, als ihm der Beutel aus der Hand rutschte und seinen Inhalt verstreute. «Sie kommen!»

Die fünf versteckten sich vor den herannahenden Soldaten hinter dem Menhir, waren dadurch aber für jeden sichtbar, der einen Blick aus dem Regere Mansionum warf. Was immer noch besser war, fand Bryn. Vom Haus aus würde es eine Weile dauern, bis hierher in den Park zu kommen. Allerdings wurde dann vielleicht auch Alarm ausgelöst, und das würde ihre Freunde im Gebäude in Gefahr bringen. Bryn konnte spüren, dass Vallon irgendetwas in der Hinterhand hatte.

«Justin, das Seil», sagte Eridanus erneut. «Oben festmachen und ziehen.»

Der Paladin schüttelte den Kopf, bückte sich aber und hob das Seil auf. Cerion stand flach gegen den Stein gepresst da und lauschte angriffsbereit auf die Schritte der Patrouille.

«Können wir uns vor ihnen verstecken?», flüsterte Eridanus. Seine Stimme verriet noch immer keine Beunruhigung. «Wie viele sind es?»

«Zu viele», sagte Justin. «Da müssten wir schon enormes Glück haben. So breit ist der Stein nicht.»

Eridanus mahlte mit den Kiefern und nickte.

«Bedient Euch der ergeomorphischen Ströme der Unsichtbaren Welt!», stieß Vallon hervor.

Eridanus runzelte die Stirn, dann nickte er zustimmend.

Der Denkmeister bedachte Bryn mit einem wissenden Blick. «Er hat sich zu viele Sorgen um ein Verfälschen der Zaubersprüche gemacht, um an das Offensichtliche zu denken.»

«Den Wahnsinn kann man gar nicht ernst genug nehmen», flüsterte Eridanus, dann konzentrierte er sich.

Ein Gesprächsfetzen drang zum Monolithen herüber, dann raues Lachen. Es endete abrupt, als Justin hinter dem Stein hervorschoss. Cerion folgte ihm dichtauf. Die Wachsoldaten stießen Alarmrufe aus. Die beiden Culmus Sangui wollten sie gerade angreifen, als Eridanus sie zurückrief.

«Wir müssen den Steinkreis jetzt verlassen. Folgt mir.»

Der ganz ruhig ausgesprochene Befehl wurde so ernst genommen, als hätte er ihn gebellt – Anweisungen von Eridanus stellte man nicht in Frage. Sie liefen hinter dem Magier her zu den Mauern des Regere Mansionum, und Bryn presste instinktiv das Bündel in seinen Armen schützend an sich. An der Palastmauer hielten sie an und fuhren herum, um sich den Wachen, die sie jeden Moment einholen mussten, zum Kampf zu stellen. Bryn staunte ohnehin schon, dass noch niemand von einem Speer durchbohrt worden war, ja, dass noch nicht einmal einer knapp an ihnen vorbeigeschossen war, wie sich das bei Helden auf der Flucht gehörte.

Stattdessen schienen die Wachsoldaten in einem Sturm gefangen zu sein; sie bewegten sich gegen ihren Willen auf den Monolithen zu, bei dem die fünf noch vor kurzem gestanden hatten. Hier ging irgendetwas Seltsames vor.

«Deine Uniform stinkt», schimpfte der Säugling.

Bryn konnte nicht fassen, wie kaltblütig der Meister war. Hier griff etwas Übernatürliches in die Geschehnisse ein und half ihnen, fast schon wie Elyons allmächtige Hand, und der Denkmeister hatte nichts Besseres zu tun, als herumzumeckern.

Auf einmal war der strömende Wahnsinn innerhalb des Steinkreises zu sehen, der eigentlich nur in der Unsichtbaren Welt wahrnehmbar war. Es wehte kein Lüftchen, aber da war es, das Fließen der Energie, wie ein Sturm auf einem Gemälde, strömte vom einen Menhir zum nächsten, peitschte und wirbelte in wilden Spiralen und mit wahnwitziger Geschwindigkeit. Der Himmel dröhnte von pulsierender Kraft. Bryn fühlte sich wie unter Strom gesetzt. Er war unfähig, auch nur zu blinzeln, während der mächtige Monolith im Zentrum des Sturms sich ächzend neigte.

Die Umrisse der Wachen waren unbewegt, als ob die Zeit stehengeblieben war, und verblichen langsam. Als die Verwandlung fast beendet war, begriff Bryn, dass es nicht allein am Tosen des Wahnsinns lag, dass er die Soldaten nicht richtig sehen konnte – ihre Körper lösten sich buchstäblich auf. Wie bei einem Gemälde, dessen Farbschichten abgeschliffen wurden, lösten sie sich zu Flächen auf und wurden unkenntlich. Einen Moment lang hingen ihre unwirklichen Umrisse noch in der Luft, dann wurden auch sie von dem paranormalen Wind fortgerissen.

Bryn war wie hypnotisiert und kam erst wieder zu sich, als der Monolith umstürzte und den Boden erbeben ließ. Das Echo hallte über die gesamte Insel. Der Barue spürte, wie eine Erschütterung die Unsichtbare Welt durchlief.

Der kosmische Strom, der nicht länger in dem Gefängnis der Menhire eingesperrt war, nicht länger an Calaspia gebunden, stieg empor und schraubte sich spiralförmig durch die Luft wie ein Zyklon.

Einen Moment lang war es unfassbar still.

«Nun, so viel zum Thema Steinkreis», bemerkte Vallon.

«Und zum Thema leise und unauffällig», sagte Eridanus. «Kommt, schließen wir uns den Culmus Sangui im Gebäude an. Jetzt gilt es, Djutoris zu finden.»

✦ 7. KAPITEL ✦

Ungewissheiten

Cunar und Jasri gingen den Berg hinauf. Da sich die Raben nur an der Schlacht beteiligen sollten, wenn es zwingend nötig war, mussten sie sich einen Überblick verschaffen.

Ein Stück über der Stelle, von der aus sie die Nurgor beobachtet hatten, blieben sie stehen.

«Hier ist es ganz gut», sagte Cunar.

«Ja.» Jasri fuhr sich mit den Fingern über die lange Nase. «Von hier aus dürften wir alle Beteiligten im Blick behalten können.» Er wies nach Süden, wo die Numenii-Truppen gut erkennbar waren. «Und die Polgaren müssen hinter dieser Biegung stecken. Bleiben noch die Nurgor. Die sollten aus diesem Seitental strömen.»

Noch während er sprach, tauchte aus dem bezeichneten Tal eine Schar Reiter auf.

«Nur sind das keine Nurgor», sagte Cunar.

Dann war unten Gebrüll zu hören, und dicht hinter den Reitern strömten die ersten Untiere hervor. Sie versuchten einander in ihrer wilden Jagd beiseitezudrängen.

«Das aber schon», gab Jasri zurück.

Die beiden sahen zu, wie die kleinen Punkte der Reiter vor

der anbrandenden Flut der Nurgor auf die Talebene hinaus flohen.

«Sie führen die Nurgor direkt zum Lager der Numenii!», rief Cunar. «Wir müssen etwas unternehmen.»

«Was können wir denn machen? Die Numenii sind viel zu weit weg, und die anderen Raben können wir auch nicht so schnell benachrichtigen. Die Nurgor hält niemand mehr auf, sie haben Blut gerochen.»

«Das Signalfeuer. Vielleicht können wir das benutzen.» Cunar wollte loslaufen, doch Jasri hielt ihn zurück.

«Selbst wenn die Numenii es sehen – wie sollen sie daraus schließen, dass eine Horde Nurgor auf sie zugestürmt kommt?»

«Jasri, irgendetwas müssen wir unternehmen! Wir können doch nicht einfach zulassen, dass das gesamte Bataillon vernichtet wird!»

«Das liegt nicht in unserer Hand. Wir können wohl kaum …» Jasri verstummte und spähte in die Ferne. «Da tut sich was.»

Cunar trat neben ihn, reckte den Hals und kniff die Augen zusammen. «*Droch*, ich glaube, du hast recht. Ja, tatsächlich, sie ziehen sich zurück.»

In das Heer der Numenii war Bewegung gekommen.

«Die Reiter verteilen sich», stellte Jasri nachdenklich fest.

«Ja, natürlich. Sie haben den Rückzug bemerkt und wissen nun, dass ihr Plan nicht aufgeht. Das kann ja höchstens eine Hundertschaft sein.»

«Mal sehen, was die Nurgor jetzt tun.»

«Die hinteren halten an. Zumindest strömen keine weiteren mehr aus dem Tal.»

«Aber die vorderen hetzen weiter den Reitern nach. Sie werden sich aufteilen.»

«Und dadurch geraten sie gleichzeitig vor die Numenii und vor die Polgaren. Hoffentlich verschafft das Mittni und den anderen einen Vorteil.» Cunar grinste seinen dunkelhäutigen Kumpan an.

«Gewiss», antwortete dieser. «Der Tag ist noch lang.»

✦ ✦ ✦

General Marnus strich sich über den Schnurrbart und ging Sir Humphrey und seinen Begleitern entgegen. Woher hatten sie gewusst, dass die Nurgor angreifen würden? Nun, so wichtig war das im Moment auch wieder nicht.

«Mir scheint, Ihr hattet recht», rief er. «Das waren tatsächlich Nurgor, direkt vor unserer Nase. Es ist mir völlig unbegreiflich, wie sie sich so gut vor uns verstecken konnten.»

Humphrey blickte ihn grimmig an. «Ich finde es ziemlich einfach, mich vor jemandem zu verstecken, der nicht einmal nach mir sucht.»

Unangenehme Stille machte sich breit.

«Na schön», sagte Espera. «Nun, da Ihr die Nurgor mit eigenen Augen gesehen habt, begreift Ihr hoffentlich, dass die Numenii sich mit den polgarischen Streitkräften vereinen müssen, um die Nurgor zu vernichten.»

Marnus kniff die Augen zusammen und ließ sich mit der Antwort Zeit. «Gerade haben polgarische Soldaten versucht, die Nurgor in einen Kampf mit unserem Heer zu verwickeln, und Ihr erwartet, dass ich ihnen die Hand reiche? Wohl kaum!»

Mittni konnte es nicht fassen. «Die Soldaten haben Euch auf das Anrücken der Nurgor aufmerksam gemacht. Ihnen ist es zu verdanken, dass Ihr Eure Truppen rechtzeitig zurückziehen konntet!»

«Nein. Nicht die Polgaren haben mich gewarnt, sondern Ihr.»

Espera seufzte. «Aber auf Anregung des polgarischen Oberbefehlshabers.»

«Dass er sich persönlich an mich wendet, ist wohl zu viel verlangt.»

«Weil Ihr Euch ja auch *so* gern mit ihm unterhaltet», höhnte Espera.

Erneut machte sich Schweigen breit. Drüben bei den Soldaten schepperte etwas.

Humphrey trat näher an Marnus heran. «Ganz gleich, was wir Euch sagen oder zeigen, Ihr rückt nicht von Eurer Meinung ab, richtig? Auf gar keinen Fall. Denn Ihr habt längst von dem Horgest gewusst. Habt die ganze Zeit über genauestens Bescheid gewusst und befolgt nur Eure Befehle.»

Der General starrte Sir Humphrey kühl an. «Ihr ahnt nicht einmal, auf was Ihr Euch da eingelassen habt.»

«Ach, im Gegenteil», versicherte ihm Espera. «Wir wissen recht gut, um was es hier geht. Aber wisst Ihr es auch? Kennt Ihr wirklich alle Hintergründe und wisst, welche Bosheit hinter alldem steckt?»

Ein Schatten huschte über Marnus' Gesicht, und Mittni spürte sein tiefes, nagendes Unbehagen. «Das habe ich mir gedacht», sagte der Barue.

General Marnus sah die drei einen Moment lang an, dann trat er einen Schritt zurück. «Ich habe ein Heer zu leiten; wenn Ihr mich also entschuldigen würdet.» Damit wandte er sich ab und kehrte zu seiner Truppe zurück.

Die drei sahen ihm nach, dann sagte Espera: «Hornbeam und die anderen dürften inzwischen bei den Raben sein. Schließen wir uns ihnen an?»

«Nein», sagte Humphrey. «Wir bleiben vorerst hier. Vielleicht finden wir ja doch noch Marnus' Gehör. Oder wir probieren es bei Major Wingnut mit dem Brief. Egal wie, wir werden Erfolg haben.»

✦ ✦ ✦

Galar hatte es noch nie gefallen, gegen Intelligenzwesen zu kämpfen. Sie waren einfach zu … intelligent. Nicht dass sie deshalb bessere Kämpfer gewesen wären; normalerweise wurde man mit ihnen besser fertig als mit Nurgor und Ostentum – aber es durchzuckte ihn bei jedem Schlag seiner Axt.

Das ist lachhaft, ermahnte er sich. *Reiß dich zusammen, du alter Narr. Sind ja schließlich keine Zwerge.*

Dennoch bevorzugte er es, einen behelmten Kopf gegen eine Wand oder einen anderen behelmten Kopf zu schlagen. (Zur Not ging es auch ohne Helm.) Wenn ihm seine Gegner mit ihren Waffen zu nahe kamen, musste er auf härtere Mittel zurückgreifen, aber auch im Nahkampf war es oft möglich, einen Speer beiseitezuschlagen und die Faust auf einen Kopf krachen zu lassen. Die Culmus Sangui an seiner Seite besaßen weniger Skrupel, aber sie waren es auch gewohnt, gegen ihresgleichen zu kämpfen. Galar dagegen hatte sich darauf spezialisiert, Monster zu erschlagen, die mehr als doppelt so groß waren wie er.

Gelegentlich stieß ihr kleiner Trupp auf Widerstand, aber je weiter sie ins Regere Mansionum vordrangen, desto weniger Wachen stellten sich ihnen in den Weg. Offensichtlich hatten Usdun, Zuola und Aquiuss Erfolg.

Laufschritte hallten durch die Marmorgänge, hier und da knallte eine Tür, oder man hörte Rufe und Scheppern. Rameon hatte das Schwert für den Fall blankgezogen, dass sich die Kämpfe in ihre Richtung verlegten. Wenn sie auf Wachen stießen, versuchte Peasmi ihnen Befehle zu geben. Bisher hatte sie damit nicht besonders viel Erfolg gehabt.

Sie eilten in gespannter Erwartung Richtung Thronsaal. Wenn sie Aurgelmir fanden und er gewillt war, ihnen zuzuhören, konnten sie das Blutvergießen und das Chaos vielleicht beenden, bevor es noch mehr Verletzte gab.

Die Prinzessin erkannte das Regere Mansionum kaum wieder. Die einstmals mit Teppichen bedeckten Böden der Gänge waren kalt und voller Furchen, wie von schweren Rädern oder Krallen. Die Wände waren kahl und trostlos, nirgendwo gab es Vorhänge oder Wandteppiche oder sonst einen Zierrat – nur gelegentlich ein kryptisches Wort oder Symbol. Peasmi überlief ein Zittern, als sie auf die Zeichen des Kults stießen: das V und die tränenartige Flamme.

Die Hallen hießen einen nicht länger willkommen, sondern erstreckten sich verlassen und leer vor ihnen. Auf der gesamten Insel war das ruhige, flammenlose Licht der Lampen durch flackernde Fackeln ersetzt worden, die das gesamte Regere Mansionum wie den Schauplatz dunkler Rituale wirken ließen. Peasmi, die nirgendwo Öl riechen konnte, wollte lieber nicht wissen, was die Fackeln am Brennen hielt. Obwohl sie Sonnenzeit hatten, war die Luft eisig kalt, und die Fensteröffnungen hoch über dem Boden waren mit Reif bedeckt. Gleich neben den Gesindeunterkünften drang Nebel durch ein Loch in der Wand – ein Loch! Noch nie seit ihrer Errichtung war die Regierungsinsel dem Verfall derartig preisgegeben worden.

So entmutigend der Anblick war, einen Vorteil hatte diese ganze Vernachlässigung: Es gab weniger Wachen als unter der Regierung ihres Vaters. Sie bogen um eine Ecke, und auf einmal klebten Peasmi Spinnweben im Gesicht. Sie wischte sie sich verärgert aus den braunen Haaren und flüsterte: «Dort vorn ist der Thronsaal.»

Galar schien den Weg zu kennen.

In diesem Moment gab es draußen einen lauten, dumpfen Knall, auf den einige leisere Stöße folgten. Die Luft schien regelrecht zu zittern. Die nasskalte Atmosphäre klarte etwas auf, als hätte jemand ein Fenster geöffnet und frische Luft hereingelassen.

In dem arg mitgenommenen Säulengang bremsten sie ab. Vor der einstmals so prächtigen Eichenholztür standen vier Wachsoldaten. Die Wappen der sechs Königreiche auf der Tür waren kaum noch zu erkennen. Neben den Wachen dampfte ein Topf voll Haferbrei.

«Zur Seite!», befahl Rameon. «Wir sind gekommen, um unseren Bruder zu sprechen, den Imperator.»

Die Wachen sagten nichts, aber sie traten beiseite. Sie erweckten nicht den Eindruck, aufbegehren zu wollen.

Galar rammte seine Schulter gegen die Tür. Sie öffnete sich nicht. Stattdessen ertönte ein Bersten, und sie brach komplett aus dem Türrahmen und knallte auf den Marmorboden des Thronsaals, der von Echos widerhallte.

«Aurgelmir?», rief Peasmi.

Gemeinsam betraten sie den Saal.

✦ ✦ ✦

Meister Vallon hatte nach eigenen Worten beschlossen, Bryns «aussichtslose Ausbildung» fortzusetzen. Also hielt der Denkmeister Bryn einen Vortrag, während Eridanus mit dem Heimstein zugange war. «Das war eine wichtige Lektion, Bryn. Selbst Kräfte, die man besser nicht zu beherrschen versucht, lassen sich noch manipulieren. Der Strom des Wahnsinns musste nur dazu gebracht werden, seinen Ruhezustand zu verlassen. Das war nicht weiter schwer, da er regelrecht darauf wartete.»

Eridanus, der den Worten des Säuglings zugehört hatte, fügte hinzu: «Den Wahnsinn freizusetzen wäre gewiss die allerdümmste Idee. Ich habe lediglich einen Aspekt seiner Energie – die Bewegung – in Ergeomorphismus umgewandelt. Es war vor allem Erdenergie, die die Monolithen umgeworfen hat.»

Auf der Suche nach dem nächsten Eingang arbeiteten sie sich das Regere Mansionum entlang. Nach dem Sturz der Menhire ging es nun nicht mehr darum, besonders leise zu sein, sondern möglichst schnell. Bryns Anspannung stieg, als er bei einer alten Brücke mehrere Krieger entdeckte; dann erkannte er Féalon und Fenoár, und er war froh über die Verstärkung. Als sie den Palast betraten, erkannte Bryn das Gebäude kaum wieder. Eridanus quittierte den schäbigen Anblick mit einem Seufzen und folgte seinem sich drehenden Stein, der sie zu den Privatgemächern führte. Hier fanden sie zwar nicht Djutoris, aber eine Falltür, die zurück in die Kellergeschosse führte.

«Auch das noch!», murrte Vallon. «Mir schwirrt immer noch der Kopf von dem ganzen Gewackel dieses Tollpatsches.»

Als Cerion den Fuß der Leiter erreicht hatte, reichte Bryn ihm den Denkmeister hinunter. Kaum war der Barue unten angekommen, bekam er den Säugling auch schon wieder in die Arme gedrückt. Dann eilten sie Eridanus nach.

Der Heimstein lenkte sie einen abwärtsführenden Gang hinunter, der schließlich nach rechts abbog. Bryn, den die Ausmaße des unterirdischen Gangsystems bereits auf dem Weg zum Regere Mansionum überrascht hatten, versuchte sich den Weg für den Fall einzuprägen, dass sie getrennt wurden.

Zwei Inquisitionswachen wollten sie aufhalten, wurden aber prompt von Justin und Cerion aus dem Weg geräumt.

Eridanus öffnete eine Tür. «Djutoris! Wir sind hier! Wo steckt dein unglückseliger Herr?»

Der beleibte Mann mit den roten Haaren sah erschrocken von einem Dokument auf, das vor ihm auf dem Tisch lag. Bryn meinte eine Art Karte zu erkennen, obwohl die Farben sehr kräftig waren und sich irgendwie zu bewegen schienen. Er erhaschte nur einen kurzen Blick darauf, denn Djutoris ließ die Karte hinter dem Tisch verschwinden.

«Red! Ihr seid es! Als ich gemerkt habe, dass die Menhire … aber egal – jetzt müssen wir Perduellis finden. Endlich kann ich mich ihm entgegenstellen.»

«Dann steht Ihr auf der Seite der Vernunft?», fragte Eridanus.

«Ich hätte Euch geholfen, durch das Portal nach Armaah zu kommen, aber Perduellis stand direkt neben mir. Die Situation war unerträglich. Aber Ihr – Ihr seid mein Hoher Lehrmeister.» Bryn spürte neben der Angst auch tiefe Erleichterung. «Diesen Posten zu haben war eine Farce. Bitte nehmt mir den Titel wieder ab – ich habe ihn nie verdient.»

«Wo steckt der Verschwörer?» Eridanus sah sich auf dem Tisch um, an dem sein Untergebener stand.

«Ein Stockwerk tiefer.» Djutoris ergriff seinen Stab und eilte ihnen voran aus dem Raum.

«Gibt es noch etwas, das ich wissen sollte?», fragte Eridanus.

Djutoris drehte sich um. Sein spitzer Haaransatz betonte die scharfen Gesichtszüge: die strenge Nase, den langen Kieferknochen. «Er hat dort unten eine Kommandozentrale eingerichtet, von der aus er die Bewegungen der Inquisition lenkt. Und nicht nur das, er kann auch den Generälen im Norden direkte Befehle erteilen! Ich habe versucht, Euch darüber zu informieren, aber Perduellis hat mich auf Schritt und

Tritt überwacht. Er wird jeden Moment den Befehl zum Angriff geben! Er hat bereits den Nurgor befohlen, die Polgaren anzugreifen, und bald werden sich die Numenii mit ihnen verbünden.»

«Der Plan ist uns bekannt», sagte Eridanus. «Aber Humphrey und Hornbeam werden sich umsonst den Mund fusselig reden, wenn Perduellis in ständigem Kontakt zu seinen Leuten steht.»

«Hier entlang!», rief Djutoris, und sie folgten ihm den Gang hinunter.

Es dauerte nicht lange, da erkannte Bryn, wie sehr er den Gegner unterschätzt hatte. Kein Wunder, dass sie es im Regere Mansionum so leicht gehabt hatten: Das Gebäude war nicht mehr als eine leere Hülle um das eigentliche Wespennest.

Djutoris lief voraus – er brannte darauf, ihnen den Weg zu zeigen, brannte darauf, dass seinem Peiniger Gerechtigkeit widerfuhr. Sie kamen zu einer Wegkreuzung und stießen beinahe mit schwarzgewandeten Inquisitionssoldaten zusammen.

Nervös wollte der offizielle Hohe Lehrmeister den Truppführer begrüßen, da wurden Waffen auf ihn gerichtet, und er wich zurück.

«Auf Befehl des Hochinquisitors habt Ihr Armaah umgehend zu verlassen und werdet zur Grenze eskortiert», sagte der Oberst.

«Interessantes Angebot», sagte Djutoris. «Aber danke nein.»

Der Oberst griff an, Justin ging sofort dazwischen, und Cerion und er verwickelten die Soldaten prompt in einen Kampf.

Djutoris nahm den Kampf auf. Zu Bryns Überraschung benutzte er statt der Magie ein Schwert und konnte damit ebenso gut umgehen wie die Soldaten. Eridanus stand einfach da und wartete darauf, dass der Weg wieder frei wurde. Seine ernste, unerschütterliche Haltung sorgte dafür, dass keiner der Soldaten es wagte, ihn anzugreifen.

In Anbetracht der sich zuspitzenden Lage drängten Djutoris, Cerion und Justin die Soldaten rasch in die schmalen Seitengänge. Dort konnten die beiden Culmus Sangui sie in Schach halten, während die anderen weitereilten.

«Hier gibt es noch mehr Soldaten», keuchte Djutoris wenig später. «Und Schlimmeres. Wir müssen Perduellis töten, sonst werden wir nicht überleben. Er weiß, dass wir hier sind.»

Er hastete voran.

«Wie hätte er uns nicht bemerken können?», sagte Eridanus zu Vallon.

«Wo wir doch sein Klettergerüst demoliert haben», lachte der Denkmeister.

Vorsichtig warf Djutoris einen Blick um eine Ecke. «Dort hinunter und dann rechts geht es zu seiner Kommandozentrale.»

Der rothaarige Lehrmeister konnte sie ebenso gut in eine Falle locken. Aber Bryn spürte keine betrügerischen Absichten, nur Aufgeregtheit.

«Wie wollt Ihr den Dunklen Jünger besiegen, ohne Magie einzusetzen?», fragte Vallon Eridanus. Es klang wie eine Fangfrage.

«Wenn er uns angreift, können wir uns seiner eigenen Verbindungen bedienen», flüsterte Eridanus. «Wollen wir hoffen, dass er nicht lange nachdenkt.»

Vallon lachte glucksend. «Der Wahnsinn kennt keine Wege und Prozesse. Wenn Perduellis sich mit den Methoden der Verdammten auskennt und wir keine Magie anwenden, werden wir nicht lange durchhalten.»

«Die Menhire liegen am Boden», sagte Djutoris.

«Aber der Wahnsinn hängt in der Luft wie Küchendunst, wenn der Topf längst vom Herd ist», sagte Vallon. «Darum lasst ihn uns tief einatmen und wie Drachenodem ausstoßen.»

«Warum brennt Ihr so sehr darauf, die Kräfte der ‹Verdammten› einzusetzen, wie Ihr sie nennt?», fragte Eridanus.

«Ja, warum nur? Weil ich verdammt bin seit meiner Geburt! Ist das nicht offensichtlich?» Er winkte mit einem seiner Ärmchen.

Bryn hielt den Denkmeister auf Armeslänge von sich und betrachtete ihn. Wie immer konnte er über das seltsame Äußere des Professors nur staunen. Sein Kopf war im Vergleich zum Körper vielleicht sogar noch größer als bei einem Säugling, und seine Gliedmaßen waren viel dünner.

Vallon rief entrüstet: «Nun ist aber gut! Ich bin doch kein Tier auf dem Markt, dass du mich so untersuchen musst!»

Eridanus seufzte. «Wir werden den Verschwörer mit dem Schwert töten. Denn wer mit dem Schwert herrscht, soll durch das Schwert sterben.» Er sah zu Djutoris. «Nur Schutzschilde und Abwehrmagie, nichts weiter. Verstanden?»

Der Rothaarige nickte.

Sie sammelten sich einen Moment lang, dann gingen sie los.

Entschlossen näherten sie sich den beiden Wachen. Im Gegensatz zu den Soldaten, auf die sie bisher gestoßen waren, sah man diesen beiden die Alarmbereitschaft an. Bryn konnte sich gut vorstellen, dass Perduellis wirklich hinter dieser Tür war. Der Barue versuchte sich an sein Aussehen zu erinnern. Er war Imperator Opeions Mundschenk gewesen … ein dünner, unauffälliger Mann mit Vollglatze. Kaum zu fassen, dass ein Mundschenk hinter dieser ganzen Verschwörung stecken sollte.

«Hoher Lehrmeister Djutoris, hat er Euch rufen lassen?», fragte der eine Wachsoldat.

Blitzschnell schlug Eridanus beide Wachen mit seinem Stab nieder. «*Ich* bin der Hohe Lehrmeister», sagte er und ordnete seine blauen Gewänder.

Als er mit dem Sitz seiner Kleider zufrieden war, steckte Eridanus eine Hand in die Tasche, und die andere legte er flach und mit leichtem Druck an die Metalltür.

Nach einigen Klickgeräuschen schwang die Tür nach innen.

Während der Spalt größer wurde, zog Eridanus eine Kristallkugel aus der Tasche.

So etwas hatte Bryn schon einmal gesehen. Levin Degger, der Anführer von Okolnits Schlägertruppe, hatte im Amboss eine ähnliche Waffe gegen ihn eingesetzt. Sie löste eine Detonation aus, die wie Blitz und Donner zugleich war. Deggers Kugel hatte eine violette Flüssigkeit enthalten. Eridanus holte mit einer Kugel aus, in der eine sprudelnde grüne Substanz schwappte …

… und schleuderte sie in den Raum.

✦ ✦ ✦

General Marnus stand nervös vor dem Spiegel. Ihm gefielen diese Gespräche kein bisschen, aber sie waren nun einmal erforderlich. Wie viel schneller sich jetzt Entscheidungen treffen und Dinge auf den Weg bringen ließen! Wie das zustande kam, sollte ihm egal sein. Soweit es ihn als General und auch als Bürger betraf, veränderte sich das Land zum Besseren.

Was hatte der Hochinquisitor ihm zu sagen? Unbehaglich sah er zu der dunklen Erscheinung im Hintergrund, die wie ein Flecken Nacht war, zu dem die Sonne des Nordens nicht drang. Wenn er es nicht besser gewusst hätte, hätte er sie einen Geist genannt. Es handelte sich um einen der Lakaien Perduellis', die sicherstellten, dass dem General Nachrichten auch dann übermittelt werden konnten, wenn er sich nicht in der Nähe eines Spiegels befand. Auf diese Weise konnte der Hochinquisitor während einer Schlacht jede Bewegung des Heeres überwachen. Der General wäre gern ohne diese Annehmlichkeit ausgekommen.

Flackernd erwachte der Spiegel zum Leben, und der General sah statt seines Spiegelbilds nun seinen Herrn. Marnus grüßte knapp und strich sich über den schwarzen Schnurrbart, fand wieder in seine Generalspose.

«Wie lauten Eure Befehle, Hochinquisitor?»

Auch der Zauberer wirkte durchaus leicht nervös. Er ähnelte jetzt wieder dem blassen, schmalen Mundschenk, den Marnus im Windschatten Seiner Imperialen Majestät hatte herumschleichen sehen. Doch als er sprach, war er wieder ganz der brillante, gefühllose Verschwörer, als der er sich später erwiesen hatte.

«Sind die Truppen in Position?»

«Die Heere sind bereit zum Kampf gegen Polgaren, Herr, wie Ihr, äh, der Imperator befohlen hat.» Diesen absichtlichen Versprecher brachte er inzwischen richtig gern an. «Wir warten nur noch auf den Befehl.»

Perduellis sah sich um und redete schnell. «Die Nurgor haben die Polgaren angegriffen?»

«Ha! Sie haben verfrüht gehandelt, Schande über sie, und dann durch einen Trick der Polgaren fast *uns* in ein Gefecht verwickelt. Aber inzwischen dürften sie gegen die Richtigen kämpfen und es kaum noch erwarten können, dass wir ihnen beispringen, Mylord.» General Marnus lachte dröhnend. «Beim Abgrund von Ruach'zam, das hoffe ich jedenfalls!»

Der Hochinquisitor kniff die Augen zusammen. «Lasst Ruach'zam aus dem Spiel.» Es hatte den Anschein, als wolle er noch etwas sagen, aber in diesem Moment knallte im Hintergrund etwas, und eine Explosion erschütterte das Bild im Spiegel.

«Rasch!», rief Perduellis und packte den Rahmen des Spiegels. «Zum Angriff!»

✦ 8. KAPITEL ✦

Imperiale Majestät

Grüne Flammen loderten vor Eridanus auf und warfen die Wachen ohnmächtig beiseite, während er seelenruhig das Zimmer betrat.

«Angriff!», rief Perduellis. Die grünen Dämpfe hüllten ihn ein, vermochten ihn jedoch nicht kampfunfähig zu machen. «General, schließt Euch sofort mit den Nurgor zusammen und greift Polgaren an!» Er sprach in einen mannsgroßen Spiegel hinein, den er am Rahmen gepackt hielt. Bryn blinzelte verwirrt, als ihm aufging, dass Perduellis' Spiegelbild auf der *Rückseite* war.

Der einstige Mundschenk sah nicht mehr so aus, wie Bryn ihn in Erinnerung hatte. Der einst unauffällige Mann war nun ein lebendiges Gerippe, verknöchert und verkrustet. Und nicht etwa seine knochigen Finger waren abstoßend, oder die eingefallenen Wangen oder die Kugeln, die in der Augenmaske tintenschwarz glühten; nein, abstoßend war, dass diese Einzelheiten nur allzu deutlich auf sein Menschsein verwiesen. Es war unschön, daran erinnert zu werden.

Perduellis trug ein langes weißes Gewand, das seine schmalen Schultern umfloss, als beherbergte sein Geist seinen Körper und nicht umgekehrt. In den Falten schienen Phantome zu tanzen, Schattenwesen. Er atmete tief durch und wandte sich zu den Eindringlingen um.

«Eridanus. So zeigt Ihr Euch endlich.» Er grinste. «Ich hatte angenommen, dass schon allein die Menhire Euch hierher locken würden. Aber Ihr seid nicht aufgetaucht. Also musste ich einige Teile des Buchs der Zeiten studieren und mir etwas anderes ausdenken. Unglücklicherweise seid Ihr eine Winzigkeit zu spät gekommen; so habt Ihr nicht mehr miterleben können, wie ich das Startsignal dazu gab, Polgaren dem Erdboden gleichzumachen.» Sein Blick huschte zu dem Spiegel. «Ach, und Ihr braucht nicht darauf zu hoffen, dass Ihr den Befehl noch rückgängig machen könnt. Man wird nicht auf Euch hören – auf einen Abtrünnigen, einen Geächteten.»

«Alles Wissen dieser Welt wäre bei Euch vergeudet», antwortete Eridanus. «Nun sagt, bevor Ihr sterbt: Wo habt Ihr Eure Ernte gelagert?»

«Im Abgrund. Für immer und ewig.» Ohne den Lehrmeister aus den Augen zu lassen, ging Perduellis in die Hocke und zog eine Linie über den Boden. Sein krallenähnlicher Fingernagel quietschte über das Metall.

Bryn hatte das Gefühl, dass die Welt direkt vor ihren Augen auseinanderriss. Der Raum erbebte, es gab ein lautes Krachen, und vor ihnen spaltete sich der Boden.

«Ganz gleich, wann ich sterbe: Mein Werk wird mich überdauern», sagte Perduellis.

«Ihr sterbt genau jetzt, Verräter.» Djutoris zog ein Messer aus seinem Gewand und holte zum Wurf aus, aber Perduellis war schneller.

Der Usurpator hob seine knochige Hand und beugte die Krallenfinger, als wollte er die Seele des Hohen Lehrmeisters ergreifen. «*Ihr* habt *mich* verraten, mein Fuchs.»

Djutoris wurde von Krämpfen geschüttelt und wie eine Marionette zu der Kluft gezogen.

«Da Ihr nicht mehr gewillt seid, mir zu helfen», sagte Perduellis, «nehme ich mir Eure Energie mit Gewalt. Ah! Das tut gut …»

Die Luft erbebte unter einem Donnerschlag, und Djutoris war wieder frei. Keuchend stand er da, Schweiß auf der Stirn.

Perduellis war zurückgezuckt. «Nun, ein bisschen ist besser als nichts.»

«Legt Euch mit jemandem von Eurer Größe an», sagte Vallon. Bryn hob den Denkmeister lieber hoch.

Stirnrunzelnd warf Perduellis einen Blick auf das Bündel in Bryns Armen. Zuerst machte er ein verblüfftes Gesicht, dann begann er zu lachen. «So will der mächtige Eridanus mich also strafen! Mit der Hilfe von Verrätern, die auf seine Stellung aus waren, und jungen Burschen, die kleine Kinder hüten!»

Sein Lachen erstarb, als Eridanus auf ihn zukam. Er fuhr herum und floh aus dem Raum, zischende Fußabdrücke hinterlassend, aus denen Rauch aufwallte und seinen Abgang tarnte.

Eridanus wandte sich an seine Begleiter. «Er hat die Wahrheit gesagt: Ich kann den Truppen keine Befehle erteilen. Aber andere können das. Wir müssen Aurgelmir oder Rameon und Peasmi finden. Sie müssen die Truppen zum Stillstand bringen, oder Humphrey und Hornbeam bemühen sich vergeblich um Frieden. Sichert Ihr diesen Raum. Ich greife mir den Verräter.»

Er ging weiter, und als sein Fuß den Abgrund traf, war dieser plötzlich nicht mehr da. Ohne ein weiteres Wort verschwand der Magier in dem Rauch wie vor ihm Perduellis.

Djutoris, der noch immer nach Luft schnappte, ergriff Bryns Schulter. «Perduellis ist mächtiger, als Eridanus glaubt. Der Hohe Lehrmeister wird noch gebraucht. Wir müssen ihm helfen!»

In diesem Moment flog die Tür auf, und Cerion kam herein. «Den ersten Haufen haben wir erledigt. Justin ist noch mit ein paar Neuankömmlingen beschäftigt. Er wird gleich zu uns stoßen.»

Damit lief er los und verschwand in dem Rauch. Einen Moment später hörten sie Schwerterklirren. Vorsichtig folgte der Barue dem Culmus Sangui, bis er durch den Rauch hindurch sehen konnte, dass Cerion gegen einen ganzen Inquisitionstrupp kämpfte. Justins Unterstützung würde nicht reichen.

«Tut mir leid, Meister Vallon, aber mein Schwert wird gebraucht.» Bryn lief zurück, ging zu einem Tisch und legte den Denkmeister auf einige Papiere. «Keine Sorge, niemand wird einen Säugling angreifen.»

Das ärgerte Meister Vallon natürlich gewaltig, aber Bryn blieb keine andere Wahl. Cerion brauchte seine Hilfe. Er hatte ihm einmal das Leben gerettet; jetzt war es vielleicht an der Zeit, sich zu revanchieren.

Dann fiel ihm Eridanus' eindeutiger Befehl wieder ein, den Raum zu sichern. Er ging zur Tür und lugte hindurch. Draußen stand Justin zwischen einigen Gefallenen.

«Sichere diesen Raum!», rief er. «Vallon ist hier.»

Dann machte Bryn kehrt und lief in den Rauch hinein.

«Bleib hier!», rief Vallon, aber der Barue war bereits verschwunden. Der kindliche Denkmeister fluchte. «Da kommt dem *großen Kämpfer* nicht einmal in den Sinn, mir einen etwas würdevolleren Platz zu suchen! Ein Stuhl wäre ja wohl nicht zu viel verlangt. Aber nein, er legt mich hierher wie Papierkram! Falls er stirbt, bekomme ich nicht einmal etwas von der Schlacht mit.»

✦ ✦ ✦

«Er wird sich wohl kaum hinter dem Vorhang verstecken», brummte Galar. «Seht es ein; er ist nicht hier – gehen wir weiter.»

Das Geschwisterpaar wechselte einen besorgten Blick.

«Aber wenn … wenn Perduellis seine Befehle jetzt direkt erteilt …», Peasmi biss sich auf die Lippen, «… dann *braucht* er Aurgelmir doch vielleicht nicht mehr.»

«Ihr kennt Seine Hoheit am besten: Wo wird er wahrscheinlich sein?», sagte der Zwerg. «Perduellis braucht ihn im Moment vielleicht nicht, aber darum schafft er ihn noch lange nicht aus dem Weg. Es ist immer von Vorteil, einen Imperator aus dem Ärmel ziehen zu können.»

Das beruhigte die Prinzessin etwas. «Für den Thronsaal ist es eigentlich auch viel zu früh, oder? Ich hatte gar nicht mehr an die Tageszeit gedacht. Wahrscheinlich schläft er noch! Versuchen wie es in seinen Gemächern.»

«Das stimmt», sagte Rameon. «Ob die Wachen versuchen werden, uns aufzuhalten? Vielleicht glauben sie, dass wir ihm den Thron streitig machen wollen.»

«Wollen wir ja auch.» Galar verließ den Thronsaal. «Sollen sie nur kommen.»

Tatsächlich stellten sich ihnen mehrmals Wachsoldaten in den Weg, doch der Töter vereitelte ihre Angriffe – mit Gewalt, aber ohne großes Blutvergießen. Offensichtlich hatten Féalon und Fenoár die Zugänge für die Verstärkung aus der Stadt erfolgreich gesichert, denn wie geplant befand sich bereits der größte Teil des Gebäudes in ihrer Hand. Zwar dauerte es seine

Zeit, zu den Gemächern des Imperators vorzudringen, aber sie stießen auf weniger Wachen als erwartet. Die Soldaten gaben sich alle Mühe, die Türen zu verteidigen, stellten jedoch für Galar und die anderen Culmus Sangui kein ernsthaftes Hindernis dar.

Als der Letzte von ihnen, ein Goldener, unmittelbar vor den Gemächern Metas Angriff erlegen war, ergriff Peasmi den Türknauf und zog.

«Verriegelt!»

Galar nahm Anlauf und wuchtete mit einem lauten Knall seine blanke Schulter gegen die Tür. Doch die Eichentür hielt stand, und er wurde zurückgeschleudert.

«Droch!» Der Zwerg rieb sich den Arm. «Jetzt reicht's.»

Er hob die goldene Axt hoch über den Kopf, dass sie im Schein der Fackeln aufblitzte, und ließ sie auf das Schloss niederfahren. Sie zerschmetterte nicht nur das Schloss, sondern riss ein gewaltiges Loch in das Holz, und sein Schwung ließ den Zwerg zusammen mit den Bruchstücken der Tür, die sich als kaum widerstandsfähiger als die Wachsoldaten erwiesen hatte, in den Raum stürzen.

Die Culmus Sangui drängten an ihm vorbei und bildeten einen Schutzschild für den Prinz und die Prinzessin.

«Aurgelmir?», rief Rameon.

Peasmi sah sich im Raum um. Wenn sie ihn hier nicht fanden, mussten sie dann die Hoffnung aufgeben, ihn jemals wiederzusehen?

✦ ✦ ✦

«Sonst hast du niemanden gefunden?», fragte Aquiuss.

«Das sind alle.» Zuola zeigte auf das halbe Dutzend weiterer Abgeordneter, die sie eingesammelt hatte.

Der junge Paladin deutete auf die zusammengedrängten Politiker. «Aber man kann ein Imperium nicht mit so wenigen Leuten führen! Wo stecken die anderen?»

Ein rundlicher Mann ohne Haare, jedoch mit Vollbart, war mutig genug für eine Antwort. «Der Hochinquisitor ist sehr bemüht, Staatsgeheimnisse nicht an unwürdige Ohren dringen zu lassen. Eine der Vorsichtsmaßnahmen war es, die Regierungsinsel von den anderen städtischen Inseln zu trennen. Die Befehlskette lässt sich auch allein mit den Leitern der jeweiligen Abteilungen aufrechterhalten.»

«Und damit wart Ihr einverstanden?»

Der Mann hob flehentlich die Hände. «Wir haben gelernt, keine Fragen zu stellen, Herr. Und eines weiß ich: Es ist weitaus effizienter, als die kleineren Offiziellen mitreden zu lassen.»

«Feine Sachen habt Ihr da gelernt», fauchte Aquiuss. «Für mich klingt das, als ob niemand bei irgendetwas mitreden darf außer Perduellis.»

Der Blick des Mannes war ihm Bestätigung genug.

«Wenn mir die Frage gestattet ist, Herr», sagte eine hagere Frau, deren bunt zusammengewürfelte Juwelen funkelten und in keiner Weise zur Farbe ihres Kleides passten. «Was habt Ihr mit uns vor?» Während sie das sagte, befestigte sie ein Rubinarmband an ihrem Handgelenk.

«Bitte beruhigt Euch, werte Damen, werte Herren», sagte Zuola. «Wir sorgen dafür, dass die Macht wieder in die rechtmäßigen Hände gelangt. Bald werden der Imperator und die Numenii wieder selbst über sich bestimmen können. Bis dahin haben wir Euch hier zu Eurem eigenen Schutz versammelt, damit Ihr nicht in die Kämpfe geratet.»

«Zu unserem eigenen Schutz?», wiederholte die Frau. «Das haben wir hier in letzter Zeit öfter gehört!»

«Dann wollen wir hoffen, dass es diesmal das letzte Mal ist», erwiderte Zuola. Sie wandte sich an Aquiuss. «Ich drehe noch eine Runde durch die Gemächer. Es ist noch früh.»

Er nickte. «Der Rest des Gebäudes ist gesichert. Momentan gibt es keine Anzeichen von Widerstand mehr.»

«Irgendwie will mir das gar nicht gefallen.»

✦ ✦ ✦

Einen schöneren Anblick als diesen Aufmarsch der imperialen Heere konnte es gar nicht geben: Ganze Bataillone zogen vorbei, eine prächtige Reihe nach der anderen, gut ausgerüstet und in schimmernder Rüstung wie ein Fluss aus Stahl, geschmückt in den sechs Farben der Königreiche. Darunter auch ein Dutzend Kampfmagier aus Itrim, angeführt von einem Dekan. Spezialeinheiten aus allen Ecken des Imperiums schwärmten vorbei. Über die Hälfte der Arleather Berittenen standen unter seinem Befehl.

Es war ein großer Moment in General Marnus' Karriere. Jahrzehntelang hatte er mal mehr, mal weniger treu gedient, und nie zuvor war es ihm vergönnt gewesen, mehr zu führen als eine unbedeutende Feldschlacht gegen irgendwelche Barbaren. Oder höchstens einmal ein Geplänkel mit Nurgor. Donnerwetter, manchmal hatte er sogar Hilfstruppen in irgendein Katastrophengebiet bringen dürfen. Selbst wenn man die Armada mitzählte, war seit dem Krieg der Tore nichts mehr von dieser Größenordnung geschehen, und das war ja nun wirklich eine miese, dreckige Angelegenheit gewesen … Aber nun, heute, wurde eine neue Seite im Geschichtsbuch des Imperiums aufgeschlagen – und ob nun das Schicksal oder die Götter dafür verantwortlich waren: Er war der Mann, der sie aufschlagen sollte. Seine Zeit war gekommen.

Marnus bestieg sein Ross und ordnete seine Abzeichen und Medaillen, dann ließ er sich von einem Untergebenen seinen Helm mit den roten Federn reichen. Um den glorreichen Sieg zu erlangen, der ihm vorschwebte, galt es, entscheidende Schachzüge zu machen.

Die tumben Nurgor hatten ihren Zug zu früh gemacht. Sie waren auf ein lachhaftes Täuschungsmanöver der Polgaren hereingefallen. Deshalb hatte er sein Heer weiter nach Osten verlegen müssen, und damit waren zahlreiche, sorgfältig geplante Taktiken ruiniert, die darauf gefußt hatten, wo sich die drei Heere befanden. Kein Problem: Dann würden die Numenii eben ohne großartige Taktik durch die zerfallenden Reihen der Polgaren fegen, die bereits von den Nurgor geschwächt sein würden. Gegen diese Übermacht hatten die barbarischen Nordmänner keine Chance.

Wie gern hätte er sie sofort angegriffen! Aber zunächst musste er seine Truppen weiter nach Norden führen und erneut sammeln; anderenfalls ging er das Risiko ein, dass sie selbst gegen die Nurgor kämpfen mussten. So verzweifelt der Hochinquisitor auch geklungen hatte, in ein solches Gemetzel wollte Marnus seine Leute nicht schicken.

«Aber macht euch keine Hoffnung, Polgaren», flüsterte der General, als er sein Pferd in einen leichten Trab versetzte. «Aufgeschoben ist nicht aufgehoben, und dann *werden* wir euch vernichten.»

✦ ✦ ✦

In dem verlassenen Vorraum stand nur ein kaputter Stuhl. Die Gemächer des Imperators waren dunkel und leer, die Luft roch abgestanden.

«Aurgelmir!», rief Rameon.

Die Culmus Sangui verteilten sich schnell über die Räume, um den Prinzen und die Prinzessin besser schützen zu können. Zuerst fanden sie niemanden. Dann rief Clive, und die Geschwister liefen zu ihm.

Auf dem Marmorboden lag jemand. Als er die herannahenden Schritte hörte, zog er sich mit zitternden Gliedern zu einer Kugel zusammen. «Sie kommen wieder, um mich zu quälen», flüsterte er.

Clive baute sich schützend vor den Geschwistern auf, aber sie drängten sich an ihm vorbei und beugten sich über den Mann. Seine Kleider und seine Haare rochen nach Schweiß und Erbrochenem.

In Peasmis Stimme lag sowohl Erleichterung als auch Bedauern. «Aurgelmir?»

Er reagierte nicht, lag nur wimmernd dort. Mit bebenden Fingern strich die Prinzessin ihm das lange, schütter gewordene Haar aus dem Gesicht.

«Holt Wasser für den Imperator!», befahl Clive.

Gehorsam verließ ein Culmus Sangui den Raum und kehrte kurz darauf mit einem Becher Wasser zurück; die anderen zogen sich respektvoll zurück und wandten den Blick ab. Angesichts des erbärmlichen Zustands ihres Herrschers hielten manche lieber vor der Tür Wache.

Rameon zog einen Vorhang beiseite, und im Morgenlicht war ein ausgemergeltes, gehetztes Gesicht zu sehen – es war eindeutig Aurgelmir.

«Elyon sei Dank, Bruder, wir haben dich gefunden», sagte Rameon. «Alles wird gut.»

«Niemand wird dich jemals wieder quälen», flüsterte Peasmi.

Er blinzelte sie mit matten Augen an. In seinem Blick lag kein Wiedererkennen.

«Helft ihm auf das Sofa», sagte Clive, und bevor die anderen reagieren konnten, hob Galar ihn mit erstaunlicher Zärtlichkeit auf. Gewiss, in den kräftigen Armen des Zwergs hätte sich wohl jeder wie eine Lumpenpuppe ausgenommen; dennoch war es schwer vorstellbar, dass jemand noch erbärmlicher aussehen konnte als der Imperator. Sein einst so prächtiges Gewand war kaum mehr als ein Fetzen um seine zusammengekrümmten Schultern, und seine knochigen Glieder baumelten lose herab.

Zwei Krieger entzündeten die Lampen.

Als Galar ihn auf das Sofa legte, kam Leben in Aurgelmir. Er drehte sich um und versuchte verzweifelt, sich aufzurichten. Dabei redete er wirres Zeug und schlug um sich, in die leere Luft. Erst fielen einige Kissen zu Boden, dann beinahe er selbst.

Rameon war über das Verhalten seines Bruders entsetzt, ebenso wie Peasmi, doch sie setzte sich zu ihm und versuchte ihn zu beruhigen. Der Anfall ging so plötzlich vorbei, wie er gekommen war. Aurgelmir strich sich mit einer verkrampften Hand über den ungleichmäßigen Bart und seufzte. Seine Augen waren geschlossen.

«Wer hat dir das angetan?» Rameon legte seinem Bruder eine Hand auf die Wange. Sie war heiß. Dann befühlte er die Stirn, die kalt und feucht war. «War es Perduellis?»

Dieser Name schien durchzudringen. Der Imperator setzte sich auf. Seine dünnen Muskeln zitterten. «Diener», murmelte er. Sein Blick huschte unstet über ihre Gesichter. «Haltet ihr es doch einmal für nötig, nach eurem Herrn zu sehen, ja? Nun, ich habe Neuigkeiten für euch …» Ein Hustenanfall unterbrach ihn, und er ließ sich gegen die gepolsterte Rückenlehne zurückfallen.

«Wir sind es, Bruder. Peasmi und Rameon! Deine Geschwister!», sagte die Prinzessin. «Wir haben noch ein paar Freunde mitgebracht. Deine treulosen Diener und die Thronräuber sind fort.»

Ihre Worte schienen keinen Eindruck auf ihn zu machen, aber er ließ sich immerhin Wasser einflößen. Nach einigen langsamen Schlucken schnaubte er, streckte sich und lag etwas entspannter da.

«Bruder! Schwester!»

Er wiederholte mehrmals ihre Namen und sah zwischen ihnen hin und her. «Wie nett von euch, mich zu besuchen ...» Seine Stimme war schwach, und er wirkte seltsam höflich und distanziert. «Sogar die Trugbilder meiner Phantasie haben den Anstand, mich mit dem nötigen Respekt zu behandeln; nur meine echten Diener lassen mich im Stich!»

«Das ist keine Phantasie!», sagte Peasmi. «Wir sind wirklich hier bei dir und aus Fleisch und Blut.»

«Gewiss», sagte der Imperator schwach. «Jedes einzelne Mal seht ihr aus wie mein Bruder und meine Schwester – Rameon und Peasmi haben mich vor langer Zeit im Stich gelassen.» Dann runzelte er die Stirn. «Oder habe ich sie fortgeschickt? *Warum* habe ich sie fortgeschickt?» Er grübelte vor sich hin und wollte seinen Geschwistern nicht mehr zuhören. «Schweigt! Ich will nachdenken. Danach dürft ihr mich weiterquälen.»

Schließlich fuhr er auf. «Jetzt weiß ich es wieder.» Ein bitterer Ausdruck trat auf sein Gesicht. «Ach, hätte ich mich besser nicht erinnert! Meine geliebte Schwester und mein edler Bruder sind tot.» Er sah zwischen ihnen hin und her. «Seht ihr, Rameon und Peasmi können gar nicht hier sein. Und nun, da ich es wieder weiß, würde ich es vorziehen, wenn ihr jetzt eine andere arme Seele quälen gingt. Mich könnt ihr nicht länger zum Narren halten.»

Peasmi liefen Tränen der Hilflosigkeit die Wangen hinab. Sie strich ihm sanft über den Kopf. «Es ist genug. Ich kann dieses Gerede nicht weiter ertragen. Sei ganz ruhig, bald haben wir dich wieder zu Kräften gebracht.»

«Ich bin unwichtig», keuchte der Imperator. «Aber wie geht es den Numenii? Konnte Perduellis den Papst davon abbringen, dass die apheristische Kirche ihre eigene Inquisition begründet? Wie teuer ist das Korn in Nomidien, haben wir die Streiks jetzt hinter uns? Wurden die Grenzbefestigungen zu Polgaren verstärkt? Wie viele Aufstände von Wahnarchisten hat es diese Woche gegeben?»

Mit jeder Frage wurde er schwächer und gleichzeitig auch verzweifelter. Seine Hände, mit denen er sich an den Gewändern von Bruder und Schwester festhielt, verkrampften sich. Krämpfe schüttelten ihn, er klapperte mit den Zähnen. Rameon holte eine Decke und legte sie über ihn, aber Aurgelmir hörte nicht auf zu zittern.

«Mein Thron!» Mit pochenden Adern richtete der Imperator sich auf. «Sie brauchten den Thron gar nicht … er machte es ihnen nur einfacher.» Aurgelmir klammerte sich an seine Geschwister. «Er diente einfach nur … als Bühnenbild.»

Einen Moment lang schien es ihm besserzugehen, dann sank er wieder in die Kissen.

Kurz darauf trat Clive ins Zimmer. Er hielt verschiedene Gegenstände in den Händen und machte ein grimmiges Gesicht. «Wir haben in den Sachen Seiner Majestät einige höchst verdächtige Utensilien gefunden. Sie gehören vermutlich dem Imperator, und es steht zu vermuten, dass er sie kürzlich benutzt hat. Das würde seine Verfassung erklären.»

Die Geschwister betrachteten die Gegenstände verstört.

«Was ist das für Zeug?», fragte Rameon.

«Es handelt sich um verschiedene Drogen. Manche, wie

Ventlis, sind zwar illegal, jedoch relativ ungefährlich. Aber es finden sich auch extrem schädigende Substanzen mit hohem Suchtfaktor.»

«Wir brauchen einen Arzt!» Peasmi war nahe daran, die Nerven zu verlieren.

«Eure Hoheit, wir sind zwar keine Ärzte, aber was die Heilkunde betrifft, besitzt jeder Culmus Sangui praktische Erfahrungen. Soweit mir bekannt ist, hat sich kein Paladin je auf Drogen eingelassen, aber mit den Auswirkungen kennen wir uns aus.»

Rameon fuhr sich mit der einen Hand durch die Haare und rieb sich mit der anderen die Brust. Er war ganz krank vor Sorge.

Clive räusperte sich. «Mylady, Mylord. So gern ich Euch Erfreulicheres berichten würde: Es ist meine Pflicht, die Wahrheit zu sagen. Unter den gefundenen Substanzen war auch eine besonders wirksame Droge. Der fortdauernde Missbrauch der anderen Substanzen kann irreparable Schädigungen des Nervensystems verursachen, aber diese hat weitaus schlimmere Folgen.»

«Schlimmere Folgen als das?» Peasmi sah ihren jüngeren Bruder schockiert an.

«Der Missbrauch dieser Substanz verlangt nach immer häufigerer Einnahme in immer höheren Dosierungen. Es ist eine finstere Spirale. Angesichts der Mittel, die einem Imperator zur Verfügung stehen, ist es wenig überraschend, dass Seine Majestät Drogen in die Finger bekam, die Garagold enthalten.»

«Was?»

«Garagold ist die hiesige Manifestation eines Elements der Unsichtbaren Welt und wird normalerweise dazu benutzt, Emissionen von Wahnsinn zu lokalisieren. Aus irgendeinem

Grund ist es gleichzeitig ein hochwirksames Anregungsmittel. Allerdings wirkt es sich äußerst zerstörerisch auf den Teil des Menschen aus, der zur Unsichtbaren Welt gehört. Die Seele.»

«Woher sollen wir wissen, dass er es eingenommen hat?»

«Hier ist eine fast leere Schachtel. Man kann praktisch jede Droge damit verstärken.»

«Und die Ärzte können nichts dagegen ausrichten?», fragte Rameon.

«Es stehen natürlich gründliche Untersuchungen aus, aber wenn Seine Majestät tatsächlich seit längerem Garagold konsumiert hat … Nun, ein beschädigtes Zentralnervensystem zu heilen und zerstörte Nervenenden wiederherzustellen ist eine gewaltige Aufgabe –»

«Wir bezahlen jeden Preis!», sagte Peasmi.

Bevor sie weiterreden konnte, schloss Clive: «– eine gewaltige Aufgabe, die den größten Ärzten unter den Lehrmeistern von Itrim gelingen könnte, Mylady. Aber die Seele … für die gibt es auf Erden kein Heilmittel. So leid es mir tut.»

Peasmis Gesicht verzerrte sich vor Pein; sie warf sich über ihren älteren Bruder und weinte.

Rameon mahlte mit den Kiefern. «Was also können wir tun?»

Clive betrachtete den Imperator. «Er verzehrt sich nach der Substanz. Er hat bereits Entzugserscheinungen. Und doch …» Er untersuchte das verschwollene Gesicht und den leeren Blick, die erweiterten Pupillen. «Nein, unmöglich, dann müsste er ja jetzt gerade eine gewisse Dosis erhalten haben. Wie kann das sein?»

Mit einer schnellen Bewegung, bei der Peasmi erschrocken auffuhr, riss der Paladin dem Kranken das Hemd von der Brust. Sie sahen seinen ausgemergelten Körper, seine Rippen, die wie Finger in das verbrauchte Fleisch zu greifen schienen. Auf seiner Brust schimmerte etwas. Peasmi keuchte auf. Es befand sich zu weit unten für den Anhänger einer Halskette.

Clive seufzte und schüttelte den Kopf. «Eine ständige Versorgung. Wie lange vergiftet die ihn wohl schon?»

Während sie das Gerät noch anstarrten, löste sich ein Blutstropfen daraus und fiel auf Aurgelmirs fleckigen Bauch. Gleichzeitig gelangte der Tropfen einer klaren Flüssigkeit in seinen Blutkreislauf.

«Rameon.»

«Ja, Mylord?» Der Prinz nahm die schlaffe Hand seines Bruders und erschrak über die kalten, dünnen Finger. Ihm war, als ob er eine Leiche berührte.

«Schön, dass ihr hier seid. Lieber in der Gesellschaft von Trugbildern sterben als allein.»

«Wir sind hier. Verlass uns nicht!»

In die Finger kam Leben, und Aurgelmir drückte die Hand seines Bruders. Er drehte den Kopf, sodass er seiner Schwester ins Gesicht blicken konnte, und fragte vorsichtig: «War ich ein guter Imperator?»

«Ja», schluchzte Peasmi. «Du warst wundervoll und wirst auch weiterhin weise regieren. Die Numenii sind gesegnet mit ihrem Imperator.»

«Vater wäre stolz auf dich gewesen», sagte Rameon.

«Ach ja … Vater. Wo ist Opeion?»

Der Prinz räusperte sich, aber das half auch nicht gegen den Kloß in seinem Hals. «Vater ist schon beinahe hier. Er wird bald bei dir sein.»

Warum sagte er so etwas?

«Rameon.»

«Mylord?»

«Tu mir einen letzten Gefallen.»

«Alles, mein Imperator. Sprich, und bei meiner Ehre, es wird getan.»

Aurgelmir streichelte die Hand seines Bruders. «Du musst es mir versprechen, mein Bruder.»

«Natürlich.»

Aurgelmir hob den Kopf, um seinen Bruder besser zu sehen. «Gib mir dein Wort.»

«Was immer du sagst, ich schwöre, ich werde es tun», sagte der Prinz.

Der Imperator lächelte schwach. «Gib mir … den letzten Schuss.»

Rameon erstarrte. «Was?»

Bevor er begriff, was geschah, packte Aurgelmir seine Hand und presste sie auf eine Art Spritze an dem Gerät. Bestürzt riss Rameon die Hand zurück. Der Imperator atmete tief ein. Ein Zucken durchlief seinen Körper, dann streckte er sich und lag entspannt. Sein Mund stand offen und verzog sich zu einem Lächeln. Seine Lider flatterten. Er begann schneller zu atmen, seine knochige Brust hob und senkte sich angestrengt.

«Sei standhaft, mein Bruder. Meine Schwester, sei stark.»

Mit Tränen in den Augen hielten Rameon und Peasmi ihren sterbenden Bruder.

«Ich gebe euch … meinen Segen.»

Der Imperator streckte die Hände aus und tastete nach Peasmis Hand und Rameons Kopf. Ein schmerzvolles Lächeln zuckte über seine Lippen. Dann stieß er einen Seufzer aus und war still.

✦ 9. KAPITEL ✦

Die Befehlskette

Irgendetwas in Rameon starb zusammen mit seinem Bruder. Benommen saß er da und hielt dessen leblose Hand. Solange ihre letzte Berührung anhielt, dachte er, war sein Bruder noch nicht von ihnen gegangen.

Er nahm die Bewegungen der Culmus Sangui und das Schwerterklirren draußen vor dem Thronsaal kaum wahr. Er konnte nur an die Ungerechtigkeit dieses grausamen Schicksals denken.

Dafür würde Perduellis bezahlen.

Begann nun auch er zu halluzinieren? Denn noch während er seine Rachegedanken hegte, tauchte in dem offenen Durchgang zum Nebenraum der Thronräuber höchstpersönlich auf. In ein weißes Gewand gehüllt, das mit seinen Falten die Schatten aus dem Gemach zu ziehen schien, kam der Hochinquisitor ans Totenbett des Imperators geeilt. Die Culmus Sangui blieben erstarrt stehen – als wäre die Zeit angehalten worden.

Perduellis sah den toten Imperator an und wirkte enttäuscht, nicht aber überrascht. Eine Art Welle pulsierte durch den Raum, und die Krieger konnten sich wieder bewegen. Auf einmal war Galar da und ging mit seiner Axt auf den bösen Zauberer los, wurde aber mit einem Armschwung seines

Feindes gegen die Wand geschleudert. Dann griff Clive an, doch auch seine Attacke wurde von einer unsichtbaren Kraft vereitelt.

Wutentbrannt zog Rameon sein Schwert und stürzte sich auf Perduellis. Doch irgendwie wurde sein Hieb abgelenkt, und die Klinge traf klirrend auf den Marmorboden; es fehlte nicht viel, und er hätte Clive verwundet. Er sah Blut und fragte sich, ob es sein eigenes war. Dann krallte Perduellis eine Hand in sein Gewand, das sich rasch rot färbte. Aber es war nur eine Fleischwunde, denn der zornige Magier riss die Hände empor und sprach einen Tötungszauber.

«Vorsicht, Herr!» Clive warf sich vor den Prinzen, und der Zauber erwischte den Paladin mitten in der Luft. Sein Körper versteifte sich. Nicht nur seine Haut, auch seine Kleider schienen zu Stein zu werden. Rameon kämpfte sich auf die Füße und sah, wie der Magier floh. Mit einem dumpfen Schlag knallte Clive auf den Boden. Als der Prinz ihm aufhelfen wollte, war aus dem Paladin alles Leben gewichen.

Voller Zorn, dass der Widersacher zu entkommen drohte, jagte Rameon dem fliegenden weißen Gewand hinterher. Im Augenwinkel sah er etwas Blaues vorbeihuschen – auch Eridanus war ins Zimmer gestürmt und verfolgte nun ebenfalls den Magier, dichtauf gefolgt von Djutoris.

Die Prinzessin ließ den Körper des Imperators auf das Sofa sinken und wollte Rameon folgen, da sah Eridanus sich um und rief: «Bryn, bring die Prinzessin zurück in die Kommandozentrale! Sie muss verhindern, dass die Heere sich gegenseitig vernichten!» Und als ob der alte Magier Bryns Gedanken lesen konnte, fügte er hinzu: «Perduellis ist nicht so wichtig. Zuerst einmal muss dieser Krieg verhindert werden!»

✦ ✦ ✦

Mehrere Culmus Sangui, darunter auch Fenoár und Féalon, begleiteten sie zurück in den unterirdischen Teil der Insel. Bryn war froh, dass auch Cerion mit dabei war. Die Prinzessin folgte ihnen nur widerstrebend, allein aus einem ausgeprägten Pflichtbewusstsein heraus – ihr würde man zuhören, Eridanus nicht. Und nun, da Perduellis auf der Flucht und der Imperator tot war, musste sie als glaubwürdige Autoritätsperson auftreten. Bryn fragte sich, ob sie Perduellis schon eingeholt hatten und wie der Kampf ausgehen würde.

Während sie zu den Spiegeln eilten, erklärte er der Prinzessin ihre Funktionsweise. Sie hörte schweigend zu und nickte. In ihrem Innern spürte er eine gewaltige Leere, die ihn an den Verlust von Mama Bellyset erinnerte. Er bedauerte, dass der Prinzessin nun eine so große Verantwortung übertragen worden war. Den Rest des Weges schwiegen sie, bis Justin sie begrüßte, heilfroh, endlich auf Freunde zu treffen statt auf weitere Feinde. Vallon aber war verschwunden.

Der Säugling lag nicht mehr auf den Papieren. Auch auf den Stühlen und erhöhten Flächen, die er wahrscheinlich bevorzugt hätte, war er nicht zu finden.

«Wo ist er hin?», fragte Bryn besorgt.

«Eridanus hinterher, auf der Suche nach Perduellis.»

Bryn fühlte sich für das Verschwinden des Säuglings verantwortlich. Wenn Vallon etwas zustieß, wäre es sein Fehler. Andererseits musste das Heer von dem Angriff abgehalten werden. Bryn ächzte auf, so hin- und hergerissen war er. Dann wies er die Culmus Sangui an, die Kommandozentrale zu sichern, und eilte nach oben ins Regere Mansionum.

✦ ✦ ✦

«Hier spricht Peasmi, Tochter des Opeion, Geschäftsträgerin des Imperiums *ad interim.*» Sie sammelte sich einen Moment lang, und doch zitterte ihre Stimme, als sie fortfuhr. «Mein Bruder, Seine Imperiale Majestät Aurgelmir, ist tot.»

«Ist das wahr?» Der für einen Major noch recht junge Mann im Spiegel riss die Augen auf. «Wo ist Prinz Rameon?»

«Er verfolgt den Verräter Perduellis, der für den Tod Seiner Imperialen Majestät verantwortlich ist.» Peasmi holte tief Luft. «Die Feindseligkeiten zwischen dem Imperium und dem Königreich des Nordens beruhen auf einer List. Ich befehle den sofortigen Rückzug unserer sämtlichen Truppen ins Hinterland. Lasst Euch nicht in Kampfhandlungen verwickeln. Ich verbiete jegliche kriegerische Aktion von unserer Seite aus – mit der Ausnahme der Selbstverteidigung zur Absicherung des Rückzugs.»

Die noch so frische Trauer verlieh ihr eine eiserne Autorität. Ihr entschlossener Blick duldete keinen Widerspruch.

«Ich werde den Befehl weiterleiten, Eure Hoheit», sagte Major Wingnut mit einer knappen Verbeugung. «Ich hoffe nur, er findet Gehör.»

✦ ✦ ✦

Eridanus war überraschend schnell für jemanden, der anderthalbmal so alt war wie der flüchtige Thronräuber.

Schließlich aber holte Djutoris den wahren Hohen Lehrmeister ein, und einen Moment darauf zog Rameon an den beiden Magiern vorbei. Mit Tränen der Wut in den Augen und blankgezogenem Schwert lief der junge Prinz voran.

Ihre Füße stampften über abgenutzte Teppiche, und die verlassenen Hallen warfen das Echo ihrer Schritte zurück.

Perduellis' Flucht war wie die eines Todesengels – überall waren die Folgen seiner Zerstörung sichtbar. Blutspuren zeigten den Weg an, den er genommen hatte. Zweimal kamen sie an Culmus Sangui vorbei, aber beide Elitesoldaten hatten den Flüchtenden offenbar nicht aufhalten können. Der erste schwebte hilflos in der Luft; der zweite hatte eine ähnliche unsichtbare Falle offensichtlich überwunden und Perduellis angegriffen, denn er lag bewusstlos am Boden.

Nach einer wilden Verfolgungsjagd durch die Gänge des Regere Mansionum verschwand Perduellis um eine Ecke. Die Eichentüren vor ihm zerbarsten, und der Weg in die Ratshalle war frei. Jedenfalls für den Thronräuber – dem Thronerben Rameon hingegen war der Zugang verwehrt. Sosehr er auch dagegen ankämpfte, ein unsichtbares Hindernis hinderte ihn daran, über die Türschwelle zu treten.

Perduellis glitt über den rissigen Marmorboden zur Mitte der Ratshalle. Dort blieb er stehen, schloss die verfärbten Augenlider und sprach lautlose Worte. Auch Djutoris gelang es nicht, die Türschwelle zu übertreten. Wertvolle Sekunden lang stand Perduellis einfach nur dort. Seine Lippen bewegten sich wie im stillen Gebet. Er war aufreizend gelassen.

Dann kam Eridanus und sprang über das zerbrochene Holz hinweg. Er ermöglichte Djutoris, ihm über das unsichtbare Hindernis zu folgen, Rameon aber sperrte er zu dessen eigener Sicherheit aus. Perduellis ergriff wieder die Flucht. Niemand von ihnen konnte wissen, was der Abtrünnige vorhatte, aber sein Gesichtsausdruck verunsicherte sie. Was immer er vollbracht hatte, er schien äußerst zufrieden zu sein.

✦ ✦ ✦

Der erschöpfte Reiter riss an den Zügeln. Sein Pferd hielt so schnell an, dass eine Staubwolke aufstieg.

«Was gibt es, Wingnut?», fragte General Marnus ungeduldig.

Keuchend brachte der Major das Pferd zum Stehen und salutierte. «Seine Imperiale Majestät ist tot.»

«Aurgelmir? Tot?» Marnus runzelte die Stirn. «Gute Güte. Ist er seinem schlechten Zustand erlegen?»

«Darüber besitze ich leider keine Kenntnis.» Der Major senkte den Blick. «Ihre Imperiale Hoheit Prinzessin Peasmi befindet sich im Regere Mansionum, General.»

«Sind sie also wieder aufgetaucht», sagte Marnus abfällig. «Zweifelsohne, weil sie vom Tod ihres Bruders gehört haben. Aber dann muss es schon eine Weile her sein; warum hören wir jetzt davon?»

«Der Hochinquisitor ist auf der Flucht. Prinzessin Peasmi macht ihn für den Tod des Imperators verantwortlich.»

Der General schnaubte. «Nun, um die innenpolitischen Angelegenheiten des Imperiums können wir uns kümmern, sobald wir die doch etwas dringendere Situation hier geklärt haben!» Damit wandte er sich ab und überprüfte, ob die letzten Reihen seiner Truppe Gefechtsordnung angenommen hatten.

«Bei allem Respekt, Herr», Major Wingnut wartete, bis ihn sein Vorgesetzter wieder ansah. «Ihre Imperiale Hoheit Peasmi hat eine sofortige Waffenruhe befohlen. Wir sollen die Feindseligkeiten sofort beilegen.»

Marnus blickte sich zu Espera und ihren Freunden um, die mit ihren Pferden außer Hörweite standen. «Das ist verrückt! Was weiß sie schon über die Lage hier?»

«Ich fürchte, es steht mir nicht zu, an ihrer Stelle zu antworten, Herr, aber ich habe meine Befehle.»

«Ja, nun mal halblang, Mann! *Ich* gebe hier die Befehle.» Marnus starrte mit zusammengekniffenen Augen über sein Heer. «Aber in der Tat, was *machen* wir jetzt?»

Ein bösartiges Flüstern in der Luft kündigte die Ankunft der dunklen Erscheinung an, die ihm folgte wie ein ferner Schatten.

– Perduellis ist noch immer an der Macht. –

Das Eindringen in seinen Geist ließ Marnus erbeben. Wingnut, dem diese Erscheinung und ihr Einfluss auf seinen Vorgesetzten entgangen waren, wandte sein Pferd um und ritt davon.

– Eure Befehle haben sich nicht geändert. Setzt den Angriff fort. –

Der General versuchte, wieder Herr seiner Gedanken zu werden. «Sind das die Anweisungen des Hochinquisitors?»

– Erinnert Euch daran, was er Euch bereits gesagt hat. Es ist Eure Pflicht, den Angriff fortzusetzen und die heimtückischen Polgaren zu vernichten. –

«Aber was weiß Ihre Hoheit Peasmi über diese Operation? Was hat sie überhaupt damit zu tun, und wo ist Prinz Rameon?»

– Das ist alles unwichtig. Ihr sollt keine Fragen stellen, sondern Befehle befolgen. –

«Nun, die Truppen rücken bereits vor!», antwortete er barsch. «Richtet das Perduellis aus, was auch immer in Armaah vor sich geht.»

– Wingnut ist ein Verräter. Beseitigt ihn. –

Der General biss die Zähne zusammen. «Na, na, das ist wohl unnötig. Er ist ein wackerer, zuverlässiger Kerl und trägt einen verdammt klugen Kopf auf den Schultern. Warum sollte ich mich eines solch vielversprechenden Offiziers berauben?»

Er war so in diese geistige Auseinandersetzung vertieft, dass er gar nicht bemerkte, wie der besagte Offizier in Begleitung von Mittni, Espera und Humphrey zurückkehrte.

Perduellis' Stellvertreter war nicht gewillt, menschliche Zweifel mit menschlicher Vernunft zu zerstreuen. Er zog es vor, die Angelegenheit mit unmenschlichen Mitteln zu klären. Der Schatten flog auf den eigensinnigen General zu und wurde dabei immer dünner und dichter. Rauchfinger wuchsen auf die Nasenlöcher und den Mund zu. Schon begann der Schatten in ihn einzudringen, doch dann dünnte er plötzlich wieder aus, bis man ihn kaum noch sehen konnte und er nur noch wie eine Rauchschwade in der Luft hing.

Espera klatschte in die Hände, und der Rauch löste sich vollends auf.

Marnus hustete und schnappte nach Luft. Ein Soldat lief herbei und stützte ihn. «Major Wingnut», flüsterte der General.

«Herr?»

«Den Befehl der Prinzessin ausführen … Übernehmt Ihr das Kommando.»

Der junge Major straffte die Schultern und salutierte.

«Verständigt die Polgaren, Lady Espera», sagte Humphrey und versuchte, nicht allzu triumphierend zu klingen. «Die Numenii werden gemeinsam mit ihnen gegen die Nurgor kämpfen.»

Espera nickte und schloss die Augen.

Mittni sah zu dem Heerwurm der Numenii, dessen Kopf außer Sichtweite im Tal verschwand, und murmelte: «Hoffentlich kommen wir noch rechtzeitig.»

✦ ✦ ✦

Perduellis begriff, dass er die Magie seiner Widersacher nicht zu fürchten hatte. Am anderen Ende der Ratshalle drehte er sich um und streckte ihnen höhnisch grinsend die Arme entgegen. Aus seiner Körperhaltung konnte Eridanus schließen, dass die Fleischwunde unter seinem blutigen Gewand wieder verheilt war.

Der Saal hatte durch das gewölbte Dach etwas von einer Höhle. Nachdem Eridanus ihn bei seiner Flucht mit Galar zerstört hatte, waren die kunstvollen Gravuren und Malereien nicht wiederhergestellt, sondern durch esoterische Materialien ersetzt worden, hauptsächlich durch Schwarzgold und Garagold. Der dekorative Aspekt hatte dabei gewiss eine untergeordnete Rolle gespielt. Ihre schwarzen und roten Ausläufer zogen sich die Wände herab wie pulsierende Venen und dunkle Blutflecken. Im Zusammenspiel mit dem nur langsam nachlassenden Einfluss der Menhire ergab das ein beträchtliches Potenzial für jemanden, der gewillt und in der Lage war, Wahnsinn einzusetzen.

Perduellis' erster Zauber war eine parapsychische Druckwelle, die sich in der Unsichtbaren Welt als Pfeil wahrnehmen ließ. Sie schoss auf Djutoris zu, der alle Hände voll damit zu tun hatte, sie sich vom Leibe zu halten. Der rothaarige Magier brachte den Angriff zum Stillstand und versuchte dann, ihn zu neutralisieren.

Währenddessen schickte Perduellis seinem anderen Gegner einen Windstoß entgegen. Eridanus erkannte ihn in der Unsichtbaren Welt als machtvolles Fließen von Ergeomorphismus. Mit einer Drehung seiner Hand lenkte er die Kraft zu ihrem Ausgangspunkt zurück. Nun war es kein Windstoß mehr, sondern ein fortdauernder Strom. Perduellis war verblüfft, mit welcher Leichtigkeit der Lehrmeister den Zauber umgekehrt hatte. Doch drehte er sich mit einem wilden Grinsen seitwärts und deutete mit der Hand einen Schnitt an: Der Wind brauste links und rechts an ihm vorbei. Eridanus spürte den Wahnsinn, der Perduellis schützte, und seufzte. In diesem Kampf würde sich nichts abschätzen lassen.

Der Sturm fegte noch immer an Perduellis vorbei, da beugte sich der Abtrünnige plötzlich nach vorn, drehte sich und machte eine krallende, ziehende Handbewegung. Seine Finger schienen in die Unsichtbare Welt zu greifen. Linien des Wahnsinns schlängelten sich durch den ergeomorphen Strom zurück und peitschten auf Eridanus' magisches Bollwerk ein. Perduellis riss den Arm hoch, und eigentlich hätte der Strom Eridanus ergreifen und durch den Saal schleudern müssen. Aber der Lehrmeister war plötzlich verschwunden.

Es gelang Djutoris, den Pfeil zu neutralisieren. Er widerstand dem Impuls, mit Magie zurückzuschlagen, und lief mit blankgezogenem Schwert auf ihren Feind zu. Perduellis warf einen schweren Holztisch um, der Dekan wollte über ihn hinwegspringen, aber der Tisch hob vom Boden ab und krachte in den Magier hinein. Djutoris stürzte gegen die Marmorplatten und rollte sich noch gerade rechtzeitig zur Seite, um nicht erschlagen zu werden.

Währenddessen versuchte Eridanus, die überaus komplexe Struktur des Raums zu entschlüsseln. Magie hing in der Luft, sie war mit Wahnsinn verunreinigt. Nach wie vor wollte er keinen Zauber riskieren, den der Wahnsinn übernehmen und gegen ihn kehren konnte. Allerdings sollte es hinreichend sicher sein, gegnerische Zauber abzuwandeln – sie zu neutralisieren. Also verbannte er das Leben aus dem Tisch, bevor dieser Djutoris zerquetschen konnte.

Wieder flogen Zauber durch die Ratshalle. Stühle wurden umgeworfen oder wie Nägel in den Boden gerammt, Teppiche zerfetzten, Fackeln brannten mit unnatürlichen Flammen.

Eridanus und Djutoris standen Schulter an Schulter und vereitelten die magischen Angriffe.

Die ganze Zeit über arbeitete Perduellis, während er noch Sprüche intonierte und die Hände bewegte, an einem Zauber ganz anderer Art. Als er ihn schließlich aussandte, hatte Eridanus viel zu viel damit zu tun, die wütenden Flammen um sie herum zu löschen, um auf das reagieren zu können, was Perduellis noch für sie bereithielt.

Die Decke begann zu leuchten wie eine Lampe, allerdings dunkelrot. Donnergrollen war zu hören, das länger anhielt als jeder natürliche Donner. Das Garagold glühte hell auf und begann von der Kuppel herunterzurinnen wie Lava. Klopfender, pochender Wahnsinn erfüllte die Luft, und Perduellis richtete den Strom lachend auf seine Feinde.

Für Djutoris stand fest, dass sie sterben würden. Wahnsinn war der wirksamste Zweig der Magie und ließ sich praktisch nicht neutralisieren. Es gab keine Möglichkeit, den Angriff lebend zu überstehen oder ihm zu entkommen. Nicht einmal für Eridanus.

Aber irgendetwas tat sich hier. Verblüfft begriff Djutoris, dass Eridanus seine eigene Magie webte: Die enormen Mengen an Schwarzgold begannen zu summen.

Ein buntschillernder Energiestrahl schoss aus dem Zentrum der Kuppel, Wahnsinn in seiner reinsten Form, wie auch der Gipfel des Wahnsinns ihn ausstieß. Die Eruption rüttelte an der natürlichen und der unsichtbaren Ausformung der Insel und erschütterte die beiden Magier bis ins Mark.

Doch anstatt von der Kuppel herunterzuschießen und die beiden Männer zu vernichten, raste der Strahl zum Himmel empor, ließ den Nebel aufleuchten wie brennende Gespenster, tauchte kurz den heller werdenden Horizont in violettes Licht und verlor sich dann im All.

Eridanus quittierte Perduellis' Wutschrei mit einem grimmigen Lächeln. Er hatte die tödlichste Waffe des Thronräubers unschädlich gemacht. Die Macht dieses Zaubers hätte noch so groß sein können – es hätte nichts geändert. Anstatt gegen ihn anzukämpfen, hatte Eridanus einfach eine kleine Veränderung vorgenommen, die der widerspenstigen Natur des Wahnsinns entgegenkam, und seine Richtung umgekehrt. Der Wahnsinn war berüchtigt dafür, die Naturgesetze zu biegen und zu brechen, und damit rundum unberechenbar. Und was noch viel wichtiger war: Da Perduellis eine solche Unmenge Wahnsinn gebündelt hatte, die nun ins All hinausgerast war, blieb auf der Insel lediglich ein Rest dieser verderbten Energie zurück.

Fluchend schickte der Hochinquisitor einen letzten tödlichen Zauber in ihre Richtung und floh.

✦ ✦ ✦

Hornbeam setzte sich auf einen Felsen und überdachte die Lage. Die anderen standen um ihn herum und sahen zu den Nurgor hinunter, wo es den Häuptlingen offenbar gelungen war, den Rest der Horde zu bändigen: Die Nurgor zogen sich von den Numenii zurück, gruppierten sich neu und zogen wieder Richtung Norden, wo inzwischen die Polgaren auf sie warteten.

«Also, General, was unternehmen wir?» Cunar wurde langsam ungeduldig. Jasri und er waren, nachdem sie den Rückzug der Numenii von den angreifenden Nurgor beobachtet hatten, zu den anderen Raben zurückgekehrt. Dann war Hornbeam aufgetaucht und hatte sie auf den neuesten Stand gebracht. Anschließend hatte er die Raben angewiesen, sich unauffällig über den Berg zu verteilen, um auf alle Eventualitäten vorbereitet zu sein. Ein paar waren bei ihm geblieben, um seine Befehle weitergeben zu können …

«Wir warten, Cunar. Wir warten. In Kürze werden Humphrey und die anderen die Numenii überzeugt haben. Sie machen hoffentlich schnell, denn schon bald werden sich die Polgaren mitten im Kampfgetümmel wiederfinden.»

Auf der anderen Seite des Tals wurde kurz eine Fahne geschwenkt. Jedenfalls sah es auf diese Entfernung wie eine Fahne aus. Die Raben wussten es besser.

«Das ist das Hemd von Reedy», sagte Jasri.

«Stimmt», sagte Cunar. «Und das bedeutet, dass die Numenii den Polgaren zu Hilfe kommen.»

Leiser Jubel machte sich breit, und General Hornbeam stand auf.

«Gut, Männer, dann wollen wir mal.» Er ließ seinen Blick durch die Runde schweifen. «Alle bleiben auf der Seite des Tals, auf der sie gerade sind – außer euch beiden, Jasri und Cunar. Ihr müsst die auf der anderen Seite benachrichtigen. Hier versammeln sich alle unter meinem Kommando und die drüben an der anderen Flanke der Nurgor. Mit den Polgaren vor ihnen, uns an den Flanken und den Numenii hinter ihnen sollten diese Monster keine Chance mehr haben.» Der General sah alle der Reihe nach an und überzeugte sich, dass sie den Plan verstanden hatten.

«Viel Glück euch allen. Möge Elyon euch gewogen sein.» Er entließ sie mit einer Handbewegung.

Cunar und Jasri machten sich im Laufschritt auf den Weg durch das Tal, und Hornbeam folgte den anderen, die zwischen Gras und Felsen ihre Positionen einnahmen.

«Möge Elyon uns allen gewogen sein», sagte er leise.

✦ 10. KAPITEL ✦

Der Nebel des Krieges

General Wainwright stand barfüßig auf dem Berg und beobachtete die monströse Horde, die sich seinen Männern näherte. Dies war die Ruhe vor dem Sturm, eine gefährliche Zeit. Wenn die Truppe seine Ansprache wieder vergaß, der Adrenalinpegel sank und Zweifel und Ängste aufstiegen.

Nagende Angst kannte er sowohl aus der Theorie als auch aus der Praxis. Er konzentrierte sich auf analytisches Denken, und sie ließ langsam nach. Alles war so weit. Er hatte getan, was er konnte. Die Truppen warteten am Ende des Tals, aus dem sich die Nurgor näherten. Hätten die Nurgor so angreifen können, wie sie es vorgehabt hatten – seitlich aus den Bergen strömend den Polgaren in die Flanke fahren –, hätten die Nordmänner keine Chance gehabt. Nun, in diesem beengten Gelände, würde es ihnen wohl besser ergehen.

Darin lag ihr erster Vorteil – und natürlich darin, dass sie von den Nurgor wussten und nicht mehr überrascht werden konnten.

Der zweite Vorteil waren die Numenii, die den Nurgor in den Rücken fallen würden. Zumindest wenn er Espera vertrauen konnte. Wenn nicht, dann würde wohl niemand von ihnen diesen Tag überleben.

Der dritte Vorteil war zugleich der Grund dafür, dass der General keine Stiefel trug. Rein wissenschaftlich betrachtet, war das natürlich überflüssig, aber er spürte gern den Boden unter den Füßen, wenn er Magie wirkte. Er hatte dieses Tal aus gutem Grund für die Schlacht ausgewählt. Um den größtmöglichen Effekt zu erreichen, musste er den richtigen Moment abpassen. Die Nurgor kamen langsam näher.

Der General wies die anderen Kampfmagier per Gedankenübertragung an, sich bereitzumachen.

Dann zapfte er die ergeomorphischen Flüsse an und spürte, wie er von den sanften Strömungen umflossen wurde. Rasch fand er die gesuchte Strömung und folgte ihr unter die Erde. Perfekt. Er zog die Umgebungsenergie zusammen, baute Druck auf.

Inzwischen waren die Nurgor nahe genug. Wenn sie jetzt zuschlugen, töteten sie Hunderte Nurgor, vielleicht sogar Tausende, und gaben den Polgaren unmittelbar vor der Schlacht einen ordentlichen moralischen Auftrieb. Er vergewisserte sich noch einmal, dass die berittenen Truppen bereit waren – dann sandte er den Magiern eine weitere Nachricht: *Jetzt.*

Ein solch gewaltiger Energiestoß umflutete und durchflutete ihn, dass er beinahe sein Sehvermögen einbüßte – Farben, Formen und Bilder blitzten vor ihm auf, die zu grell leuchteten, um sie mit den Augen der Sichtbaren Welt betrachten zu können. Unten im Tal erzitterte die Erde, aber die Horde preschte weiter voran. Vielleicht dachten die Untiere, das Beben rühre von ihren stampfenden Hufen her.

Mit einem gewaltigen Dröhnen bäumte sich der Boden unter den Nurgor auf, nur um im nächsten Moment wieder hinabzusinken. Die Untiere gerieten ins Straucheln, aber ihr Schwung trug sie auf dem bebenden Boden noch weiter. Ihre schweren Hufe krachten in die Leiber ihrer Kumpane.

Immer noch bebte und wankte die Erde. Große Erdspalten öffneten sich und verschluckten die Nurgor. Sekunden später schlossen sie sich mit einem markerschütternden Knirschen. Felssplitter schossen durch die Luft. Findlinge erhoben sich und flogen mitten in die Horde hinein. Die Nurgor schrien und brüllten und versuchten sich zurückzuziehen, wurden aber von den nachrückenden Monstern weiter ins Tal gedrängt.

Von seinem erhöhten Standpunkt aus konnte der General sehen, was sein Zauber anrichtete. Das begrenzte Erdbeben war stark, fast zu stark, und er hatte Mühe, es auf dieses Gebiet zu beschränken und es von den eigenen Truppen fernzuhalten. Schon scheuten die Pferde vor dem Grollen unten im Tal.

Die versammelten Polgaren begannen lauthals zu jubeln, was über dem Rumpeln und Mahlen im Tal jedoch kaum zu hören war. Dort unten schien Calaspia selbst gegen die abscheulichen Wesen zu protestieren. Spitze Felsen durchstießen den Boden, als würde der Planet seine Reißzähne in die Reihen der Nurgor schlagen und sie zerfetzen.

Binnen kurzem lagen Hunderte und Aberhunderte Nurgor tot auf dem Boden verstreut, wohl ebenso viele hatte der Erdboden verschluckt. Diejenigen, die sich noch bewegen konnten, versuchten verzweifelt, aus der Gefahrenzone zu entkommen, und trampelten über die Gestürzten.

Der größte Teil der Horde war jedoch unversehrt und schob sich der Gefahr zum Trotz weiter nach vorn. Wieder hallten Schlachtrufe über das Land, donnerten stampfende Hufe heran. Die nachfolgenden Nurgor sprangen über zitternde Felsen und dahinrollende Findlinge hinweg. Viele stürzten, aber noch viel mehr kamen durch. Die Rufe ihrer Häuptlinge und Kriegsherren trieb sie voran.

Allmählich ließen die Erschütterungen nach, und die Horde fasste sich wieder und strömte weiter in das Tal.

Aber noch war General Wainwright nicht fertig. Plötzlich war im ganzen Tal ein tiefes Grollen zu hören. Von den Berghängen lösten sich Steine und rollten schneller werdend ins Tal hinab. Größere Felsen und Findlinge lösten sich, gerieten ins Rollen und krachten mitten in die angreifende Meute. Staub und Steine, Erde und Felsen ergossen sich über die Masse aus Fell, Hörnern und Hufen. Die Untiere wurden zwischen den Felsen zerquetscht oder von den sintflutartigen Erdmassen mitgerissen.

Verzweifelte Schreie drangen durch die Staubwolken zu den polgarischen Soldaten hinüber, die in grimmiger Entschlossenheit auf ihren Einsatz warteten.

Dann war der richtige Zeitpunkt gekommen, und der General richtete sich an seine Truppen. Er nutzte die ergeomorphischen Ströme zur Verstärkung seiner Stimme.

«Männer von Polgaren!»

Mächtiger Jubel antwortete ihm.

«Macht euch bereit für die Schlacht! Macht euch bereit, diese Untiere zu vernichten!»

Die ersten Nurgor drangen aus den Staubschwaden und näherten sich den Reihen der gepanzerten Männer.

Der General bückte sich und zog seine Stiefel an, ohne die Bewegungen unten im Tal aus den Augen zu lassen: Die nächste Minute war von entscheidender Bedeutung. Es musste ihnen gelingen, die Nurgor zu stoppen; nur dann konnten sie so lange durchhalten, bis die Verstärkung durch die Numenii kam. Das Erdbeben und der Erdrutsch hatten seinen Kampfmagiern viel abverlangt – aber es hatten sich gelohnt. Nun kam es auf seine Hauptleute und ihre Männer an.

Pfeile pfiffen durch die Luft und fällten die angreifenden

Monster. Die heranstürmende Horde war deutlicher zu sehen, als der Staub sich legte und das Trümmerfeld und ihre toten Kumpane mit einer grauen Schicht bedeckte. Ein zweiter Pfeilhagel folgte dem ersten und grub sich tiefer in die feindlichen Reihen. Unter dem nächsten Pfeilhagel griffen die Berittenen an. Die Schlachtrufe beider Kriegsparteien hallten zwischen den Bergen hin und her, als sie aufeinander zustürmten, um ihre Waffen in das Fleisch ihrer Feinde zu jagen.

Metall krachte auf Metall, und Schreie zerrissen die Luft.

Die Schlacht war entbrannt.

✦ ✦ ✦

Eridanus und Djutoris kämpften sich durch eine Legion von Gegenständen, die wahllos zum Leben erwachten, zum angrenzenden Raum vor. Als sie es geschafft hatten, war der Abtrünnige verschwunden. Eridanus holte seinen Heimstein hervor. Er wies Richtung Innenhof, zur zentralen Parkanlage des Regere Mansionum.

Normalerweise boten die nach innen liegenden Fenster des Palastes einen Blick auf einen Prachtgarten mit Skulpturen und Wasserfällen. Jetzt jedoch war die Anlage durch einen Kreis schroffer Steine ersetzt worden, die wie riesige Schmarotzer aus der verbrannten Erde aufragten.

Zur Verblüffung der beiden Lehrmeister hatte sich Perduellis nicht etwa abgesetzt. Er wartete auf sie, mitten in dem Kreis der Monolithen. Nebel rankte sich in widernatürlichen Schleiern durch die Luft und klebte am Boden, sodass sie ihre Füße nicht sehen konnten.

Langsam gingen sie auf Perduellis zu und überprüften die Unsichtbare Welt unablässig auf eventuelle Gefahren. Eridanus fiel auf, dass zwei Monolithen direkt in das Regere Mansionum hineingebaut waren und es stützten. Sie ragten aus der Wand der Ratshalle heraus und boten eine Verbindung zum Garagold, dem besten bekannten Leiter für die Energien des Wahnsinns.

Die beiden Lehrmeister hatten Perduellis beinahe erreicht, als sich eine große, dunkle Gestalt aus dem weißlichen Nebel löste und zwischen sie und ihren Feind glitt. Sie war nicht menschlich und schwebte mindestens zwei Handbreit über dem Boden. Sie besaß keine deutlichen Umrisse, schien nicht einmal körperlich vorhanden zu sein, und doch war sie da. Kälte und Stille gingen von der Erscheinung aus, schluckten jedes Geräusch und ließen jedes Gefühl ersterben. Eridanus war überrascht, dass eine so mächtige Kreatur aus dem Nichts erschienen war, denn er hätte ihre Anwesenheit eigentlich spüren müssen. Links und rechts neben ihnen tauchten weitere dieser Gestalten aus dem Nebel auf.

Rameon hatte die Magier beim Verlassen der Ratshalle gesehen und war ihnen in den Innenhof gefolgt. Gleich hinter ihm kamen Galar und eine Handvoll Culmus Sangui. Der Prinz erweckte den Eindruck, Perduellis trotz dieser Erscheinungen zur Verantwortung ziehen zu wollen, aber Galar packte ihn am Kragen und hielt ihn fest.

«Was zum Teufel sind das für Dinger?», fragte der Zwerg.

«Ich weiß es nicht», antwortete Eridanus zögernd. «Offensichtlich eine Art Geistwesen, aber welche genau, kann ich nicht sagen. Es lässt jedenfalls nichts Gutes für die Trennung zwischen der Unsichtbaren Welt und Ruach'zam erahnen.»

«Ist ja alles schön und gut. Aber sind sie gefährlich?»

«Natürlich sind sie gefährlich», flüsterte Djutoris. Panik lag in seiner Stimme. «Sie dringen einem in den Kopf ein. Und das ist noch das Harmloseste, was ich mit ihnen erlebt habe.»

Eridanus strich sich über den Kinnbart. «*Wandler* … Sie besitzen wie Geister keinen Körper und existieren somit nur in der Unsichtbaren Welt. Sie stammen aus der Geisterwelt und haben weder in Calaspia noch auf irgendeiner anderen physischen Existenzebene etwas verloren. Dass sie hier erscheinen, ist zutiefst beunruhigend.»

«Aha», machte Galar, während ein weiterer Wandler auftauchte. «Und wie werden wir mit ihnen fertig?»

«Das werden wir sehen», sagte Eridanus mit geradezu irritierender Ruhe.

Ein Paladin verlor die Nerven und griff an. Sein Culmus sauste durch die Luft – und durch den Unkörper des Geistes. Der Wandler bewegte sich unerbittlich weiter. Entsetzt sahen sie mit an, wie die tintenähnliche Substanz des Geistes in den Culmus Sangui eindrang. Einen Moment lang stand der Krieger unbewegt da. Dann verkrampften sich seine Muskeln, er stürzte zu Boden und blieb nach einem kurzen Zucken liegen – tot.

Zischend strömte dem Krieger der letzte Atemzug aus der Lunge wie ein dunkler Nebel. Der Wandler nahm wieder seine bisherige Gestalt an und schwebte weiter auf sie zu.

«Verflixt nochmal, wo steckt Vallon, wenn man ihn braucht?», schimpfte Eridanus, und noch immer war seine Stimme verhältnismäßig ruhig. «Nun, wenn sie gerufen wurden, wird man sie wohl am sichersten wieder los, indem man sie verbannt.»

«Dann los, beeil dich!», drängte Galar.

Eridanus holte tief Luft und starrte den vordersten Geist an. Anscheinend ohne irgendein Zutun des Magiers wurde der Wandler dünner und blasser und versank im rissigen Boden.

Djutoris nickte und machte sich ebenfalls an einen Bannzauber. Aber so schnell ging das alles nicht. Die Wandler würden nicht brav abwarten, bis sie sie alle verbannt hatten.

Galar wog die Axt in seinen Händen. Vielleicht wohnte ihr eine wesentlich tödlichere Macht inne als dem Culmusschwert des Paladins. Das Warten machte ihn jedenfalls verrückt. Er packte seine Waffe noch fester – dann griff er an.

Einen Moment lang vergaß Djutoris vor Bestürzung seinen Bannzauber und starrte gemeinsam mit Rameon und den anderen Kriegern auf den selbstmörderischen Zwergenkrieger. War seine Zeit nun doch gekommen?

✦ ✦ ✦

Nach dem ersten Zusammenprall verloren die polgarischen Truppen an Boden. Die Regimenter der Numenii waren hinter den Nurgor aufmarschiert und zum Angriff bereit. Der General gab dem Bläser ein Zeichen, und dieser setzte sein Horn an die Lippen. Der Ton drohte sich im Schlachtenlärm zu verlieren, aber dann griff ein weiterer Bläser das Signal auf, dann ein dritter, und schließlich ertönte der gutturale Hörnerschall über die ganze Breite des Numenii-Heeres. Wie eine losgelassene Flut griffen die Bataillone die Horde der Monster an. General Marnus und seine erste Kavallerie trieben tiefe Keile in die Reihen der Nurgor, die vom Angriff ihrer vermeintlichen Verbündeten überrascht wurden. Ihnen war immer wieder befohlen worden, die Numenii nicht anzugreifen, und nun das. Wie eine Woge den Strand überschwemmte, rollten sie über den Feind hinweg, trieben ihre Lanzen und Speere und Schwerter in ihn hinein.

Aber die Nurgor stellten sich rasch auf die neue Situation ein, und mehrere Häuptlinge hetzten ihre Stämme auf die neue Bedrohung. Die Angriffswelle der Numenii verebbte, als Marnus und seine Garde sich gerade mitten zwischen den Feinden befanden: Sie waren zu tief hineingeritten und wurden von den anderen abgeschnitten.

✦ ✦ ✦

Auf einmal fand Bryn sich im nebligen Innengarten wieder. Er war heilfroh, den kindlichen Denkmeister wiedergefunden zu haben – aber was war hier los? Der kleine Kerl saß auf einem ätherischen, schwebenden Thron, der aus einer leuchtenden, hellgrünen Substanz bestand. Das musste Psychallis sein, genau die Materie, mit der Psychallaismus arbeitete. Bryns letzte Zweifel, ob Vallon tatsächlich für diese Magie verantwortlich war, wurden dadurch beseitigt, dass der Säugling einige schattenhafte Geister in Schach hielt.

Weiter vorn im Nebel stand Perduellis in einem Steinkreis, und zwischen ihm und dem Denkmeister machte der Barue Eridanus, Djutoris, Galar und Rameon aus. Sie wandten ihm den Rücken zu und waren von dunklen Geistern umzingelt. Bryn zog sein Culmus aus der funkensprühenden Scheide und lief los.

In diesem Moment griff Galar einen näherkommenden Wandler an. Diese Aktion schien seine Kampfgefährten zu schockieren. Erstaunt sahen sie zu, wie die goldene Axt zunächst durch den Geist zu fahren schien, ohne auf Widerstand zu stoßen, dann aber langsamer wurde, als ob sie durch eine zähe Masse schnitt. Mit einem Aufschrei löste der Geist sich auf und verging in einer schwarzen Nebelschwade, die sich langsam mit dem weißlichen Nebel vermischte. Den Zwerg schien das kaum zu überraschen; er nahm prompt den nächsten Wandler in Angriff.

Nicht nur Bryn hetzte zu seinen Freunden, auch der Säugling. Bis der Denkmeister mit seinem geisterhaften Fluggerät bei den Menhiren ankam, hatte Bryn ihn eingeholt.

Wieder löste sich ein Wandler unter Galars Axthieb auf, aber die anderen Krieger hielten sich zurück und überließen es den Magiern, die schattenhaften Widersacher zu verbannen. Eridanus probierte mit unterschiedlichem Erfolg verschiedene Zauber aus, bis er schließlich in der Unsichtbaren Welt eine Mauer um sich und seine Gefährten errichtete und so die Wandler auf Abstand hielt. Zu diesem Zeitpunkt waren sie jedoch bereits vollständig eingeschlossen. Sie konnten vor schwarzen Silhouetten kaum noch etwas sehen.

Djutoris versuchte es mit einem unerprobten Zauber und wurde von Perduellis beinahe aus Eridanus' Schutzsphäre gezogen, aber Vallon konnte den Zauber neutralisieren. Er bahnte sich einen Weg zu den Lehrmeistern, indem er die Geister von seinem Thron aus mit smaragdgrünen Druckwellen beiseitefegte. Wieder rief der Säugling: «Legt Euch mit jemandem von Eurer Größe an!», und diesmal verstand Bryn. Nicht Eridanus hatte in der Kommandozentrale die Magie des Hochinquisitors neutralisiert, sondern Vallon. Mit einem befremdlichen Gefühl der Ehrfurcht eilte Bryn dem kleinen Denkmeister hinterher.

Als Eridanus und Djutoris durch Vallon Verstärkung erhielten, glitt Perduellis hinter einen Monolithen und wurde vom Nebel verschluckt. Er ließ seine Feinde im Kampf gegen die von ihm heraufbeschworenen Wandler zurück. Die Gefährten waren zu beschäftigt, um das zu bemerken.

✦ ✦ ✦

Mittni kämpfte Seite an Seite mit Major Wingnut. Sie erschlugen benommene Nurgor, die vom Angriffskeil des Generals beiseitegefegt worden waren. Den General hatten sie aus den Augen verloren, aber das Banner mit der von sechs Flammen umgebenen Krone flatterte einige Meter vor ihnen über den Kämpfenden. Immer wieder verschwand es in der Masse aus Fellen, Stoßzähnen und Waffen.

Der Barue duckte sich unter einem Speer weg, riss sein Schwert hoch, zerschmetterte den Schaft und stieß dem Angreifer die Klinge in den Bauch. Das Untier riss sein Maul auf, aber in all dem Lärm konnte Mittni den gurgelnden Schrei kaum hören. Seine sämtlichen Ängste waren verschwunden, hatten sich im Überlebensinstinkt aufgelöst.

Was Waffen anging, waren die Untiere nicht besonders geschickt; manche waren nicht einmal bewaffnet, sondern benutzten lieber Klauen und Hauer. Aber wenn sie einmal einen Treffer landen konnten, erwischten sie ihren Gegner mit betäubender, knochenbrechender Wucht. Einige Sekunden des Kämpfens hatten Mittni genügt, um seine Taktik zu ändern: Ausweichen ersetzte Parieren, Rückzug ersetzte Verteidigung.

Er versuchte, das allgemeine Kampfgeschehen im Auge zu behalten und einen Eindruck davon zu gewinnen, wie sich die Schlacht entwickelte – so hatte er es gelernt. Aber es war schwer genug, sich gleichzeitig auf die Nurgor und Major Wingnut und seine Leute zu konzentrieren.

Plötzlich wurde der Schlachtenlärm von einem Brüllen ganz in der Nähe übertönt. Mittni sah sich um. Wingnut versuchte verzweifelt, sich zum General durchzukämpfen. Das goldgesäumte Banner verschwand für einen Moment, tauchte wieder auf und fiel dann mit einer Endgültigkeit herab, die nur eines bedeuten konnte: Der Bannerträger war tot. Wieder war ein Brüllen zu hören, von dort, wo das Banner gefallen war. Mittni spürte eine Welle der Verzweiflung aufsteigen und über sich hinwegwaschen. Er kam sich schwach und krank vor. Bis zu diesem Moment hatte er sich gegen die Gefühle anderer abgeschottet, denn er wusste, was er spüren würde: eine perverse Mischung aus Angst, Wut, Panik, Tod und Todesverachtung.

Der Ansturm der Gefühle ließ ihn straucheln. Im letzten Moment sah er auf und bekam gerade noch mit, wie ein Schwert auf ihn herunterraste. Er riss sein Culmus hoch und ließ sich zu Boden fallen, um die Wucht des Schlages zu verringern, und landete auf etwas, das sich weicher anfühlte als der Boden. Dunkles Blut verschmierte ihm die blonden Haare, aber da rollte er sich schon nach vorn ab und hieb nach den Beinen seines Gegners. Dann sprang er auf und trieb dem Nurgor sein Schwert in den Bauch. Er zog die Klinge wieder heraus, und das Monster stürzte auf die Leiche, die Mittnis Landung abgefedert hatte.

Diese letzten Sekunden hatten ihm wieder einen klaren Kopf verschafft. Er konzentrierte sich. Vor ihm strahlte Major Wingnut Mut und Entschlossenheit aus, während er versuchte, sich dorthin durchzuschlagen, wo sie das Banner zuletzt gesehen hatten. Immer mehr Männer wurden von den Nurgor erschlagen. Mittni kämpfte sich mit Ausweichbewegungen und knappen Hieben zu dem Offizier durch.

Wingnut und seine Männer kämpften gegen wahre Kolosse von Nurgor, die jedem Durchbruchsversuch standhielten. Für jeden getöteten Nurgor sprang sofort ein neuer in die Bresche. Hinter ihnen sah Mittni das Banner auf dem Boden liegen, Hufe hatten es in den Staub getreten. Gleich daneben kauerte eines der Untiere.

In seinem Rückenfell zeichneten sich haarlose weiße Narben ab. An seinem Hinterteil zuckte ein Stummelschwanz, während das Untier sich an irgendetwas zu schaffen machte.

Plötzlich stand es auf und legte den Kopf in den Nacken. Aus seinem offenen Maul ragten zwei gewaltige Hauer zum Himmel. Sie hörten ein tiefes Grollen, das Mittni in der eigenen Brust spüren konnte, dann stieß der Nurgor ein kehliges Brüllen aus, das allen Schlachtenlärm übertönte.

Zu seiner Verblüffung spürte Mittni ein primitives Triumphgefühl von dem Nurgor ausgehen, der offensichtlich eine Art Anführer war. Das Untier drehte sich um, und bevor es davonstampfte, erhaschte Mittni einen Blick auf das, was es in seinen Pranken hielt. Ihm wurde ganz anders. In den Armen des Nurgors baumelte General Marnus. Das Untier hatte ihm den Helm vom Kopf gerissen, um sein Gesicht zu entblößen, aus dem sämtliches Blut gewichen war. Der Nurgor hob den Toten in die Höhe, damit ihn alle sehen konnten. Er stapfte zur Frontlinie, um ihn den Numenii zu zeigen.

Wenn niemand diesen Kriegsherrn aufhielt, würde der Anblick die Menschen entmutigen und das Pendel unverrückbar in Richtung der Nurgor ausschlagen. Mittni musste etwas unternehmen. Wenn jetzt auch noch Major Wingnut fiel, erholten sich die demoralisierten Numenii davon möglicherweise nicht mehr. Die Befehlskette durfte nicht unterbrochen werden.

Hektisch legte Mittni sich einen Plan zurecht.

✦ ✦ ✦

Plötzlich löste sich Rameon aus ihrem Kreis und schlängelte sich flink zwischen den Geisterschatten hindurch. Einige Male konnten sie ihn beinahe mit ihrer ungeheuerlichen Finsternis berühren, aber irgendwie gelang es ihm, sich durch ihre Reihen zu winden und den Steinkreis zu verlassen.

Zum ersten Mal verlor Eridanus seine übliche Gelassenheit.

Dann jedoch begriff er, worum es ihm ging. Rameon wollte Perduellis finden.

Er wies die Culmus Sangui an, zur Kommandozentrale zu gehen und Prinzessin Peasmi zu beschützen. «Folgt Djutoris, er kennt den Weg.»

Djutoris schlug den Kriegern eine Bresche zum Regere Mansionum, während Galar und Eridanus sich darauf konzentrierten, die Wandler zu bekämpfen.

Bryn umrundete verstohlen den Steinkreis und folgte Rameon. Er war vielleicht nur ein Anfänger, aber er kannte sich definitiv besser mit Magie aus als der Prinz. Wenn Rameon dem Verschwörer allein gegenübertreten musste, stand sein Tod so gut wie fest. Zu zweit hatten sie vielleicht eine gewisse Chance.

Mit einiger Erleichterung stellte Bryn fest, dass Meister Vallon ihm folgte. «Trag mich!», rief der Säugling, und der Barue hob ihn von seinem schwebenden Thron, der sich sofort in Nebel auflöste. «Ich werde meine ganze Kraft brauchen, um mir diesen erbärmlichen Schurken zu schnappen.»

✦ 11. KAPITEL ✦

Feuer und Asche

Unglücklicherweise barg Mittnis Plan ein kleines Problem: Er hing nämlich davon ab, dass es ihm gelang, sich zu dem Häuptling durchzuschlagen, und das erwies sich als ausgesprochen schwierig, denn ihn schirmten einfach zu viele Nurgor ab. Glücklicherweise sorgte er selbst dafür, dass ihn alle sehen konnten. Wenn Mittni ihn doch einmal aus dem Blick verlor, verriet sein lautes Gebrüll, wo er sich gerade befand. Er arbeitete sich zum Rand des Schlachtfelds vor – wahrscheinlich, um auch dort den Kämpfenden seine Trophäe zu zeigen.

Mittni duckte sich unter einer Nagelkeule hinweg und versetzte dem Angreifer einen Schwerthieb. So würde das nie klappen – es kostete zu viel Zeit. Er ließ sich hinter die Reihen der Numenii zurückfallen.

Der Schlachtenlärm ließ nicht nach, aber es traten andere Geräusche in den Vordergrund. Statt Schwertergeklirr und aufeinanderkrachender Leiber drangen die Schreie und das Stöhnen der Verletzten an sein Ohr. Unzählige Soldaten schoben sich zur Kampflinie vor, um einzuspringen, sobald irgendwo eine Lücke entstand. Andere kümmerten sich um die am Boden liegenden Verwundeten, Sterbenden oder Toten.

Mittni wankte. Was für ein Gemetzel! So etwas hatte er noch nie miterlebt – und erlebte es hoffentlich auch nie wieder. Überall waren Blut, Hörner, Fell, Gedärme, Gliedmaßen, besudelte Waffen und Rüstungen. Jetzt, wo Mittni nicht mehr in Kämpfe verwickelt war, spürte er erst, wie erschöpft er war.

Aber noch war die Schlacht nicht vorüber. Der Barue zwang sich, bei der Sache zu bleiben. Er musste dafür sorgen, dass dies alles nicht umsonst gewesen sein würde. Zeit zu trauern blieb später.

Mittni lief parallel zur Frontlinie hinter dem Häuptling her, der noch immer den toten General präsentierte. So hatte er vielleicht eine bessere Chance, den Nurgor einzuholen und sich dann von der Seite zu ihm durchzukämpfen.

Hier herrschte nicht ein solches Schlachtgetümmel. Es war mehr Raum für Einzelkämpfe, für ausgedehnte Duelle. Mittni sprang über Leichen und Felsen hinweg und versuchte sich nicht allzu viel umzuschauen, weil er gar nicht wissen wollte, was es dort alles Schreckliches zu sehen gab. Er konzentrierte sich auf den Häuptling und ging unnötigen Kämpfen aus dem Weg. Zu seiner Rechten tobte die Schlacht, zu seiner Linken ging es hinauf in die Berge.

Verstohlen huschte er den Berghang entlang. Jetzt hatte er die Flanke der Nurgor erreicht und den Häuptling fast eingeholt, der noch immer den gefallenen General in die Höhe hielt. Die Nurgor bildeten hier keine geschlossenen Reihen. Die Flanke war offen für einen Angriff; Mittni musste nur schnell genug handeln. Er rannte los. Plötzlich sah er im Augenwinkel etwas auf sich zurasen. Ohne lange zu überlegen, warf er sich zu Boden. Er sah mehrere kleine Gegenstände über sich hinwegfliegen, ehe sich die Welt zu drehen begann und er den steinigen Hang hinunterrollte. Rasch sprang er wieder auf, hob sein Schwert und blickte, den Rücken an einen Felsen gepresst, den Hang hinauf. Es war niemand zu sehen. Er drehte sich um und sah zu den Nurgor hinüber. Diejenigen, die er gerade hatte angreifen wollen, lagen tot am Boden. Er sah wieder den Hang hinauf, beobachtete die Bäume, hielt Ausschau nach Bewegungen. Plötzlich flog ein weiterer Steinschauer an ihm vorbei und prasselte auf die Nurgorhorden nieder. Jeder einzelne Stein traf ins Ziel und fällte es.

Langsam breitete sich ein Lächeln auf Mittnis Gesicht aus. Ja, waren das denn wirklich …?

Zwei Gestalten erschienen zwischen den Bäumen und rasten mit bestürzender Geschwindigkeit auf ihn zu. Neben ihm kamen sie schlitternd zum Stehen und schickten eine weitere Ladung Steine durch die Luft.

«Warum tust du denn den Hang hinunterkullern, Mittni?», fragte Kik-Eritee ernst. Er sah ihn an mit seinen herzvollen Augen und machte ein ratloses Gesicht.

«Was?» Mittni erhob sich.

«Du bist den Hang hinuntergefällt, gerade eben nur.» Kik-Eritee legte den Kopf schief.

«Weil ich dachte, dass mich jemand von hinten angreift, also habe ich mich fallen gelassen … verstehst du?» Er versuchte gestenreich, seine Worte zu verdeutlichen. Kik-Eritee schien nicht zu verstehen.

Kishmish richtete sich auf, klopfte sich den Staub von seinem ergrauenden Fell und legte eine Hand lässig auf den Griff seines schmalen Schwerts. Er sah aus, als würde er für ein Gemälde posieren. Sein Fell war lichter als das von Kik-Eritee, und die Locken auf seiner Brust waren weiß. Die beiden Plimpe schienen sich der Kämpfe gleich neben ihnen kaum bewusst zu sein.

«Mittnis», sagte Kik-Eritee. «Lass mich dich machen tun die Bekanntschaftlichkeit von …», er legte eine dramatische Pause ein, «… Großgeneral Kishmish.»

Das Pelzwesen wandte ihm den Kopf zu und streckte ihm die Hand entgegen. «Dann bist du der Barue Mittnis, vermutlig?» Er klappte eine buschige Augenbraue nach oben und sah ihn mit seinen braunen Augen an. Hinter ihm nickte Kik-Eritee und beugte sich demonstrativ immer wieder nach vorn.

Mittni verbeugte sich. «Mein Name ist Mittni, Großgeneral.»

«Mein Gütlichkeit, Mittnis.» Kishmish zog die Brauen zusammen. «Wir sind im Krieg! Keine Zeiten für solche Förmligkeit. Lauter Verbeugsungen und alles! Bevor man sich versehen tut, sind alle tot!» Den letzten Satz unterstrich er mit einer seltsamen Handbewegung. Seine Stimme klang nicht viel anders als die von Kik-Eritee, das heißt, sie schien ebenfalls durch eine viel zu enge Luftröhre gepresst zu werden; nur ergab sich ein etwas tieferer Ton.

Mittni hatte sich rasch wieder aufgerichtet und sah im Augenwinkel, wie Kik-Eritee zustimmend nickte. Kishmishs Gefühle waren jedoch offensichtlich: Er war mehr als glücklich über seine Respektsbekundung. Der Barue hatte keine Ahnung, wie durch seine Verbeugung alle sterben sollten, falls der alte Plimp das so gemeint hatte. Er wollte besser nicht nachfragen. Schließlich waren sie Plimpe und unterlagen somit nicht den Beschränkungen, die der gesunde Menschenverstand mit sich brachte.

Mittni deutete auf den Nurgor-Häuptling.

«Ich muss an diesen Häuptling herankommen», erklärte er. «Und ihm General Marnus' Leichnam wieder abnehmen.»

«Nun, dann tun wir mal gehen tun», sagte Kishmish, als

hätte Mittni vorgeschlagen, einen kleinen Spaziergang zu unternehmen. «Ich habe Kiks noch einiges zu zeigeren über Schwerterkampf.»

Kishmish zog sein elegant geschwungenes Schwert und hielt es in die Höhe.

«Angriffe!», schrie er schrill und zugleich irgendwie würdevoll.

Mit gezückten Waffen stürmten die drei los. Auch Kik-Eritee hielt ein Schwert in der Hand, obwohl Mittni sicher war, dass er eben noch keines gehabt hatte.

Während sie sich dem Feind näherten, flog ein weiterer Steinhagel über sie hinweg und fällte die vordersten Nurgor, sodass sie leichter in ihre Reihen eindringen konnten.

Mittni duckte sich unter einem schwerfälligen Keulenhieb weg und eilte auf den Häuptling zu. Drüben waren die Nurgor immer noch in den Kampf mit Major Wingnuts Leuten verwickelt. Das entblößte ihre Flanke. Der Häuptling machte sich bereits auf den Weg zurück ins Zentrum der Schlacht, also verdoppelte Mittni seine Anstrengungen. Er wich allen Kampfhandlungen aus und nutzte seine Waffe nur, um Angriffe abzuwehren oder wenn ihn ein Untier partout nicht vorbeilassen wollte. Wenn er nur schnell genug vorankam, brauchte er auf seine Rückendeckung nicht zu achten. Was passieren würde, sobald er den Häuptling erreicht hatte, darüber brauchte er sich noch nicht den Kopf zu zerbrechen.

Vor ihm tauchte ein Nurgor mit dunklem Pelz auf und knurrte ihn an. Er war mit einer Keule und einer Art Speer bewaffnet. Die Keule war keine handwerklich hergestellte Waffe, sondern nur ein abgebrochener Ast, und der Speer bestand aus einem langen Stück Hartholz, an dessen Spitze ein gezacktes Metallstück festgebunden worden war. Nichtsdestotrotz waren es gefährliche Waffen.

Mittni blieb stehen und hoffte darauf, dass das Untier ihn angreifen und eine Schwachstelle offenbaren würde. Aber es stand nur schnaubend da. Hinter ihm konnte der Barue die Leiche des Generals sehen. Er war so nahe dran!

Er riss das Schwert hoch und versuchte den Nurgor zu durchbohren, aber der wehrte den Angriff mit einem heftigen Keulenschlag ab. Mittni tat sofort der ganze Schwertarm weh. Ihm blieb keine Zeit, den verblüffend schnellen Angriff des Nurgors zu verdauen. Die schartige Speerspitze schoss auf sein Gesicht zu, und er sprang beiseite. Als er wieder sicher stand, war der Nurgor schon vor ihm und versperrte ihm den Weg zum Häuptling.

Neben ihm tauchte Kishmish auf.

«Komm, Mittnis, lass mich dir helfen tun», sagte er, als ob der Barue Schwierigkeiten mit einer von Onkel Thybils Rechenaufgaben hätte. «Warum tust du nicht einfach den unbesieglichen Zug machen?»

Mittni antwortete nicht. Sie befanden sich mitten in einer Schlacht, er war müde, er starrte von Blut und Schweiß, und er kam allmählich außer Atem. Das war definitiv nicht der richtige Zeitpunkt, um sich mit den Gedankengängen eines Plimps auseinanderzusetzen.

Hinter ihnen kämpfte Kik-Eritee auf seine eigene Art gegen die Nurgor. Rufe wie «Hab dich!» und «Ätschibätsch!» schallten herüber.

«Komm, ich tu dir zeigen.»

Der Nurgor vor ihnen holte knurrend aus. Ein Treffer würde sie definitiv beide von den Füßen fegen. Kishmish hob sein Schwert und ließ die volle Wucht des Angriffs auf die schmale Klinge knallen. Sie zuckte keinen Zentimeter. Er funkelte das Untier böse an.

«Du tust gefälliglich warten, bis wir weit genug sind!» Er

wandte sich an Mittni. «Aufgepasst, so tut das gehen. Es heißert der unbesiegliche Zug.»

Der Nurgor stieß einen verblüfften Grunzlaut aus, als der alte Plimp die Keule mit einem Schlenker seines Handgelenks zurückwarf. Er hielt sein Schwert wie ein Dirigent über dem Kopf, den Griff zwischen Daumen und Zeigefinger. Dann setzte er einen seiner pelzbewachsenen Füße vor und schwang den rechten Arm in einem eleganten Bogen. Die linke Hand hielt er hinter dem Rücken. Mittni war sich nicht sicher, ob das nur aus Gründen des Stils erfolgte oder zu diesem «unbesieglichen Zug» gehörte. Der Nurgor holte mit seinem Speer aus und wollte den Plimp aufspießen. Aber bevor er dazu kam, malte Kishmish mit der Klinge einen Schnörkel in die Luft, der vor dem plumpen Hals endete. Der Kopf des Untiers plumpste herunter, es fiel mit einem gurgelnden Geräusch nach vorn, und zwischen den Schultern sprudelte Blut hervor.

Noch während der Nurgor zu Boden ging, sah Kishmish den Barue an – seine Miene bedeutete wohl etwas wie *Siehst du, so geht das.* Mittni nickte. Nun war der Weg zum Häuptling frei.

Er konzentrierte sich, und um ihn herum wurde die Welt still. Sein eigener Atem klang ihm in den Ohren, und er war sich des Culmus in seiner Hand seltsam bewusst. Der Häuptling, der ihm den Rücken zukehrte, war nur noch wenige Meter vor ihm, als Mittni sein Schwert hob und herausfordernd schrie.

Wie er es erwartet hatte, fuhr das Untier herum und ließ die Arme mit dem toten General sinken. Im Vorbeilaufen versetzte der Barue dem Häuptling einen Schwerthieb. Gegen einen solch großen Gegner waren Schnelligkeit und Beweglichkeit seine besten Waffen. Er wollte ihn umrunden und in den Rücken stechen, aber der Nurgor war bereits einen Schritt zurückgegangen und schleuderte ihm den gepanzerten Leichnam des Generals entgegen.

Mittni sprang zur Seite und versetzte dem Nurgor einen Hieb. Blut troff die Brust des Untiers hinab. Es schien den Treffer nicht zu spüren und schlug mit der bloßen Faust zu. Sie traf Mittni direkt aufs Brustbein.

Er wurde emporgerissen und knallte zu Boden. Ihm blieb die Luft weg. Er drückte sich hoch und dehnte den Oberkörper, um wieder atmen zu können. Aus den Augenwinkeln sah er etwas auf sich zufliegen. Rasch rollte er sich zur Seite, und wo er eben noch gelegen hatte, wurde der Boden mit einem dumpfen Schlag aufgerissen. Der Nurgor hob die schwere Keule erneut – Mittni hatte keine Ahnung, woher er sie so schnell bekommen hatte – und brüllte.

Wieder erbebte Mittnis Brust bei dem Ton, und diesmal tat es richtig weh. Hufe stampften auf ihn los, und er sprang auf.

Der Barue nahm den übrigen Schlachtenlärm gar nicht mehr wahr; sämtliche Nerven seines Körpers konzentrierten sich auf seinen Gegner, der aus Augen, die eine fast menschliche Intelligenz vermuten ließen, auf ihn herabblickte.

Mittni beschrieb mit der Spitze seines Culmus kleine Kreise, während er geduckt auf den nächsten Zug des Häuptlings wartete. Der kam wieder blitzschnell: ein weiter Schwung mit der Keule, der ihm eine Lücke bot. Mittni täuschte einen Angriff vor, und tatsächlich: Die Lücke in der Deckung war bewusst gelassen worden – das Untier schoss mit dem Kopf nach vorn und versuchte ihn mit seinen Hauern zu erwischen. Mittni wartete noch einen Moment länger, dann stürzte er los. Er stieß dem Untier seinen Culmus in den Kopf, als dieser zurückschwang. Die scharfe Klinge drang durch die Lederhaut.

Blut spritzte in alle Richtungen. Mittni wurde das Schwert entrissen, also zog er rasch einen Dolch aus seinem Gürtel und rammte ihn dem Nurgor in die Flanke. Der Häuptling brüllte vor Schmerz. Mittni stand jetzt so dicht bei ihm, dass ihn statt der Keule nur noch der massige Arm traf. Raues Fell kratzte über sein Gesicht, und ihm stach ein Gestank in die Nase, der ihn fast ohnmächtig werden ließ. Die Keule fiel zu Boden. Das Untier taumelte und brach in die Knie. Als es ganz umfiel, rollte sich der Barue rasch zur Seite. Er durchbohrte ihm die Brust, es verkrampfte sich, dann fiel es auf den Rücken, und sein Kopf sank zur Seite.

Lärm wehte zu ihm herüber. Wie aus weiter Ferne hörte er Jubelschreie aus zahlreichen Kehlen. Benommen sah er zu, wie Major Wingnut und die anderen den letzten Nurgor töteten, der sie von ihm trennte. Nun nahm er auch die anderen Schlachtgeräusche wieder wahr, und als er über die Köpfe hinwegschaute, erblickte er das Banner Polgarens – es war viel näher als vorhin. Er sah sich um, konnte aber weder Kishmish noch Kik-Eritee entdecken. Bei den Bäumen glaubte er eine Bewegung zu erahnen. Überall um ihn herum lagen tote Nurgor – Nurgor, die nicht er getötet hatte.

Einige Nurgor griffen Major Wingnuts Trupp an. Vielleicht hofften sie darauf, den Tod ihres Häuptlings rächen zu können, aber die Numenii wurden rasch mit ihnen fertig.

Mittni stolperte zu General Marnus' Leichnam, und wenn er nicht so erschöpft gewesen wäre, hätte es ihn überrascht, sie in das Banner gehüllt vorzufinden. Er zog das Stück Stoff unter dem Leichnam hervor und drückte es dem nächstbesten Soldaten in die Hände. Dann schleppte er den toten General zusammen mit Major Wingnut und zwei weiteren Männern zurück hinter die Kampflinie.

Wenn er tief einatmete, schmerzte seine Brust, aber ansonsten war er zu müde, um mögliche weitere Wunden zu spüren.

Immer mehr hilfreiche Hände griffen zu, und so konnte Major Wingnut in die Schlacht zurückkehren. Es konnte nicht mehr lange dauern, bis die Nurgor geschlagen waren.

Als Mittni endlich in Sicherheit und von seiner Last befreit war, ließ er sich zu Boden fallen und stieß einen tiefen Seufzer aus. In einiger Entfernung flatterte wieder das Banner der Numenii, und bald vereinte es sich mit dem der Polgaren.

✦ ✦ ✦

Bryn war verblüfft, wie schnell Perduellis laufen konnte. Er flog geradezu durch das halbe Regere Mansionum und dann hinunter zu den unterirdischen Ebenen der Insel. Wenn er um eine Ecke verschwand, drohte er ihnen zu entwischen, denn seine Schritte wurden von allen Seiten der metallischen Kammern zurückgeworfen.

Immer tiefer folgten sie ihm in das unterirdische Labyrinth, immer tiefer drangen sie unter die Hauptstadt und in die riesenhaften, unbegreiflichen Mechanismen vor, mit denen die schwimmende Stadt manövriert wurde. Ein beunruhigendes Grollen hallte durch die Gänge wie das Brüllen eines Monsters.

Der Gang öffnete sich zu einer riesigen, höhlenartigen Halle, in der mehrere Tunnel aufeinandertrafen. Dicke Balken und Seile verliefen kreuz und quer an der Decke wie Spinnweben. Ein Geländer umlief einen Abgrund über tosenden Fluten und wirkte vor der riesigen Maschinerie hinter dem Wasser wie eine Reihe aufgestellter Zündhölzchen.

Nun hatten sie ihn. Aber welche Überraschungen hielt er noch für sie bereit? Warum lief er hierher, wo es keine Fluchtmöglichkeiten gab? Verfügte er über eine ihnen unbekannte Waffe oder irgendwelche Verbündete?

Bryn sah sich misstrauisch um, während er hinter Rameon auf die gewaltigen Räder zuging. Langsam wurden ihm die Arme schwer, aber diesmal wusste er es besser; er würde den Denkmeister nicht noch einmal einfach irgendwo ablegen.

Der Hochinquisitor schleuderte Rameon einen Zauber entgegen, und Bryn spürte, wie sich der Körper des Säuglings versteifte. Fasziniert erlebte er in der Unsichtbaren Welt mit, wie Vallon den verderbten Zauber unschädlich machte, indem er ihn aufspaltete. Rameon blieb Perduellis, der zu einer Plattform aus dickem, klarem Glas lief, dicht auf den Fersen.

Bryn hielt Vallon gut fest und folgte ihnen. Sie liefen an mehreren Gangöffnungen vorbei. Wieder neutralisierte der Denkmeister einen Zauber von Perduellis. Schließlich holte Rameon ihren Feind ein und führte einen Schwertstreich gegen dessen Kopf.

Perduellis tauchte darunter hinweg, war jedoch zu langsam, um dem zweiten Hieb des Prinzen auszuweichen. Stattdessen riss er eine Hand hoch und wehrte die Klinge mit einem Kraftfeld ab. Und auf einmal hielt der Thronräuber ein glühendes Schwert in der Hand und ließ flammende Angriffe auf seinen Gegner niederprasseln. Bryn konnte über dem Tosen des Wassers kaum etwas hören. Flammenzungen fauchten durch die Luft, Glut stob über die Kämpfenden hinweg. Sie brannte Löcher in Perduellis' Gewand, ließ seine Haut jedoch unversehrt. Rameon hingegen schrie auf, als ihn der erste Funkenregen traf. Doch war der Schmerz in seinem Innern größer, und so griff er voller Zorn an.

Vallon neutralisierte weiterhin fleißig Perduellis' dunkle Magie, hatte aber immer mehr Mühe damit. Zunächst wartete Bryn ab, wie sich der Kampf entwickelte, dann jedoch gab er dem Säugling über ihren Körperkontakt etwas von seiner eigenen Stärke ab. Prompt spürte er die Dankbarkeit des Denkmeisters – eine solche Gefühlsregung von jemandem, den er bislang nur als boshaft und missgünstig erlebt hatte, erwischte ihn so unvorbereitet, dass Bryn beinahe die Verbindung verloren hätte.

Der Prinz und der Thronräuber kämpften auf der durchsichtigen Plattform miteinander, direkt über dem aufgewühlten Wasser. So geschickt Rameon seine Klinge auch führte, Perduellis trieb ihn mit den mächtigen Kräften seiner bösen Waffe bis gegen das Geländer. Verzweifelt verteidigte der Prinz sich.

Vallon gelang es mit Bryns Hilfe, den Wahnsinn aus dem Ergeomorphismus zu extrahieren und so die Intensität des Flammenschwerts abzuschwächen. Anschließend legte der Barue den Denkmeister einfach auf dem Boden ab. Zwar verscherzte er es sich dadurch gleich wieder mit ihm, aber seiner Meinung nach konnte der Säugling von dort unten aus genauso gut kämpfen; und er hatte es satt, einfach nur nutzlos zuzusehen, wie Rameon von ihrem Feind bedrängt wurde. Er beachtete den entrüsteten Denkmeister nicht weiter und stürzte sich in den Kampf.

Die Beleidigung schien die Sache wert zu sein, denn Sekunden nachdem er dem Prinzen zu Hilfe geeilt war, landete dieser einen Treffer auf Perduellis' linker Hand. Der ließ die verderbte Waffe los, die zischend in das aufgewühlte Wasser fiel und in einer kochenden Dampfwolke versank.

Bryns Schwert blitzte im unheimlichen Licht der flammenlosen Lampen weiß auf; er stieß zu, und als er es zurückzog, war die Klinge rot. Perduellis packte den Stoff seines Gewands, auf dem sich frisches Blut ausbreitete, und starrte Rameon ungläubig an, der sein Schwert nun seinerseits bis zum Griff in die Brust des Verräters trieb, sodass es stecken blieb. Dann versetzte der Prinz Perduellis einen Faustschlag ins Gesicht. Der Hochinquisitor wankte und stürzte, wie schon sein Flammenschwert, über das Geländer.

Sein Schrei wurde von der Maschinenanlage übertönt. Um sich schlagend, klatschte er auf das Wasser. Sein weißes Gewand blähte sich auf, als ob die darin lebenden Dämonen versuchten, dem Schicksal ihres Herrn zu entgehen. Am Ende blieb nur eine rötliche Spur von ihm im Schaum zurück.

Rameon taumelte und hielt sich am Geländer fest. «Danke», keuchte er. «Fast hätte er mich erwischt.»

Bryn packte ihn bei der Schulter. Der Prinz zuckte zusammen, und dem Barue fielen die Verbrennungen wieder ein, die Rameon erlitten hatte.

Dann ging er zurück, um Vallon aus seiner misslichen Lage zu befreien. Zu seiner Überraschung und Freude fuhr ihn der Denkmeister nicht an, im Gegenteil: Mit einem Glucksen, das fast schon nach einem echten Säugling klang, winkte er munter mit seinen Ärmchen.

✦ ✦ ✦

«Asche zu Asche, Staub zu Staub …», sagte Bruder Maxwell düster. Er bewegte sich ziellos über das verlassene Schlachtfeld. Hier und da verspritzte er einige Tropfen Weihwasser und murmelte Verse oder Gebete. So weit man sehen konnte, lagen überall Tote. Er hatte eine undankbare Aufgabe, und er war auch nicht mit dem Herzen dabei. Nur aus Pflichtbewusstsein machte er weiter. Mehr konnte er nicht tun.

«Nackt sind sie aus ihrer Mütter Leiber gekommen, und nackt fahren sie wieder hin …»

Diese Männer waren nicht nackt – sondern mit Rüstungen gepanzert, in Blut gewandet, mit gebrochenen Knochen und Eisen gekrönt. Viele von ihnen waren regelrecht unter Schutt und Asche begraben. Aller Unterschiede beraubt, lagen Freunde wie Feinde im Tod nebeneinander.

Der Mönch ging noch ein paar Minuten umher, dann stolperte er über ein Banner und musste sich auf einer daneben liegenden Leiche abstützen. Er war völlig am Ende. Mit leerem Blick setzte er sich auf einen bemoosten Felsen und starrte über das Leichenfeld. So saß er noch da, als Mittni zu ihm kam. Der Barue legte dem Mönch beruhigend eine Hand auf die Schulter, dann half er ihm auf und führte ihn fort zu ihrem behelfsmäßigen Lager.

Wie er das alles ertragen konnte, wusste der Barue selbst nicht. Wahrscheinlich lag es an der Ausbildung bei den Culmus Sangui, denn noch vor einem Jahr hätte sich ihm allein bei dem Gedanken an ein solches Blutvergießen der Magen umgedreht – ganz zu schweigen davon, in den vordersten Reihen zu kämpfen.

Konnte es Schlimmeres geben? Andererseits: Wie hätte es hier erst ausgesehen, wenn die Numenii und die Nurgor vereint über die Polgaren hergefallen wären?

Sie betraten das schmutzstarrende Lager und grüßten die schmutzstarrenden Gestalten mit bitterem Kopfnicken. Unter all den leuchtenden Charakteren – den Culmus Sangui, den Raben und den Loyalisten – war nicht einer, dessen inneres Licht lebhaft oder fröhlich flammte. Alle Augen waren zu Boden gerichtet, offen gezeigt wurden allein die Verwundungen: nicht aus Stolz, sondern um sie versorgen zu lassen, denn die Überlebenden fühlten sich schuldig, dass sie weiterleben durften, wo so viele gute Seelen hatten sterben müssen.

Überall sah Mittni Schmerz und Trauer; spüren konnte er in den Soldaten jedoch auch eine vage, gedämpfte Erleichterung darüber, dass der Albtraum vorüber war. Nur dass sich das Leben nach dem Erwachen nicht als sonderlich besser erwies. Etliche Verwundete sehnten ihren Tod herbei, und einige würden gewiss noch Erlösung finden – falls es so etwas wie Erlösung gab.

«Sieht ganz so aus, als hätten wir Erfolg gehabt.» Sir Humphrey kam, auf eine Krücke gestützt, zu ihm herübergehumpelt. Er stützte sich auf sie, um sein gebrochenes Bein zu schonen. «Die Hauptstadt ist wieder in unserer Hand.»

«Ist Bryn am Leben?» Endlich konnte Mittni jemandem die Frage stellen, die ihm seit dem Ende der Schlacht im Kopf herumschwirrte. Angesichts des Leichenfelds drüben war ihm die Frage deplatziert erschienen, aber nun, da Humphrey die Eroberung von Armaah selbst erwähnt hatte …

«In der Tat ist unsere alte Truppe wohlauf. Bryn, Eridanus, Galar – ich glaube, bei denen ist es besser gelaufen als bei uns.»

Erleichtert schloss Mittni die Augen.

«Allerdings klangen sie trotz des Sieges gehetzt. Im Imperium geht es drunter und drüber. Ein Großteil von uns wird morgen nach Süden aufbrechen.»

Er erhielt keine Antwort.

Sir Humphrey beugte sich zu dem Barue hinunter und lachte leise. Das Wissen, dass seine Freunde in Sicherheit waren, hatte Mittni prompt einschlafen lassen.

Am nächsten Tag geisterte dem Barue Calaspias größte Feldschlacht seit dem Krieg um das Tor nur noch wie Bilder eines Albtraums durch den Kopf. Doch die Schmerzen und die Abwesenheit mancher Kameraden erinnerten ihn daran, dass es Wirklichkeit war.

Während Mittni eine Runde durch das Lager drehte, wurde er immer wieder von Überlebenden mit Jubel begrüßt.

Zunächst wusste er nicht, wie er reagieren sollte, und winkte verlegen. Das kam ihm dann doch ein wenig zu banal vor; also verlegte er sich darauf, sich mit der Faust auf die Brust zu schlagen. Was wiederum vielleicht doch ein bisschen übertrieben war. Am Ende begegnete er den Hurrarufen damit, dass er siegreich eine Faust in die Luft reckte.

Er war nicht der einzige Held. Hunderte Soldaten würden mit Orden ausgezeichnet und befördert werden – als Auszeichnung für ihren Mut, aber auch einfach, um die Gefallenen zu ersetzen. Schon gingen Geschichten um, die später einmal zu Legenden werden würden. So, wie ja offensichtlich auch schon im ganzen Lager über seine Meisterleistung geredet wurde.

Sir Humphrey, General Hornbeam, Major Wingnut und General Wainwright befanden sich in einer Besprechung. Als Mittni den Kopf einzog und das Zelt betrat, spürte er, dass Entscheidungen getroffen worden waren.

«Die Hälfte unserer Truppen kann sofort zurückkehren», sagte Sir Humphrey leise zu ihm. Die anderen zeichneten gerade etwas in eine Karte ein.

«Und Ihr?», fragte er.

Humphrey hob die Krücke. «Ich bleibe hier und beaufsichtige das Großreinemachen. Mit diesem Bein kann ich nicht reiten!»

Mittni wandte den Kopf in Richtung Schlachtfeld. Er bildete sich ein, den Gestank selbst hier drin noch riechen zu können.

«Dieses Großreinemachen dagegen überlasse ich den Magiern.» Humphrey machte ein finsteres Gesicht. «Die beiden Generäle haben einer gemeinsamen Kampagne zur Vernichtung der restlichen Nurgor und Sicherung der Grenzen zugestimmt. Und da komme ich ins Spiel, wobei ich an den Schreibtisch gebunden sein werde – schon wieder.»

Cunar trat ins Zelt, in der einen Hand eine verdreckte Flasche, in der anderen ein Handtuch. Er hatte sich trotz der Kälte ein ausgedehntes Sonnenbad gegönnt. «Die Raben sind bereit. Lass uns heimkehren.»

Er strich Mittni mit dem Finger über die Wange und schnupperte daran. «Du brauchst dringend ein Bad!»

✦ 12. KAPITEL ✦

Zukunftspläne

Du brauchst dringend ein Bad!» Bryn rümpfte die Nase. Dann umarmte er seinen Freund stürmisch.

Die letzten paar Soldaten ließen sich aus den Satteln gleiten und wurden sofort von Gratulanten nach Eisenfels hineinbegleitet.

«Das ist nur der Dreck vom Reiten», sagte Mittni. «Du hättest mich nach der Schlacht sehen sollen.»

«Die Schlacht! Ich habe natürlich gehört, wie sie ausgegangen ist, aber keine Einzelheiten – nur von Humphreys und Hornbeams Erfolg, von General Marnus' Tod und Major Wingnuts Beförderung.»

Mittni starrte Thybil entrüstet an. «Von mir hast du nichts erzählt?»

Der alte Barue hob abwehrend die Hände. «Ich habe Bryn gesagt, dass du in Sicherheit bist.»

«Bloß hatte ich keine Ahnung, dass du immer noch selbst auf dem Rücken eines Pferdes quer durchs Imperium reisen konntest! Du hättest ebenso gut verwundet sein können», sagte Bryn. «Ich wollte schon fast selbst auf der Suche nach dem Heer in die Säbelzahnberge reiten, aber Thybil hat mich zurückgehalten.»

«Sei froh, dass ich dir das erspart habe», brummte der Alte. «Nun, wie wäre es, wenn ihr bei einer Bürste und einem Kübel Wasser weiterredet?»

«Wasser?», wiederholte Mittni ungläubig. «Ich will baden, aber in Swigny!»

Thybil begrüßte die Raben und einige andere Eisenfelser Soldaten, die nicht nach Hause oder zu ihren jeweiligen Garnisonen zurückgekehrt waren, und die beiden jungen Barue spazierten zu dem kleinen Wasserfall hinüber, bei dem sie an sonnigen Tagen gern ein Bad nahmen.

«Du glaubst nicht, wie diese Woche dahingekrochen ist!», stöhnte Bryn. Während alle anderen mit wichtigen Aufgaben beschäftigt gewesen waren, hatte er nichts zu tun gehabt – von den üblichen Aufgaben in der Festung einmal abgesehen, belanglosen Tätigkeiten, bei denen er sich weder anstrengen noch groß nachdenken musste. Das hatte dazu geführt, dass er nicht nur in seiner freien Zeit, sondern den ganzen Tag lang darüber nachdachte, wie es Mittni wohl gerade erging.

«Dahingekrochen, wenn man in Eisenfels herumfaulenzen kann wie eine Eidechse auf einem Stein? Ha! Verbring du mal eine Woche im Sattel, und das nach der größten Schlacht seit dem Krieg um das Tor – *dann* können wir uns nochmal über ein verschobenes Zeitgefühl unterhalten.»

«Ich meine doch nur, ich hab dich vermisst, du Elolan.» Bryn merkte, wie sehr sich Mittni durch das Soldatenleben verändert hatte: dieses großspurige Gehabe, diese Spöttelei. «Ein Hu-Barue, der sich endlich in einer Schlacht Ruhm und Ehre verdient hat … Und Bartholdi weiß nicht einmal, dass du gekämpft hast, oder?»

Wie sich die Barue von Eisenfels später einig waren, waren genau das die unglaublichen, heldenhaften Abenteuer, die Siftex besingen sollte. Bryn konnte sich kaum mehr erinnern, wann er das letzte Mal einem Schrammel gelauscht hatte.

«Elyon sei Dank, hat er es nicht schon vorher gewusst!» Mittni sah sich hoffnungsvoll um. «Ist er hier?»

«Und was habe ich sonst noch verpasst?», fragte Mittni, während sie zum Wasserfall hinüberschlenderten.

Einige barfüßige Kinder, die sich darüber freuten, dass Mittni wieder da war, liefen ihnen kreischend nach. Er fuhr herum und brüllte wie ein Löwe. Die Kinder schrien auf. Lachend griff er sich das nächstbeste und wirbelte es durch die Luft.

«Ich auch! Ich auch!», riefen die anderen.

Er stöhnte auf. «Oje, da habe ich mir ja etwas eingebrockt.» Dann sah er, was sie ihm zur Begrüßung mitgebracht hatten: Brot, Käse und Hähnchen. Hungrig machte er sich darüber her.

Bryn ging in die Hocke und sagte: «Onkel Mittni ist sehr müde. Ihr dürft ihm so viel Essen bringen, wie ihr mögt, aber sagt allen, dass er ihnen jetzt noch nichts erzählen kann.» Sie sahen ihn mit großen Augen an und nickten. «Er ist müde und hungrig – und er stinkt.»

Die Kinder lachten. «Er stinkt! Er *stinkt*!» Sie gaben den beiden das restliche Essen und liefen zu ihren Freunden und Eltern davon, um damit zu prahlen, dass sie den heldenhaften Krieger schon gesehen hatten.

«Solche Sachen hast du verpasst», sagte Bryn.

«Ja, und das hier», sagte Mittni kauend. «Beim Heer gab es nur mickrige Portionen, und dafür mussten wir noch ewig anstehen.» Er zog sich noch während des Essens aus; dabei kam eine bunte Sammlung an Abschürfungen und blauen Flecken zum Vorschein. Sein Körper wies auch einige Schnittwunden auf, die aber gut gesäubert und versorgt worden waren.

Die schlimmsten Verletzungen heilte Bryn gleich, damit Mittni die Verbände abnehmen konnte. Als der Hu-Barue sich ins Wasser sinken ließ, dankte Bryn Elyon dafür, dass er seinen Freund beschützt und ihnen den Sieg gebracht hatte. Er hatte sich diesen Tag eine Woche lang ausgemalt: Wie Mittni auf einem Schlachtross sitzend an der Spitze der siegreichen Raben zurückkehren würde. Manchmal hatte er sich vorgestellt, wie sein Freund von Tausenden jubelnden Numenii-Soldaten und bulligen Männern in Fellen umringt wurde – Letztere hatten die Polgaren darstellen sollen. Natürlich war es eher unwahrscheinlich, dass die Nordmänner nach Eisenfels kamen, aber so hatte er es sich eben ausgemalt. Und nun, da der ersehnte Tag gekommen war, spielte sich alles ganz anders ab. Das Leben hielt sich selten an die Vorstellungen, die man sich davon machte.

«Die Leute, die mit dir im Norden waren, halten dich anscheinend für einen Helden.» Bryn warf ihm den Schwamm zu, den sie in einer Felsspalte aufbewahrten.

«Ehre, wem Ehre gebührt!» Der Hu-Barue schrubbte sich so kräftig ab, dass sich das Wasser braun färbte.

«Aber dazu gehört schon etwas mehr, als nur Humphrey und Hornbeam zur Grenze zu begleiten, hm?»

Mittni ließ sich nicht lange bitten und erzählte ihm seine Geschichte. Bryn sollte sie an diesem Tag noch öfter hören – mit den unterschiedlichsten Ausschmückungen.

Schließlich stieg Mittni sauber aus dem Wasser. Da sie keine Handtücher dabeihatten, legte er sich auf seinen schmutzigen Kleidern in die Sonne. «… und dann fassten die Numenii durch die Rettung des Banners neuen Mut, und die Schlacht war gewonnen. Und jetzt du. Erzähl mir, was passiert ist – und lass ja nichts aus.»

Der Hu-Barue machte sich über die restlichen Gaben der

Kinder her. Bryn versuchte, seine Erlebnisse so lebhaft und aufregend zu schildern wie bei einer Runde Questus.

«Ach, dann sind Rameon und Peasmi wieder hier?»

Bryn nickte. «Peasmi wollte nicht in Armaah bleiben und auch nicht, dass irgendjemand anders dorthin geht, bevor der alte Glanz wiederhergestellt ist. Die Regierungsinsel bleibt so lange von den anderen getrennt, bis sie weit genug hergerichtet ist, dass sie wieder ihre alte Funktion erfüllen kann. Ich hoffe nur, die beiden können an glücklichere Zeiten denken, wenn sie dann wieder im Regere Mansionum leben, und nicht immer nur an das, was sie zuletzt dort erlebten.»

«Und was genau tun die beiden jetzt?»

«Natürlich haben sie erst einmal um Aurgelmir getrauert, aber inzwischen arbeiten sie sehr viel, und das tut ihnen gut. Es gibt ja auch mehr als genug zu tun. Ich bin heilfroh, dass sie mich nicht für den Wiederaufbau eingeteilt haben. Wenn ich bloß daran denke, was da alles an körperlicher Arbeit zu leisten ist – und dann auch noch die ganze Verwaltung des Reichs. Nur Elyon weiß, wie sie das schaffen sollen.»

«Und wie steht es mit dem Wahnsinn? Ist die Gefahr vorbei?»

«Offenbar sind nur kleine Gebiete betroffen. Sonst würde es in der Hauptstadt viel schlimmer aussehen. Anscheinend haben die Menhire nur als Leiter gedient und nicht als Speicher … Wie auch immer, jedenfalls hat Eridanus noch am selben Tag einen Strudel aufbauen lassen, der nun allmählich die verderbte Energie aus dem Gebiet abzieht. Mit Hilfe des Garagolds in der Ratshalle wird der Wahnsinn in seinen natürlichen Strom zum Born umgeleitet, und durch den sollte er dann in die Geisterwelt zurückfließen.»

«Klingt gut», sagte Mittni mit vollem Mund. «Dann kommt also alles wieder Ordnung, ja?»

«Scheint so. Ohne die fortdauernde Verseuchung des Landes durch die Menhire, sagt Eridanus, sollte die Hauptstadt in ein paar Tagen nur noch ‹mäßig gefährlich› sein. Ab nächster Woche sollten Baumagier den Handwerkern mit einfachen Schneide-, Levitations- und Transportzaubern helfen können, die Insel wieder bewohnbar zu machen.»

«Aber was ist mit Eridanus und Djutoris? Es kann doch nur einen Hohen Lehrmeister geben. Und ist Eridanus nicht immer noch zum Tode verurteilt?»

«Nun, nachdem sie in Armaah so weit fertig waren, sind sie nach Itrim gereist. Djutoris hat offiziell auf das Amt des Hohen Lehrmeisters verzichtet und erklärt, dass er Eridanus für unschuldig hält, was das Attentat auf Imperator Opeion betrifft. Laut Thybil stehen die Dinge gut. Von dem Todesurteil redet niemand mehr. Was allerdings zugleich auch ein schlechtes Zeichen ist, denn es bedeutet, dass die Leute nachsichtiger werden, was die Nutzung des Wahnsinns betrifft.»

Eine Wolke verhüllte die Sonne, und Mittni überlief ein Zittern.

Trotzdem wollte er noch mehr von Bryn erfahren.

«Und wie reagieren die Leute auf den Machtwechsel und das alles?»

Bryn hatte damit gerechnet, dass es politisch drunter und drüber gehen würde, aber im Grunde war kaum etwas zu spüren. Der Durchschnittsbürger wusste bisher weder von dem heldenhaften Kampf gegen den Hochinquisitor und dessen Tod noch dass Aurgelmir gestorben war, der sich seit der Gründung der Inquisition ohnehin rar gemacht hatte. Da es ganz normal war, nichts von Seiner Imperialen Majestät zu hören, wollten die Loyalisten diesen Umstand nutzen und seinen Tod erst bekanntgeben, wenn ein reibungsloser Übergang zur neuen Regierung gewährleistet war.

«Was ist mit Eisenfels? Die Zeiten, wo wir untergetaucht bleiben müssen, sollten doch jetzt vorbei sein.»

Die ganze eigentlich eher passiv-abwartende sogenannte Rebellion hindurch hatte keiner der Anführer der Loyalisten so viel zu tun gehabt wie in diesen Tagen. Gewiss, die Schlacht war gewonnen, aber noch nicht der Krieg: Sie stellte einen Wendepunkt dar und war eher Anfang als Ende. Und so war aus der Zuflucht Eisenfels die Zentrale für den umfassenden Wiederaufbau des Imperiums geworden.

Als es Mittni schließlich doch zu kalt wurde, gingen sie zurück zur Festung, wo er sich frische Sachen anzog. Dann schlenderten sie zu den Gemeinschaftsanlagen der Festung hinüber. Draußen im Hof zwischen den Wohnräumen und dem Speisesaal wurden sie von einer noch ungewaschenen Gruppe Raben begrüßt.

Bryn fiel zwangsläufig auf, dass die Zeit im Norden die Rückkehrer irgendwie zusammengeschweißt hatte. Er war zwar erleichtert, dass die meisten ausgezogenen Raben überlebt hatten, aber diese neue Intensität ihrer Freundschaft erfüllte ihn auch ein wenig mit Neid.

Bruder Maxwell rieb sich die kräftigen Oberschenkel. Cunar gähnte und streckte sich. «Wie wär's mit einer Runde Metzeln?»

Bryn spürte, dass es nur ein Scherz war. «Ich bin dabei, aber ich kann mir nicht vorstellen, dass du lange durchhältst.»

Der stets wie ein Pirat gekleidete Rabe nahm einen Schluck aus einer Flasche, die nicht nach Swigny aussah. «Ich meine nächstes Jahr, wenn wir uns erholt haben. Was für ein Höllenritt! Und dann gab es noch nicht einmal Beute zu machen! Eine Schande ist das.»

Sie gingen zu den «Aufenthaltsräumen» weiter, künstlich entstandenen oder natürlichen Höhlen im Felsgestein, die mit Teppichen und Kissen ausgelegt waren und in denen es sich die Loyalisten nachts oder bei schlechtem Wetter gutgehen lassen konnten. Währenddessen brachte Bryn seinen Freund über die wichtigsten politischen Entwicklungen auf den neuesten Stand.

«Nach zahllosen Geheimverhandlungen, in denen für alle möglichen Funktionen und Ämter vertrauenswürdige Nachfolger ernannt oder gewählt wurden, ist die Führung der Loyalisten jetzt so weit, die Bevölkerung über die Geschehnisse der letzten Zeit zu informieren. In der Oberschicht verbreiten sich ohnehin bereits diverse Gerüchte, also ist der Moment der Wahrheit gekommen. Oder jedenfalls der Moment einer Version der Wahrheit.»

Thybil hatte schon immer Weisheiten darüber vom Stapel gelassen, dass die Täuschung der Massen durch die Regierung eine traurige Notwendigkeit oder glückverheißende Unvermeidbarkeit sei, aber nun verstand Bryn zum ersten Mal, was er damit meinte. Selbst in der sogenannten Elite würden nur ganz wenige Leute je erfahren, was wirklich geschehen war. Das einfache Volk, das nichts über das Ausmaß der Verschwörung, die Allianz mit Ayactan und die Suche nach dem legendären Buch der Zeiten wusste, konnte nur mutmaßen, wie groß die Niedertracht der letzten Regierung tatsächlich gewesen war.

«Angesichts der momentanen Stimmung und der Stärke des Kults haben sie beschlossen, auf den Wahnsinn gar nicht weiter einzugehen. Offiziell wird Perduellis nicht als Verschwörer, sondern als korrupter, gieriger, kriegstreiberischer Politiker dargestellt.»

«Als ob ihn das von den anderen unterscheiden würde», schnaubte Mittni. «Aber egal. Am wichtigsten ist, dass die Schuldigen benannt werden.»

Bryn zog einen Stuhl ans Feuer und stellte den Teller mit geschnittenen Karotten und Sellerie neben den Frischkäse mit Kräuterdip. Er freute sich, dass sie den Aufenthaltsraum für sich allein hatten – die meisten Eisenfelser hielten sich gerade im Freien auf.

«Ja, genau darauf kommt es an. Zwar werden einige Leute – wir zum Beispiel – begnadigt und um Verzeihung gebeten, aber offiziell ist der Thronräuber nicht durch die Loyalisten oder durch Eridanus entmachtet worden.» Mittni sah ihn empört an, doch Bryn zuckte nur die Schultern. «Das würde den Kritikern nur jede Menge Stoff für eigene Verschwörungstheorien liefern.»

«Und wer erntet den ganzen Ruhm?»

«Die Inquisition.» Als sein Freund ihn fassungslos anstarrte, nickte Bryn erneut und erklärte, dass die Inquisition zwar einen schlechten Ruf hätte, aber lediglich reformiert werden sollte, weil sie für ihren eigentlichen Auftrag dringend gebraucht wurde: den Anhängern des Wahnsinns entgegenzuwirken. Bisher hatte sich die Inquisition eher dadurch hervorgetan, dass sie politische Gegner zum Schweigen brachte, als dass sie gegen die Verehrung des Wahnsinns vorging. Obwohl man diese Aktionen verurteilte, hatte man beschlossen, den Orden nicht kurzerhand des Machtmissbrauchs zu bezichtigen, sondern im Gegenteil bekanntzugeben, dass ehrbare Mitglieder der Inquisition Perduellis und sein verderbtes Regime zu Fall gebracht hätten. Die Verbrechen des einstigen Hochinquisitors sollten publik gemacht werden.

«Tragischerweise hat der infame Hochinquisitor seinen Gefangenen, den armen Imperator, ermordet, bevor man ihn noch retten konnte. Der tapfere Oberst Langworth ist von Ihren Imperialen Hoheiten Rameon und Peasmi zum neuen Hochinquisitor ernannt worden. Unter seiner Führung wird die reformierte Inquisition weder Korruption noch Ungerechtigkeit dulden.»

«Ah ja», sagte Mittni. «*Schuckel*, ich werde eine Weile brauchen, bis ich mir die offizielle Version merken kann. Dürfen wir den Barue erzählen, wie es tatsächlich abgelaufen ist?»

Bryn grinste. «Du hast doch schon genug Probleme damit, dich genau zu erinnern, was du selbst so erlebt hast.»

«Was soll das denn heißen?»

«Ach, nichts weiter. Aber du hast recht, wir können den Barue ruhig erzählen, was wirklich passiert ist. Es würde ihnen ohnehin niemand glauben.»

Da Aurgelmir noch keinen Thronerben gezeugt hatte, würde Rameon zum neuen Imperator gekrönt werden, obwohl Peasmi älter war, denn er war der einzige männliche Nachkomme Opeions. Peasmi hatte das anstandslos akzeptiert, Rameon hingegen schien es durchaus Probleme zu bereiten. Seine Schwester half ihm in dieser schwierigen Zeit bei vielen Entscheidungen, und zur Bestürzung einiger Politiker übernahm sie auch leitende Aufgaben.

«Wenn nicht noch weitere Verschwörer auftauchen, dürfte damit alles unter Kontrolle sein, oder?», fragte Mittni, nachdem er sich den letzten Bissen in den Mund geschoben hatte und seine Beine satt und zufrieden ausstreckte.

«Noch bleibt abzuwarten, wie sich alles entwickelt, wenn die neue Regierung offiziell an der Macht ist», antwortete Bryn. «Aber bisher sieht es ganz gut aus.»

«Dann bleibt nur noch eine Frage offen – nämlich was *wir* jetzt machen.»

Bryn wusste keine Antwort. Er hatte viel über die Zukunft nachgedacht, nur war er nicht davon ausgegangen, dass es so schnell zum Kampf gegen Perduellis kommen, geschweige denn, dass er so schnell entschieden sein würde.

«Wir sollten Neu-Quivelda einen Besuch abstatten», sagte Mittni. «Es ist lange her, dass ich Vater das letzte Mal gesehen habe.»

«Einen Besuch?», fragte Bryn.

Erst da schien sich Mittni seiner Wortwahl bewusstzuwerden. «Habe ich *Besuch* gesagt?»

«Hast du es denn so gemeint?»

Der Hu-Barue schüttelte den Kopf. «Keine Ahnung. Ich habe nicht darüber nachgedacht. Kann denn alles überhaupt wieder so werden wie früher?»

Bryn hatte oft mit Mittni über das geredet, was er von seinen Eltern und von Okolnit über die Vergangenheit seiner Familie erfahren hatte, und die beiden hatten natürlich Vermutungen angestellt, wie und wo er mehr herausfinden könnte. Sie waren jedoch nie zu irgendeinem Schluss gekommen und hatten ganz gewiss nicht vorgehabt, sich wirklich auf die Suche nach Antworten zu machen. Auch jetzt konnte Bryn sich nicht dazu durchringen, den nächsten Schritt zu tun. Es war einfach zu viel geschehen, und im Moment war alles so unsicher. Am besten statteten sie erst einmal Neu-Quivelda einen Besuch ab und schauten, wie sich die Lage entwickelte.

Den Tag über hatten sie Holunderblütensaft getrunken, dann Löwenzahn- und Kirschsirup, aber als sie jetzt durch den fensterähnlichen Schlitz im Felsen sahen, dass der Nachmittag in den Abend überging, bekam Mittni Lust auf interessantere Tropfen. Sie gingen zu der ans Beratungszimmer angrenzenden Speisekammer, die eigentlich ausschließlich für die Führungsmitglieder der Loyalisten gedacht war, und es dauerte nicht lange, da hatte Mittni das Gesuchte gefunden: den Swigny-Vorrat.

«Ich habe mich immer gefragt, warum Eisenfels so gut ausgestattet ist», sagte Mittni. «Aber wenn man bedenkt, welche

Verbindungen Onkel Thybil und Onkel Gug haben, ist es nicht mehr ganz so erstaunlich.»

Bryns Großmutter wurde mit keinem Wort erwähnt, aber er musste sofort an sie denken. Er hatte sich ihr Grab aus der Ferne angesehen und war froh gewesen, dass die anderen Barue es gut pflegten, aber er blieb ihm lieber fern. Mittni, der Bryns Stimmung spürte, bot ihm zur Aufmunterung etwas «Swigny Pepp auf unsere Siege und unsere sichere Rückkehr» an. Bryn zuckte die Achseln. «Warum nicht?», sagte er, und so setzten sie sich wieder vor das Feuer, tranken abwechselnd Willkommensswigny, Honigswigny, Swignybrause, Swigny Pepp und Swignytee und hingen beide ihren Gedanken nach, bis der Abend zur Nacht wurde.

✦ ✦ ✦

In den nächsten Tagen kostete es Mittni einiges an Überredungskunst, Bryn beim Essen oder abends am Feuer dazu zu bringen, bestimmte Teile seines Abenteuers erneut zum Besten zu geben. Es wurde Bryn langsam lästig. Mittni dagegen erfüllte jeden Wunsch, seine Erlebnisse zu erzählen, nur zu bereitwillig. Bryn konnte nur staunen, dass ihm die Sache nicht langweilig wurde – allerdings klang Mittnis Geschichte auch jedes Mal ein wenig anders.

Die anfängliche Begeisterung über ihre Wiedervereinigung legte sich langsam und machte der alten Freundschaft Platz. Bald kam es ihnen so vor, als wären sie nie getrennt gewesen. In gewisser Hinsicht war Bryn heilfroh, dass sie eine Zeitlang getrennte Wege gegangen waren, denn bei ihrer Rückkehr hatte sich so viel geändert, und es gab in Eisenfels so viel zu tun, dass ihm die Erinnerung an seine depressive und gewalttätige Phase nicht mehr im Nacken hing. Anderes, Großes war geschehen, und über sein unrühmliches Verschwinden redete niemand mehr. Die Leute begegneten ihm zwar noch mit einem gewissen Misstrauen, aber von den Spaziergängen mit Mittni und den Metzelrunden mit den Raben einmal abgesehen, blieb er die meiste Zeit über ohnehin allein. In erster Linie erleichterte es ihn einfach, nicht mehr selbst ständig über seine dunkle Vergangenheit nachgrübeln zu müssen. Und er freute sich schon darauf, bald Neu-Quivelda einen Besuch abzustatten.

Die nach Eisenfels geflohenen Barue hatten sich einstimmig dafür ausgesprochen, zu ihren Leuten zurückzukehren. Bryn und Mittni wichen der Frage aus, ob sie wieder ihr altes Leben unter den Barue aufnehmen wollten, aber jeder für sich allein dachte oft darüber nach. Manchmal musste man sich erst einmal selbst darüber klarwerden, was man wollte, bevor man sich anhören konnte, was der andere zu sagen hatte.

«Wir könnten längst dort sein», sagte Mittni. «Was die herumtrödeln!»

Bryn lachte. «Lass sie doch in Ruhe von Eisenfels Abschied nehmen. Es war ihnen in schweren Zeiten eine Zuflucht, und alle haben hier viele neue Freunde gefunden.»

Er freute sich zwar schon darauf, sie wiederzusehen, aber er wollte den geplagten Einwohnern von Neu-Quivelda auch ein wenig Zeit lassen, sich und ihr Dorf herauszuputzen.

«Ich bin wirklich froh, dass Onkel Thybil uns begleitet», sagte Mittni.

Auf Thybils Eröffnung hin, dass er sie begleiten würde, hatte Bryn gefragt: «Hast du nichts Wichtiges mehr zu tun?»

«Ich habe den Leuten einfach geraten, mit den *echten* Arbeiten anzufangen, wie immer», hatte der Alte geantwortet. «Ich hoffe, ich habe ihnen zu einem guten Start verholfen. Und schließlich weiß Gug, was er tut.»

Bryn hatte ihm das nicht abgenommen. Der wahre Grund war wohl, dass Okolnit vermutlich noch immer darauf aus war, Bryn «zum Wohle Calaspias» umzubringen, weil er mit dem bösen Magier Nequam verwandt war, der einst den Krieg um das Tor und die monströsen Ostentum über ihre Welt gebracht hatte. Also hatte Bryn gewartet, bis Mittni am Abend Küchendienst hatte, und dann Thybil aufgesucht, den er wie erwartet im Beratungszimmer vorfand, wo er einige Dokumente studierte. Als Bryn ihm seine Besorgnis gestand, dass Okolnit sein Killerkommando, die Tahl Uthnae, auf ihn angesetzt hatte, wusste der alte Barue sofort Bescheid.

«Solange du dich in den Mauern von Eisenfels befindest, bist du in Sicherheit.» Thybil setzte die Brille ab. «In Armaah war Eridanus bei dir, und wo er wandelt, kann einem praktisch nichts geschehen. Aber eine Reise nach Neu-Quivelda, da stimme ich dir zu, würde nicht nur dich in Gefahr bringen, sondern möglicherweise auch harmlose Barue. Ihnen ist schon genug aufgebürdet worden.»

«Das stimmt.» Bryn seufzte. «Dann reise ich wohl besser allein. Und zwar nach Baruto. Ich habe meinen Eltern versprochen, sie bald zu besuchen.»

«Das könntest du natürlich. Allerdings hat Eridanus diese Entwicklung vorausgesehen und es auf sich genommen, die Angelegenheit ein für alle Mal zu klären. Er hat ein Stillhalteabkommen mit Okolnit getroffen.»

«Ach?» Bryn starrte seinen alten Freund an. «Wie das denn?»

Thybil wollte sich nicht näher dazu äußern und gab vor, selbst nicht mehr zu wissen, aber das glaubte Bryn ihm nicht. Jedenfalls hatte Eridanus den Abtrünnigen überzeugt, und das war eine gute Neuigkeit. Allerdings ahnte Bryn auch, dass dahinter noch mehr steckte und die Lage so einfach nun auch wieder nicht war. Gewiss, Eridanus vermochte bei Bedarf so gut wie jeden einzuschüchtern. Aber so wichtig war Okolnit das eigene, sich ohnehin dem Ende nähernde Leben nicht, dass er deshalb darauf verzichten würde, weitere Bellysets oder Ranns davor zu bewahren, in dieselbe Falle zu tappen wie Lueth Rann – und das tat er üblicherweise, indem er sie töten ließ.

Also, fand Bryn, war er besser auf der Hut und sah zu, dass er in Form blieb. Früher oder später würde er mit irgendeiner Kleinigkeit Okolnits Zorn auf sich ziehen.

«Was ist mit Telseara und Dordios?», fragte er. «Vielleicht sollte ich doch nach Baruto reisen. Dann kann ich anschließend mit ihnen zusammen nach Neu-Quivelda weiterziehen. Meine Eltern werden das verstehen – vermutlich sind sie sogar froh, die beiden los zu sein.»

«Das ist nicht notwendig, mein Junge. Darum haben wir uns längst gekümmert. Du glaubst doch wohl nicht, dass ich diese beiden Schlingel vergessen hätte? Meine Großnichte und meinen Großneffen!»

Der gute alte Thybil hatte die beiden bereits über die Pläne der Loyalisten informiert, sich in Neu-Quivelda niederzulassen. Und sie sollten natürlich zu ihnen stoßen. Das erleichterte Bryn. Er freute sich schon darauf, die beiden frechen Geschwister wiederzusehen. Was sie wohl in der Swigny-Fabrik getrieben hatten? Und ob sie sich wohl als so fleißig und einfallsreich erwiesen hatten wie von seinen Eltern erhofft? Gewiss, umwerfende Ideen hatten sie ständig – nur ging dabei meistens etwas zu Bruch.

Als Mittni fünf Tage nach seiner Ankunft behauptete, dass sich sein Körper von den endlosen Wegstunden im Sattel wieder einigermaßen erholt hätte, brachen sie auf. Ein regelrechter Strom verließ die natürliche Festung in Richtung Heimat. Die Offiziellen brachen nach Armaah auf, um eine Woche der Staatstrauer für den verstorbenen Imperator Aurgelmir sowie Rameons Krönung zu organisieren.

Den beiden Freunden war diese Zeitplanung nur recht. Gegen Rameon und Peasmi hatten sie nichts, aber ansonsten reichten ihnen ihre Erfahrungen mit der Hauptstadt und den Politikern für den Rest ihres Lebens. Wie Mittni so schön gesagt hatte, gab es dort keine echte Kultur, sondern nur Rituale. Also wünschten sie dem Prinzen und der Prinzessin alles Gute und verabschiedeten sich von Onkel Gug und allen, die ihnen sonst noch ans Herz gewachsen waren. Dann machten sie sich auf den Weg, und es war fast so wie damals, bevor sie Eisenfels gefunden hatten: Sie waren einfach nur eine Handvoll Barue auf der Suche nach einem Zuhause.

Hoch oben flog Sylvata über sie hinweg. Ihr Blick vom Himmel herab mochte sich als nützlich erweisen. Aber womit rechnete er eigentlich?, fragte sich Bryn. Hier lauerte doch nirgendwo ein feindliches Heer auf sie. Um gemeinsam mit den Barue zu Fuß gehen zu können, führte er Silaeti an den Zügeln. Gelegentlich jedoch ritt er voraus, um den Weg zu erkunden – und um insgeheim sicherzustellen, dass nicht irgendein Inquisitionssoldat oder Tahl Uthnae am Wegrand lauerte. Es war ein seltsames Gefühl, auf einmal keine Feinde mehr zu haben. Das Ganze war so schnell gekommen, dass er sich gar nicht richtig entspannen und auf die friedlicheren Zeiten freuen konnte. Wann hatte die Zukunft zuletzt so strahlend ausgesehen? Wobei seine persönliche Zukunft nach wie vor im Unklaren lag. Vielleicht sogar mehr denn je.

Die Reise verlief ruhig. Auch nach zwei vollen Tagen unterwegs hatte Bryn sich noch nicht wieder an das unablässige Schwatzen der Barue gewöhnt. Und er hatte ihre Gespräche schon nach den vier Jahren bei den Aposteln des Verstehens für naiv gehalten! Im Rückblick kam ihm sein bei dem philosophischen Orden zur Verteidigung der apheristischen Kirche angeeignetes Wissen allzu akademisch vor. Seine heutigen Ansichten empfand er schon eher als realistisch. Aber ging es ihm so nicht schon, seit er denken konnte? Zu großer Idealismus fiel einem immer erst im Nachhinein auf.

Die ersten zwei Tage ihrer Reise hatte fast ständig die Sonne geschienen. Es war Sonnenzeit, und die Tage wurden immer länger. Doch nun begann es plötzlich zu regnen. Wolken zogen von den Ambossbergen ins Königreich Arleath herüber wie ein angreifendes Heer und entluden sich über den überraschten Barue. Bryn verzog das Gesicht, als die Barue sich auf eines ihrer Lieblingsthemen stürzten, das Wetter. Aber am Ende brachten ihn ihre komplett vorhersehbaren Kommentare doch zum Schmunzeln.

✦ ✦ ✦

Schatten huschten durch die zerbröckelnden Mauern der ältesten Stadt Calaspias wie die Geister der Einwohner, die sie aufgegeben hatten. Die uralte Architektur war von beneidenswerter Eleganz, die gar nicht zu der gehämmerten Pracht passte, die sich immer dort fand, wo man sie am wenigsten erwartete – als hätte das Volk, das diese Bauwerke errichtet hatte, eine ganz andere Vorstellungswelt besessen als die Numenii. Und genau so war es auch.

Obwohl hier kein einziger Plimp mehr lebte, nannten sie die Quelle noch immer voller Stolz ihre Hauptstadt. Es existierten nur noch so wenige Plimpe, dass sie schon lange nicht mehr in Städten lebten. Und selbst wenn, hätten sie wahrscheinlich keine Notwendigkeit darin gesehen, den Sitz ihrer

Regierung an einen Ort zu verlegen, der tatsächlich bewohnt war. Ihnen erklären zu wollen, welche Vorteile eine solche Lösung bot, wäre zwecklos gewesen. Es hätte einem Plimp nie eingeleuchtet. Wie ihnen das meiste nicht einleuchtete, das eigentlich ganz logisch war.

Dass die Quelle nicht mehr überwacht wurde, lag also weniger am schlechten Kenntnisstand eines gewissen Hohen Lehrmeisters als vielmehr an seiner mangelnden Phantasie. Als sie Eridanus gesagt hatten, dass die Quelle noch immer ihre Hauptstadt sei, war er davon ausgegangen, dass dort auch nach wie vor Plimpe lebten.

Ayactan warf einen Blick über die vergangene Pracht und lächelte. Die Furcht vor der Macht der Plimpe im Herzen ihrer Heimat hatte ihn stets davon abgehalten, hierherzukommen. Dabei war niemand hier, der diese Macht gegen ihn hätte einsetzen können. Wandler waren doch sehr nützliche Spione.

Gut, Perduellis war gestürzt worden, aber letzten Endes war es nicht nötig gewesen, in Polgaren einzufallen. Nicht mit Menschen.

Im Grunde hatte sich diese Wendung als deutlich besser erwiesen. Der Wahnsinn setzte seinen unerbittlichen Aufstieg fort, und der Dämon würde sich nicht mehr mit irgendwelchen Sterblichen abgeben müssen. Nun konnte er sich voll und ganz der Aufgabe widmen, die ihn hierher geführt hatte. Alles andere würde von selbst geschehen.

Er konnte den Wirbel der Unsichtbaren Welt spüren. Für einen letzten Augenblick war der Wahnsinn hier lebendig, bevor er in die Geisterwelt zurückgesogen wurde. Da es hier keine Plimpe gab, die sich einmischen konnten, brauchte der Strudel nur umgekehrt zu werden, und schon wurde ein Abfließen des Wahnsinns verhindert.

Der Dämon kehrte dem Thron des untergegangenen Imperiums der Plimpe den gepanzerten Rücken zu. Auf dem Weg nach draußen trat er gegen einen Pfeiler und grunzte verärgert. Jedes andere Gebäude wäre eingestürzt. Alberne Plimpe.

Er trat so nahe an den magischen Tümpel heran, wie er es wagen konnte. Einen Schritt weiter, und er würde nach Ruach'zam gesogen werden. Ayactan hielt dem Sog stand und reckte sein Schwert empor, Zappagrasta. Dann sprach er die magische Formel, die ihm den Sieg bringen würde.

Ein Jammer, dass es keiner seiner Feinde sah.

✦ 13. KAPITEL ✦

Abendunterhaltung

Auf ihrem Weg nach Süden zwischen den Bergen und dem Trabatrawald hindurch kamen sie an Wenfeld vorbei. Bryn hatte keine Lust, bei irgendjemandem «auf ein Tässchen Tee vorbeizuschauen», denn ihm war klar, dass sich das hinziehen würde. Als es zu regnen aufhörte, machte er jedoch einen Spaziergang durch die Straßen, da er ohnehin darauf warten musste, dass die anderen wieder auftauchten – was ein Weilchen dauern konnte. Als er so dahinschlenderte, kam ihm auf einmal ein Mann entgegengeeilt. Er stellte sich als Mr. Sponne Du Lixe vor, «einer der Anwälte Eurer Familie». Leutselig schüttelte er dem verdutzten Bryn die Hand. Dann eröffnete er ihm ohne Umschweife, dass Bryn der Alleinerbe des umfangreichen Nachlasses seiner Großmutter, Rosmerte Bellyset, sei.

Mr. Sponne Du Lixe hatte den allerseltsamsten Schnurrbart, der aus nicht mehr als einigen wenigen, sich praktisch ins Nichts ausdünnenden Tasthaaren bestand und in seiner Eindrücklichkeit nur unterstrich, welches Allerweltsgesicht der Herr Rechtsanwalt besaß. Er trug einen Anzug aus schwarzer und purpurner Seide inklusive Zylinderhut, und während ihm in dem einen Mundwinkel eine kalte Zigarre steckte, redete er aus dem anderen sehr schnell auf Bryn ein. Er verkündete, welch eine Gunst des Schicksals es sei, dass er ausgerechnet an diesem Tag in Wenfeld weilte, um die Angelegenheiten von Madame Rosmerte zu betreuen. Gönnerhaft wies er Bryn darauf hin, dass er nicht nur «irgendein Anwalt der Familie» sei, sondern einen Posten in *Bel-Tued* innehätte, beim Hauptsitz der Firma, und nicht etwa in Baruto, wo die Fabrik stand.

Es überraschte Bryn nicht sonderlich, dass seine Familie Büros in Bel-Tued unterhielt. Ein Unternehmen wie das ihre musste schon allein aus Statusgründen über eine Präsenz in der Handelsbucht verfügen. Allerdings verblüffte es ihn, dass dieser ehrenwerte Barue gar nicht merkte, was er tat. Er nahm seinen Klienten beim Arm und führte ihn durch die regennassen, leeren Straßen von Wenfeld, um ihm seine diversen geerbten Liegenschaften zu zeigen, er gab Scherze zum Besten, über die Bryn nicht lachte, und machte Konversation, auf die sich Bryn nicht einließ, sodass er praktisch einen endlosen Monolog führte, der sogar Bartholdi erstaunt hätte. Jeder andere Barue aus Quivelda hätte gespürt, dass Bryn nicht in der Stimmung für solche oberflächlichen Nettigkeiten war. Oder hätte definitiv seinen wachsenden Unmut gespürt. Sogar jemand ohne Baruesinne hätte einfach aus seinem Gesichtsausdruck, seiner Körpersprache und seinem Schweigen schließen können, was in ihm vorging.

Nach einer gefühlten Stunde schwirrte Bryn der Schädel. Er unterbrach den Anwalt und erklärte, dass er sich nunmehr mit Thybil und den anderen treffen müsse. Mr. Sponne Du Lixe glaubte wohl, dass Bryn seine Freunde mit der guten Nachricht von seinen neuen Besitztümern beeindrucken wollte. Er lächelte Bryn breit an – jedem anderen wäre dabei die Zigarre aus dem Mund gefallen – und verkündete mit einem Haifischgrinsen, dass er sich bereits erlaubt hätte, die Freunde des jungen Herrn über sein großes Glück in Kenntnis zu setzen.

Das hätte das Fass beinahe zum Überlaufen gebracht. Bryn hatte weder Lust, über diese unerwartete Erbschaft zu reden, noch sie zu feiern. Er musste sich sehr zusammenzureißen, um nicht ausfallend zu werden. Stattdessen dankte er dem Anwalt und bat ihn, den Nachlass bis auf weiteres zu verwalten und etwaige Unterlagen seinen Eltern vorzulegen. Dies gelang ihm nur, weil er wusste, dass er dem Mann danach einen guten Tag wünschen konnte und ihn los sein würde.

Sponne Du Lixe jedoch war höchst erfreut, Bryn zu seinen Freunden begleiten zu dürfen, trabte neben ihm her und redete beständig weiter auf ihn ein. Anscheinend legte er Wert darauf, seine Klienten wahnsinnig zu machen. Dazu fehlte jedenfalls nicht mehr viel.

Als Bryn ihm die Tür des *Munteren Gesellen* beinahe ins Gesicht rammte, schien der Anwalt endlich zu kapieren.

«Ich bin die Auflistung durchgegangen», sagte Mr. Sponne Du Lixe durch den Türspalt, «und Ihr werdet es kaum glauben: Aber auch dieses Wirtshaus gehört zum Nachlass!»

«Gut zu wissen», sagte Bryn und machte ihm die Tür endgültig vor der Nase zu. «Einen schönen Tag noch!»

Durch die Scheibe sah er, wie Du Lixe langsam den Kopf schüttelte und in seinen Unterlagen blätterte. Sicherheitshalber winkte Bryn ihm noch einmal zum Abschied. «Wir bleiben in Verbindung!», rief der Anwalt durch das trübe Glas, lüpfte leicht seinen Zylinder und deutete eine Verbeugung an. «Alles Gute, junger Herr – alles Gute!»

Nach diesem ganzen Hin und Her hatte Bryn nichts dagegen einzuwenden, sich mit Mittni einen Stiefel Swigny zu teilen. Im Vergleich zu diesem ermüdenden Anwalt waren die

Einwohner von Wenfeld eine bezaubernde Gesellschaft, und die Zeit verging wie im Flug. Als die Loyalisten eine Stunde später aufbrechen wollten, wäre Bryn gern noch länger geblieben.

Sie erklärten, dass sie bald mit Freunden aus Quivelda wieder zurück sein würden, und setzten ihre Reise fort. Übernachtet wurde im Freien, in Hängematten und mit einer Feuerstelle, über der ein Kessel hing, und sie kamen sich gegen die Barue, die sie vor über einem Jahr verlassen hatten, wie tollkühne Abenteurer vor. Es gab noch zwei leichte Regenschauer, dann klarte der Himmel auf. Sie hatten zahlreichen in Eisenfels angeschafften Hausrat zu schleppen und kamen nur langsam voran. Erst am dritten Tag nach ihrem Besuch in Wenfeld kam Neu-Quivelda in Sicht.

Aus der Ferne sah die Siedlung ihrem alten Dorf nicht gerade ähnlich. Und je näher sie kamen, desto stärker wurde der Kontrast. Für Bryn, der schon einmal hier gewesen war, wenn auch im Dunkeln, waren die Verbesserungen offensichtlich. Auf die anderen Barue machte der Ort jedoch einen überaus behelfsmäßigen und hässlichen Eindruck. Hier hätten sich die Einwohner selbst dann elend gefühlt, wenn sie sich hätten frei bewegen können. Denn für die Barue – ein buntes Völkchen, das Vergnügungen, aufregende Dinge und Festlichkeiten liebte – war die Vorstellung, in solcher Schmucklosigkeit zu leben, schlicht unerträglich. Sämtliche Gebäude waren nicht nur im gleichen Farbton gehalten, sondern sogar im selben Stil aus den gleichen Materialien gebaut. Und die Gassen waren schnurgerade! Später sollten sie zu ihrem Entsetzen erfahren, dass es unter den Numenii-Aufsehern nicht einmal Abendunterhaltung gegeben hatte.

Zunächst einmal kamen sie jedoch nicht dazu, über Neu-Quivelda zu reden, denn ein nicht enden wollender Strom von Dorfleuten hieß sie unter Umarmungen und Tränen willkommen. Es war ein herrliches Durcheinander. Scherze und Fragen wurden gebrüllt, um gegen das Gelächter und die Klagelaute anzukommen – so hoch war es das letzte Mal vor dem Kampf gegen die Nurgor und die Ostentum im Sklavenlager hergegangen. Bryn kam die absurde Idee, dass sich alle in zwei Reihen aufstellen sollten, die Loyalisten aus Eisenfels auf der einen und die Leute aus Neu-Quivelda auf der anderen Seite. Dann konnten sie aneinander vorbeigehen und sich wirklich ausnahmslos begrüßen. Aber eigentlich war es nicht so wichtig: Dann begrüßte er halt einige Leute zwei- oder sogar dreimal, während er mit anderen erst irgendwann in den nächsten Tagen sprach.

Das letzte Mal hatte er in diese Gesichter geblickt, bevor er in einem Swignyfass in den Amboss geschmuggelt worden war. Damals war keine Zeit zum Abschiednehmen geblieben. Als er nun in die vielen eingefallenen Wangen und trüben Augen blickte, wurde ihm ganz anders. Aber er spürte, dass sie kein Mitleid wollten. Sie wollten feiern.

Bryn konnte die Festspeisen schon riechen. Die Barue strömten in die schnurgeraden, nüchternen Mauern von Neu-Quivelda. Alle verteilten sich auf Treppen und Veranden nahe dem Haupttor. An mehreren Tischen konnte man sich mit Happen und Getränken bedienen. Größere Kinder schafften fleißig Nachschub heran.

Bryn, Mittni und Thybil landeten in einer geselligen Runde bei Bartholdi, dem Häuptling, wo gewiss am meisten los war. Die Dorfleute quetschten sich zu Dutzenden hinein, um ihrem Gespräch zu lauschen. Bartholdi hatte seinen Sohn Mittni seit Monaten nicht gesehen, und so achteten beide sehr darauf, dass sich niemand zwischen sie drängte.

Der Häuptling begann zu erläutern, was sie bisher getan

hatten. «Um die Vergangenheit hinter uns zu lassen und uns auf die Zukunft zu konzentrieren, haben wir beschlossen, die neue Siedlung einfach Quivelda zu nennen. Niemand soll mehr Neu-Quivelda sagen. Für unser altes Dorf haben wir uns auf den Namen Alt-Quivelda geeinigt. Damit sollte die Ausrichtung unmissverständlich klar sein.»

Bryn fiel auf, dass Bartholdi sich viel einfacher ausdrückte, seit sie hier im neuen Quivelda lebten. Früher hatte er viel weiter ausgeholt, wenn er etwas erklären wollte, und zu weitschweifigen Monologen geneigt.

Häuptling Bartholdi war darauf bedacht, die Gedanken von der quälenden jüngeren Vergangenheit immer wieder auf die Zukunft oder die ganz alten Zeiten zu lenken. So schwelgten sie bald in Erinnerungen, wie es Barue ohnehin gern taten. Einige Anwesende übertrieben es fast ein wenig damit, das alte Dorf wieder heraufzubeschwören.

«Telsea! Dos!»

Erst durch Thybils Ausruf bemerkte Bryn die beiden frechen Geschwister, die sich rasch zu ihnen durchkämpften und ihnen um den Hals fielen. Mittni und er zogen sich nach einer Anstandsminute mit Bartholdis jüngsten Kindern in eine Ecke zurück, wo man sich in Ruhe unterhalten konnte. Obwohl es erst ein paar Wochen her war, dass sie sich das letzte Mal gesehen hatten, waren die beiden anscheinend schon wieder gewachsen, und sie hatten sich fein herausgeputzt. Solche Kleider hatte Telseara zuletzt in Armaah getragen, nur dass sie jetzt sogar einige auserlesene Schmuckstücke und eine Bellyset-Brosche angelegt hatte.

Bei Swigny und Brot – und Kuchen natürlich – brachten sie einander rasch auf den neuesten Stand. Als Telseara und Dordios von ihrer neuen Arbeit erzählten, überschlugen sie sich fast vor Begeisterung.

«Wir sind in einem richtigen Geschäftswagen hierher gefahren worden», prahlte Dordios. «Mit Kutscher!»

«Und wir haben Kostproben von Swignyprodukten dabei, die wir selbst mitentwickelt haben», fügte Telseara hinzu.

Dann lauschten sie gespannt dem Bericht vom Sturz des Großinquisitors. Da sie immer wieder von alten Freunden und Gratulanten unterbrochen wurden, hatte Mittni noch nicht einmal vom Krieg im Norden erzählen können, als der Empfang zu Ende ging und alle weiterzogen.

Sie verließen Bartholdis Haus und gingen zum sogenannten Stadtplatz hinüber – dass es für eine solche Bezeichnung doch ziemlich an Stadt fehlte, schien niemanden zu stören. Dort war alles für die Abendunterhaltung vorbereitet worden, die natürlich im Freien stattfinden musste, damit alle beisammensitzen und sich vergnügen konnten. Ganz Quivelda sprudelte über vor Freude – nach zahllosen Anläufen konnte endlich Wiedersehen gefeiert werden.

Überall wurde gelacht. Bei jeder Gelegenheit umarmten sich die Leute. Viele Barue erlebten die glücklichsten Momente ihres Lebens. Nie zuvor war eine so intensive Freude vom einen zum anderen übergegangen und immer weiter verstärkt worden. Nun, da ihre Gefangenschaft vorüber war, konnten mehrere Verlöbnisse verkündet werden, und die Stimmung schlug in Euphorie um. Bartholdi erklärte im Übermut sogar, dass damit wohl ein neuer Rekord aufgestellt wurde, denn eine solche Zahl hatte nicht einmal sein Großvater nach dem Ende des Krieges um das Tor verkünden können.

Erleichtert stellte Bryn fest, dass er den Frohsinn teilen konnte. Er hatte befürchtet, zu melancholisch, verbittert oder in irgendeiner anderen Hinsicht distanziert zu sein, um sich auf die Feierlichkeiten einlassen zu können, aber die aufrichtigen Gefühle der anderen Barue lenkten ihn ab und waren Balsam für seine Seele. Auch tat es ihm gut, dass sie von Mama Bellysets Tod wussten, und noch viel mehr, dass niemand darüber sprach, obwohl die Sympathie, die sie ihm entgegenbrachten, ihn erahnen ließ, was sie dachten.

Wie unangenehm wäre diese Situation ohne ihre Baruesinne gewesen? Wie kamen andere Völker ohne diese Fähigkeit aus? Was konnte eine einfache und effektive Verständigung von Herz zu Herz ersetzen? Sogar mit dieser Fähigkeit kam es noch oft genug zu Missverständnissen. Das hatte Bryn in einem Streit mit Thybil erfahren müssen, der ihm ein größerer Mentor als sein eigener Vater war. Damals war er zum ersten Mal in Armaah gewesen, und er hatte Thybils Gefühle in dieser Stadt der undurchschaubaren Beweggründe falsch verstanden. Wie konnte man ohne diese Fähigkeit mit anderen mitfühlen? Zum ersten Mal in seinem Leben merkte er, wie glücklich er sich schätzen konnte, ein Barue zu sein.

Alt-Quivelda lag einige Wegstunden entfernt, und man konnte es selbst an diesigen Tagen noch am Horizont erkennen. Man hatte zunächst mit dem Gedanken gespielt, zu den Überresten der alten Siedlung zu ziehen und die erste gemeinsame Abendunterhaltung seit langer Zeit dort abzuhalten, aber der lange, einsame Weg und ein Aufenthalt zwischen den Ruinen der Vergangenheit wären wohl zu deprimierend gewesen.

Der Höhepunkt des Abends kam, als der Barde Siftex sich mit seiner neuen Leier in die Mitte der Versammlung stellte und das erste Schrammel anstimmte, das in diesen Mauern erklang. Siftex sang und spielte noch schlechter als früher, doch die Barue bejubelten lauthals ihre Freiheit. Siftex' Stimme weckte eine gewaltige Leidenschaft in den Barue; zu Hunderten streckten sie die Fäuste empor, aus allen Richtungen waberten Schmerz und Glücksgefühle durch die Luft, und manch einem rannen Tränen die Wangen hinunter. Auch Bryn musste weinen. In Gedanken blickte er auf alles zurück, was ihr Volk hatte erleiden müssen und in Einigkeit ertragen hatte. Es grenzte an ein Wunder, dass sie es alle hierher geschafft hatten. Und erst recht grenzte es an ein Wunder, dass er das alles überstanden hatte und nun in den heilsamen Gefühlen seines Volkes baden konnte.

Demütig und ergriffen kniete Bryn mitten zwischen Hunderten von Beinen nieder und sandte Elyon seinen aufrichtigen Dank. Er hatte schon lange nicht mehr gebetet.

«Er besingt meine Taten im Norden noch gar nicht», seufzte Mittni. «Sieht so aus, als ob ich meine Geschichte noch ein bisschen öfter erzählen muss.»

«Dir ist auch jeder Vorwand recht!» Bryn schüttelte den Kopf. «Wenn Siftex sie erst besingt, wird man dich zwingen, jedes kleinste Detail immer wieder zu erzählen. Aber solange keiner davon weiß, kann dich niemand groß löchern.»

Siftex hob ein bekanntes Lied an, und alle stimmten mit ein. Es war eine beschwingte Weise, und bald hakten sich die Barue unter und schunkelten oder stampften den Takt mit den Füßen. Andere bildeten eine lange Schlange, indem sie einander die Hände auf die Schulter legten, und tanzten durch die Menge. Bryn verdrückte sich lieber zu einem der Lagerfeuer und setzte sich zu einigen älteren Barue. Mittni hingegen befand sich im Mittelpunkt der Feier – er *war* der Mittelpunkt der Feier, berichtigte Bryn sich, als er sah, wie sich die anderen Jugendlichen voller Bewunderung von ihm anführen ließen.

Dann gab Siftex einige Schrammeln zum Besten, die er erst hier im neuen Quivelda komponiert hatte. Bryn lauschte den ergreifenden Strophen und freute sich, dass die ganze Sippschaft besser als gewöhnlich zuhörte – normalerweise stellte ein Schrammel oft nur eine Hintergrundmusik dar. Es enttäuschte ihn auch nicht, dass es in keinem der Verse um Politik oder um blutige Kämpfe gegen Betrüger und Unterdrücker ging – im Gegenteil.

Er hatte genug Abenteuer erlebt.

✦ ✦ ✦

Nachdem sie am Vorabend nicht dazu gekommen waren, musste Mittni seinen Geschwistern am nächsten Tag in allen Einzelheiten erzählen, was er erlebt hatte. Dann überredeten sie Bryn, ausführlicher von jenem entscheidenden Morgen auf der Regierungsinsel zu berichten. Obwohl Telsea und Dos sich selbst nicht mehr für Heldentaten und Ruhmesglanz interessierten, spürte er, dass die beiden frustriert waren, bei keiner der Missionen dabei gewesen zu sein. Dafür, dass es in Bryns und Mittnis Berichten um Leben und Tod gegangen war, erzählten sie ein bisschen zu begeistert von der Swigny-Fabrik.

«Da wird es nie langweilig», schwärmte Telseara. «Und deine Eltern sind unglaublich nett! Jetzt, wo die Kämpfe vorüber sind, reist du doch bestimmt wieder nach Baruto, oder?»

«Was sollte ich sonst machen?», wich Bryn aus. Das Thema beschäftigte ihn sehr.

In den nächsten Tagen, die mit Feierlichkeiten und fleißiger Verschönerung des Dorfes verbracht wurden, dachte er oft über diese Frage nach. Ja, was sollte er sonst machen?

Die Dorfbewohner hatten schon vor der Ankunft der Loyalisten damit begonnen, die Siedlung herzurichten. Inzwischen waren mehrere Häuser in fröhlichen Farben gestrichen und stachen aus den monotonen Straßenzügen heraus. Am Grundriss des Ortes konnten sie zwar nicht viel ändern, aber die Barue gaben ihr Bestes, um die nüchterne Atmosphäre zu vertreiben. Es gelang ihnen, alles ein bisschen lebendiger aussehen zu lassen, indem sie zum Beispiel Wegweiser zu fernen Gegenden wie Nomidien und Nanoak aufstellten, an denen noch nie jemand von ihnen gewesen war. In der Luft konnten sie Veränderungen vornehmen, die auf dem Boden nicht möglich waren: Sie spannten in den oberen Stockwerken Wäscheleinen von der einen Straßenseite zur anderen und lockerten das triste Stadtbild mit kreuz und quer gehängter Wäsche in allen möglichen Formen und Farben auf. Das sah besonders interessant aus, wenn der Wind damit spielte, verursachte aber jedes Mal ein hektisches Einsammeln, wenn es zu regnen begann.

Zum Glück regnete es nicht allzu häufig und nur ein einziges Mal während der Abendunterhaltung. Und selbst da tröpfelte es nur leicht, sodass sie mit Decken auskamen und nicht versuchen mussten, sich allesamt in Bartholdis Haus und die Baracken zu zwängen – was gewiss weniger lustig gewesen wäre.

Die Loyalisten übernachteten in dem leerstehenden Wachhaus der Numenii, dessen Räume immer noch wohnlicher als die der anderen Barue waren – und das, obwohl ein großer Teil der Ausgleichszahlungen des Imperiums in die Ausstattung der schrecklich unpersönlichen Räumlichkeiten geflossen war, um sie etwas gemütlicher zu machen. Insgesamt wurde die Neugestaltung des Dorfes als mindestens ebenso wichtig angesehen wie die Feldarbeit oder die Wiederaufnahme der alten Handelsbeziehungen, und vielleicht kümmerten sich sogar mehr Barue darum. Es bereitete Freude zu malern, zu dekorieren und allzu nackte Rohbauten zu verkleiden. Es hielt einen davon ab, auf schlechte Gedanken zu kommen.

Aber das konnte natürlich nicht ewig so weitergehen. Bryn

ignorierte geflissentlich jeden Gedanken an Mr. Sponne Du Lixe und an den Nachlass seiner Großmutter. Wobei das noch seine geringste Sorge war. Mit anderen Hinterlassenschaften würde er sich noch viel mehr herumplagen müssen …

Fünf Tage lang genossen sie jede Nacht die Abendunterhaltung, und niemand beklagte sich darüber. Überraschungsessen erfreuten sich unter den Barue von Quivelda schon seit langer Zeit großer Beliebtheit, und auch nun kochten die Leute reihum in großen Mengen für die ganze Sippschaft, und alle aßen gemeinsam.

«Erinnerst du dich an die wenigen Annehmlichkeiten, die wir in Caer Isnova hatten?», fragte Bryn, als sie sich am späten Nachmittag des sechsten Tages am Bach wuschen, und rief Mittni damit die Massagen und Dampfbäder in der Eisfeste in Erinnerung. «*Wir arbeiten hart, und wir spielen hart*, hat Cerion immer gesagt. Diese Barue scheinen das genauso zu sehen.»

Mittni schöpfte sich aus dem Bach etwas Wasser über die Arme. «Ja, das kann einen richtig zermürben!»

Dieser Tag war besonders anstrengend und befriedigend gewesen. Den ganzen Tag hatte die Sonne geschienen, ohne eine einzige störende Wolke. Da die Arbeit Spaß gemacht hatte und sie gut vorangekommen waren, hatten die Barue ohne Pause geschuftet. Die Hu-Barue waren unter Mittnis Leitung auf die Jagd gegangen. So hatten auch Telseara und Dordios etwas zu tun gehabt. Seine wilde Begeisterung bei der Hatz durch das Unterholz hatte Dos am Ende den stattlichsten Fang eingebracht: einen preisverdächtigen Hirsch.

Auch Telseara hatte den Tag offensichtlich genossen. Als Bryn ihr zusah, wie sie ihre Haare wusch, kam sie ihm viel femininer vor als früher. Sie konnte offensichtlich beides zugleich sein: feminin und draufgängerisch – wie Zuola.

«Was guckst du so?» Telseara spritzte ihm Wasser ins Gesicht.

«Ich musste nur gerade feststellen, wie sehr du dich verändert hast.» Lachend spritzte er zurück.

«Ach so? Zum Besseren hoffentlich.»

«Na, da bin ich mir nicht so sicher.»

Das schrie nach einer Wasserschlacht. Immer mehr Barue tobten in den Bach und bespritzten sich mit Wasser, bis die Dämmerung einsetzte.

Tropfnass und frierend kehrten sie nach Quivelda zurück und wurden prompt von schimpfenden Müttern mit flauschigen Handtüchern in Empfang genommen. Die Frauen wickelten sie darin ein, nicht ohne manchmal einen anerkennenden Blick auf ihre muskelbepackten Oberkörper zu werfen, und scheuchten sie zum Stadtplatz. Bryn und Mittni waren froh, dass sie wie ganz normale junge Barue behandelt wurden und nicht wie die vielleicht tödlichsten Krieger, die ihr Volk je hervorgebracht hatte. Bryn konnte kaum glauben, wie *gut* es sich anfühlte, einfach nur ein Barue zu sein!

Der Abend verlief wie gewöhnlich – bis auf das vergrößerte Hauptfeuer, über dem das von den Hu-Barue erlegte Wild gebraten wurde. Der König der Jagd war Dordios.

Bald war es abseits der Feuerstellen stockdunkel. Selbst der Mond versteckte sich hinter einer Wolke. Viele waren erschöpft von dem arbeitsreichen Tag, die Fülle an Fleisch und Nachspeisen tat ein Übriges, und so nickten sie allmählich zu Siftex' Schrammeln ein. Die kleineren Feuer brannten herunter, gelegentlich knisterte es, und Funken stoben zum Himmel und erhellten den aufsteigenden Rauch. Vier Hu-Barue kümmerten sich um das Zerlegen des Wildbrets. Sie würden noch die ganze Nacht hindurch weiter Fleisch braten und den anderen ein feines Mittagessen bescheren.

Nach dem Ausklingen des letzten Schrammels kehrte eine zufriedene Stille ein. Zwar waren die meisten noch wach, aber bald würden sie einschlummern.

Zufrieden blickte Bryn sich in der Menge um. Da war Yerfi, der ebenfalls in Eisenfels gewesen war und nun seinen verstorbenen Meister ersetzen und Dorfschmied werden würde; dann Drattni, ein Hu-Barue, der früher eine Vorliebe für den Schmuck anderer Leute gehegt hatte und inzwischen aber wie die meisten einen braveren Eindruck machte; und schließlich Onkel Thybil, der dem nickenden – vielleicht auch einnickenden – Bartholdi etwas zuflüsterte, das selbst zu dieser späten Stunde gewiss mit den Dorfangelegenheiten zu tun hatte. Bryn ließ den Blick schweifen und lächelte Telseara zu, die über den schlafenden Dordios die Augen verdrehte. Eine Windböe blies ihr das Haar ins Gesicht.

Der Wind nahm zu. Anstatt sich an den vielen Hindernissen im Dorf zu brechen, wurde er immer stärker. Er schien gierig um die Ecken zu blasen, als würde er nach etwas suchen.

Beunruhigt setzte Bryn sich auf.

Irgendetwas stimmte hier nicht. Seine Kopfhaut kribbelte, und eine nervöse Spannung machte sich in ihm breit. Er blickte sich um, konnte aber nichts Ungewöhnliches entdecken. Er spürte, dass keiner der anderen Barue etwas bemerkt hatte; selbst Mittni lag ganz ruhig und friedlich da.

Der Wind, der keinen Ursprung zu haben schien, wehte über den Stadtplatz, zerrte an Haaren und Kleidern und ließ in den Glutresten kleine Feuerzungen aufflammen.

Einige Barue zogen die Decken enger um sich und kuschelten sich tiefer ein.

Bryn sprang auf und griff nach seinem Schwert. Eigentlich pflegten nur die Hu-Barue ständig bewaffnet zu sein, aber auch er hatte stets sein Culmus dabei. Einige Leute sahen ihn neugierig an, doch er stand einfach nur reglos da. Er hatte das Gefühl gehabt, als hätte ihm jemand in den Kragen geblasen. Kein Wind. *Jemand.*

Er versuchte, außerhalb ihrer Runde etwas zu erkennen. Alles lag im Dunkeln.

«Was ist los?», fragte Mittni leise. «Willst du noch was essen?»

Bryn schüttelte kurz den Kopf.

Widerstrebend stand Mittni auf.

Auch weitere Barue richteten sich auf und blickten sich um. Langsam schlug die Stimmung in unbehagliches Warten um. Da die Barue die Besorgnis ihrer Nachbarn spüren konnten, ging die Veränderung schneller vonstatten, als es bei Menschen geschehen wäre.

Unvermittelt sprang Thybil auf und breitete die Arme aus. «Barue von Quivelda, hört mir zu! Was auch geschieht, bleibt ruhig.»

Auf diese Worte hin begannen sich die Dorfleute zwangsläufig zu fürchten. Als er sie das letzte Mal aufgefordert hatte, ruhig zu bleiben, waren sie von einer Horde Ostentum überrannt worden.

Thybil ächzte. «Bleibt einfach, wo ihr seid, und bewahrt *nach außen hin* eure innere Ruhe», befahl er. «Manche von euch haben vielleicht Angst, aber es ist äußerst wichtig, dass ihr diese Gefühle nicht nach außen dringen lasst.»

Noch während er sprach, wurde der Wind stärker. Sie konnten hören, wie sich in der Dunkelheit die Bäume bogen. Kleine Zweige und Blätter huschten wie lebendig über die Wiesen. Fensterläden klapperten.

«Verschließt eure Gefühle voreinander», rief Thybil und ging zum Rand der Versammlung. «Vertraut mir, ihr dürft nicht zulassen, dass auch nur eines eurer Gefühle nach außen dringt!»

Bryn wusste, dass seine Worte ihnen Angst gemacht hatten, und es dauerte entsetzlich lange, bis sie einer nach dem anderen ihre Gefühle abschotteten.

Mittni und er gingen hinüber zu Thybil. Die anderen Barue saßen erstarrt da. Einige, die aufgestanden waren, um sich noch etwas Nachtisch oder ein weiteres Swigny zu holen, setzten sich rasch dort, wo sie gerade waren, wieder hin und suchten die Nähe der anderen.

«Es ist ein Geist, den unsere Offenheit angezogen hat», zischte Thybil den beiden zu, als sie zu ihm kamen.

Mittni wollte nachhaken, aber der Alte brachte ihn mit einem Blick zum Schweigen.

«Sorgt dafür, dass alle hierbleiben und ihre Gefühle im Griff behalten – ganz gleich, wie sehr sie sich fürchten. Ich bin bald zurück.»

Bryn und Mittni wollten protestieren, aber Thybil war schon zwischen ihnen hindurchgeschlüpft und ging leise die verlassene Straße hinunter.

«Es ist ein wildes Tier», erklärte Bryn den Leuten, «das von unseren Gefühlen angelockt wird. Lasst keine Gefühle nach außen dringen! Ganz gleich, wie sehr ihr euch fürchtet; wenn ihr eure Gefühle nicht zeigt, kann euch nichts passieren!»

Er sprach mit größerer Autorität, als er besaß, aber sie brauchten eindeutig jemanden, der ihnen sagte, wo es langging.

Das durch das Abschotten ihrer Gefühle entstandene Vakuum wurde durch ihre ebenso ausdrucksstarken verwirrten und ängstlichen Blicke mehr als gefüllt.

Als Bryn sah, wie sie Augen und Münder aufrissen, wandte er sich um.

Ein Schatten hing über Thybil, schwärzer als Tinte, undurchdringlicher als die Nacht. Bryn spürte, wie ihm das Blut gefror, und hatte alle Mühe, weiter seine Gefühle abzuschotten.

Er konnte sich kaum rühren. Diese abscheuliche Erscheinung verschlang den Alten vielleicht gleich – und er stand hier nutzlos herum.

Er zwang sich dazu, einen Schritt auf seinen Mentor zuzugehen. Dann blieb er stehen. Fasziniert beobachtete er, wie Thybil ruhig weiterging und der Dämon ihm folgte.

Als sie sahen, dass der Alte Einfluss auf das Wesen hatte und es von ihnen wegführte, erklang ein Seufzer der Erleichterung.

Erleichterung, die einer der Barue auch nach außen dringen ließ. Alle konnten es spüren. Das Gefühl wehte zu dem Geist hinüber, der es einatmete wie Luft. Er hielt an.

Thybil versuchte, wieder die Aufmerksamkeit des Wesens auf sich zu ziehen, aber Bryn erkannte, wie es seine Sinne auf die Feuerstellen richtete.

Aus lauter Angst sandte ein Barue demjenigen, der die Erleichterung ausgestrahlt hatte, seine Wut hinüber.

Die Wut zog das Wesen an.

Es bewegte sich geräuschlos und ohne Spuren zu hinterlassen und schneller, als sie hätten laufen können. Dann stürzte es auf sie herab wie ein Racheengel …

Instinktiv zog Bryn sein Schwert. Die Klinge schimmerte im Licht der verlöschenden Glut weiß auf. Ihm war klar, dass sie hier völlig nutzlos war, aber sie gab ihm ein Gefühl der Sicherheit. Schnell, was konnte er tun?

Bryn erkannte, wer seine Wut nicht hatte zügeln können. Drattni. Er durfte nicht zulassen, dass dem Hu-Barue etwas geschah.

Als das Geistwesen den Platz erreichte und auf Drattni zuschoss, rannte Bryn los. Nur Sekunden später ragte der riesenhafte Wandler vor dem erstarrten Drattni auf, und seine Substanz rankte sich auf ihn zu. Hatte sie den Barue schon berührt?

In dem verzweifelten Wunsch, den Dämon von seinen Leuten fernzuhalten, ließ Bryn seinen Gefühlen freien Lauf und stürzte sich auf den Feind, um ihn abzulenken oder vielleicht sogar zu verletzen.

Als er seine schimmernde Klinge durch die Luft fahren ließ, spürte er keinen Widerstand. Die Klinge blieb auch sichtbar, als sie harmlos durch den dunklen Körper glitt. Nur im Kern der geisterhaften Erscheinung schien das Leuchten etwas nachzulassen.

Durch den Geist ging ein Ruck, und er blieb bewegungslos stehen.

Bryn hatte keine Ahnung, was sich da abspielte, bis er sich die Szene in der Unsichtbaren Welt ansah. Licht strömte aus der Klinge und fraß sich durch das Fleisch des Geistes. Die schwarze Gestalt verblasste zu einem teigigen Grau, dann war sie von einem Moment zum anderen verschwunden.

Nur einige Dunstschwaden blieben übrig, durch die fahl das Mondlicht fiel.

✦ 14. KAPITEL ✦

Wiederbelebung

Mehrere Minuten lang saßen die Barue einfach nur schweigend da. Manche verbargen die Augen in den Händen, andere blickten gebannt zu der Stelle, an der dieses Ding verschwunden war, und hatten Angst, dass es wieder auftauchte. Niemand sagte oder tat etwas. Dann begann ein Kind zu weinen, und das durchbrach den Bann. Mehrere Kinder stimmten mit ein – und auch ein, zwei Erwachsene.

«Bleibt, wo ihr seid, und verhaltet euch ruhig!», befahl Thybil. Niemand widersprach. Einige Jüngere krochen näher zusammen und kauerten sich unter ihre Decken.

Thybil zog Bryn mit sich. Als sie weit genug von den Feuern entfernt waren, ließ er Bryns Arm los und funkelte ihn an.

«Wusstest du, was geschehen würde, als du dieses Wesen angegriffen hast?»

«Nein», versuchte Bryn zu erklären, «ich wollte nur –»

«Du Narr! Du Kindskopf!» Thybil starrte auf Bryns blaue Schwerthülle, griff aber nicht danach. «Es war ein Wandler.»

«Was ist das?», fragte Bryn. «Auf der Regierungsinsel sind solche Wesen gewesen, und Eridanus hat gesagt, sie kämen von … von irgendwo anders her – nicht einmal aus der Unsichtbaren Welt.»

«Jedenfalls nicht aus der unseren. Sie könnten aus der Unsichtbaren Welt eines anderen Universums kommen oder aus der Geisterwelt. Sahen die in Armaah genauso aus wie das hier?»

Bryn versuchte sich zu erinnern, aber er hatte nur noch eine undeutliche Vorstellung vom Aussehen der sogenannten Wandler. «Ich glaube, auf der Insel sind verschiedene Arten gewesen.»

«Na prächtig.» Thybil schüttelte den Kopf und seufzte. Er warf Bryn einen kurzen Blick zu. «Bursche, ich bin heilfroh, dass dich dein Schwert geschützt hat. Es überrascht mich, dass eine normale Waffe überhaupt irgendeine Wirkung gezeigt hat. Vielleicht sind Culmusklingen machtvoller, als ich dachte …»

Er dachte einen Moment nach. «Ein Culmusschwert stellt eine Verlängerung seines Besitzers dar; also hast du unbewusst vielleicht genau das Richtige zu seiner Bekämpfung getan … höchst bemerkenswert … Was wohl geschehen wäre, wenn du ihn berührt hättest? Oder steckt hinter dem Schwert noch mehr – und hinter den Sagen, wie die Culmus Sangui den Wahnsinn einst bekämpften?»

Bryn war in der Eisfeste einiges zu Ohren gekommen. Aquiuss glaubte fest an diese Legenden, andere lehnten sie als Mythen ab und hielten sie für gefährlich, da sie vom Wesentlichen ablenken würden. «Du meinst diese alten Geschichten von Culmus Sangui, die einen Zauber durch ihr Schwert leiteten?»

Das Gesicht des Alten wurde vom Feuer drüben erhellt, seine Augen glühten, und jugendliche Begeisterung lag in seiner Stimme. «Die Culmus Sangui sollen über eine absolute Macht ähnlich der verfügt haben, die erforderlich ist, um den Zustand von Psychallis zu manipulieren. Sie konnten spüren, wo sich Wahnsinn manifestierte und wo seine Handlanger steckten. Ihre Magie war mächtiger als die von Magiern …»

Bryn fiel ein, wie er von weitem einen Nurg'uzrael getötet hatte, indem er den ihm innewohnenden Wahnsinn vernichtete. In diesem besonderen Fall war es nicht die verderbte Kraft gewesen, die in dem haarigen Körper gesteckt hatte, sondern ein Geistwesen des Wahnsinns – so etwas wie ein Wandler vielleicht? Bei dieser Vorstellung wurde ihm ganz anders.

«Aber das sind doch sicher bloß Geschichten», sagte er.

Thybil nickte und hob die Schultern.

Enttäuscht fragte Bryn: «Wenn dieses Wesen von unseren emotionalen Fähigkeiten angezogen worden ist, was machen wir denn dann?»

«Wir müssen die Barue schulen.» Thybil runzelte die Stirn. «Sie müssen sich von einem Moment zum anderen völlig abschotten können.»

«Und dann hoffen wir einfach darauf, dass niemand die Nerven verliert? Klingt gar nicht gut. Wir müssen auch die Hu-Barue schulen. Sie müssen lernen, die Geister anzugreifen, ohne von ihnen berührt –»

«Nein», fiel Thybil ihm ins Wort. «*Ihre* Klingen können definitiv nichts ausrichten.»

Bryn schwieg. Er spürte, dass Thybil nachdachte. Aber schließlich konnte er seine Neugierde nicht länger zügeln. «Und wie können wir diese Wesen dann aufhalten? Ich dachte, der Wahnsinn wird immer schwächer!»

«Ach, das wird er schon noch, je weiter Eridanus vorankommt. Aber selbst dann liegt vieles noch im Argen. Die Natur wird eine Weile brauchen, um sich zu erholen. Es muss eine ganze Menge Wandler nach Calaspia verschlagen haben, wenn sich einer hier weitab von allem herumtreibt, was für Verschwörer interessant sein könnte.»

«Was werden sie nun tun, da Perduellis tot ist?»

Thybil schnaubte. «Der war wahrscheinlich nur eine Marionette Ayactans, wie Aurgelmir seine Marionette gewesen ist.»

«Und wenn wir auch Ayactan besiegen? Verschwinden die Wandler dann?»

«So einfach ist das leider nicht. Der Wahnsinn ist eine äußerst heimtückische Kraft.» Thybil warf noch einmal einen Blick auf Bryns Schwert, dann machten sie sich auf den Weg zurück zu den anderen. «Große Kräfte sind in Bewegung, und wir müssen uns schützen, so gut es geht.»

Die vielen neu aufgeworfenen Fragen frustrierten Bryn; er wollte Antworten. Er zupfte den Alten am Ärmel, und sie blieben stehen. «Onkel, einer der Culmus Sangui – Cerion – hat mir einmal etwas Merkwürdiges erzählt. Als er mir erklären wollte, warum er sich … anders verhielt.» Bryn wollte den temperamentvollen jungen Krieger nicht in Schwierigkeiten bringen; darum verschwieg er, dass Cerion sich manchmal nicht an Anweisungen hielt. «Auf meine Frage, warum er im Widerspruch zum Codex Culmus gehandelt hatte, antwortete er, dass es noch einen anderen Codex gibt. Stimmt das?»

«Cerion aus dem Haus derer von Vindar …», sagte Thybil nachdenklich. «Ja, das stimmt.»

Dass der Alte den Namen eines Lehrlings kannte, erstaunte Bryn. Andererseits waren auch Cerions Vorfahren schon Culmus Sangui gewesen.

«Der Codex Culmus stellt nur die eine Hälfte des gesamten Codex der Culmus Sangui dar.» Thybil sah ihn an. Da er mit dem Rücken zu den Feuerstellen stand, war sein Kopf nur eine dunkle Silhouette, und sein Gesicht lag im Schatten. «Die andere Hälfte ist der Codex Sanguis. Dessen Prinzipien sind feinsinniger, aber auch grundlegender; sie sind nur schwer zu deuten und leicht misszuverstehen. Unbedacht angewandt sogar regelrecht gefährlich. Deshalb werden Schüler und Lehrlinge nicht darin unterrichtet.»

«Aber wozu gibt es den Codex dann?»

Von Thybils sprühender Begeisterung eben war nichts mehr zu merken, er wirkte sehr ernst. «Die Meister sind mit dem Codex Sanguis vertraut wie mit einem wissenschaftlichen Text in einer toten Sprache. Schon seit langem hat niemand mehr nach ihm gehandelt. Er gehört in ein anderes Zeitalter.»

Der Alte hatte seine Gefühle längst abgeschottet, nun wandte er sich ab und ging zurück zu den Feuerstellen.

Sie wurden von einem äußerst besorgten Mittni empfangen.

«Es geht um Drattni!», rief er ihnen zu. «Er wird nicht wieder wach.»

Bryn eilte zu dem Hu-Barue und fühlte seinen Puls – er war schwach, aber regelmäßig. Auch seine Atmung war flach, aber regelmäßig.

«Er wird nicht sterben. Das muss der Schock gewesen sein. Er wird bald aufwachen.»

Damit überließ er Drattni der Fürsorge der anderen Barue und zog sich zurück. Er wollte über das nachdenken, was Thybil ihm erzählt hatte.

Wie konnte man sich gegen diese Geister wehren? Ihm fiel die «spirituelle Kriegsführung» ein, die bei den Aposteln des Verstehens gelehrt wurde. Handelte es sich hier um ein Problem des Glaubens? Nun fand er es lachhaft, aber es war noch nicht sehr lange her, da hätte er diese schreckliche Angelegenheit ohne Umschweife auf spirituelle Ursachen zurückgeführt – und nach ebensolchen Lösungen gesucht.

Sollten die Apheristenbrüder diese Geistwesen bekämpfen? Und wie würden sie dabei vorgehen – beten? Er konnte sich nicht vorstellen, dass ein Wandler sich im entscheidenden Moment – wenn man dem Dämon von Angesicht zu Angesicht gegenüberstand – von gefalteten Händen oder gemurmelten Floskeln auch nur im Geringsten beeindrucken lassen würde. *Glaubt an Elyon! Er kann euch helfen …*

Er konnte … aber würde Er auch?

Nein, man durfte nicht damit rechnen, dass ein Gott, der nichts gegen die Ostentum oder die Verschwörung oder die Ermordung einer von allen geliebten Großmutter unternommen hatte, seine Gewohnheiten ändern würde, nur weil die neuen Feinde keinen Körper besaßen. Die wahren Bewacher Calaspias mussten handeln.

Wer hatte die Ostentum im Krieg um das Tor abgewehrt? Die Culmus Sangui und ihre Verbündeten. Wer hatte Perduellis' Plan vereitelt, in Polgaren einzufallen? Die Culmus Sangui und ihre Verbündeten. Teilweise sogar ein und dieselben Persönlichkeiten! Also würden sie auch dieses Mal für Ordnung sorgen.

Ein froher Ruf riss Bryn aus seinen Gedanken.

Jemand rief: «Drattni! Er wacht auf!»

Doch irgendetwas stimmte nicht. Bryn stand auf und lief zu dem Hu-Barue hinüber, der aufgesprungen war und schwankte.

«Er ist verwirrt», erklärte Yerfi. «Er weiß nicht, wo er ist.»

Bryn versuchte, den Hu-Barue wieder auf seine Decke zu drücken. «Beruhige dich, Drattni, es ist alles in Ordnung. Du hast nur Angst vor etwas bekommen, das hier eigentlich gar nichts zu suchen hat.»

«Was heißt das – Drattni? Wer bist du?» Er kämpfte sich frei und stolperte von ihnen weg. «Lasst mich in Ruhe!» Dann bemerkte er das Schwert an seiner Seite, zog es blank und hielt es unsicher vor sich.

«Nun steck's schon wieder weg», sagte Yerfi. «Es ist alles unter Kontrolle! Wir sind in Sicherheit!»

«Und wer seid ihr? Ich kenne niemanden von euch!»

«Er hat sein Gedächtnis verloren», flüsterte Telseara weiter hinten.

Bryn packte Yerfi bei der Schulter: «Hat der Wandler ihn berührt?»

Der Schmied zuckte die Achseln. «Keine Ahnung, ich war nicht dabei.»

«Hat der Wandler ihn berührt?», rief Bryn den anderen zu.

Verängstigt nickte jemand, der direkt neben Drattni gesessen hatte.

Mittni ging zu dem Hu-Barue, der sich jetzt mit gekreuzten Beinen auf den Boden setzte und das Schwert über seine Schenkel legte.

«So etwas habe ich schon einmal gesehen. Beim Heer. Oben im Norden.» Sein Gesicht war bleich. «Da gab es ein Regiment von Außenseitern. Die konnten sich auch nicht mehr an ihr früheres Leben erinnern.»

«Und was waren das für Leute?», fragte Bartholdi, ohne seinen prüfenden Blick von Drattni abzuwenden.

«Begnadete», stieß Mittni hervor. «Leute mit einer Gabe, wie Magie.»

Yerfi ging zu seinem Freund hinüber und legte ihm beruhigend eine Hand auf die Schulter. Doch Drattni sprang auf und griff an – er packte seinen Freund und stieß ihn von sich. Und dort, wo Drattnis Hände ihn berührt hatten, brannte der Schmied plötzlich lichterloh. Geistesgegenwärtig griff Mittni sich einen Krug Swigny und löschte die Flammen. Drattni wich einen Schritt zurück, und wo er eben noch gestanden hatte, stieg Rauch vom Boden auf.

«Er ist tatsächlich ein Begnadeter», keuchte Thybil und griff sich an die Brust. «Eridanus hat uns gesagt, dass zwischen den Wandlern und den Begnadeten möglicherweise eine Verbindung besteht. Aber er hat nichts davon erzählt, dass die Wandler die Gabe *verleihen.*»

«Du meinst, dass all diese … *Begnadeten* von Wandlern berührt wurden?», fragte Bryn. «Aber in Armaah haben die Wandler einen Paladin getötet. Warum ist er nicht einfach zu einem Begnadeten geworden?»

«Das in Armaah war eine Kampfsituation», sagte Thybil. «Vielleicht dachte dieser Wandler hier, dass ein Angriff nicht nötig wäre … Vielleicht hat er auf diese Weise mit uns Kontakt aufgenommen, weil er unsere Barue-Sinne interessant fand. Ich weiß es nicht.»

Bryn ging einen unsicheren Schritt auf den veränderten Hu-Barue zu. Drattni erwiderte die Blicke der anderen ungerührt. Als er Bryn in die Augen sah, zuckte dieser zusammen. Was er fühlte, war viel ernüchternder als alles, was er sehen konnte. Der Begnadete strahlte eine überwältigende, unendlich tiefe Ruhe aus. Das war keine Friedfertigkeit mehr, das war eine gewaltige, eine totale *Leere.* Und im Zentrum dieser Leere befand sich ein winziger Lebensfunke und schrie – voller Angst, hilflos, hoffnungslos.

Bryn warf keinen weiteren Blick mehr in diese Augen. Mit klopfendem Herzen wandte er sich ab und schob sich durch die verängstigte, flüsternde Menge. Er musste allein sein.

Was sollten sie einer so gespenstischen Bedrohung entgegensetzen? Alles hing von der Größenordnung des Problems ab. Wie viele Wandler gab es? Was genau taten sie? Zum ersten Mal hatte Bryn das Gefühl, dass ihn seine Ausbildung zum Culmus Sangui in der Eisfeste nicht dazu befähigte, mit einer Herausforderung fertigzuwerden. Waren sie dafür wirklich hinreichend gerüstet? War dieser im Verborgenen wirkende Orden aus Muskeln und Stahl in der Lage, solch mysteriöse Gegner zu bekämpfen? Apherist – sein Ahne – hatte die Culmus Sangui begründet, um dem Wahnsinn in all seinen Gestalten zu trotzen … schloss das nicht auch weniger soldatische Methoden ein, wie Thybil bereits angedeutet hatte?

Als Bryn an die Unsichtbare Welt dachte, fielen ihm Thybils Worte wieder ein:

Es muss eine ganze Menge Wandler nach Calaspia verschlagen haben, hatte Thybil gesagt, *wenn sich einer hier weitab von allem herumtreibt, was für Verschwörer interessant sein könnte.*

Für Verschwörer interessant … Und wenn dieser Wandler nun seinetwegen hierhergekommen war?

✦ ✦ ✦

«Was ist los?», fragte Mittni.

«Ja, was wohl», sagte Bryn. «Körperlose Geister sind los. Der Wahnsinn nimmt kein Ende …»

Seine Befürchtung, dass vielleicht er für das Auftauchen des Wandlers mitten unter seinen geliebten Dorfleuten verantwortlich war, äußerte er nicht. Aber je länger er darüber nachdachte, desto einleuchtender erschien es ihm. Schließlich hatte sich der Wahnsinn schon einmal seiner bedient – als er die Klaue des Todes geschwungen hatte. Er sah zum Himmel, wo Sylvata sorglos durch die Lüfte schwebte. Außerdem war er, soweit er wusste, der einzige Barue mit magischen Fähigkeiten. Er würde wohl noch eine Weile mit dieser Befürchtung leben müssen.

Drattni ging es inzwischen besser. Es beunruhigte ihn offensichtlich nicht mehr, dass er niemanden kannte, und er wollte anscheinend auch niemanden kennenlernen. Immerhin reagierte er inzwischen wieder auf seinen Namen.

Seine Barue-Sinne hatte er verloren. Es war zwar unmöglich, ihn wieder in ihr Gemeinwesen zu integrieren, aber die Leute kümmerten sich um ihn. Wenn er gefragt wurde, half er bei einfachen Hausarbeiten. Ansonsten saß er einfach nur da und starrte vor sich hin. Bryn ging ihm aus dem Weg. Das Schlimmste an dem Hu-Barue war, dass er trotz des unüberbrückbaren Widerspruchs zwischen seiner Ruhe und der Panik, die sein Herz ergriffen hatte, vollkommen gleichgültig war und sich nicht einmal langweilte, wenn er nichts zu tun hatte.

Es vergingen mehrere Tage, und da kein weiterer Wandler auftauchte und die Barue sich inzwischen notfalls abschirmen konnten, legte sich Bryns Angst allmählich – zumal ihm der Vorfall jetzt doch als zufällig erschien. Allerdings verspürte er eine zunehmende Rastlosigkeit.

Sosehr er die Gesellschaft der Barue auch genoss, es kam genau, wie er erwartet hatte: Er konnte sich nicht vorstellen, länger in Quivelda zu bleiben. Besonders jetzt nicht, wo aus Drattni ein Begnadeter geworden war. Wenn er ein normales Leben führen wollte, konnte er auch gleich in das Unternehmen seiner Eltern einsteigen – Telseara und Dordios redeten sowieso ständig davon, bald wieder «in die Firma» zu gehen. Nur hatte Bryn noch keine Antworten auf die Fragen gefunden, die ihn quälten – er hatte noch nicht einmal damit begonnen, welche zu suchen. Er wusste nicht, wo er anfangen sollte, aber er konnte auch nicht einfach im Verborgenen vor sich hin leben. Er würde mit Mittnis Geschwistern nach Baruto zurückzukehren und von dort aus seine Suche in Angriff nehmen.

Er sorgte sich um seine eigene Sicherheit und um die seiner

Eltern. Er vertraute Okolnit nicht, trotz aller beruhigenden Worte vonseiten Thybils und Eridanus'. Er musste dringend wieder mit seinen regelmäßigen Übungen anfangen.

Die Nähe der anderen Barue war dafür hilfreich, denn so konnte er auf geistiger Ebene die Gefühlsströme um sich herum manipulieren. Es ähnelte dem Zustand des *In Kan'Elia*. Er nutzte die Bahnen seiner Barue-Sinne für dieses Ausgreifen und war bald in der Lage, die Ungeduld einiger hungriger Kinder zu zügeln, die um Essen anstanden. Er nahm lieber Kinder für seine Versuche, da sie noch nicht so entwickelte Sinne besaßen – auch weil er befürchtete, dass das Dorf mit Befremden reagieren würde, wenn die Erwachsenen merkten, dass er mit dieser geheiligten zusätzlichen Intelligenz spielte, die sie zu Barue machten.

Aus reiner Höflichkeit blieb er noch mehrere Tage in Quivelda. Er beschäftigte sich mit Körperübungen und genoss die letzten Tage in dieser netten Gesellschaft, dann weihte er Mittni, Telseara und Dordios in seine Reisepläne ein.

«Es ist sicher nur gut, wenn du eine Zeitlang in Baruto lebst», sagte Telseara mitfühlend.

Dordios strahlte. «Ja, dann können wir unter dir arbeiten! Was meinst du, wie wir ackern werden.»

«Ich muss zugeben, ich hätte nichts gegen einen Besuch der Swigny-Fabrik einzuwenden», sagte Mittni.

«Ich kann mich kaum noch daran erinnern», sagte Bryn. Mittni sah ihn erstaunt an.

Er hatte mit seinen Freunden kaum einmal über sein Erbe geredet. Aber nach all den Jahren, die sie zusammen verbracht hatten, freute er sich nun schon darauf, mit ihnen das Unternehmen seiner Familie zu erkunden. Was für ein Abenteuer – und zudem eines, das versprach, ohne Ostentum oder Verschwörungen auszukommen.

Auch Thybil zeigte Verständnis für seine Entscheidung; allerdings spürte Bryn deutlich, dass der scharfsinnige Alte sich nicht weismachen ließ, es wäre einzig das Familienunternehmen, das seinen jungen Schützling nach Baruto zog. Durch die Geschichten, die die beiden frechen Geschwister über das Bellyset-Imperium erzählt hatten, gab es jetzt einen konkreten Ausgangspunkt für Bryns Recherchen.

Das Familiengeheimnis hatte er von seinen Eltern erfahren. Nach ihren Worten hatte Lueth Rann sichergestellt, dass jeder Angehörige ihrer Linie die Geschichte erfuhr. Das bedeutete, dass drei Generationen vor dieselbe Entscheidung gestellt gewesen waren wie er. Telseara und Dordios hatten ganze Räume voller Dokumente erwähnt. Dem Herrn Rechtsanwalt Sponne Du Lixe zufolge gab es auch woanders noch Büros, aber für Bryn stand fest, dass alles, was mit der Beziehung zu Apherist zu tun hatte, außer Reichweite irgendwelcher Mitarbeiter verwahrt werden würde. Vielleicht sogar unmittelbar in der Familienvilla?

✦ ✦ ✦

Bald nach Beginn der Reise begannen Telseara und Dordios, die sich zunächst mit breitem Grinsen in ihrem Geschäftswagen kutschieren ließen, Bryn und Mittni um ihre Freiheit zu Pferde zu beneiden. Natürlich zeigten sie es nicht. Aber nach zwei Tagen spürte Mittni ihren Verdruss und erzählte ihnen von seinen ersten längeren Reisen im Sattel – mit besonderer Betonung auf seinem wunden und geplagten Hinterteil, sodass die beiden anschließend durchaus froh waren, in einer holperigen Kutsche zu sitzen. Hinter Wenfeld, auf dem Handelsweg durch den Trabatrawald, wurden die Straßen besser.

Das dichte Blätterdach schützte sie vor der Sonne. Bryn freute sich, wieder Silaeti zu reiten. Die Stute schien die Reise nach den Tagen in Quivelda, an denen sie kaum Bewegung gefunden hatte, mindestens ebenso sehr zu genießen wie er. Hier und da ritt er ein Stück voraus – nicht als Kundschafter, nur aus reinem Vergnügen.

Ohne sonderlich von den Patrouillen aufgehalten zu werden, die für den Schutz der Händler und Pilger vor Wegelagerern zuständig waren, gelangten sie ins Königreich Bel-Tued. Manch ein Soldat salutierte oder verbeugte sich vor ihnen, wenn er das Emblem der Bellysets erblickte, die goldenen Griffe in der Form eines B an den Türen der Kutsche – und manch ein Reisender tat es ihnen nach, vielleicht in der Hoffnung auf ein Freiswigny.

Es war die schönste Reise, die Bryn je gemacht hatte. Er hatte keinen Zeitdruck und weder einer Mission noch einer Tagesordnung zu folgen: ein köstliches Gefühl von Freiheit, die er noch dazu mit seinen besten Freunden teilte. Bryn war sich bewusst, dass dieser Zustand nicht andauern würde, und genoss ihn einfach, solange es ging.

Zur Vorbereitung auf eine weitere Auseinandersetzung mit Okolnit übte Bryn sich weiterhin darin, Gefühle zu manipulieren. Zu seiner Freude konnte er die Nicht-Barue um sie herum viel leichter beeinflussen, denn bei ihnen hatte er keine Entdeckung zu befürchten. Die Barue von Baruto waren auch keine viel schwierigere Beute, hatten sie doch einen Großteil ihres Wahrnehmungsvermögens dem Kapitalismus geopfert.

Sein zweiter Besuch der größten Handelsmetropole seines Volkes war weniger anstrengend als der erste. Mittni und er waren zwar zu Pferde, aber sie zogen dennoch keine misstrauischen Blicke auf sich. Da sie nicht so abgerissen wie beim letzten Mal waren und in angemessenem Tempo neben der

Kutsche herritten, hielten die Leute sie wohl für Leibwächter. Telseara und Dordios zufolge hatten die Bellysets häufig wichtige Persönlichkeiten zu Gast.

Sie erreichten die Stadt zur Mittagszeit, und wieder war Bryn von den Stadtvillen überwältigt. Ein Gebäude war größer und beeindruckender als das andere, und die wohlhabenden Einwohner waren kaum noch als Barue zu erkennen. Im Vorbeireiten las er einige der Sinnsprüche, die auf Schmucktafeln an den Häuserwänden hingen. Und stellte erstaunt fest, dass es viel mehr religiös angehauchte Sprüche zu geben schien, die darauf hindeuteten, wie der Hausherr zum Kult stand. Mehrmals sah Bryn Bürger oder Kutschen mit dem wichtigsten Symbol der apheristischen Kirche, dem Buch und dem Schwert. In einigen Gärten standen sogar Schreine. Manche Wandtafeln enthielten gar keine Schriftzeichen, sondern nur Symbole.

Der Kutscher, ein mürrischer, bärtiger Kerl namens Jarvis, der ihre Versuche, sich mit ihm zu unterhalten, erfolgreich abgewehrt hatte, führte sie schnurstracks durch die breiten Straßen. Er hielt an keiner Skulptur und keinem Springbrunnen und schlug mit seiner Peitsche nach jedem, der so leichtsinnig war, ihnen in die Quere zu kommen – bis sie schließlich vor den schwarzen Eisentoren des Anwesens der Bellysets angelangten.

✦ ✦ ✦

Felix und Fortuna Bellyset waren nicht zu Hause. Die vier ließen ihre paar Habseligkeiten gleich bei der Tür liegen, und Telseara und Dordios zeigten Bryn und Mittni begeistert ihre Zimmer im zweiten Stock. Bryn war froh, dass sie nicht mehr im Gesindehaus untergebracht waren. Bei seinem letzten Besuch hatte er den zweiten Stock nicht einmal betreten. In den vergangenen neun Jahren schien sich nicht viel verändert zu haben. Mit jedem Schritt überkamen ihn weitere Erinnerungen. Telseara und Dordios plapperten aufgeregt von irgendeinem Projekt, an dem sie gerade arbeiteten und das sie ihnen zeigen wollten, aber Bryn konnte kaum zuhören.

Sie warfen einen Blick in die Zimmer der beiden – Bryn konnte sich nicht erinnern, wie sie früher ausgesehen hatten. Dann fiel ihm ein, dass sie wahrscheinlich von Anfang an als Gästezimmer gedient hatten. Er schaffte es gerade noch, sich lobend über die Tapete zu äußern, bevor Telseara seine Aufmerksamkeit ebenso ungeduldig wie stolz auf ein Bündel Papier lenkte. Bryn grinste geistesabwesend. Ihm war aufgefallen, dass sie beinahe schon erwachsen aussah, und er betrachtete sie von oben bis unten. Ihre Kleider wirkten hier viel passender als in Quivelda. Sie hatte auch ihre Haare zurechtgemacht. Früher hatte sie doch *nie* etwas mit ihren Haaren gemacht …

Eine andere Art Nostalgie machte sich in ihm breit: keine Sehnsucht nach dem längst Vergangenen, sondern nach dem, was erst vor kurzem verlorengegangen war, was noch gar nicht anders hätte sein dürfen. Bryn konnte nicht fassen, wie gefühlsduselig er war – immerhin war er ein Krieger und ein Culmus Sangui!

Telseara spürte seine Abgelenktheit. «Hörst du mir überhaupt zu?»

Das Läuten eines silbernen Glöckchens an der Wand ließ sie wissen, dass die Erfrischungen bereitstanden. Auch dieses Geräusch weckte eine Erinnerung in Bryn. Während sie hungrig und durstig zur Treppe gingen, standen ihm Bilder von Swigny und Kuchen vor dem geistigen Auge – Dinge, die sich nie ändern würden. Er ging nicht mit nach unten, sondern am Treppenhaus vorbei in einen Gang mit holzverkleideten Wänden. Er kannte diesen Weg gut.

Der Gang hatte sich nicht verändert. Aber er. Als er das letzte Mal diesen Teppich hinuntergegangen war, hatte er die weichen Pantoffeln seiner Mutter verschmäht und war barfuß geblieben. Er war damals acht Jahre alt gewesen. Und nun trug er Gästepantoffeln, als ob er gar nicht hier zu Hause wäre, und seine schwieligen Füße gingen in vernarbte, dunkle Waden über.

Vorsichtig drückte er die Klinke hinunter und öffnete die Tür. Als er den Kopf hindurchsteckte, fiel ihm verwundert auf, dass die Angeln nicht gequietscht hatten.

Es verschlug ihm den Atem. Der beige Teppich. Die gelbe Tapete, mit der die knallbunten Spielzeugschubladen kontrastierten. Seine niedlichen, zugleich aber auch grässlichen Zeichnungen von Blumen und Burgen, die in unglaublich pompösen Bilderrahmen hingen. Das Holzschwert, das an dem geschnitzten Soldaten in der purpurnen Uniform von Bel-Tued lehnte. Alles war noch wie damals!

Was hatte er erwartet? Dass das Zimmer neu eingerichtet und seine ganzen Spielsachen verschwunden waren? Ja, vielleicht schon. Er wusste es nicht genau, aber das hier hatte er jedenfalls nicht erwartet. Er hatte sich verändert. Ob zum Guten oder zum Schlechten, war im Moment egal. Seine ganze Welt hatte sich verändert und er sich mit ihr – aus Notwendigkeit, um zu überleben. Manche Änderungen waren von außen erzwungen worden, andere von innen gekommen. Doch nun schien das alles keine Rolle zu spielen.

Er trat ins Zimmer und kam sich wie ein Eindringling vor. Als ob jeden Augenblick ein Kind angelaufen kommen und in die Kissen auf dem Sofa springen würde. Er zog die Pantoffeln aus und genoss das Gefühl des flauschigen Teppichs zwischen seinen Zehen. Auf dem Sofa lagen Baba Bär und Tinti Fisch … Nicht zu fassen, dass er noch wusste, wie sie hießen.

Also hatten seine Eltern ihn doch vermisst. Sie hatten dies alles ihm zu Ehren aufgehoben – als ob er es je wieder brauchen würde. Und wer weiß, vielleicht hatten sie hier genauso in Erinnerungen geschwelgt wie er gerade …

Er ging zur Fensterbank und strich über das polierte Holz. An seiner Fingerspitze haftete kein Staub. Gerührt trat Bryn auf den Gang. Mit einem Mal freute er sich auf seine Eltern. An der Treppe warteten zu seiner Überraschung seine drei Freunde auf ihn. Gemeinsam gingen sie hinunter in die Eingangshalle, wo bereits der Diener Perseus bereitstand, um sie zu verwöhnen.

✦ 15. KAPITEL ✦

Die Swigny-Fabrik

So köstlich der Imbiss auch schmeckte, rasch waren der Durst gelöscht und der Bauch gefüllt. Bei der dritten Runde Swigny und Kuchen warnte Dordios sie mit vollem Mund, noch Platz für «einen Becher frisch Gebrautes» zu lassen, denn gleich wollten sie der Fabrik noch einen Besuch abstatten. Mittni antwortete: «Dafür ist bei mir immer Platz, Dos.»

Sie hatten beschlossen, nicht zu Hause auf Bryns Eltern zu warten, sondern sie auf der Arbeit zu besuchen. Sie sagten es Jarvis, der nur stumm den Kopf schüttelte, als ob sie einen Witz auf seine Kosten machen würden. Dann ging er hinaus, um alles vorzubereiten. Entsetzlich viel zu tun hatte er jedoch offensichtlich nicht, denn die Kutsche war abfahrbereit, bevor sie auch nur Gelegenheit hatten, das Essen etwas sacken zu lassen.

Bryn konnte sich nicht mehr an den genauen Weg erinnern. Während sie an den riesigen Anwesen am Stadtrand vorbeifuhren, war er froh, die reichen Besitzer bald hinter sich zu lassen, die im Schatten saßen und an kalten Getränken nippten, während ihre Gärtner schwitzten. Viele Anlagen verfügten über eine Art luftgestütztes Bewässerungssystem, andere über im Boden versenkte Sprinkleranlagen; jedenfalls war dafür gesorgt, dass das Gras grün und die Pflanzen üppig blieben. Der Anblick ließ Bryn an die Dürre in Nomidien denken, die hoffentlich endlich vorüber war. Sie hatten von allen möglichen ungewöhnlichen Naturphänomenen gehört, von Hochwasser in Trockengebieten und Dürrekatastrophen in Landstrichen, die normalerweise feucht waren. Aber jetzt, wo das Imperium nicht mehr vom Wahnsinn überschwemmt wurde, würde sich die Lage sicher bald normalisieren.

Als Bryn das mürrische Gesicht des Kutschers sah, ein regelrechtes Bollwerk gegen die Versuchungen der Welt, beschloss er, ihn ein wenig aufzuheitern. Wie andere städtische Barue schottete der Mann seine Gefühle ab, aber dabei handelte sich nur um einen einfachen Schutzwall für ganz normale persönliche Angelegenheiten; er hatte anscheinend keine wichtigen Geschäftsgeheimnisse, Bestechungen oder Erpressungen zu verbergen. Manche Geschäftsleute hingegen verfügten über extrem komplizierte Abwehrmechanismen – von einigen Politikern ganz zu schweigen. Bryn unternahm einige tastende Versuche und war mit den Ergebnissen bald überaus zufrieden. Der verkniffene Gesichtsausdruck war zwar noch nicht völlig verschwunden, aber Jarvis wirkte nicht mehr ganz so schlecht gelaunt, machte es sich auf dem Kutschbock bequemer und schlug die Beine übereinander.

Eine Zeitlang fuhren sie schweigend dahin. Bryn kam diese landschaftlich schöne Strecke bekannt vor – die wilden Wiesen, die unberührten Wälder. Auch das gehörte zur Anziehungskraft eines Ortes wie Baruto: Die Gutsbesitzer waren so reich, dass sie es sich leisten konnten, nicht allzu nah bei den eher unästhetischen Produktionsanlagen zu wohnen, auf die ihr Wohlstand gegründet war. Jarvis bog von der gepflasterten Straße nach Bel-Tued in eine schmalere Seitenstraße ab. An einem kleinen Wäldchen beschrieb die Straße einen Bogen. Die Schatten der Blätter warfen ein Sprenkelmuster auf die Kutsche. Dann fiel das Wäldchen zurück. Der Weg von der Villa zur Fabrik war kürzer, als Bryn gedacht hatte. Eigentlich lag nur der Hügel mit dem Wäldchen dazwischen.

Die Straße fiel sanft zu einem umzäunten Gelände hin ab. Ein Wachhaus und Patrouillen, die ein Straßenstück mit Springbrunnen und Obstgärten sicherten – und dahinter funkelte wie eine Stadt aus Silber die Swigny-Fabrik in der Sonne.

✦ ✦ ✦

Bryn konnte kaum glauben, dass er schließlich hier war. Hinter den Bäumen ragte die Fabrik empor, die den Namen Bellyset in ganz Calaspia bekannt gemacht hatte. Als sie auf die Anlage zufuhren, die überall mit kleinen Mauertürmchen geschmückt war, hatte er das Gefühl, dass ihn mit diesem stolzen Unternehmen überhaupt nichts verband. Was wusste er denn schon von Swigny, was die anderen nicht wussten? Gar nichts. Was machte ihn – außer dass Felix und Fortuna seine Eltern waren – zu einem Teil dieser Dynastie?

Einige Mauern der Fabrik waren fensterlos, andere wiesen hoch oben schmale Fenster auf, und manche Wände waren ganz aus Glas, durch das Bryn aber trotzdem nicht erkennen konnte, was dahinter lag. Als die Kutsche durch das vergoldete Tor fuhr, war Mittni ziemlich aufgeregt. Zwei Wachen der Firma Gibbons salutierten, und er salutierte zurück. Jarvis bereitete es wenig Mühe, sie alle drei einfach zu ignorieren. Er lenkte die Kutsche um einen von prächtigen Blumen umstandenen Springbrunnen. Bryn atmete tief ein und nickte anerkennend; erst dann erkannte er, dass der allzu kräftige und süße Geruch nicht von den Blumen herrührte, sondern aus dem Gebäude kam. Die Kutsche war kaum zum Stehen gekommen, da sprangen Telseara und Dordios auch schon hinaus und zogen Bryn und Mittni hinter sich her.

«Die Arbeiter benutzen andere Eingänge, an denen sie ihre Werksausweise bekommen», erklärte Telseara, «aber du bist ein Ehrengast.»

Die gestrichenen Wände neben den Marmorsäulen am Eingang waren glatt und gerade; an anderen Stellen waren sie abgerundet und glänzten wie Stahl. Um das ganze Gebäude herum waren alle paar Meter dickbäuchige Wachen postiert, die mit stolzem Blick strammstanden. Aus mehreren Schornsteinen stieg heller Rauch auf und verwirbelte in einem dramatischen Schauspiel zu einem nie endenden Kampf unglaublicher Mythengestalten. Fast meinte Bryn Ostentum zu sehen. Die Gespenster wanden sich, verschlangen sich ununterscheidbar ineinander, und obwohl sie ewige Feinde waren, sollten sie am Ende nur noch eine große, träge Masse bilden. Was für eine treffende Metapher für die Politik, dachte Bryn.

Ein Klicken irgendwo weit hinter den cremefarbigen Mauern riss ihn aus seinen Gedanken, und die hohen Türen schwangen nach innen. Sie traten ein, und selbst Mittni hatte jetzt kein Auge für die Wachen mehr. Alle verspürten sie eine große Ehrfurcht, die sie verstummen ließ wie beim Eintritt in eine Kathedrale. Noch nie hatte Bryn Telseara und Dordios so *aufrecht* gehen sehen. Dadurch steigerte sich sein Unbehagen nur: Hier kam er, der künftige Besitzer, und konnte sich kaum daran erinnern, das alles je gesehen zu haben! Verschwommene Bilder von schwappenden Flüssigkeiten, gebogenen Rohren und kräftigen Farben, die auf Förderbändern vorbeijagten, tauchten vor seinem geistigen Auge auf. Waren es Erinnerungen oder nur Erzeugnisse seiner Einbildungskraft?

Zu sehen war bisher nichts dergleichen. Stattdessen standen sie in einem eher düsteren, mit einem purpurnen Läufer ausgelegten Gang, der mit den gesammelten Auszeichnungen der letzten beiden Generationen von Swigny-Braumeistern regelrecht tapeziert war. Zu Bryns Überraschung roch es hier nach dem Parfümduft bei der Einfahrt eher muffig. Der gesamte Eingangsbereich drückte Ansehen und Korrektheit aus. Auf beiden Seiten des Teppichs schien sanftes Licht aus einem Spalt und beleuchtete die zwischen den Auszeichnungen hängenden Gemälde diverser Bellysets an der Seite von Baronen, Herzögen, Königen und Imperatoren.

Als ihr Weg sie über Marmorboden führte, hallten ihre Schritte von der kuppelförmigen Decke wider. Überall herrschte geschäftiges Treiben, aber der Raum war so groß, dass sie das Gefühl hatten, von alldem weit entfernt zu sein. Vertreter in Straßenanzügen waren zu sehen, Wissenschaftler in Gewändern und Arbeiter in Kitteln. Sie hatten den Eindruck, nicht in einem Gebäude zu sein, sondern eher auf einem öffentlichen Platz. Kaum jemand unterhielt sich, und wenn, dann nur mit gedämpfter Stimme. Nur eines hatten alle Mitarbeiter gemein: das an ihrer Brust befestigte B. Dies waren die von Telseara erwähnten Werksausweise. Die meisten waren aus Kupfer, einige aus Silber.

«Fast dreihundert Mitarbeiter nur hier in der Fabrik», flüsterte Dordios.

«Es heißt, dass manche das Gebäude aus Gründen der Geheimhaltung niemals verlassen», fügte Telseara hinzu. «Auch sollen hier angeblich Gnome beschäftigt sein, aber ich habe noch keinen gesehen.»

Nach seiner Begegnung mit den fleißigen kleinen Wesen in der Manufaktur der Zwerge hätte Bryn das nicht weiter verwundert. Die drei Bartholdis gaben sich Mühe, möglichst leise aufzutreten. Bryn fragte sich, was er tun sollte und wie die Leute auf ihn reagieren würden. Wobei es ihm lieber gewesen wäre, selbst reagieren zu können. Er riss seinen Blick von den Deckenmalereien los, die von oben durch das kristallklare Fensterglas beleuchtet wurden. Sie zeigten Wirtshausszenen mit Feiernden aus ganz Calaspia, die sich Swigny schmecken ließen. Bryn konzentrierte sich auf die bebrillte Empfangssekretärin.

Dem ersten Anschein nach hatte sie den Posten aufgrund ihrer körperlichen Vorzüge erhalten, aber offensichtlich war sie auch so klug, wie ihre Brille sie erscheinen ließ: Sie war die alleinige Herrscherin über ein ganzes Sammelsurium von Schränken, Dokumenten und kleinen Knöpfen.

«Willkommen in der Swigny-Fabrik, was kann ich für Euch tun?», fragte sie mit einem Lächeln, als hätte sie das schon tausendmal gesagt und würde doch jedes Mal versuchen, es so frisch und aufrichtig wie beim ersten Mal klingen zu lassen. Sie war keine Barue, oder sie verbarg ihre Zugehörigkeit so geschickt, dass Bryn es nicht herausfinden konnte.

«Der junge Herr Bellyset ist hier, um Felix und Fortuna zu besuchen», sagte Telseara leichthin. Bryn konnte spüren, wie stolz sie war.

Elisabeth Chambers – ihr Name stand auf einem goldenen Schild – verbarg ihre Überraschung hinter einem professionellen Strahlen. Es machte fast den Eindruck, als hätte sie ihn schon erwartet. Sie erhob sich und machte einen Knicks, dabei drückte sie unauffällig auf einen der kleinen Knöpfe.

«Herzlich willkommen, Mr. Bellyset. Mein Name ist Lisa, und wir alle hier stehen zu Euren Diensten.» Sie ignorierte die anderen nun und sprach nur noch zu ihm. «Der Herr Braumeister und die gnädige Frau nehmen gerade die Wochenberichte entgegen. Sie werden höchst erfreut sein, Euch in Kürze zu empfangen. Wünscht Ihr in der Zwischenzeit vielleicht eine kleine Erfrischung?»

Da sie eben erst gegessen hatten, wollte Bryn schon dankend ablehnen, aber Telseara sagte: «Und ob, du musst dir unbedingt den Salon ansehen!»

«Wenn Ihr dann bitte Richards folgen würdet. Er wird Euch mit allem Gewünschten versorgen.»

Ein tadellos gekleideter Mann in einer eleganten purpurnen Jacke und mit öligen Haaren trat, offensichtlich durch den unauffälligen Knopfdruck verständigt, zu ihnen und verneigte sich schwungvoll. «Richards, Euer ergebener Diener.» Zumindest er schreckte nicht davor zurück, sich hier laut und deutlich zu verständigen. Seine Stimme hallte bis zur Decke hinauf, aber niemand schien auf ihn zu achten.

Bryn schüttelte ihm die Hand. Bevor sie gingen, sagte er: «Vielen Dank, Lisa», woraufhin sie errötete und noch einmal einen Knicks machte. Dann vergrub sie sich in ihren Papieren.

«Speichellecker», flüsterte Telseara.

Einige hundert Meter hinter dem Empfangstisch, der sich von hier aus so winzig ausnahm wie ein Stück Treibholz in einem Ozean aus Marmor, erhob sich eine geschlossene Flügeltür von doppelter Mannshöhe. Die Mitarbeiter kamen und gingen durch kleinere Nebeneingänge. Richards führte die vier aus der runden Empfangshalle in einen Salon von bescheideneren Ausmaßen mit einer kreisrunden Bar. Hier bestand alles aus poliertem Holz, mattem Leder und edlem Teppich. Die sich drehenden Tische glänzten wie Spiegel. Es war ein sehr schöner Salon, behaglich und doch modern. Bryn stellte ihn sich voller Geschäftsleute vor, und schon verblasste sein Reiz. Er setzte sich in einen seltsamen Schaukelstuhl vor dem Kamin, wurde aber gleich wieder von Telseara hochgezogen, die ihm zum Verdruss des Kellners von den Getränken vorschwärmte, die sich hinter einem Dutzend Zapfhähnen verbargen.

Wenn Telseara und Dordios nichts zu erzählen hatten, unterhielt Richards die Runde mit einigen Anekdoten aus dem Salon, die ihm immer genau im passenden Moment einzufallen schienen. Nie drängte er sich auf, und immer wieder schaffte er es, etwas Interessantes zu berichten oder sie zum Lachen zu bringen. Bryn musste zugeben, dass seine Eltern sowohl mit Lisa als auch mit Richards ein Händchen für gutes Personal bewiesen hatten. Nach vielleicht zwanzig Minuten, die ihnen viel kürzer vorgekommen waren, öffnete ein Mann mittleren Alters die Tür und verkündete, dass die Bellysets sie jetzt empfangen würden.

«Vielen Dank, Richards», sagte Bryn. «Ich denke, wir werden uns in Zukunft öfter sehen.»

«Habe ich Euch in irgendeiner Art und Weise enttäuscht?» Richards warf einen Blick auf seine Jacke, als würde er nach Staubflusen suchen. «Falls nicht, wäre es mir eine Ehre, Euch für die Dauer Eures Aufenthalts zu Diensten sein zu dürfen.»

Bryn wusste nicht recht, ob der Diener nicht vielmehr Telseara beeindrucken wollte, lächelte aber. «Wenn Ihr etwas Zeit für uns erübrigen könntet, wären wir sehr erfreut, Eure Dienste in Anspruch nehmen zu dürfen.»

Der andere Herr stellte sich ihnen als Bertrand vor, der persönliche Assistent des Herrn Braumeisters. Sie folgten ihm durch eine Tür, die in ein Treppenhaus führte. Links führten die Stufen nach unten, rechts nach oben. Sie gingen nach rechts.

«Ich hätte Euch gern über den schöneren Weg hinaufgeführt», sagte Bertrand, «aber die Herrschaften wünschen Euch so schnell wie möglich zu sehen.»

Im dritten Stock schloss Bertrand eine Tür auf und führte sie einen weiteren Gang hinunter. Auf der einen Seite hingen Porträts früherer Generaldirektoren; Bryns Aufmerksamkeit galt aber sofort der anderen: Durch dicke Glasscheiben konnte er einen ersten Blick auf die Maschinenanlagen im Vollbetrieb werfen. Drei verschiedene Arbeitsbereiche waren auszumachen. Ein Dutzend weißgekleidete Arbeiter mit Kopfhauben überwachte Skalen, drehte an Reglern, machte Notizen in Formularen. Über Rutschen kamen Proben herein, wurden aufgeteilt und weitergeschickt. In den wenigen Sekunden, die Bryn zusah, teilte vermutlich ein Magier eine Flüssigkeit in ihre Bestandteile auf, wie es Eridanus damals mit Peasmis Wein getan hatte.

«Ach, das ist nichts weiter», sagte Dordios. «Nur das Kontrollzentrum.»

Bertrand blieb stehen. «Und somit die wichtigste Abteilung der Fabrik!»

Er klopfte an eine unauffällige Tür und hielt sie ihnen auf. Sie betraten ein eher langweiliges Büro. Eine strahlende junge Frau sprang auf, machte einen Knicks – Fortuna Bellysets persönliche Assistentin, wie Richards sie informierte – und öffnete die innere Tür.

«Der junge Herr und seine Begleiter sind eingetroffen.»

Bryn rechnete damit, dass seine Eltern aus dem Büro kommen würden, aber stattdessen führten Bertrand und Richards ihn hinein. Dieser Raum war ebenso groß, wie das Vorzimmer langweilig gewesen war, und noch luxuriöser als der Salon vorhin. An einem runden weißen Tisch aus nanoakschem Marmor, der mit dem goldenen Bellyset-Emblem verziert war, saßen neben Felix und Fortuna Bellyset ein halbes Dutzend Männer und zwei Frauen, die allesamt reich an Jahren waren. Sie erhoben sich zu ihrer Begrüßung.

«Bryn! Liebling!»

Seine Eltern waren so elegant und gut aussehend wie immer. Seine stilvoll in exotische Seide gehüllte Mutter gab ihm einen Kuss auf die Wange. Sein Vater, der so glatt rasiert war, als ob er sich nie rasieren müsste, klopfte ihm herzhaft auf den Rücken. Bryn sog ihre Nähe regelrecht in sich auf, wie auch schon beim letzten Mal – seine eigenen Eltern, in Fleisch und Blut, direkt vor seinen Augen: Fortuna, eine umwerfende Schönheit von ernstem Wesen, das unbeteiligten Beobachtern als Hochmut erscheinen mochte – und Felix, ein lustiger Redner mit fröhlichem Gesicht und seiner direkten Art.

Bryn wurde den Leuten reihum vorgestellt, vergaß ihre Namen aber sofort wieder. Sie hatten Posten wie Vorstandsvorsitzender und Finanzvorstand inne oder waren die Abteilungsleiter Vertrieb, Produktion, Werbung und Personalwesen. Alle hatten sie ein goldenes B an ihrer Brust prangen. Nach der Vorstellungsrunde wurde mit Swigny-Likör auf Bryn angestoßen.

«Willkommen in der Vorstandsetage», sagte derjenige, der wohl der Vorstandsvorsitzende war. «Würde Euch eine kleine Führung interessieren?»

«Dafür haben wir später noch genug Zeit», sagte Fortuna. «Ich glaube, die Fabrik hat interessantere Abteilungen zu bieten – für die Jüngeren, meine ich.»

Fortunas persönliche Assistentin befestigte ihnen sorgfältig die goldenen B an der Brust, und Felix rieb sich die Hände. «Meine Damen, meine Herren, vielen Dank für die Berichte. Alles Weitere kann bis morgen warten. Und wir werden jetzt die wichtigste Führung veranstalten, die seit einer Generation in der Fabrik durchgeführt wurde.»

✦ ✦ ✦

«Lasst uns zurück ins Foyer gehen und die Führung dort beginnen, einverstanden?» Felix' Hand lag noch immer voller Stolz auf Bryns Schulter. «Wir hätten euch natürlich auch dort empfangen können, aber dann hättet ihr unsere wichtigsten Mitarbeiter nicht kennengelernt.»

Die Führung im Foyer beginnen zu lassen lief darauf hinaus, die Fabrik durch die massiven Flügeltüren hinter dem Empfangsschalter zu betreten. Auch deren Türgriffe waren wieder als goldene B gestaltet. Bryn wurde aufgefordert, einen von ihnen zu berühren, und als er es tat, setzten sich die Türen wie durch Zauberhand in Bewegung. Sie schwangen nach innen und gewährten den Bellysets, ihren Freunden und den Assistenten Einlass. Das Geräusch von fließendem Wasser empfing sie.

Telseara und Dordios zitterten schier, und Bryn befürchtete schon, dass Mittni vor Aufregung ohnmächtig werden würde. Richards, der wahrscheinlich schon seit Jahren hier arbeitete, lächelte erwartungsvoll. Selbst Bertrand, der ansonsten nicht den Eindruck machte, sich von sonderlich vielen irdischen Dingen in Begeisterung versetzen zu lassen, war ganz gespannte Aufmerksamkeit – als ob hier gerade etwas von historischer Bedeutung geschah. Wie Bryn später von seinen Freunden erfuhr, war es ihnen bisher nicht gestattet worden, durch diese Pforte zu gehen – sie blieb normalen Mitarbeitern versperrt und stand nur ganz besonderen Gästen offen. Und natürlich den Bellysets.

«Hier entsteht er», sagte Felix. «Der Himmel, den man trinken kann.»

Sie warteten, bis sich die Türen ganz geöffnet hatten. Dann begann die Reise durch das Traumland.

Auf beiden Seiten strömten dünne Vorhänge aus kühlem Nass herab. Es duftete herrlich nach Swigny Original. Das

Rauschen eines Wasserfalls wirkte äußerst beruhigend. Hinter dem fließenden Wasser leuchteten verschiedenfarbige Lichter und ließen das Swigny braun, gelb, grün und golden schimmern. Der Gang teilte sich an einem Wasserfall nach links zur «Vorproduktion» und nach rechts zur «Nachproduktion».

«Und wo in aller Welt findet dann die eigentliche *Produktion* statt?», fragte Mittni.

«Wo in aller Welt?» Felix tippte sich mit dem Finger an die Nase. «Nun, in der *Unterwelt*, mein Junge! Das Basis-Swigny wird unter der Erde gebraut.»

Sie gingen nach links, und der Weg führte in einem Bogen abwärts. Es wurde wärmer, und die Luftfeuchtigkeit stieg. Der Gang erweiterte sich zu einer Art Höhle, deren Boden eingeebnet worden war. Lautes Gurgeln und Gluckern übertönte die Geräusche des Wasserfalls hinter ihnen. An der felsigen Decke spiegelte sich Licht, und kurz darauf erblickten sie die Quelle.

«Die firmeneigene unterirdische Quelle – die einzige ständig ergeomorphisch überwachte Quelle in ganz Calaspia!», sagte Felix stolz. Bryn war beeindruckt, dass er etwas über Ergeomorphismus wusste. Wahrscheinlich war es für seinen Vater nur ein gut klingender Begriff.

Sie genossen das aufwallende Wasser und die kühle Gischt auf ihren Gesichtern, bis Felix sie weiterführte.

«Das reine Quellwasser wird nochmals gefiltert und fließt dann in ein Reservoir, das die ganze Fabrik mit reinstem Wasser versorgt – nur für Swigny, nicht zum Händewaschen!» Er lachte. «Man könnte sogar sagen, das hier ist Swigny in seiner reinsten Form! Und genau deshalb füllen wie es auch in diesem Stadium schon zum Verkauf ab.»

«Wie das Mineralwasser der Zwerge?», fragte Mittni.

«So ähnlich», sagte Felix, «obwohl das in den Säbelzahnbergen abgefüllt wird. Zwerge besitzen die erstaunliche Fähigkeit, Mineralien schmecken zu können.» Er zwinkerte. «Für die Numenii reicht das hier.»

Die Oberfläche des Reservoirs war ruhig; die Zu- und Abflüsse befanden sich am Grund des Beckens. Es war recht dunkel hier, und das wenige Licht, das von tief unten im Becken und von den fernen Wänden kam, ließ den höhlenartigen Raum gespenstisch wirken. Es war völlig still. Automatisch begannen sie wieder zu flüstern.

Hinter dem Reservoir gab es statt nacktem Felsen wieder weißgetünchte Wände, Marmor und Teppiche. «Das Wasser fließt durch unterirdische Kanäle», erklärte Felix, «und wenn es das nächste Mal ans Tageslicht kommt – nach einem Monat –, ist daraus Basis-Swigny geworden, das als Grundlage für sämtliche Geschmacksrichtungen dient. Was dort unten geschieht, unterliegt absoluter Geheimhaltung.»

«Und was ist mit den Mitarbeitern dort unten?», fragte Telseara.

«Die sind alle absolut vertrauenswürdig», antwortete Fortuna. «Bryn, mein Schatz, wir werden dir die Herstellung von Basis-Swigny ein andermal zeigen.»

Dann kamen sie in das grüne Haus, das vermutlich so genannt wurde, weil es voller grünem Dampf war. Hier wuchsen alle möglichen Kräuter, von Minze und Lavendel bis hin zu Pflanzen, die er nie zuvor gesehen hatte und deren Namen er nicht kannte. Es waren so unglaublich viele, dass ihm beinahe schwindelig wurde. Hier hätten mehrere Mannschaften parallel Metzeln spielen können, ohne sich eingeengt zu fühlen. Manche Pflanzensorten befanden sich hinter Glas, und natürlich bestanden auch die Wände und die Decke des Gebäudes aus Glas.

«Rosen sind aber keine Kräuter», bemerkte Dordios, als sie

an Blumenbeeten vorbeikamen. Die anderen genossen einfach ihren herrlichen Duft.

«In gewisser Weise schon, wenn man daraus Rosenwasser herstellt», sagte Fortuna.

«Klingt interessant!», sagte Telseara.

«Es handelt sich um ein Nebenprodukt des Rosenöls, das wir in unserem Parfümlabor verwenden. Es eignet sich für Süßigkeiten und für Swigny. Übrigens werden auf der anderen Seite der Fabrik Delikatessen hergestellt. Bryn, hast du gewusst, dass es Vater war, der in dieses Geschäft eingestiegen ist? Bevor er die Leitung übernommen hat, wurde in der Swigny-Fabrik nur Swigny hergestellt. Durch diesen neuen Geschäftszweig konnten wir die Einnahmen um sechzig Prozent steigern, Trend anhaltend, und alles dank des Genies deines Vaters.»

«Ach, das ist halb so wild.» Felix winkte ab. «Das Parfümgeschäft kommt auch langsam ins Rollen, und nun rate mal, wessen Idee das war?»

Fortuna errötete. «Lady Turissa persönlich machte eine Bemerkung über den herrlichen Duft in der Luft, als wir am Swigny-Wasserfall vorbeigingen – dadurch kam mir die Idee. Natürlich war sie unsere erste Kundin. Und andere folgten schnell …»

Dank einer faszinierenden Methode – der «aktiven oder natürlichen Destillation» – ließ sich der Duft einiger geeigneter Kräuter ohne Verarbeitung der Pflanzen auf die feuchte Luft übertragen. Als Nächstes wurde ihnen gezeigt, wie die Kräuter geerntet wurden, und dann verließen sie, ganz berauscht von den Düften, das grüne Haus und ließen sich die normalen Zerkleinerungs- und Konservierungsvorgänge zeigen. In Bryns Kopf drehte sich alles; er war allmählich erschöpft. Ausdauerndes Gehen und Laufen war er gewöhnt, aber durch dieses ständige Herumstehen und wieder Weitergehen wie in einem Museum tat ihm bereits der Rücken weh. Erwarteten seine Eltern wirklich von ihm, dass er all diese Methoden einmal beherrschte? Und hier ging es noch nicht einmal um Basis-Swigny! Das war alles noch die Vorproduktion.

Bryn war heilfroh, als sie für eine Pause einen anderen, kleineren Salon betraten, der für hochrangige Offizielle des Unternehmens (mit silbernem Bellyset-Abzeichen) gedacht war und gerade nicht in Anspruch genommen wurde. Sie kosteten verschiedene Geschmacksrichtungen, darunter auch einige, die noch in der Entwicklung steckten und bisher nur von einem sehr kleinen Kreis probiert worden waren.

«Ist das nicht großartig?», fragte Dordios Telseara, sah dann jedoch zu Bryn. «Nun haben wir einmal die ganzen Grundlagen kennengelernt. Mir kommen schon lauter neue Ideen.»

Dann ging es in die Nachproduktion.

«Hier wird das Basis-Swigny wieder nach oben gepumpt», sagte Felix und zeigte auf eine rauschende Rohrleitung. Nach den Erfrischungen war Bryn wieder offen für neue Erfahrungen. In den nächsten Räumen ging es nicht mehr um Minze, sondern nacheinander um Öl, Metall, Seife und Wasser. Bryn fand das alles durchaus interessant, war aber trotzdem irgendwie unbeteiligt. Er konnte sich einfach nicht vorstellen, die Verantwortung für diesen Betrieb zu übernehmen. Nicht solange es Dinge wie diese Wandler gab, die ihre Schatten über unschuldige Dörfer warfen. Er sah sich mehr als Besucher denn als Besitzer.

Haushohe Kessel, Öfen, Druckventile; Töpfe, die groß genug waren, um Drachen darin zu kochen; Zentrifugen, die einen fürchten ließen, dass sie jeden Moment aus ihren Halterungen brachen; gluckernde Rohrleitungen – alles vermengte sich zu einem gigantischen schwirrenden, sirrenden, zischenden, rauschenden, dampfenden und stampfenden Uhrwerk. Die ganze Anlage war so groß und kompliziert, wie Bryn es nie für möglich gehalten hätte. Sie marschierten an einem Fließband vorbei, auf dem zahllose leere Flaschen so schnell abgefüllt, verschlossen, etikettiert und weitergeschoben wurden, dass man kaum zuschauen konnte.

Als sie sich das geordnete Chaos von einer Aussichtsplattform aus ansahen, erklärte Felix: «Früher hatten wir in der Fabrik knapp tausend Mitarbeiter, aber die Automatisierung hat viele Arbeitsschritte überflüssig gemacht.»

Arbeitsschritte heißt Leute, und überflüssig heißt arbeitslos. Bryn fragte sich, ob die Arbeiter neue Jobs gefunden hatten.

Als hätte sein Vater seine Stimmung gespürt – vielleicht waren sie doch noch mehr Barue, als er gedacht hatte –, legte er Bryn stolz eine Hand auf die Schulter. «Kein einziger Mitarbeiter musste entlassen werden. So schnell, wie die alten Arbeitsplätze überflüssig geworden sind, wurden neue geschaffen. Viele der alten Fabrikmitarbeiter haben in den neuen Abteilungen und unseren verschiedenen Büros interessantere und bessere Betätigungsfelder gefunden.» Als er Bryns erstauntes Gesicht sah, lachte er. «Ja, die Entwicklung unserer Mitarbeiter liegt uns fast genauso am Herzen wie die neuer Produkte! Wir haben Betriebsrenten, Schulungsprogramme …»

Bryn war beeindruckt, wie sehr seine Eltern sich um ihre Mitarbeiter kümmerten. Allmählich war er geneigt zu glauben, womit seine Mutter geprahlt hatte – dass die Bellyset-Unternehmensgruppe der beste Arbeitgeber von ganz Calaspia war.

«Forschung und Entwicklung sind ein wichtiger Bestandteil unseres Unternehmens und bilden die Grundlage für unsere Zukunft», sagte Felix. Damit riss er Telseara und Dordios, die schon die ganze Führung hindurch sehr enthusiastisch gewesen waren, zu solcher Begeisterung hin, dass Bryn sich schon Sorgen um ihre geistige Gesundheit machte. In Quivelda hatten sie, wie es sich für Jugendliche gehörte, an allem Bestehenden etwas auszusetzen gehabt und das Unmögliche erträumt. Hier aber waren sie von allem völlig hin und weg und lebten anscheinend ihren Traum. Hoffentlich bekamen sie dadurch keine falsche Vorstellung vom Leben. Andererseits hatten sie dieselben Schrecknisse durchlitten wie er – warum sollten sie da nicht glücklichere Zeiten genießen?

Die Bellysets begannen, ihm die Abteilungen zu zeigen, angefangen mit Marktforschung und Absatzanalyse – doch als sie zum Bereich Innovation kamen, übernahmen Telseara und Dordios, die in ihrer Begeisterung nicht mehr zu bremsen waren. Felix und Fortuna schienen nichts dagegen zu haben. Im Grunde hatten sie die beiden regelrecht dazu angespornt. Mittni und er erhielten Einblick in die wechselhaften Vorgänge einer Denkfabrik: Das reichte von Ideenfindung, -beurteilung und -umsetzung bis hin zu Konzeptgestaltung und Markenpolitik. Während sich die Führung allmählich ihrem Ende näherte, wurde auch des Öfteren herzhaft gelacht.

Nach dem, wie Felix es nannte, «groben Überblick», der trotzdem schon den Großteil des Nachmittags gedauert hatte, waren die vier jungen Barue wieder hungrig. Sie fuhren mit einer Art waagerechtem Aufzug zur anderen Seite der Fabrik hinüber, wo die Delikatessen hergestellt wurden, und schlemmten nach Herzenslust.

✦ ✦ ✦

«Und, Mittni, wie sehen deine Zukunftspläne aus?», fragte Felix. «Deine Geschwister gehören zu den einfallsreichsten Denkern in unserer Mannschaft, und sie sind sehr selbständig für ihr Alter! Oder vielleicht ist ihre Jugend auch gerade ihr

Wettbewerbsvorteil. Zweifelsohne setzt du ähnliche Talente irgendwo anders sinnvoll ein, nicht wahr?»

Bevor Bryn sich noch überlegen konnte, ob er ihn besser bremste, erklärte Mittni auch schon, dass er ein Hu-Barue sei. Und seine Eltern amüsierten sich tatsächlich darüber, dass es so etwas überhaupt noch gab!

Bald fuhr Bryn gemeinsam mit seinen Eltern in ihrer Kutsche zum Anwesen zurück. Mittni, Telseara und Dordios folgten in der Kutsche, die Jarvis lenkte.

«Aber was macht man als Hu-Barue denn überhaupt?», wollte Fortuna von ihrem Sohn wissen. Bryn merkte, dass ihre Meinung über Mittni ernsthaft gelitten hatte, und beeilte sich zu erklären, dass Mittni als Bartholdis ältester Sohn einmal Häuptling von Quivelda werden würde und bereits Führungsqualitäten bewiesen hatte. Das stellte seinen Ruf halbwegs wieder her. Bryn musste an all das denken, was sie zusammen durchgemacht hatten, und fügte noch hinzu: «Und außerdem ist er mein Geschäftspartner.»

Fortuna lächelte. «Du hast einiges zu tun gehabt, oder? Aber wir wussten, dass du bald zurückkommen würdest.»

«Ich kann doch davon ausgehen, dass du deine Angelegenheiten erfolgreich regeln konntest?», fragte Felix. «Was genau hattest du denn eigentlich so dringend zu erledigen?»

Bryn musste an den Kampf zweier Klingen im ewigen Fels von Ged-Ruak denken und beantwortete die erste Frage mit einem langsamen Nicken. «Es musste eine wichtige Entscheidung getroffen werden. Wir … hatten den falschen Weg eingeschlagen.»

Er lächelte trübsinnig. Ihm fehlte der Mut, ihnen zu sagen, dass seine «Angelegenheiten» nicht viel hermachten – und sie wahrscheinlich auch noch lange nicht geregelt waren.

✦ 16. KAPITEL ✦

Das tägliche Einerlei

Die nächsten Tage waren für alle im Hause Bellyset sehr schön. Felix und Fortuna waren glücklich und stolz, ihren Sohn daheim zu haben. Sie sprachen viel über Geschäftliches, zum Teil wohl auch, weil es nicht viel andere gemeinsame Interessen gab. Aber da sie befürchteten, ihn während der Führung eingeschüchtert zu haben, achteten sie sehr darauf, ihn nicht mit Informationen zu überschütten. Weil sie oft Besprechungen abhielten oder in der Fabrik waren, hatte Bryn viel Zeit für sich allein. Sie luden ihn jedes Mal ein, sie zu begleiten, aber da er Wichtigeres zu erledigen hatte – zum Beispiel herauszufinden, wie sein Anteil an der Rettung Calaspias aussehen konnte –, nahm er ihre Einladungen selten an, und zum Glück wollten sie nichts erzwingen.

Alle waren bester Stimmung, großzügig und gütig. Die Dienerschaft überschlug sich jetzt, wo der junge Herr daheim war, förmlich. Die ständigen Knickse und Verbeugungen und Häppchen zwischendurch gingen Bryn schon fast ein wenig auf die Nerven. Er fragte sich, wie lange dieser Zustand anhalten würde. Telsea und Dos arbeiteten fieberhaft an einem neuen innovativen Projekt und überließen Mittni und ihn sich selbst. Darüber war Bryn nur froh, denn er hatte etliche offene Fragen, um deren Antworten er sich erst einmal selbst kümmern wollte, bevor er seine Eltern darauf ansprach.

Ganz oben auf der Liste stand die Bedeutung der rätselhaften Tafel neben der Vordertür. Bei seinem letzten Besuch, als ihn seine Eltern in das Familiengeheimnis um den Apheristen eingeweiht hatten, war die Tafel mit der Inschrift *Geld macht satt, doch satt macht matt* abgefallen, und darunter war die ursprüngliche Tafel zum Vorschein gekommen. Nicht einmal Thybil – der Sprachexperte schlechthin – hatte ihm etwas über die Inschrift auf der wahren Bellyset-Tafel sagen können, die unter dem in Baruto üblichen Sinnspruch über Geld und Gesundheit versteckt gewesen war. Er hatte nur erklärt, dass es sich um eine seltene Sprache handelte, die sogar noch seltener benutzt würde als die Alte Zunge, in der das Buch der Zeiten verfasst worden war – die allerdings nicht zwangsläufig auch so alt wäre. Allem Anschein nach hatte bisher niemand auch nur ein Wort davon lesen oder übersetzen können.

Als ihm Felix und Fortuna einmal die Villa zeigten, sah er, dass sich nicht viel verändert hatte. Natürlich hatte er sich als Kind kaum für die Büros und die Bibliothek interessiert, die ihn nun magisch anzogen, und zwar nicht wegen des Swigny-Geschäftes. Wann immer Mittni und er die Villa für sich allein hatten, durchstöberten sie die Familiendokumente. Ein-, zweimal stieß er auf Hinweise, was aus bestimmten Verwandten geworden war, die sich nicht so sehr für Swigny interessiert hatten wie seine Eltern. Aber es waren nur vage, verächtliche Andeutungen. Und nicht ein Wort war über eine geheimnisvolle Tafel zu finden, die niemand entziffern konnte, kein einziger Hinweis auf einen Schlüssel, der ihm helfen mochte, die Bedeutung dieser Inschrift zu enträtseln – oder die der Inschrift auf seinem Schwert. Es war enttäuschend.

Doch es erleichterte ihn sehr, diese Bürde mit Mittni teilen zu können. Die beiden ritten regelmäßig in die Wälder oberhalb von Baruto hinauf, um nicht aus der Übung zu kommen und im Umgang mit dem Schwert nicht einzurosten.

«Wir müssen an die Unterlagen herankommen, die in Schränken weggeschlossen sind oder unter einem Dielenbrett versteckt liegen oder wo auch immer.» Bryn führte Silaeti auf dem Hügelkamm im Bogen herum, um einen Blick auf die Villen von Baruto zu werfen. «Eine Frage ist auch, warum ausgerechnet wir das Unternehmen geerbt haben. Anstelle des ältesten Sohnes hatte Barnabas es Mama Bellyset vererbt, der jüngsten Tochter.»

«Und wenn er den Brauch eben einfach umdrehen wollte?», fragte Mittni.

«Könnte sein. Oder die anderen waren längst alle gestorben, vielleicht sogar im Kampf gegen den Wahnsinn.»

Um auch etwas von dem schönen Wetter zu haben und beim Durchgehen der verstaubten Akten einen klaren Kopf zu bewahren, machten sie manchmal zwischendurch einen Spaziergang in Baruto. Während einer solchen Pause erzählte Bryn ihm dann doch von seiner Entdeckung, die Gefühle anderer beeinflussen zu können. Mittni verstand nicht recht, warum das so erstrebenswert sein sollte – vielleicht, weil er nie einem Tahl Uthnae gegenübergestanden hatte. Bryn hatte sogar den Eindruck, dass er die Fähigkeit missbilligte. Aber die Barue-Sinne der Städter waren dermaßen abgestumpft, dass die beiden sich bald einen Jux daraus machten, wie Bryn mit den Gefühlen der Leute spielte. Sie bekamen so wenig davon mit, dass Bryn nicht zu befürchten brauchte, sie könnten misstrauisch werden. Bald fing er sogar an, die Stimmungen der Firmenmitarbeiter zu beeinflussen. Zu seiner Erleichterung hatten sich seine eigenen Barue-Sinne von den durch die Klaue des Todes verursachten Depressionen vollständig erholt. Jedenfalls hatte er diesen Eindruck, gerade im Vergleich zu den hiesigen Städtern.

Als sie wieder einmal von einem Spaziergang in die schattige Villa zurückkehrten, um die Suche fortzusetzen, seufzte Mittni: «Es ist nicht mehr viel übrig, wo wir noch suchen können.»

«Das ist ein großes Haus.» Bryn strich mit den Fingern an der Unterseite eines Schreibtischs entlang und klopfte dann dagegen. Es klang nicht nach einem Hohlraum.

«Oh, es ist schon Teestunde.» Mittni war erleichtert, dass Bryn das nicht überprüfte, denn es war noch nicht einmal zwei Uhr. Aber Swigny und Kuchen waren ein guter Trost bei ihrer vergeblichen Suche – und man kam auch viel leichter an sie heran als an irgendwelche Familiengeheimnisse.

«Irgendwo in der Villa muss doch etwas Nützliches zu finden sein …» Bryn schlenderte den Gang hinunter und streckte sich, um die Decke nach einer Falltür abzusuchen. Dann gingen sie um die Ecke in die Küche.

Sie bemerkten nichts von der heruntergekommenen Gestalt, die um die Ecke lugte und ihnen hinterhersah. Auf das ausgemergelte Gesicht des Irren trat ein schiefes Lächeln.

✦ ✦ ✦

«Jungs, zieht bitte die Stiefel aus, wenn ihr im Wald gewesen seid.» Fortuna bückte sich, betrachtete die Erdkrümel auf dem Teppich und bedeutete dem Dienstmädchen, sich an die Arbeit zu machen. «Es ist schon schlimm genug, dass ihr reiten geht. Warum betreibt ihr keine *zivilisierte* Sportart?»

«Machen wir doch», sagte Bryn.

«Das müssen Telsea und Dos gewesen sein», sagte Mittni,

aber nur leise zu Bryn, damit die Hausherrin keinen schlechten Eindruck von den beiden bekam. Andererseits hatten sie schon seit langem nichts mehr angestellt – endlich!

«Diese plötzliche Gleichgültigkeit überrascht mich schon», sagte Bryn. «Aber ich nehme an, man kann nicht ewig nur ehrfürchtig herumschleichen.»

«Ach, Bryn, kannst du mal kommen?», rief Felix aus dem Wohnzimmer am Ende des Flures. «Ich muss dir etwas zeigen.»

«Bis später», sagte er seufzend zu Mittni und schlurfte hinüber. In den Bücherregalen dort standen zahllose Bände zu Wirtschaftsthemen, und sein Vater hatte es sich angewöhnt, sie ihm mindestens einmal am Tag ans Herz zu legen. Bisher hatte er sich noch nicht dazu durchringen können, auch nur ein einziges davon zu lesen.

Fortuna folgte Bryn. Er hatte den Eindruck, als ob das seinem Vater nicht gefiel.

«Heute bist du seit einer Woche zu Hause, mein Junge.»

Felix schloss hinter seiner Frau die Tür. Er benahm sich reichlich geheimnistuerisch, was ungewöhnlich für ihn war. Normalerweise ließ er Türen offen stehen und dämpfte nicht einmal die Stimme, wenn er Bryn etwas Besonderes mitzuteilen hatte – wahrscheinlich, damit auch andere an seiner Weisheit teilhaben konnten.

«Du musst nicht glauben, dass ich nicht weiß, wonach du suchst. Ich kann doch noch ein, zwei Sachen spüren, die im Kopf meines Sohnes vor sich gehen, weißt du.»

Ach, daher wehte der Wind. Aber immerhin redeten sie jetzt darüber – selbst wenn er gleich Ärger bekommen würde, weil er seine Nase in gefährliche Angelegenheiten steckte.

«Tut mir leid», nuschelte Bryn.

«Leid? Du meine Güte!» Felix lachte. «Es ist doch nur ein

bisschen gesunde Neugierde. Schau, ich habe hier etwas, das dich interessieren dürfte …»

Der Hausherr nahm eine Mappe vom Tisch und zog eine graphische Darstellung heraus. *Stammbaum 2b* stand auf der Mappe. Fortuna setzte sich auf das Sofa. Bryns Puls beschleunigte sich.

«Sicher kannst du dich noch an eines unserer weniger beiläufigen Gespräche während deines letzten Besuchs erinnern.» Felix räusperte sich und blickte sich um. Tür und Fenster waren geschlossen, und das Kaminfeuer prasselte ruhig vor sich hin. «Nun, hier ist dokumentiert, wie sich gewisse Familienmitglieder entschieden haben … was *die Entscheidung* betrifft.»

Genau nach so etwas hatte er gesucht! Aber es gab überall Berge von Papieren; da war es kein Wunder, dass er nichts gefunden hatte. Bryn konnte kaum glauben, dass die Bellysets allen Ernstes eine Akte über die Entscheidungen und weiteren Lebenswege ihrer Verwandten führten. Sie sollte definitiv nicht als Ermutigung für Leute dienen, die – in welcher Weise auch immer – gegen den Wahnsinn kämpfen wollten, denn mehrere Namen waren durchgestrichen oder sogar vollkommen unleserlich gemacht worden.

«Ach ja, die Namen.» Felix lachte entschuldigend. «Ich habe diese Tradition der Zensur, oder wie man das auch nennen mag, nicht begonnen. Keine Sorge, die anderen Stammbäume sind vollständig.»

«Aber dieses Dokument stellt ein bedeutendes Zeugnis der schrecklichen Folgen dar, die sich aus den Entscheidungen *gewisser* Familienangehöriger ergeben haben», sagte Fortuna.

Als oberstes Beispiel diente natürlich Lueth Rann, der verhasste Magier, der den meisten besser als Nequam bekannt war. Soweit Bryn das beurteilen konnte, war er der einzige

Erbe des Apheristen, der schlimmeres Leid verursacht hatte, als ihm widerfahren war. Nun erzählten ihm Felix und Fortuna ernst, dass niemandem, der sich für den Wahnsinn interessiert hatte, je etwas Gutes widerfahren war – und untermauerten es mit dem Stammbaum. Die meisten waren jung gestorben, manche waren einfach spurlos verschwunden.

«Lebt denn keiner mehr, der den anderen Weg eingeschlagen hat?», fragte Bryn schließlich.

Felix hustete. «Einer schon …» Seine Eltern wechselten einen unsicheren Blick; ihre Besorgnis war fast mit Händen zu greifen. In Bryn schimmerte Hoffnung auf.

«Aber er ist krank im Kopf», sagte Fortuna etwas schrill. «Das sind sie natürlich alle gewesen – aber er ist wirklich irre.»

«Vetter Nemo», seufzte Felix. «Der arme Kerl. Paranoid wie ein Hase.»

Das könnte es sein, dachte Bryn. *Nach so etwas habe ich gesucht!*

«Er bekommt kaum einen zusammenhängenden Satz hin», sagte Fortuna. «Im Sommer jagt er Schmetterlingen nach, im Winter Schneeflocken.»

Oder auch nicht.

«Und wo lebt Nemo?», fragte Bryn.

«Ach, hier in der Gegend», sagte Fortuna. «Er stromert herum. Vollkommen harmlos, aber mehr als nur ein bisschen gestört. Wir haben ihn allerdings schon seit Jahren nicht mehr gesehen.»

«Und woher wisst ihr, dass er noch lebt?»

«Weil er uns Karten zum Geburtsabend schickt», lachte Felix. «Jedes Jahr zur falschen Zeit. Weil angeblich die Leute jedes Jahr einen anderen Geburtsabend haben. Das will er einem jedenfalls weismachen. Zum Totlachen!»

«Und die anderen?», fragte Bryn. «Ich meine, warum habt *ihr* die Swigny-Fabrik bekommen? Es haben sich doch nicht alle, die älter waren, für den Wahnsinn entschieden, oder?»

Bryns Eltern lachten laut und aufrichtig. «Ein paar haben die Fabrik eine Zeitlang geleitet», sagte Felix. «Alle, die sich fürs Geschäft interessiert haben, waren auf ihrem Gebiet sehr erfolgreich. Ihre Firmenanteile bringen ihnen eine hübsche Rendite ein, und sie sind sehr zufrieden damit, dass wir die Geschicke des Familienunternehmens lenken.»

«Die meisten von ihnen hatten zu viel Ehrgeiz und Tatkraft, um einfach wie die Maden im Speck leben zu wollen», sagte Fortuna. «Sie haben alle möglichen Unternehmen gegründet; genug Startkapital hatten sie ja …»

Das waren interessante Neuigkeiten. Allerdings ermunterten sie ihn nicht gerade dazu, dem Wunsch seiner Eltern zu folgen und mit in das Geschäft einzusteigen. Aber sie verdeutlichten ihm eine grundlegende Charaktereigenschaft der Familie: Obwohl sich Barue ihren Wohlstand und ihre Sicherheit nur selten verdienen mussten und obwohl in Baruto viele reiche Bewohner dank ererbter Vermögen noch nie im Leben hatten arbeiten müssen, waren die Bellysets nicht damit zufrieden, vom Schweiße ihres Urgroßvaters zu leben. Hatten sie das Gefühl, dass ihnen irgendetwas fehlte, dass sie irgendwie nicht komplett waren?

«Nimm zum Beispiel den jüngsten Vetter deines Vaters – du erinnerst dich an Jeffers, oder? Nun, er wurde Gastwirt, und zwar nicht nur von irgendeiner schäbigen Suppenküche! Nein, er hat die erste Restaurantkette Calaspias aufgezogen. Sie hat inzwischen Filialen in den Hauptstädten aller sechs Königreiche!»

«Die Läden haben Namen wie *Schäfchen im Trockenen*, *Zum mühsamen Eichhörnchen*, *Licht überm Scheffel* und *Appel und*

Ei», lachte Felix. «Jeffers betreibt sie nicht nur als Gastronom, sondern auch als Netzwerker und Investor.»

Zweifelsohne damit Bryn sich eventuelle idealistische Flausen aus dem Kopf schlug, luden seine Eltern einige Tage nach diesem Gespräch sämtliche Verwandten im Ort zu einer Abendgesellschaft ein. Jedenfalls die vorzeigbare Verwandtschaft. Nemo jedoch nicht.

Doch er kam trotzdem.

Den ersten Gast, einen gewissen Aunt, der in Schifffahrt machte, hatten sie vor einer Stunde begrüßt; seitdem geleiteten Perseus und andere Bedienstete beständig neue Verwandte ins Haus. Diese Versammlung der angesehensten Mitglieder der Gesellschaft – an die meisten konnte Bryn sich kaum erinnern – schienen seine Eltern nur organisiert zu haben, um ihm zu vermitteln: Diese Verwandten haben alle vor derselben Entscheidung gestanden wie du; nun schau, wie sie sich entschieden haben und was aus ihnen geworden ist! Zu seiner Bestürzung brachten die meisten Geschenke mit – für ihn. Er fragte sich, was seine Eltern wohl erzählt hatten.

«Du siehst genau wie dein Vater aus», sagte Flora, bei der es sich vermutlich um eine entfernte Cousine handelte. Sie war zwölf Jahre alt. Bestimmt sollte er sich eigentlich mit ihren Eltern unterhalten, aber sie redete ohnehin schon wie eine Erwachsene.

«Ähm, danke», sagte Bryn. Es wurde gegessen, Swigny und Wein getrunken und viel gelacht. Zum Glück gab es ein Buffet, sodass er nicht irgendwo festsaß und nötigenfalls vor allzu onkelhaften Verwandten fliehen konnte. Er hatte sich einen Platz in der Nähe der Tür gesucht, um sich absetzen zu können, falls seine Eltern irgendeinen Anschlag auf ihn vorhatten.

«Ich kann mir vorstellen, dass du fleißig damit beschäftigt warst, dich einzuarbeiten und so weiter», sagte Flora.

Bryn setzte gerade zu einer Antwort an, dann zögerte er. Stimmen waren zu hören, und ihrem Klang nach zu urteilen, geschah endlich etwas wirklich Interessantes. Die eine Stimme klang entschlossen, die andere empört und klagend. Dann fielen weitere Stimmen ein und unterstützten die erste. Eine Tür knallte. Ein Stuhl fiel um, und Felix stürzte fort.

Bryn und Flora schlichen in den Flur und zogen die Tür hinter sich zu, um zu lauschen. Leider schien der Streit vorbei zu sein.

Nun ging es draußen vor dem Haus weiter. Es wurde herumgeschrien, dann war es abrupt still. Felix kam herein, er sah nervös aus. Mit einem dünnen Lächeln eilte er an Bryn vorbei und kümmerte sich wieder um seine Gäste.

«Was glaubst du, was da los war?», fragte Bryn.

«Der irre Nemo hat plötzlich vor der Tür gestanden», flüsterte Flora.

«Warum nennst du ihn einen Irren?»

Flora zuckte die Achseln. «Er muss wohl an irgendeiner Krankheit leiden, der Arme.»

Noch vor dem Nachtisch hatte das Gerücht die Runde gemacht, dass Nemo, den die meisten Bellysets seit Jahren nicht gesehen hatten, nicht benachrichtigt und schon gar nicht eingeladen worden war.

«Er war ziemlich aufgeregt – wie immer», entschuldigte Felix die Turbulenzen. «Deshalb wurde ihm der Eintritt verwehrt. Jarvis hat ihn nach Hause gebracht.»

Die Gäste schienen mit dieser Erklärung zufrieden zu sein und konzentrierten sich wieder darauf, sich zu amüsieren. Niemand schien mit Felix' Entscheidung ein Problem zu haben. Insgeheim, das konnte Bryn spüren, hatte Nemos Überraschungsbesuch manche Gäste ziemlich beunruhigt. Unter aufmerksamen Blicken nach draußen wurden die Vorhänge zugezogen.

Wie gern wäre Bryn draußen gewesen, um mit Nemo zu sprechen! Stattdessen war er hier drinnen mit einer Horde Barue eingepfercht, die sich von ihrer eigentlichen Berufung abgewendet hatten. Die ganze Veranstaltung dauerte ihm zu lange. Zwar bemühte er sich, nett zu sein und sich Namen zu merken, aber er musste ständig an den verwirrten Vetter seines Vaters denken. Gut, dann war er krank, aber vielleicht hatte er ja früher einmal etwas Wichtiges gewusst? Was, wenn sich hinter dem wirren Blick und dem kindischen Grinsen – denn so beschrieben ihn die lieben Verwandten – Wissen verbarg, das ihm den Verstand geraubt hatte und das Bryn bei seinem Kampf helfen konnte?

Während er mit irgendjemandem auf irgendetwas anstieß und sich ein weiteres süßen Stückchen genehmigte, grübelte Bryn über den Zwischenfall nach. Konnte es Zufall gewesen sein, dass Nemo gerade an diesem Abend aufgetaucht war?

Bryn beschloss, ihn aufzusuchen. Wenn er ihn finden konnte. Niemand aus der Verwandtschaft schien genau zu wissen, wo er lebte, und niemand schien gewillt, ausführlicher darüber zu reden.

Nach unzähligen Händedrücken, Umarmungen und Küsschen sowie einigen Gläsern Swigny Pepp fiel Bryn ins Bett und dachte an den einzigen Verwandten, den er gern gesehen hätte, aber nicht gesehen hatte.

✦ ✦ ✦

Der nächste Morgen begann wie jeder andere: Perseus brachte ihm Tee ans Bett. Eine halbe Stunde später läutete unten die

Glocke für das Frühstück. Davon abgesehen, dass er von einem Irren geträumt hatte, der den Schlüssel zu einer Tür besaß, die sonst niemand öffnen konnte, und sich vage an belanglose Gespräche über seine Zukunft erinnerte, die so nie kommen würde, war es, als hätte es den Vorabend nie gegeben.

Bryn schlüpfte in ein kragenloses Hemd, das nicht aus Seide war: Heute wollte er mit Mittni trainieren und freute sich nach dem frustrierenden Abend schon auf die körperliche Betätigung. Der Duft nach Speck und geröstetem Brot lockte ihn nach unten. Gäste empfingen die Bellysets stets im großen Speisesaal in der Nähe der Eingangshalle, das Frühstück aber nahmen sie auf der anderen Seite der Villa im kleinen Esszimmer neben der Küche ein. Auf dem Weg dorthin zertrat Bryn etwas auf dem Boden und sah nach unten.

Der Teppich war voller Sand. Ein dünner Staubfilm hing in der Luft. Die Dienerschaft arbeitete immer sehr sorgfältig, und überhaupt – wie sollte sich hier so schnell Schmutz ansammeln? Dann sah er etwas unten an der Wand lehnen. Ein Holzbrett.

Es war nicht besonders auffällig, nahm sich aber neben all den eleganten Einrichtungsgegenständen völlig fehl am Platz aus. Vielleicht war der Schmutz zusammen mit dem Brett hereingetragen worden. Er hob es hoch. Hinter dem Brett war ein Loch in der Wand, das vom Boden bis in Kniehöhe reichte.

Die Tapete war weggerissen und eine Öffnung in den Putz gestemmt worden; darin glänzte etwas. Bryn bückte sich und steckte die Finger hinein. Sie berührten kaltes Metall: eine glatte Oberfläche und eine Art Griff. Ein Rad. Bryn packte zu, aber es ließ sich nicht drehen. Leicht verärgert, weil er den Kasten weder öffnen konnte noch herausbekam, beschloss er, seine Eltern danach zu fragen. Er stellte das Brett wieder davor und ging weiter.

Mittni saß bereits am Frühstückstisch. Seine Eltern wünschten ihrem Sohn wie immer einen guten Morgen, aber er konnte spüren, dass sie beunruhigt waren.

«Mutter, was ist das im Flur für ein Loch in der Wand?», fragte er.

Damit traf er anscheinend genau den wunden Punkt. «Ach, nur ein kleiner Unfall gestern Abend. Jemand von den Gästen ist gestolpert und … mit dem Fuß gegen die Wand gestoßen. Keine Sorge, es ist niemandem etwas passiert.»

Aber sicher doch. Man tritt rein zufällig auf Kniehöhe ein Loch in die Wand. Ganz aus Versehen.

«Hält nicht viel aus», murmelte Felix, und Bryn war sich nicht sicher, ob er die Wand oder den Verwandten meinte.

«Und was ist das *in* diesem Loch? Diese Kiste?»

Seine Eltern blickten sich kurz an. Gerade als Fortuna antworten wollte, fuhr Felix dazwischen. «Lustig, dass du das erwähnst, mein Junge. Was für ein Zufall, nicht wahr? Genau an der Stelle, wo der Unfall geschah, haben wir einen Safe! Da muss man sich doch schon sehr wundern!»

«Warum habt ihr einen Safe in der Wand?»

«Der war schon dort, als wir hier eingezogen sind», sagte Fortuna. «Niemand hat ihn öffnen können, also haben wir ihn einmauern lassen.»

«Tatsächlich konnte ihn niemand auch nur *bewegen*!» Felix tupfte sich den Mund mit einer Serviette ab. «Und allein deshalb ist er immer noch dort. Ziemlich ärgerlich, denn sonst hätten wir den Flur einen halben Meter verbreitern können …»

«Und ihr habt keine Ahnung, was in dem Safe ist?»

«Ach, wahrscheinlich Gold oder so etwas – vielleicht ist er sogar leer», sagte Fortuna. «Was es auch immer ist, wir brauchen es nicht.»

Typisch, dachte Bryn. *Wenn man etwas nicht versteht, geht man einfach drüber hinweg.*

«Kann ich mal versuchen, ihn zu öffnen?»

Felix erstarrte. «Nun ja, das dürfte zu nichts führen, mein Sohn. Ich glaube kaum, dass sich in der Zwischenzeit etwas geändert hat. Aber wenn du unbedingt möchtest, versuche ruhig dein Glück.»

«Allerdings kommt morgen schon der Maurer», sagte Fortuna rasch. «Und ich möchte nicht, dass du ihn bei der Arbeit störst. Ehrlich, man könnte fast meinen, du leidest unter Langeweile! Warum kommst du nicht lieber mit in die Fabrik, in der Praxis lernt man wirklich am meisten ...»

«Ich möchte mich Schritt für Schritt einarbeiten», sagte Bryn. «Und nicht einfach da hineinspazieren und den Laden übernehmen, nur weil ich zufällig euer Sohn bin.»

«Das Wort eines wahren Bellyset!» Felix tupfte sich den Mund mit einer Serviette ab. «Nur nicht auf den Lorbeeren ausruhen!»

«Genau das ist der Punkt – es sind nicht meine Lorbeeren. Mutter, die Dokumente, die Vater mir gegeben hat, sind für den Anfang mehr als genug.»

In diesem Augenblick kamen Telseara und Dordios hinzu, die nichts von dem Loch in der Wand bemerkt hatten. Für Bryn ein weiteres Zeichen, wie sehr sie sich verändert hatten. Das Gespräch wandte sich dem Geschäftlichen zu, genauer gesagt dem bevorstehenden «Geschäftsurlaub» – was immer das sein sollte. Seine Eltern wollten in der Sonnenzeit nach Bel-Tued reisen, um nach den dortigen Unternehmen zu sehen und am Meer auszuspannen. Telseara und Dordios hatten die Einladung, sie zu begleiten, bereits angenommen. Bryn sagte nur: «Klingt gut.»

Sobald seine Eltern mit den beiden in die Fabrik gefahren

waren, machte Bryn sich an die Arbeit. Ihm blieb schließlich nur ein Tag, um den Safe zu öffnen, und wenn ihm niemand außer Mittni zusah, konnte er es auch mit ungewöhnlicheren Methoden probieren.

«Wie willst du das Ding aufbekommen?», fragte Mittni neugierig.

«Mal sehen – vielleicht mit ein bisschen Magie», antwortete Bryn vage.

«Na, dann mal los», sagte Mittni.

Sie waren sich darin einig, dass sie mehr Platz brauchten, und ob der Maurer am nächsten Tag nun ein kleines Loch oder ein großes schließen musste, machte schließlich auch nichts aus ... Ohne viel Aufhebens vergrößerten sie die Öffnung.

Es war tatsächlich ein Safe. Er wies kein Schloss auf, und das Rad, mit dem man ihn möglicherweise öffnen konnte, ließ sich nicht drehen. Mittni gab schon nach einer Minute auf, hielt von da an aber am Ende des Flurs Wache, während Bryn es mit Magie versuchen wollte. Zunächst wandte er Psychallaismus an, der ihm für einen einfachen Mechanismus am geeignetsten erschien. Nichts geschah. Nun versuchte er, einen ergeomorphischen Strom durch das Metall zu lenken. Auch das klappte nicht. Allmählich wurde er ungeduldig, aber er zwang sich zur Ruhe. Er dachte an die Übungslektionen mit Eridanus zurück, an die vielen verschiedenen Wege, die zum Ziel führen konnten. Gewiss hatte er etwas ganz Einfaches übersehen. Er probierte es mit verschiedenen Ansätzen, aber nichts wollte funktionieren.

Statt frustriert herumzusitzen, sattelten die beiden schließlich die Pferde und ritten zu ihrem Lieblingsplatz: einem abgelegenen Wäldchen, in dem sie mit ihrem Schwerterklirren höchstens die Vögel stören würden. Es war schattig dort, und es gab einen Fluss, in dem sie ihren Durst löschen konnten. Bryn war noch immer mit dem Safe beschäftigt. Seine mangelnde Konzentration war ein gefundenes Fressen für Mittni, der ihn umherscheuchte, wie er wollte. Bryn ertrug die Vorstellung nicht, dass der Safe einfach wieder hinter Putz und Tapete verschwinden würde. Er konnte nichts dagegen machen; ständig grübelte er darüber nach, was man noch versuchen konnte. Noch vor dem Mittag brachen sie ihr Kampftraining ab und kehrten heim.

Perseus überwachte in der Küche die Vorbereitung des äußerst lecker riechenden Mittagessens, und obwohl das Loch nicht weit von der Küche entfernt war, wollte Bryn weitermachen. Mittlerweile war es ihm egal, ob sie jemand dabei sah. Wenn er den Safe nicht öffnen konnte, schaffte es von den Bediensteten auch niemand. Mittni tastete den Metallkasten mit den Fingern nach einem verborgenen Schließmechanismus ab, und Bryn ging in den Garten, um nach einem Werkzeug zu suchen, mit dem sich der Safe aufbrechen ließ.

Er begrüßte den Gärtner, der wie üblich winzige Arbeiten erledigte, um den perfekten Zustand des Gartens zu bewahren. Im Moment sammelte er abgefallene Blütenblätter auf. Bryn sah den Sinnspruch neben der Tür: *Geld macht satt, doch satt macht matt.* Ihm fiel der Zwischenfall bei seinem letzten Besuch wieder ein; den hatte der Gärtner auch miterlebt. Wenn sich irgendjemand mit den Gartengeräten auskannte, dann er. Also fragte Bryn ihn, ob er etwas Geeignetes für ihn hatte.

Der Gärtner versuchte sich aufzurichten, aber es gelang ihm nur, ein wenig den Kopf zu heben. «Da habe ich genau das Richtige für Euch.» Mit knorrigen Fingern durchsuchte er seine Taschen und zog ein zerknittertes Stück Papier heraus.

Dabei grinste er Bryn zahnlos an. «Er hat das für Euch hiergelassen. Eine Nachricht.»

Bryns Herz schlug schneller. Er faltete das Papier auseinander und entzifferte eine ungelenke Handschrift: *Lies das Geschriebene.*

Bryn war verwirrt. Was sollte das heißen? «Hat Nemo das für mich hiergelassen?»

Der Gärtner nickte und sammelte weiter Blütenblätter ein.

Na schön, diese Nachricht war erst einmal nicht so wichtig. «Und was ist mit dem Werkzeug?»

Der Gärtner sah ihn verwirrt an. Bryn erklärte, dass er einen Safe ohne Schloss öffnen wollte, und der alte Mann zuckelte los, um ein paar Werkzeuge aus dem Schuppen zu holen. Schließlich kehrte Bryn mit einem Hammer, einer Zange und einer Spitzhacke zu Mittni zurück. Eine halbe Stunde lang bearbeiteten sie damit das Metall, aber ohne sichtbaren Erfolg.

Beim Essen erzählte er Mittni von der Nachricht.

«Aber ich lese doch praktisch ständig!», schäumte Bryn. «Er hätte mir ruhig sagen können, was genau ich lesen soll.»

«Lies … das Geschriebene …», wiederholte Mittni immer wieder. «Vielleicht musst du die Worte laut sagen. Ich meine, vorlesen.»

Bryn versuchte es, doch nichts geschah. «Darin liegt keine Magie», sagte er. Aber vielleicht war es ja genau das. Er sah sich die Nachricht in der Unsichtbaren Welt an und fand nur Papier und Tinte. «Er ist zum Verrücktwerden.» Kopfschüttelnd zerknüllte er den Zettel. «Lies das Geschriebene. Was soll man denn sonst mit Geschriebenem machen?» Er warf das Knäuel auf den Tisch.

Die beiden aßen erst mal weiter. Plötzlich kam Mittni eine

Idee. Er glättete den Zettel und lief zum Safe, las die Worte dort laut vor. Doch die krakelige Handschrift begann nicht zu glühen, und der Safe blieb verschlossen.

«Ich hab doch gesagt, dahinter steckt keine Magie.» Bryn versetzte dem Panzerschrank einen Tritt. «Aber vielleicht hast du recht, und es hat tatsächlich etwas mit dem Safe zu tun.»

Und auf einmal wurde Bryn klar, welcher Verwandte da ganz aus Versehen ein Loch in die Wand getreten hatte …

✦ ✦ ✦

«Und? Hast du den Safe schon aufbekommen?», fragte seine Mutter spöttisch, als Bryn und Mittni von ihrem Nachmittagstraining zurückkamen. Von der Erfolglosigkeit ihrer Bemühungen frustriert, hatten die beiden beschlossen, in der Sonne weiter über das Rätsel nachzudenken, weil ja vielleicht etwas frische Luft ihren Gehirnen auf die Sprünge half. Was leider nicht der Fall gewesen war.

«Natürlich», gab Bryn zurück. «Sag bloß, du möchtest wissen, was drin war?» Seine Eltern lachten. «Wie laufen die Geschäfte?»

Das war ein Thema nach ihrem Geschmack. Er stellte ihnen eine Frage über eine etwas verwirrende Terminologie, auf die er tags zuvor gestoßen war, damit sie dachten, er hätte auch heute seine Unterlagen durchgearbeitet. Damit handelte er sich einen halbstündigen Vortrag ein.

Nach dem Abendessen spielten sie ein Brettspiel, das wie üblich Telseara gewann. Bryn schnitt noch schlechter ab als sonst, weil er mit seinen Gedanken beim Safe war. Es wäre schon eine Enttäuschung, wenn morgen die Wand repariert wurde, ohne dass er etwas erreicht hatte. Mittni forderte Revanche, und wieder gewann Telseara. Dann setzten sie sich an den Kamin und lasen. Langsam verschwand einer nach dem anderen ins Bett, bis schließlich nur noch Bryn und Mittni gähnend vor dem Feuer saßen. Ihre halbvollen Becher mit heißer Schokolade waren längst kalt.

«Das bringt nichts.» Bryn warf das Papierknäuel, das er im Laufe des Tages mehrmals auseinandergefaltet und wieder zusammengeknüllt hatte, ins Feuer. Rasch wurde es von den Rändern her braun, fing Feuer und öffnete sich wie eine erblühende Knospe. Dann zerfiel es zu Asche.

«Vielleicht ist in dem Safe ja auch gar nichts Interessantes», sagte Mittni. «Warum sollte ausgerechnet etwas drin sein, was für dich nützlich sein könnte?»

«Stimmt.» Allerdings war Bryn vom genauen Gegenteil überzeugt. Mittni fielen allmählich die Augen zu, und er rutschte im Sessel immer weiter nach unten. «He, geh meinetwegen ruhig schlafen. Wir haben es schon den ganzen Tag lang versucht und sind keinen Schritt weitergekommen. Aber danke für die Hilfe.»

«Mach dich nicht verrückt.» Mittni gähnte. «Bis morgen.»

Und ob ein Safe, der nicht zu öffnen war, etwas Interessantes enthielt! Bryn musste einfach alles ausprobieren, was ihm einfiel. Immerhin wollte er mit dem Wahnsinn an sich fertigwerden! Wer konnte ihm helfen? Okolnit? Der brachte ihn wahrscheinlich erst einmal um … Eridanus? Der war damit beschäftigt, im Imperium Ordnung zu schaffen, und hatte bestimmt auch keine große Lust, sich mit etwas zu befassen, das seinen besten Freund zu Nequam gemacht hatte … Auf einmal fehlte ihm Mama Bellyset. Sie hatte ihm so einiges erzählt. Sie hatte als Einzige einmal den Weg des Apheristen eingeschlagen – ganz kurz nur – und war nicht verrückt geworden. Sie hätte ihm sicherlich bei der Suche nach den Puzzleteilen geholfen.

Puzzleteile … Bryn sprang auf und schlich in sein Zimmer. Aus seinen spärlichen Habseligkeiten suchte er ein seltsames Sortiment von Gegenständen zusammen: einen auffälligen Siegelring, einen beschädigten Handspiegel und ein zerknittertes Pergament mit seltsamen Schriftzeichen, die darunter noch einmal in Tinte ausgeführt waren.

Wurde er inzwischen aus irgendetwas davon schlau? Er nahm sich den Ring vor. Angeblich sollte es der Siegelring eines Bischofs gewesen sein, aber in Wirklichkeit war es nur eine Fälschung, die Okolnits Anhänger benutzt hatten. Das Rätsel des Rings war gelöst, aber Bryn behielt ihn trotzdem: Ein Siegelring mochte sich als nützlich erweisen, selbst ein gefälschter.

Der altmodische, schmutzige Spiegel widerte ihn an. Der geschwärzte Rahmen bildete ein hässliches, verdrehtes Muster und war von jemandem geschnitzt worden, der durchaus etwas Schönes hätte erschaffen können, es aber offensichtlich nicht gewollt hatte. Dieser Spiegel stellte die einzige Verbindung zum Mörder seiner Großmutter dar. Er hatte neben ihrer entstellten Leiche gelegen.

Das Pergament mit den Schriftzeichen war vielleicht noch am vielversprechendsten; nur gab es niemanden, der sie lesen konnte oder ihm sagen wollte, wo er so jemanden fand. Auf seinem Schwert, das er ständig bei sich trug, befand sich dieselbe Inschrift.

Lies das Geschriebene!

Er sprang auf und lief die Treppe hinunter. Diesmal war ihm egal, wie laut er war. Natürlich, wie hatte er so blind sein können! Er nahm das Brett beiseite, hockte sich hin und betastete den Safe, nur um sich zu versichern, dass er noch da war. Dann holte er eine Kerze aus dem Wohnzimmer, denn irgendwie widerstrebte es ihm, das moderne Flurlicht anzumachen. In ihrem Schein betrachtete er die Schriftzeichen auf dem Pergament.

Es war durchaus einen Versuch wert, aber wie las man Geschriebenes, das man eben nicht lesen konnte?

Bryn versuchte einfach Laute zu bilden, die sich in seinem Geist formten. Es gelang ihm, sich damit sehr lächerlich vorzukommen.

Seine Kopie wurde dem Original nicht ganz gerecht. Damals, beim Lesen der Runen, *hatte* er etwas gefühlt. Er stand auf und ging nach draußen, um noch einmal einen Blick auf das Original zu werfen. Vielleicht hatte er etwas übersehen.

Nun gab er sich wieder Mühe, leise zu sein. Er öffnete die Tür und schlüpfte hinaus in die Nacht. Er strich mit den Fingern über die glatte Oberfläche der goldenen Tafel. An jedem Haus in Baruto hingen solche Sprüche über Reichtum und Wohlstand. Aber vielleicht nur unter diesem hier verbarg sich noch ein anderer Vers.

Die Tafel war gut befestigt. Bryn hatte keinen Schraubendreher dabei, also zog er sein Culmus. Die Spitze war gerade schmal genug, um in den Schlitz zu passen. Er drehte das Schwert und löste gleichzeitig mit einer ergeomorphischen Welle, die seine Bewegung kopierte, die anderen neun Schrauben.

Nur die Mondsichel war Zeuge, als er die Tafel abnahm. Sanftes, goldenes Licht fiel über die Veranda. Flüsternd erwachte eine schlummernde Macht.

Einen Moment lang betrachtete Bryn die brennende Inschrift, ohne zu denken, badete in ihrem Glühen. Dann versuchte er sie zu lesen.

Zunächst ihre Reflexion im Handspiegel, dann rückwärts, dann im Mondlicht statt im Licht der Kerze. Vergeblich. Er tauchte in die Unsichtbare Welt ein, und sofort erwachte die

Inschrift zum Leben. Sie bewegte sich und funkelte unter seinem forschenden Blick. Aber einen Sinn ergab sie trotzdem nicht.

Bryn bemerkte winzige ergeomorphische Fünkchen, die an den Schriftzeichen hafteten, und bildete aus Erdenergie eine Lupe vor seinen Augen. Er sah hindurch, noch immer in der Unsichtbaren Welt, und die Zeichen wurden deutlicher. Er hatte das Gefühl, sie beinahe lesen zu können, nur dass sie noch nicht richtig scharf waren. Sollte ihm eine Linse aus Psychallaismus weiterhelfen? Lächelnd kombinierte er die beiden Zauber. Wieder wurden die Zeichen deutlicher, wie bei der Feineinstellung eines Fernrohrs, aber zu entziffern waren sie noch immer nicht. Die Linse verursachte eine Störung in der Unsichtbaren Welt und bereitete ihm Kopfschmerzen, also löste er sie wieder auf.

Seine Augen brauchten etwas Entspannung, also schaute er eine Weile in die Nacht hinaus. Er konnte Sylvata spüren; sie jagte über dem Hügel, auf dem er immer mit Mittni trainierte.

Das war alles zu kompliziert! Warum sollte sich jemand die Mühe machen, Nachrichten und einen Safe zu hinterlassen, wenn niemand etwas damit anfangen konnte! Vielleicht, weil sie vor unberechtigten Blicken verborgen bleiben mussten …

Er kehrte ohne die Linse in die Unsichtbare Welt zurück. Die Zeichen tanzten funkelnd in seinem Kopf, beinahe spöttisch. Sie kommunizierten mit ihm, aber auf einer gänzlich unerforschten Ebene. Intuitiv untersuchte er die Zeichen, diesmal mit Respekt vor ihrer Lebendigkeit, lernte aus ihren Antworten und passte seine Versuche entsprechend an. Er benutzte sowohl Psychallaismus als auch Ergeomorphismus und noch ganz anderes im freien Spiel. Bruchstück für Bruchstück, als würde er auf das Licht am Ende einer Höhle zuwandern, enthüllten sich ihm die Zeichen.

Kein Wunder, dass ihm die Kopie nicht weitergeholfen hatte.

Er konnte die Inschrift noch immer nicht lesen, aber er begriff, dass es überhaupt keine Inschrift war, sondern etwas, das ihn leitete. Wie ein Stern am Himmel offenbarte sie ihm nicht die ihr innewohnende Bedeutung, sondern wies ihm den Weg zu einer Antwort. Bilder, Gedanken und Ideen erschienen in seinem Kopf. Sie sprachen auf allen Daseinsebenen zu ihm: Er spürte sie körperlich, geistig und gefühlsmäßig; er verstand sie wörtlich, bildlich und auf unerklärliche Weise in seinem tiefsten Innersten. Er las sie wie ein Blinder, mit den Fingern seiner Seele.

Es war das Schönste, was er je gesehen, je verstanden hatte. Wenn es sich in Worten hätte ausdrücken lassen, würde es sich ganz einfach lesen, als ein einziges Wort: *Wahrheit*. Die Wahrheit in allem, was war. Unendliche Wahrheit, unzerstörbare Wahrheit – und, was angesichts der Anstrengungen, die es ihn gekostet hatte, beinahe komisch war: unverhüllte Wahrheit.

Das hatte fast etwas Enttäuschendes, nur fühlte er nichts dergleichen. Eine Freude hatte sein Herz erfasst, die er nur Elyon zuschreiben konnte. Beinahe unbeabsichtigt kniete er nieder und gelobte der Wahrheit seine Treue.

Es erinnerte ihn daran, wie er auf dem stürmischen Berggipfel das gerade gewonnene Schwert dargeboten hatte. Diesem Schwur war er nicht gerade gerecht geworden.

Er schloss die Augen und ließ zu, dass ein Frieden über ihn kam, der sich jedem Verständnis entzog. Er öffnete die Augen und blickte wieder auf die Inschrift. Lesen konnte er sie noch immer nicht, aber er wusste, was sie bedeutete. Um die Antwort zu erhalten, musste er noch einmal dem Weg folgen, den ihm die Zeichen wiesen. Aber diesmal kannte er den Weg schon, und während sich ein Schleier nach dem anderen hob, wuchs in ihm die glückliche Erkenntnis.

Sozusagen mit der Wahrheit bewaffnet, brachte Bryn den banalen Sinnspruch der Bellysets über Geld, das satt und matt machte, wieder an. Dann ging er zu dem Loch im Flur, um seinen neuen Schlüssel auszuprobieren.

Einen Augenblick lang bekam er es mit der Angst zu tun. Er ignorierte Gelerntes, verbannte vorgegebene Denkweisen und Formeln aus seinen Gedanken und handelte, ohne sich an Regeln zu halten …

Doch dann griff er einfach aus, und wie damals auf der Straße nach Armaah, als sich die fünf Steine vom Boden erhoben hatten, reichten die Finger seiner Seele weiter als die seines Körpers: «Wahrheit, offenbare dich!», sagte er laut. Der runde Griff drehte sich und klickte, und die Tür des Panzerschranks schwang auf.

✦ 17. KAPITEL ✦

Nemo

Im schwachen Licht des Kerzenstummels war ein verstaubter Wälzer zu sehen. Vorsichtig holte Bryn das Buch heraus.

Der Ledereinband war rissig vom Alter. Bryn wischte den Staub ab, aber darunter kam wieder nur Staub zum Vorschein, wie verharschter Schnee unter Neuschnee. Die Seiten besaßen keine einheitliche Größe oder Färbung, und manche standen hervor wie bei einer Sammlung einzelner Notenblätter.

Mit zittrigen Fingern schlug Bryn es auf. Dieselben Schriftzeichen, die er schon kannte. Wenn er sie betrachtete, wurde er nicht aus ihnen schlau, aber wenn er die Augen schloss, konnte er beinahe spüren, was sie bedeuteten. Die Geheimnisse des Wahnsinns lagen offen vor ihm – er konnte sie nur nicht entziffern.

Dieses alte Buch hatte jemand hier für ihn hinterlassen.

Konnte er dieser Person vertrauen? Natürlich nicht.

Aber etwas anderes hatte er nicht.

Mit einem leisen Zischen erlosch die Kerze.

Bryn schloss den Safe und nahm das Buch mit in sein Zimmer. Dummerweise konnte er auch im Schein einer neuen Kerze nicht mehr erkennen. Er gab sich alle Mühe, aber mit den Augen ließ sich die Bedeutung dieser Symbole nicht erfassen. Kein Wunder; er verstand ja nicht einmal, wie er es überhaupt geschafft hatte, den Safe zu öffnen!

Er versteckte das Buch unter dem Kopfkissen, schloss die Augen und dachte an all die Antworten, die wahrscheinlich in diesen steifen, alten Blättern verborgen lagen … und all die Gefahren. Er war sicher, vor Aufregung nicht einschlafen zu können, aber am Ende nickte er doch ein. Allmählich wurden aus seinen Gedanken Träume, und das, was er als Möglichkeiten durchgespielt hatte, wurde Wirklichkeit.

Ängstlich lief er durch die Gassen einer ausgestorbenen Stadt mit fensterlosen Türmen. Er trug ein Schwert am Gürtel und ein Buch in der Hand. Vom Feind war nichts zu sehen, aber er war Bryn auf den Fersen … Denn Bryn kannte die Antworten nun und wusste, was zu tun war. Vor ihm: das Ziel – der Ort, an dem sich die Welt retten ließe. Hinter ihm: der Feind – der heranwehte wie Wind, rasch, geräuschlos, unsichtbar.

Bryn fand sich aufrecht sitzend und keuchend im Bett wieder. Ein Schauer lief ihm über den Rücken, und seine Kopfhaut kribbelte.

Es war kalt. Durch die sich wiegenden Vorhänge fiel ein dünner Streifen Mondlicht herein und tauchte das Zimmer in gedämpfte Grautöne.

Ein stummer Aufschrei ließ ihn hochschrecken. Er packte sein Schwert, das am Kopfende lehnte, und sprang aus dem Bett.

Vor ihm zeichnete sich ein bedrohlicher Umriss ab. Bryns ganzer Körper begann zu kribbeln. Dieses Ding dort vor ihm war kein Mensch, besaß keine Persönlichkeit. Er konnte seine Anwesenheit nicht erspüren. Schatten hingen an der unwirklichen Gestalt wie Gewänder.

Ein Wandler.

Für einen Augenblick meinte Bryn noch immer zu träumen. Wie gelähmt sah er das Geistwesen auf sich zuschweben. Dunstige Ranken streckten sich nach ihm aus. Er stolperte rückwärts und stieß gegen den Schreibtisch.

Im Nu hatte er die weißleuchtende Culmusklinge blankgezogen. Ein Mondstrahl fiel darauf, und die Reflexionen tauchten das Zimmer in gespenstische Lichtsplitter. In den Wandler drangen sie jedoch nicht ein. Bryn holte tief Luft und packte den Schwertgriff fester.

Er ging auf den Schatten zu, um ihn anzugreifen, aber der wich zurück, verschmolz mit der Wand und verschwand.

Die erste Erleichterung verwandelte sich rasch in Angst. Telseara und Dordios!

Bryn lief auf den Flur. Seine Beine konnten sich gar nicht schnell genug bewegen. Er stieß mit dem Zeh gegen eine Ecke, dann war er beim Nebenzimmer und spürte, dass etwas anwesend war. Mit der linken Hand drückte die Türklinke und öffnete die Tür, in der rechten hielt er kampfbereit sein Culmus.

Dort, der unnatürliche Schatten! Wieder durchfuhr ihn Angst.

Es war Telsearas Zimmer. Der Wandler schwebte über der Schlafenden wie eine Wolke vor dem Gewitter.

Bryn sprang vor und hieb mit gefletschten Zähnen durch die abscheuliche Erscheinung. Doch bevor sie von der Klinge getroffen wurde, löste sie sich auf wie Rauch im Wind. Aber nicht ganz.

Sie verschwand zu Telseara hin.

«Telsea!», rief Bryn. Der Schatten wurde kleiner und kleiner und war rasch ganz verschwunden. Er hatte sich vollständig in den Körper des Mädchens zurückgezogen.

Bryn stand da wie angewurzelt. Er zitterte. Mit erhobenem

Schwert legte er ihr eine Hand auf den Hals. Ihr Puls schlug langsam, aber gleichmäßig. Sie lebte noch! Umgebracht hatte der Wandler sie nicht. Aber dann musste sie jetzt eine Begnadete sein!

Wo steckte der Feind? Voller Grauen warf Bryn einen Blick in die Unsichtbare Welt. Vor ihm glomm Telseara, und auf ihr lag der Wandler wie ein Ölfilm auf dem Wasser. Das machte einen Angriff mit dem Schwert unmöglich!

Mit bebendem Herzen suchte er nach einem Zauberspruch. Sollte er versuchen, Telseara irgendwie zu *reinigen*? Nein, er wusste nicht, wie die Verbindung zwischen den beiden beschaffen war, und er wollte das Mädchen nicht verletzen.

Ihm fiel etwas ein, das Thybil einmal gesagt hatte. Eridanus hatte es bestätigt. Kein Geist und kein Dämon konnten von einem lebenden Geschöpf Besitz ergreifen, wenn es nicht damit einverstanden war – wenigstens unbewusst.

Dann bestand eine Chance, dass sie nicht besessen war. Vor Sorge um sie ganz krank, zwang Bryn sich zu nüchternem Denken. Warum war der Wandler hier? Es war auch einer in Quivelda aufgetaucht – reiner Zufall? Oder hatte er ihn angezogen? Aber warum war er dann nicht hinter ihm her? Warum war er gerade heute Nacht und nicht schon früher aufgetaucht?

Bryn verließ Telseara nur ungern, aber ihm war eine Idee gekommen. Vielleicht hatte das Buch den Wandler angelockt? Er schob sein Schwert in die Scheide und lief in sein Zimmer. Nur Sekunden später stand er wieder neben Telseara, mit dem Buch in der Hand. Zitternd hielt er es über ihr friedliches Gesicht.

Er hörte ein Zischen, nicht mit den Ohren, sondern direkt in seinem Kopf. Eine tastende Ranke wuchs aus Telsearas Nasenlöchern. Langsam ging Bryn einen Schritt zurück und lockte den Geist weiter heraus. Die Versuchung, sofort zuzuschlagen, war groß. Aber er durfte nicht riskieren, dass noch ein Teil des Wesens in Telseara steckte. Also wartete er, bis kein schwarzer Dunst mehr aus ihr aufstieg.

Dann zog er in einer fließenden Bewegung das Schwert und stach mitten in den Wandler hinein. Der Nebel leuchtete auf und zog sich zusammen, als ob er eingeatmet wurde, dann war er verschwunden. Die Schatten im Zimmer waren für einen Moment blau und silbern wie die Scheide seines Schwertes.

Bryn beugte sich über Telseara. Sie atmete jetzt schneller. Er wischte sich mit dem Ärmel seines Schlafanzugs den Schweiß von der Stirn, dann warf er einen Blick in die Unsichtbare Welt und überzeugte sich, dass das Mädchen allein war. Er schob sein Schwert in die Scheide und wappnete sich für das Schlimmste.

«Telsea?» Er rüttelte sie, bis sie ihre verschlafenen Augen öffnete.

«Was ist los?» Sie streckte sich. «Schon Zeit zum Aufstehen?»

Voller verzweifelter Ungeduld herrschte er sie an: «Weißt du, wer ich bin? Sag meinen Namen!»

«Bryn?» Sie setzte sich auf. «Was machst du denn hier?»

Mit pochendem Herzen ließ er sich auf ihr Bett sinken und seufzte. Sie erkannte ihn. Sie war keine Begnadete geworden.

«He, es ist ja noch stockdunkel. Was ist los?»

Auf einmal war die Angst um sie wie weggeblasen. Er war allein mit ihr in ihrem Zimmer, mitten in der Nacht. Das machte ihn ganz verlegen. Wenn jetzt jemand hereinkam – das wäre vielleicht peinlich!

«Ich hatte das Gefühl, irgendetwas stimmt nicht. Aber

wenn es dir gutgeht, ist ja alles in Ordnung. Entschuldige. Leg dich wieder hin und schlaf.»

✦ ✦ ✦

Niemand im Haus schien den Lärm, den er veranstaltet hatte, gehört zu haben. Vielleicht hatte der Wandler die Geräusche gedämpft. Oder sie waren alle schwerhörig … Bryn eilte durch das ganze Haus, konnte aber nichts weiter finden, das nicht hierher gehörte. Er ging zurück in sein Zimmer und legte das Buch wieder unters Kopfkissen. In was für Schwierigkeiten würde es ihn wohl noch bringen? Andererseits konnte es nicht allein an dem Buch gelegen haben; das hatte er in Quivelda schließlich noch gar nicht gehabt.

Er zog die Vorhänge auf und beobachtete den Garten. Nichts bewegte sich. Baruto lag friedlich schlafend unter den wolkenverhangenen Sternen. Er setzte sich mit dem Schwert auf dem Schoß ans Fenster und ließ die Gedanken schweifen. Er sah erst wieder auf, als Regen auf das Fensterbrett tröpfelte.

Warum fürchtete der Wandler sein Schwert? Sicher, es war ein Culmus, aber woher sollte der Geist wissen, dass es keine normale Klinge war? Die ihm innewohnende Kraft war nicht offensichtlich. Selbst Bryn konnte sie nur selten spüren, und Volund Firefist, der Schmiedenlord der Zwerge von Ged-Ruak, hatte erklärt, es sei nicht mehr als ein feines Stück Metallarbeit. Immerhin wusste niemand mehr über Schwerter als der alte, runentätowierte Zwerg. Unvermittelt fragte Bryn sich, wie viele Gnome wohl in der Zwergenhauptstadt arbeiteten.

Der Regen wurde stärker, prasselte ans Fenster. Das wenige Licht von draußen ließ nach, also zündete Bryn mit Ergeomorphismus eine Kerze an, indem er die Wärme, die noch in seinem Bettzeug steckte, auf die Spitze des Dochtes konzentrierte. Heute Nacht ging er ohnehin nicht mehr ins Bett.

Im Schein der Kerze betrachtete er sein Culmus. Er strich mit den Fingern über den Schwertknauf mit dem Seelenstein, den er früher an einer Kette um den Hals getragen hatte, und über die eingravierten Schriftzeichen auf der Klinge. Es handelte sich um dieselbe Sprache wie auf dem alten Emblem und in dem Buch. Bryn sah sich die Zeichen genauer an, und obwohl er gar nicht ernsthaft herauszubekommen versuchte, was dort stand, wurde es ihm nach ein paar Minuten klar.

Dieses Schwert kann für Gutes oder Böses gezogen werden.

Er schnaubte. Was für erhabene Weisheiten diese Sprache doch auf Lager hatte! Für Gutes oder Böses – wie jede andere Waffe auch. Das war ja fast noch enttäuschender als die Familieninschrift. Bryn fragte sich, ob auch andere Culmusschwerter vergleichbare Inschriften trugen.

Gut und Böse waren zu einfache, zu schwache Worte, um zu erfassen, was ihm offenbart worden war. Ihm fielen Nurgor und Ostentum ein: Die waren mit Sicherheit böse. Dann die Plimpe: Kein Volk konnte sich mit ihnen vergleichen, wenn es um Güte ging (auch wenn sie ein bisschen übergeschnappt waren). Und Nequam? Für die meisten Menschen stand er für das Böse schlechthin. Und doch hatte er eine noble Aufgabe erfüllen wollen … und am Ende millionenfaches Leid über Calaspia gebracht. Bryn grübelte immer weiter über die Bilder und Gefühle nach, die die Inschrift auf dem Schwert hervorrief – und über ihre wahre Bedeutung. Dabei begann er allmählich einzunicken.

Als er erwachte, hatte der Regen nachgelassen, und draußen war es hell und dunstig. Als Erstes überzeugte er sich davon, dass das Buch noch unter dem Kopfkissen lag. Da alle anderen noch zu schlafen schienen, schlug er den Ledereinband auf. Der Geruch nach altem, staubigem Papier, den er an Büchern immer geliebt hatte, weckte ein falsches Gefühl der Vertrautheit in ihm. Er musste sich richtig ermahnen, dass dieses Buch ihm völlig unbekannt und höchstwahrscheinlich sehr gefährlich war.

Auf den Seiten befanden sich zahllose schimmernde, zierliche Schriftzeichen. Sie schienen nicht gedruckt, sondern von Hand und mit Tinte geschrieben zu sein. Manche waren bereits verblasst. Er zeichnete sie mit dem Finger nach. Sie wirkten nicht alt und tot, sondern irgendwie lebendig. Sie sprangen ihm schier aus der Seite entgegen.

Trotz seines Erfolgs am Vortag bei der Inschrift und seinem Culmus konnte Bryn außer der ersten Zeile – *Sammlung der von mir ausfindig gemachten Wahrheiten und Geheimnisse* – und einer Art Liste auf der nächsten Seite nicht viel entziffern. Wer war dieser Sammler? Hatte doch nicht Nemo, sondern jemand anders dieses Buch geschrieben? War es eine Art Tagebuch?

Für einen solchen pompösen Ledereinband war es doch ein recht unscheinbarer Blätterhaufen. Die meisten Seiten waren eine Handlänge hoch; andere waren gefaltet worden, damit sie hineinpassten. Und alle waren so fest mit dem Einband verbunden, dass sie sich trotz aller Mühe nicht herausnehmen ließen.

Natürlich war in dem Dokument Magie zu spüren. Aber sie schien nur in den Worten zu stecken, in der Bedeutung der Schriftzeichen, nicht im Material selbst. Bryn blätterte das Buch durch und fand mehrere Seiten, die einander ähnelten. Sie waren viel älter als die übrigen und in einer anderen Handschrift ausgeführt, die fließender, eleganter und enger war. Auf diesen Seiten waren nur einige Abschnitte in der fremden, unlesbaren Sprache abgefasst. Der größere Teil hingegen bestand aus Notizen in einer Sprache, die er seit seiner Zeit bei den Aposteln des Verstehens nicht mehr gesehen hatte: die Hohe Zunge, die Sprache der Gelehrten.

Beim Herumblättern ging ihm auf, dass die Teile, die der Autor selbst verfasst hatte, alle gleich aussahen. Verwirrt versuchte er, ihre Bedeutung zu entschlüsseln, aber sie schienen immer nur auf Stellen zu verweisen, die auch wieder nur Verweise enthielten, wie in einem endlosen Kreis oder eher einem Knoten, der sich nicht auflösen ließ.

Das Prasseln der Regentropfen übertönte die herannahenden Schritte, bis sie seine Tür erreicht hatten. Als er herumfuhr, betrat Perseus bereits das Zimmer. Der Butler verbarg seine Überraschung, Bryn mit einem Buch und seinem Schwert auf dem Schoß vorzufinden, hinter einem professionellen Lächeln.

«Guten Morgen, Herr. Ich stelle Euren Tee hier auf den Tisch. Braucht Ihr sonst noch etwas?»

Bryn verneinte und dankte ihm. Er nahm die Teetasse, genoss die Wärme in den Händen, nahm ab und zu einen Schluck und starrte aus dem Fenster.

✦ ✦ ✦

Er musste seine Eltern verlassen, wie er damals Quivelda verlassen hatte. So froh er auch war, in Baruto mehr herausgefunden zu haben als erwartet: Sein Gefühl sagte ihm, dass ihm hier nicht viel anderes zu tun blieb, als das Gefundene zu untersuchen, und dass er weitere Spuren woanders suchen musste. Sicher, ein Gespräch mit Nemo würde ihm weiterhelfen, aber er hatte keine Ahnung, wie er ihn finden sollte – außer die Straßen nach ihm abzusuchen.

«Um halb elf kommt der Maurer, mein Schatz», sagte Fortuna. «Hast du den Safe aufbekommen?»

Er schüttelte den Kopf. Es war nur zum Teil gelogen; er hatte ihn ja nicht aufbekommen – anfangs.

«Nun, wie auch. Manches sollte man eben einfach auf sich beruhen lassen.»

Da konnte er ihr nur aus vollem Herzen zustimmen. Mittni spürte Bryns veränderte Einstellung und sprach ihn nach dem Frühstück darauf an, als sich seine Geschwister und Bryns Eltern für die Arbeit fertig machten. Bryn brachte ihn rasch auf den neuesten Stand, was seine Entdeckungen und seinen Entschluss betraf.

«Ich weiß nur nicht, was ich ihnen diesmal erzählen soll», sagte er. «Wahrscheinlich werde ich noch länger weg sein als beim letzten Mal.»

«Nun ja, aber du hast ihnen doch nie versprochen, mit in die Firma einzusteigen. Vielleicht sagst du ihnen einfach die Wahrheit.»

Bryn kaute auf seiner Zunge herum. «Wie lange werden sie sich noch weismachen lassen, dass ich in eigenen Geschäften unterwegs bin? Wobei das ja vielleicht die einfachste Lösung wäre: selber ein Geschäft aufzumachen.»

«Aber sicher doch. Eine eigene Firma namens *Helden für alle*», kicherte Mittni.

«Ich könnte ein Buch schreiben: *Wie man in sechs einfachen Schritten die Welt rettet*. Oder wie wär's mit: *Verschwörungen aufdecken, ohne anzuecken.*»

«Genau, du wolltest doch sowieso immer Schriftsteller werden. Und gut verkaufen würden die sich!»

Über den Tag hinweg besprachen sie ernsthaftere Themen. Während sie ihre nächsten Schritte planten, regnete es immer wieder, und der Himmel war durchgehend bedeckt. Mittni bestand darauf, seinen Freund zu begleiten und noch nicht nach Quivelda zurückzukehren: «Erst wenn ich mich überzeugt habe, dass du selbst auf dich aufpassen kannst.»

«Dann wirst du mich nie loswerden», sagte Bryn.

Als seine Eltern am frühen Abend zurückkamen, war Bryn immer noch keine gute Ausrede eingefallen. Aber dann entwickelte sich das Gespräch viel besser, als er sich hätte träumen lassen.

«Wir haben heute Mr. Sponne Du Lixe getroffen», sagte Felix beiläufig, als Perseus ihm den Mantel abnahm. «Ich glaube, du hast ihn schon kennengelernt.»

«Stimmt.» Bryn hatte den Vorfall schon fast vergessen. «In Wenfeld. Es ging um Mama Bellysets Nachlass.»

Wie sich herausstellte, hatten seine Eltern erst heute Genaueres über ihr Testament erfahren – und dass Bryn der Alleinerbe war.

«Wir freuen uns natürlich für dich», sagte Fortuna. «Du hast dich schon immer gut mit der guten alten Rosmerte verstanden, nicht wahr?»

Sie ging zusammen mit Telseara und Dordios in den Salon. Mittni folgte ihnen, weil er unbedingt wissen wollte, was es zum Abendessen geben würde. Vater und Sohn blieben allein zurück.

«Bryn, weißt du, was das Merkwürdige daran ist? Sie hat darauf bestanden, dass du als Erster von der Erbschaft erfährst und dass du dabei allein sein musst.» Felix, der ein Stückchen kleiner als sein Sohn war, betrachtete ihn unter seinen dunklen, buschigen Augenbrauen hervor. Wie immer waren seine Wangen makellos glatt rasiert. «Und nun hat uns Sponne Du Lixe darüber in Kenntnis gesetzt, dass du den Nachlass bis auf weiteres durch uns verwaltet wissen möchtest. Stimmt das?»

Er nickte.

Felix ebenfalls, aber mit einem Stirnrunzeln. «Sehr vernünftig, Bryn. Eine weise Entscheidung. Aber … weißt du *warum*?»

«Warum was, Vater?»

«Nun … hast du dir deine Erbschaft angesehen? Vollständig, meine ich?»

Die Frage lag so nahe, dass Bryn sich ärgerte, nicht früher daran gedacht zu haben. Mama Bellyset musste einen Grund für ihr Vorgehen gehabt haben. Vielleicht hatte sie ihm etwas hinterlassen, das nur für ihn bestimmt war, nur von ihm verwendet werden konnte – etwas, das in Bezug auf den Apheristen wichtig war!

«Ich denke, wir sollten die Wünsche deiner Großmutter respektieren.» Felix zog einen Umschlag aus der Brusttasche. «Sie hat ein Testament für die Anwälte und einen Brief für dich hinterlassen. Bisher hat ihn niemand gelesen. Vielleicht erklärt er ja einiges.»

Bryn nahm den Umschlag und brach das Siegel.

Die Kürze der Nachricht war eine Enttäuschung. *«Alles, was ich besitze, gehört Dir. Unglücklicherweise wird Dir nichts davon bei Deiner Suche helfen. Ich weiß, welchen Weg Du einschlagen wirst. Sobald Du volljährig bist, sorge dafür, dass Dir Deine Eltern das Familiengeheimnis anvertrauen (ich meine nicht die Swigny-Rezeptur). Ich glaube, Du wirst erkennen, dass sein Entdecker die Wahrheit herausgefunden hatte, aber verdorben worden ist. Suche also nicht nach ihm, sondern nach seinem Helden. Dieser hat den Feind nicht allein mit Magnarion bekämpft. In grenzenloser Liebe, MB»*

Ganz unten stand noch, vielleicht später hinzugefügt: *Suche nach Nemo.*

Beim Lesen ihrer eleganten Handschrift hatte Bryn das Gefühl, ihre Stimme zu hören. Er dachte über das Geschriebene nach.

Der Entdecker des Familiengeheimnisses: Lueth. Sein Held – das war einfach: Es konnte nur der Apherist sein. Sein Feind: der Wahnsinn. Magnarion hieß sein Schwert, die erste Culmusklinge. Wollte seine Großmutter, dass er sich auf die Suche nach dem legendären Schwert machte? Was für eine Vorstellung! Auf welche Weise noch hatte der Apherist den Wahnsinn bekämpft? Vielleicht konnte ihm Nemo doch mehr erzählen.

Seine Pläne nahmen Gestalt an. Er steckte den Brief in die Hosentasche. «Sie schreibt von einigen Dingen, die ich mir unbedingt ansehen soll.» Er rang sich ein Lachen ab. «Anscheinend hat sie sich schon gedacht, dass ich mich nicht selbst um den Nachlass kümmern würde.»

«Ja, für so etwas hatte sie eine Nase.» Felix lächelte traurig. «Nun, wir wollen mit deinen neuen Besitztümern nichts zu tun haben, bevor du sie dir nicht angesehen hast. *Richtig* angesehen hast.» Er setzte eine gütige Miene auf, und Bryn begriff, dass er das wirklich war. «Mein Sohn, Geld ist nicht alles.» Er rieb sich die Stirn und sprach langsam und vorsichtig, als ob er unsicheres Terrain betreten würde. «Mutter wusste das. Vater auch. Es hat ihn das Leben gekostet.» Seine Stimme wurde zu einem Flüstern. «Ich möchte, dass du besonders vorsichtig bist. Geh auf Nummer sicher, aber … lass niemals zu, dass das Geschäftliche dir deine Identität nimmt. Lass dich durch niemanden daran hindern, dein wahres Ich zu erkennen.»

«Du meinst, ich soll mir den Nachlass dahingehend anschauen, was er mir über unsere *Familie* verrät?» Bryn konnte es kaum glauben. Hatten sie nicht ständig versucht, ihn genau davon abzuhalten?

Felix nickte. Bryn wurde von einem Gefühl der Liebe und Dankbarkeit seinem Vater gegenüber überwältigt. Das erleichterte ihm nicht gerade den bevorstehenden Abschied. Nachdem ihm sein Vater so offen sein Vertrauen ausgesprochen hatte, wäre er gern noch geblieben und hätte seine Nachforschungen einfach von hier aus fortgesetzt. Aber er konnte nicht mit dem Risiko leben, das seine Anwesenheit – und die des Buches – für die anderen bedeutete.

Zumindest hatte er jetzt einen Grund zu gehen – einen besseren, als er sich je hätte ausdenken können. Und er hatte das Thema nicht einmal selbst darauf lenken müssen! Bryn tat so, als ob er unschlüssig wäre, dann nickte er. Da er tatsächlich unsicher war, konnten ihn seine Gefühle kaum verraten – selbst wenn Felix auf diesem Gebiet mehr konnte als die anderen Barue von Baruto.

«Mach dir keine Sorgen wegen Mutter, das regele ich schon.» Felix tippte sich mit dem Finger gegen die Nase und zwinkerte ihm zu. Bryn umarmte ihn. Sein Vater lachte überrascht und tätschelte ihn am Kopf.

«Apropos Familie, weißt du eigentlich, wie ich Onkel Nemo finden kann? Ich finde es schade, dass ich ihn nicht gesehen habe. Er mag ja krank im Kopf sein, aber er gehört schließlich immer noch zur Familie, oder?»

«Da kann ich dir leider auch nicht weiterhelfen. Er will nicht, dass man ihn finden kann. Reine Zeitverschwendung, es überhaupt zu versuchen. Ist leider so, mein Junge.»

«Vater?»

«Hm?» Felix hatte sich abgewandt und angefangen, seine Reisetasche auszupacken.

«Ich weiß noch nicht, was ich finden werde. Und welche Auswirkungen es haben wird.»

«Gewiss, mein Junge.»

«Ich meine, das kann möglicherweise länger dauern, als du denkst. Vielleicht sogar viel länger.»

Zu seiner Überraschung nickte Felix müde. Bryn spürte seine Resignation. «Nimm dir so viel Zeit, wie du brauchst, mein Sohn», sagte er und ließ sich schnaufend auf die unterste Treppenstufe sinken. Noch nie hatte Bryn erlebt, dass sich sein Vater einfach irgendwo hinsetzte. «Tu, was du tun musst, und komm so schnell zurück, wie dir möglich ist.» Einen Moment lang sah er fast schüchtern zu ihm hoch. «Ich wünschte, ich könnte dich begleiten.» Sein Blick sank wieder zu seinen glänzend polierten Schuhen hinab. «Aber für mich ist es zu spät. Ich war bestimmt ein ziemlich unbrauchbarer Vater. Verzeih mir.»

Bevor Bryn ihm widersprechen konnte, war er auch schon aufgestanden und ging pfeifend in den Salon. Bryn seufzte schweren Herzens. Er war froh, seine Eltern noch zu haben, aber manchmal konnte es die Sache doch ziemlich verkomplizieren. Es hatte schon seine Gründe, dass die Helden im Märchen immer Waisen waren.

✦ ✦ ✦

«Sollen wir mitkommen?» Bryn fuhr von seiner Tasche auf. Telseara beugte sich um den Türrahmen seines Zimmers. «Wo willst du hin?»

Bryn seufzte. «Das Geschäft ruft.»

Telseara ließ sich nicht so einfach täuschen wie seine Eltern. Sie zog skeptisch eine Augenbraue hoch.

«Schon gut, schon gut. Aber ich weiß wirklich noch nicht, wohin die Reise geht. Jedenfalls brauche ich Antworten. Vielleicht findet sich in den Unterlagen von Mama Bellyset etwas.»

«Du willst Nemo suchen, das ist es doch», sagte sie leise.

«Woher weißt du …?»

«Ach, komm! Ich habe dich mit Mittni reden gehört. Du glaubst doch nicht im Ernst, dass Dos und ich aufgehört haben, herumzuschnüffeln, oder?» Sie trat selbstgefällig ins Zimmer und winkte mit einer Postkarte.

«Das ist doch wohl nicht …» Bryn lachte. Es war eine von Nemos Postkarten, auf der er Vater am falschen Tag zum Geburtsabend gratulierte.

Mit Absender.

Bryn sprang auf und umarmte sie. Sie wurde rot. Er wollte gerade aus dem Zimmer stürmen, um Mittni zu sagen, dass er jetzt ihr erstes Reiseziel wusste, als Telseara ihn festhielt.

«Was war letzte Nacht los?»

Sie verschränkte die Arme vor der Brust und reckte ihm das Kinn entgegen. Das war wieder die Telseara von früher, und Bryn kannte sie gut genug, um zu wissen, dass er ohne ein, zwei Antworten niemals aus dem Zimmer kam.

«Das klingt vielleicht lächerlich, aber du bist von einem Geist angegriffen worden, einem sogenannten Wandler.»

Telseara schnaubte. Als sie begriff, dass es sein Ernst war, verging ihr das spöttische Grinsen.

«Wir wissen nicht allzu viel über diese Wesen. Drattni ist in Quivelda von einem berührt worden und … zu einem Begnadeten geworden. Das bedeutet, dass er sein Gedächtnis verloren hat und jetzt eine magische Fähigkeit besitzt.» Bryn strich ihr über eine Wange. «Ich dachte, mit dir wäre dasselbe geschehen. Deshalb habe ich dich gefragt, ob du weißt, wer ich bin.»

Sie schluckte. «Und wie können wir uns vor so einem Wandler schützen?»

«Keine Ahnung. Die Sache ist die … ich glaube nicht, dass

es ein Zufall war. Erst taucht in Quivelda einer auf, und kaum bin ich in Baruto, dann hier der zweite.» Er starrte Baba Bär an und hatte kurz den lächerlichen Impuls, seinen alten Spielkameraden einzupacken und mitzunehmen, um ihm «die Welt zu zeigen», wie er es als kleiner Junge versprochen hatte. Er warf einen Blick aus dem Fenster. «Wenn ich gehe, ist das für alle hier am sichersten.»

«Und warum sollst du sie anziehen? Falls du das meinst.»

«Unter anderem das muss ich herausfinden.»

«Wir kommen mit.» Telseara sah ihn herausfordernd an, genau wie früher.

«Mittni und ich würden uns über eure Gesellschaft sehr freuen. Ich hätte nie gedacht, dass dieser Tag einmal kommen würde, aber habt ihr keine Verpflichtungen?»

Sie blickte zu Boden und nickte. «Jetzt, wo die Verschwörung vorbei ist, kommt ihr doch wieder, wenn ihr den Wandler in die Flucht geschlagen habt?» Die gefüllte Satteltasche hatte ihr Misstrauen geweckt.

«Nemo kann mir bestimmt helfen. Vielleicht bleibe ich ein paar Tage bei ihm.» Er lächelte und schirmte die Gefühle ab, die ihr hätten verraten können, dass sie etwas viel Größerem auf der Spur waren. «Bis dahin pass für mich auf Felix und Fortuna auf. Und auf Dos und auf dich.»

«Und du pass auf Mittni auf. Komm heil zurück – am besten heil *und* gut aussehend!»

Sie bestand darauf, ihm die Tasche zu tragen. Im Flur trafen sie Mittni und Dordios. Am Fuß der Treppe warteten schon Bryns Eltern.

Was auch immer sein Vater seiner Mutter erzählt hatte, es schien zu funktionieren. Als Bryn erklärte, dass Mittni und er sofort aufbrechen würden, nickte Fortuna nur mit zusammengepressten Lippen und wünschte ihnen eine gute Reise.

«Wissen wir denn inzwischen, was wir vorhaben?», fragte Mittni, als sie den Wachleuten von Gibbons zunickten und die Pferde durch das schmiedeeiserne Tor lenkten.

«Wir suchen den einzigen Bellyset, der sich entschieden hat, den Wahnsinn zu bekämpfen, und noch am Leben ist.» Bryn warf einen Blick auf die Postkarte. «Nemo.»

✦ 18. KAPITEL ✦

Bruder Bryn

Einige Leute winkten Bryn zu oder salutierten, als er und Mittni durch die breiten, hellen Straßen von Baruto ritten. Seine Eltern hatten zwar von einer Presseerklärung abgesehen, aber seine Rückkehr hatte sich offensichtlich herumgesprochen. Was die Leute wohl sagen würden, wenn sie erfuhren, dass er schon wieder fort war?

Nemos Bleibe zu finden war nicht weiter schwer. Sie lag auf der anderen Seite der Stadt, so weit vom Anwesen der Bellysets entfernt, wie es nur ging. Vor dem getünchten rechteckigen Gebäude, das sich in seiner funktionalen Art deutlich von seinen protzigen Nachbarn abhob, hielten sie die Pferde an und stiegen ab.

«Recht groß, das Haus», sagte Mittni. «Aber nach dem Dekor zu urteilen, kann er nicht allzu krank im Kopf sein.»

«Vielleicht kann er sich keine Extravaganzen leisten», sagte Bryn. «Vielleicht lassen sie ihn nicht an das Familienvermögen heran.»

Zu ihrer Überraschung wurden sie an der Tür von Bediensteten empfangen; den Grund dafür erkannten sie aber rasch. Nemo war nicht der Einzige, der hier lebte. Auf einem Schild stand: *Sitz Sorgenfrei.*

Sein Sinnspruch über den Reichtum lautete: *Hast du Geld, entflieh der Welt.*

Bryns freundliche Gefühle für seinen Vater waren wie weggefegt: Seine Eltern wussten genau, wo Nemo war. Sie hatten ihn hier hineingesteckt, in eine Irrenanstalt! Er schluckte seine Wut hinunter und fragte am Empfang nach Nemo Bellyset.

Die Empfangsdame starrte ihn über ihre Brille hinweg an. «Ich fürchte, wir haben hier keinen Nemo Bellyset.»

Bryn konnte spüren, wie nervös sie war, obwohl sie es gut versteckte. «Und früher einmal vielleicht?» Er zog die Postkarte heraus und suchte das Datum.

Sie wollte gerade noch etwas sagen, als sich ihre ältere Kollegin einschaltete. «Der gute Nemo? Wie nett, dass Ihr den kleinen Spaß mit seinem Namen mitmacht!» Sie rauschte hinter dem Tisch hervor und bedeutete ihnen, ihr zu folgen. «Damaris, zu Diensten.»

Bryn schaltete schnell und sagte: «Ja, er hat es gern, wenn man ihn mit Bellyset anspricht.»

Die großgewachsene Frau nickte. «Er schickt ihnen gelegentlich Briefe. Den Bellysets scheint es nichts auszumachen. Sehr freundlich von ihnen. Natürlich schreiben sie nicht zurück. Das wäre zu viel verlangt, wo sie doch so geschäftige Leute sind! Und Ihr seid … Verwandtschaft? Er hat noch nie Besuch bekommen …»

Ihr unablässiges Geplapper deutete darauf hin, dass es gar nicht nötig war, auf ihre Frage einzugehen. Also fragte Bryn stattdessen: «Noch nie?»

«Nein. Noch kein einziges Mal! Zumindest nicht, seit ich hier angefangen habe, und das ist schon viel zu lange her! Nicht, dass es mir hier nicht gefällt.» Sie zwinkerte ihnen zu.

«Ja, wir sind Verwandte, aus Quivelda», sagte Bryn. «Wir

haben ihn noch nie kennengelernt, und da wir gerade in der Stadt sind, möchten wir die Gelegenheit gern nutzen.»

Das Haus war gut eingerichtet, sehr einfach im Vergleich zu den meisten hiesigen Häusern, aber doch mit Geschmack. Der Flur führte um eine Ecke, und sie fanden sich plötzlich vor einem glänzenden Objekt wieder, das Bryn zunächst für eine plumpe und recht hässliche Statue hielt, bevor er erkannte, dass es sich um einen Menschen handelte. Der gebeugte Alte konnte sich unter dem Gewicht von Hunderten Goldschildchen kaum rühren.

«Wann nehmt Ihr die bloß endlich ab?» Damaris schnalzte im Vorbeigehen missbilligend mit der Zunge. Er reagierte nicht. «Unsere Gäste sind natürlich allesamt harmlos, aber zu viel Geld verwirrt manch einem gehörig den Verstand! *Sitz Sorgenfrei* ist ein Rehabilitationszentrum für all diejenigen, die mit ihrem Reichtum nicht zurechtkommen.»

«Wie Nemo?», fragte Mittni.

«Das ist freilich eine andere Geschichte.» Damaris öffnete eine Tür und schob sie hindurch. «Er besitzt anscheinend keinerlei Gold. Treuhandvermögen vermutlich. Aber solange die Rechnungen bezahlt werden, spielt das keine Rolle. Ich nehme an, da kommt Eure Familie ins Spiel? So, da ist er, wie üblich im Garten.»

Bryns Herz schlug schneller. Was hatte Mutter noch gleich gesagt? Im Sommer jagte er Schmetterlingen nach, im Winter Schneeflocken? Im Garten war kein einziger Schmetterling zu sehen. Vielleicht bestand ja noch Hoffnung.

Nemo saß allein auf einer Holzbank, den Blick auf einen Wasserfall gerichtet, der sich in den Teich eines Steingartens ergoss. Er hatte weiße Haare, die nur am Nacken noch dunkler waren.

«Meister Nemo, Ihr habt Besuch! Ist das nicht eine nette

Überraschung?» Sie nickte ihnen zu. «Ich bin drinnen, falls irgendetwas ist.»

«Danke», sagte Mittni, denn Bryn näherte sich bereits langsam, aber gespannt, seinem Verwandten.

«Onkel Nemo?» Er sprach laut und deutlich, falls der Alte schwerhörig war. «Ich bin es, Bryn Bellyset! Du wolltest mich besuchen, nicht wahr? Nun, jetzt bin ich zu dir gekommen.»

Nemo schien kein Wort gehört zu haben. Bryn setzte sich neben ihn und nahm sein Gesicht und seine Gefühle in sich auf. Mittni blieb dezent zurück.

«Schönes Wetter, nicht wahr?», fragte Bryn. Keine Antwort. Vielleicht war er wirklich taub. «Kannst du mich verstehen?»

Nemo seufzte. «Im Zimmer ist es zu dunkel. Die Sonne scheint nicht hinein.»

Bryn warf Mittni einen besorgten Blick zu. «Entschuldigung, aber du bist doch Nemo, oder? Nemo Bellyset?»

«Ich mag die Sonne auf dem Wasser», erklärte der Alte unnötig laut. Aus seinen abwehrenden Gefühlen schloss Bryn, dass er seine Frage übertönen wollte. «Sie macht fröhliche Muster. Ich mag fröhliche Sachen. Magst du auch fröhliche Sachen?»

Er wendete sich Bryn ein wenig zu, sah ihn aber nicht an.

«Sehr sogar.» In erster Linie spürte Bryn Unsicherheit in seinem Verwandten. Er versuchte, ihm beruhigende Gefühle zu senden, wurde aber abgewehrt. Es schienen jedoch nicht Bryns Handlungen zu sein, die den Alten nervös machten. Er verzog unglücklich das Gesicht und rückte langsam ans andere Ende der Bank, wie ein kleiner Junge, der gepiesackt wurde und sich kraftlos in das Unausweichliche fügte, weil er nicht weglaufen konnte.

Bryn kam sich ganz schlecht vor und fragte: «Kann ich dir irgendwie helfen?»

«Ich habe keinen Hunger», sagte Nemo. «Habe ich etwa gesagt, dass ich Hunger habe?» Es hatte keinen Sinn, er kam kein Stück voran. Bryn blickte hinüber zu Mittni, der nur die Achseln zuckte. «Füttere doch die Enten. Die machen immer einen grässlichen Lärm.» Nemo gestikulierte zum leeren Pool. «Nun gebt schon Ruhe, ihr stinkenden, gefiederten Viecher! Kusch, kusch!»

Es war in keiner Weise lustig, aber Bryn musste aufpassen, dass er nicht anfing zu lachen. Jetzt, wo er den vorzeitig gealterten Mann gefunden hatte, durfte er nicht so schnell aufgeben, sondern musste es weiter probieren! Ihm fiel nur nichts mehr ein, was er versuchen konnte, um zu dem Alten durchzudringen.

«Schön, Onkel Nemo, ich freue mich, dich kennengelernt zu haben. Es war mir eine Ehre, wirklich. Was auch immer geschehen ist, ich bewundere deinen Mut. Und danke für deine Hilfe, ich habe das Buch gefunden.»

Nemo, der seinem Blick ausgewichen war, als ob Bryn mit ihm schimpfte, sah ihm zum ersten Mal kurz in die Augen. «Du hast Lueths Notizbuch gefunden?»

«Lueths Notizbuch? Nun, ich habe dieses alte Buch im Safe gefunden, falls du das meinst.»

«Hervorragend.» Nemo wirkte plötzlich ganz sachlich. «Kannst du es lesen?»

War sein ganzes Irresein nur eine Maske? Bryns Onkel sah plötzlich ganz anders aus, ganz – normal.

«Nein, ich kann nur einige wenige Worte verstehen. Dann gibt es Abschnitte in der Hohen Zunge. Das verspricht eine ganz schöne Schufterei zu werden … Was für eine Sprache ist das andere?»

«Die kann man nicht erlernen. Dafür braucht es eine Gabe.» Nemo fuhr sich mit der Hand durch die wirren Haare. Danach standen sie nur umso mehr in die Höhe. Er sprach jetzt ganz vernünftig, sah aber verrückter aus als zuvor. «Man muss lernen, sie zu lesen.»

Na, fein. Diese Sprache konnte nicht erlernt werden, darum musste man sie lernen. Der helle Moment war wohl schon wieder vorbei.

«Kannst du sie mir beibringen?»

«Ich kann sie dir nicht beibringen. Und wenn ich es nicht kann, kann es niemand. Früher, da hätte ich es einmal gekonnt.»

Bryn fiel ein, wie Telseara und Dordios ihn belauscht hatten, und er sorgte rasch für einen ergeomorphischen Strudel, der Nemo, Mittni und ihn umkreiste und ihre Schallwellen abschirmte. «Du bist der Einzige in der Familie, der mir sagen kann, wie man den Wahnsinn bekämpft.» Erst in diesem Moment fiel ihm auf, dass Nemo barfuß war. Seine Füße waren voller Blasen. «Ich weiß, es klingt vielleicht eigenartig, besonders nachdem ich gegen Ostentum und Verschwörer und Wandler und Begnadete gekämpft habe, aber ... gegen was genau kämpfen wir eigentlich?»

«Gegen den Wahnsinn.» Nemo biss die Zähne zusammen, sodass seine Wangen noch hagerer aussahen. «Die Leute denken, dass er ein zwar schlechter, aber doch unvermeidbarer Teil der Natur ist. Sie erkennen nicht, dass es einmal anders war. Das Eindringen des Wahnsinns hat alles geändert. Alles.»

Anfangs hatte er wie ein Kind geredet; nun klang er auf einmal uralt. «Wir kämpfen nicht gegen Fleisch und Blut, mein Junge, nicht einmal gegen Geister und Dämonen – noch nicht. Es ist ein Kampf gegen *uns selbst.*»

«Noch nicht – was meinst du damit?»

Nemo packte ihn bei den Schultern und zog ihn an sich

heran, sodass sein warmer, schlechter Atem Bryns Wange streifte. «Ist es nicht grässlich, wenn das Toast einen beißt?»

Bryn glaubte, sich verhört zu haben. Was vielleicht auch so war, denn der alte Bellyset fuhr fort: «Noch nicht, weil Calaspia noch nicht tief genug gesunken ist. Diese Schlacht muss erst verlorengehen, und dann wird die nächste nicht zu gewinnen sein. Sie wird es noch nicht einmal wert sein, gewonnen zu werden.»

«Was? Wie meinst du das? Was wird passieren?» Gewiss, Nemo war völlig irre. Aber wenn es stimmte, was er gerade sagte, konnte Bryn vielleicht ein paar unersetzliche Informationen sammeln.

«Die Geißel», zischte Nemo. «Das Erste Eindringen des Wahnsinns wäre gelungen, hätte es den Apheristen nicht gegeben. Er hat es jedoch nicht geschafft, die Geißel völlig aufzuhalten. Der Kampf wird weitergehen, bis wir den Wahnsinn an der Wurzel ausmerzen oder die Geißel sich vollendet und unsere Seelen verwirkt sind …»

«Was ist diese Geißel?» Er gab Mittni unauffällig ein Zeichen, näher zu kommen.

«Die Geißel stellt den Würgegriff des Wahnsinns um ein Universum dar. Es ist der Kampf des Wahnsinns, eine Welt *vollständig* zu überwältigen. Wenn die Geißel sich vollendet und die Unsichtbare Welt von Fäulnis und Verwesung durchdrungen ist, lösen sich die Grenzen nach Ruach'zam auf, und aus den finstersten Winkeln der Geisterwelt strömen die Legionen der Verdammten …»

«Die Ostentum», sagte Bryn.

«Nein, nein, nein.» Nemo sah verwirrt aus, fast schon verärgert. «Dass das aber auch niemand versteht! Erst kommen die Kartoffeln, *dann* die Petersilie …»

«Schon gut, war ein Irrtum.» Bryn stand auf und ging vor

seinem Verwandten in die Hocke, um ihm zu bedeuten, dass er zuhörte und das alles höchst wichtig fand. «Was genau sind die Folgen der Geißel?»

Nemo biss sich auf die Lippen. «Wenn die Geißel sich vollendet, können sich die Agenten des Wahnsinns höchstselbst hier manifestieren, und dann nehmen sie sich, was sie wollen: Tomatensuppe, Quiche, *alles*!»

«Und was können wir dagegen unternehmen?», fragte Bryn eindringlich.

«Du musst bedenken, dass der äußere Wahnsinn nur ein Spiegelbild des inneren Wahnsinns ist. Natürlich muss man die Symptome bekämpfen, um die Geißel zu verhindern. Aber den endgültigen Sieg bringt das nicht. Gegen den äußeren Wahnsinn hatte der Apherist Erfolg, am inneren ist er gescheitert. Genau wie Lueth.»

«Aber Lueth hat doch nicht gegen den Wahnsinn gekämpft – und gegen dessen Symptome schon gar nicht …»

«Er konnte Swigny nicht ausstehen.» Nemo verzog beleidigt das Gesicht.

«Richtig», sagte Bryn. «Dann muss ich also den äußeren und den inneren Wahnsinn bekämpfen. Aber wie? Mama Bellyset – Rosmerte – hat behauptet, dass Magnarion nicht die einzige Waffe des Apheristen war.»

«Die Kirchenleute wissen es.» Nemo kratzte sich nervös die Bartstoppeln. «Wissen tun sie es … aber … sagen tun sie es nicht.»

«Was sagen sie nicht?», fragte Bryn. «Was wissen die Kirchenleute über den Apheristen?»

«Ach, *die* wissen gar nichts», sagte Nemo. «Aber die anderen, die schon.»

«Und wie hat der Apherist den Wahnsinn bekämpft? Wie sollen wir ihn bekämpfen?»

«Mit allem!» Nemo sah Bryn an, als wäre *er* der Geisteskranke. «Er war stark, er war weise. Und vor allem», sagte der Alte wichtig, vielleicht auch mit einer Spur von Stolz, «er war ein Pen-ta-ky-list. Pentakylist! Der erste und der mächtigste, der allerbeste und der klügste –» Unvermittelt stimmte er ein Lied an und schwang im Rhythmus die Arme.

Bryn schloss enttäuscht die Augen. Sie waren so nahe dran gewesen.

Dann fiel ihm ein, was Lamberto und Ferenc über den Kult gesagt hatten. «Aber noch einmal zur Geißel. Steckt dahinter dieser maskierte Kultivator? Er will angeblich den Kult vereinen und etwas Großartiges aus dem Wahnsinn machen.»

«Ich kann Masken nicht ausstehen», sagte Nemo. «Aber alle tragen eine. Besonders hier.»

Da war etwas dran. Nur half ihm das auch nicht weiter. «Im Stammbaum habe ich gesehen, dass du der Neffe von Rosmerte Bellyset bist. Ich bin ihr Enkel. Kannst du mir sagen, was mit meinem Großvater passiert ist? Mit deinem Onkel, Rosmertes Ehemann?»

Als Nemo die Frage verstand, wurde sein Blick glasig, und er stand auf und hüpfte gackernd um den Teich. Das Wasser war zwar nicht besonders tief, aber Bryn hatte trotzdem Angst, dass er hineinfiel, und ging ihm lieber nach.

«Was ist denn?», fragte Bryn. «Hattest du etwas mit ihm zu tun?»

Nemo sah ihn aus wilden Augen an. «Du kriegst mich nicht!», jubelte er höhnisch und sprang neben dem Wasserfall auf einen Felsen.

Bryn machte einen Satz, um ihn zu stützen. Aber Nemo wich ihm überraschend flink aus und gab ihm einen Klaps auf die Wange. «Daneben, hab dich!», rief er – wie ein Plimp.

Beim zweiten Versuch schaffte Bryn es, ihn bei der Schulter zu packen, und führte ihn zurück zur Bank. Für ihn lag auf der Hand, dass Nemo in seiner Verzweiflung eine Mauer um diese Erinnerungen errichtet hatte. «Mir ist klar, dass es sehr schmerzvoll sein muss, sich wieder daran zu erinnern.» Seine Stimme bebte. Er war den Tränen nahe. «Aber es kann mir vielleicht helfen, Onkel Nemo, weißt du? Ich schlage nun denselben Weg ein. Meine Zeit ist gekommen. Was muss ich wissen?»

Nemo starrte fasziniert einen heruntergefallenen Zweig an.

«War es Okolnit?», fragte Bryn behutsam. «Hatte er etwas damit zu tun?»

Als Bryn den Namen des abtrünnigen Lehrmeisters sagte, zuckte Nemo zusammen. Aber er antwortete nicht. Bryn starrte auf seine Stiefelspitzen und überlegte. Dann ließ ihn ein seltsames Geräusch wieder hochschauen.

«Nemo! Was ist denn?»

Der Alte hatte Schaum vor dem Mund und rollte mit den Augen.

«Es hat den Tempel verlassen», sagte er mit einer krächzenden, rauen Stimme. *«Es ist … hier.»*

Bryn bekam eine Gänsehaut. Er sah sich um und rechnete schon damit, einen Wandler oder sonst einen Dämon aus dem Abgrund von Ruach'zam zu sehen. Aber sie waren allein.

Entnervt schüttelte Bryn den Alten vorsichtig und sprach beruhigend auf ihn ein, bis der Anfall nachließ.

«Erzähl mir noch was über das Toast», sagte Bryn in einem letzten verzweifelten Versuch, ihn wieder zur Besinnung zu bringen. Aber es war nutzlos. Aus dem Alten war kein vernünftiges Wort mehr herauszubekommen.

Die Tür ging auf, und Damaris kam herausgeeilt. «Das war

aber genug für heute! Der arme Nemo kann so viel Aufregung gar nicht brauchen, nicht wahr, mein Lieber?»

«Tut mir leid, Onkel», sagte Bryn leise. «Danke für alles, was du für mich getan hast – nicht nur heute, auch in deinem früheren Leben, das du für uns alle geopfert hast.»

Nemo lächelte ihn selig an. «Aber ich bin doch kein König oder so.»

Bryn seufzte. «O doch, das bist du. Leb wohl, Königliche Hoheit.»

«Ich? Ja? Ich hatte schon immer das Gefühl, jemand Besonderes zu sein ...» Gedankenverloren stand er da und ließ sich ohne Protest von Bryn umarmen.

«Bete, dass ich so entschlossen sein werde, wie du es einst warst, Onkel. Und dass ich Erfolg haben werde. Eines Tages komme ich dich wieder besuchen – hoffe ich.»

«Lebt wohl, Mr. Nemo Bellyset.» Mittni eilte hinter Bryn her.

«Ich hätte ihn nicht danach fragen sollen», sagte Bryn zu ihm. «So weit hätte ich nicht gehen dürfen.»

Als die Tür sich langsam hinter ihnen schloss, rief Nemo: «Das Buch und das Schwert werden dich zum Buch und zum Schwert führen, mein Junge! Denke immer an die Enten und das Toast!»

«Er möchte, dass wir ihn nicht vergessen.» Mittni warf einen Blick zurück. «Ich glaube, er hat sich gefreut, dass wir ihn besucht haben. Es ist nicht richtig, dass er hier weggesperrt ist ... Gewiss, er ist krank im Kopf, aber gemeingefährlich ist er ja wohl nicht.»

Sie banden die Pferde los. «Und nun?», fragte der Hu-Barue. «Zurück zur Villa?»

Bryn schüttelte den Kopf. «Nemo ist der Meinung, dass die apheristische Kirche etwas weiß.»

«Du meinst, er war bei klarem Verstand, als er das gesagt hat? Oder überhaupt irgendwann?»

«Aber ja, er wusste, wovon er redet. Er wusste nur nicht, wie er es mir begreiflich machen sollte.» Sie saßen auf. «Leuchtet ja durchaus ein, dass die apheristische Kirche mehr über Apherist weiß, als in irgendwelchen Märchen erzählt wird. *Das Buch und das Schwert*, hat er gesagt. Das sind meine besten Anhaltspunkte und zufälligerweise auch die Symbole der apheristischen Kirche.»

«Und wohin führt uns das nun?»

«Zu den Aposteln des Verstehens.» Bryn lenkte Silaeti nach rechts auf die Straße nach Süden. «Es ist wohl an der Zeit, meinem alten Mentor einen Besuch abzustatten.»

✦ ✦ ✦

Die Geschichte mit der Geißel beunruhigte Bryn. Wenn Nemo recht hatte, waren geistige Gesundheit und Wahnsinn nicht zwei Seiten derselben Medaille, kein auf Dauer angelegtes Gleichgewicht, nicht die natürliche Ordnung der Dinge – sondern ihr Feind versuchte die Welt einfach zu überrennen. Vielleicht war das ja seine Bestimmung: die sich abzeichnende Apokalypse abzuwenden. Den Wahnsinn zu *vernichten* war ein ganz anderes Thema.

Bryn hatte noch nie zuvor von der Geißel gehört, also schrieb er eine Notiz an Thybil: *Habe Nemo Bellyset gesprochen. Recht verwirrt, war aber kurz bei Sinnen. Erwähnte die «Geißel», eine Anstrengung des Wahnsinns, die Welt zu durchdringen und zu überrennen. Sagt Dir das etwas? Könnte ein Anhaltspunkt sein. – Uns geht es gut. Wir besuchen nun mein altes Kloster, evtl. wissen die Apostel mehr über den Apheristen. Liebe Grüße an alle, Mittni und Bryn.*

Er faltete das Blatt zu einem Papiervogel und ließ ihn mit dem Wind fliegen. Wie er es bei Eridanus gesehen hatte, gab er den Flügeln mit Ergeomorphismus Auftrieb und wies dem Flieger mit demselben Zauber die Richtung, der auch einem Heimstein innewohnte. Als der Brief über den Hügel davonsegelte, überkam Bryn plötzlich Angst, dass Okolnit ihn vielleicht abfing. Wenn der abtrünnige Lehrmeister erfuhr, dass Bryn jetzt doch den Weg gehen wollte, von dem er die Bellysets immer hatte abbringen wollen, dann … nun, dann endete Bryn vielleicht wie Nemo. *Elyon,* betete er, *bitte lass Okolnit den Brief nicht sehen.* Vorsichtshalber verstärkte er den Auftrieb noch einmal. Nun flog der Brief so hoch, dass er von unten kaum mehr gesehen oder abgefangen werden konnte.

Schweigend ritten sie dahin, genossen den gleichmäßigen Rhythmus der kräftigen Pferde unter sich und das Peitschen des Windes in den Haaren.

Mittni begann zu summen. Wenn sein Freund gelegentlich nicht den richtigen Ton traf, musste Bryn in sich hinein grinsen. Früher hatte er sich an so etwas gestört, etwa auch an einem falschen Faden in einem ansonsten perfekten Teppich, aber inzwischen konnten ihn solche Dinge nicht mehr kratzen. Es dauerte nicht lange, da summte Bryn die recht einfache Melodie mit, wenn auch nur, um Mittnis falsche Töne zu überstimmen. Die letzte Strophe sangen sie sogar zusammen, obwohl sie sich nur noch an den halben Text erinnern konnten.

«Fels und Bier ist ewiglich», sagte Bryn. «Haben wir das nicht zuletzt gesungen …» Er sah seinen blonden Weggefährten an, der zustimmend nickte.

«Als wir mit Galar und den anderen Zwergen an Ged-Ruak vorbeigezogen sind. Aber ja.»

«Kommt mir vor, als wäre es Ewigkeiten her.» Bryn drehte das Gesicht wieder in den Wind.

«*Schuckel,* ist es ja auch!», rief Mittni. «Überleg doch bloß mal, was seitdem alles passiert ist. Was sich alles verändert hat.»

«Lieber nicht.»

Eine düstere Stimmung machte sich breit.

Nach einer Weile sagte Mittni: «Dordios hat versucht, mich darüber auszuhorchen, was wir vorhaben.»

«Und bei mir hat es Telseara probiert. Was hast du ihm erzählt?»

«Als ob ich etwas wüsste!» Mittni lachte. «Du hast hier das Sagen. Ich begleite dich nur, während du dir einmal dein Erbe ansiehst, hab ich gesagt.»

«Genau richtig.»

«So wie sie sind wir bestimmt auch mal gewesen. Wie Telsea und Dos, meine ich. Bevor das alles losging. Übertrieben begeistert, naiv … dickköpfig.»

«Ich würde es eher entschlossen nennen. Aber du hast recht. Es ist ein Wunder, dass wir überhaupt so weit gekommen sind. Die Verschwörung ist überstanden, aber ihre Probleme dauern an. Haben wir schon wieder die falsche Schlacht geführt? Unsere Reise jetzt könnte durchaus ein paar Monate dauern, das macht mir schon ein schlechtes Gewissen. Weil die beiden keine Ahnung haben, was in Calaspia vor sich geht. Es ist fast so, als würde ich sie belügen.»

«Besser das, als wenn sie versuchen mitzukommen. Und definitiv besser, als zu versuchen, es ihnen auszureden.»

«Ja, schon. Aber es ist auch das Ende einer Ära.»

«Ach, Bryn, ich glaube, diese Ära ist schon längst vorbei.» Er gab seinem Pferd die Sporen. «Nun finden wir besser heraus, wie die neue Ära sein wird!»

Die Tage auf dem Weg zum Kloster vergingen rasch. Über die Lage im Imperium redeten sie kaum: Sie genossen es, sich über Belangloses zu unterhalten. Seltsamerweise störte es Bryn nicht, mit Mittni über Unwichtigkeiten zu reden, obwohl ihn das bei seinen Eltern immer aufregte. Das Wissen, dass er mit seinem Kameraden über die Culmus Sangui, den Wahnsinn, Perduellis und die Verschwörung reden konnte, wenn er wollte, ließ ihn dessen Gesellschaft selbst dann genießen, wenn sie es nicht taten. Als sie einmal eine Pause machten, um die Pferde trinken zu lassen und sich auszuruhen, holte Bryn das Notizbuch heraus, zu dem Nemo ihn geführt hatte. Es wollte ihm nicht in den Kopf, dass einige Abschnitte des Buches einen Sinn ergaben – auch wenn er sie noch immer nicht wirklich *lesen* konnte –, während ihn andere verzweifeln ließen. Was ihn jedoch nicht davon abhielt, es weiter zu versuchen.

Je näher sie dem Kloster kamen, desto richtiger erschien ihm die Entscheidung, dorthin zu reiten. Er war im Kloster gewesen, bevor ihn lange und abenteuerliche Ereignisse auf unbekanntes Terrain geschleudert hatten, und nun kehrte er auch dorthin zurück, um wieder festen Boden unter die Füße zu bekommen. Sie ritten über eine Hügelkuppe, und Bryn hielt an, um den Blick über den Ort schweifen zu lassen, an dem er vier Jahre seines Lebens verbracht hatte.

Kaum etwas hatte sich verändert. Dort lag der Obstgarten, der so spät in der Keimzeit noch immer voller bunter Blüten stand. Ein Mönch mit Tonsur fütterte die Hühner, und aus der Mitte der Gemüsebeete erhob sich der runde Spitzturm der Kapelle. Um die Kapelle herum lagen die anderen Gebäude: die Küche, die Schlafkammern, der Speisesaal und etwas weiter weg die Ställe, die Lager- und Trockenräume und die Scheunen. Das Ganze war von einem symbolischen Zaun umschlossen, der die Klostergrenzen markierte. Genau genommen stimmte das nicht, denn zum Kloster gehörten noch etliche Morgen Land in der Umgebung, die jedoch überwiegend an Bauern verpachtet waren. Bryn musste daran denken, wie er manchmal über den Zaun gestiegen war – nicht, weil er aus dem Kloster hatte fliehen wollen, sondern einfach nur, um auf der anderen Seite zu sein.

Während die beiden sich näherten, fiel ihm auf, dass der Zaun an zahlreichen Stellen erneuert worden war. Ein Flügelschlag kündigte die Ankunft von Sylvata an, die in der Luft abbremste und auf seiner Schulter landete. Sie passierten das Tor, und Bryn blickte zum Torbogen hinauf und las die Worte, die dort standen – obwohl er sie natürlich auswendig kannte.

«*Segne uns, die wir nach Deinen Regeln leben und nach Deiner Wahrheit suchen*», übersetzte er für Mittni aus der Hohen Zunge. Auf beiden Seiten der Inschrift prangte das Zeichen der apheristischen Kirche: das offene Buch und das Schwert.

Sie führten die Pferde in einen der Ställe und stellten sich dort als Pilger vor, die für einige Tage bleiben würden. Als sie wieder nach draußen traten, ergoss sich ein Strom von Leuten aus der Kapelle. Die Messe war gerade zu Ende gegangen. Die meisten Gläubigen waren in die weiten blauen Gewänder der Apostel des Verstehens gekleidet, nur der Abt, der an der Spitze der Gruppe ging, trug zusätzlich einen weißen Umhang.

Bryn ging auf ihn zu. Sie hatten in den vier Jahren gelegentlich miteinander zu tun gehabt, aber Bryn war unsicher, ob der Abt ihn erkennen würde, da das Kloster zahlreiche Mönche beherbergte und unzähligen Besuchern Unterkunft gab.

«Vater Wreneth», rief der Barue. «Seid gegrüßt, Friede sei mit Euch!»

Für einen Abt war er noch recht jung; voller Spannkraft kam er auf sie zu, mit großen Schritten. Seine ganze Erscheinung sprach von einem Leben voller harter Arbeit.

«Euch ebenso, Ihr Reisenden», dröhnte seine Stimme über den Hof. «Willkommen im Kloster. Ist dies Euer erster Besuch hier bei uns?»

«Nein, Vater, gewiss nicht.»

Plötzlich leuchtete das faltige Gesicht des Abtes auf. «Ach, Bruder Bryn, welche Freude, dich zu sehen. Verzeih, dass ich dich von weitem nicht erkannt habe.» Er beugte sich zu ihm herüber. «Meine Augen sind nicht mehr so gut wie früher, das kommt vom vielen Studieren alter Pergamente. Wie ich sehe, hast du dich mit einem Vogel angefreundet – wie schön.» Er lachte und begrüßte Bryn mit einem festen Händedruck, dann wandte er sich Mittni zu.

Den schien die Bemerkung über den Vogel etwas verwirrt zu haben. «Bryn hat auch menschliche Freunde. Ich bin Mittni, Bartholdis Sohn, aus Quivelda.»

«Willkommen, Mittni. Ich glaube, du bist auch schon einmal hier gewesen, oder?» Er begrüßte auch ihn mit einem festen Händedruck, ohne jedoch die Hand wieder loszulassen.

«Das stimmt … Vater.» Bryn konnte spüren, wie unbehaglich Mittni zumute war. Er war solche Situationen nicht gewöhnt. «Ich habe Bryn vor einigen Jahren hier besucht.»

Vater Wreneths wissendes Lächeln wurde breiter, und endlich gab er Mittnis Hand wieder frei.

«Ich vergesse niemals ein Gesicht.»

Der Abt führte sie in einen der oberen Gemeinschaftsräume, der normalerweise für Gebete, Diskussionen und Vorlesungen benutzt wurde. Durch zwei kleine Fenster, die über die Felder nach Westen zeigten, fielen ein paar Sonnenstrahlen auf die schimmernden, weißgetünchten Steinwände. An der nördlichen Wand hing ein farbenfrohes Gemälde mit zwei traurig und recht hässlich aussehenden Männern, die ein Stück Seil in den Händen hielten. Mittni hatte keine Ahnung, um wen es sich handeln mochte.

«Nun denn.» Vater Wreneth setzte sich. «Genug geplaudert. Ihr seid nicht hier, um mit einem alten Mann Höflichkeiten über das Wetter auszutauschen. Drum sprecht, Brüder – was führt euch hierher?»

Eine Welle vertrauter Gefühle erreichte Bryn. Sie waren mit ein Grund, warum er Vater Wreneth so schätzte: Er war absolut offen und aufrichtig. Manche Leute konnten diese Offenheit nicht verstehen und vermuteten finstere Motive dahinter. Aber das waren Leute, die nicht verstanden, wie anders das Leben in einem Kloster war. Dort lebte man auf sich allein gestellt und abgeschieden vom Rest der Welt – abgeschieden eben auch von der verderbteren und schändlicheren Religionsausübung in den Städten und Kathedralen.

«Aus welchem Grund kommen die Leute denn meist hierher?», fragte Bryn. Er sah kurz zu Mittni. «Die Welt verändert sich. Wir suchen Antwort auf schwierige Fragen.»

«Die Welt verändert sich fortwährend, Bryn», sagte Vater Wreneth langsam. «Das ist einer der Grundpfeiler der Natur. Deshalb suchen die Leute ständig nach Antworten. Das weißt du.»

Da hatte er recht: Bryn hätte einem Besucher während seiner Zeit im Kloster wahrscheinlich genau dasselbe gesagt. «Aber dieser Fall liegt anders.» Er versuchte zu begründen, warum das so war, aber Vater Wreneth kam ihm zuvor.

«Der Fall liegt anders, weil es jetzt an euch ist, die Welt zu verändern.» Einen Augenblick lang war es völlig still im Raum. Selbst Mittni tat keinen Muckser. «Und dennoch glaube ich, dass mehr hinter eurem Kommen steckt als eine allgemeine Suche.»

Bryn spürte Mittnis Unbehagen, obwohl sein Freund sich sehr abschirmte. Vater Wreneth war äußerst scharfsinnig – einer der Gründe, warum er zum Abt gewählt worden war.

«Ihr habt den Nagel auf den Kopf getroffen, Vater. Wir sind mit ganz konkreten Fragen gekommen. Und diese Fragen drehen sich um den Wahnsinn und um den Apheristen. Um den Menschen – oder sollte ich sagen ...», in seinen nächsten Worten schwang ein leiser Vorwurf mit, «... den *Nephelim* hinter der Legende.» Er spürte in dem Abt eine leichte Verblüffung. Die Art Verblüffung, die ein Vater zeigte, wenn sein Sohn seine Erwartungen übertraf.

Bryn holte tief Luft und wagte sich noch einen Schritt weiter. «Wir interessieren uns auch für das, was hinter dem allgemein Bekannten verborgen liegt.» Sorgfältig vermied er die Terminologie von Itrim, obwohl er wusste, dass der Abt den Lehrmeistern gegenüber nicht so negativ eingestellt war wie andere Kirchenleute. «Der Wahnsinn ist Realität, er fegt über dieses Land hinweg. Und in seinem Gefolge verbreitet sich das Böse.» Bryn machte eine Pause, als er spürte, dass Mittni ihn drängte, nicht noch weiterzugehen. Er versuchte, ihm ein beruhigendes Gefühl zu senden, und fuhr fort.

«Dieses Böse manifestiert sich nicht auf eine Art, die man mit Schwertern bekämpfen kann. Wir würden gern erfahren, was die Kirche über die Kampfkunst der Geister weiß.»

Vater Wreneth sah die beiden lange an, und doch war es kein Blick, unter dem man sich unbehaglich fühlte.

«Bryn, du weißt, dass ich bestrebt bin, alle als Gleiche zu behandeln. Ich führe keine Rangliste, in der ich den gesellschaftlichen Status, die Zugehörigkeit zur Imperialen Familie oder das Alter berücksichtige.» Er nickte in ihre Richtung.

«Ich nehme jeden so ernst, wie er gern genommen werden möchte. Außerdem versuche ich, jemandem mit einer Frage den Weg zur Antwort zu weisen. Manchmal gilt es dabei jedoch auch eine Warnung auszusprechen. Manchmal bringt der Weg mehr Gefahr als die Antwort Lohn.»

Bryn ließ den Blick sinken und versuchte, sich zu zusammenzunehmen. Er spürte, dass auch Mittni neben ihm völlig entmutigt war. Da kam sie, die nächste Abfuhr. Die nächste Belehrung, sich nicht mit Dingen zu befassen, die sie ohnehin nie begreifen würden.

«In eurem Fall jedoch ...» Der Abt brach ab. «Du hast dich sehr verändert, seit du das letzte Mal hier gewesen bist, Bryn Bellyset.» Beim Klang seines Namens blickte der Barue auf. «Du bist weitaus mehr gereift, als ich erwartet hätte, und hast offensichtlich vieles entdeckt, was dem Gelernten widerspricht. Dich, Mittni, kenne ich nicht so gut, aber ich erkenne deine Stärke und Entschlossenheit. In eurem Fall, denke ich, ist eine Warnung nicht vonnöten. Ihr beide scheint Erfahrungen gesammelt zu haben, die die meisten Leute niemals machen werden – zu ihrem Glück. Dennoch bin ich verpflichtet, euch zu sagen, dass ihr euch auf Gefährliches einlasst, das ihr auf gar keinen Fall auf die leichte Schulter nehmen dürft.» Nun klang seine Stimme wieder kräftiger, und er beugte sich vor und stützte die Arme auf die Knie. Bryns Herz schlug schneller.

«Wenn ihr wirklich wissen wollt, was die Kirche über diese Themen zu sagen hat, dann möchte ich euch zunächst danken. Selbst innerhalb der Kirche befasst sich kaum jemand ernsthaft mit diesen überaus wichtigen Angelegenheiten – damit, wie der Apherist tatsächlich gewesen ist, was er getan hat und wie er es getan hat. Ihr könnt während eurer Suche so lange hierbleiben, wie ihr wünscht. Ich bilde mir ein, die

Bibliothek mit Ausnahme des Bibliothekars noch immer am besten zu kennen; wenn ihr also eine Frage habt, fragt. Und wann immer ihr etwas besprechen möchtet oder einfach jemanden braucht, der euch beim Denken zuhört, so gilt auch hier: Fragt – obwohl ich mir sicher bin, dass ihr euch selbst genügen werdet.»

Bryn konnte sein Glück kaum fassen. Sie waren regelrecht ermuntert worden, den Menschen Apherist, das Wissen der Kirche über den Wahnsinn und die Geister zu erkunden. Und als Sahnehäubchen hatte Vater Wreneth ihnen seine persönliche Unterstützung angeboten.

«Habt Dank, Vater, habt Dank. Wenn es um derlei Wissen geht, sind wir offene Ohren und Herzen nicht gewohnt.»

Der Abt schmunzelte. «Und bedauerlicherweise sind wir nicht gerade gewohnt, dass jemand echte Antworten sucht. Die meisten gehen nicht mit der nötigen Entschlossenheit und Beharrlichkeit an die Sache heran. Oder nicht mit der nötigen Bereitschaft zu akzeptieren, was die Entdeckungen möglicherweise mit sich bringen.»

Er stand auf; die Barue taten es ihm nach. «Die Sonne geht unter, und auch wir sollten nun ruhen. Ihr müsst erschöpft sein von eurer Reise. Ich würde vorschlagen, ihr fangt morgen mit dem Apheristen an. Ihr scheint euch bereits mit ihm befasst zu haben, und er ist der Schlüssel. Habt eine friedliche Nachtruhe und nehmt das Brot mit auf euer Zimmer. Was mich betrifft, so muss ich mich auf das Abendgebet vorbereiten.»

«Vielen Dank für Eure Hilfe, Vater.» Mittni verbeugte sich. «Wir sind sehr froh, dass Ihr Euch Zeit für uns genommen habt.»

«Nichts zu danken.» Auch der Abt verbeugte sich, und sie sahen nun, dass sein graues Haar sich bereits lichtete – was ihnen bisher verborgen geblieben war, weil er sie schlicht um einiges überragte.

«Vater», sagte Bryn, bevor der Abt aus dem Zimmer ging. «Wo kann ich Vater Griffin finden? Er war damals mein Mentor. Ich würde ihn sehr gern wiedersehen.» Bryn spürte, dass etwas nicht stimmte, noch bevor er den Satz beendet hatte. Der Abt machte ein trauriges Gesicht und setzte sich wieder.

«Was ist los?», fragte Mittni.

«Ihr habt also noch nicht davon gehört.» Es war keine Frage. «Unter anderen Umständen brächte mich die Ironie vielleicht zum Schmunzeln, denn sein Zustand hängt mit euren Fragen zusammen.»

«Er ist doch nicht tot?»

«Bruder Griffin ist ein Begnadeter geworden.»

Bryn merkte gar nicht, wie er auf den Stuhl zurückfiel, von dem er gerade erst aufgestanden war. Er starrte den Abt fassungslos an. «Ein Begnadeter?»

«So leid es mir tut, Bryn.»

✦ 19. KAPITEL ✦

Lueths Notizbuch

Bryn wachte früh auf, blieb aber noch liegen und lauschte den Geräuschen der Mönche, die bereits auf den Beinen waren. Das einfache Bett war eine Wohltat – nicht nur nach den harten Schlafgelegenheiten im Freien, sondern auch nach den luxuriösen Matratzen in Baruto.

Er schlüpfte unter der Decke hervor. Als seine nackten Fußsohlen den kalten Steinboden berührten, war er mit einem Schlag hellwach, wie bei einer kalten Dusche, aber weniger unangenehm. Einen Augenblick lang stand er einfach da und ließ die erfrischende Kühle in sich eindringen.

Beim Anziehen fiel ihm auf, wie deplatziert ihre Alltagskleidung hier war. Er ging zu dem Kleiderschrank in der Ecke und fand das Erhoffte: die einfache Kleidung der Mönche.

Auf dem Weg zum Frühstück sah er einige bekannte Gesichter und grüßte. Dann nahm er in nachdenklichem Schweigen sein Mahl ein.

Gedanken an Drattni und Bruder Griffin gingen ihm durch den Kopf, an seine bisherigen Erfahrungen mit dem Wahnsinn, an den Apheristen und seine mutmaßliche Verbindung zu ihm, an die Culmus Sangui, die Begnadeten und die Wandler. Sie mussten unbedingt Antworten finden, Mittel und Wege, den Kult zurückzudrängen, Wandler abzuwehren und vielleicht sogar den Begnadeten zu helfen. Bryn war so in Gedanken vertieft, dass er Mittni erst bemerkte, als der schon direkt vor ihm stand.

«Du siehst so anders aus.»

«Ja.» Bryn lächelte und bedeutete ihm, sich zu setzen. «Und? Wie stehen mir die Sachen?»

Mittni legte den Kopf auf die Seite. «Nun ja … wie ein Mönch eben.»

Bryn sah auf seine schlichten, hellen, praktischen Kleider hinab. «Ich würde eher sagen wie ein Pilger. Ich habe die Sachen im Zimmer gefunden und hielt sie für äußerst passend. Meinst du nicht? Wir sind schließlich auf der Suche nach Antworten.»

Mittni grunzte und goss sich Milch ein. «Dein Culmus liegt noch im Zimmer, also habe ich meins auch oben gelassen. Meinst du, das ist besser so?»

Bryn nickte. «Es wäre nicht richtig, an solch einem Ort Waffen zu tragen, und bei unserer Suche würden sie uns auch nicht weiterhelfen. Im Gegenteil, die anderen dürften sich dadurch gestört fühlen, und wir müssen unsere Anwesenheit hier nicht noch schwieriger machen.»

Ein Lächeln huschte über Mittnis Gesicht. «Du merkst nicht mal, wie sehr du dich verändert hast, hm?»

«Wie meinst du das? Wo soll ich mich denn sehr verändert haben?»

«Na, da siehst du es!» Mittni lachte. «Seit wir das Klostertor durchschritten haben, bist du nicht mehr der schlechtgelaunte Krieger, der alles umpustet, was ihm in den Weg kommt, und auch nicht mehr der widerwillige Großerbe, der bloß von dem ganzen Unternehmenskram verschont bleiben will. Nein, jetzt bist du wieder einfach Bruder Bryn. Aufgeweckt und auf der

Suche. Du sprichst anders, formulierst deine Sätze anders – du hast sogar eine andere Körperhaltung.»

«Ach?» Bryn war überrascht.

«Ja. Ich dachte, deine neuen Kleider sollten dem Ausdruck verleihen, aber offensichtlich ist dein Herz im Moment klarer als dein Kopf.» Und damit kümmerte er sich erst einmal um sein Frühstück.

Keine Frage, Mittni verstand sich darauf, winzige Veränderungen zu bemerken. Es tat Bryn tatsächlich gut, wieder im Kloster zu sein. Hier durchzog eine friedliche Ruhe die Luft, als würden die Mauern sie regelrecht ausdünsten. Wobei es kein Ausdruck von Trägheit war – ganz im Gegenteil. Es war eine belebende, eine inspirierende Ruhe, die im Laufe von Jahrhunderten aus unzähligen stillen Seelen gewachsen zu sein schien, die hier ernsthaft ihrer Suche nachgegangen waren und in offenen Gesprächen Antworten gefunden hatten.

Als Erstes, beschloss Bryn, würden sie Bruder Griffin aufsuchen, auch wenn er sich als Begnadeter nicht mehr an ihn erinnern konnte. Er war immerhin vier Jahre lang sein Mentor gewesen, und außerdem kannte er sich in der Kirchengeschichte aus. Sie sollte den Ausgangspunkt ihrer Nachforschungen darüber bilden, wer Apherist gewesen war, auf welche Weise er gegen den Wahnsinn gekämpft hatte und ob Bryn tatsächlich sein Erbe sein konnte. Vater Wreneth hatte erklärt, dass Bruder Griffin noch über sein gesamtes Fachwissen verfügte.

«Komm», sagte Bryn und stand auf. «Im Licht der jüngsten Entwicklungen ist es umso wichtiger, dass wir Antworten erhalten.»

Mittni nickte und folgte ihm durch mehrere Gänge, Höfe und Räume, bis Bryn vor einer einfachen Tür stehen blieb. Er gab sich einen Ruck, klopfte an und öffnete die Tür.

Ein Mann mit dunklen Haaren saß an einem Tisch, schaute von einem Stapel Papiere hoch, und die beiden betraten das Zimmer. Hinter dem Mann nahm ein Regal die gesamte Breite des Zimmers ein. Es war so mit Büchern vollgestopft, dass man kaum noch ein Stück von der Wand sehen konnte.

«Bruder Griffin, wie schön, Euch zu sehen!» Bryn war selbst überrascht, wie laut er redete.

Der Mann erhob sich; er machte einen aufmerksamen und verbindlichen Eindruck. «Seid gegrüßt …», sein Blick fiel auf Bryns Kleider, «… Pilger.»

«Ich bin einige Jahre Euer Schützling gewesen, und das hier ist mein Freund Mittni. Unsere Suche nach der Wahrheit hat uns ins Kloster geführt.»

«Willkommen euch beiden. Möget ihr finden, wonach ihr sucht.»

Irgendetwas war beunruhigend, über die unangenehme Atmosphäre hinaus, mit der Bryn gerechnet hatte. Das Zimmer schien irgendwie … steril.

«Warst du ein gelehrsamer Schützling?», fragte Bruder Griffin ihn.

«Ich … ich glaube, ich war gut genug.»

«Das freut mich.» Er setzte sich wieder, und für einen Augenblick verbargen seine dunklen Locken sein Gesicht, dann strich er sie zur Seite. Die beiden Barue konnten die Ruhe spüren, die von ihm ausging, aber als beruhigend empfanden sie sie nicht. Wie die gelassenen Mienen der meisten Städter verbarg sie den wahren Charakter.

Bryn streckte seine Fühler ein bisschen weiter aus, wie er es in letzter Zeit oft geübt hatte. Einer Sache war er sich bereits jetzt sehr gewiss: Die Gefühle dieser Person hatten wenig mit dem Bruder Griffin gemein, den er gekannt und als Mentor geschätzt hatte.

Es war genau wie bei Drattni: das Gegenteil eines Sturms. Kein Chaos um das ruhige Auge eines Wirbelsturms herum, sondern eine Gefühlsleere und in deren Mittelpunkt eine überwältigende Verzweiflung, die jedes andere Gefühl einsaugte und verschlang.

Bryn wurde ganz anders.

«Dürfen wir uns setzen?» Er zog eine Bank vom Fenster zum Schreibtisch. «Wir haben viele Fragen.»

«Fragen in Bezug worauf? Wenn ihr mir das verratet, kann ich euch vielleicht helfen.» Der Mönch lächelte freundlich. Und dieses Lächeln war ernst gemeint. Vielleicht war er sich der schreienden Qualen in seinem tiefsten Innern gar nicht bewusst.

«Wir würden gern mehr über den Menschen Apherist erfahren», sagte Mittni, als Bryn nicht antwortete. «Wie man sagt, seid Ihr eine Autorität auf diesem Gebiet.»

«Ich will Euch gern alle Fragen beantworten, die ich beantworten kann.»

Auf Mittnis Schmeichelei ging er nicht weiter ein – auch das widersprach seinem früheren Charakter so sehr, dass Bryn es kaum ertragen konnte.

Schlag dir aus dem Kopf, dass das Griffin ist, sagte er sich. *Er ist nur ein Fremder, von dem wir Informationen haben wollen.* Dass seine Haare ganz anders aussahen als früher, erleichterte ihm die Sache.

«Wir interessieren uns für den Menschen Apherist, nicht für die Legende. Den historisch verbürgten Apheristen und seinen historisch verbürgten Kampf gegen den Wahnsinn. Auf welche Weise hat er seine Erfolge errungen? Hat er wirklich das Schwert Magnarion geschwungen? Welche Kräfte standen ihm noch zur Verfügung? Wer war er?»

«Die Legenden sind alles, was wir haben, fürchte ich. Die

Indizien lassen sich so zusammenfügen, dass sie praktisch jede Theorie stützen.» Bruder Griffin lächelte wie ein Lehrer, der diese Fragen schon oft gehört hatte. «Die Überlieferungen legen nahe, dass der Apherist ein friedliebender Nephelim war, der zu einem mächtigen Krieger wurde, um Calaspia gegen die Invasion des Wahnsinns zu verteidigen – das Erste Eindringen.»

Bryn schöpfte wieder Hoffnung. Gleich in seinen ersten Sätzen bestätigte Griffin, was Bryn von den Culmus Sangui erfahren hatte.

«Manche bezweifeln jedoch, dass er ein Nephelim war, und selbst wenn, dass er ein Krieger gewesen ist, denn im Zentrum unseres Glaubens steht der Frieden.» Der Mönch griff sich ans Herz. «Sie sind der Meinung, dass es sich um zwei verschiedene Personen handelt. Derjenige Apherist, der sich mit Dattu und Telabor verbündet hat, um die Lande vom Wahnsinn zu befreien, hatte nichts mit Apherist dem Weisen zu tun, der unser Leitbild ist.»

«Und was glaubt Ihr?», fragte Bryn.

Griffin hob die Hände. Sein Gesicht war praktisch unbewegt, als ob ihn sein angebliches Spezialgebiet völlig kaltließ. «Der Begründer unseres Glaubens wird sehr unterschiedlich gesehen.»

«Ich weiß», sagte Bryn. «Aber rein von der Sachlage her, glaubt Ihr, dass eine solche Gestalt tatsächlich existiert hat?»

«Durchaus möglich. Auch zu eurer anderen Frage – auf welche Weise sich der Apherist dem Wahnsinn widersetzt hat – gibt es verschiedene Ansichten. Sein Schwert Magnarion, auch der Untergang des Wahnsinns genannt, ist in der Unsichtbaren Welt ebenso tödlich wie eine normale Klinge für den ungepanzerten Leib. Aber auch in Bezug auf die legendäre Waffe gibt es viel Verwirrung, denn gewisse Quellen behaupten, er hätte eine ganz andere Waffe geführt, nämlich Magnarions Rivalen und Nemesis: Chaos. Diejenigen, die an die Existenz solcher mächtigen magischen Waffen glauben, gehen davon aus, dass nicht derselbe Mann zwei verschiedene Waffen geführt hat, sondern dass es eben zwei Apheristen gab. Aus diesen Zwei-Apheristen-Theorien wurde bald die Mehrere-Apheristen-Hypothese.»

«Aber Ihr geht davon aus, dass es nur einen gegeben hat?», fragte Mittni.

«Die frühesten Gelehrten behaupten, dass die Namen der beiden Schwerter aus Aberglauben entstanden sind und es in Wirklichkeit nur einen Apheristen gegeben hat: einen Mann, der gelegentlich die Nerven verlor, was zur Legende vom Schwert Chaos geführt hat. Wenn man über das frühe Apheristentum redet, sollte man bedenken, dass es viele für unwahrscheinlich halten, dass es das Erste Eindringen überhaupt gegeben hat. Wie Liberius sagt: Im Namen des Gleichgewichts war der Wahnsinn als Gegenstück zur Ordnung schon immer Teil des Planeten.»

Wieder fielen dem Mönch die dunklen Locken ins Gesicht. Er schien es gar nicht zu bemerken. Früher hätte er sofort zur Schere gegriffen und seine Haare auf eine angenehme Länge gestutzt. Früher hätte ihn das Wiedersehen mit Bryn in heller Freude aufspringen lassen. Ach was, früher – so lange konnte es noch gar nicht her sein! Bryn hatte Vater Wreneth nicht gefragt, aber Griffin war gewiss erst wenige Wochen ein Begnadeter.

«Und wenn wir die anderen Fragen einmal beiseitelassen, glaubt Ihr, dass es Magnarion oder auch Chaos jemals gab? Und vielleicht noch heute gibt?»

«Viele halten es für wahrscheinlicher, dass es nicht nur mehrere Apheristen, sondern auch mehrere Schwerter Magnarion und Chaos gegeben hat. Der apheristische Gelehrte Simplicius hat eine interessante Theorie über den Archetypus entwickelt. Er ist natürlich verbrannt worden – von der Kirche –, aber nach seiner Heiligsprechung durch dieselbe Kirche unter dem nächsten Pontifex Clement XVII. fand seine *Theorie vom apheristischen Archetypus* große Verbreitung unter den Celestialisten.»

Griffin zeigte auf einen dicken Wälzer: *Celestialismus im Wandel der Zeit.*

«Diese Theorie besagt, dass jedes Zeitalter seinen eigenen Apheristen hat, der über eigene Symbole wie Magnarion und Chaos verfügt – Werkzeuge zur Beeinflussung des Gleichgewichts. Während des Krieges um das Tor war möglicherweise der Hohe Lehrmeister Eridanus dieser Apherist. Während der Krise, die unsere Kirche in der Zeit des Hofs ohne Krone durchlaufen hat, war es Ygnatius – und so weiter. Dadurch erweckt die Figur des Apheristen ein starkes Gefühl der Vertrautheit, obwohl es sich nicht um einen einzelnen Mann, sondern eine ganze Sammlung von Helden dreht. Der Apherist als Metapher.»

Er lächelte müde. «Natürlich ist das für die meisten Gläubigen eher verwirrend, weshalb diese Theorie nur in Gelehrtenkreisen diskutiert wird. Pontifex Eusebius war es, der vor der Bischofsversammlung auf die Auseinandersetzung einging, und das Dritte Nomidienische Konzil, das die offizielle Legende der Kirche verkündete – wobei sich den Chroniken entnehmen lässt, dass diese Legende nur zum Zwecke der Einheit und Harmonie herausgebracht wurde.»

Bryn seufzte. «Ihr sagt also, dass niemand sicher weiß, wer der Apherist war. Und Ihr möchtet uns Eure eigene Meinung dazu nicht verraten.»

«Ach, das war doch erst der Anfang der Auseinandersetzung. War der Apherist göttlich, möglicherweise sogar ein Avatar, oder verwies er nur auf jemand Größeren? Es gibt höchst unterschiedliche Interpretationen, von denen wahrscheinlich die eine so legitim wie die andere ist. Wer kann schon wissen, welche zutrifft?»

«Angenommen, es *gab* einen Helden, der Magnarion geschwungen und das Erste Eindringen bekämpft hat …» Bryn ließ seinen Blick über die Bücher im Regal schweifen, um zu sehen, ob sich das ein oder andere als nützlich erweisen könnte. «Hat er den Wahnsinn noch auf andere Weise als mit dem Schwert bekämpft?»

Wieder das resignierte Lächeln. «Mit Abertausenden Kriegern, Pferden, Drachen und Magiern. Genauso wie jede andere Schlacht auch. Ob er nun gegen den Wahnsinn gezogen ist oder einfach gegen Invasoren oder ob er selbst auf Eroberungszügen war, das ist eine ganz andere, aber grundlegendere Frage. Ich würde vorschlagen, damit zu beginnen.»

Bryn stand auf und verbeugte sich. «Vielen Dank für Eure Zeit und Euren Rat, Bruder Griffin. Das alles war sehr aufschlussreich.»

Der Gelehrte erhob sich ebenfalls. Sein Stuhl scharrte über den Steinboden. «Ich wünsche euch eine aufschlussreiche Suche. Bedenkt, Brüder, die Reise ist wichtiger als der Weg, und der Weg ist wichtiger als das Ziel.»

✦ ✦ ✦

«Tja, Bruder Griffin war nicht ganz die erhoffte Hilfe», sagte Bryn. «Wobei es mit dem blutdurstigen, aber friedfertigen Nephelim ja ganz gut anfing. Aber viel weiter sind wir nicht gekommen.»

«Gibt es denn niemand anderen mehr, den du fragen

kannst? Oder Bücher, die man lesen könnte?» Mittni blickte von seiner polierten Klinge auf. Seit ihrer Rückkehr von dem Gelehrten putzte er sein Culmus.

Bryn schüttelte den Kopf. «Da finden wir nichts, was er nicht auch weiß, und es dürfte Monate dauern, sämtliches relevante Material durchzuarbeiten … Ich habe genug von Büchern, seit ich etwas über die Kampfkunst der Geister finden wollte. Es war nett von Vater Wreneth, uns diesen Stapel rauszusuchen, aber eigentlich steht nicht viel drin, was uns helfen könnte. Es dreht sich alles nur um Gebete und Proklamationen und theoretische Theologie.»

«Was ja durchaus interessant sein kann, aber leider nicht gerade dabei hilft, Wandler zu bekämpfen oder Begnadete zu heilen.»

«Irgendwie ist es seltsam, dass Griffin zwar seine persönlichen Erinnerungen verloren hat, nicht aber seine theoretischen Kenntnisse. Und charakterlich hat er sich auch verändert. Er war wie eine Maschine, er hat die ganzen Fakten einfach heruntergerasselt.»

«Das muss ein ganz schöner Schock für dich sein, Bryn.» Mittni warf sein Culmus auf das Bett und legte ihm eine Hand auf die Schulter.

«Danke, Mittni.» Bryn setzte sich auf das Bett und strich über die kalte, glatte Klinge. «Er wusste alles über die Meinungen anderer Leute, aber er hatte keine eigene, und er konnte uns nicht helfen, die verschiedenen Meinungen gegeneinander abzuwägen.» Er ließ sich zurückfallen und stieß einen tiefen Seufzer aus. «Das war früher eine seiner Stärken. Er wusste schon immer genau, was die verschiedenen Autoritäten über verschiedene Aspekte der Kirche, der Gesellschaft und sogar der Psychologie zu sagen hatten! Nur dass er früher auch sehr entschieden seinen eigenen Standpunkt vertreten hat. Er hätte einem niemals seine Meinung aufgezwängt, aber er hat einem jederzeit geholfen, sich eine eigene Meinung zu bilden.»

«Klingt nach einem wunderbaren Menschen.»

Lächelnd hing Bryn seinen Erinnerungen nach. «Das war er auch, Mittni. Genau das.»

Mittni setzte sich neben ihn. «Wir werden dafür sorgen, dass so etwas nicht mehr passieren kann, Bryn, und falls irgend möglich werden wir dafür sorgen, dass alles wieder in seine natürlichen Bahnen zurückkehrt.»

Bryn sah zu seiner Tasche, in der das Notizbuch steckte. «Wir haben schon einige Puzzleteile. Die müssen doch irgendwie zusammenpassen.»

Er konnte Mittnis Resignation spüren. Mindestens einmal am Tag musste der Hu-Barue ihn ermahnen: «Immer mit der Ruhe! Wenn es dich dermaßen aufregt, dann lass es halt vorläufig liegen. Irgendwer wird es schon lesen können.» Und jedes Mal antwortete Bryn: «Aber niemand kann es mir beibringen, nicht einmal Nemo.»

Bevor Mittni ihm an diesem Tag jedoch raten konnte, er solle im Interesse seines eigenen Geisteszustands nicht versuchen, die Geheimnisse des Notizbuchs zu entschlüsseln, machte der hartnäckige Bellyset eine Entdeckung, die sie für die Enttäuschung in Sachen Apherist und Kampfkunst der Geister entschädigte.

Während Mittni einige Schriftrollen durchwühlte und etwas über Freundschaftsdienste murmelte, zeichnete Bryn eine Zeile auf der ersten Seite mit dem Zeigefinger nach. Immer wieder zog es ihn an den Anfang, wo alles verständlicher wirkte, wenngleich es nur bruchstückhafte, einzelne Passagen waren, die auf irgendetwas Wichtigeres zu verweisen schienen.

Die Bedeutung der Zeile hallte ihm durch den Kopf: *Ankunft in Itrim.* Das klang wie eine Überschrift. Vielleicht war die Liste auf der ersten Seite eine Art Inhaltsverzeichnis? Dann musste er nur den zugehörigen Abschnitt finden.

Er blätterte weiter und stellte wieder einmal fest, dass er von den Abschnitten in der Hohen Zunge allein das Inhaltsverzeichnis lesen konnte. Der Rest des Notizbuchs war voller Schriftzeichen, die auf den ersten Blick so aussahen, als ob sie in derselben Sprache wie das Inhaltverzeichnis abgefasst waren, sich bei näherer Betrachtung jedoch als «tot» herausstellten – als bloße physische Zeichen, wie das reine Abbild einer Sache. Er brauchte nicht einmal zu versuchen, darin einzutauchen und ihre Bedeutung zu enträtseln. Sie blieben nichts als Tinte auf Papier, unlesbar.

Er war auch nicht in der Lage gewesen, den Abklatsch des ursprünglichen Bellyset-Emblems zu verstehen. Die tote Schrift entsprach also überhaupt nicht der Sprache im Inhaltsverzeichnis, sie tat nur so als ob. Bryn schlug das Buch ungefähr hinter dem ersten Drittel auf und erstarrte. Vor seinen Augen tanzten Buchstaben.

Ankunft in Itrim – ganz oben auf der Seite. Ihm entfuhr ein Lachen.

Mittni blickte von seiner Schriftrolle auf. «Na, mehr Glück als ich?»

«Der Text ist verschlüsselt! Ich weiß immer noch nicht, warum ich die erste Seite lesen kann. Es hat irgendetwas damit zu tun, verschiedene Zweige der Magie zu einer Art Fernrohr in die Unsichtbare Welt zu kombinieren – egal. Jedenfalls lässt der Text sich dann so einfach lesen wie Gemeinzunge! Es *ist* Gemeinzunge!»

Mittni sprang auf, um sich die Sache anzusehen. «Für mich sieht es immer noch wie moderne Kunst aus. Wie diese merkwürdigen Ziermuster in Armaah, die eigentlich gar keine Bedeutung *haben*. Wie also entschlüsselt man Nemos Buch?»

Bryn strahlte. «Es ist ganz einfach. Man muss nur das Inhaltsverzeichnis lesen, und wenn man die genaue Bedeutung der Zeichen dort versteht, erscheint das zugehörige Kapitel in Gemeinzunge.»

Mittni blickte ihn verwirrt an.

«Kannst du das nicht lesen?», fragte Bryn und zeigte auf eine Textstelle. «Hier, dieser Satz: *Es gibt so viele Spitztürme, dass einem schier schwindelt, ich werde wohl kaum die Hälfte von ihnen betreten haben, bevor ich selbst ein Lehrmeister bin.* Kannst du das nicht lesen?»

«Nein, das sind nach wie vor nur wirre Zeichen ... He, was ist los?»

Bryn hörte es gar nicht. Ihm hatte es den Atem verschlagen. Nun wusste er, woher sein Gefühl rührte, dass es sich um ein gefährliches Dokument handelte.

Nemo hatte die Wahrheit gesagt.

Sammlung der von mir ausfindig gemachten Wahrheiten und Geheimnisse ... Dieses Notizbuch stammte tatsächlich von Lueth!

Der alte Bellyset-Sinnspruch, der Safe, das Buch, alles gehörte Lueth Rann. Nequam.

Mittni blieb skeptisch: «Und woher willst du das wissen?»

Bryn schlug das Inhaltsverzeichnis auf, dann wieder den Tagebucheintrag. «Ich glaube nicht, dass er hier irgendwo seinen Namen nennt, aber überleg doch mal: Von wem soll es sonst stammen? Ich habe ja wohl kaum gleich zwei nahe Verwandte, die in Itrim studiert haben.» Sein Blick blieb auf der nächsten Seite hängen. «Eridanus! Hier schreibt er, wie sie sich kennengelernt haben!»

Mittni beugte sich näher heran. «Du willst mich doch nicht

etwa auf den Arm nehmen? Das ist nämlich überhaupt nicht lustig!»

«Nein, hör zu … *Der junge Hirte hat es geschafft. Er durfte sich einschreiben! Amalric hat miterlebt, wie er unfähigen Novizen half, und sein Potential erkannt. Und er hat gewiss recht: Eridanus ist der vielversprechendste Novize, dem ich hier bisher begegnet bin. Ich glaube, er ist jemand nach meinem Geschmack.* Ist das nicht sensationell?»

Mittni schüttelte fassungslos den Kopf. «Gut gemacht, Bryn! Das ist – *Schuckel*!»

Lachend tanzten die beiden durchs Zimmer. Dann setzten sie sich in den Garten und lasen, bis es Zeit für das Abendessen war. Anschließend gingen sie wieder auf ihr Zimmer. Obwohl die Mönche immer sehr früh aufstanden, blieb Bryn noch lange wach und las. Mittni schnarchte leise vor sich hin. Der Wind frischte auf und ließ kleine Zweige und Blätter gegen das Fenster prasseln.

Bryn machte eine Kerze an und zog die Vorhänge zu. Dabei sah er draußen eine Gestalt, die zum Mond hinaufsah. Es war nichts Ungewöhnliches für einen Mönch, eine Nachtwache abzuhalten, selbst bei solchem Wetter. Aber Bryn hatte keine Lust, sich ihm anzuschließen. Seine Gebete waren bereits erhört worden.

Vor ihm lagen die Gedanken, Experimente und Erfahrungen von Calaspias berüchtigtstem dunklem Magier ausgebreitet, der früher einmal Eridanus' Freund gewesen war; Bryns Großonkel, den er nie kennengelernt hatte. Ja, vor ihm enthüllte sich der Genius, der den meistgefürchteten und -gehassten Magier in der Geschichte Calaspias zum Wahnsinn geführt hatte.

✦ ✦ ✦

Das Mondlicht zog ihn an, wie jeden Monat zu dieser Zeit. Es weckte den Durst in ihm.

Normalerweise trugen ihn seine Füße weiter vom Kloster fort, aber es fehlte ihm an Kraft. Ungeduld nagte an seinem mit Scheuklappen versehenen Geist. Er hatte kein Gewissen mehr, dachte nicht mehr an mögliche Folgen. Er musste trinken – rasch.

Das Holztor schwang auf, der Geruch von Heu und Mist stieg ihm in die Nase. Sein Verlangen wuchs. Fell und Mist bedeuteten Leben. Leben bedeutete Blut.

Seine Augen rollten in den Schädel zurück, andere Sinne lenkten den Mönch über den Pferch. Hufe raschelten. Ein erschreckendes Blöken. Knacks. Die junge Ziege zuckte ein letztes Mal.

Seine Finger um ihre schlaffe Kehle entspannten sich, und da war sie, die warme, feuchte Substanz. Bruder Griffin seufzte.

20. KAPITEL

Eine andere Art Monster

Bryn und Mittni hatten ausschlafen wollen, wurden aber von einem Aufruhr draußen vor dem Fenster geweckt. Sie zogen die Vorhänge zurück und sahen Mönche zum Stall hasten. Die Barue gürteten ihre Schwerter und gingen nachsehen, was los war. Noch vor dem Stall stellte sich ihnen Vater Wreneth in den Weg.

«Hier gibt es nichts mehr zu sehen. Es wurde schon alles aufgeräumt.»

«Was ist geschehen?» Bryn hatte den Abt noch nie so verstört erlebt.

«Eine gerissene Ziege, überall Eingeweide, der ganze Boden voller Blut! Tieropfer sind die eine Sache, aber das hier war unmenschlich!», schäumte er. «Das muss der Kult gewesen sein – wie können sie es wagen, diesen geheiligten Grund zu betreten!» Vater Wreneth legte ihnen die Hände auf die Schultern und führte sie weg. «Nun, der Schaden ist angerichtet, und wir können nichts mehr tun. Aber bitte betet mit uns. Und dann lasst uns diese entsetzliche Tat vergessen.»

«Ist so etwas schon öfter vorgekommen?», fragte Mittni.

«Das war der dritte derartige Vorfall hier in der Gegend, aber der erste innerhalb des Klosters.» Er fuhr sich mit der

Hand über die Augen. «Wir dachten, Elyon würde uns verschonen, aber leider ist man nirgendwo vor dem Wahnsinn sicher. Schon rufen manche Bauern nach dem Exorzisten. Andere haben ihre ganze Herde erschlagen und das Fleisch verbrannt, obwohl sie Hunger leiden. Der reinste Irrsinn!»

Die beiden Barue waren froh, das Ganze nicht mit eigenen Augen gesehen zu haben. Im Gegensatz zu den meisten Mönchen hatte es ihnen nicht den Appetit verdorben, und sie machten sich beherzt über ihr Frühstück her.

Zwischen zwei Bissen fragte Mittni: «Und? Hast du etwas Interessantes in Lueths Notizbuch gefunden?»

Bryn schluckte rasch den Haferbrei herunter. «Faszinierend! Es ist wie ein Tagebuch geschrieben, nur dass er nicht erzählt, was ihm passiert ist, sondern seine Experimente und Entdeckungen beschreibt. Um ehrlich zu sein, verstehe ich vieles nicht.»

«Und steht was über den Wahnsinn drin? Über Begnadete oder Wandler oder wie wir Calaspia retten können?»

«Ich suche ja schon, aber es ist schwer, gezielt etwas zu finden. Es ist alles durcheinander: Erinnerungen, Hypothesen, Philosophie … Ich glaube kaum, dass er viele Freunde gehabt hat, wenn man bedenkt, wie oft er über sich selbst schreibt.»

«Irgendetwas über Eridanus?»

Bryn grinste. «Ist schon seltsam, von dem Hohen Lehrmeister als einem Wunderkind zu lesen, das sich nicht an die Regeln hält und ständig neue Rekorde aufstellt.»

Sie saßen an einem Tisch mit Bruder Griffin. Bryn fühlte sich noch immer mit ihm verbunden, was jedoch nicht erwidert wurde. Zögernd trat ein Mönch mit Tonsur zu dem Begnadeten.

«Wenn Ihr mit dem Essen fertig seid, Griffin, würdet Ihr dann bitte zum Waldrand kommen? Im Sturm letzte Nacht sind einige Bäume entwurzelt worden, die würden wir gern zu Feuerholz verarbeiten. Das heißt, falls Eure Gabe wieder zurückgekehrt ist.»

«Seine Gabe kommt und geht?», fragte Bryn.

«Ja, sie verhält sich irgendwie zyklisch.» Der Mönch zuckte die Achseln.

Bruder Griffin lächelte kalt. «Man erzählt, dass ich in meinem früheren Leben sehr hilfsbereit gewesen bin. Ich kann vielleicht niemanden mehr als Mentor unter meine Fittiche nehmen wie dich früher, aber mein Zustand bringt einige Vorteile mit sich.»

Bruder Griffin machte einen gestärkten Eindruck. Er zeigte noch immer diese unnatürliche Ruhe, aber die Rastlosigkeit war aus seiner Seele gewichen. Als sich die Mönche später an ihr Tagwerk machten, sahen die Barue zu, wie er Baumstämme, die mehr als seinen Brustumfang hatten, anhob und auf einen Pferdewagen wuchtete. Vorteile, in der Tat. Bryn wollte mit diesem Wesen, das wie sein alter Mentor aussah, lieber keinen Ärger haben.

Mittni und er spazierten durch die kühlen Schatten der Steinbauten, lauschten den Vögeln, die im Obstgarten zwitscherten, den Mönchen, die den Boden bearbeiteten, und den geflüsterten Gebeten, die durch den Gang wehten. «Hab Erbarmen mit unserem Reich, Elyon. Segne unser Land. Leite unsere Führer, auf dass sie gerecht herrschen in diesen wirren Zeiten. Sei vor allem bei unserer neuen Imperatorin; mögen ihre jungen Schultern …»

Bryn schnaubte. Diese Leute hier lebten wirklich hinter dem Mond, was Calaspia betraf. Hatten sie denn nicht einmal mitbekommen, dass Rameon Imperator war und nicht Peasmi? Das gab ihm den Rest. Wenn sie hier nicht einmal wussten, wer in Armaah auf dem Thron saß, wie sollten sie ihm dann im Kampf gegen diese Bedrohung helfen, die alle spürten, aber niemand sah?

«Pack schon mal unsere Sachen, Bruder. Ich muss einen Moment nachdenken.»

«Sofort, Bruder», sagte Mittni mit gespieltem Ernst. «Ich hoffe, du denkst darüber nach, wohin es jetzt geht.»

Bryn setzte sich auf eine der niedrigen Mauern, die den Innenhof umschlossen, und starrte auf den knorrigen Baum in der Mitte. Er wusste, dass Mittni sich im Kloster nicht besonders wohl fühlte, was auch an Bruder Griffin lag. Ihm ging es ähnlich. Er lehnte sich gegen eine der Säulen, schloss die Augen und ließ seinen Gedanken freien Lauf.

Die nicht zu entziffernden Zeichen in Lueths Notizbuch, die sich in lesbaren Text verwandelten … der Schatten, der über Telseara hing … die inneren Qualen von Bruder Griffin … ein Kristallschwert, von dem gesagt wurde, dass es Magnarion ähnelte … Eridanus' Blick bei ihrer ersten Begegnung, voller Erkennen und Schmerz … Mama Bellysets Wärme, ihr freundliches Gesicht … kalte blaue Augen, umrahmt von langem weißem Haar: Okolnit, der abtrünnige Lehrmeister … Cerions Worte: «Es gibt noch einen anderen Codex» … sprudelndes Gebräu in der Swigny-Fabrik … sein Culmus mit dem blauschwarzen Schwertknauf, dem Seelenstein, der für Heldentaten stand, von denen einige schiefgegangen waren und vorweggenommen hatten, was unter dem Einfluss der Klaue des Todes aus ihm hatte werden sollen …

Sein Stolz hatte ihn vorschnell handeln lassen. Wie schon ein Leitspruch der Apostel des Verstehens besagte: *Was nicht aus Gebeten entsteht, gebiert der Stolz.* Bryn schnaubte. Er hatte das Sprichwort natürlich verstanden, aber wann hatte er je aus einem Gebet heraus gehandelt? Was bedeutete das denn?

«Wohin soll ich mich wenden, Elyon?», fragte er leise.

«Wenn Du allwissend bist, weißt Du, auf welche Weise ich den Wahnsinn bekämpfen muss – und ob überhaupt.» Er fuhr mit den Fingern über das Zeichen des Pilgers, das auf seine Ärmel gestickt war: ein Knoten ohne Anfang und ohne Ende, der sich unmöglich auflösen ließ.

Bryn atmete tief ein und aus und glitt beinahe unbewusst in die geistige Übung der Schwertkämpfer, *In Kan'Elia*. Als er die Augen wieder öffnete, war seine Zerstreutheit Konzentration gewichen. Mittni sah es ihm sofort an.

«Eine Inspiration?», fragte der Hu-Barue.

Bryn sprang von der Mauer und nahm seine Tasche. «Lass uns noch ein bisschen Proviant einpacken.»

«Ah, wie ich sehe, hat sich deine Meditation als fruchtbar erwiesen!», lachte Mittni.

Über einen Umweg, der ihre Taschen schwerer werden ließ, gingen sie zu Vater Wreneth und verkündeten ihm, dass sie weiterziehen wollten.

«Jetzt schon?» Der Abt nahm die Brille ab und legte die Schriftrolle beiseite. «Dann nehme ich an, Eure Suche war erfolgreich? Was habt Ihr herausbekommen?»

«Ja, Vater.» Bryn spürte Mittnis plötzliches Unbehagen und legte ihm beruhigend die Hand auf die Schulter. «Eines haben wir herausgefunden. Wie schwierig es auch immer sein mag, die verschiedenen Interpretationen über den Apheristen zu beurteilen, seine Botschaft an uns ist so klar und deutlich, wie sie immer gewesen ist: Ob Krieger oder Prediger, beim Apheristen geht es weder um kindische Abenteuer noch um die Bürokratie, der ein Großteil unserer Kirche verfallen ist –», der Abt lachte, «– sondern um Glaube an sich. Sein Beispiel zeigt, dass Integrität, innere Charakterstärke und Willensstärke die Katastrophe des Wahnsinns abwenden können. Aber nur durch beherztes Handeln, nicht durch Herumsitzen.»

«Also wollt Ihr nicht länger als unbedingt nötig hier herumsitzen.» Wreneth nickte. «Wenn Ihr Euch berufen fühlt zu handeln, Brüder, dann möge Elyon Eure Herzen, Eure Entscheidungen und Eure Taten führen.»

Er erhob sich und sagte ihnen Lebewohl. Dann gingen die beiden Barue zum Stall.

«Was war das denn gerade?», fragte Mittni, während sie ihre Pferde sattelten und die prallgefüllten Taschen aufluden. «Woher dieser plötzliche Monolog?»

«Als Apostel des Verstehens lernt man, Dinge zu sagen, die gut klingen», sagte Bryn.

Mittni grunzte. «Und wie weit bringt uns das?»

«Überraschend weit», sagte Bryn nachdenklich und schwang sich auf den Rücken seines Tieres. «Im Notizbuch sind die Stellen am spannendsten, in denen es um Mythologie geht. Es ist bemerkenswert, wie oft Lueth sich auf Legenden bezieht. Er war ein Genie, und er war besessen. Vielleicht sollten wir einmal beiseitelassen, dass er wahnsinnig geworden ist, und uns auch mit den Legenden befassen – und damit, wohin sie uns führen.»

«Und wohin führen sie uns?», fragte Mittni, der ebenfalls aufgestiegen war. «Zur apheristischen Kirche?»

«Nun, du hast Griffin gehört. Aber die Kirche weiß nicht, dass der Apherist die Culmus Sangui gegründet hat und dass der Orden von Itrim von seinem Freund Dattu gegründet wurde – für die meisten Gelehrten sind das nur Legenden. Also führt uns das erst einmal zu den Legenden der Culmus Sangui. Genau das sollten wir uns offensichtlich näher ansehen. Thybil hat gesagt, dass die alten Culmus Sangui übermenschliche Fähigkeiten besaßen wie …»

«Die Begnadeten?», fragte Mittni verblüfft.

«Aber ohne Gedächtnisverlust, will ich hoffen.» Bryn

drehte sich im Sattel um und warf einen letzten Blick zurück zum Kloster.

Mittni sah ebenfalls zurück. «Du hast *vier Jahre* hier verbracht? Und bist trotzdem geistig gesund geblieben?»

Bryn grinste. «Nach allem, was passiert ist, seit ich hier herauskam, nennst du mich immer noch geistig gesund?»

«Da ist was dran.» Sie lachten beide. «Also zur Eisfeste? Sarghenta scheint dir gegenüber ja langsam aufzutauen. Ganz langsam.»

Bryn nickte. «Caer Isnova. Das Kristallculmus, das Auge des Apheristen – alles dort zu finden. Diese Überbleibsel der Geschichte haben wir uns schon angesehen. Stell dir nur vor, was es dort noch alles zu entdecken geben muss.»

✦ ✦ ✦

Die Ebenen von Arleath rauschten unter den gleichmäßigen Hufschlägen ihrer Pferde hinweg. Im Osten kroch leichter Nebel von den Bergen herunter und verhüllte die steilen Zugänge der engen Bergpfade. Der Gedanken, dass Wandler auch nicht viel anders aussahen, ließ Bryn und Mittni erschauern. Sie verließen die einladende Wärme der Sonne, hielten sich links von den zerklüfteten Felsspitzen und folgten dem Gebirgsgrat des Amboss nordwärts. Die Pferde hatten sich in den Tagen im Stall gut erholt, und sie trieben sie heftig voran. Pausen legten sie nur ein, um die Pferde grasen und trinken zu lassen und um zu schlafen. So schnell sie auch ritten, Bryn konnte ein Gefühl der Dringlichkeit nicht unterdrücken, das an ihm hing wie der Nebel an den Berghängen. Er brauchte nicht nur Antworten, er brauchte auch Ergebnisse. Es musste etwas geschehen. Als würde der weiße Nebel seinen Gedanken Nachdruck verleihen wollen, schwoll er weiter hinter ihnen an und überdeckte das Grasland.

Sie waren wie demütige Pilger gekleidet, aber sogar Leute, die mit den Gewohnheiten der apheristischen Kirche nicht vertraut waren, hätten gleich erkannt, was an ihrem Anblick nicht stimmte. Die Werkzeuge, die sie bei sich trugen, hielten sie zwar gut versteckt, aber ihr Waffenarsenal passte überhaupt nicht zu ihren einfachen Kleidern. Pilger waren normalerweise weder so schwer bewaffnet, noch reisten sie in solcher Eile. Aber Bryn machte sich keine Gedanken über Geheimhaltung. Niemand suchte nach ihnen – was eine willkommene Veränderung war. Es machte nichts aus, Verdacht zu erwecken. Bis zum Mittag ritten sie einfach im kühlen Schatten der Berge weiter. Wenn sie auf normale Pilger trafen, was auf den von Menschen wimmelnden Straßen erstaunlich oft geschah, dachte Bryn, dass die Pilger im Vergleich zu ihnen irgendwie nur halb bekleidet wirkten.

Wenn ihnen der Proviant ausging, brauchten sie dank Bryns Kenntnissen über die Kirche keine Zeit auf der Jagd zu verschwenden: Sie übernachteten einfach in einem Kloster und füllten ihre Vorräte wieder auf. Soweit es die Mönche und die anderen Pilger anging, waren die beiden Barue auf dem Weg zu den Fällen des Aphcristen in Bel-Tued.

Und tatsächlich hätte Bryn ihnen gern einen Besuch abgestattet. An den Fällen hatte der Apherist die Streitkräfte von Calaspia zum endgültigen Sieg über die Kreaturen der Dunkelheit geführt, als sie von der Westsee her einfielen. In Lueths Notizbuch stand dazu Folgendes:

Ihr letzter Angriff war gleichzeitig auch das letzte Aufgebot der Wahnsinnigen. Ein letzter verzweifelter Versuch, die Völker Calaspias zu vernichten. Er wurde vom Gegenangriff des Apheristen zurückgeschlagen. Sein kühnes Heer brach

über die Plünderer herein, nachdem sie die Länder bis an die Nebenarme des Bel-Tued-Flusses heimgesucht hatten. Dort stürzte der Apherist sich in einem vernichtenden Schlag auf sie, durch den das Eindringen des Wahnsinns schließlich zurückgeschlagen wurde.
Im Gegensatz zu den meisten anderen hat der Apherist diesen Sieg nicht als endgültig betrachtet. Mehr hierzu auch in anderen Notizen.
Es heißt, der Apherist hat Zappagrasta höchstpersönlich in die Schlacht über den Fällen verwickelt. Der Dämonenlord wusste, dass kein Sterblicher einen Sturz in die Gewässer Hunderte Meter unter ihnen überleben konnte, und so stieß er den Nephelim-Kämpfer über die Klippe.
Danach werden die meisten Berichte vager. Die Gelehrten sind sich mit Zappagrasta einig, dass der Apherist hätte sterben müssen. Ich weiß es besser.
Der Apherist hat den Dämon mit sich gezogen. Als sie auf dem Wasser aufschlugen, wurde der Apherist durch Zappagrastas riesigen Körper geschützt. Unter Wasser erlag der Dämon den Treffern von Magnarion, dem Lord der Schwerter und Meister der Klingen. Als sie wieder auftauchten, war der unsterbliche Dämon besiegt und der sterbliche Apherist hatte gewonnen. Das schenkte seinen Truppen neuen Mut und ließ die Furcht in den Herzen der Legionen des Wahnsinns wachsen.

Bryn verschlang alles über Lueths Nachforschungen zu den heiligen Stätten des Apheristen. Er hatte die Geschichten schon immer gemocht und dachte, sie gut zu kennen, aber sein Stolz auf seine Kenntnisse wurde durch die von Lueth beschämt. Der junge Lehrmeister war regelrecht besessen von den Mythen und Legenden gewesen. Das Notizbuch enthielt Abschnitte über die bekanntesten heiligen Stätten. Aus rein touristischen Gründen gab es in jedem Numenii-Reich eine Kultstätte für Pilgerfahrten. Die Kirche unterstützte das, sie wollte sicherstellen, dass die Königreiche «zu gleichen Teilen» etwas vom Apheristen hatten. *Einen gleichen Teil seiner Rentabilität*, dachte Bryn. Religion verkauft sich gut heutzutage, sehr gut sogar. Lueth hatte nachgeforscht, welche der Stätten tatsächlich historisch waren, und er hatte weitere Orte anderer wichtiger Ereignisse im Leben des Apheristen gefunden. Noch vor seiner Volljährigkeit hatte der junge Lueth die Fälle des Apheristen besucht. Vielleicht würde Bryn es eines Tages auch tun.

Abends genoss es Bryn, Mittni von den Dingen zu erzählen, die nur er sehen konnte. Auch Mittni verzauberten die Geschichten, vielleicht sogar noch mehr als Bryn, denn er hatte bisher von einigen noch nicht einmal die verbreiteten Versionen gehört.

Sie nahmen sich vor, erst den Trabatrawald zu durchqueren, bevor sie hoch in die Berge ziehen wollten. Auch um die überfüllten Hauptwege zu meiden, folgten sie einem schmalen, fast unkenntlichen Weg. Der Weg wurde immer enger. An manchen Stellen konnten Bryn und Mittni nicht einmal mehr nebeneinanderreiten. Sie mussten sich durch dichte Sträucher kämpfen. Als sie durch einen Kiefernwald ritten, regneten die Nadeln regelrecht auf sie herab. Ihr langsames Vorankommen ging Bryn auf die Nerven. Er vermisste die kühle Brise beim schnellen Reiten. Und außerdem ärgerten sie bei der Hitze und dem langsamen Vorankommen die Fliegen.

Immerhin mussten sie nicht in der Sonne reiten. Langsam wurde Bryn schläfrig. Finster dachte er über die verzweifelte Lage in Calaspia nach und über ihre eigene, bisher vergebliche Mühe, das Land zu retten, als plötzlich ein verrottender Baumstamm unter den Hufen der Pferde zersplitterte.

Mit einem Mal war er wieder hellwach. Er lauschte in den viel zu leisen Wald hinein und griff langsam nach seinem Culmus. Er blickte nach hinten und sah, dass Mittni so müde wirkte, wie er sich gerade noch gefühlt hatte. Noch bevor sie in den Amboss zogen, sollten sie eine längere Pause machen – gut für sie und für die Pferde. Bryn strich über den glatten, warmen Schwertknauf. Er überlegte, wo sie die Pause einlegen sollten und wie lange sie wohl vorher noch reiten konnten, als ihn ein sausendes Geräusch erneut hochschrecken ließ. Äste wurden abgebrochen und Blätter zur Seite gedrückt, der Weg schien sich zu heben und ihnen entgegenzustürzen, vom Boden peitschte etwas nach oben.

Bryn schwang sich aus dem Sattel. Er sollte den Boden jedoch nicht mehr erreichen. Zu spät, um der Gefahr auszuweichen, fiel er in sich schnell zusammenziehende Seile. Im nächsten Augenblick waren er und sein wieherndes Pferd nur noch ein Knäuel.

«Beruhige dich, Silaeti!», rief Bryn und versuchte, sich vor ihren Tritten in Acht zu nehmen. Glücklicherweise drückte die Falle ihn nicht gegen ihre Hufe, sondern an ihre Flanke. So schnell er die Konzentration aufbringen konnte, versuchte er, sie mit Psychallaismus zu beruhigen. Wahrscheinlich lag es an dem Schock, aber nach dem einfachen Zauber fühlte er sich so ausgelaugt, als wäre er an die Grenzen seiner Fähigkeiten gegangen. Völlig entkräftet hing er dort, eingeklemmt zwischen dem dicken Netz und Silaetis keuchenden Flanken.

Mittnis Pferd war vor der Falle zurückgeschreckt. Er sprang ab und eilte zu seinem gefangenen Freund. Gerade als er sich mit seinem Messer daranmachen wollte, das Netz zu bearbeiten, ging ihm das Pferd durch. Die Geräusche des Pferdes, das durch das Unterholz trampelte, brachte ihre Feinde zum Vorschein.

«Das ist eine Nurgor-Falle!»

Bryns Herz raste. Er konnte mit einigen Nurgor fertigwerden – aber nicht so zusammengeknotet! Verzweifelt versuchte er, an sein Messer zu kommen.

Hektisch bearbeitete Mittni das Seil. Einige Stränge begannen auszufransen, und die Last ihres gemeinsamen Gewichts ließ einzelne Stränge reißen. Aber es war eine mühselige Arbeit. Das Seil war unglaublich zäh. Mittni griff in sein Gewand und holte ein kleineres, aber schärferes Wurfmesser hervor.

«Schneller!», drängelte Bryn und riss mit bloßen Händen an dem Seil.

Das kehlige Brüllen der Nurgor schallte durch den Wald; mit der Zeit klang es sehr nah. So schnell konnten sie unmöglich hierher gelaufen sein, überlegte Bryn. Es mussten mehrere Trupps sein.

Das Netz drückte ihm die Arme an den Körper. Er kam nicht an sein Messer heran.

Endlich hatte Mittni eines der dicken Seile durchgeschnitten, die beiden Enden ragten Bryn wie Hunderte kleine Arme entgegen.

Er stemmte sich hoch und drückte einen Ellbogen durch die Öffnung. Mittni hatte sich darangemacht, das nächste armdicke Seil zu bearbeiten. Bryn hörte das näher kommende Getrampel, und ihm wurde klar, dass er nicht rechtzeitig an sein großes Messer herankommen würde. Auch er griff jetzt zu seinem Wurfmesser. Dabei murmelte er einen Zauberspruch.

Er saugte die Energie aus Silaetis erneutem Kampf ab und zerriss einen weiteren Strang mit Ergeomorphismus. Dann wollte er die kinetische Energie vervielfältigen, verlor jedoch die Konzentration. Das war doch eigentlich ganz einfach! Was war nur los mit ihm?

Langsam bekam er wirklich Angst, und er rief: «Hack das verdammte Ding einfach ganz herunter!»

Mittni trat zurück und schwang sein Culmus. Nach dem ersten Schlag hing das Netz schief. Noch einmal holte Mittni aus. Und noch einmal, dann fiel das Netz zu Boden. Bryn versuchte, auf die Knie zu kommen. Gerade wollte er Mittni dabei helfen, die oberste Schlinge zu öffnen, da kam Silaeti wieder auf die Hufe und begann schlingernd zu flüchten. Bryn wurde von ihr mitgeschliffen. Mittni flog im hohen Bogen in die Büsche.

«Bryn!»

«Silaeti, halt!»

Dann hörten sie das Getrampel vieler Hufe. Bryn befürchtete, dass es keine Pferdehufe waren. Mittni kämpfte sich hoch und sah ein Dutzend kräftige Nurgor, die zwischen den Baumstämmen hindurchdonnerten. Rasch lief er seinem festhängenden Freund nach. Bryn hatte sich nicht losreißen können und war mitgeschleift worden, bis das Pferd wiehernd vor den ersten haarigen Biestern zurückscheute.

Mittni erreichte sie gerade rechtzeitig, um den Angriff abzuwehren. Endlich gelang es Bryn, sich zu befreien. In der Zwischenzeit hatten die knurrenden Nurgor Mittni umzingelt und griffen ihn an. Bryn riss sich die letzten Seile herunter und bemerkte dabei seltsame rote Flecken auf seiner Haut. Jetzt verstand er, warum seine Zaubersprüche so schwach waren. Das waren keine normalen Seile. Woraus sie auch immer waren, er reagierte auf den Kontakt mit ihnen.

Er zog sein Schwert und wollte Mittni zu Hilfe eilen, musste aber plötzlich benommen taumeln. Entweder hatte er sich gehörig den Kopf gestoßen, oder der betäubende Effekt des Seils war stärker als erwartet.

Bevor er dem verhassten Feind auch nur einen Schlag versetzen konnte, wurde Bryn ohnmächtig. Auf dem Boden liegend, sah er nur noch durch die halbgeschlossenen Augenlider, wie ein haariger Feind mit dem Stamm eines jungen Baumes nach Mittni schlug. Sein Freund sackte zusammen. Die Nurgor fielen über ihn her.

So stand es also um die beiden Helden. Zusammengekrümmt lagen sie am Boden. Vielleicht träumte Bryn das aber auch schon.

✦ ✦ ✦

Als Bryn erwachte, lag er auf dem Bauch. Ihm war schwindelig und wirr im Kopf. Sein Mund war voller Erde. Er spuckte aus und hob den Kopf. Schmerzen im Nacken zwangen ihn sofort, den Kopf wieder sinken zu lassen. Er stützte ihn seitlich auf dem Boden ab und betrachtete so die Umgebung. Seine brennenden Augen sagten ihm, dass sie irgendwo in den Bergen waren, aber er wollte es nicht glauben. Er hatte zu viele schlechte Träume gehabt. Warum sollte das hier nicht ein weiterer sein?

Weil er in einem halbwegs anständigen Traum nicht mit dem Gesicht im Matsch liegen würde. Und weil ihm nicht alles wehtun würde. Seine Hände waren auf dem Rücken zusammengebunden. Das hoffte er zumindest, denn er konnte sie nicht spüren. Auch seine Füße waren gefesselt. Benommen nahm er den Pfahl wahr, an den er angebunden war. Er hatte eine kurze Leine – wie ein Hund.

Irgendetwas tropfte ihm auf den Kopf. Es war feucht und sickerte durch seine Haare. Es kitzelte an der Kopfhaut. Es war warm. Bryn rollte herum und erblickte die Quelle der Tropfen. Das hätte er sich lieber erspart: Ohne im ersten Augenblick zu erkennen, zu wem es gehörte, starrte er in ein

Maul mit Stoßzähnen. Und die brutalen Augen darüber starrten zurück.

Langsam wurde ihm klar, dass das hier ein Nurgor war – und er war sein Gefangener. Da waren doch noch weitere Nurgor gewesen. Auf dem Weg waren sie in eine Falle geraten, er und sein Freund …

«Mittni! Wo bist du?» Die Worte klebten an seinen Lippen wie der getrocknete Dreck in seinem Gesicht. Er blickte sich um, aber außer seinem Bewacher war niemand zu sehen. Undeutlich nahm er den musternden Blick des Nurgors wahr. Er spürte seine Neugierde, und er hasste die Tatsache, dass seine Gefühle ausgeprägter waren als die der meisten Tiere.

«Ihr habt ihn umgebracht, ihr Mistkerle.» Langsam verbreitete sich die Wut aus seinem Herzen auf den Rest seines Körpers. Das Adrenalin ließ ihn klarer denken. Er versuchte, den Nurgor zu töten, aber all seine Zaubersprüche waren fruchtlos. Vielleicht stand ihm die Wut auch im Weg. Bryn versuchte sich zu beruhigen. Dann probierte er einen einfacheren Zauber, der konnte nicht einmal mehr einen Stein telekinetisch vom Boden hochheben.

Hatte er die Fähigkeit dazu verloren? Ihm fiel der entsetzliche Ritt durch den Wald ein – und seine spätere Unfähigkeit zu zaubern. Seines mentalen Waffenarsenals beraubt, konzentrierte Bryn sich auf seinen Körper. Nach seinen Reaktionen zu urteilen, hatten sie ihn offenbar betäubt. Sein Hals war nicht nur ausgetrocknet, er hatte auch einen süßlichen Nachgeschmack im Mund.

Bryn spuckte aus. Im nächsten Augenblick kam er auf die Knie und erbrach sich.

Fluchend suchte er den Horizont nach Mittni ab. Hinter einem Hügel sah er Rauch aufsteigen. Mittnis oder sein eigenes Pferd konnte er nicht sehen. Wahrscheinlich waren sie von den Nurgor eingefangen worden. Und vielleicht waren sie es, die jetzt über dem Feuer brutzelten. Nurgor liebten Pferdefleisch. Obwohl ihn sein Pferd gerade fast zu Tode getrampelt hatte, fühlte Bryn eine schmerzliche Trauer. Er hatte Espera versprochen, auf Silaeti aufzupassen.

«Am Leben.»

Bryn ignorierte die Bemerkung der Kreatur. Natürlich war er am Leben!

Sein Bewacher war für einen Nurgor eher klein, und obwohl er sich mit den Gesichtszügen von Monstern nicht wirklich gut auskannte, konnte man schon sagen, dass dieses hier besonders hässlich war. Und doch hatte das stumpfe Gesicht einen intelligenteren – beinahe würdigen – Ausdruck.

Erst jetzt wurde dem Barue klar, dass der Nurgor gerade gesprochen hatte. «Was hast du gesagt?»

«Du – am Leben», bekräftigte die Kreatur.

«Du sprichst Gemeinzunge?» Vorsichtig setzte Bryn sich auf und starrte das Untier an.

«Ich kümmern Gefangene. Ich hören. Lernen.»

Kümmern? Dieses Wort hatte im Nurgor-Wortschatz sicher nichts verloren. Gefangene? Um wie viele Gefangene hatte er sich wohl schon *gekümmert*? Und noch eine gute Frage: Warum war Bryn überhaupt noch am Leben?

«Seit klein.» Der Nurgor sprach langsam, Wort für Wort. «Ich schwach Nurgor. Nur übersetzen.»

Völlig fasziniert davon, dass der Nurgor mit ihm reden konnte – und dann auch noch in der Gemeinzunge –, vergaß Bryn für einen Moment seine Wut. Er wollte ihn nicht gleich fragen: *Warum hast du mich nicht getötet?* Es konnte ja sein, dass dem Monster diese simple Idee einfach noch nicht gekommen war. Stattdessen fragte er: «Warum bin ich hier?»

«Warten.» Die schwarzen Augen des Untiers blickten über die Landschaft. «Warten.»

Langsam wurde Bryns benebelter Kopf klarer, und er untersuchte noch einmal die Knoten seiner Fesseln. Noch war er nicht völlig hoffnungslos. «Wo ist Mittni? Mein Freund – der bei mir gewesen ist –, wo ist er?»

Der Nurgor wies mit seinem grauhaarigen Kinn hinüber zur Feuerstelle. «Opfer.»

Deshalb bin ich also noch am Leben. «Ist er tot?»

«Nicht. Noch.»

Kurze Erleichterung ergriff ihn. «Wann? Wann wird er geopfert?»

«Morgen. Fest.»

✦ 21. KAPITEL ✦

Die Legende

Die Nurgor wollten sie essen? Das bisschen Fleisch auf Mittnis und seinen Knochen würde nicht gerade satt machen … «Du musst mich freilassen.» Bryn rüttelte an dem Seil. «Freilassen. Abmachen.»

Der Nurgor schüttelte den Kopf. «Du – bleiben.»

Bryn knirschte mit den Zähnen. *Das werden wir ja sehen.* Leider fehlte ihm im Moment die Kraft, die Sache selbst in die Hand zu nehmen, also konzentrierte er sich erst einmal darauf, den Nurgor «kennenzulernen». Wenn man gezwungen wäre, seinen Namen – Bryn hielt ihn für einen Er – zu buchstabieren, hätte das wahrscheinlich ungefähr so ausgesehen: *Graaramn*. Wie in der Sprache der Nurgor üblich, wurden die Silben in einem einzelnen undeutlichen Laut regelrecht ausgespuckt.

Um den richtigen grollenden Klang hinzubekommen, wiederholte Bryn den Namen mehrmals laut. Sein Bewacher wurde unruhig und sagte selbst einige Mal verdutzt seinen Namen – sehr zur Freude von Bryn, der so die genaue Aussprache kopieren konnte.

Da er erst einmal keine genaue Idee hatte, was zu tun war, begann Bryn, über den Nurgor nachzugrübeln. Er hatte lange einen Hass gegen dieses Volk gehegt, der nur mit dem der dunkelhaarigen Zuola vergleichbar war. Aber sogar sie hatte behauptet, dass hinter den Nurgor mehr steckte, als Bryn dachte. Irgendetwas darüber hatte er doch neulich in Lueths Notizbuch gelesen. Die Nurgor sollten danach viel intelligenter sein, als allgemein angenommen wurde. Lueth behauptete, dass ihnen nur die Kreativität der anderen intelligenten Völker fehlte. Bryn konnte dem Notizbuch in diesem Punkt nicht glauben. Andererseits war es von einer auf diesem Gebiet unerreichten Autorität verfasst worden. Welcher andere Mensch hatte einen Horgest, die Versammlung der Nurgor, befehligt – eine Meisterleistung, die selbst die meisten Nurgor für unmöglich hielten?

«*Sie sind mit Sicherheit nicht einfach nur ‹böse›*», hatte Lueth geschrieben, «*es gibt Menschen, die schlimmer sind.*»

Wie du?, dachte Bryn. Oft traf ihn der Kontrast wie ein Schlag: Auf der einen Seite das, was er über den Autor gehört hatte, auf der anderen Seite das, was er jetzt mit eigenen Augen las. Einerseits Lueths nüchterne, gelehrte Aussagen, andererseits die Vorstellung, dass sie niemand anders als der Nequam, der Abtrünnige geschrieben hatte, Nequam der Mörder, der Dunkle Jünger, Nequam der Wahnsinnige.

Ihre tierischen Instinkte müssen befriedigt werden – wie unsere auch –, und dennoch sind auch sie nur Schatten eines tieferen Verlangens … einer sehr menschlichen Sehnsucht. Der Sehnsucht nach Respekt, vielleicht sogar Liebe, nach Anerkennung, nach Bedeutsamkeit, nach Schönheit. Um die Nurgor wirklich zu verstehen, müssen wir ihre Geschichte kennen. Darin liegt ihre Notlage verborgen – und vielleicht auch der Schlüssel zu ihrer Erlösung. Die meisten Gelehrten behaupten, dass Nurgor nur höherentwickelte Tiere sind. Das ist wahr, ihre Entstehung ist jedoch das genaue Gegenteil von dem, was die Gelehrten behaupten.

Stattdessen deuten die heutigen Nurgor und die Aufzeichnungen über ihr Verhalten in der Vergangenheit auf eine Entstehungsgeschichte hin, die den entsprechenden Teilen der Schöpfungsmythen nähersteht oder vielleicht sogar mit ihnen deckungsgleich ist. Beim Eindringen des Wahnsinns wurden die Nurgor als Nachahmung der Intelligenzwesen geschaffen – ein Abklatsch ihrer Vorbilder, blasse Nachbildungen zum Zwecke der Kriegsführung. Keine Weiterentwicklung der Tiere, sondern eine Rückentwicklung der Menschen. Was die Nurgor von Tieren unterscheidet, sind somit die schlechten Kopien menschlicher Eigenschaften, nicht das Aufkeimen ebensolcher. Während die Intelligenzwesen von Natur aus gut waren und unter den Einfluss des Wahnsinns geraten sind, waren die Nurgor von Anfang an als Gefallene erschaffen worden, eine eigene quasischöpferische Perversion des Wahnsinns.

Hatte Lueth damit sagen wollen, dass Nurgor und Menschen in Frieden leben konnten – zusammen? Dieser Gedanke war einfach lächerlich.

Ganz unten hatte noch ein hingekritzelter Nachtrag gestanden: *Letztes Jahr hatte ich die Möglichkeit der «Erlösung» der Nurgor angedeutet. Überraschung, Überraschung – es hat sich gezeigt, dass sie tatsächlich eine Legende besitzen, die einen Mann prophezeit, der sie errettet! Er soll den Pfad zur Erlösung ihres Volkes erhellen und ihre wahre Bestimmung offenbaren.*

Bryn erinnerte sich daran, dass ihm beim Lesen ein Schauer über den Rücken gelaufen war. Hatte sich Nequam so gesehen, als er dachte, über ihr ganzes Volk herrschen zu können? Als ihr Retter?

Abschließend stand jedoch noch der folgende interessante Gedanke dort: *In der Tat könnte man sagen, dass vieles von dem, was die Wut und Brutalität der Nurgor anheizt, nichts anderes ist als eine Art zornige Eifersucht auf die Begabungen der Menschheit, die ihnen fehlen – hauptsächlich die Fähigkeit, Schönes zu erschaffen.*

Wie viel Gewicht hatten Lueths Überlegungen und sogenannte Entdeckungen? Bryn entschied sich, seiner ungewöhnlichen Informationsquelle zu vertrauen.

«Graaramn.» Er hatte den Namen nicht ganz so getroffen, wie er wollte, aber sein Bewacher grunzte ihn fragend an. «Ich habe eine Frage zu deinem Volk.» Bryn konnte kaum glauben, dass er die Nurgor gerade als *Volk* bezeichnet hatte. «Stimmt es, dass ihr eine Legende über einen Mann – keinen von euch – habt, der euch eines Tages helfen wird? Der euch den richtigen Weg zeigen wird?»

Die Kreatur riss die dunklen, gerissenen Augen auf. «*Quasar-Uzrael*», sagte er ernst. Bryn spürte Ehrfurcht und Erstaunen. «Legende.»

«Ja.» Bryn stieß verblüfft einen Pfiff aus. «Unglaublich. Eine Legende über eure Erlösung.»

Etwas regte sich in dem Nurgor, etwas wie Wut. «Unser – *einzig* – Legende.»

«Schön», sagte Bryn. «Eure Legende. Kennst du sie?»

«Immer Vollmond. Treffen und erzählen.» Seine Leidenschaft verwandelte sich in Nachdenklichkeit. «Erzählen Legende. Trauern gebrochen Nurgor.»

Bryn hatte sich in die Kreatur hineinversetzt, um sie auszuspähen, und jetzt konnte er ihren Gefühlen nicht mehr entkommen. Dieses Ding bedauerte tatsächlich, was es war! Es konnte nichts dafür, was es war, genauso wenig wie Bryn etwas dafür konnte, was er war. Er empfand schon fast Mitgefühl für das hässliche Monster und sein absonderliches Volk. Obwohl er sich nicht vorstellen konnte, dass mehr hinter der Legende steckte als Wunschdenken, musste er einfach mehr erfahren. Vielleicht konnte er zumindest herausbekommen, wie Lueth es geschafft hatte, die Nurgor zu kommandieren.

«Kennst du den Namen Lueth?», fragte Bryn. Keine Antwort. «Das hätte mich auch gewundert … Gut, dann vielleicht: der mächtige Zauberer? Der Lehrmeister, der das Imperium verraten hat? Der Magier? Euer Anführer im Krieg um das Tor?»

Einer davon war ein Treffer. «*Nakaam*. Meister.» Bryn war überrascht, dass dieser Nurgor, der sicherlich viel zu jung war, um beim Krieg um das Tor dabei gewesen zu sein, etwas über Nequam wusste. Ganz zu schweigen davon, dass er ihm offensichtlich noch immer Respekt zollte.

«War er der Prophezeite? Handelt eure Legende – Quasar-Uzrael – von Nakaam?»

«Ja. Nein.» Graaramn legte den Kopf auf die Seite wie ein neugieriger Hund. «Er vielleicht. Enttäuscht, er war nicht.»

«Dann müsst ihr recht sauer sein, dass er euch benutzt hat.»

«Warum? Nicht sauer.» Der Nurgor schüttelte den Kopf. «Enttäuscht. Hatten Hoffnung, er Legende. Paar Nurgor denken, er war.»

«Wenn sie glauben, dass er euer Retter gewesen ist, warum seid ihr dann nicht … gerettet worden?»

«Paar sagen, wir Chance verpasst. Wir Fehler. Sie Sorge. Nicht neu Chance. Er weg. Immer.»

In diesen einfachen Worten lag eine solche Tragödie. In Bryns Kopf entstand das Bild eines Volkes, das vollkommen anders war als das von ihm so unerbittlich bekämpfte. Ein Bild, von dem er zum ersten Mal durch die Worte eines toten

Lehrmeisters gehört hatte und das jetzt durch seinen Bewacher bestätigt und gefestigt wurde. Wie schrecklich für die Nurgor, die glaubten, dass Lueth ihr Retter gewesen war, dass sie ihre Chance verpasst hatten und niemals eine neue bekommen würden!

«Sie Angst. Trauer. Wut.» Seine Stimme wurde zu einem Flüstern. Das Flüstern eines muskelbepackten Untiers wie Graaramn bekam eine völlig neue Bedeutung. «Sie – die. Sie –» Bryn spürte seine Furcht, auch wenn seine Stimme sie nur erahnen ließ. «Oft werden Nurg'uzrael.»

✦ ✦ ✦

Die Sonne brannte unbarmherzig auf ihn herunter. Bryn hatte erkannt, dass Mittni und er bereits am Vortag gefangen genommen worden waren. Die Drogen mussten ihn für eine Zeitlang außer Gefecht gesetzt haben. Er fragte nach Wasser, aber trotz ihres überraschenden Gesprächs gestattete Graaramn ihm weder etwas zu trinken noch Schatten. Bryn hatte gehofft, mit genug Wasser seinen Körper von innen reinigen zu können. Er konnte immer noch nicht wieder zaubern. Und natürlich hatte er auch Durst. Die Sonne brannte immer heftiger auf seinem geschundenen Körper. Und immer wieder wurde er bewusstlos. Als er dieses Mal erwachte, war die Sonne schon ein ganzes Stück weitergezogen.

Er musste sich befreien und Mittni finden. Bryn versuchte mit verschiedenen Culmus-Sangui-Techniken seine mentalen Kräfte wiederherzustellen, aber sie halfen genauso wenig wie die Fluchtmethoden, die sie in der Eisfeste gelernt hatten. Er versuchte, Sylvata zu erreichen, und glaubte schon, er hätte einen Kontakt hergestellt, aber sie kam nicht angeflogen. Frustriert und erschöpft schlief er wieder ein.

Das ferne Klappern von Hufen kündigte eine kleine Nurgor-Gruppe an. Bryn hatte sie noch nie rennen gesehen, außer in der Schlacht, wenn ihre schweren, muskelbepackten Körper über die Ebene stampften. Er fragte sich, ob sie seinetwegen kamen, aber dann verschwand das Hufgeklapper wieder.

Bryn konnte nicht wieder einschlafen und grübelte darüber nach, was er von seinem Bewacher über die Nurgor herausgefunden hatte. Plötzlich hörte er ein kratzendes Geräusch. Bryn schaute zu Graaramn und erstarrte. Der Nurgor hatte sich über einen Stein gebeugt und zog seinen krallenartigen Fingernagel über dessen Oberfläche.

Er zeichnete.

War ihm nicht immer wieder erzählt worden, dass die Monster nicht kreativ sein konnten?

Bryn schluckte und bewegte vorsichtig den Kiefer. Seine Zunge fühlte sich wie Stoff an, seine Kehle wie Sägemehl. Schließlich schaffte er es zu sprechen. «Du kannst zeichnen. Das ist Kunst.»

Der Nurgor versteifte sich. «Nein. Hässlich.» Vorsichtig blickte er hoch, und Bryn sah einen feuchten Schimmer auf seinen Wangen. «Nicht – schön.»

Bryn blinzelte den Staub aus seinen Augen und reckte den Hals, um besser sehen zu können. Es waren einige einfache Striche, die mit ein bisschen Vorstellungskraft eine Numenii-Stadt darstellten. Daneben, mit völlig falschen Proportionen, eine menschenähnliche Gestalt.

Der Barue ließ diesen Anblick auf sich wirken – und was das zu bedeuten hatte.

«Wenn du Gemeinzunge lernen kannst, Graaramn, kannst du auch lernen, schöne Dinge zu machen», sagte Bryn.

Der Nurgor schüttelte den Kopf.

«Kannst du singen?»

Wieder Kopfschütteln.

«Offensichtlich kannst du gut zuhören. Also, höre mir zu.» Bryn war nicht einmal nach Sprechen zumute, aber er riss sich zusammen und begann zu singen. Langsam und so deutlich wie möglich sang er ein Kinderlied. Es hatte einen einfachen Text und eine eingängige Melodie.

Groß und stark wie ein Bär
Bin ich schon, seht mal her!
Und was ich nicht will, dass man mir tu,
Füg ich auch keinem and'ren zu!

Bryn kam sich lächerlich vor, hier einem Nurgor ein Kinderlied zu trällern, aber Graaramn saß da wie eine Statue und lauschte, ohne auch nur die Augen zu bewegen.

«Versuch du es. Sing mir einfach nach. Komm, das schaffst du.»

Groß und stark wie ein Bär
Bin ich schon, seht mal her!
Zum Stänkern, Hauen und zum Streiten
Lass ich mich doch nicht verleiten!

Bryn sang jeweils eine Strophe, wiederholte sie und nickte dem Nurgor ermutigend zu, bis er schließlich einen Hustenanfall bekam.

Graaramn sprang auf und lief zu einem Baum. In dessen Schatten bückte er sich und kam mit einem Krug voll Wasser zurück. Bryns Durst war stärker als sein Ekel, aus demselben Gefäß zu trinken wie die Nurgor. Er steckte den Kopf in den Krug, der so groß war wie ein Eimer, und trank und trank, bis er seinen Durst genug gelöscht hatte, um die im Wasser schwimmenden Stückchen zu bemerken.

«Jetzt – sing.» Graaramns Augen strahlten.

Und Bryn setzte den Unterricht fort. Bald konnte der Nurgor drei Strophen nachsingen. Immer wieder lobte ihn Bryn. Er konzentrierte sich auf die Melodie, bis Graaramn sie so singen konnte, dass die meisten Leute das Lied wohl erkannt hätten. Dann, mit einem breiten Lächeln, sagte ihm Bryn, wie schön es klang.

Die emotionale Aufgewühltheit des Nurgors überwältigte ihn. Bevor er noch irgendetwas sagen konnte, lief der Nurgor in Richtung Rauchsäule davon.

Völlig erschöpft konnte Bryn sich nicht einmal mehr fragen, was er vorhatte. Er schloss die Augen und döste ein.

Ein Schatten huschte über sein Gesicht und verdunkelte für einen Augenblick das blendende Licht, das durch seine geschlossenen Augenlider drang. Zwinkernd öffnete Bryn vorsichtig ein Auge. Nach einer Weile erkannte er die vertraute Silhouette eines Vogels vor dem blauen Himmel. Schwach stellte er eine Verbindung zu Sylvata her, und sofort begann sie, in großen Kreisen zu ihm herunterzugleiten.

Die Sonne stand tief im Westen. Bevor sie im Meer versinken sollte, ließ sie den Horizont in einer letzten Demonstration ihrer Kraft in wütendem Rot aufleuchten und schickte lange Schatten in die entgegengesetzte Richtung.

Mit ausgestreckten Flügeln landete Sylvata auf einem Felsen in seiner Nähe und hüpfte dann zu ihm herunter. Bryn leitete sie zu seinem Rücken.

Sylvata begann, das Gewand auch mit ihren Klauen zu bearbeiten, die in den letzten Wochen gewachsen und jetzt fast so groß wie Bryns Hände waren. Plötzlich klang ihr Kratzen anders, als hätte sich etwas gelöst.

Bryns Herz begann zu klopfen. Er spürte die Anziehung einer anderen Sorte Klaue.

Er lächelte. Zwar hatte er Schmerz empfunden, als der Tahl Uthnae Sylvatas Kralle abgetrennt hatte, und lange Zeit versucht, dieses gestaltverändernde, blutdurstige Schwert, das die Klaue des Todes genannt wurde, loszuwerden, aber die Lösung für diese beiden Probleme war ihm ganz spontan gekommen. Zum Teil, weil er einfach nicht gewusst hatte, wo er sie loswerden sollte, hatte er sich entschieden, die dunkle Klinge in Reichweite zu behalten, und sie Sylvata als Ersatzklaue eingesetzt. Er hatte nie die Absicht gehabt, die Klaue des Todes noch einmal zu benutzen, aber eine luftgestützte Ersatzwaffe konnte durchaus auch ganz nützlich sein.

Bryn atmete tief durch, um sich zu beruhigen. Seine Finger schlossen sich um die glatte, kalte, harte Waffe. Er machte einige versuchsweise Bewegungen mit ihr. Als er so weit war, wurde sie länger und bog sich wie ein Fingernagel, der zu lange nicht geschnitten worden war. Bald umrankte sie das Seil um seine Hände wie ein Armband.

In einem schmerzvollen Rausch steuerte Bryn das Wachstum der Klaue – aber plötzlich zog sie sich zusammen und durchschnitt das Seil. Der saubere Schnitt machte ein leises Geräusch, und Bryn riss seine befreiten Hände nach vorn.

Er hob die Klaue, die jetzt zu einem Dolch wurde, auf und durchschnitt die Fesseln um seine Knöchel. Dann massierte er seine schmerzenden Glieder. Er blickte sich um, niemand war zu sehen. Vielleicht gehörte es zum Ritual, dass die Opfer so lange außer Sicht blieben, bis sie benötigt wurden.

Seine Stärke kehrte zurück. Die Klinge sendete ihm eine stabilisierende Kraft. Magische Verbindungen erwachten wieder zum Leben. Er biss die Zähne zusammen, um der Umarmung der Waffe zu widerstehen, er wollte ihre Liebkosungen nicht. Aber rasch hatte er den Kampf verloren.

Bryn stand auf, die schwarze Klinge in der Hand. «Volund

Firefist wäre nicht erfreut», murmelte er. «Eridanus würde mich umbringen, wenn er das wüsste.»

Bryn machte ein paar vorsichtige Schritte und war überrascht, wie gut ihn seine Beine trugen. Um sich aufzuwärmen, schwang er die Klaue des Todes, die jetzt ein Schwert war, einige Male durch die Luft. Er hatte geschworen, sie nie wieder zu benutzen … aber das Rauschen der Waffe durch die schnell kühl werdende Bergluft war seltsam belebend.

Es war Zeit für Rache.

✦ ✦ ✦

In den verdreckten Pilgerkleidern, die in den letzten Tagen so bedeutungsschwer gewesen waren, kam Bryn sich plötzlich albern vor. Er rollte sich die ehemals weißen Ärmel hoch über seine muskulösen Arme. Die roten Striemen des Seils leuchteten auf seiner blassen Haut. Die Schnittwunde auf seinem Unterarm, die er entdeckt hatte, als er nach Baruto zurückgekehrt war, um zum ersten Mal seit seiner Volljährigkeit seine Eltern zu sehen, hatte sich zu einer dunklen Narbe verschlossen. Er konnte sich immer noch nicht daran erinnern, woher er sie hatte. Im Moment gefiel sie ihm eher. Im Gegensatz zu all den anderen Schnittwunden und blauen Flecken aus den verschiedenen Abenteuern hatte sie Stil.

Sylvata schwebte zu ihm – etwas aus dem Gleichgewicht. Ihre linke Klaue sah zerbrechlich und ohne die schwarze Kralle irgendwie dünn aus. Die Klaue des Todes hatte ihr weit besser gedient, als sie Bryn gedient hatte – ihn gezwungen hatte, ihr zu dienen.

Als er in ihre Richtung ging, wurden die fernen Geräusche einer Handvoll jubelnder Nurgor lauter. Bryn kletterte den Hang zur Rauchsäule hoch. Hinter einem spitzen Felsen stand ein Wachposten. Er hatte sich an den Felsen gelehnt und starrte auf den Rauch, der langsam zum Horizont zog. Die Geräusche, die Bryn machte, wurden von der johlenden Horde übertönt.

Bevor Bryn so richtig wusste, was er tat, hatte er sich auf die Kreatur gestürzt. Sie schnaubte nur kurz überrascht, da hatte er ihr schon die Kehle durchgeschnitten. Weitere Nurgor waren erst einmal nicht zu sehen. Die Klaue schien in seiner Hand zum Leben zu erwachen; sie zischte dankbar, als die schwarzen Blutspritzer auf der Klinge dahinschmolzen.

«Verfluchtes, blutdurstiges Ding», fauchte Bryn. Er sah den Nurgor an, den er getötet hatte, und fühlte ein Bedauern, das keinen Sinn ergab, auch nicht mit seinem neuen Wissen über diese Wesen. Andererseits war Leben, egal wie kaputt oder hässlich, immer kostbar. Sogar das Leben eines Monsters. Er stellte sich vor, dass der tote Wachposten Graaramn sei, und musste sich abwenden, unfähig, den Kummer zu ertragen, den er bei diesem Gedanken fühlte.

Bryn kroch zur Kante des Hügels und überzeugte sich, dass keine weiteren Nurgor in der Nähe waren. Dann rief er mit einem leisen Pfiff Sylvata. Er konnte die versklavende Klinge keinen Augenblick länger tragen, wie nützlich sie ihm auch immer sein sollte. Der Vogel landete und streckte ihm seinen Fuß entgegen. Bryn ließ die Klaue des Todes zu einer Kralle schrumpfen und steckte sie ihr an. Dann untersuchte er die Reaktion und Gefühle des Vogels, konnte aber keinen verderblichen Einfluss spüren. Zufrieden nahm er sich das schlichte Messer des Wachpostens und nach leichtem Zögern auch den schweren Speer. Dann kroch er über den Hügel.

Die Nurgor waren beim Abendprogramm. Es bestand aus Essen, Unterhaltung und Training und diente gleichzeitig zur Etablierung der Hierarchie. Natürlich hatte Bryn in der

Eisfeste von Meister Vallon von ihren Gewohnheiten gehört, aber es war seltsam zu sehen, wie sie ihm die gelernte Theorie vorlebten.

Zwei Nurgor waren in einem waffenlosen Kampf ineinander verhakt. Ein Nurg'uzrael leitete ihr Ringen. Der Sieger sollte ein großes Fleischstück gewinnen. Die meisten Nurgor schienen die Kämpfer anzustacheln. Vielleicht warteten sie auch auf ihre Chance. Gleichzeitig hatte sich ungefähr ein Drittel der Nurgor – circa zwanzig meist kleinere Monster – um Graaramn versammelt, der gestikulierend etwas erzählte. Was allerdings in dem Gebrüll seiner Landsleute unterging.

Sie hatten nur wenige sichtbare Wachen aufgestellt, und niemand achtete besonders auf die Umgebung. Schließlich befanden sie sich – so weit Bryn das beurteilen konnte – mitten im Amboss und hatten nur zwei Barue zu bewachen. Was hatten sie also zu befürchten?

Bryn konnte Mittni nirgends entdecken. Er ließ den Blick mehrmals über die Versammlung schweifen und suchte vor allem die Feuerstellen genauer ab. Sein Freund musste weiter weg festgehalten werden, so wie sie es auch mit ihm gemacht hatten.

Das Lager erweckte den Eindruck, auf Dauer angelegt zu sein. Die Nurgor kehrten anscheinend seit Jahren immer wieder hierher zurück, lebten vielleicht sogar hier: ein Haufen Tier- und Menschenknochen, ein thronähnlicher Stuhl für den Nurg'uzrael. Über der größten Feuerstelle drehte sich ein riesiger Spieß. Am Rand des Lagers lagen Trophäen aus geplünderten Numenii-Siedlungen herum.

Statt zur Feier hinunterzugehen, zog Bryn sich auf dem Weg zurück, auf dem er gekommen war. Zuerst versteckte er den toten Wachposten in den Büschen – sie würden ihn schnell genug finden, aber er hoffte, vorher Mittni gefunden zu haben und mit ihm geflüchtet zu sein. Dann machte er sich auf den Weg um die Anhöhe herum.

Mehr oder weniger im Vorübergehen entdeckte er den Eingang zu einer Höhle. Sie lag nicht wirklich versteckt: ein Loch zwischen einigen Zweigen, das auf den ersten Blick nur wie ein Spalt im Berg aussah. Aber Bryn fielen sofort die Hufabdrücke der Nurgor auf, die zeigten, dass sie hier ein und aus gingen. Die Decke war rußig. Bryn hätte auch gern eine Fackel gehabt, aber ohne konnte er sich unauffälliger bewegen. Bevor er hineinging, schickte er Sylvata zur Erkundung der Lage in die Lüfte.

Abgesehen von kleinen Steinen, die an den Tunnelrändern lagen, war der Boden fast sauber. Auf dem Steinboden waren viele Kratzer. Bryn wunderte sich, was die vielen Nurgor hier taten. Sicherlich interessierten sie sich nicht nur für etwaige Gefangene. Und wozu sollten sie diese Höhle sonst benutzen?

Bryn hörte ein langsames Tropfgeräusch von irgendwoher. Das und sein langsamer, tiefer Atem bildeten die Hintergrundmusik für eine geheimnisvolle Stille, das Echo unhörbarer Dinge. Plötzlich weitete sich der schmale Gang zu einer Höhle. Durch einen Riss in der Decke suchten sich einige Lichtstrahlen ihren Weg und beleuchteten unnatürlich gerade Linien und Winkel. Erst nach näherer Betrachtung erkannte Bryn sie als ein Haufen gerahmter Gemälde.

Sein erster Gedanke war: *Ein weiterer versteckter Nurgor-Schatz*. Aber nichts hier schien zu schimmern und zu glänzen. Stattdessen sah er feine Skulpturen, feingearbeitete Holzarbeiten und große Ölgemälde, die es mit denen aufnehmen konnten, die er in Armaah gesehen hatte. In Halterungen an der Wand hingen in halbwegs regelmäßigen Abständen nicht entzündete Kerzen. Kopfschüttelnd erkannte Bryn, was das hier wirklich war: ein Nurgor-*Museum*! Nach seiner neusten

Erfahrung mit diesem Volk überraschte ihn diese Kunstgalerie nicht mehr allzu sehr. Sie bestätigte sein neues Wissen nur. *Die Sehnsucht nach Schönheit* … Unfähig, sie selbst zu schaffen, hatten die Nurgor sie einfach von denen geraubt, die dazu in der Lage waren.

Bryn eilte durch die verborgene Ausstellung und warf einen letzten Blick auf die seltsame Sammlung der schönen Künste, dann ging er auf der anderen Seite der Höhle in einen Tunnel.

Schnell erkannte er, dass es kein Tunnel, sondern eine Sackgasse war. Aber irgendetwas erregte seine Neugierde. Er blickte sich einen Lumpenhaufen auf dem Boden näher an und trat dabei aus Versehen gegen etwas, das weicher war als Stein.

Ein Knurren, dann packte ihn eine Hand am Knöchel. Hufe kratzten über den Boden, als der Wachposten aus dem Schlaf hochschreckte. Bryn wurde nach hinten zu Boden gestoßen, er schlug hart auf und musste nach Luft schnappen. Rasch riss er abwehrend den Speer hoch, bereit zuzustechen. Ein Tritt wie von einem Pferd traf ihn in der Seite und presste ihm die Luft aus der Lunge.

Der Nurgor sprang auf ihn zu. Bryn stemmte das Ende des Speeres in den Boden. Es gab einen schweren Ruck, und der Speer erbebte. Ein abscheulicher Atem wehte ihm ins Gesicht. Mit einer leichten Rolle wuchtete er die aufgespießte Kreatur seitwärts gegen die Wand.

«Mittni!»

Er hatte recht gehabt mit dem Lumpenhaufen im letzten Winkel der Höhle. Rasch schnitt Bryn seinem Freund die Fesseln durch.

«Bryn … Wie bist du entkommen?» Der Hu-Barue klang schwer angeschlagen und verwirrt.

«Durch die Gnade Elyons.»

Bryn ließ den alten Speer in den Eingeweiden des toten Wachpostens stecken und schnappte sich stattdessen einfach dessen Speer, dann half er Mittni auf die Beine und führte ihn aus der Höhle. Der Hu-Barue bemerkte die Gemälde nicht einmal, als sie an ihnen vorbeigingen. Draußen im Licht des vergehenden Tages schickte Sylvata Bryn ein Bild von zwei angebundenen Pferden.

Vorsichtig schlichen Mittni und er durch das Dickicht, bis sie die beiden Pferde fanden.

«Wie schön, dass die Nurgor sie hier angebunden haben, wo sie ihre Ruhe haben.» Bryn sah Mittni in die Augen. Irgendetwas an seiner Stimme störte ihn, er klang so ruhig und unbeteiligt. Wahrscheinlich waren sie beide betäubt worden – deshalb hatte er ja schließlich auch nicht zaubern können. Aber da war noch etwas anderes. Bryn konnte sich nicht genau erinnern, was am Vortag geschehen war, als sie angegriffen worden waren.

«Mittni, ist alles in Ordnung?», fragte er, doch er erhielt keine Antwort.

Sie stiegen auf die Pferde und ritten los. Der Wind blies Mittnis Umhang auf wie ein Segel und enthüllte seine rot verfärbte Jacke.

Mittni hing so schwach auf seinem Pferd, dass Bryn Angst bekam, er würde am nächsten steilen Berghang abstürzen. Sobald sie einen gewissen Abstand zwischen sich und die Nurgor gebracht hatten, ließ Bryn sie absteigen und zu Fuß weitergehen. Mittnis Finger hingen locker in der Mähne seines Pferdes, und Bryn ließ sie am nächsten Fluss eine kleine Pause machen. Sie löschten ihren Durst, dann wusch er Mittnis Wunden und verband sie. Auch die Pferde tranken etwas. Für sich genommen, war keine der Wunden besonders gefährlich, aber Mittni hatte viel Blut verloren, und die lange nicht versorgten Wunden drohten sich zu entzünden.

Bryn wäre gern noch etwas weiter geritten, aber als er mit Mittni fertig war, lagen die Berge völlig im Dunkeln, und sein Freund war eingeschlafen. Bryn hielt Wache, er erwartete, dass jeden Moment die Nurgor über sie herfallen würden. Aber nicht die Nurgor übermannten ihn, sondern der Schlaf.

In seinem Traum lag eine Horde Nurgor einem eingehüllten Mann zu Füßen, der sang.

Nakaam.

✦ 22. KAPITEL ✦

Die Gilde der Kundigen

Am nächsten Morgen war Mittni zwar bei Bewusstsein, aber schwach. Obwohl er das Gegenteil behauptete, wusste Bryn, dass Mittni es nicht bis zur Eisfeste schaffen würde. Der Weg war zu steil und unsicher. Der Einfachheit halber tat Bryn so, als hätte er seine Meinung geändert.

«Was wir in Caer Isnova herausbekommen können, können wir auch in Eisenfels herausbekommen. Es geht mehr um die Leute als um den Ort, und wer weiß, wo Sarghenta und die anderen stecken. Außerdem wollte ich sowieso wieder einmal dorthin, und ich frage mich, was aus der Rebellenfestung geworden ist, jetzt, wo die Rebellion ihre Ziele erreicht hat.»

«Warum nicht?», sagte Mittni. «Wir können auch noch später nach Caer Isnova gehen, wenn deine Fragen noch nicht beantwortet sein sollten.»

Anstatt zurück in den Trabatrawald zu stapfen, zogen sie daher tiefer in die Berge. Eisenfels lag direkt im Osten – hinter einem halben Dutzend Berge. Unterwegs versuchte Bryn Mittni seine Enthüllungen in Lueths Notizbuch und die Bedeutsamkeit seiner Entdeckungen bezüglich der Nurgor zu erklären. Mittni grunzte zwar hier und da zustimmend, aber Bryn spürte, dass er so manches nicht wirklich verstand. Sie kamen langsam, aber stetig voran. Bryn wachte über Mittnis Wohl und achtete darauf, dass er nicht fror oder Hunger litt. Schon am ersten Tag wurde Mittni etwas steif und ungelenk. Am zweiten klagte er über leichtes Fieber. Ohne das Training der Culmus Sangui wäre er wohl bald gestorben, aber dank ihres Wissens über die verschiedenen Heilkräuter hielt er durch. Außerdem kehrten zum Glück auch Bryns magische Fähigkeiten zurück, sodass er sich um die schlimmsten Verletzungen kümmern konnte. Als sie zwei Tage später die versteckte Festung erreichten, war Mittni bereits auf dem Weg der Besserung.

Zu ihrer Überraschung war Eisenfels noch immer genauso ein Geheimnis wie unter der Regentschaft von Perduellis, wenn nicht ein noch größeres, denn nun war es ein Ort der Zuflucht, an dem niemand mehr Zuflucht suchte. Viele waren in ihre Heimat zurückgekehrt, und die anderen hatten Eisenfels zu ihrer neuen Heimat gemacht.

Bryn und Mittni schlüpften durch den unauffälligen Spalt in der Felswand und gingen die steile, enge Steigung hoch, die Eisenfels zum Albtraum eines jeden Angreifers machte. Auf den Stufen hinunter zum Innenhof kamen aus versteckten Festungsanlagen viele alte Bekannte hervor, um sie zu begrüßen.

«Bryn war genau der Arzt, den ich gebraucht habe.» Mittni schüttelte die besorgten Leute ab, nahm aber gern das Essen und Trinken und das Versprechen einer schönen Schlafgelegenheit an. Nach der sagenhaften Schlacht in Polgaren hatte er viele Bewunderer. Bevor Bryn noch einer Erzählung der damaligen Ereignisse lauschen musste, wurde er glücklicherweise von Cerion beiseitegezogen.

«Dein Typ wird verlangt.»

«Das klingt aber geheimnisvoll.» Bryn hoffte, dass es um Zuola ging. Oder Espera. «Wer hat es denn so eilig?»

«Ein Haufen alter Leute.»

Cerion führte ihn und hieß ihn unterwegs verspätet willkommen. Bryn freute sich, den jungen Culmus Sangui mit dem braungebrannten Gesicht wiederzusehen. Sogar in den paar Wochen schien er ein ganzes Stück gewachsen zu sein.

Sie gingen in die Zitadelle, in der die Anführer wohnten und Ratsversammlungen abhielten, und trafen dort auf einen Haufen Raben. Mittni ließ sich bei ihnen nieder – solch enge Freunde konnte er nicht so schnell wieder verlassen. Er setzte sich zu Bruder Maxwell auf den Boden. Jemand brachte ihm eine Matte, damit er sich hinlegen konnte, und kurz darauf folgten einige Erfrischungen.

Cerion führte Bryn weiter. Sie erstiegen die breiten, gemeißelten Stufen zum zweiten Stock, falls man auf Eisenfels solche Begriffe anwenden wollte. Vor einem niedrigen Durchgang, einem natürlichen Spalt im Felsgestein, standen zwei weitere Wachen, die ihnen Zutritt in ein leeres Ratszimmer gewährten, in dem nur ein Tisch stand. In vielen Räumen in Eisenfels war es ohne Fackeln oder Kerzen vollkommen dunkel, doch hier fiel ein Sonnenstrahl auf das unpolierte Eichenholz.

Bryn spürte die Magie in dem Raum sofort. Sie war nicht offensichtlich, eher wie ein Summen in der Luft, das in den Ohren kitzelte, oder ein Ahnung von Parfüm in den Nasenlöchern. Er konnte Schutz- und Verschleierungszauber spüren und direkt neben ihm die Auren ihrer Meister. Bryn war sich nicht sicher, ob Cerion irgendetwas davon bemerkte.

«Wir sehen uns später.» Der junge Culmus Sangui nickte ihm im Weggehen zu. «Ich hoffe, du bringst mich nachher auf den neuesten Stand. Viel Glück.»

Auch Bryn verabschiedete sich. Als er sich wieder umdrehte, sah der Raum ganz anders aus.

Derselbe Sonnenstrahl schien durch das schmale Fenster, aber die Einrichtung und die Atmosphäre des Raumes waren anders. Auch das Sonnenlicht sah anders aus: als fiele es durch dichten Staub. Am anderen Ende des Raumes hing ein großer Wandteppich. Links und rechts davon standen Bücherregale, vollgepackt mit uralten Wälzern. Und auch am Tisch saßen plötzlich Leute.

«Hallo, Bryn», sagte eine vertraute, Respekt einflößende Stimme.

Eridanus! Onkel Thybil – Gug – Sarghenta – und ein älterer Plimp, den Bryn nie zuvor gesehen hatte. Er sah Dattu sehr ähnlich.

Bryn verbeugte sich. «Es ist eine Ehre für mich, von Euch gerufen zu werden. Was kann ich für Euch tun?»

Die Gestalten waren nicht persönlich anwesend, wie Bryn jetzt erkannte. Die fünf Alten schimmerten blass und durchsichtig wie farbiger Dampf, wie die Geister der Leute, die sie darstellten.

«Das ist in der Tat eine Ehre!» Sarghenta schien ihre Worte nicht nur an ihn zu richten. «Eine völlig unberechtigte, wie ich hinzufügen möchte.»

«Sei friedlich, Sarghenta», sagte Eridanus. «Bryn, dieses Gespräch ist schon lange überfällig. Wir haben deine Nachricht erhalten – danke.» Der Hohe Lehrmeister nickte dem entschlossen lächelnden Thybil zu.

«Sagt Euch der Begriff *Geißel* etwas?», fragte Bryn. «Stellt sie eine Bedrohung dar?»

«In der Tat wird noch heute in Eisenfels ein Kriegsrat abgehalten, bei dem wir Informationen über die Geißel erhalten werden», sagte der alte Barue. «Wir konnten die Inquisition in die richtige Richtung lenken, und sie hat bemerkenswerte Entdeckungen gemacht. Aber wir haben dich für etwas ganz anderes hergerufen. Wir waren völlig verschiedener Meinung, was gewisse Angelegenheiten betrifft, über die du uns, wie ich glaube, umgehend Klarheit verschaffen kannst.»

«Und wer seid Ihr?» Da niemand von ihnen aufgestanden war, nahm Bryn sich die Freiheit, ebenfalls Platz zu nehmen. «Wer ist Euer Plimp-Freund?»

«Mako Hiapo, Lord und Anführer seines Volkes», sagte Thybil. Bryn betrachtete den Plimp näher und sah, dass die Augen der alten Kreatur geschlossen waren – Mako Hiapo schlief tief und fest.

«Erinnerst du dich an unseren ... Zwischenfall ... bevor wir Volund Firefist besucht haben?» Bryn nickte, und Eridanus fuhr fort. «Nun, dies hier ist die Versammlung, von der ich dir erzählt habe.»

«Wenn du ihm davon *erzählt* hast», fuhr Sarghenta dazwischen, «was braucht er dann noch für eine Einführung?»

«Die ‹Bewacher des Wissens›, die ‹Beschützer der Wahrheit› – meint Ihr so etwas?» Bryn grinste. «Wie Ihr seht, Lady Sarghenta, sagt mir das wirklich etwas.»

«Die Behüter des Wissens und die Bewacher der Wahrheit.» Eridanus war aufgestanden. «Gegründet, noch bevor das Buch der Zeiten geschrieben wurde, Jahrhunderte bevor der Orden von Itrim sich entwickelt hat und Jahrtausende bevor das Numenii-Imperium auch nur eine Phantasie im Kopf eines Tyrannen war – in einem völlig anderen Zeitalter als das jetzige, als noch die Avatare auf der Erde wandelten. Unser Rat hat Calaspia seit dem Eindringen des Wahnsinns überwacht. Wir sind die *Gilde der Kundigen*.»

«Eine hübsche Vorstellung.» Bryn blickte in die vertrauten Gesichter. Ein Orden, der noch geheimer als die Culmus Sangui war. Hörte das denn nie auf? Als ob Onkel Thybil ihnen nicht schon genug Überraschungen beschert hatte! «Wie seid

Ihr denn da hineingeraten? Ich meine, so alt seid ihr alle doch nun auch wieder nicht … oder doch?»

Gug lachte. «Die Sitze werden von Generation zu Generation weitergegeben. Aus offensichtlichen Gründen ist Mako Hiapo unser dienstältestes Mitglied. Ein anderer Plimp, Dattu, hat die Gilde der Kundigen gegründet.»

«Der Autor des Buches der Zeiten.» Bryn starrte sie an. «Wenn Euch all diese Macht in Form von Wissen anvertraut wurde … Nun, dann habt Ihr nicht besonders gut auf das Buch aufgepasst, oder?»

«Hüte deine Zunge, Junge», schnaubte Sarghenta. «Das Buch der Zeiten ist verlorengegangen, lange bevor auch nur Mako Hiapo geboren wurde. Seine Zergliederung und Aufteilung hatte nichts mit uns zu tun.» Leider konnte Bryn ihre Gefühle nicht erspüren. Wahrscheinlich lag es daran, dass sie nur Manifestationen waren. «Die Gilde der Kundigen hat seit Urzeiten versucht, die Teile von Dattus Schriften wieder zusammenzufügen. Wir verfügen über die bei weitem größte Sammlung.» Sie zeigte auf die Schränke und Bücherregale im ganzen Raum.

«Und über welches Wissen verfügt Ihr dann? Und warum wird es unter Verschluss gehalten, statt es für das Gute einzusetzen?»

«Wissen ist gefährlich. Es kann zum Guten und zum Bösen verwendet werden.» Sarghenta verschränkte die Arme vor der Brust.

«Sogar der Orden von Itrim behält das meiste Wissen für sich», sagte Eridanus. «Er versucht, Technologien zu verbreiten, die für das Imperium nützlich sein können, während er solche, die zum Schlechten manipuliert werden können, lieber unter Verschluss hält. Wie viel achtsamer müssen wir mit den Geheimnissen umgehen, die in unserer Obhut liegen? Man könnte sagen, dass wir ein innerer Kreis des Ordens von Itrim sind. Häufig verbergen wir die interessantesten Entdeckungen des Ordens sogar vor den Augen der Lehrmeister. Das ist einer der Gründe, warum der Hohe Lehrmeister zur Gilde der Kundigen gehört.»

«So wie die Herrin der Culmus Sangui?», sagte Bryn.

«Die Culmus Sangui stehen von jeher im Dienst der Gilde der Kundigen», antwortete Sarghenta.

«Im Dienst des Volkes von Calaspia», widersprach Bryn.

«Das ist dasselbe», sagte sie scharf. «Das Volk weiß natürlich nichts davon. Offiziell unterstehen sie meinem Befehl. Aber ich unterstehe der Gilde der Kundigen.»

«Wir nutzen unser Wissen über die Wahrheit zur Lagebewertung, bevor entschieden wird, welcher Kurs eingeschlagen werden soll», sagte Thybil. «Glaub mir, Bryn, im Laufe der Zeitalter hat die Gilde wichtigere Arbeit geleistet, als man denken könnte. Unter anderem haben frühere Generationen das Buch der Zeiten aktualisiert. Dank ihnen verfügen wir über viel genauere – und mit Sicherheit viel wahrheitsnähere – Aufzeichnungen als das Imperium und viele andere Zivilisationen.»

«Na schön», sagte Bryn, «das will ich gern glauben. Aber aus welchem Grund trefft Ihr Euch auf diese Weise?»

«Aus dem gleichen Grund», sagte Eridanus, «aus dem imperiale Familien lieber getrennt reisen. Damit im Falle einer Katastrophe … nun, eben nicht alle betroffen sind.»

«Außerdem können wir uns so auch treffen, wenn wir uns an verschiedenen Orten befinden. Nicht jeder ist so mobil wie ein Lehrmeister oder ein Plimp.»

Mako Hiapo schnarchte leise vor sich hin. Danach zu urteilen, wie die anderen damit umgingen, war das nicht ungewöhnlich. Bryn musste ein Lächeln unterdrücken. «Nun, und wie kann ich diesem Rat der Allwissenden helfen?»

Eridanus setzte sich wieder. «Wie ich bereits sagte, handelte ich, als ich dich in dieser Höhle gefunden und mit nach Ged-Ruak genommen habe, ohne die Zustimmung der Gilde der Kundigen. Zu diesem Zeitpunkt befanden wir uns mitten in der Verhandlung deines Falles. Ich war entsandt worden, um dein Schwert zu untersuchen, was mich auf gewisse Ideen brachte. Ich kam zu dem Schluss, dass du so unschuldig warst, wie du unter den Umständen sein konntest. So hatten auch Thybil und Gug argumentiert.»

«Eine mutige Entscheidung.» Thybil warf Bryn einen ernsten Blick zu. «Du ahnst gar nicht, wie dankbar du ihm sein solltest.»

«Und letztlich hatten wir Erfolg.» Eridanus lächelte. «Wenn ich deinen Ruf nicht hätte wiederherstellen können, hätte ich einen schweren Stand gehabt, mich der Gilde zu erklären.»

Schuldbewusst dachte Bryn daran, wie er die Klaue des Todes erst vor kurzem erneut benutzt und sich so der Gefahr ausgesetzt hatte, den Albtraum zu wiederholen.

«Wir kamen überein, dass sein Handeln gerechtfertigt war», sagte Gug.

Sarghenta runzelte die Stirn. «Die Gilde hat Eridanus vergeben; ob sein Handeln gerechtfertigt war, steht auf einem ganz anderen Blatt.»

«Ich habe meine Entscheidung, nach dir zu suchen, aufgrund verschiedener Annahmen getroffen.» Eridanus strich sich – ruhig wie immer – über den Bart. «Wie ich zugeben muss, hat sich gezeigt, dass einige dieser Annahmen möglicherweise falsch waren. Aber das ändert nichts am positiven Ausgang. Als die Gilde der Kundigen müssen wir jedoch die genaue Sachlage kennen. Davon kann viel abhängen.»

«Du lieber Himmel, Red», sagte Sarghenta. «Du redest ja, als hätte Bryn das Schwert Magnarion geschwungen!»

Mit einem leisen Aufschrei zuckte Mako Hiapo hoch. «Magnarion!», rief der Plimp. «Wir sind gerettet!»

«Nein, nein, Mako – wir haben gesagt, dass er Magnarion *nicht* hat.» Gug nahm sein Monokel ab. «Oder doch?»

Einen Augenblick schwiegen alle. Dann brach am Tisch helle Aufregung aus.

«Die Inschrift!», rief Thybil. «Niemand kann sie lesen!»

Bryn fragte sich, ob er ihn korrigieren sollte, aber Thybil war bereits in vollem Schwung. Er erklärte, dass Bryns Culmus bei der Rückkehr zum Auge des Apheristen in einer Schwertscheide gesteckt hatte und dass die Culmus Sangui ihre Klinge üblicherweise nach Bestehen der Prüfung erhielten.

Diese Argumentation leuchtete durchaus ein. Bryns Herz schlug schneller. Vielleicht war sein Schwert tatsächlich Magnarion? Er nahm es ab und legte es vor sich auf den Tisch. Sofort kletterte Mako Hiapo auf den Tisch, um es genauer zu betrachten, und Thybil und Gug beugten sich vor und ließen das weiße Schwert nicht aus den Augen – als würde es verschwinden, sobald sie wegsahen. Eridanus allein blieb ruhig und gelassen.

«Habt ihr jemals die Ähnlichkeit zwischen Bryns Culmus und dem Kristallculmus bemerkt?», fragte Gug. «Ich muss euch wohl nicht erst daran erinnern, dass das Kristallculmus nach dem Bildnis von Magnarion geschaffen wurde!»

Sarghenta blieb kühl. «Es gibt bestimmte Merkmale, über die ein Culmus verfügen muss, wenn es Magnarion sein sollte.» Ohne Bryn eines Blickes zu würdigen, sah sie die anderen Mitglieder der Gilde an. «Merkmale, die auf Bryns Schwert nicht zutreffen. Vor allem ist es nicht einmal annähernd mächtig genug.»

«Stimmt, auch Volund hielt es nicht für eine legendäre Waffe», gab Eridanus zu.

«Gut, weitere Merkmale … Zum Beispiel können andere das Schwert aus seiner Scheide ziehen.» Sie blickte das Culmus kritisch an und schüttelte dabei leicht den Kopf. «Den Legenden nach konnte nur der Apherist Magnarion blankziehen.»

«Man darf nicht *allen* Legenden blind vertrauen», sagte Thybil.

«Und doch ist das ein Punkt in der Geschichte, auf den wir immer wieder stoßen», schoss Sarghenta zurück. «Das kann kein bloßer Zufall sein. Kein Mythos ist so weit verbreitet. Und außerdem steht das sogar im Buch der Zeiten!»

«Tu Magnarion blankziehen», befahl Mako Hiapo, die buschigen Augenbrauen herausfordernd hochgezogen. Genau so hatte Bryn sich seine Stimme vorgestellt: heiser und doch schwach, wie ein alter General, und mit einer Spur Kindlichkeit, die sie gleichzeitig gebieterisch und bezaubernd klingen ließ.

Bryn deutete auf den Tisch, um zu zeigen, dass das Schwert bereits blankgezogen war.

«Hol Mittni», sagte Sarghenta. «Wollen wir doch einmal sehen, ob er das Schwert ziehen kann.»

Als er jetzt genauer darüber nachdachte, konnte Bryn sich nicht erinnern, ob er schon jemals gesehen hatte, wie jemand anders sein Schwert aus der kristallblauen Scheide gezogen hatte. Er ging nach draußen und wies einen Wachposten an, Mittni zu holen. Wenig später kam sein Freund in den Raum getreten und blickte sich verdutzt um.

«Ich dachte, du wärst in einer Besprechung», sagte er.

«Ach, das bin ich. Kannst du uns einen Gefallen tun?» Bryn schob sein Culmus in die Scheide. «Zieh das Schwert blank. Wenn du kannst …»

«Klar, warum nicht? Ist doch ein gutes Schwert.»

Er packte Schwertgriff und Scheide – und die weiße Klinge ließ sich problemlos herausziehen. Mittni stand da und bewunderte das Culmus, während Sarghenta grimmig, aber zufrieden nickte und die anderen betrübt die Köpfe sinken ließen.

«Und was jetzt?» Mittni spürte, dass sich Bryns Stimmung verändert hatte, und fragte: «Was hat das zu bedeuten?»

«Ach, nichts», seufzte Bryn.

«Danke, Mittni, du kannst wieder gehen», sagte Sarghenta.

Mittni zuckte zusammen. Aber Bryn konnte ihm jetzt nicht erklären, was hier vor sich ging, also verließ er grummelnd den Raum.

«Nun gut», sagte Gug, «ein sehr schönes Schwert, aber nicht Magnarion. Was sehr schade ist, aber das Leben geht weiter.»

«In der Tat.» Sarghenta warf einen triumphierenden Blick in die Runde.

Mako Hiapo zuckte enttäuscht die Achsel und machte es sich wieder bequem, um sein Nickerchen fortzusetzen.

Thybil gab noch nicht auf. «Du hast gesagt, kein Culmus kann einem Wandler schaden – und doch hat Bryns Schwert in Quivelda einen in die Flucht geschlagen!»

Das schien eine außergewöhnliche Neuigkeit zu sein. Nun musste Bryn berichten, wie er dabei vorgegangen war und wie er damals aus der Ferne einen Nurg'uzrael vernichtet hatte.

«Denkt an die Culmus Sangui von einst.» Gug spielte mit seinem Monokel, das das hereinfallende Sonnenlicht brach. «Sie konnten solche Meisterleistungen vollbringen – und noch größere, selbst mit einem normalen Culmus. Vielleicht ist Bryns Schwert ein *mächtigeres* Culmus – eines von den alten.»

Sie diskutierten untereinander, wie wahrscheinlich das war und welche Konsequenzen es hätte. Bryn hatte die ganze Zeit über das Gefühl, vom Gespräch ausgeschlossen zu sein.

Schließlich wandte Eridanus sich an ihn. «Bevor ich es vergesse, Bryn», sagte der Hohe Lehrmeister, «ich muss dich warnen: Vermeide es zu zaubern, wenn es nicht unbedingt notwendig ist. Der Rat ist fest entschlossen, alle Magier – dich eingeschlossen – davon abzuhalten, überhaupt Magie zu wirken. Nach ihren Vorstellungen muss zukünftig jeder, der seine magischen Fähigkeiten nutzen möchte, zuerst einen Kurs bestehen und als Magier zugelassen werden. Momentan können sie sich nur um größere oder häufigere Vergehen kümmern … aber wenn das erst einmal ins Rollen kommt, wird es nicht mehr lange dauern, und jeder kleine rotznäsige Zauberer wird vor den Prüfungsrat gezerrt.»

Innerlich stöhnte Bryn auf. Genau das, was er brauchte! «Woher wissen sie, wenn jemand zaubert?»

«In der Stadt der Türme gibt es eine Art Karte, die die magischen Vorgänge in Calaspia überwacht. Durch die Einführung dieser Vorschrift hoffen die Lehrmeister, alle registrieren zu können, die Magie ausführen, damit sie Kriminelle sofort fassen können.»

Bryn erinnerte sich daran, was er bei der Erstürmung von Armaah gesehen hatte: einen bunten Wirbel in einer Art Becken hinter dem Rand eines Tisches.

«Danke für die Warnung, Hoher Lehrmeister.» Bryn verbeugte sich. Er überlegte, ob er der Gilde der Kundigen von Lueths Notizbuch und den rätselhaften Schriftzeichen erzählen sollte. Er warf einen Blick in die Gesichter der Anwesenden: Eridanus, der seinetwegen schon fast aus dieser Runde ausgeschlossen worden war; Sarghenta, die bei der Erwähnung von Lueth explodieren, und Mako Hiapo, der dabei wahrscheinlich einen Herzanfall bekommen würde ... Vielleicht behielt er die Sache doch besser für sich selbst.

«Wo wir gerade über Magie reden.» Sarghenta lächelte, und dieses Lächeln gefiel Bryn ganz und gar nicht. «Es ist doch viel wahrscheinlicher, dass nicht das Schwert, sondern Bryn hier den entscheidenden Unterschied ausmacht. Und deswegen haben wir dich hergerufen, Bryn. Thybil hat uns eine interessante Geschichte erzählt, von einem Vorfall auf dem Weg nach Armaah. Es ging um dich und fünf Steine.» Sie blickte zu den anderen und sagte: «Und? Sollten wir nicht herausfinden, ob er tatsächlich ein Pentakylist ist?»

Vier Gesichter wandten sich ihm zu und starten ihn eindringlich an. Mako Hiapo schnarchte kurz auf, dann kuschelte er sich wieder zusammen.

«Bryn.» Eridanus runzelte die Stirn und blickte ihn ernst an. «Bist du ... möglicherweise ... ein Pentakylist?» Der Hohe Lehrmeister legte die Fingerspitzen aneinander und starrte ihn über sie hinweg an.

Bryn blickte einen nach dem anderen an. Es herrschte Grabesstille. «Ein ... äh ... was?»

«Ein *Pentakylist*», sagte Eridanus, «ist jemand, der alle fünf Zweige der Magie beherrscht. Er kann die Zauber der einzelnen Zweige miteinander kombinieren – und so einen unfassbar mächtigen Zauber schaffen. Mit Pentakylismus kann man Dinge vollbringen, die man mit den einzelnen Zweigen nicht erreichen kann – unmögliche Dinge, die gegen die magischen Gesetze verstoßen.»

«Wie mit dem Wahnsinn?»

Sarghenta blickte ihn verkniffen an. «Möglicherweise.»

«Schön, aber nun, da ich weiß, was ein Pentakylist ist, glaube ich nicht, dass ich einer bin.» Bryn dachte an die fünf Steine, die er irgendwie zum Schweben gebracht hatte. Er hatte eine Art spirituellen Arm nach ihnen ausgestreckt. Seit damals hatte er so etwas nie wieder erlebt. Außer vielleicht beim Öffnen des Safes in der Bellyset-Villa.

«Pentakylismus ist mehr als die Summe der fünf Zweige der Magie.» Thybil zupfte sich an seinem kurzen weißen Bart, dann sprach er langsam weiter. «Es ist eine Art Vervollkommnung. Pentakylismus verleiht einem eine einzigartige Kontrolle über alle Daseinsebenen.»

«Seid Ihr ein Pentakylist?», fragte Bryn den Hohen Lehrmeister.

«Mein lieber Junge, einen Pentakylisten hat es nicht mehr gegeben seit …» Eridanus lachte. «Nein, leider nicht. Tatsächlich wissen wir nur von einem einzigen Pentakylisten seit dem Eindringen des Wahnsinns, und das war der Apherist.»

Bryn verbarg seine plötzliche Überraschung. Wenn er tatsächlich ein Pentakylist sein sollte, bewies das praktisch auch, dass er der Erbe des Apheristen war.

«Du kennst dich selbst noch nicht wirklich, aber ich bin mir sicher, das würdest du gerne.» Eridanus beobachtete ihn gelassen. «Es gibt einen kleinen Test. Ich habe eine Aufgabe für dich, die man mit den normalen Zweigen der Magie – oder selbst mit allen Zweigen der Magie – nicht lösen kann.»

«Mit dem Wahnsinn allerdings schon, wenn man mächtig genug ist», sagte Sarghenta. «Glaube nicht, dass wir das nicht bemerken würden.»

Eridanus fasste hinter sich und nahm etwas aus einem unsichtbaren Fach. Das faszinierendste Objekt, das Bryn je gesehen hatte, materialisierte sich auf dem Tisch. Es sah aus wie ein Modell des Universums, eine Art Sternenkarte. Es bestand aus fünf eiförmigen Himmelskörpern, die aussahen, als seien sie Edelsteine. Jeder hatte eine andere Farbe. Kleine Verzweigungen, die aus Schwarzgold und anderen physischen

Manifestationen von Elementen der Unsichtbaren Welt sein mussten, verbanden die Sphären.

«Magische Puzzles kennst du ja schon.» Eridanus begann, die Kugeln zu drehen, die dünnen, drahtartigen Verzweigungen zu verknüpfen. «Das hier ist ein bisschen anders. Kein Nachdenken … kein Herleiten … keine Technik wird dir helfen, das hier zu lösen. Du musst dich auf deinen Instinkt verlassen. Vielleicht sogar in gewisser Weise die Kontrolle abgeben.»

Bryn wischte sich die verschwitzten Hände an der Hose ab.

«Seit Thrasyllus das Rätsel erschaffen hat, war das Pentakylistische Problem für die Studenten in Itrim eine Quelle für dumme Streiche.» Gug stemmte sich interessiert in seinem Stuhl hoch. «Von Zeit zu Zeit wird behauptet, jemand hätte das berühmte Pentakylistische Puzzle geknackt. Beim letzten Mal stellte sich heraus, dass eine Gruppe Studenten das Puzzle im Laufe einer Woche zerlegt, die Komponenten einzeln gelöst und dann wieder zusammengesetzt hat. Von außen betrachtet sah es so aus, als hätte ein besonders begabter Student Pentakylismus verwendet …»

Bryn lächelte schwach. Der alte Berater lachte kurz, während die anderen das Puzzle und den mutmaßlichen Pentakylisten davor anstarrten. Eridanus hatte das Modell so weit vorbereitet, dass nun alle fünf Kugeln in einem Sternenpentagon miteinander verbunden waren.

«Einfach ausgedrückt, stellt jede Kugel einen Zweig der Magie dar.» Eridanus hatte sich zurückgelehnt und betrachtete das Modell über seine strenge Nase hinweg. «Jede ist untrennbar mit der nächsten verbunden – theoretisch. Praktisch könnte ein Pentakylist sie voneinander trennen. Und *nur* ein Pentakylist.»

Bryn starrte die Kugeln an. Rot, blau, gelb, weiß und grün. So groß wie Spatzeneier und ähnlich gemustert wie Marmor. Auf ihren Oberflächen glänzte Licht, es waren weder Reflexionen, noch kam es von innen. Die Kugeln waren gleichzeitig farbig und irgendwie gläsern, durchsichtig. Nur war in ihrem Innern nichts zu sehen.

Bryn atmete tief durch, um sich zu beruhigen – was jedoch nicht klappte. Er versuchte es mit Meister Vallons zweifelhafteren Methoden, und nach einer Weile hatte er das Gefühl, für den Test bereit zu sein – wenn auch nicht für das mögliche Ergebnis. Um sich erst einmal an das Problem heranzutasten, versuchte er die Kugeln mit einigen einfachen Zaubern gewaltsam voneinander zu trennen. Wie erwartet klappte das nicht. Anscheinend konnte er sich ihnen nicht einmal in der Unsichtbaren Welt nähern.

Bryn war von ihrem Widerstand fasziniert. Es war, als seien sie aus Magie negierendem Nurkis. Er untersuchte das Puzzle, um seine Struktur zu erfassen, wie ein Wissenschaftler, der auf dem Weg zu einer Entdeckung war. Er sah fünf magische Verzweigungen, die die Eier verbanden, und jede ging von einer der Kugeln aus. Aber die Verzweigungen waren mehr als nur herausdestillierte Magie – ihre bloße Essenz, die Mechanismen, durch die sie angetrieben wurden, waren wie Sonne, Regen und Erde für Pflanzen. Sie flossen nicht nebeneinander, sondern in- und durcheinander – ein endloser Knoten.

Als er ihre Ursprünge in den Eiern untersuchte, um festzustellen, ob die Verzweigungen tatsächlich keinen Anfang und kein Ende hatten, begannen sie in seinem Geist zu leben. Sie bewegten sich in eigenen Mustern: die eine in Wellen, die andere in Schleifen, die dritte in einer geraden Linie und die nächste irgendwie *rückwärts*. Die fünfte schien sich überhaupt nicht zu bewegen, sondern verharrte ruhig an ihrem

Platz, als hätte sie ihn schon seit dem Anbeginn der Zeit inne. Bryn spürte, wie er dem Wirbel der Energien folgte, wie ein Schwimmer in fünf Strömen, irgendwie in der Lage, sich gleichzeitig in allen von ihnen treiben zu lassen, ohne heruntergezogen oder auseinandergerissen zu werden. Es fühlte sich ganz natürlich, lächerlich einfach an, wie eine gegebene Tatsache, von der er schon immer wusste, dass sie wahr war. Im selben Moment konnte er nicht einmal annähernd begreifen oder erfassen, was hier eigentlich vor sich ging. Er hatte noch gar nicht versucht, das Problem zu lösen, aber als er sich darin versinken ließ, tauchte er mit den fünf einzelnen Strängen wieder auf.

Bryn musste blinzeln und betrachtete das Puzzle in der Sichtbaren Welt. Nichts hatte sich verändert. Die Eier waren noch immer an der gleichen Stelle, und auch die spinnenartigen Verzweigungen aus Schwarzgold und den anderen Materialien waren noch an ihrem Platz. Aber in ihrem Inneren war irgendetwas anders.

Er klopfte mit den Fingern auf den Tisch.

Die Kugeln plumpsten mit einem Geräusch wie Stein auf Holz aus ihren Halterungen auf den Tisch und drehten sich wie ganz langsame Kreisel auf der Stelle.

Bryn seufzte zutiefst befriedigt. Er fühlte sich wie ein neuer Barue – mächtig und entschlossen, und gleichzeitig spürte er einen Frieden in sich, der über reines Verstehen hinausging. Nach dieser Berührung und Manipulation der innersten Bausteine des Lebens hatte er eine Erscheinung: Die Welt *sollte* nicht getrennt und in einzelne Stücke aufgeteilt sein. Es war unnatürlich – der Grund für den Wahnsinn. Die Substanz des Wahnsinns *sollte* nicht vom Rest der Schöpfung getrennt sein. Nur deshalb klebte er sich an die Dinge, umschloss und verschlang sie. Er verzehrte sich nach der Wiedervereinigung, aber die Wunden konnten nicht geheilt werden …

Die starren Blicke der Gilde der Kundigen holten Bryn in die Realität zurück. Alle schwiegen. Vier von ihnen blickten ihn ehrfürchtig an, der fünfte schlief. Abgesehen von den sich drehenden Sphären war es völlig still. Sarghenta wollte ihm nicht in die Augen schauen.

«Gratuliere.» Eridanus verschränkte die Arme. «Dann bist du also ein Pentakylist.»

Mako Hiapo erwachte und hustete. Vielleicht war es auch ein Lachen. «Pentakylismus.» Er setzte sich auf und leckte sich genießerisch die Lippen. «Warum tut keiner sagen, dass ihr wissen wollt, ob der Belly-Bryn ein Pentakylist sein tut?» Der alte Plimp linste unter den buschigen Augenbrauen hervor, die seine Augen fast vollkommen verdeckten. «Tut ihr das nicht *sehen* können?»

Eridanus lächelte. «Vergib uns, Mako. Nächstes Mal werden wir dich einfach fragen.»

«Hm», machte der Plimp zufrieden.

Wieder schwiegen alle. Die farbigen Kugeln trudelten langsam aus. Bryns Gedanken rasten, in seinem Kopf war es so hektisch, wie es am Tisch ruhig war. Jetzt wusste er, wie er es geschafft hatte, den Safe zu öffnen. Er konnte nur von einem Pentakylisten geöffnet werden. Er hatte ihn auf dieselbe Weise geöffnet, wie er bei seinem allerersten Zauber auf dem Weg nach Armaah die fünf Steine hochgehoben hatte.

Schließlich fragte er: «War Lueth ein Pentakylist?»

Wenn es vorher am Tisch ruhig gewesen war, herrschte jetzt ein Vakuum. Es war nicht ruhig im Sinne von friedlich, es war ein sprachloses Schweigen. Bryn konnte ihre Gedanken beinahe von ihren Gesichtern ablesen.

«Gut, dann werde ich Euch mal Euren Enthüllungen überlassen.» Der Stuhl kratzte über den Steinboden, als er ihn zurückschob. «War schön, mit Euch zu reden. Magnarion … Pentakylismus … gut zu wissen.»

Niemand antwortete. Er befestigte das Culmus, das nicht das Schwert des Apheristen war, an seiner Seite. Es war nicht mehr so wichtig, dass es nicht Magnarion war.

«Dann werd ich mal.»

Als er die Tür erreichte, rief Thybil: «Danke, Bryn. Wir sehen uns.»

Er drehte sich um und blickte zurück in das bis auf einen Eichenholztisch leere Zimmer.

✦ 23. KAPITEL ✦

Die Geißel

Nachdem ich als Erster entdeckt hatte, dass Thrasyllus sich geirrt hat – das Pentakylistische Problem ist nur ein Puzzle und definitiv lösbar –, schluckte ich den ersten Impuls hinunter, meine Leistung von den Türmen zu trompeten. Nein, ich werde mich nicht einmal Eridanus anvertrauen. Noch nicht. Der Apherist selbst war der letzte bekannte Pentakylist, und die meisten haben selbst ihm nicht geglaubt. Dieses Rätsel reicht viel weiter, als ich mir hätte vorstellen können.

— Lueths Notizbuch

Die Raben spielten eine Runde Metzeln, sodass Bryn und Mittni eine Zeitlang ihre Ruhe hatten. Der Hu-Barue hätte gern mitgemacht, war aber gezwungen, nur zuzusehen. «Außerdem brauchen sie die Praxis», sagte Bryn.

«Was war da los vorhin?», wollte Mittni wissen.

«Sie dachten, mein Culmus sei Magnarion.» Auf Mittnis Blick hin musste Bryn lachen. «Ist es aber nicht.»

«Und warum siehst du dann so glücklich aus?»

Bryn sah zu, wie der brüllende Cunar Bruder Maxwell zu Fall brachte. Der dickliche Bruder gab nicht gerade den besten Läufer ab … Bryn dachte daran, wie aufgeregt Mako Hiapo bei dem Gedanken gewesen war, er würde Magnarion führen – Mako Hiapo, ein Plimp, der so viel gesehen hatte, dass er bei einer Versammlung der Gilde der Kundigen, in der die größten Geheimnisse Calaspias offen diskutiert wurden, seelenruhig schlafen konnte. Er überlegte, ob er Mittni vom Pentakylismus berichten sollte, aber er entschied sich dagegen. Bryn war dankbar, mit Mittni über so vieles reden zu können, wie zum Beispiel die Klaue des Todes. Aber das ging dann doch über seinen Horizont hinaus.

Also sagte Bryn einfach: «Ich muss zu Ende bringen, was der Apherist begonnen hat.»

«Und was?», kam es von Mittni.

Bryn seufzte. «Wir machen weiter wie bisher.»

Wenn die Gilde der Kundigen Magnarion für so wichtig hielt, dachte Bryn, sollte er vielleicht versuchen, das Schwert zu finden. Außerdem musste er lernen, den Pentakylismus einzusetzen. Abgesehen von seiner Macht, war es sicherlich eine äußerst bedeutsame Tatsache, dass der Pentakylismus gegen die Regeln der Magie verstieß – so wie der Wahnsinn. Bryn musste an die Worte aus Mama Bellysets Brief denken: *Dieser hat den Feind nicht allein mit Magnarion bekämpft.* Der Gilde der Kundigen zufolge war der Apherist auch ein Pentakylist gewesen. Es fühlte sich richtig an. Zum ersten Mal glaubte Bryn ohne den leisesten Zweifel, dass er tatsächlich ein Nachkomme des Apheristen war und dass es seine Aufgabe war, etwas gegen den Wahnsinn zu unternehmen. Er wusste immer noch nicht, was; aber Magnarion war sicher ein guter Ansatzpunkt.

«So, dann schließ mal deine Wetten ab, Mittni.» Um die plötzliche Anspannung in den Gliedern abzubauen, sprang Bryn auf und stieg mit beim Metzeln ein.

Später, als Bryn beim Brunnen stand und den Kopf in das kalte Wasser tauchte, kam Cerion, um Wasser zu holen. Hier und da fand man in Eisenfels Beweise dafür, dass hier früher Menschen gewohnt hatten – wie zum Beispiel die handbetriebene Seilwinde des Brunnens. Bryn fiel es nicht leicht zu unterscheiden, was erst kürzlich von den Loyalisten erbaut worden und was schon Elyon weiß wie lange hier war.

«Und, wirst du bei den Culmus Sangui gut behandelt?», fragte er.

Cerion grinste. «Ich habe Erbarmen mit ihnen und mach ihnen nicht allzu viele Schwierigkeiten.»

«Irgendwelche Missionen, die es wert sind, darüber zu reden?»

«Alle streng geheim.» Cerion sah zu, wie der Eimer mit jeder Drehung langsam höher stieg. «Eigentlich ist es momentan recht langweilig, seit das Imperium gerettet wurde … Sachen überwachen. Leute beschützen. Das meiste ist immer noch bei den Kulten los – den Wahnarchisten, den Garamanen. Manchmal kommt es mir so vor, als wären wir die Inquisition.»

«Was treibt der Kult denn so?»

Cerion blickte ihn zögernd an. «Das Gefolge dieses maskierten Kultivators wird ständig größer. Dadurch vertragen die Kulte sich besser, und es kommt seltener zu Gewaltausbrüchen. Nicht nur zwischeneinander, sondern überraschenderweise ganz allgemein. Dieser selbsternannte Kultivator scheint gute Arbeit zu leisten – worin auch immer sie bestehen mag. Das bereitet uns einige Sorgen. Er ist zu geschickt. Sein Vorgehen kommt uns viel zu sehr entgegen. Es ist zu gut, um wahr zu sein – irgendetwas brodelt da unter der Oberfläche.»

Die Geißel, dachte Bryn.

Cerion nahm den Eimer vom Haken. «Eigentlich bin ich gerade auf dem Weg zu Rameon, um mit ihm darüber zu reden. Willst du mitkommen?»

«Der Rat», sagte Bryn. «Dann ist der Imperator hier?»

Cerion blickte ihn verdutzt an. «Der Hochinquisitor ist hier.»

«Ich dachte, Langworth ist Hochinquisitor. Oder nennt der Imperator sich jetzt auch so, neben seinen anderen Titeln?»

«Sie sind beide Hochinquisitoren.» Cerion schleppte seinen Eimer, und Bryn folgte ihm. «Die Numenii haben momentan keinen Imperator.»

«Was? Rameon hat das Amt abgelehnt?»

«Ja, er wollte lieber bei der Inquisition mitmachen. Stattdessen hat seine Schwester den Thron übernommen.» Deshalb hatte der Mönch also für die *Imperatorin* gebetet. «Als Rameon verkündet hat, dass er bei der Inquisition mitmachen will, hat Langworth darauf bestanden, ranghöher zu sein. Und so haben wir jetzt also zwei Hochinquisitoren. Was aber ganz gut zu der Struktur der Organisation passt.»

«Und was hat Seine Imperiale Hoheit auf diese Idee gebracht?»

«He, pass auf, du solltest in seiner Nähe keine imperialen Titel verwenden. Er will mit dem ganzen Zeug nichts mehr zu tun haben.» Sie gingen über den Morastweg zur Zitadelle. «Er hat sich in seiner Stellung nie wohl gefühlt. Nach dem, was mit Aurgelmir passiert ist … Er konnte es nicht über sich bringen, denselben Thron zu besteigen. Er ist befleckt, verdorben. Die offizielle Begründung war, dass seine Schwester älter ist als er und daher vor ihm dran ist.»

Über ihnen sorgte eine dunkle Wolkendecke für eine verfrühte Abenddämmerung.

«Ha, genau die richtige Zeit, in der Politik ein bisschen politisch korrektes Denken einzuführen», lachte Bryn. «Imperatorin Peasmi. Wie geht es Ihrer Majestät damit?»

«Außerordentlich gut. Offiziell wächst sie über sich selbst hinaus. Inoffiziell kommt sie damit klar.»

«Und Aurgelmirs Tod?»

«Sie stand ihm nie so nahe wie Rameon.» Cerion warf ihm einen Seitenblick zu. «Und dann ... gibt es da noch Gerüchte.»

«Gerüchte?»

«Ihre Majestät ist einsam. Bis vor kurzem dachte sie, sie würde nie den Thron besteigen. Sie dachte, Rameon würde das Imperium übernehmen und für weitere Nachfolger sorgen. Also dachte sie, sie kann heiraten, wen sie will.»

«Was meinst du damit?»

«Aquiuss war offenbar am Boden zerstört, als sie gekrönt wurde.» Cerion grinste. «Ich verbreite gerade ein paar Gerüchte über eine heimliche Romanze. Keine Sorge – nur unter den Culmus Sangui.»

Bryn stimmte in sein Lachen ein. «Als hätten sie noch nicht genug Probleme.»

Als sie das gemeißelte Gebäude der Zitadelle erreichten, begann es in großen, schweren Tropfen zu regnen. Frauen holten schnell die Wäsche ein, die auf Strippen zwischen balkonähnlichen Überhängen aufgehängt war – bunte Fetzen in der grauen Berglandschaft.

«Eines der interessanteren Projekte Ihrer Majestät ist die Gründung eines Nephelimstaats», fuhr Cerion fort. «Unter Aurgelmirs Herrschaft – oder der von Perduellis – wurden unabhängige Völker wie die Nephelim gezwungen, sich dem Imperium anzuschließen. Ihnen eigenes Land zu geben, das sie vom Imperium unabhängig macht, heißt, dass die Numenii ihnen nicht einfach irgendetwas aufzwingen können. Nicht ohne offizielle Einwilligung der Regierung.»

«Und die Nephelim freuen sich darüber?» Bryn dachte an Aesir, die blonde Späherin. Er konnte sich nicht vorstellen, dass sie dem Plan zustimmen würde, und der temperamentvolle, rothaarige Wafrudnir genauso wenig.

«Das ist das größte Problem. Die Nephelim wollen die Landstriche, die sie teilweise bereits seit Jahrhunderten bewohnen – oft lange bevor die Numenii ankamen – nicht einfach verlassen. Die meisten von denen, die von der ersten Inquisition vertrieben wurden, sind jedoch abgewandert – Nephelim, deren Heime durch die Auswirkungen des Wahnsinns vollkommen verändert wurden.»

Sie erstiegen die Stufen zum zentralen Ratszimmer. «Rameon hat Eisenfels zu seiner geheimen Zentrale gemacht. Dadurch kann er sein Handeln vor der restlichen Inquisition verbergen. Es hat ihm hier schon immer gut gefallen.»

«Bryn! Willkommen.» Der dickliche Ordensbruder streckte einen Becher Swigny in die Höhe. «Mittni ist auch schon hier.»

«Bruder Maxwell, was macht Ihr denn hier?»

Der Mönch hielt sich den Bauch. «Ich habe die Ehre, der Spirituelle Berater des Hochinquisitors zu sein.»

«Gratuliere.» Bryn grinste. «Und was hält die apheristische Kirche von einer solchen unorthodoxen Ernennung?»

«Oh, das ist nichts Offizielles. Ich bin der Berater des Hochinquisitors, nicht der Inquisition. Diesen Posten hätte dann wohl Bischof Hecklehurst. Das hier ist eine ganz persönliche Angelegenheit.» Maxwell räusperte sich. «Ich arbeite unerkannt … Also kann ich auch nicht bestochen werden.»

«Natürlich.» Bryn nahm einen Schluck Swigny, und sofort erschien die Fabrik vor seinem geistigen Auge. Er stellte den

Becher auf die Steinbrüstung und verbeugte sich. «Prinz Rameon», sagte er aus alter Gewohnheit, «Ihre Ho…, Ho…, Hochinquisitationsschaft.»

Der braunhaarige Prinz begrüßte Bryn mit einem festen Handschlag. «Schön, dass du hier bist.» Er sah älter und ernster aus als bei ihrem letzten Treffen, obwohl das nur Wochen her war. Ein hartes Funkeln war in seine jungen grünen Augen gekrochen, das früher noch nicht da gewesen war. «Setz dich.»

Cunar saß mit einer Flasche in der Hand, aber ohne Glas am Tisch. Unter seinem schiefen Stirnband stand ihm der Schweiß auf der Stirn, und er hatte sein Hemd geöffnet.

Ein paar leere Stühle weiter saß Zuola, ihr dunkles Haar zu einem Pferdeschwanz gebunden, und blickte gelangweilt drein.

Bryn nahm seinen Becher und ging auf die andere Seite des Tisches. Cunar grinste und bot ihm die Flache an. Er zeigte auf Bryns Swigny. «Schmeckt gut zusammen.»

Bryn ließ sich etwas einschenken, teilweise als Vorwand, damit er warten konnte, bis Cerion sich neben Cunar gesetzt hatte. Dadurch war er «gezwungen», sich auf den verbleibenden Platz neben Zuola zu setzen. Praktischerweise war dies gleichzeitig auch der Platz gegenüber von Mittni.

«Grüße dich, Paladin.»

«Hallo, Bryn. Gut siehst du aus», sagte Zuola.

«Ich schätze, das muss ich wohl als Kompliment auffassen», spottete er.

«Hast du noch mehr erwartet?» Sie klang sauer, aber Bryn konnte spüren, dass sie nur so tat, also legte er gleich ein bisschen nach.

«Schon in Ordnung. Ich weiß, du kannst nicht so gut ausdrücken, was du wirklich empfindest oder wie schön du mich findest – das macht nichts. Dafür bleibt später noch genug Zeit.»

Sie lachte still. «Ich bevorzuge dann doch eher die Art von Selbstbewusstsein, die du früher an den Tag gelegt hast. Und was das Rühmen deiner Schönheit angeht, da musst du wohl warten, bis ich alt und grau bin und nicht mehr so gut sehen kann!»

«Ach, ich kann warten. Schließlich wird es bis dahin ja nicht mehr so lange dauern.»

Zuola öffnete den Mund und zog einen sprachlosen Moment lang ihre hübschen Augenbrauen zusammen. «Frechheit!»

«Oder vielleicht habe ich auch Glück, und du verlierst dein Augenlicht noch vor deinen Haaren.»

Sie zog einen Schmollmund, und Bryn genoss den Anblick ihrer zarten Wangen und ihres wohlgeformten Mundes. «Sehe ich so schlimm aus?»

Einige Leute, die Bryn vom Sehen kannte, betraten den Raum und begrüßten sie.

«Herrliche Paladinin», flüsterte er, «um dich zu beschreiben, reicht das Wort ‹schön› einfach nicht aus, auch wenn es natürlich zutreffend ist. Ich werde still genießen, was mit Worten nicht gerecht beschrieben werden kann – und ich hoffe, du billigst das.»

Sie strahlte, und Bryn ärgerte sich, dass sie ihre kleinen Albernheiten nicht fortsetzen konnten. Mittni zwinkerte ihm zu. Bryn tat so, als ob er nicht verstand, was er meinte.

Der imperiale Hochinquisitor hustete, und mit einem Mal war Bryn wieder in der Wirklichkeit angekommen. Der Wahnsinn. Die Geißel. Die Apokalypse.

«Dann fangen wir mal an.» Rameon stand am Kopfende des Tisches. «Meine Damen und Herren, zuerst einmal möchte ich euch, die Unterstützer der Inquisition, zur erfolgreichen Säuberung einer Institution beglückwünschen, die genauso korrupt wie ineffektiv gewesen ist. Wie ihr wisst, wurde die Struktur nach dem Sturz von Perduellis umfassend verändert. Die Inquisitoren, die früher Schläger und Diebe waren, wurden durch ordentliche Spione und vertrauenswürdige Agenten ersetzt. Wir haben den Bürgern wirksame Signale gesendet – den geistig Gesunden Ermutigung, den Wahnsinnigen Angst und Warnung.»

Er war so ernst. Wie konnte ein Mensch sich in so kurzer Zeit so extrem verändern?

«Dann lasst mich euch für eure Ratschläge und Hilfe danken. Jetzt, wo wir die Inquisition zu dem gemacht haben, was sie eigentlich sein sollte, können wir mit der richtigen Arbeit beginnen. Euren Empfehlungen folgend, wird ein Großteil unserer Arbeit daraus bestehen, der Öffentlichkeit klarzumachen, welche Dummheiten und Gefahren darin bestehen, sich mit dem Wahnsinn einzulassen. Während die meisten Kultanhänger unsere Bemühungen, das Volk zu informieren, als Propaganda verunglimpfen, konnte ein Großteil der Gemäßigten abgeschreckt werden.»

Rameon beugte sich über den Tisch und stützte sich mit den Händen auf der rauen Oberfläche ab. Er hatte fast dieselbe Haarfarbe wie seine Schwester, die Imperatorin Peasmi, aber seine grünen Augen waren eher wie die seiner Halbschwester Espera. «Und jetzt ist es meine Pflicht, eine Last mit euch zu teilen, die bisher sogar vor den Inquisitoren geheim gehalten wurde. Langworth hat mir die Erlaubnis erteilt, euch zu sagen, was wir wissen, und euch um eure Mithilfe zu bitten.»

Der Hochinquisitor atmete tief durch. Draußen prasselte der Regen auf die uralten Felsen herunter.

«Der Kultivator mit der Maske redet schon seit langem von

einem … *Höhepunkt* des Wahnsinns. Er war von Anfang an Teil seiner Bewegung, er gehörte zu seiner Kampagne, er passte zu seinem Ziel, die Kulte zu vereinen. Zuletzt forderte er seine Anhänger auf, nach den Zeichen für das Ende des Zeitalters Ausschau zu halten – und für den Beginn einer neuen Ära, in der man von den Fesseln so veralteter Vorstellungen wie geistiger Gesundheit und Verantwortung befreit sein würde.» Ein sarkastisches Lächeln umspielte seine Mundwinkel.

«So reden sie schon lange daher. Aber jetzt …», er hob mahnend den Finger, und jede Spur eines Lächelns verschwand, «… *geschehen* Dinge. Verschiedene Vorfälle im ganzen Imperium, die wir bisher für zufällige Aktionen von Wahnarchisten gehalten haben, müssen jetzt als zusammenhängend angesehen werden. Und nicht nur das, alle lassen sich dem Kultivator mit der Maske zuordnen.»

Die Kerzen in den großen, mehrarmigen Ständern waren entzündet worden, ihr Licht erhellte ihre angespannten Gesichter.

«In den obersten Kreisen des Kultes heißt es, dass ein Höhepunkt bevorsteht. In ganz Calaspia geraten seine Anhänger in helle Aufregung. Die Leute kommen von Treffen zurück, bei denen es um die Ursache dafür geht. Bei denen es um *die Geißel* geht.»

Bryn konnte spüren, dass die meisten mit diesem Begriff nichts anfangen konnten. Er fühlte sich jedoch sofort zu dem Gespräch mit Nemo in Baruto zurückversetzt. Konnte das stimmen?

«Von außen betrachtet, erscheint alles sehr vage. Selbst die Kulte scheinen nicht genau zu wissen, was sie tun. Es gibt bemerkenswerte Parallelen zu der Verschwörung … aber diese Leute sind bereit – mehr als bereit. Irgendjemand steuert sie. Alle Aktivitäten der Kulte deuten zusammengenommen auf etwas Größeres hin. Der Kultivator mit der Maske hat nicht einfach nur versucht, die Kulte zu vereinen – er scheint dafür auch einen guten Grund zu haben.»

Bryns innere Hitze von der Runde Metzeln war verflogen, und er begann, in seinen verschwitzten Kleidern zu frieren. Er rückte mit seinem Stuhl dichter an die Kerzen. Als er den Hochinquisitor anblickte, der kaum älter als er selbst war und mit so viel Selbstvertrauen und Weisheit sprach, trübten die Flammen der Kerzen seine Sehkraft – schmale Lichtstreifen in einem immer dunkler werdenden Raum.

«Die Geißel bezeichnet den Versuch, *alles, was ist* unter die Herrschaft des Wahnsinns zu zwingen.» Rameon sprach beinahe, ohne zu atmen – ein Zeichen dafür, dass er doch noch jünger war, als es bisher den Anschein hatte. «Es wird erwartet, dass der Wahnsinn sich weiter verbreitet … bis eine kritische Masse erreicht ist … Ab einem bestimmten Punkt gibt es kein Zurück mehr.» Er schüttelte den Kopf. «Wenn die Geißel ihren Höhepunkt erreicht, so heißt es, wird der Gipfel des Wahnsinns ausbrechen – nicht so wie jetzt: kontrollierbar und von der Quelle in Schach gehalten. Nein, dann wird er Calaspia restlos und unaufhaltsam überschwemmen.»

Seine Stimme wurde zu einem heiseren Flüstern. «Und dann, so heißt es, werden die Agenten des Wahnsinns höchstpersönlich von Ruach'zam, der Geisterwelt, herabsteigen, um die Geißel zu vollenden und diejenigen reich zu belohnen, die sich ihnen angeschlossen haben. Die Agenten des Wahnsinns, von denen selbst Ayactan nur einer der kleinsten ist, werden über Calaspia herrschen wie einst die Avatare.»

Bryn nahm einen Schluck von seinem Swigny mit Schuss. Er hätte lieber etwas Warmes zu trinken gehabt, aber Cunars Mischung war zumindest etwas.

Zuola hustete. «Das ist doch sicher nur abergläubischer, apokalyptischer Unsinn. Um nicht zu sagen Wahnsinn.»

«Mag sein, doch Ayactan ist definitiv kein Hirngespinst – sondern ein tatsächlich vorhandener Agent des Wahnsinns.» Rameon schnaubte. «Was auch immer die Geißel bringen mag, es wird nichts Gutes sein.»

Bryn dachte an die Legenden der Avatare, die Väter der Völker. Legenden wie der Apherist. Wenn er von Lueth irgendetwas gelernt hatte, dann dieses: dass man die alten Mythen ernst nehmen sollte.

Cunar nahm einen tiefen Schluck aus seiner Flasche und schüttelte sich, als würde es auch ihn frösteln. «Wie soll diese Geißel funktionieren? Wir bekämpfen den Wahnsinn doch längst äußerst erfolgreich, auf den verschiedensten Ebenen. Dank Leuten wie Eridanus ist er bereits auf dem Rückzug. Das Umstürzen der Menhire hat uns den Sieg gebracht.»

«Ich habe mit dem Hohen Lehrmeister darüber gesprochen. Anscheinend gibt es noch weitere Formen des Wahnsinns.» Rameon setzte sich. Er sackte wie besiegt in seinem Stuhl zusammen. «Formen des Wahnsinns, die bisher vernachlässigt wurden. Unterschätzt wurden. Er sagt, wir waren jahrhundertelang davon besessen, Tabellen zu führen und Schwankungen zu überwachen – was auch immer das heißen soll. Nach uralten Überlieferungen liegt die Bedrohung durch den Wahnsinn schon immer in den Herzen der Individuen.»

Bryns Herz schlug schneller. Er wusste, was mit «uralten Überlieferungen» gemeint war. Endlich redeten sie direkt über den Wahnsinn und welche Bedrohung er darstellte.

«Oh, das klingt schon greifbarer», sagte Zuola. «Also, wenn wir unsere Herzen gegen den Wahnsinn richten, verschwindet er, und wenn zu viele Leute ihre Herzen dem Wahnsinn öffnen, ist die Geißel von Erfolg gekrönt.»

Der Hochinquisitor hob flehentlich die Hände. «Wie Cunar sagt, auf einer kosmischen Ebene, in der Unsichtbaren Welt, ist der Wahnsinn wahrscheinlich auf dem Rückzug. Aber auf der persönlichen Ebene verbreitet er sich. Wie es aussieht, gibt es in jedem eine Spur Wahnsinn, und wenn man es zulässt, kann jeder zu einer Quelle des Wahnsinns werden … Es klingt kompliziert, ist aber eigentlich ganz einfach: Wenn wir nicht aufpassen, kann und wird die Geißel allein durch die Macht der Masse über uns hereinbrechen.»

Plötzlich wünschte sich Bryn, er hätte die Gilde der Kundigen nicht so rasch verlassen. Er hätte noch so viele Fragen stellen können.

«Ihr sagt, dass der Kultivator mit der Maske hinter der Geißel steckt», sagte Cerion. «Was ist mit Ayactan?»

«Das ist sehr seltsam. Wir haben überraschend wenig von dem Dämon gehört – und noch viel weniger gesehen. Dabei würde er von der Geißel am meisten profitieren.»

So diskutierten sie noch einige Minuten weiter, dann zerfiel die Runde in kleinere Gruppen. Die Leidenschaft, die Bryn während Rameons Vortrag gefühlt hatte, ließ nach. Wie sollte man die Einstellung von Tausenden von Leuten ändern können? Was sollte ein einzelnes Wesen machen, wenn es darum ging, den Wahnsinn zurückzuschlagen?

Nach einigem Hin und Her kam Bryn zu dem Schluss, dass er gar nichts erreichen konnte – nicht allein. Okolnit hatte über Lueth Folgendes gesagt: Er war zu Nequam geworden, weil ihm die Unterstützung seiner Freunde gefehlt hatte. Wer konnte *ihm* helfen? Eridanus, Thybil, die Gilde der Kundigen … klar. Aber er brauchte ein ganzes Heer von …

«Den Culmus Sangui von einst», sagte er zu sich selbst.

«Wer soll das denn sein?» Zuola beobachtete ihn genau.

Verlegen, dass ihm dieser Gedanken über die Lippen gerutscht war, versuchte Bryn, eine möglichst vernünftige Erklärung zu finden. «Gibt es nicht Geschichten über die alten Culmus Sangui? Dass sie übermenschliche Meisterleistungen vollbracht hätten? Nicht nur die Großmeister – alle von ihnen. Außerdem konnten sie irgendwie mit Situationen fertigwerden, die nicht mit einem Culmus gelöst werden können. Situationen wie der jetzt.»

«Solche Geschichten gibt es», gab die Paladin zu.

«Ich würde nur gerne wissen, ob es sie wirklich gegeben hat.» Sie blickte ihn stirnrunzelnd an. Bryn fuhr fort: «Und wenn, warum gibt es sie heute nicht mehr?»

«Wenn unsere Zeit erst einmal lange vergangen ist, werden zweifelsohne irgendwelche gelangweilten Barden aus den Reihen der zukünftigen Culmus Sangui ähnliche Geschichten über uns erzählen und darüber, dass früher alles besser war.» Ihre Stimme klang jetzt ruhiger. «Es ist nicht falsch, sich nach einfachen Lösungen zu sehnen, und es ist ganz natürlich, das Vergangene zu idealisieren.»

«Also gibst du zu, dass es so etwas früher gegeben hat?»

«Das möchte ich sehr bezweifeln. Aber ich habe damals nicht gelebt, woher soll ich es also wissen? Normalerweise enthalten Legenden einen Funken Wahrheit.»

Und manchmal mehr als nur einen Funken. «Angenommen, es hat sie tatsächlich gegeben – selbst von den üblichen Übertreibungen abgesehen –, dann müssen wir eines herausfinden: Was ist heute anders?»

«Gute Frage», sagte Cerion. Seine Ohren stellten sich üblicherweise auf, wenn jemand über die Geschichten von einst redete – oder über irgendein anderes Thema, bei dem er dachte, sich auszukennen. Bryn spürte Cerions übliche Herablassung und erwartete eine Antwort, aber es kam keine. Der braungebrannte Jugendliche blickte ihn erwartungsvoll an.

Zwei Culmus Sangui, die ihren Orden mit Sicherheit besser kannten als Bryn und die offensichtlich darauf warteten, dass er ihnen verriet, was er vorhatte … Donnerwetter! Das war ein guter Grund, ihnen seine Vision darzustellen und sie hoffentlich mitzureißen.

«Wenn die alten Culmus Sangui tatsächlich die Kampfkunst der Geister beherrschten und so weiter und wenn wir herausbekommen, was am heutigen Orden anders ist, wer sagt dann, dass wir die Machenschaften der Agenten des Wahnsinns nicht genauso bekämpfen könnten wie sie früher? Wir müssen es einfach wieder genauso machen.»

«Wie sie früher», sagte Zuola ein wenig spitz. «Es gibt gute Gründe dafür, dass die Culmus Sangui heutzutage so arbeiten, wie sie es tun. Die Zeiten haben sich geändert.»

«Und sie haben sich noch einmal geändert!» Bryn beugte sich vor und sprach leiser. Er wollte ihnen seine Erregung regelrecht aufdrängen. «Wenn die heutigen Zeiten so ähnlich sind wie die der alten Culmus Sangui, dann müssen wir deren Methoden übernehmen, um mit ähnlichen Bedrohungen fertigzuwerden.»

«Meinst du eine Art … Revival?» Cerion nickte sich selbst zu und ließ sich das Wort auf der Zunge zergehen. «Ein *Revival.* Das klingt gut.»

«Ja, ein Revival!», stimmte Bryn zu. «Warum nicht? Wollt ihr diese Möglichkeit nicht zumindest in Betracht ziehen? Ein bisschen nachforschen und schauen, was wir herausbekommen können?» Er blickte sie geradeheraus an und hoffte, sie würden spüren, dass er es ernst meinte. «Das sollte einen Versuch wert sein.»

«Sarghenta wird davon nicht begeistert sein.» Zuola verschränkte die Arme vor der Brust. «Ich weiß nicht, ob ich dich da auch noch ermutigen soll. Unsere Herrin wird sagen, die beste Art, die Culmus Sangui zu stärken, ist ein härteres Training.»

«Sarghenta», sagte Bryn, «muss ja nichts davon wissen. Das hier ist keine Schlacht, die man mit Schwertern gewinnen kann … wenn wir nicht gerade über Magnarion reden.»

«Hör dir bloß mal selbst zu.» Die dunkelhaarige Paladinin blies sich eine Locke aus dem Gesicht. «Gut, das sollte für heute genug Optimismus gewesen sein. Bleib mal ein bisschen auf dem Boden, Bryn, oder du schadest unserer Sache am Ende mehr, als du denkst, egal wie gut deine Absichten auch sind. Was passiert, wenn du nach deiner romantischen Suche Magnarion nicht findest? Was passiert, wenn dein Revival nicht funktioniert? Dann würdest du eine ganze Menge … leichtgläubiger, aber ansonsten guter Krieger enttäuschen oder desillusionieren.» Dabei sah sie Cerion an.

Aber er sollte ihr keine besondere Hilfe sein. Lächelnd sagte er: «Ein guter Ausgangspunkt, mein Freund, sollte der Codex Sanguis sein.»

✦ ✦ ✦

Die Maske blickte auf ein Meer aus Gesichtern herunter. Noch nie waren es so viele gewesen, noch nie waren sie so ruhelos gewesen … so dem Wahnsinn verfallen. Er ging nach vorn an den Rand des Vorsprungs und strich über die raue, kalte Seite eines schützenden Monolithen. Dank des Hohen Lehrmeisters waren die Steinkreise in ganz Calaspia für den Wahnsinn nun nutzlos geworden. Aber wie so vieles andere warteten sie nur auf einen höheren Zweck.

Lagerfeuer schickten schimmernde Vorzeichen in den mit Sternen übersäten Nachthimmel, aus dem sich das gespenstische Mondlicht über die tausend Kultanhänger ergoss und ihnen Unheiligenscheine aufsetzte. Wie ein Schwarm hungriger Ratten wimmelten sie erwartungsvoll umher, badeten im unheilvollen Licht und dessen Reflexionen auf der ausdruckslosen Maske ihres Anführers.

«Die Zeit naht, meine Schäfchen.»

Die Worte schallten aus den unbeweglichen Lippen hervor und verbreiteten sich über die Menge wie das Mondlicht. «Brüder und Schwestern, lange haben wir auf diesen Augenblick gewartet. Lange haben wir uns abgemüht unter dem erdrückenden Joch jener, die glauben, das Recht zu haben, über uns zu herrschen. Ihre Torheit wird bald bestraft werden. Ja, *alles* wird vom Wahnsinn befreit sein. Jeder Mann, jede Frau, jedes Kind … jeder Glaube … jede Institution … jede Regierung.»

Der gesichtslose Körper hob die Arme. «Die Geißel nimmt ihren Anfang, und endlich kann ich den Zeitpunkt unserer Erlösung verkünden. Denn wir quälen uns nicht ab wie jene, die ohne Hoffnung sind; nein, wir leben in der Gewissheit dessen, was noch kommen wird. Der Tag der Abrechnung kommt, und er kommt bald!»

Heulende Jubelschreie wie von hungrigen Wölfen hallten ihm von den umliegenden Hügeln entgegen, unterstrichen seine Worte. «Und dann, am Jüngsten Tag, wird der Wahnsinn über Calaspia kommen wie nie zuvor – er wird Calaspia *überrollen*. Ihr werdet die Erstgeborenen des Wahnsinns sein, die Ausgewählten, die ein neues Ich erhalten – umgeformt vom Wahnsinn, durch den Wahnsinn und für den Wahnsinn! Die Getreuen, die mit mir zusammenarbeiten, um die Geißel zu vollenden, werden wie Götter sein und alle anderen unsere Sklaven.»

Die grobe Maske, die aus Knochensplittern zusammengefügt zu sein schien, wandte sich erst zur einen, dann zur anderen Seite. Er schien sich an der Erregung seiner Anhänger zu weiden. «Doch die Zeit eilt. Unsere Feinde verstärken ihre Bemühungen, uns aufzuhalten. Doch die Geißel wird bald über die Welt hereinbrechen, wie ein Dieb in der Nacht, und sie werden ihre gerechte Strafe erhalten. Aber ihr – ihr seid nicht ohne Warnung geblieben. Beherzigt meine Worte. Schwört, mir zu folgen. Schwört, den Wahnsinn in euch zur Vollendung zu bringen.»

Im Kreis der Menhire flammten Fackeln auf und bildeten brennende Wege. «Wir müssen uns beeilen, wir müssen vorbereitet sein. Jene, die belohnt werden wollen – folgt einfach dem Pfad des Feuers. Die Kultivatoren warten darauf, euch zu sagen, was zu tun ist.»

Am hinteren Ende der Versammlung stand eine Gruppe dunkler Gestalten, denen das Licht des Mondes und der Fackeln nichts anhaben konnte – es wurde nur von ihren Augen und Zähnen reflektiert. Sie waren nackt und trugen Tätowierungen. Sie gehörten zu einer Art Wahnarchisten, die kritischer zuhörten als die anderen. Ein Grund für den Erfolg des Kultivators mit der Maske, so hatten sie erkannt, lag darin, dass er so *vernünftig* war. Er war ein äußerst unorthodoxer Anführer für den Wahnsinn … er war viel zu orthodox. Er kultivierte seine Anhänger wie ein apheristischer Priester, er redete wie ein Politiker. Er folgte einem Plan.

Während Hunderte Anhänger begannen, sich ihre Anweisungen abzuholen, rief die maskierte Gestalt: «Schnell, schnell, meine Kinder! Denn unsere Zeit naht. Uns bleibt nur bis zum Donnermond Zeit, den Jüngsten Tag vorzubereiten. Und noch vor dem Herbstmond werden wir den Tag unseres Sieges feiern. Jawohl, beim ersten Vollmond nach dem ersten Frost wird die Geißel vollendet und Calaspia dem Wahnsinn unterlegen sein.»

✦ 24. KAPITEL ✦

Codex Sanguis

Wie ich diese Stadt liebe und verabscheue. Sicher ist es hier besser als in der Handelsbucht, wo die Ware Stolz ist und sie mit Lügen handeln. Hier kann man wenigstens noch ein bisschen Wissen erlangen, selbst wenn die Lehrmeister sich wirklich Mühe geben, das zu verhindern. Glücklicherweise reicht ihre Mühe nicht, um einen lernbegierigen Geist zu bremsen. Wie den meinen.

— Lueths Notizbuch

Die andere Hälfte des Codex der Culmus Sangui …», erinnerte sich Bryn. «Thybil hat gesagt, dass die Meister den Codex Sanguis behandeln wie einen akademischen Text in einer toten Sprache. Seit langer Zeit hat niemand mehr nach ihm gehandelt. Er stammt aus einem anderen Zeitalter.»

«*So* lange ist das nicht her.» Cerion sprach genauso leise wie Bryn. Die anderen im Zimmer waren in heißen Debatten versunken und achteten nicht auf sie. «Sie wollen, dass wir glauben, seit Jahrhunderten hätte niemand mehr nach dem Codex Sanguis gehandelt. Aber das alles hat sich erst in den letzten beiden Generationen verändert. In den Tagen meines Großvaters *lebten* alle Meister nach dem Codex Sanguis, so wie die anderen jetzt nach dem Codex Culmus leben. Eigentlich steht der Codex Sanguis sogar über dem Codex Culmus. Erst wenn man ihn interpretieren konnte, durfte man ein Meister werden.» Cerion strich sich mit den Fingern durch die hellen Haare. «Wenn es dir mit dieser Wiederbelebung wirklich ernst ist, solltest du mit meinen Eltern reden. Sie werden dir mehr sagen als jeder Meister.»

Bryn starrte Cerion an. «Meinst du wirklich, dass ich sie einfach aufsuchen kann?», fragte er. «Das wäre großartig. Wo leben deine Eltern?»

«Sie leben im Königreich von Itrim», antwortete Cerion. «Sie haben sich natürlich schon zur Ruhe gesetzt. Aber sie werden mehr als froh sein, mit dir zu reden. Ich zeichne dir eine Karte und erkläre dir, wie du sie findest. Komm beim Abendessen zu mir.»

Mit diesen Worten stand Cerion auf und verließ den Raum. Auch Bryn erhob sich. Er hatte genug herumgesessen und wollte sich bewegen. Gerade war er die innere Treppe hinuntergegangen, als Zuola ihm nachgeeilt kam, ihn am Arm packte und ihn in den nächstbesten Raum zog. Hier war es dunkel, und das Rauschen des Regens klang gedämpfter zu ihnen.

«Diese Geschichte mit Cerions Eltern gefällt mir nicht. Hör zu.» Die schöne Paladinin war ein schmaler Schatten zwischen ihm und der Tür. Wahrscheinlich hatte sie warnend einen Finger gehoben, dachte Bryn. Das würde zumindest zu den Gefühlen passen, die er spüren konnte. «Du darfst nicht vergessen, dass jede Geschichte mindestens zwei Seiten hat.»

«Wie meinst du das?»

Zuola seufzte frustriert und zog ihn tiefer in den höhlenartigen Raum. «Was weißt du über Cerions Familie?»

«Das Haus Vindar stellt eine Dynastie innerhalb der Culmus Sangui dar. Es wird respektiert und reicht schon weit in die Geschichte zurück.»

«Na, das weiß jeder», spottete sie. «Aber es gibt noch andere … delikatere Geschichten. Ein Streit zwischen Haus Vindar und Sarghenta.»

Bryn ignorierte ihre Ungeduld. «Na ja, früher war ein Vorfahr von Cerion einmal Kopf der Culmus Sangui.»

«Sein Urgroßvater.» Zuola nickte. «Und genau damit beginnen die Schwierigkeiten. Was weißt du über die Herkunft von Sarghenta?»

Bryn fiel ein äußerst seltsamer Zwischenfall ein. Damals hatte Cerion Aquiuss und Emryk beleidigt, weil sie der Culmus Sangui beigetreten waren, obwohl sie nur Küchenhilfen oder Stallburschen gewesen waren. Dann hatte einer der beiden arroganten Jungs etwas über Sarghenta gesagt, und Cerions Haltung hatte sich komplett verändert. «Er hat gesagt, sie kam aus dem Nichts», erinnerte sich Bryn. «Vielleicht aus Polgaren, vielleicht auch von irgendwo anders. Die Culmus Sangui fanden sie allein im Amboss, halb erfroren. Sie war von einem Schneetiger angegriffen worden, den sie getötet und dann gegessen hat. Oder so ähnlich.»

«Ja, mit ihren bloßen Händen. Das ist die allgemein verbreitete Geschichte. Über ihre Vergangenheit weiß niemand etwas Genaues.» Bryn hörte das Rascheln ihrer Kleider, als sie sich hinsetzte, und setzte sich auch. «Damals war Cerions Urgroßvater Meister der Culmus Sangui – eine Position, die seitdem niemand aus dem Hause Vindar je wieder erreicht hat. Indem er seine eigenen Nachkommen zurückstellte, beendete er die Herrschaftsfolge seines Hauses. Er stellte seine eigenen Kinder zurück und machte Sarghenta zu seiner Nachfolgerin.»

«Das läuft wie in einer Monarchie?», wunderte sich Bryn. «Warum bekommt nicht der beste Student den Posten?»

Sie legte ihm die Hand auf die Schulter. «Du musst versprechen, dass du das für dich behältst. Ich weiß es nur, weil ein bestimmter Meister ein etwas loses Mundwerk hat und ihm –»

«Vallon», grinste Bryn, «der kindliche Denkmeister.»

Zuola stöhnte auf und zog ihre Hand wieder weg. «Ich weiß gar nicht, warum ich dir das überhaupt erzähle. Wahrscheinlich, weil ich hoffe, dass ich dich davon abbringen kann, wenn du verstehst, worum es hier geht. Also, Cerions Urgroßvater hat Sarghenta noch *vor* dem Krieg um das Tor, wo sie ihre Heldentaten vollbracht hat, auf den Thron gesetzt.»

«Das ist schon ganz schön lange her.»

«Genau. Das Haus Vindar hat den ‹Thron› zu der Zeit von Cerions Großeltern an Sarghenta verloren, und nicht einmal seine Eltern haben es geschafft, sie zu stürzen.»

«Dann lastet ein ganz schöner Druck auf unserem jungen Freund, das ihm seiner Meinung nach zustehende Erbe zurückzuerobern.» Bryn dachte darüber nach, was er alles über den hochmütigen Lehrling wusste. Jetzt passte vieles zusammen. Aber nicht alles. «Und dafür brauchtest du Vallon, um das herauszubekommen?»

Zuola lachte leise. «Nein, du Dummkopf. Du hast mich ja nicht ausreden lassen. Zufälligerweise hat der *Grund*, aus dem Cerions Urgroßvater Sarghenta bevorzugt hat, etwas zu tun mit … dem Codex Sanguis.»

Er beugte sich näher zu ihr. In der Dunkelheit berührten sich ihre Gesichter fast. Zuolas zarter Geruch stieg ihm in die Nase. «Ach? Und was?»

«Cerions Großeltern und Eltern waren Befürworter des Codex Sanguis – Sarghenta nicht. Verstehst du, sie waren völlig anderer Ansicht als ihr Urgroßvater. Der Alte hatte sich von dem Weg seiner Vorgänger abgewandt.»

«Also ist Sarghenta nicht unbedingt durch ihre Fähigkeiten zur Herrin des Ordens geworden, sondern eher durch ihre Ansichten.»

«Genau so sieht es das Haus Vindar. Was ich dir gesagt habe, sind nur die Fakten, soweit sie herauszubekommen sind. Beide Seiten verwenden sie in ihrer Argumentation – mehr habe ich nicht zu sagen.» Sie schwieg einen Augenblick. «Lass dich nicht in persönliche Angelegenheiten hineinziehen. Und was auch immer du tust, entfache bloß keinen erneuten Streit.»

Eine Zeitlang saß er benommen schweigend da und dachte über ihre Worte nach. Nun leuchtete ihm Cerions Verhalten durchaus ein.

«Gut, das war ein schönes Gespräch.» Mit einem quietschenden Geräusch ihres Lederumhangs stand Zuola auf.

Auch Bryn stand auf, er wollte mit seinen Fragen nicht alleingelassen werden. «Sind wir schon fertig?»

«Was willst du denn noch?»

Die unbehagliche Stille wurde von dem andauernden Regenprasseln draußen übertönt. Bryn wollte sagen, *noch so viel mehr*, aber das klang selbst in seinen Ohren zu banal, von der Doppeldeutigkeit ganz zu schweigen. Als er nichts sagte, drehte sie sich um und ging zur Tür.

«Warte», rief er, bevor sie verschwinden konnte. Stille – war sie noch da?

Dann hörte er durch den Regen ganz leise ihr Atmen.

Was sollte er sagen? Schließlich rang er sich durch: «Tut mir leid.» Sich zu entschuldigen war immer eine gute Idee, besonders bei Frauen.

«Kein Problem. Nimm nicht alles, was dir die Leute erzählen, für bare Münze, und halte deine Begeisterung im Zaum. Denk immer an die Folgen.»

«Das meine ich nicht.» Er ging durch den Raum, dankbar

dafür, dass es hier so dunkel war. «Nicht, weil ich so neugierig oder idealistisch gewesen bin. Ich entschuldige mich für mein Verhalten. Ich war nicht nur gemein, sondern auch dumm.»

Schon einen kleinen Augenblick bevor sie antwortete, konnte er ihre Überraschung spüren. «Äh, kein Problem. Ich weiß, du hast dich geändert. Und du hast schwere Zeiten durchgemacht. Wichtig ist nur, dass man aus seinen Fehlern lernt.»

Ein schwaches Licht fiel von der Treppe her auf sie. Aus einem Impuls heraus zog Bryn sie von der Tür weg. «Ich … ich versuche nur … etwas zu verändern. Es gibt so vieles, was geändert werden muss.»

Zuola wich einen Schritt von ihm zurück, und er wünschte sich, sie wären einfach hinausgegangen. «Alles zu seiner Zeit. Wer die Welt verändern möchte, fängt am besten bei sich selbst an.»

«Du solltest wirklich den Aposteln des Verstehens beitreten», stichelte Bryn. «Und außerdem hast du doch gerade gesagt, dass ich mich geändert habe!»

Sie seufzte. «Ich bewundere dein Feuer und deine Vision. Aber einer allein kann nicht allzu viel tun. Du weißt, Calaspia zu retten liegt nicht allein in deinen Händen.»

Ach, aber durchaus auch in meinen Händen?

«Nach all dem Ärger, den du durchgemacht hast, solltest du dir eine Zeitlang Ruhe gönnen und nachdenken. Geh zurück zu den Barue. Oder arbeite bei deinen Eltern. Glaub mir, hier ist es recht langweilig.»

«Was, noch langweiliger, als ich dachte?»

Sie lachte. «Wir rufen dich, wenn irgendwas los ist. Wenn wir noch ein zusätzliches Schwert brauchen können.»

Das Licht verschwand, und Bryn und Zuola standen wieder

im Dunkeln. Sie klopfte ihm auf die Schulter und schlüpfte aus dem Raum. Er folgte ihr langsam und hörte, wie ihre Schritte in das Prasseln des Regens einstimmten.

Irgendwie war er plötzlich doch recht unzufrieden mit dem Ende ihres Gesprächs, also eilte er ihr nach. Wasser spritzte unter seinen Füßen hoch. Als er unten ankam, klebten ihm die Hose an den Oberschenkeln und die Haare im Gesicht.

Zuola ging langsamer und drehte sich zu ihm um, den Regen schien sie gar nicht zu bemerken.

«Ich kann doch nicht einfach herumsitzen!», fuhr er sie an. «Mama Bellyset wollte nicht, dass ich mein Leben verschwende. Ich kann meine Fähigkeiten doch nicht *auf der Arbeit* vergeuden.»

«Oh, Bryn. Deine Großmutter …»

Er konnte es nicht fassen. Zuola glaubte offensichtlich, dass sein ganzes Ich-will-die-Welt-verändern-Gehabe nur dazu diente, um mit seinem Verlust fertigzuwerden.

Sie zog ihn zu sich heran, und plötzlich wollte er sie nicht mehr korrigieren. Er war nur froh, dass sie nicht die Sinne der Barue hatte. Ihre zarte Berührung entfesselte eine körperliche Sehnsucht in ihm, die sein ganzes Verlangen nach dem Wahnsinn, nach Calaspia und den Barue verschlang. Die feuchten Wangen dicht beieinander, genoss er den Duft ihrer Haare.

Er hielt sie fest, und sie waren wie eine Insel des Trostes in einem Ozean der Verzweiflung. Sein Herz schlug so schnell wie seit der Flucht von den Nurgor nicht mehr, und er atmete tief und ebenso schnell. Der Regen bildete einen Vorhang um sie herum.

Bryn lächelte. *Das* war es, was er brauchte. Und keine weiteren Ratschläge.

Dann kam das Unvermeidliche: «Nimm das, was Cerion

oder auch alle anderen erzählen, nicht für bare Münze. Sie haben vielleicht ganz andere Motive als du.»

Er blickte ihr ins Gesicht und nickte. Sie drückte ihn noch einmal und ging. Als sie weg war, entspannte er sich und erkannte, dass ihre Gefühle eher mütterlicher Natur waren. Und dass das nicht schlimm war.

Bryn ging in das einfache Zimmer, das er sich mit Mittni teilte, um sich vor dem Abendessen abzutrocknen. Nach dem Gespräch mit Zuola war er eher noch entschlossener, sich mit Cerions Eltern zu unterhalten.

✦ ✦ ✦

Bryn wartete noch zwei Tage, um Mittni etwas Ruhe zu gönnen. Seine Hoffnung, dass eines der Mitglieder der Gilde der Kundigen in Eisenfels war, wurde enttäuscht. Eridanus leitete die Lehrmeister in Itrim, Onkel Thybil war in Neu-Quivelda, Onkel Gug war Erster Berater der Imperatorin Peasmi in Armaah, Mako Hiapo war vielleicht an der Quelle, wo die meisten Plimpe angeblich lebten, und Sarghenta war in Caer Isnova. Nein, nicht einmal Sarghenta war hier.

Im Laufe des Tages kam Cerion verstohlen zu ihm herüber und lieferte einen weiteren Beweis für die Bedeutung des Codex Sanguis. «Du erinnerst dich doch bestimmt noch an das Gedicht, das wir lernen mussten? Nun, anscheinend haben sie uns nur die Hälfte beigebracht. Die über den Codex Culmus. Aber es gibt noch einen zweiten Teil – über den Codex Sanguis!» Was vermuten ließ, dass ihre Ausbildung durchaus einer gewissen Zensur unterlegen hatte.

Am dritten Tag war Mittni immer noch nicht davon überzeugt, dass an Bryns neuer Besessenheit etwas dran war, doch Bryn wollte endlich los. «Erst die Apostel des Verstehens, dann

Magnarion und jetzt ein Codex Sanguis!» Mittni schüttelte den Kopf. «Ich kann nicht sehen, wohin uns das führt, aber ich komme mit.»

«Nun, das hängt alles zusammen», sagte Bryn. «Aber hör zu: Deine Wunden heilen langsam, du hast gerade erst angefangen, wieder zu Kräften zu kommen. Du hast noch nicht einmal wieder eine Runde Metzeln gespielt.» Bryn wollte seinen Freund nicht weiterhin mit Magie heilen, falls die Lehrmeister Eisenfels auf ihrer magischen Karte entdecken würden, wie Eridanus gewarnt hatte. So schmerzlich seine Entscheidung auch war, er musste damit heraus. «Bleib hier. Und ich werde zusehen, etwas über die Culmus Sangui von einst und diesen sogenannten Codex Sanguis herauszubekommen. Danach komme ich wieder zurück.»

«Du versprichst, dass du in der Sekunde zurückkommst, wo deine Fragen beantwortet sind?» Mittni hielt ihn am Handgelenk fest.

Obwohl das genau das war, was er wollte, war Bryn überrascht, schon fast enttäuscht, dass Mittni ihn so einfach gehen ließ!

«Ich weiß nicht, ich habe viele Fragen.»

Die Raben waren enttäuscht, dass Bryn sie so schnell wieder verlassen wollte, während alle anderen sich freuten, dass ihr Held Mittni hierbleiben sollte.

Gerade als Bryn zu Pferde den Hof verlassen wollte, sah er einen Soldaten, der Erinnerungen auf ihn einstürzen ließ.

«Veroas!»

Bryn sprang wieder ab, drückte Mittni Silaetis Zügel in die Hand und lief zu dem letzten Menschen, der Mama Bellyset lebend gesehen hatte. Ihr alter Leibwächter drehte sich um. Selbst nach so langer Zeit spürte Bryn noch immer sein entschuldigendes Bedauern, wenn sie sich trafen.

«Ich muss dich etwas fragen!» Er durchwühlte seine Tasche und zog den Handspiegel mit dem seltsamen Rahmen hervor. «Der Spiegel selbst scheint nicht verzaubert zu sein. Wo hast du ihn gefunden? Hat er meiner Großmutter gehört?»

Veroas schüttelte den Kopf. «Eigentlich habe ich ihn auf dem Boden gefunden. Ich habe angenommen, er würde dem eitlen Seddion gehören. Wie ich Euch schon gesagt habe, Mama Bellyset sah irgendetwas in dem Spiegel, das ihr Angst machte. Ich weiß nicht was. Ich muss zugeben …», er wandte den Blick ab. «Als sie mich in den Spiegel gucken sah, schien sie Angst vor mir zu bekommen.»

«Was ist passiert?», fragte Bryn leise. Er hatte die Geschichte schon gehört, aber noch nicht aus Veroas' Mund.

«Vielleicht war es mein Spiegelbild. Jedenfalls hat sie mich danach in den Wald geschickt, um Tobul und Seddion zu suchen, die vermisst wurden.» Bryn spürte, wie er litt, als er sich an den Abend erinnerte. «Ich kann nicht schlau daraus werden, was danach geschah. Es war wortwörtlich ein Albtraum. Der schlimmste, den ich je erlebt habe. Nur, dass es kein Traum war …» Veroas fasste sich an die Wange, auf der Bryn noch immer weiße Narben sehen konnte. «Das Land selbst hat sich gegen uns gewendet. Bäume und Schatten haben uns angegriffen.» Er biss die Zähne zusammen, war den Tränen nahe. «Tobul und Seddion waren … fort … und etwas anderes steuerte ihre Körper. Es – es tut mir leid.»

Der Barue klopfte ihm auf die Schulter. «Danke, und lass es dir gutgehen.»

Der Soldat nickte und trottete davon.

Mit ausführlichen Hinweisen, wie er Cerions Eltern finden konnte, ritt Bryn aus Eisenfels hinaus. Silaeti und Sylvata genossen es, wieder mit ihm unterwegs zu sein. Sosehr er auch darauf brannte, mehr über den geheimen Codex zu erfahren, er versuchte darauf zu achten, dass er sein Pferd nicht überanstrengte. Hätte er doch nur einen Plimp bei sich gehabt, der die Reise etwas beschleunigen könnte! Aber er musste sich wohl mit ihrem gemächlichen Vorankommen begnügen.

Ansonsten reiste Bryn nicht viel anders, als Mittni und er es getan hatten, bevor sie von den Nurgor überfallen worden waren. Es ärgerte ihn, dass er den Weg, auf dem er vor so kurzer Zeit hergeeilt kam, jetzt wieder zurückreiten musste, aber er beruhigte sich damit, dass es die Sache wert gewesen sei. Zu seiner Überraschung wurde er in den Klöstern von einigen Leuten gefragt, wie sein Ausflug zu den Fällen des Apheristen gewesen war. «Erleuchtend», antwortete er, «aber noch nicht ganz die Offenbarung, die ich suche.» Dann erzählte er ihnen, dass er nun auf dem Weg zur Krone des Apheristen in Itrim war. Sein Eifer beeindruckte sie, obwohl ein gutherziger Abt ihn besorgt daran erinnerte, dass der Sinn einer Pilgerfahrt mindestens ebenso sehr in der Reise wie im Ziel lag.

Wie es in Lueths Notizbuch stand, war die Krone des Apheristen die letzte Ruhestätte ihres Meisters. Nachdem dieser auf dem Gipfel des Wahnsinns tödlich verwundet worden war, hatte ihn sein Drache in die Berge von Itrim getragen, wo er schließlich starb. Der Legende nach sickerte das Blut aus seinen Wunden in den Stein, auf dem er lag, und so entstand das Auge des Apheristen. Die Kirche und das Fremdenverkehrsamt von Itrim hatten eine Blauquarzader zum Auge des Apheristen erklärt und das zutage tretende Ende – wo der Amethyst ausgeblichen war – so weit abtragen lassen, bis es wieder einen schönen schimmernden Farbton hatte.

Bryn wusste es besser. Das wahre Auge des Apheristen war von den Culmus Sangui nach Caer Isnova gebracht worden, wo es seitdem einen Ehrenplatz in der inneren Waffenkammer der Eisforte hatte. Im Gegensatz zum Auge des Apheristen war seine Leiche nie gefunden worden. Einer anderen Legende nach wurde er in den Himmel getragen. Was nach Lueths Notizen über Ruach'zam, der Geisterwelt, vielleicht wahrscheinlicher war, als er bisher angenommen hatte …

Bryn folgte dem Amboss nach Süden. Im Westen waren die Bauern, die mit der Heuernte fertig waren und noch nicht mit der Sommerernte beginnen konnten, mit der anstrengenden und schwierigen Aufgabe beschäftigt, Nesseln, Ampfer und Disteln aus ihren Feldern zu jäten – und nicht nur die Bauern, sondern ganze Gemeinden. Am Horizont dahinter erstreckte sich der große Wald von Lar-Gren. Dort hatten Telseara und Dordios zum ersten Mal die Plimpe und Kik-Eritee getroffen. Zwischen bewirtschafteten Feldern grasten immer häufiger Herden auf öffentlichem Land. Schließlich gingen die Berge von Ged-Ruak in die Berge von Itrim über, die im direkten Vergleich eher wie Hügel wirkten.

Bryn war noch nie besonders tief in Itrim gewesen. Hier bearbeiteten die Bauern noch kleinere Felder und hüteten vor allem Kühe, Schafe und Ziegen. Die Ortschaften waren klein und lagen weit auseinander. Itrim war nach Nanoak das Königreich mit der zweitniedrigsten Bevölkerungszahl. Bryn reiste durch die Gebirgsausläufer, die sich nach Westen zum Wald hin erstreckten. Als er nach Cerions Anweisungen den Weiler gefunden hatte, waren seine Pilgerkleider, die er in Eisenfels gewaschen hatte, wieder vollkommen verschmutzt. Die Brise, die ihm durch Silaetis strammen Ritt entgegenblies, war recht kühl, sodass er seine Kleider nicht noch freiwillig nass machen wollte. Cerions Eltern würden bestimmt nicht so sehr auf die Sauberkeit seiner Kleider achten, wie snobistisch sie auch in anderen Angelegenheiten sein mochten.

Und dort erhob sich endlich die Windmühle, deren unteres Drittel aus denselben Pflastersteinen bestand wie die Numenii-Straßen, die oberen zwei Drittel aus dunklem Holz. Ihre sechs Flügel standen still. Kleine, oben abgerundete Fenster blickten auf Bryn herab. Um die Mühle herum stand ein Dutzend Häuser in einem Halbkreis. Er steuerte auf das hinterste Haus zu, ein unscheinbares, einstöckiges Gebäude mit einem Gemüsegarten.

Bryn stieg ab, band Silaeti an und ließ Sylvata den klaren Himmel genießen. Die Reise war ohne Mittni ganz schön langweilig gewesen, und er fragte sich, wie er wohl ohne seine beiden treuen Begleiter zurechtgekommen wäre. Und er fragte sich auch, ob es eigentlich normal war für diese Vogelart, jemandem zu folgen wie ein Hund, statt sich vom Wind tragen zu lassen, wohin er einen auch immer trug. Er war dankbar dafür, dass Sylvata lieber bei ihm blieb.

Nach langem Klopfen und Rufen hörte er schließlich Geräusche hinter der wettergegerbten Tür. Dann wurde sie von einer Frau mit denselben offenen, wachsamen und irgendwie würdevollen Gesichtszügen wie Cerion geöffnet. Ihre Haut war heller, ihre Haare etwas dunkelblonder.

«Sie müssen Cerions Mutter sein.» Bryn lächelte.

«Tut mir leid, Fremder. Ich habe keine Kinder, und ich kenne auch keinen Cerion.»

«Verzeihen Sie mir, werte Frau, ich muss mich im Haus geirrt haben.» Bryn ging ein paar Schritte zurück, dann fiel ihm etwas ein, und er wandte sich noch einmal an die Frau. «Cerion hat mir gesagt, ich soll … Ich bin ein Reisender, dem empfohlen wurde, hierherzukommen.»

«Seid Ihr weit gereist?», lautete ihre erwartete Antwort.

«Vom Norden, aus dem Herzen des Amboss», sagte Bryn und kratzte sich dabei am Schlüsselbein, wie Cerion es ihm gesagt hatte. Das waren die alten Culmus-Sangui-Zeichen, die er in seiner kurzen Zeit in Caer Isnova nicht gelernt hatte.

Er wartete auf ihre nächste Frage, aber sie öffnete widerstrebend die Tür und winkte ihn herein. «Du kannst deinen Mantel und deine Waffen hier ablegen.»

Bryn folgte ihr in das kleine Esszimmer. In einer Tonvase verwelkte ein Strauß alter Bergblumen. Über einem unbenutzten Kamin hing eine der wenigen Dekorationen, ein Bild einer hügeligen Landschaft, über die schwere Sturmwolken hinwegzogen.

«Kasen?» Sie lehnte sich aus der Tür. «Kasen! Wir haben Besuch von einem befreundeten Reisenden.»

Auch das war ein festgelegtes Zeichen. Wäre Bryn ein Feind gewesen, hätte sie ihn einen Wanderer genannt. Während sie warteten, bot sie ihm etwas dickes Körnerbrot mit gesalzener Butter und einen Becher Milch an, was er dankbar annahm.

Cerions Vater war breiter gebaut als sein Sohn, er hatte schulterlange blonde Haare, die langsam in Weiß übergingen, und leuchtende tiefblaue Augen.

«Seid Ihr weit gereist?», fragte er pflichtbewusst.

«Mein Name ist Bryn Bellyset», stellte der Barue sich vor. «Euer Sohn sendet Euch die besten Grüße. Wir haben uns vor einigen Jahren in Caer Isnova kennengelernt, und ich habe die Ehre, ihn einen Freund nennen zu dürfen.»

Der Mann nickte. «Kasen, zu Diensten.»

«Es ist mir ebenfalls eine Ehre, zwei so namhafte Mitglieder des Hauses Vindar kennenzulernen.» Bryn verbeugte sich kurz, ließ es aber gleich wieder, als er ihren Unmut spürte. «Ich bin nicht wegen offizieller Angelegenheiten der Culmus Sangui hier, sondern aus rein persönlichem Interesse.»

Der erste Teil des Satzes freute sie, der zweite machte sie nervös.

«Calaspia hat sich verändert. Cerion und ich sind einer

Meinung, dass wir die Methoden und Fähigkeiten der Culmus Sangui von einst brauchen. Ich bin auf der Suche nach Mitteln, die immer unweltlicheren Streitkräfte des Wahnsinns zu bekämpfen. Kreaturen, die man nicht wie die Ostentum mit Schwertern vernichten kann. Sarghentas Methoden sind gegen körperlose Geister wie die Wandler machtlos, und die Kulte vereinen sich, um die Agenten des Wahnsinns höchstpersönlich auf die Erde zu rufen. Wir müssen bewaffnet sein, wie unsere Vorfahren es waren. Ich denke, der Codex Sanguis ist dabei von entscheidender Bedeutung.»

Während seines kleinen Monologs untersuchte Bryn ihre Gefühle. Sie waren, so weit er sagen konnte, belustigt.

«Setz dich. Das kann eine Weile dauern.» Kasen ließ sich in einen Sessel sinken, als wäre er plötzlich gealtert. «Orianna, mach uns einen Nomidiertee. Also, junger Bryn, was möchtest du wissen?»

Bryn nahm im Sessel gegenüber Platz und holte tief Luft. «Stimmt es, dass vor noch nicht allzu langer Zeit jeder neben dem Codex Culmus auch den Codex Sanguis befolgte?»

«Ja, jeder Paladin und Meister kannte den Sanguis genauso gut, wie heutzutage jeder Lehrling den Culmus kennt. Das hat sich zu der Zeit meines Großvaters geändert.» Kasen saß völlig aufrecht und beobachtete Bryn interessiert.

«Warum hat sich das geändert? Ich hätte gedacht, dass die Vorteile der inneren Kräfte, die sie durch den Codex Sanguis erlangten, offensichtlich wären, auch in Zeiten, wo sie nicht erforderlich waren …» Auf das müde Lachen seines Gastgebers hin verstummte er.

«O ja, die Kräfte, von denen du sprichst – die legendären Meisterleistungen der Culmus Sangui von einst.» Ein höhnischer Ton war in Kasens Stimme gedrungen. «Tut mir leid, dich enttäuschen zu müssen, mein Junge, aber der Codex

Sanguis hat seine Anhänger keineswegs mit übernatürlichen Kräften ausgestattet! Und falls das jemals der Fall gewesen war, ist das schon Jahrhunderte her. Das ist der Hauptgrund, warum er aus dem Lehrplan gestrichen wurde.» Er schüttelte traurig den Kopf. «Er war zu vage … zu romantisch … Gewisse Leute glaubten, dass die Culmus Sangui ohne diese potenzielle Quelle der Verwirrung genauso gut, wenn nicht gar besser arbeiten würden. Sie haben gesagt, der gesunde Menschenverstand wäre genug. Sie haben gedacht, dass sie es besser wüssten als Generationen von Beschützern vor ihnen. Sie haben ihn einen Haufen Aberglaube genannt. Ha!»

Bryn beugte sich vor. «Könnt Ihr mir erklären … was genau der Codex Sanguis ist?» Das klang dumm, also fügte er noch hinzu: «Wozu war er gut? Worin liegt der Unterschied zwischen Culmus und Sanguis?»

«In der Tat, wenn seine Anhänger nicht das konnten, was die legendären Culmus Sangui konnten, wozu war er dann gut?» Kasen schloss die Augen. «Der Codex Sanguis bot jedoch mehr als nur zusätzliche Kräfte. Er bot einen *Rahmen*, um selbständig zu denken, auf dessen Grundlage man den Culmus Sangui ändern oder anpassen konnte, ohne ein Blutbad anzurichten oder die ganze Organisation aufzuspalten. Da sie dieselben *Werte* hatte und die Regeln im Sinne dieses Wertsystems gesehen wurden, konnte es auch Ausnahmen von den Regeln geben. Ausnahmen vom Codex Culmus. Es können Situationen auftreten, in denen man die Regeln unterschiedlich auslegen muss …»

Bryn fiel ein, wie er an den Fingerspitzen an einer Klippe gehangen und sich vor seinem eigenen Orden versteckt hatte. Cerion hatte ihn gefunden, und anstatt ihn zu töten oder zu übergeben, hatte er Bryn bei der Flucht geholfen. Er hatte nichts tun wollen, «was nicht wieder ungeschehen gemacht werden kann», und hatte «den anderen Codex» zitiert. Allmählich begriff Bryn, warum.

«Wenn man das Wertsystem abschafft, werden die Regeln zum reinen Selbstzweck, zum Legalismus, und man vergisst die *Gründe* hinter den Regeln. Was wiederum dazu führen kann, dass die Regeln geändert werden.» Kasens Stimme wurde lauter und verbitterter. «Regeln blind zu folgen kann neue Regeln entstehen lassen, deren Konsequenzen den Werten hinter den ursprünglichen Regeln völlig widersprechen!»

Er biss die Zähne zusammen und fuhr sich mit der Hand durch die hellen Haare. Als er fortfuhr, war er wieder völlig ruhig. «Aus diesem Grund wollten wir, und unsere Eltern vor uns, den Codex Sanguis beibehalten. Wir klammerten uns nicht nur an einige altmodische Grundsätze, die ihre sogenannte Kraft verloren hatten, wie manch andere dachten – und auch du, wie es klingt.»

Bryn konnte seine Enttäuschung kaum verbergen. Wie sollten ein paar Grundsätze ihm dabei helfen, dass die Leute mit Wandlern und der größeren Bedrohung durch den Wahnsinn fertigwerden konnten?

«Cerion dachte, es sei möglich, den Codex wiederzubeleben», murmelte er mit gesenktem Kopf.

In diesem Augenblick kam Orianna mit drei dampfenden Bechern zurück. «Hat unser Junge wieder dummes Zeug geredet?» Sie reichte Bryn einige krümelige Kekse und setzte sich zu ihnen. Der Tee war würzig und süß und erinnerte Bryn an ein heißes Swigny, das er vor Urzeiten getrunken hatte. Dann sprach sie weiter, und während des folgenden Gesprächs wurde Bryn klar, dass hinter den Dingen viel mehr steckte, als nur größere Kräfte zu verleihen – Dinge wie Sinn und Verstand.

«Das waren einige wertvolle Einsichten in den Geist der Culmus Sangui», sagte Bryn schließlich. «Ich bin froh, dass ich hierhergekommen bin, selbst wenn ich nichts erfahren habe, was bei einem Kampf gegen einen Wandler hilft.»

Orianna und Kasen baten Bryn, zum Essen zu bleiben. Nach dem Essen entzündete Orianna ein kleines Feuer, und die drei setzten sich davor. Eine Weile lauschten sie nur dem Feuer und dem Wind. Schließlich aber holte Kasen tief Luft und rezitierte das folgende Gedicht:

Kampfverloren
Wusste ich nie, wohin:
Was zu tun, zu lassen war
Ich verzweifelte an meiner Macht:
Ohne Karte oder Zügel
Bis ich dich fand, Hitze des Feuers –
Und mein Schwert durch die Nacht geführt ward

Er atmete schwer und schien mit einer inneren Last zu kämpfen. Bryn kannte das Gedicht. Es ging um den Codex Culmus – jeder Schüler lernte es. Er starrte ins Feuer und grübelte über seine tiefere Bedeutung nach.

Plötzlich fuhr Kasen fort, lauter als bisher:

Nachtverloren
Wusste ich nie wohin:
Weder wie noch warum
Ich verzweifelte an meinem Zorn:
Ein Schmelzofen ohne Licht
Bis ich Dich fand, Licht des Feuers –
und meine Wut rechtschaffen ward

Seine starke, schroffe Stimme strauchelte bei der letzten Zeile, dann weinte er leise.

«Kanntest du den zweiten Teil?», fragte Orianna. Bryn schüttelte den Kopf. «Das ist die unbekannte zweite Hälfte des Codex-Gedichts – sie beschreibt den Codex Sanguis. Nur zusammen ergeben sie einen Sinn.»

«Darauf läuft es letztlich hinaus.» Kasen strich sich über die kaum sichtbaren Bartstoppeln. «*Wahre* Ehre ergibt nur durch die Augen des Codex Sanguis einen Sinn. Da gibt es noch so viel mehr, junger Bryn … so viel mehr.»

Als die Sonne im Lar-Gren versank, nahm Bryn ihr Angebot, über Nacht zu bleiben, dankbar an. In der Frühe stand er zusammen mit seinen Gastgebern auf. Er dankte ihnen für die Gastfreundschaft und verabschiedete sich, nicht ohne zu versprechen, ihre lieben Grüße an Cerion zu übermitteln, zusammen mit der Warnung, dass er mit Sarghenta zurechtkommen und sich nicht von irgendwelchen Wiederbelebungsphantasien vom Wesentlichen ablenken lassen solle: «Wir sind auch an den Codex Sanguis gebunden, wenn andere es nicht sind.»

Sylvata hatte auf der nächtlichen Jagd Erfolg gehabt, und Silaeti hatte die zusätzliche Ruhe gutgetan. Bryn ging, das Pferd zu Fuß führend, langsam los. Er hatte keine Lust zu reiten. Er hatte es nicht eilig und kein wirkliches Ziel vor Augen. Leere, ein Hunger des Geistes, nagte an ihm.

Wohin sollte er gehen? Er hatte gehofft, das Gespräch mit Kasen und Orianna würde ihm sein nächstes Ziel vorgeben – oder im Idealfall sein letztes Ziel gewesen sein. Er hatte noch immer keinerlei Antworten gefunden. Aber die beiden hatten etwas gesagt, das in ihm nachhallte: Kasen hatte erwähnt, dass die Culmus Sangui zwar bis vor nur zwei Generationen am Codex Sanguis festgehalten hatten, aber sogar sie ein anderes Verständnis davon gehabt hatten als ihre frühesten Vorgänger. Offensichtlich waren die Culmus Sangui von einst sehr fromm und religiös gewesen – vielleicht war «spirituell» das bessere Wort.

Was hatte das zu bedeuten? Konnten dieselben Begriffe, von der apheristischen Kirche verwendet, tatsächlich für dieselben Eigenschaften stehen? Nun, die apheristische Kirche war vom Apheristen begründet worden, dem personifizierten Untergang des Wahnsinns – und doch war sie machtlos gegen die verderbliche Kraft. Und auch die Culmus Sangui waren vom Apheristen gegründet worden – und auch sie waren nicht für den Kampf gegen die raffinierteren Manifestationen des Wahnsinns gerüstet.

Plötzlich wusste Bryn, was er zu tun hatte. Er musste zu den Wurzeln der Lehre des Apheristen zurückkehren – der wirklichen, *historischen* Lehre, nicht derjenigen, die die Kirche ihm zuschrieb. Ja, er würde den grundlegenden Glauben des Apheristen höchstpersönlich untersuchen – und wie der Mann gelebt hatte.

In Lueths Notizbuch ging es ständig um Itrim. Die Stadt der Türme war so nahe, dass es Bryn reizte, den Ort, an dem seine Verwandten studiert hatten, zu besuchen. Vielleicht würde es ihm einen *Rahmen* bieten, wie Kasen so schön gesagt hatte. Und vielleicht würde er auch wertvolle Hinweise zu Magnarion und den anderen Fragen finden, die er noch hatte.

Aber wie sollte er dort hinkommen? So ähnlich wie Eisenfels, aber mehr auf magischer Ebene als auf optischer, lag die Stadt Itrim für Unkundige völlig versteckt …

Die Warnung des Hohen Lehrmeisters fiel ihm ein, und Bryn lächelte: die magische Karte. Es gab einen sehr einfachen Weg, direkt nach Itrim zu gelangen.

Er lachte laut, als er die Elemente verzauberte und durch Ergeomorphismus eine prachtvolle und herrlich übertriebene Explosion auslöste.

✦ 25. KAPITEL ✦

Itrim bei Tag

Es überrascht mich nicht, meine mythologischen Nachforschungen über die Avatare im Buch der Zeiten bestätigt zu finden. Der Höchste, den die sogenannte apheristische Kirche in ihrer geistigen Ödnis Elyon nennt, schuf sechs Gottheiten, engelsgleiche Geschöpfe von unvergleichlicher Kraft und Klugheit, als Herrscher über die sechs Völker von Intelligenzwesen. Sie wurden Korar, Castor, Ikuyl, Eltanin, Alioth und Torb-Oros genannt. Lange Zeit kämpften Avatare schon fast aus Gewohnheit um die Vorherrschaft, indem sie sich bei allen möglichen Gelegenheiten miteinander maßen. Aber dieses Mal waren es die Völker, die den Kampf für ihre stolzen Herren austrugen, um zu ermitteln, welches Volk das beste sei.

— Lueths Notizbuch

Bryn wartete darauf, dass Blitze durch die Luft schossen und er sich plötzlich von den hiesigen Ordnungskräften umzingelt fand und in die unterirdischen Verliese für magische Straftäter gezerrt wurde. Mindestens mit einer Art Verwarnung, die vom Himmel fiel, rechnete er. Aber es geschah – nichts.

Enttäuscht machte der Barue sich wieder auf den Weg. So viel zu Eridanus' Warnung. Als Bryn an einen Fluss kam, zog er sich die Stiefel aus und tauchte ein wenig die Füße ins kalte Wasser. Er ließ Silaeti trinken und grasen.

Gelangweilt trat er Wasser in die Höhe und ließ es in der Luft gefrieren, was letztlich dafür sorgte, dass er plötzlich mitten in einem Schneeschauer stand.

Von einem Moment auf den anderen wurde er extrem müde. Er stapfte aus dem Fluss und legte sich am Ufer in die Sonne, um sich aufzuwärmen. Noch bevor er irgendetwas anderes tun konnte, war er eingeschlafen. Und nun endlich sollten seine Bemühungen von Erfolg gekrönt werden: Als er erwachte, war er nicht mehr allein. Drei Leute blickten auf ihn herab. Ein Bannbrecher in einer mit Runen übersäten, glänzenden Rüstung und ein Mann und eine Frau mittleren Alters, die fließende Gewänder und ernste Mienen trugen.

«Na, endlich! Was hat Euch aufgehalten?» Bryn wollte aufstehen, und schon wichen die Lehrmeister zauberbereit einen Schritt zurück, und der Bannbrecher stellte sich schützend vor sie. In den Händen hielt er eine Art rostige Metallkette. Er schleuderte sie Bryn entgegen, der vorsichtshalber eine psychallaisistische Barriere formte. Erschreckt musste er zusehen, wie die Kette einfach hindurchflog und sich mit einem *Klong* um seine Handgelenke schloss.

«Immer schön ruhig, junger Mann!», rief die Frau mit den kurzen grauen Haaren. «Wir sind aus Itrim und wollen dir nichts tun.»

Bryn hatte gar nicht die Absicht, Ärger zu machen. «Einen schönen guten Tag. Ich würde mich nur gern einschrei…»

«Hast du dieses Erdbeben ausgelöst?», fuhr ihn der Mann in dem Gewand an.

«Ja», sagte Bryn, «ich …»

«Weißt du denn nicht, dass Itrim ein Verbot für unautorisierte Zauber erlassen hat? Du brauchst eine Zulassung! Normalerweise sprechen wir zuerst eine Verwarnung aus, aber das hier war ein Zauber der Stärke *vier*! Tut mir leid, aber wir müssen dich sofort festnehmen.»

Innerlich musste Bryn grinsen.

«Name und Beruf?», fragte die Frau.

«Bryn Bellyset. Braumeister, momentan auf Pilgerschaft.»

Sie betrachteten ihn misstrauisch. Dann nahm der Bannbrecher ihm die Waffen ab und überprüfte die Handschellen. Er band die Ketten fester um Bryns Arme, sodass sie schon fast in die Haut schnitten.

«Das sollte nicht notwendig sein», versuchte Bryn ihnen zu erklären, «ich komme sehr gern mit.»

Keiner von ihnen ging darauf ein. Bryn nahm an, dass sie vorhatten, ihn nach Itrim zu teleportieren, also wollte er eines gleich klarstellen: «Meine Tiere müssen aber mitkommen. Mein Pferd und mein Adler.»

Er konnte Sylvata nirgendwo sehen, also wollte er sie mit Psychallaisismus zu sich rufen. Sein Geist stieß an eine Art Wand, Funken blitzten aus den Ketten um seine Handgelenke. Rasch versuchte er, ihr einen mentalen Klaps zu versetzen – immerhin der wurde von den Handschellen durchgelassen.

«Du kannst uns dann in Itrim erzählen, wer du wirklich bist.» Der Mann warf seine langen braunen Haare zurück und bedeutete seinen Begleitern, sich um ihre Errungenschaft zu versammeln. Der Bannbrecher holte Silaeti, und gerade als sie einen Kreis um ihn bilden wollten, sank Sylvata vom Himmel herab. Die drei zuckten zusammen, griffen sie aber zum Glück nicht an. Der Vogel landete auf Bryns Schulter und starrte die drei herrisch an. Ihre großen Krallen waren unangenehm auf Bryns Schulter, sie war mit der Zeit wirklich recht schwer geworden.

«*Droch*, so viel Zeug», murmelte die Frau. «Egal, los geht's. Du musst jetzt tief einatmen und die Augen schließen. Hast du verstanden?»

Bryn nickte. «Ich habe das schon mal gemacht.»

Die beiden Lehrmeister tauschten einen besorgten Blick. Dann waren sie verschwunden.

Bryn öffnete die Augen und blickte in ein dunkles Zimmer. Als er sich an die Dunkelheit gewöhnt hatte, erkannte er einige Stäbe und ein Bett – eine Zelle. Sylvata schlug mit den Flügeln und kreischte. Einige Wachen traten vor das Gitter und blickten verwirrt auf das Pferd und den Vogel.

«Überprüft die Tiere und bringt sie in den Stall, wenn sie in Ordnung sind», sagte die Frau. Eine der Wachen streckte einen Arm vor, und zu Bryns Überraschung ließ sich Sylvata einfach darauf nieder. Silaeti trottete ihnen hinterher. Ohne einen Blick zurückzuwerfen, verschwanden seine beiden Lieblinge.

«Ich würde gern mit Eridanus sprechen», sagte Bryn.

«Dem Hohen Lehrmeister?», fragte die Frau. Bryn nickte. «Der oberste Ältere empfängt keine Gefangenen», sagte sie herablassend. «Nicht einmal Bellysets. Und jetzt wirst du mitkommen, damit wir deine wahre Identität überprüfen können.»

Sie gingen aus der Zelle und dann einen düsteren Gang hinunter, der mit flammenlosen Lampen beleuchtet wurde, ähnlich denen in der Bellyset-Villa und der Swigny-Fabrik. Bryn konnte in ihnen keinerlei Magie erkennen. Im Gegensatz zu fast allen anderen Sachen. Er war erleichtert, dass er noch immer in die Unsichtbare Welt blicken konnte. Hier war auch sie wie die materielle Welt von Menschen geformt worden.

«Wir überprüfen jetzt die Akten. Wenn alles in Ordnung ist, kannst du dich einschreiben.»

Sie blieben vor einer Nische in der Wand stehen. Bryn musste seine Hand in eine Art Becken legen. Kurz danach rief der langhaarige Mann: «Aha! Wir haben eine Akte über ihn.»

Er studierte ein Buch, dessen Umschlag in der Steinwand verankert war. Buchstaben und Zahlen liefen über die Seiten wie ein Schwarm Insekten. Der Mann beugte sich stirnrunzelnd darüber und strich mit den Fingern zweimal über eine Zeile, dann tippte er entschieden darauf. «Er hat an einer COLA-Sitzung teilgenommen. Keine Vorstrafen. Jedenfalls nicht mehr – er hat dieser Barue-Delegation angehört.»

Die Frau rückte ihr Gewand gerade. «Dann ist sein Wunsch, den Hohen Lehrmeister zu sehen, vielleicht nicht völlig unbegründet. Schließlich haben sie in demselben Schlamassel gesteckt.»

«Hm, wenn das so ist … Mr. Bellyset … Würdet Ihr gern am offiziellen Zauberautorisierungsprogramm von Itrim teilnehmen, oder erklärt Ihr Euch damit einverstanden, nie wieder zu zaubern, ohne vorher die entsprechende Lizenz zu erwerben?»

«Ich würde mich gern dafür einschreiben», sagte Bryn, «aber vorher möchte ich Eridanus sehen. Ich muss zuerst … meinen Terminplan überprüfen.»

Sie notierten seinen Besuch, und die Sache war erledigt. Der Bannbrecher nahm ihm die magieverhindernden Handschellen ab und gab ihm seine Waffen zurück. Die drei überließen ihn einer der Gefängniswachen, nicht ohne ihn vorher zu warnen, dass er, ohne den Kurs zu bestehen, beim nächsten Zaubern mit einer Geldstrafe oder vielleicht sogar seiner Einkerkerung rechnen musste. Dann wünschten sie ihm einen angenehmen Aufenthalt und verließen ihn, um sich um «andere Vergehen» zu kümmern.

Bryn nutzte die Gelegenheit, sich in Itrims legendärem unterirdischem Gefängnis umzusehen. Es waren bemerkenswert wenige Wachen hier. Der Wärter, ein älterer Herr, der aufgrund seiner leicht hochgezogenen Augenbrauen wie die personifizierte Neugierde aussah, erklärte ihm die Funktionsweise der Kerker. Er sprach so leise, dass Bryn sich zu ihm beugen musste, um etwas zu verstehen. Bryn hatte seinen Namen nicht verstanden, also sprach er ihn einfach mit «Sir» an. In den meisten Zellen konnte man nicht sehen, was sich hinter den eher dünn wirkenden Gittern befand, nicht weil sie unbeleuchtet oder leer waren, sondern weil die Gefangenen aus Sicherheitsgründen nicht zu erkennen sein sollten (zum Beispiel für den unwahrscheinlichen Fall, dass jemand einbrach, um sie zu befreien). Alles hier schien tadellos sauber und ordentlich zu sein.

«Natürlich ist das hier nur der Flügel mit den geringeren Sicherheitsvorkehrungen», flüsterte Sir. «Praktisch sind das hier nur Büros.»

Sie traten durch eine Öffnung in der Wand in ein sehr kleines Zimmer – kaum größer als ein Schrank und ohne Tür. Bryn fragte sich, was sie hier drinnen sollten, als plötzlich geräuschlos die fehlende Tür aus der Wand glitt und sie einschloss.

«Wir gehen jetzt in den *Turm von Itlin, zweitoberste Etage*», sagte der Wärter, blieb aber einfach stehen. Bryns Herz schlug schneller, aber er konnte in dem kleinen, alten Mann keine Bosheit spüren, also versuchte er ruhig zu bleiben. Aber irgendetwas ging hier vor sich … Bryn hatte das seltsame Gefühl, dass sie sich bewegen würden. Außerdem war ein kaum wahrnehmbares Summen zu hören.

«Oh, das? Wir befinden uns in einem sogenannten Lift. Er kann uns hierhin und dorthin bringen … hoch und runter und zur Seite … äußerst nützlich, hier im Untergrundnetz zwischen den Gebäuden.»

Bryn kannte ähnliche, allerdings altmodischere Lifte aus der Swigny-Fabrik, aber er war überrascht, hier welche zu finden. «Warum teleportieren die Leute nicht einfach?»

«Oh, nicht alle hier sind Magier, und außerdem würde man es als unhöflich ansehen. Unsere *Technologie* ist glücklicherweise ausgereift genug, sowohl die magische als auch die materielle.»

Dank der Technologie waren sie in Sekundenschnelle am Ziel, und als sich die Tür öffnete, lag vor ihnen ein hoher Raum mit Marmorboden. Bryn dachte, sie wären im ersten Stock, aber als er seinem kleinen Führer durch den weiten Raum folgte, sah er, dass sie hoch über dem Erdboden waren – höher, als er je geglaubt hätte. Donnerwetter, das hier musste mindestens dreimal so hoch sein wie das Regere Mansionum!

«Wir befinden uns im Turm von Itlin, der im Zentrum von Itrim steht.» *Itlin* war ein Wort in der Alten Zunge und hieß so viel wie Wissen oder höhere Weisheit. «Zu dieser Stunde pflegt der Hohe Lehrmeister im Raum ohne Ende sein Mittagessen einzunehmen.»

Bryn meinte, sich verhört zu haben. «Im Raum ohne Wände?»

«Ohne Ende. Aber das auch. Ihr werdet schon sehen.» Bryn fragte nicht weiter. Eridanus würde es ihm schon erklären. «Der Hohe Lehrmeister isst häufig hier, um für die Lehrmeister gut erreichbar zu sein. Viele nutzen diese Gelegenheit, es ist also nicht sehr wahrscheinlich, dass Ihr zu ihm vorgelassen werdet.»

Sie gingen auf einer breiten geschwungenen Treppe ein weiteres Stockwerk nach oben. Die obersten Stufen lagen im hellen Sonnenlicht. Sie traten in einen sehr großen runden Raum, der sich über die gesamte Breite des Turmes erstreckte. Es war eine riesige Halle und doch eingerichtet wie ein Zimmer. Möbelgruppen – teure Sofas und lange, schmale Tische – und gemütliche Stühle an runden Glastischen standen so weit voneinander entfernt, dass die Privatsphäre gewahrt blieb. Die meisten Sessel waren aus elegantem und konservativem schwarzem oder rotem Leder, einige der schlichteren Stühle aus lackiertem Holz oder Metall. Überrascht bemerkte Bryn, dass das Dach weder von Balken noch von Trägern getragen wurde, es hing einfach in der Luft, ganz flach und, von den Außenwänden abgesehen, vollkommen ungestützt. Die Wände sahen nicht so aus, als würden sie diesem Zweck dienen, denn sie waren für das außergewöhnliche Licht verantwortlich: Sie bestanden aus riesigen Fenstern, so glatt und klar, dass man sie kaum als Fenster erkennen konnte. Und diese riesigen Scheiben wurden von nur wenigen Zentimetern glänzendem Metall umrahmt.

Sein Führer flüsterte etwas wie: «Ah, da sind sie!», was Bryn nur aus seinem überraschenden Blick und dem zitternden Finger schloss, mit dem er zur Mitte des Raumes zeigte. Dort hatte sich auf einer schwebenden Plattform eine dichtgedrängte Gruppe von Lehrmeistern zum Essen versammelt. Sie saßen auf großen Sofas, die einen noch gastfreundlicheren Eindruck machten als die, die Bryn in Armaah gesehen hatte. Dort hatten normalerweise zwei, drei Leute nebeneinander Platz gefunden. Auf diesen hier konnten gleich fünf oder sechs Personen Platz finden. Und die Sofas standen nicht etwa einzeln, nein, ihre Enden gingen in einem geschwungenen Bogen nahtlos ineinander über.

Bryn wurde an einem kalten Buffet vorbeigeführt, das Augen und Nase zum Verweilen einlud, doch dann sah er

Eridanus, der im Zentrum der Sitzgruppe saß und mit einem zurückhaltenden Lächeln dem Vortrag eines jüngeren Magiers lauschte. Als sie näher herangingen, beendete der bärtige Mann mit ausgestreckten Armen seinen Vortrag, und die versammelten Köpfe nickten zustimmend – wie Puppen mit Wackelköpfen. Der Hohe Lehrmeister gestattete sich ein Lächeln, dann sagte er wieder etwas. Erneut wackelten die Köpfe; anscheinend wollte niemand sich die Blöße geben, nicht zu nicken.

«Bryn!» Eridanus entdeckte ihn, noch bevor Bryns Führer ihn hatte vorstellen können. «Entschuldigt mich bitte – ich freue mich schon darauf, unsere faszinierende Diskussion morgen fortsetzen zu können. Aber jetzt muss ich erst einmal meinen Gast begrüßen, Bryn Bellyset.»

Der Hohe Lehrmeister erhob sich, aber nicht um die Runde zu verlassen. Nein, überraschend schnell standen die alten Männer und Frauen auf und gingen. Im Vorbeigehen nickten Bryn einige von ihnen zu.

«Seit wann interessiert sich Eridanus für *Geschäfte*?», hörte er einen der Lehrmeister sagen.

Bryn drehte sich um und wollte seinem Führer danken, aber der war bereits mit den anderen zusammen verschwunden. Vielleicht war das Geflüster, das er gehört hatte, ein Abschiedsgruß gewesen. Als alle gegangen waren, kam Eridanus, noch immer lächelnd, zu ihm herüber und ergriff seine Hand.

«Willkommen, mein Freund. Sag mir – ist man mit Pentakylismus in der Lage, eine versteckte Stadt zu finden?»

«Vielleicht. Aber dieses Mal habe ich die Warnung eines guten Freundes dazu genutzt.»

«Und die Regeln gebrochen, vor denen ich dich gewarnt habe. Hervorragend.» Eridanus' eigenartig gefärbte Augen tanzten. «Komm, du musst hungrig sein. Bedien dich.»

Und genau das tat Bryn, auch wenn er sich dabei etwas unbehaglich fühlte, weil der Magier offensichtlich selbst nicht essen wollte, sondern einfach dasaß und wartete. Schließlich ging Bryn mit einer Platte voll Speck, Käse, Brot und Früchten zu den Sofas und setzte sich auf eines, das weder Armlehnen noch Kopfstützen hatte, unter seinem Gewicht aber angenehm nachgab. Leider war kein Tisch dort, auf dem er die Platte abstellen konnte, aber als er sie auf den Boden legen wollte, schwebte sie zu seiner Freude wie von selbst in der Luft.

Selbst von der Mitte des Raumes aus hatten sie einen herrlichen Blick auf die Turmspitzen der Stadt. Während er aß, betrachtete Bryn einen eleganten Turm in der Ferne, knapp am linken Ohr des Magiers vorbei. Schließlich sagte er: «Ihr hättet sie doch nicht alle wegschicken müssen.»

«Oh, ich habe nur die günstige Gelegenheit genutzt.» Eridanus strich sich über die glatten roten Wangen. «Was führt dich nach Itrim?»

So knapp wie möglich erzählte Bryn ihm die ganze Geschichte: dass er nach einem Weg suche, den Wahnsinn zu bekämpfen, weil er glaubte, diese Aufgabe geerbt zu haben, und dass er hoffte, mit Magnarion und dem Codex Sanguis möglicherweise eine Wiederbelebung der Culmus Sangui von einst schaffen zu können. Er erzählte Eridanus von seinen Ideen und bisherigen Funden, auch von Lueths Notizbuch. Abschließend sagte er: «Abgesehen davon, hier möglicherweise Informationen über den Verbleib Magnarions zu finden, dachte ich, dass ein Besuch der Stadt, in der Lueth studiert hat, mir vielleicht neue Einblicke beschert.»

«Hast du dieses Dokument bei dir?» Bryn holte das Notizbuch hervor und reichte es Eridanus. «Faszinierend. Nicht einmal ich habe gewusst, dass Lueth diese … Sprache …

schreiben konnte.» Ohne hochzuschauen, zeigte er auf Bryns Schwert. «Es sind dieselben Zeichen wie auf deinem Culmus, oder?»

«Und wie auf einer Tafel an unserer Familienvilla.»

«Ist das so? Ich fürchte, ich kann sie nicht lesen. Und auch niemand, den ich kenne.»

«Oh, ich kann es.» Bryn versuchte, nicht allzu selbstgefällig zu klingen. «Ich kann es nicht richtig erklären, aber man kann sie nicht mit den Augen lesen. Sie sind wie eine Sprache im Geist. Auf der Bellyset-Tafel geht es um die *Wahrheit*, und auf meinem Schwert steht: *Dieses Schwert kann für Gutes oder Böses blankgezogen werden.*»

«Vielleicht ist es die verlorene Sprache der Plimpe.» Eridanus fuhr mit der Hand durch die übliche, etwas jugendlich anmutende Unordnung aus weißen und grauen Strähnen auf seinem Kopf. «Ich würde es ja gern zu Studienzwecken behalten, aber leider wird das nicht viel bringen. Es gibt noch andere Funde mit diesen Schriftzeichen, aus Zeiten vor unserer, und niemand in Itrim oder der Gilde, die du vor kurzem kennengelernt hast, war in den letzten Jahrhunderten in der Lage, ihren Sinn zu entschlüsseln.»

Der Magier streckte Bryn das Buch hin, hielt es jedoch fest, als Bryn es an sich nehmen wollte. Der Barue blickte in seine kraftvollen Augen. «Diese Geheimnisse mögen für unseren Kampf unschätzbaren Wert haben. Aber du darfst niemals, nicht für eine einzige Sekunde vergessen, wohin sie Lueth geführt haben. Vergiss niemals, was aus ihm geworden ist.»

Bryn nickte und nahm das Buch.

«Ich vertraue dir, Bryn … wie ich einst Nequam vertraut habe.» Eridanus seufzte. «Ich werde dir jede Unterstützung zukommen lassen, die ich kann. Du brauchst nur zu fragen. Wenn ich Lueths verrückte Ideen nur mehr beachtet und ihm geholfen hätte, zu erkennen, wann er möglicherweise den falschen Weg einschlug, vielleicht wäre er nie so tief gefallen. Bryn, glaube nicht alles, was du liest. Und mache auf keinen Fall den Fehler, den ich gemacht habe – *du darfst Nequam nicht trauen.*»

«Wie soll ich unterscheiden können, ob er gerade die Wahrheit sagt oder ob er nur glaubt, es zu tun?»

Die stolze Säule, jetzt hinter Eridanus' rechtem Ohr, leuchtete wie gebleichte Knochen in der Mittagssonne. «Trage jede Entdeckung, auf deren Grundlage du etwas unternehmen willst, erst der Gilde vor. Wir werden ihren Wahrheitsgehalt untersuchen und zusammen die besten Optionen beraten. Nun iss auf, und ich werde dir erzählen, wo du deine Suche am besten beginnst.»

Der Hohe Lehrmeister empfahl ihm, mit dem «Archivar» zu sprechen, der die Annalen von Itrim verwaltete. Er sei eine äußerst ergiebige Quelle und Torwächter des Wissens und obendrein eine Art Verbündeter der Gilde, denn er arbeitete mit ihnen zusammen, wenn es darum ging, geheime Unterlagen zu verstecken – manchmal so gut, als hätte es sie nie gegeben.

Während Bryn aß, fiel ihm etwas Seltsames auf. Zunächst glaubte er, sein Freund hätte sich einfach anders hingesetzt, weil der Turm, der erst hinter Eridanus' linkem Ohr gewesen war, sich plötzlich hinter seinem rechten Ohr befand … aber etwas später befand sich der Turm gut einen *Meter* rechts neben ihm, und sie saßen doch immer noch an derselben Stelle. Als Eridanus seinen nachdenklichen Blick bemerkte, lachte er.

«Der Raum ohne Ende dreht sich gegen den Uhrzeigersinn, damit faule alte Leute wie ich sich nicht großartig bewegen müssen, um einen schönen Überblick über die ganze Stadt zu erhalten.» Er stand auf. «Was bin ich doch für ein schlechter Gastgeber! Ich habe diesen Ausblick jeden Tag, aber du bist hier ein Fremdling in meinem Reich.»

Als sie zu den Panoramafenstern hinübergingen, musste Bryn denken, dass Eridanus nicht nur der ranghöchste Magier in Calaspia war, sondern auch eine Art König von Itrim. Bryn konnte sich eine solche Vertrautheit zum Beispiel mit König Ureof von Arleath oder Lady Turissa von Bel-Tued nicht vorstellen – obwohl er ja auch die Imperatorin Peasmi persönlich kannte. Aber hatte zwischen Eridanus und ihm nicht schon immer eine Art Vertrautheit bestanden?

Sie traten direkt bis an die Kristallfenster heran, und Bryn blieb bei seinem ersten Blick auf die Stadt der Türme die Luft weg. Wenn Mittni gewusst hätte, dass er nach *Itrim* gehen würde, hätte ihn nichts davon abhalten können mitzukommen. Welches andere Königreich hatte eine Hauptstadt, die die meisten Einwohner nicht finden konnten, noch nicht einmal auf einer Landkarte?

Die gesamte Stadt war von einem tosenden Fluss umgeben. Der Ursprung dieses Flusses war ein Wasserfall nördlich der Stadt, und er verschwand auch wieder in einem Wasserfall: Aber nicht in einem anderen, erkannte Bryn, als er dem Flussverlauf mit den Augen folgte – es war derselbe Wasserfall. Sosehr er auch suchte, er konnte nicht erkennen, wo der Fluss bergauf floss.

«Das ist die magische Grenze von Itrim», sagte Eridanus. «Andere sehen nur den Fluss, einen einzelnen Strom, der nicht im Kreis fließt, sondern im Untergrund verschwindet. Siehst du die vier Türme dort drüben? Das sind die Dekantürme.»

Die Stadt hatte nicht ganz so viele Türme, wie Bryn sich vorgestellt hatte – schließlich wurde sie ja die Stadt der Türme genannt. Andererseits fanden auch nicht besonders viele

Leute heraus, wie die Stadt tatsächlich aussah. Die Dekantürme, so erklärte ihm Eridanus, seien neben dem Turm von Itlin, auf dem sie sich gerade befanden, die höchsten Türme und gefährlich dünn. Ihre Spitzen wurden breiter, sodass sie oben mehr Platz boten als unten und dem Ganzen einen etwas instabilen Ausdruck verliehen, der sie gleichzeitig unvergleichlich elegant erscheinen ließ. Die vier Türme waren identisch und bildeten zusammen mit ihren Verbindungswegen ein Quadrat.

Der Bereich innerhalb dieses Quadrats war das «Innere Itrim» mit den Schulen und den wichtigsten Gebäuden. Geschäfte waren dort verboten. Alles außerhalb des Quadrats wurde als das «Äußere Itrim» bezeichnet. Dort waren die meisten Studenten untergebracht, und dort wurden in Laboren, die mehr Platz benötigten, als das kompakte Innere Itrim bieten konnte, Experimente durchgeführt. Seit Jahrhunderten war hier nichts mehr gebaut worden. Der Erinnerung nach hatte alles, was hier stand, schon immer genau so hier gestanden, zumindest im äußeren Bereich. Trotzdem sah nichts alt aus, weder die Materialien noch die Architektur. Im Gegenteil, Bryn fand, dass etwas an der eleganten Schönheit der Bauten sie zeitlos erschienen ließ. Sie waren gleichzeitig modern und antik. Stahl und Glas mischten sich harmonisch mit Stein und Marmor, reflektierten den Himmel und die Stadt und zweifelsohne auch die hochtrabenden Gedanken der Einwohner. Einen solchen Baustil hatte Bryn noch nie gesehen. Armaah, die modernste Stadt des Imperiums, war im Vergleich hiermit nicht nur schmutzig, sondern in Bezug auf die Architektur auch protzig und überladen. Die Glasgänge, Springbrunnen und Skulpturen waren eindeutig die Grundlage für Okolnits Inspiration gewesen, obwohl keines der Gebäude des abtrünnigen Lehrmeisters dasselbe ehrwürdige Gefühl des Alters ausstrahlte. Eridanus erinnerte Bryn daran, dass Itrim älter als das Imperium war. Er zeigte ihm «unser neuestes Gebäude, das vor dreihundert Jahren erbaut wurde».

Bryns Blick blieb auf einem grünen Flecken hängen, der sich gegenüber dem immerwährenden Wasserfall befand. Dort bestand der gesamte südliche Teil des Äußeren Itrim aus den Gärten, einer Waldfläche, in der alle bekannten Pflanzenarten angepflanzt wurden. «Eine meiner ersten Expeditionen als Lehrmeister ging in die Westlichen Gefilde. Von dort habe ich zwölf unbekannte Arten mitgebracht. Und dann natürlich auch noch verschiedene Tiere, aber die werden woanders gehalten.»

In Bryn breitete sich ein Gefühl der Freude aus, während er mit offenem Mund auf diese überwältigende Stadt herunterblickte. Aus den cremigen Farben der Steinbauten stachen helle Spritzer hervor, wo fruchttragende Bäume oder Blumenbeete wuchsen. Es war ein einzigartiger Anblick: Die zerfurchten Rasenflächen breiteten sich wie Schachfelder zwischen den Höfen aus. Bryn mochte besonders die glitzernden Springbrunnen, in deren Umgebung sicher eine angenehme Kühle herrschte.

Nach diesem ausführlichen Blick auf die Stadt wollte Bryn den Raum ohne Ende verlassen. Sie verabredeten sich zum Abendessen, und kurz bevor Bryn ging, versicherte Eridanus ihm noch: «Du wirst für die Dauer deines Besuchs mein Gast sein. Ich verfüge hier in diesem Turm über ein Gästezimmer, das du, solange du willst, benutzen kannst.»

Bryn dankte ihm und ging zurück zum Lift. Er untersuchte die Wände, konnte aber weder Zahlen noch Symbole finden. Dann fiel ihm ein, wie der Führer gesagt hatte, wohin sie wollten, also probierte er es aus und sagte einfach: «Erdgeschoss.» Als sich die Türen wieder öffneten, lag vor ihm ein vom Rest des Stockwerks getrennter Empfangsbereich. Das Stockwerk war um einiges kleiner als der Raum ohne Ende. Auf dem Weg zu den zentralen Drehtüren kam er an Schildern vorbei, die vom Boden bis an die Decke reichten. Nach den Begriffen zu urteilen, die in die goldenen Schilder eingraviert waren – *Mythische Geschichte*, *Magische Materialien*, *Äther* mit Unterkategorien wie *Wellen und Objekte in der Unsichtbaren Welt* –, handelte es sich wohl um Hinweise, welche Stockwerke sich welchem Thema widmeten.

Durch die Drehtüren trat er in eine gartenähnliche Außenanlage hinaus. Unter seinen Füßen floss in zu diesem Zweck in den gepflasterten Weg eingelassenen Rillen Wasser dahin. Das Wasser bildete einen kleinen Wassergraben um den Turm von Itlin, einige Zentimeter neben den glatten Wänden – und sogar diese waren von Wellen überflutet, kleine Bäche, die in geraden Linien an der Seite von Itrims höchstem Turm herunterströmten.

Bryn trat ein paar Schritte zurück, um den Turm von außen zu bewundern. Dann atmete er einige Male tief durch – er konnte das Alter und das Wissen in der Luft praktisch schmecken. Mit gewecktem Entdeckergeist drehte er sich um und ging rasch los, um so schnell wie möglich so viel wie möglich zu sehen. Hier gab es so viel zu bestaunen – zu viel. Jedes Gebäude war eine Ablenkung. Er nahm sich vor, nur einmal um den Block zu gehen. Aber selbst das dauerte nicht nur viel länger, als er gedacht hatte, nein, am Ende angekommen, ging er wie von selbst weiter, angezogen von der nächsten Attraktion wie eine Biene von einer herrlichen Blume.

Im Inneren Itrim schien jeder Grashalm nachgemessen und beschnitten zu werden, bevor er seine ideale Länge überschreiten konnte. Das Gras war so kurz geschnitten wie nirgendwo anders. Es sah so ähnlich aus wie das in Armaah und den

Gärten von Bel-Tued, aber es war viel üppiger. Einmal sah er ein großes, breites Rad, das wie von selbst über den Rasen eines Innenhofs rollte. Verzierte und wellenförmige Dächer, verträumte und würdevolle Türmchen – die Gebäude sahen wie aus Stein gewachsen aus. Wo Efeu, grün und rostrot, an den stolzen Wänden wuchs, schien es genau dort einfach hinzugehören, spross aus den Wänden wie zu ihrer Vervollständigung, wie ein Bart aus einem weisen Gesicht. Im Imperium hatte Bryn ähnliche Bauten gesehen, die sich bemühten, in den Himmel zu wachsen. Diese Gebäude hier brauchten sich gar nicht zu bemühen, sie streckten sich mühelos in die Höhe. Offensichtlich waren diese kleineren Türme die Namensgeber der Stadt.

Schließlich kam Bryn bei seinem ersten Ziel an, dem Archiv, dem Herzstück der Bibliothek von Itrim. Er erstieg die zahllosen Stufen, und oben angekommen, lauschte er der hier herrschenden Grabesstille. Im Gegensatz zu den anderen Gebäuden, die offen, luftig und gut beleuchtet waren, war es im Archiv dämmrig und staubig. Eridanus hatte ihm gesagt, es sei eines der ältesten Gebäude hier, und Bryn konnte das regelrecht spüren. Die spröde Erhabenheit der Vorhalle – zahllose Treppen, die wirkten, als ob der Stein sich unter seinem eigenen Gewicht verformt hatte, um die menschlichen Eindringlinge hereinzulassen – machte einer großen Halle mit getäfeltem Holz Platz, das zwar poliert, aber trotzdem staubig aussah. Hier breiteten in Gewänder gekleidete Gelehrte in den kleinen Lichtkreisen ihrer Lampen ihre Unterlagen auf langen Tischen aus, während Kollegen suchend an den endlosen Regalreihen hin und her schlurften.

Es gab abgetrennte Bereiche für Lehrmeister. Auf dem Weg in den dritten Stock, von wo aus der leitende Bibliothekar, «der Archivar», über ein Dutzend weitere Bibliothekare herrschte, kam Bryn an immer geheimnisvolleren Abteilungen vorbei. Schließlich hatte er sein Ziel erreicht.

Der Archivar war ein runzeliger alter Mann, und alles an ihm war staubig, von dem mausgrauen Farbton seiner Augen bis zu seinen verfilzten Hausschuhen. Seine flaumigen Haare hätten genauso gut Staubflusen sein können. Bryn dachte, er würde sich in einer Staubwolke auflösen müssen, wenn ihm jemand einen Stoß versetzen würde. Was er an persönlicher Pflege vermissen ließ, schien er jedoch mehrfach in die Leitung und Organisation seiner Domäne zu investieren.

«Magnarion!», flüsterte der Alte, als er sich Bryns Geschichte angehört hatte, und zog den jungen Barue verschwörerisch beiseite. Er hatte den süßlichen Geruch eines lebhaften, alten Mannes, nur etwas überdeckt durch den Duft von frischem Staub. «Ein äußerst geheimnisvolles Studienobjekt. Ich fürchte, im Archiv gibt es nur verschleierte Hinweise auf das Schwert des Apheristen, und nur wenig von dem, was in den letzten fünfhundert Jahren geschrieben wurde, kann man ernst nehmen. Unglücklicherweise hilft auch alles, was davor geschrieben wurde, aus offensichtlichen Gründen nicht wirklich weiter.» Er hatte eine dünne, sanfte Stimme, als ob selbst auf seiner Lunge eine dünne Staubschicht liegen würde. «Namen ändern sich, und Orte an sich.»

Der große, dünne, gebeugte Archivar hustete und klopfte sich auf die uralte Jacke, sodass eine Staubwolke aufstieg. «Der Großteil meiner Archive sagt übereinstimmend aus, dass der Apherist mit Magnarion gesehen wurden als er starb. Interessant, dass Ihr Euch danach erkundigt, in der Tat. Erst neulich war jemand an der Echtheit von Magnarion interessiert …»

Bryn erstarrte. Noch jemand suchte nach Magnarion? Der Alte zog ein staubiges Taschentuch aus einer staubigen Tasche und putzte sich die Nase. Bryn mahnte sich zur Ruhe. Wer auch immer nach Magnarion suchte, musste nicht zwangsläufig böse sein, schließlich gab es noch andere Leute, die wollten, dass es Calaspia gut erging! Er sollte sich ermutigt fühlen.

«Was habt Ihr ihm gesagt?», fragte Bryn.

«Dasselbe, was ich Euch sagen werde.» Der Archivar steckte das krümelige Taschentuch wieder weg und streckte die gebeugten Schultern. «Einer Legende nach haben die Drachenritter Magnarion in ihren Tempel gebracht, als der Apherist starb, und es dort zu seinem Gedenken aufbewahrt. Ob diese Geschichte stimmt oder nicht: Fakt ist, dass das Schwert seitdem nicht mehr gesehen wurde. Soweit wir wissen, befindet es sich immer noch dort.»

Bryn unterdrückte ein Zittern. Wie es hieß, wurden die Drachenritter später zu den Tahl Uthnae. «Und wo befindet sich dieser Tempel?»

Der Archivar fuhr sich mit der Zunge über die trockenen Lippen. «Das ist das Problem. Niemand weiß, wo sich der Tempel von Tahl befindet … Ihr solltet Euch mit Dekanin Nydia unterhalten – sie ist die führende Magnarion-Gelehrte in Calaspia und der einzige Lehrmeister, der wirklich etwas aus eigener Hand dazu zu sagen hat. Eigentlich waren wir heute zum Mittagessen verabredet, aber sie hatte sicherlich wichtige Dekanpflichten zu erledigen. Sie hat einen sehr wichtigen Posten mit einem unvorhersehbaren Zeitplan.»

Der Archivar erklärte Bryn, in welchem der vier Türme Nydia wohnte und wie er zu ihr kommen würde. Bryn war so aufgeregt, möglicherweise den Ruhesitz des mächtigen Schwerts herauszubekommen, dass er am liebsten sofort losgelaufen wäre. Aber als er auf die Straße hinaustrat und über die Stadt zu dem fernen Turm blickte, erkannte er, dass er dann seine Verabredung mit Eridanus verpassen würde.

Dieses Mal aßen sie in den Privaträumen des Hohen Lehrmeisters. Bryn fragte ihn, warum er nicht hatte zaubern können, als er von den Nurgor überfallen und von den Lehrmeistern gefangen genommen worden war. Er beschrieb das Netz und die Handschellen, und der Magier erklärte ihm, dass es noch andere physische Manifestationen von Elementen der Unsichtbaren Welt gab als Schwarzgold.

«Nurkis ist die Manifestation des eigentlichen *Nichts*. Es steht für das, was die Welten voneinander trennt. Es wird hauptsächlich zum Schutz vor magischen Einflüssen verwendet – oder überhaupt vor irgendwelchen Einflüssen – und stellt die wirksamste bekannte Negation von Magie dar. Daneben gibt es noch das blaue Ruagold, aus dem man die Substanz von unbehausten Seelen erschaffen kann – allerdings nicht die Seelen an sich. Dann das rote Garagold, dessen bekannteste Eigenschaft das Aufspüren von Wahnsinn ist. Und dann noch Belegold und Tanagold und einige weniger wichtige.»

Eridanus machte eine Pause. «Die Struktur des Daseins ist über viele verschiedene Ebenen ausgelegt. Das Nichts, verkörpert durch Nurkis, bildet die unvermeidliche Balance, sozusagen das Maß der Dinge, die *tatsächlich* existieren. Somit gibt es Spuren in einigen natürlichen Materialien, die Nurkis ähneln, und das ist die Erklärung für dein Netz.»

Nach dem warmen Abendessen, das Bryn an das Essen im Regere Mansionum erinnerte, einschließlich des Geschirrs, auf dem es serviert wurde, verkündete Eridanus, dass er ihm gern das originale Pentakylistische Problem zeigen würde, und sie betraten einen anderen Lift. In allen Gebäuden, die Bryn bisher gesehen hatte, standen weniger Büsten und Statuen, als er erwartet hätte. Eridanus erklärte ihm, dass nur Leuten, die schon seit über einhundert Jahren tot waren und deren Arbeiten sich noch immer bewährt hätten, für eine solche Ehre in

Betracht gezogen wurden. Schließlich wurde von jedem Lehrmeister erwartet, im Laufe seiner Karriere eine gewisse Anzahl an einzigartigen Entdeckungen zu machen.

Sie stiegen ungefähr auf halber Höhe des Turms von Itlin aus und betraten einen kleinen runden Raum, der im Vergleich zum Raum ohne Ende eher erdrückend wirkte. Eridanus führte ihn zur Mitte des Raumes und zeigte ihm das von Thrasyllus entwickelte *Pentakylistische Problem*: das Puzzle, das die Unmöglichkeit des Pentakylismus beweisen sollte. Der historische Lehrmeister selbst hatte den Pentakylismus als Mythos zur Erklärung der Kräfte des Apheristen abgelehnt, die seiner Meinung nach ebenfalls lediglich von gelangweilten Barden erfunden worden waren.

«Also müsste ich das hier und jetzt lösen können?», flüsterte Bryn und betrachtete die Kugeln forschend. Er hatte das Gefühl, als wäre es bei der Versammlung der Gilde der Kundigen um jemanden ganz anders als ihn gegangen.

«Ich wäre einigermaßen enttäuscht, wenn du es nicht vermagst», sagte Eridanus, «nachdem du es ja schon einmal geschafft hast.»

«Und dann halten mich alle für ein Wunder, ja?» Fast wollte er es schon selbst beweisen, wollte beweisen, dass Thrasyllus falschlag.

«Nein», sagte Eridanus. «Sie werden denken, dass du ein Schwindler bist. Und dann würden sie dich wie ein Tier anketten und Experimente durchführen, um herauszubekommen, wie du es gemacht hast.»

«Soll ich es tun?», fragte Bryn atemlos.

«Nein.»

Er konnte der Versuchung kaum widerstehen. Schließlich musste es ja niemand erfahren, dass er es getan hatte. Noch während diese Gedanken durch seinen Kopf schossen, bemerkte Bryn plötzlich, wie das Problem sich zu lösen begann.

Er packte Eridanus am Arm und zeigte darauf. Hatte er den Vorgang gestartet, nur indem er darüber nachgedacht hatte? Er verwarf den Gedanken, aber das Puzzle war jetzt gelöst. Dann bemerkte er, dass einige Gelehrte und Touristen zum Pentakylistischen Problem herüberkamen, und er begann zu schwitzen, und sein Herz begann zu rasen. Das Problem gehörte zu einer Ausstellung, die sich in diesem Raum befand, und nur Sekunden später starrten alle in der Nähe mit offenem Mund auf die zentrale Glasvitrine. Bryn, hochrot im Gesicht, stellte überrascht fest, dass niemand auf ihn achtete.

Der Hohe Lehrmeister räusperte sich. «Nur eine Demonstration. Eine einfache Illusion», sagte er fast verbittert und ging weg.

Bryn eilte ihm nach und hielt ihn an seinem Gewand fest. «Aber das ist es nicht!», zischte er.

Eridanus sagte nichts.

✦ 26. KAPITEL ✦

Itrim bei Nacht

Ikuyl spürte, dass er den anderen Avataren überlegen war, denn er war zuerst erschaffen worden. Er war wütend, dass Elyon ihm das kleinste, augenscheinlich unbedeutendste Volk von Calaspia anvertraut hatte (die Barue). Ikuyl verkündete, dass er es besser als die anderen Avatare könne – sogar als der Allmächtige – und dass seine Schöpfung «über alle anderen Völker triumphieren» würde. Die anderen fünf Avatare nahmen seine Herausforderung an: Ihre Völker würden gegen seine neue Schöpfung antreten, um herauszubekommen, welches Volk das beste sei. Sie dachten, die Völker würden an Kriterien wie Anzahl, Städte, Kultur und vor allem Wissen und Magie beurteilt werden. Er aber hatte eine andere Vorstellung von ihrem Wettkampf: Krieg.

— Lueths Notizbuch

Keinesfalls ist der Wahnsinn in ganz Calaspia besiegt worden, im Gegenteil, er regt sich. Ich kann sein Auf und Ab spüren … Überall kann ich seine Funken sehen, wie er das Land verformt und verzehrt.» Die Gestalt ließ den Blick über den Horizont schweifen. «Diese Aktivitäten verwirren mich. Ich kann sie spüren, aber sie ergeben keinen Sinn.»

Die tiefe Stimme klang hervorgepresst, wie Luft, die wütend aus einem Topf mit kochendem Wasser entweicht.

Eine andere hohe und zischende Stimme antwortete. *«Natürlich kannst du das nicht verstehen. Du bist blind, Ayactan. Ein unbedeutender Dämon, der sich mit Sterblichen einlässt.»*

«Wenn Ihr es versteht, mein allwissender Meister, dann flehe ich Euch an, klärt mich auf!»

«Genau das geschieht, wenn man sich mit Menschen einlässt. Zuerst sterben sie einfach, und dann halten sich die Nachkommen nicht an alte Abmachungen. Du wurdest betrogen, mächtiger Ayactan. Und selbst jetzt erkennst du das nicht.»

Die riesenhafte Gestalt stand an ihrem Lieblingsplatz und blickte über das unbenennbare Land, zapfte den Wahnsinn an, um zu sehen, wie er sich über die freien Königreiche ausbreitete. Aber sein Plan, der sich sogar nach dem Fall der Menhire – diesem unvermeidlichen Rückschlag, der jedoch schon lange überfällig gewesen war – so gut weiterentwickelt hatte, geriet außer Kontrolle.

«Ich bin betrogen worden!», brüllte Ayactan.

«Du kannst die Zeichen noch immer nicht sehen, nicht wahr?», fauchte die hohe, körperlose Stimme. «Du weißt gar nicht, was los ist, du wiederholst nur meine Worte.»

Der gepanzerte Dämon zermahlte den Stein in seiner Hand zu Staub. «Jetzt, wo Perduellis tot ist, muss ich wieder ganz von vorn anfangen! Was für eine Zeitverschwendung! Diese Narren machen nicht das, was wir erwartet haben … nicht wahr?»

Die körperlose Stimme genoss seine Ungewissheit. *«Du hast noch nicht erkannt, was sie vorhaben? Füge die Teile zusammen! Es ist doch offensichtlich. Sie gehen nicht nur nicht so vor, wie du geplant hattest, sie arbeiten deinem kostbaren Plan regelrecht entgegen!»*

«Aber wie kann das sein? Der Wahnsinn verbreitet sich doch.»

«Ihre einzelnen Handlungen entsprechen deinem Plan, aber insgesamt arbeiten sie ihm entgegen. Sie werden dich brennen lassen.»

Eine Zeitlang herrschte Stille, während Ayactan diese Neuigkeiten verarbeitete. Er untersuchte die Zeichen. Die Höhle, in der sie standen, begann zu beben wie bei einem Erdbeben. Schließlich ließ der Dämon seinem Ärger freien Lauf. Ein Schrei zerriss den Gipfel des Wahnsinns, der selbst die Wandler aufschrecken ließ.

«Wie immer muss ich das Ganze selbst in die Hand nehmen!»

«Wie immer? Wie du es nie tust, aber von Anfang an hättest tun sollen. Das einzige Mal, wo du etwas selbst in die Hand genommen hast, war bei mir.»

Ayactan trieb sein Schwert in die Wand, dass es kreischte. «Ich werde sie allesamt aufhalten und die Sache selbst zu Ende bringen.»

Die Stimme war jetzt ruhiger, als sie sagte: *«Es gibt keine Ostentum, nicht einmal Nurgor auf Ragnarok.»*

«Ich habe meine Wandler geschickt, um Chaos zu holen. Einige sind nicht zurückgekehrt.» Ayactan zog das Schwert aus dem Fels. Es glühte und zischte. «Aber noch verfügen wir über ein paar interessantere Mittel. Wie Euch zum Beispiel, Zappagrasta.»

✦ ✦ ✦

«Ihr habt Djutoris die Verantwortung für die magische Karte übergeben?», fragte Bryn erstaunt, als er mit Eridanus eintrat.

Eridanus nickte. «Djutoris kennt die Karte am besten. Er konnte nicht wieder als Dekan eingesetzt werden, denn sein alter Posten war bereits neu vergeben worden.» Auf seine Weise war Perduellis äußerst einfallsreich. Und genau das gefällt mir nicht. Er war auf so vieles vorbereitet ... Warum sollte er so einfach gehen? Was, wenn er nur die Bühne vorbereitet hat?»

Die Karte wurde von einem Rahmen aus braunem Nurkis umschlossen und war mit einer Glasplatte abgedeckt. Mehrere Lehrmeister beugten sich über die farbenprächtige Leinwand, machten sich Notizen und erteilten einigen anderen Anweisungen. Zweifelsohne gehörten sie zu den Leuten, die auch Bryn gefangen genommen hatten.

Eridanus schritt durch den Raum hinüber zu Djutoris, der bei der magischen Karte stand.

«Ah, Hoher Lehrmeister. Welche Freude.» Er machte eine kleine Verbeugung und rieb sich über die Stirn. «Wir haben gerade damit angefangen, auch Zauber der Stärke drei und der Komplexität vier zu verfolgen.»

«Gute Arbeit, mein Freund.» Eridanus klopfte dem früheren Hohen Lehrmeister auf die Schulter. «Wie du weißt, glaube ich, dass es dringendere Angelegenheiten gibt. Unsere besten Kampfmagier sollten sich um andere Dinge kümmern. Daher auch die Partnerschaft mit der apheristischen Kirche.»

«Die Bannbrecher sind schon hilfreich. Und ab sofort sollte die Sache auch einfacher werden. Sobald wir alle halbwegs fähigen Magier registriert haben, wird die Karte nur noch die echten Vergehen anzeigen.»

«Und warum kümmert man sich nicht zuerst um die?», fragte Bryn.

«Die Karte ist einfach zu überladen.» Djutoris zeigte auf ein paar verstreute rote Kleckse. «Das hier sind mächtigere Zauber, die mit Hilfe des Wahnsinns durchgeführt werden. Wenn es darum ginge, auch die kleinsten Verstöße anzuzeigen, wäre die ganze Karte voll davon und nutzlos. Dafür haben wir andere Karten.»

«Was ist mit den Begnadeten?», fragte Bryn. «Werden die auch angezeigt, wenn sie zaubern?»

Djutoris runzelte die Stirn. Seine roten Haare, das hervorspringende Kinn, der schlaue Blick, alles erinnerte Bryn an einen Fuchs. «Die Begnadeten sind ein Sonderfall. Wenn sie ihre Gabe einsetzen, ist das keine echte Magie. Es ist eine natürliche Fähigkeit, die anscheinend auf die Sichtbare Welt begrenzt ist. Also nein, sie werden nicht angezeigt. Ich kann es auch nicht ganz verstehen.»

Bryn spazierte durch den Kartenraum und betrachtete die anderen Karten, wurde dann aber von Eridanus zu sich gerufen. Der legte ihm eine Hand auf die Schulter und sagte: «Ich versichere, dass Bryn Bellyset eine ehrenamtliche Genehmigung verdient hat.»

«Aber Mylord», sagte ein anderer Mann, der Bryn von oben bis unten musterte, «dieser Raum ist nur für Magier reserviert – für *Lehrmeister* …»

Djutoris brachte seinen Kollegen mit einem Wink zum Schweigen. «Ich respektiere die Ernennung des Hohen Lehrmeisters. Meister Bellyset, legt bitte Eure Hand hierhin.»

Bryn wusste nicht, ob er der magischen Karte trauen sollte, aber er gehorchte. Wenn Eridanus dachte, dass sie in Ordnung wäre, würde er es nicht anzweifeln. Früher oder später würde er wieder zaubern müssen, ohne dass gleich irgendwelche Lehrmeister auftauchten.

«Ab sofort werdet Ihr von der Karte als autorisierter Magienutzer erkannt. Gratuliere.»

Bryn wollte die Stadt unbedingt bei Nacht sehen und hören, was Dekanin Nydia über Magnarion und den Standort des Tempels von Tahl zu sagen hatte, also machte er mit Eridanus ab, dass er ihn später in seinem Arbeitszimmer aufsuchen und dieser ihm dann sein Zimmer zeigen würde.

Das Innere Itrim breitete sich funkelnd vor ihm aus wie ein beleuchteter Diamant. Es war genau die richtige Lichtmenge: genug, um den Weg zu beleuchten, ohne die kühle, ruhige Atmosphäre der Nacht zu stören. In der Tat schien das künstliche Licht die Lichter der Nacht in keiner Weise zu schwächen oder zu beeinflussen. Stattdessen hob es die erhabenen Strukturen sanft hervor, beleuchtete Verzierungen, Säulen und bunte Glasfenster, machte aus Wasserfällen flüssiges Kristall und aus Rasenflächen Smaragdteppiche.

Bryn hatte keine Lust, sich zu verirren, nicht einmal an einem Ort, der so sicher und friedlich war wie Itrim, also blieb er auf dem Weg, der direkt zum nordöstlichen Dekanturm führte. Die Dekane – Lehrmeister, die sowohl mächtige Kampfmagier als auch geschickt in den körperlichen Kampfkünsten waren – trugen die Verantwortung für die Sicherheit von Itrim, und in ihren Türmen wurden die Stadtpatrouillen koordiniert. Der Turm bildete einen Bogen über die Straße – als hätte er Beine – und durch diese marschierten regelmäßig die Wachen. Es gab zwei Eingänge, der eine ein paar Meter im Inneren Itrim, der andere gerade eben im Äußeren Itrim. Magier und Wachen benutzten die äußere Tür, Besucher wie Bryn die innere.

Ein einem Lehrmeister in Rang und Erfahrung untergeordneter Kampfmagier hielt am Besuchereingang Wache. Der Mann, der einen roten Bart hatte und einen langen, dunklen Ledermantel trug, fragte Bryn nach seinem Namen und Begehren.

«Ich fürchte, Dekanin Nydia empfängt heute niemanden», sagte er dann. «Sie ist den ganzen Tag als beschäftigt eingetragen.»

Bryn zeigte dem Mann das Medaillon, das ihm Eridanus genau für einen solchen Fall gegeben hatte: eine Silbermünze, die so groß war wie ein Silvermoon, auf der jedoch ein Berg zu sehen war, über dessen Gipfel zwischen zwei Wolken ein Stern leuchtete.

«Das Zeichen des Hohen Lehrmeisters. Der Eintritt sei Euch gewährt.» Nachdem er anhand von Bryns Fingerabdrücken überprüft hatte, ob er wegen irgendwelcher Vergehen gesucht wurde und ob er das Zeichen auch zu Recht trug, registrierte er Bryn als Besucher und ließ ihn in den Turm ein.

«Dekanin Nydia ist in ihren Gemächern im obersten Stock.»

Auf dem Weg nach oben durch das Herz des Turmes sah Bryn in den Räumen links und rechts Leute arbeiten. Manche Türen waren auch geschlossen. Aus Gründen der Sicherheit gab es keinen Lift. Schließlich erreichte er den obersten, vollkommen stillen und dunklen Treppenabsatz und begann die letzten Stufen hinaufzusteigen.

Als er die unterste Stufe berührte, wurde die Wendeltreppe geräuschlos von einem kalten Licht überflutet. An Ende der Stufen befand sich eine Holztür, und auf der standen die Worte *Nydia Visvires, Dekanin*. Er klopfte deutlich hörbar an. Und wartete. Keine Antwort.

Wieder klopfte er gegen die Tür, dieses Mal mit dem Knauf seines Schwertes. Das laute Klopfen verhallte in den Fluchten der Steintreppe. Wieder keine Antwort.

Bryn ergriff den kühlen Türknauf und drückte. Zu seiner Überraschung schwang die Tür leise nach innen. Der Raum dahinter lag im Dunkeln. Auch hier ging in dem Augenblick, als er den Steinboden betrat, automatisch die Beleuchtung an. Es war ein wärmeres, angenehmeres Licht. Bryn kam sich vor wie ein Eindringling – was er eigentlich ja auch war.

«Dekanin Visvires?», rief er. Keine Antwort.

Hier oben war der Turm am breitesten, wie ein Kopf auf dem Hals. Soweit Bryn sehen konnte, lagen die hohen Räume in einem Kreis um den gesamten Turm herum. Einer ging in den nächsten über. Jeder Raum bot einen Ausblick auf die Stadt. An den abgerundeten Fenstern hatte sich die Luftfeuchtigkeit niedergeschlagen.

«Dekanin Nydia?»

Dieser Raum sah wie eine Besucherlounge aus. Wenn sie zu tun hatte, nahm Bryn an, würde die Dekanin sicher im Arbeitszimmer sein. Also öffnete er die nächste Tür und ging hindurch. Hier brannte das Licht bereits.

Bücherregale überragten die anderen Möbelstücke. Sein Blick fiel auf einen breiten Schreibtisch, über den sich eine Gestalt beugte, den Kopf und einen Arm auf den Tisch gelegt. Bryn war erleichtert. Kein Wunder, dass sie ihn nicht gehört hatte – sie schlief. Er räusperte sich und klopfte an die Zwischentür. Sie rührte sich nicht. Sie musste sehr tief schlafen – und das in einer eher unbequemen Position. Dann sah Bryn das umgefallene Tintenfass und die Flecken auf ihren Unterlagen – war sie in Ohnmacht gefallen? Nach einem zu anstrengenden Zauberspruch?

Bryn ging zu ihr hinüber und rüttelte sie leicht an der Schulter.

Sie war kalt und steif.

Bei seiner Berührung rutschte sie vom Stuhl und fiel seitwärts zu Boden. Ihr Kopf landete mit einem dumpfen Schlag auf dem Teppich.

Bryn fuhr zusammen. Das war keine Tinte auf dem Tisch –

es war Blut. Unfähig, sich zu bewegen, starrte er den Körper an. Ihr Schultertuch war ein wenig beiseitegerutscht und zeigte einen Streifen ihrer Haut. Mit morbider Faszination zog Bryn das Tuch beiseite.

Schwer atmend trat er einen Schritt zurück. Fast unbewusst griff er nach seinem Culmus und suchte den Raum ab. Die Leiche war schon kalt, und der Angreifer musste schon lange verschwunden sein.

Die Dekanin Nydia Visvires sah viel jünger aus, als er erwartet hätte, kaum mittleren Alters. Sie war eine schöne Frau gewesen. Jetzt klaffte zwischen ihren braunen Haaren ein blutiges Loch. Schlimmer als diese schwere Verletzung war jedoch die Verstümmelung ihrer nackten Brust: Sorgfältig waren rote Linien in ihr weißes Fleisch geritzt worden. Sie bildeten ein Wort: G-E-I-S-S-E-L.

Bryn starrte auf das vom Nabel bis zur Kehle reichende Wort hinunter. Eigentlich hätte er nach all den Verletzten und Toten, die er schon gesehen hatte, abgehärtet sein müssen. Aber dieser Anblick schlug ihn in die Flucht. Keuchend lief er den Weg zurück, den er gekommen war. Er stolperte die Treppen hinunter und wäre beinahe gestürzt.

Dann wurde ihm durch all den Schrecken dieser Schandtat eines bewusst: Er war der Hauptverdächtige. Mehrere Leute blickten auf, als er an ihnen vorbeieilte, aber er blieb erst stehen, als er die kühle, dunkle Luft draußen erreicht hatte. Der Kampfmagier packte ihn am Handgelenk.

«Die Dekanin … tot», stammelte Bryn. Das reichliche Essen, diese schockierende Entdeckung und das Herunterrennen waren zu viel: Er lehnte sich über das Geländer, das hinauf zur Tür führte, und übergab sich.

Als er sich wieder aufrichtete, sah er eine Patrouille. Ein paar von ihnen stürmten in den Turm, die anderen sicherten die

Umgebung ab. Der Kampfmagier schrie ihnen Anweisungen zu. Das Nächste, was Bryn wahrnahm, war, dass seine Arme mit Nurkis-Handschellen verschnürt wurden. Zwei Mitglieder der Patrouille zerrten ihn dem Kampfmagier hinterher, der die Treppe hocheilte. Ein paar Meter vor der Leiche holten sie ihn ein, er stand mit ausgestreckten Armen dort.

«Lasst alles so, wie es ist», ordnete er an.

Bryn konnte die Leiche nicht noch einmal ansehen. Er fühlte sich kraftlos und erschlagen. Alles, was er wollte, war sitzen oder liegen, aber die Wachen hielten ihn fest.

«Das Verbrechen ist schon vor einiger Zeit geschehen», sagte der Kampfmagier. «Es kann nicht der Junge gewesen sein. Außer …» Er wandte sich zu Bryn um und blickte ihn abschätzend an. «Egal, gehen wir auf Nummer sicher. Du, fass den Körper an!»

Der Barue war verwirrt. «Anfassen?»

«Los, los!» Als er Bryns Verwirrung erkannte, erklärte der Magier es ihm kurz in weniger schroffem Ton: «Wenn jemand durch Magie getötet wird und der Mörder den Körper berührt, blutet die Leiche. Ein einfacher Schnelltest, der nicht einfach zu umgehen ist. Also, erbringst du uns diesen Beweis deiner Unschuld?»

Bryn nickte und wurde von den Wachen zur Leiche geführt. Den Blick starr auf seine Füße gerichtet, beugte Bryn sich hinunter und berührte die Dekanin kurz sanft an der kalten Wange.

Der Kampfmagier beobachtete den Vorgang genau, und Bryn bemerkte, wie ihm Tränen in die Augen stiegen. «Kein Blut. In Ordnung.» Er drehte sich zu einer der Wachen um, die gerade hereingekommen war, und salutierte. «Und?»

«Als die letzten Besucher die Dekanin verlassen haben, war sie noch am Leben, Sir.»

«Wer waren die letzten Besucher?»

«Die letzten registrierten Besucher war die vorige Patrouille. Sie haben sich wie üblich ordnungsgemäß zurückgemeldet.»

«Gut, dann überprüft, ob die Mitglieder der Patrouille auch die gewesen sind, die es sein sollten.»

«Und was, wenn sie es selbst getan hat, Sir?», fragte ein anderer Wachsoldat. Der Kampfmagier blickte seinen Untergebenen an, als wollte er jeden Moment losbrüllen, darum fügte dieser rasch hinzu: «Nur so eine Idee, Sir. Es sind verrückte Zeiten. Der Kult und so weiter.»

Der Kampfmagier winkte ab. «Holt die vorige Patrouille her, jeden Einzelnen. Sie müssen den Körper anfassen. Wenn es von denen keiner gewesen ist, muss der Mörder auf andere Weise hereingekommen sein. Es gibt eigentlich keinen Weg, wie er das System hätte umgehen können.» Der Kampfmagier schritt im Zimmer auf und ab. «Vielleicht über das Dach. Aber ich kann mir nicht vorstellen, wie er die Abwehrzauber durchbrochen haben soll, ohne den Alarm auszulösen.»

«Wie funktioniert der Alarm?», fragte Bryn.

«Äquilibrium», sagte der Magier abwesend. «Jedes Wesen oder Objekt mit ausreichender Macht, das die Gemächer betritt, löst einen Sicherheitsalarm aus.»

Der Barue runzelte die Stirn. «Und warum hat das Überwachungssystem den Tod der Dekanin nicht bemerkt? Ihre Kräfte müssen doch verschwunden sein.»

«Nydia kam und ging manchmal, ohne die Treppe zu benutzen, aber das konnte sie nur tun, weil das System sie erkannte. Und was ihren Tod angeht – die Kräfte verschwinden allmählich und werden dadurch vielleicht nicht erfasst …»

«Also wäre es möglich, dass ein Angreifer *allmählich* hier auftaucht, die Dekanin tötet und wieder *allmählich* verschwindet?»

«Möglicherweise, aber ich kenne niemanden, der sich auf eine solche Art und Weise fortbewegen kann. Der Prozess würde ihn töten.»

«Vielleicht war es ja kein menschliches Wesen.» Bryn hob die Arme. «Können wir die wieder abmachen, wenn ich jetzt nicht mehr unter Verdacht stehe?» Der Kampfmagier nickte den Wachen zu, und sie nahmen ihm die Handschellen ab. Bryn fragte sich, wie er versuchen würde, in das Zimmer zu kommen, ohne die Tür zu benutzen, und sah sich um. «Wie langsam müsste man hereinkommen, damit man nicht registriert wird?»

«Das ist von vielen Faktoren abhängig», antwortete der Kampfmagier. «Aber wie ich schon sagte, es würde einen töten, sich so langsam zu materialisieren. Und selbst wenn man zu einer solchen Meisterleistung fähig wäre, müsste man sicher einen ganzen Tag brauchen, um unbemerkt hier hereinzukommen.»

«Aber das System hat noch immer keinen Alarm ausgelöst.» Bryn zog sein Schwert. «Was nur heißen kann, dass der Mörder vielleicht noch hier ist.»

Er ging an den beiden Magiern vorbei, die die Leiche untersuchten, und begann langsam die Unsichtbare Welt zu erkunden. Die Patrouille folgte ihm nervös, der Kampfmagier schüttelte nur den Kopf.

Bryn achtete nicht weiter auf das Gespräch, denn viele Dinge sprangen ihn hier in der Unsichtbaren Welt regelrecht an: Bücher und Gerätschaften und allerlei andere magische Gegenstände – aber kein Mörder. Allerdings waren auch noch genug Räume zu durchsuchen, also schlich er vorsichtig weiter. Schließlich kamen sie in einem Raum auf der anderen Seite des Turmes an.

«Der Salon», sagte eine der Wachen, «zur Unterhaltung der

Gäste. Die Dekanin kam nicht oft hierher. Wir haben immer im Arbeitszimmer Bericht erstattet.»

Bryn brachte ihn mit einer Handbewegung zum Schweigen und schlich mit erhobenem Culmus zum Kleiderschrank. Dort drinnen schimmerte etwas in der Unsichtbaren Welt. Er konnte nicht genau erkennen, was ihn hinter der geschützten Tür erwartete, denn sie war verstärkt worden, um Dinge aufzubewahren, die keine störenden Auswirkungen auf andere magische Vorgänge haben sollten. Bryn packte den Türknauf und zog.

Die Tür flog auf und schleuderte Bryn zu Boden. Er sah die Gestalt eines Mannes aus dem Schrank fließen; er flimmerte irgendwie, als wäre er gar nicht körperlich vorhanden. Bryn sprang auf, um ihn aufzuhalten, aber noch bevor er ihn erreicht hatte, schimmerte die Gestalt auf und trieb auseinander und stieg zur Decke auf. Die Patrouille schoss verschiedene Zauber auf sie ab, die jedoch harmlos durch sie hindurchflogen. Bryn hatte keinen Zweifel daran, dass es sich hierbei um Nydias Mörder handelte.

Der fleischfarbene Nebel sickerte in die Decke ein. Bryn sprang auf ein Sofa und von dort zum Fenster. Mit einer Hand packte er den Vorhang und zertrat gleichzeitig die Scheibe. Das Glas splitterte, und plötzlich hing Bryn mit den Beinen im Freien. Weit unter ihm lagen die beleuchteten Straßen von Itrim.

Es war, wie er vermutet hatte: Das Dach fiel zuerst ein Stück steil ab, bildete vor seinem Rand aber eine kleine ebene Fläche. Der Feind war bereits dort unten und beugte sich über den Rand. Bryn steckte sein Schwert in die Scheide und ließ den Vorhang los. Erstaunte Gesichter blickten ihm nach, als er nach unten rutschte.

Um besser sehen zu können, rutschte er zuerst auf dem

Rücken herunter, dann drehte er sich kurz vor dem Rand schnell auf den Bauch und packte die Regenrinne. Wieder baumelten seine Beine in der Luft. Er blieb einen Moment hängen und musterte den Balkon weiter unten. Dann holte er zwei-, dreimal Schwung, ließ los und landete auf dem Balkon.

Der Balkon war nicht ganz so groß, wie er im Zwielicht gedacht hatte: Bryn knallte mit der Schulter gegen den hervorstehenden Türrahmen. Er schluckte den Schmerz herunter und zog sich an den Rand. Der geisterhafte Mörder war bereits am Boden des Turmes angekommen. Sie befanden sich auf der Rückseite des Gebäudes, und so wie es aussah, wussten die wenigen Magier dort unten genauso wenig, wie sie den Angreifer aufhalten sollten, wie die hier oben. Der Barue kletterte über das Geländer und rutschte an der Regenrinne hinunter.

Das letzte Stück sprang er, dann lief er los, ehe der Feind in der Dunkelheit verschwinden konnte. Rufe schallten vom Dekanturm herüber, sie wurden von der Nacht verschluckt wie Bryn von den friedlichen Gärten. Als er aus dem Garten herausschoss, hatte Bryn endlich wieder ein freies Sichtfeld vor sich. Der Mörder war direkt vor ihm, jetzt ein normaler Mensch. Bryn zwang sich dazu, ruhiger zu atmen. Er atmete einige Male tief ein und aus, dann jagte er ihm nach. Ein Geist konnte ihm vielleicht entkommen, ein Mensch sicher nicht.

Mehrmals versuchte der Mörder, sich durch eine Mauer fließen zu lassen, aber immer kam Bryn ihm zu nahe, sodass er weiterflüchten musste. Er schien sich in Itrim gut auszukennen – oder er hatte viel Glück, wenn er um irgendwelche dunklen Ecken lief, nicht in einer Sackgasse zu landen. Mehrere Minuten lang ging die Jagd durch die schlafenden Bezirke der Stadt, bis Bryn völlig die Orientierung verloren hatte. Es war ihm egal. Der Mörder wurde müde.

Als er das nächste Mal einen freien Blick auf den Flüchtigen hatte, sammelte Bryn eine Handvoll Psychallium und warf unsichtbare Fesseln nach den Füßen des Mannes. Jetzt, wo er ein Mensch war, dachte Bryn, war er vielleicht durch Magie verwundbar. Für eine Sekunde lief der Mann nicht mehr, nein, er glitt über den Zauber wie Dampf – wie ein Wandler –, und dann war er wieder ein Mann. Bryn spürte, wie der Kerl sich über ihn amüsierte, und das fachte seine Wut nur noch an. Plötzlich kam er ins Straucheln – er war in seinen eigenen Zauber gelaufen.

Fluchend knallte er mit den Knien und Ellbogen auf die gepflasterte Straße, war aber so geistesgegenwärtig, den Zauber aufzuheben. Blitzschnell war der Culmus Sangui wieder oben und sprintete weiter, aber er hatte kostbare Zeit verloren – der Widersacher hatte seine geisterhafte Gestalt angenommen und war durch eine Wand gesickert. Bryn zog sich hoch und kletterte hinüber. Er landete in einem verlassenen Garten im Äußeren Itrim.

Eine der Laternen an einem Weg leuchtete bereits, also musste jemand diesen Weg entlanggegangen sein. Aber Bryn konnte weder sichtbare noch unsichtbare Spuren entdecken. Wie hatte der mysteriöse Mörder so schnell verschwinden können, und warum hatte er es nicht schon vorher so gemacht? Er musste noch immer hier sein, versteckt – vielleicht *in* einem der Baumstämme oder … unter der Erde.

Kaum war Bryn dieser Gedanke gekommen, sah er auch schon die Öffnung. Er hievte die Abdeckung der Einstiegsluke beiseite, sammelte ein paar kleine Steine ein, in denen er mit Hilfe eines Zaubers das reflektierende Licht der Laterne einfing, und kletterte in den dunklen, feuchten Schacht. Er ließ einen der Steine hinunterfallen. Nach ungefähr fünf Metern schlug er auf dem Boden auf. Bryn ließ die Luke offen und kletterte hinunter. Unten schob er den Stein mit dem Fuß ein Stück zur Seite – er rutschte über eine Kante und fiel weiter hinunter. Offensichtlich war das hier nur eine Art Absatz. Seufzend stieg Bryn weiter hinunter.

Unten angekommen, erstreckte sich ein Weg nach links und nach rechts. Sollte er die Spur jetzt doch verloren haben? Nein, hier rechts hing eindeutig Magie in der Luft.

Rasch lief er los, die Steine in die Höhe gereckt, damit er sehen konnte, wie hoch die Decke war. Immer wieder warf er einen Blick in die Unsichtbare Welt. Er kam dem Mörder näher …

Um eine Ecke und die nächste lief er den nach unten führenden Tunnel hinunter, dann sah er plötzlich eine Gestalt. Blitzschnell zog er sein Schwert, aber schon wurde sein Arm steif, und er konnte nicht zustechen. Ein schwacher Lichtschein fiel auf das Gesicht von Eridanus. Die Farbe seiner Wangen war kräftiger als sonst. Davon abgesehen, war der Hohe Lehrmeister so ruhig wie immer.

«Bryn, schnell. Er ist in der Wand verschwunden, aber er kann sich dort nur ein paar Sekunden verstecken. Das heißt, er wird gleich irgendwo hier im Tunnel oder auf der anderen Seite wieder auftauchen. Geh du nach links – der Tunnel macht eine Kurve –, wir treffen uns dort.»

Ohne weitere Erklärung drehte der Magier sich um und lief los. Mit dem Schwert in der Hand spurtete Bryn in die entgegengesetzte Richtung. Ein paar Schritte weiter kam eine scharfe Kurve. Nichts war zu sehen. Gleich würde ihm Eridanus entgegenkommen … Da schoss eine Hand aus der Wand und packte Bryn an der Schwerthand. Er schrie auf und schlug mit der anderen Hand zu. Ein grinsender Mann mit roten Augen hielt ihn fest. Die leuchtenden Steine fielen zu Boden, und das Gesicht des Mannes verschwand im Dunkeln.

Zumindest hatte er jetzt wieder einen menschlichen Körper. Und wahnsinnige Kräfte. Bryn trat ihm in den Bauch, aber egal, was er tat, der Mann ließ nicht los.

«Eridanus!», rief er. «Hier! Hilfe!»

Keine Antwort. Der Barue packte fest zu und versuchte, den Mörder zu Boden zu drücken – aber stattdessen landete er selbst im Dreck. *Oh, komm schon*, rief er sich selbst zu, *du bist schließlich ein Pentakylist!*

Auf der Suche nach irgendeiner Hilfe taumelte er durch die Unsichtbare Welt, dann roch er den fürchterlichen Gestank des Wahnsinns. Er saugte den Ergeomorphismus und das Psychallium im Tunnel auf und ließ Bryns Kräfte schwinden.

Aber der Pentakylismus soll doch angeblich *alle fünf* Zweige der Magie beherrschen – also auch die verbotenen. Bryn hatte Angst davor, was geschehen würde, aber er streckte sich dem Wahnsinn entgegen und zupfte vorsichtig daran. Zu seiner Überraschung fand er nicht nur die Kraft zum Zaubern: Die verdrehten, erdrückenden Stränge entwirrten sich, ließen ihn mit einzelnen Elementen zurück. Aber sie waren nicht wirklich einzeln, sie waren auf eine Art und Weise vereint, wie er es noch nie gesehen oder sich auch nur hatte vorstellen können.

Der Mörder von Dekanin Nydia knurrte ihn an und schnappte nach ihm wie ein Hund. Bryn schüttelte ihn ab und hob sein Schwert. Er ließ es auf den Mörder heruntersausen. Der hatte sich jedoch blitzschnell in eine geisterähnliche Form verwandelt. Bryn wollte seinen Angriff in der Unsichtbaren Welt fortsetzen, da bemerkte er, dass der Mörder weiter und weiter von ihm forttrieb, ihm dabei jedoch die ganze Zeit das Gesicht zuwandte – eine seltsame Art zu fliehen. Dann sah Bryn ein anderes helles Licht: Eridanus.

Ohne den Mörder zu berühren, hatte der Magier ihn an die Wand gedrückt. Ständig änderte er seine Form – von Mensch zu Geist, von Geist zu Mensch –, aber er konnte nicht entkommen.

«Wer hat dich geschickt?», fragte Eridanus streng, aber ruhig.

Die Kreatur fauchte und spuckte.

Eridanus hob die Hand, und der Mörder krümmte sich zusammen wie vor Schmerz, aber zwischen den Krämpfen lachte er. Bryn näherte sich den beiden mit gezücktem Schwert. Er vermied es, dem Feind ins Gesicht zu schauen. Immer wenn der Mann durch dieses andere Wesen ersetzt wurde – denn Bryn konnte zwei verschiedene Persönlichkeiten spüren –, wirbelten seine gespenstischen Umrisse auf wie eine allmählich dünner werdende Aura. Schließlich waren beide Wesen gleichzeitig hier, die Aura umschwebte den Mann wie eine Wolke. Der Hohe Lehrmeister hob seinen Stab wie zum Gruß ein Stück hoch. Der Mann wurde gegen die schleimige Wand gedrückt und schrie, während sich das Phantom auflöste. Die roten Augen wurden sanfter, bis sie schließlich braun waren. Nur die Ränder der Pupillen waren noch rot.

«Wer bist du und wer ist dein Meister?», fragte Eridanus.

«Leute wie Ihr nennen mich einen Garamanen», knurrte der Mann. «Es ist egal, auf welcher *Seite* ich stehe, denn letzten Endes dienen wir alle demselben Meister.» Er sah Eridanus spöttisch an. «Ich warte auf die Geißel. Sie lässt sich nicht mehr aufhalten.»

«Ich sehe, dass du ein Garamane bist und ein unerträglicher Wahnarchist.» Eridanus biss die Zähne zusammen. «Hast du Dekanin Visvires getötet?» Der Mann nickte lächelnd. «Auf wessen Befehl hin?»

«Im Dienst der Geißel.»

«Ist der Kultivator mit der Maske dafür verantwortlich?»

Stille.

«Wie bist du nach Itrim gekommen, und wie lange bist du schon hier?»

Plötzlich zuckten die Augen des Mannes in alle Richtungen. Als er keine Fluchtmöglichkeit finden konnte, krümmte er sich zusammen. Er mahlte mit den Zähnen, die Venen standen heraus – es sah aus, als würde er jeden Muskel seines Körpers anspannen. Bryn wollte eingreifen, aber der Hohe Lehrmeister hielt ihn zurück. Das Pochen der Venen auf seinem Hals und seiner Stirn breitete sich über den ganzen Körper aus. Mit jedem Herzschlag wurde sein Fleisch knorriger, als würden die Venen sein Blut aus der körperlichen Welt hinauspumpen. Nur einen Augenblick später war alles vorbei. Sie blickten auf die Überbleibsel einer verschrumpelten Leiche mit eingesunkenem Gesicht hinunter. Bryn konnte sie kaum als die Reste eines Menschen erkennen.

Eridanus seufzte. «Das ist ein weiteres Problem mit den Garamanen. Er hat sich selbst geopfert: Sie sind so heiß darauf, *Teil der Einheit* des Wahnsinns zu werden, *wie ein Tropfen im Ozean* – eine höchst alberne Theorie, wenn man bedenkt, dass der Wahnsinn die zersplittertste, unvollständigste und parasitärste Sache überhaupt ist. Nun, so ist uns jetzt weder der Mensch noch der Geist geblieben.»

«Was war das?», stammelte Bryn.

«Eine Symbiose», antwortete Eridanus und wandte sich ab. Bryn folgte ihm, ohne noch einen Blick zurückzuwerfen. «Das erklärt auch, warum das Sicherheitssystem ihn nicht erkannt hat. Der Mann war ein Garamane, der Geist einer der gefährlichsten Art von Wandlern. Ich habe nicht gewusst, dass eine solche Symbiose möglich ist. Das lässt nichts Gutes erwarten. Es ist ein sehr schlechtes Zeichen, denn es bedeutet, dass wir den Wahnsinn völlig unterschätzt haben – wieder einmal.»

«Warum haben sie die Dekanin umgebracht?», fragte Bryn.

«Eine reine Propagandaaktion», murmelte Eridanus. «Jeden, der so etwas vermag, muss man ernst nehmen. Niemand ist mehr sicher. Die Geißel kann dich überall erwischen. So in diese Richtung. Unglücklicherweise gehörte es zu ihrem Plan, meine klügste Dekanin zu ermorden.»

Bryn steckte geistesabwesend sein Culmus zurück in die Scheide. Der Weg wurde von den «Leuchtkäfern» des Hohen Lehrmeisters beleuchtet, einem selbsttätigen ergeomorphischen Lichteffekt. «Onkel Nemo hat die Geißel erwähnt. Und Rameon hat von den Aktivitäten der Kulte berichtet.»

«Du hast mit Nemo gesprochen?» Eridanus sah ihn zum ersten Mal nach dem Tod des garamanischen Wahnarchisten an. «War er bei Verstand?»

Bryn schüttelte den Kopf. «Kaum. Ein-, zweimal hatte ich das Gefühl, zu ihm durchzudringen. Aber es hat zu nichts geführt. Immer wenn ich glaubte, ihm sein Geheimnis gleich zu entlocken, redete er noch wirreres Zeug. Armer Onkel Nemo. Könnt Ihr mir etwas über ihn erzählen?»

«Ein guter Mann.» Der Magier seufzte. «Ich wünschte, ich wüsste selbst mehr über seine Geschichte, aber das Einzige, was ich dir mit Sicherheit sagen kann, ist, dass er seinen Verstand dem Kampf gegen den Wahnsinn geopfert hat. Ich habe vor langer Zeit auch einmal probiert, ihn wieder zur Vernunft zu bringen. Ich hatte keinen Erfolg, aber ich habe die Hoffnung nie aufgegeben. Vielleicht kann die Zeit vollbringen, was ich nicht geschafft habe. Außerdem scheint er den Aktivitäten des Wahnsinns gegenüber empfindlicher zu sein als die meisten anderen. Dass er die Geißel erwähnt hat, ist ein weiterer Beweis dafür, dass es sich nicht nur um eine leere Phrase der wahnarchistischen Terroristen handelt.»

«Was habt Ihr eigentlich hier unten gesucht?», fragte Bryn. «Warum habt Ihr den Mörder verfolgt, statt die Wachen zu schicken?»

Sie blieben vor einem unscheinbaren Felsen stehen, der sich durch die Berührung des Hohen Lehrmeisters in einen Durchgang verwandelte. Er winkte Bryn, mit ihm in den dahinter liegenden Lift zu steigen.

«Ihm waren schon einige Wachen auf den Fersen, und doch bin ich hier unten und nicht sie, denn ich kenne noch ein paar ganz besondere Tricks. Außerdem ist jeder, der einen Dekan in seinen Räumlichkeiten töten kann, meine volle Aufmerksamkeit wert … und meine Rache. Nichts und niemand darf meine Dekane töten.» Er lächelte Bryn traurig an. «Offiziell haben wir heute Abend einen Wandler gefangen und vernichtet, und nichts anderes. Wir müssen Itrim nicht noch mehr in Panik versetzen.»

Sie fuhren mit dem Lift an den unterirdischen Verliesen vorbei und von dort mehrere Minuten lang seitwärts, tiefer, als Bryn je gewesen war.

«In Itrims Untergrund sind nicht nur Gefangene zu finden. Wenn die Wachen hören, dass der Wandler geschnappt wurde, lassen sie wohlmöglich die Konzentration sinken und andere durch das Netz schlüpfen. Lass uns deshalb nicht mehr an den Garamanen denken, und geben wir der Wache ein bisschen Zeit, um die Stadt abzusuchen.»

Schließlich öffnete sich die Tür, und Eridanus trat hinaus in eine dunkle, erdige Höhle. Sie gingen einen Gang hinunter, und in den nächsten Minuten erweckte Eridanus den Eindruck, als sei nichts von dem, was sie gerade erlebt hatten, geschehen.

«Ich will dir etwas zeigen, sieh her. Simulationen.» Auf ein Zeichen des Magiers hin kamen mehrere schwachbeleuchtete Plattformen durch die Luft auf sie zugeflogen. Bryn wollte sich schon ducken, dann erkannte er, dass sie sie umkreisten und anhielten. Es waren Miniaturen von Städten, Landschaften, Häfen und anderen Dingen, bei denen er nicht einmal raten konnte, was sie darstellten. Manche Plätze kamen ihm bekannt vor, andere hatte er noch nie gesehen.

«Einige Beispiele für Testfelder neuer Technologien. Du würdest nicht glauben, was man mit manipulierter Energie alles anfangen kann. Es ist keine Übertreibung, wenn ich sage, dass wir in der Lage sind, Methoden zu entwickeln, die menschliche Arbeit überflüssig machen.»

«Und warum tut Ihr es dann nicht?»

«Was würden die Leute den ganzen Tag lang tun, Bryn? Nicht jeder hat das Zeug zu einem Künstler. In einer idealen Welt …»

«Ich verstehe nicht ganz, wovon Ihr da redet, aber im Grunde sagt Ihr doch, dass Ihr eine ideale Welt erschaffen könnt, oder? Nun, ich glaube, jeder Mensch ist kreativ. Das macht uns doch schließlich zu Menschen, oder?»

«Ah, diese Debatten, mein junger Idealist! In der Theorie stimme ich dir zu.» Der Magier seufzte und kratzte sich am Bart. «Aber Theorien gehen in der Regel vom Idealfall aus. Ich befürchte, Technologie für sich genommen kann nie eine Lösung oder ein Vorteil sein. Sie verbessert das Potenzial der Menschheit, und im selben Moment verschlimmert sie die ihr innewohnenden Probleme. Und das, mein Lieber, ist ein Rezept für eine Katastrophe. Itrims Kampf bestand schon immer darin, wie man die Dinge verbessern kann, ohne sie zu verschlimmern. Wenn du verstehst, was ich meine. Wahrscheinlich ist das unmöglich. Das wurde alles schon tausendmal durchgekaut. Nichts kann unser Menschsein verändern … nicht einmal der Versuch, uns selbst aus ihm zu extrahieren …»

Das Gespräch entwickelte sich in dieselbe Richtung wie eines, das Bryn schon bei den Aposteln des Verstehens geführt hatte – aber Eridanus schien nicht nur von der Theorie, sondern tatsächlich über reale Dinge zu sprechen.

Wie zur Bestätigung von Bryns Eindruck fuhr der Magier fort: «In Itrim wird nicht über solche Sachen diskutiert, um sich intellektuell vorzukommen, sondern weil handfeste Entscheidungen getroffen werden müssen. Schon vor tausend Jahren wussten wir so viel über das Menschsein wie heute. Genau das ist vielleicht die einfachste Erklärung dafür, warum wir unsere Grundsätze nie geändert haben. Wenn Wissen so behandelt werden würde wie Waren, mit denen man Tauschhandel treibt, hätte sich die Technologie zweifelsohne überall verbreitet. Nichts hätte das verhindern können.»

Geistesabwesend lenkte Eridanus die Modelle mit leichten Fingerstößen durch die Luft, um sie besser betrachten zu können. Die prachtvollen Entwürfe trieben um sie herum wie Tabletts, die mit den herrlichsten Sachen vollgepackt waren und dazu einluden, nach Lust und Laune zuzugreifen. Fasziniert beobachtete Bryn die kleinen Simulationen, so etwa ein unsichtbar angetriebenes Verkehrsmittel, mit dem man sich äußerst schnell fortbewegen konnte.

«Und das sind nur die Entwürfe für die Stadtplanung. Es gibt noch viele andere Bereiche, Gesundheitswesen zum Beispiel … wir haben Medikamente und Operationen entwickelt, die Leben retten können – und zerstören. Die den Tod endlos aufschieben können. Wir können mit biologischen Organismen Sachen anstellen, die …» Er grinste schief, und Bryn fühlte sich für einen Moment an Galar erinnert. «Nun, ich kann kaum behaupten, dass es dich umhauen würde, denn du hast mit eigenen Augen gesehen, wozu wir fähig sind. Ja, die falschen Ostentum – Ayactan hat Itrims Methoden benutzt.»

Ein Modell zeigte einige schwimmende Gebäude, die mit schwebenden Straßen verbunden waren, so ähnlich wie Armaah, nur ohne Inseln. Bryn streckte die Hand danach aus, und die Simulation kam näher zu ihm herangeflogen.

«Medizin und Technologie ... Ihr verfügt über dieses ganze Wissen», sagte Bryn. «Warum haltet Ihr es geheim? Das Leben könnte so viel leichter und besser werden!»

«Dafür gibt es eine Vielzahl von Gründen. Zuerst einmal möchten wir alles, was wir entwickeln, ausführlich testen. Häufig zeigen sich die Folgen einer Technologie erst Jahre oder gar Jahrzehnte nach ihrer Einführung. Und dann kann es je nach Verbreitungsgrad bereits zu spät sein, um den Schaden zu beheben. Manche Probleme treten natürlich nur bei umfangreicher Nutzung auf, daher die Simulationen. Andere Nachteile treten nicht einmal in den Modellen zutage. Dafür sind Versuche in Originalgröße erforderlich.» Auf Bryns ungläubigen Blick hin sagte er: «Doch, doch. Wir verstecken ganze Städte, in denen niemand lebt.»

Bryn versuchte seinen Missmut zu verbergen. Er wollte nichts sagen, was seinen Freund vielleicht kränkte, aber wie konnte jemand nur solch eine Verschwendung, solch eine Selbstsucht rechtfertigen? «Beeindruckend.»

«Ich weiß, dass du nicht beeindruckt bist», lachte der Magier. «Die Größenordnungen würden dich durchaus beeindrucken, wenn du sie sehen könntest. Und soweit es Dinge betrifft, die für irgendjemanden von praktischem Nutzen sein könnten, muss ich für meinen Orden ein gutes Wort einlegen und dir versichern, dass wir nicht im Entferntesten so herzlos sind, wie meine Worte geklungen haben. Es gab Zeiten, in denen viele Frauen bei der Geburt gestorben sind und die meisten Kinder nicht das Erwachsenenalter erreicht haben. Es gab Zeiten, in denen ganze Städte von Plagen dahingerafft worden sind. Zu Itrims Ehre muss ich mit einigem Stolz sagen: Diese Zeiten sind vorüber.»

Eridanus saß einfach in der Luft. Es sah aus, als besäße er überaus starke Waden, die ihn einfach stützten. Bryn wagte zum ersten Mal den Versuch, ihn nachzuahmen, und stellte fasziniert fest, dass er sein eigenes Gewicht ohne körperliche Anstrengung stützen konnte.

«Verstehst du, das ist immer die Frage: Wie hält man das System im Gleichgewicht? Wissen ist gefährlich. Wissen ist Macht. Itrim hat dem Druck, es freizugeben, lange standgehalten. Natürlich auch oft aus den falschen Gründen. Vom Heilen von Krankheiten einmal abgesehen, profitieren meistens die Reichen von unseren Erfindungen. Ich muss zugeben, dass auch ich in dieser Hinsicht nicht immer bewundernswert gehandelt habe. Nicht, dass ich irgendetwas falsch gemacht hätte … ich habe nur nach Wissen gestrebt und meinen Orden geleitet, wie es die Aufgabe meines Amtes ist. Ich konnte das Los von vielen einfachen Menschen mit einfachsten Mitteln verbessern. Und ich hätte noch viel mehr getan.» Er sah Bryn mit einem Gesichtsausdruck an, der am besten als eine Mischung aus Selbstmitleid und Selbstverachtung zu beschreiben ist. «Aber es war zu schwer. Ich konnte die Bürokratie nicht ertragen.» In seiner Grimasse lag eine Spur Humor. «Ach ja, das ist das Los vieler Politiker.»

«Was ist mit den Leuten – Lehrmeistern –, die mit den Grundsätzen von Itrim nicht übereinstimmen? Sicher konnten nicht alle Geheimnisse völlig geheim gehalten werden.»

«Du musst von unseren apheristischen Freunden von der Grausamkeit gehört haben, unter der die Ketzer durch unsere

Hände gelitten haben. Über Jahrhunderte hinweg haben wir die Verliese mit den genialsten Köpfen gefüllt, die *wir selbst* hervorgebracht hatten. Und zwangsläufig wurden die Technologien auch unabhängig von unserem Orden weiterentwickelt … besonders in Klöstern … und auch die wurden häufig zum Schweigen gebracht. Dauerhaft.» Seine Stimme bekam eine wütende Note. «Es gab schändliche Vorkommnisse, bei denen Mönche und andere gute, ergebene Männer nur aus dem Grund verbrannt wurden, weil sie versucht haben, die Not der Leidenden zu verringern. *Wir* haben sie zum Schweigen gebracht, nur um das Wissensmonopol zu behalten. Sehr oft wurden wir jedoch auch unwissentlich von den Machthabern unterstützt, die einfach ihr Gewaltmonopol erhalten wollten. Von denen, die durch den Schweiß und das Blut der Unterdrückten fett geworden sind.»

Eridanus sah erschöpft aus. Er verscheuchte die Miniaturen und führte Bryn zurück zum Lift.

«Warum habt Ihr mir das alles gezeigt?», fragte Bryn.

«Um dir klarzumachen, was den Geist eines alten Gelehrten so alles quält», antwortete Eridanus, ohne zu zögern. Wie immer konnte Bryn nicht spüren, was er dabei fühlte. Er selbst konnte mit dem Hohen Lehrmeister mitfühlen, bei all seinen Wünschen, Verantwortungen und Beschränkungen. «Vielleicht hat der Wahnarchist hier unten etwas gesucht. Aber davon und von dem eher erzieherischen Zweck des Ausflugs einmal abgesehen, war das wirklich ein interessanter kleiner Umweg.»

Die Türen öffneten sich zu einem Tunnel, der so ähnlich aussah wie die Verliese, in die Bryn gebracht worden war, nur kälter und leerer. Die abgerundete Decke lag im Dunkeln. Als sie aus dem Lift traten, hatte Bryn das Gefühl, die Luft sei gerade erst von geisterhaften Kreaturen ausgeatmet worden.

Seine Kopfhaut kribbelte. Ihre Schritte schallten wie fragende Stimmen zurück und verklangen unbeantwortet in dunklen Winkeln. Er vergaß, dass irgendwo über ihnen der offene Himmel und die leuchtenden Sterne waren.

Am Ende des Weges bogen sie um eine Ecke und standen direkt vor einer Glaswand. Und hinter dieser Glaswand – Bryn schnappte nach Luft. Schatten. Kaum zwei Meter vor ihnen schwebte ein Wandler in der Luft. Bryn stolperte zurück und zog noch im Fallen sein Culmus.

✦ 27. KAPITEL ✦

Der Tempel von Tahl

Ikuyl ließ das ihm von Elyon anvertraute Volk, die Barue, im Stich (die rasch von Torb-Oros unter seine Obhut genommen und die Drachenreiter dieses Zeitalters wurden) und schuf die Nurgor. Ikuyls Volk wurde nur eine blasse Nachbildung von Intelligenzwesen, da er nicht über Elyons schöpferische Kraft verfügte. Geschickt war es nur im Kampf. Über Generationen hinweg herrschte in ganz Calaspia Krieg. Aber in Wirklichkeit waren die Nurgor nur ein Ablenkungsmanöver. In den Augen der fünf anderen Avatare ergab es Sinn, dass Ikuyls einzige Hoffnung darin bestanden hatte, ein Volk brutaler Krieger zu schaffen, deren einziger Zweck die Zerstörung war. Inzwischen war Ikuyl jedoch fleißig damit beschäftigt, eine «Kreation» ganz anderer Art zu schaffen: den Wahnsinn.
— Lueths Notizbuch

Wie immer völlig ruhig, begann Eridanus zu lachen, und langsam entspannte sich Bryn. Der Magier klopfte mit den Knöcheln gegen das Glas.

«Wandler. Erinnerst du dich an Armaah? Da waren recht viele von ihnen, nicht wahr?» Bryn nickte. Wie sollte er das vergessen? «Wie unser wahnarchistischer Freund es uns vorhin demonstriert hat, scheint es verschiedene Arten zu geben. Diese prachtvollen Exemplare hier haben wir fangen können. Wir haben sie hier eingesperrt, falls sie irgendwelche unbekannten Einflüsse aufeinander haben. Das hier vorn ist ein Schattenwandler.»

Angewidert starrte Bryn die rußige Gestalt an. Er konnte sie nicht klar sehen, sondern wie durch Wasser hindurch oder gespiegelt auf einer Wasseroberfläche. Auch ein vages Glühen im hinteren Bereich des Käfigs störte seinen Blick.

«Weiter hinten siehst du einen Feuerwandler», sagte Eridanus. Im Kern sah die Kreatur wie sein nebulöser Vetter aus, aber er war in eine glutähnliche Aura eingehüllt, die wieder und wieder in wilden Flammen aufloderte. Das sah dann aus wie ein in einem Sturm stehender Ofen.

«Und nur Elyon weiß wo – im Hintergrund, nicht im normalen Sinn des Wortes – kannst du einen Mondwandler eben *nicht* sehen. Ah, dort ist er. Er versteckt sich.» Eridanus zeigte direkt auf den Schattenwandler. Bryn blickte durch ihn hindurch, dann in seine Umgebung, aber er konnte keine zweite Gestalt erkennen. Dann suchte er den Bereich hinter dem dicken Glas auf einer anderen Ebene ab, und in der Unsichtbaren Welt sah er hinter dem sichtbaren Wandler ein Flimmern.

«Wir sind noch immer bei der Grundlagenforschung. Sie sind recht unverwüstlich, und es ist gefährlich, Experimente mit ihnen durchzuführen.»

«Was machen sie denn?»

«Nun, der Feuerwandler wird ganz einfach zu einem Inferno, die Mondwandler sind schon etwas raffinierter. Das Schlimmste an ihnen ist, dass einem gar nicht bewusstwird, dass sie für die Schwierigkeiten verantwortlich sind, in denen man gerade steckt. Sie spielen mit den Gedanken der Leute,

Bryn. Tricks, Illusionen, Wahnsinn. Sie dringen direkt in die Köpfe ein.»

Bryn konnte den dunklen Nebel kaum ertragen, der dort vor ihm in der Luft schwebte. So etwas sollte es gar nicht geben. Oder zumindest sollte man es in der Sichtbaren Welt nicht sehen können. Und doch schwebte er hier direkt vor ihm. Es kam Bryn völlig unwirklich vor, hier diese übernatürlichen Wesen durch das Glas zu betrachten. Eigentlich hätten sie auf diese Weise etwas von ihrer schaurigen Erscheinung verlieren müssen, aber das war nicht der Fall. Bryn lief ein Schauer über den Rücken, als er sich vorstellte, was wohl im Kopf dieses schwebenden, unendlich geduldigen Wesens gerade vor sich ging.

«Was für Tricks sind das?», fragte Bryn.

«Sie scheinen sich für manifestierte Albträume zu interessieren. Mondwandler sind besonders in der Nähe von Spiegeln mächtig. Sie können beeinflussen, was man im Spiegel sieht. Oder auch im Dunkeln, wo sie die Umgebung ihrer Opfer ganz nach deren versteckten Ängsten umformen können.»

Bryn erstarrte. Albträume ... Spiegel ... *im Dunkeln* ... endlich hatte er die Mörder seiner Großmutter gefunden. Sie war von Mondwandlern gejagt worden.

«Im Regere Mansionum hatte es den Anschein, als wäre Perduellis ihr Herr», fuhr Eridanus fort. «Und seit seinem Untergang haben die Wandler bei weitem nicht so viele Probleme gemacht wie erwartet. Aber sie sind noch immer hier, und wir müssen lernen, mit ihnen fertigzuwerden. Dein Culmus kann uns vielleicht dabei helfen, andere wirksame Waffen zu finden.»

«Ich freue mich natürlich, wie auch immer helfen zu können», presste Bryn heraus.

Eridanus drehte sich um, lehnte sich an die Glasscheibe

und sah Bryn unglücklich an. «In Armaah hat Perduellis sie kontrolliert. Und Ayactan ist noch immer auf freiem Fuß.» Er klang so unglaublich müde. Plötzlich erschien Bryn die tiefe innerliche Ruhe des Magiers nur noch als Erschöpfung. «Der Aufstieg des Wahnsinns schien abgewendet zu sein, als wir die Menhire gestürzt haben. Und doch findet der Wahnsinn durch den Aufstieg des Kults immer mehr Anhänger. Heute Abend sind wir Zeuge des ungeheuerlichsten Beweises dafür gewesen.»

Bryn versuchte, nicht mehr an Mama Bellyset und die Wut und Abscheu zu denken, die er für den Mondwandler empfand. Was für einen Albtraum hatte seine Großmutter vor ihrem Tod durchleben müssen? «Die Geißel. Rameon hat berichtet, dass die Inquisition sich vor einer neuen Bedrohung durch den Wahnsinn fürchtet. Nämlich vor dem in uns allen steckenden Wahnsinn.»

«In der Tat – der innere Wahnsinn, auch der persönliche Wahnsinn genannt. Ein äußerst faszinierender und umstrittener Forschungsbereich.»

«Wie, die Leute wissen schon davon?»

«Natürlich.» Eridanus presste ein sarkastisches Lächeln hervor. «Die Frage war schon immer, ob sie es zugeben wollten. Leute haben versucht, es wegzureden. Sie machten alles Mögliche dafür verantwortlich, nur nicht unsere natürliche Veranlagung. In der Tat ist genau das die grundlegende Behauptung der krankhaften Intellektuellen. Das wir nicht bekämpfen können, was Kern unseres Wesens ist.»

Im trüben Licht sahen die Falten auf seiner Stirn wie zerknittertes Pergament aus. Bryn hatte das Gefühl, einen Menschen zu betrachten, den er nicht kannte – nicht kennen wollte. Die Stimme des Magiers klang seltsam abgewürgt. «Wir können die Welt nicht vor einer Verdorbenheit retten, die in unsere eigenen Seelen verflochten ist. Vielleicht wäre es besser, sie sich selbst … entflechten … zu lassen.»

«Was?», platzte Bryn heraus.

Eridanus schüttelte den Kopf. «So würden sie argumentieren. Und vielleicht steckt auch ein Fünkchen Wahrheit darin.»

«Ihr meint, wir sollten nicht dagegen ankämpfen?» Bryn blickte über die Schulter des Magiers hinweg zu dem Feuerwandler, dessen Feuersbrunst bis in die letzten Ecken seiner Zelle leuchtete. Als Eridanus nicht antwortete, hakte Bryn nach: «Was ist mit der Geißel? Wie bekämpfen wir sie? Auf ihrem Höhepunkt, heißt es, steigen die Agenten des Wahnsinns höchstpersönlich nach Calaspia hinab, um die abartige Arbeit ihrer Diener zu Ende zu bringen.»

«Die Geißel stellt den Versuch dar, Calaspia mit dem Wahnsinn zu überschwemmen, und wir müssen versuchen, den Wahnsinn auszutrocknen. Wenn es nur eine Möglichkeit gäbe, mit dem inneren Wahnsinn fertigzuwerden … Aber man kann die Leute nicht zwingen, ihre Überzeugungen und Handlungsweisen zu ändern …» Eridanus stieß sich von der Glasscheibe ab. «Komm, wir haben gesehen, was wir sehen wollten.» Er legte Bryn die Hand auf die Schulter, und sie gingen den Weg zurück, den sie gekommen waren. «Du warst in Eisenfels bei Rameons Lagebericht. Seitdem ist einiges Interessante geschehen.»

«Gutes oder Schlechtes?»

«Auch darüber wollte ich mit dir reden. Aber es ist noch zu früh, um das beurteilen zu können. Zumindest halten es viele für … vielversprechend. Mit Sicherheit schwächt sich der Feind durch die einander widersprechenden Ansichten und Meinungen selbst. Es scheint Widerstand gegen den Kultivator mit der Maske zu geben. Die Inquisition bezeichnet den Anführer der Widerständler als den Kultivator *ohne* Maske.»

Bryn schnaubte. «Und wer soll das sein?»

«Das wissen wir nicht. Es ist schwer zu sagen, wie viele Anhänger er hat und welche Motive sie haben. Wir wissen nur, dass das Treiben des Kultivators mit der Maske offensichtlich einer gewissen Fraktion nicht gefällt und diese versucht, ihn aufzuhalten. Streitigkeiten zwischen den verschiedenen Kulten gibt es im ganzen Imperium, aber hier handelt es sich um gut vorbereitete konzertierte Aktionen gegen die Bewegung des Kultivators mit der Maske. Und gegen die Geißel.»

Im Lift auf dem Weg zurück nach oben sprachen sie über die Möglichkeiten und Folgen dieses Widerstands. Schließlich sagte Eridanus: «Die Inquisition versucht, Kontakt zum Kultivatoren ohne Maske aufzunehmen, um zu prüfen, ob eine Art Bündnis möglich wäre. Bis wir mehr wissen, werden wir abwarten und die Augen offen halten.»

Die Neuigkeiten über den Kultivator ohne Maske hörten sich in Bryns Ohren erst einmal gut an. Nach Nydias Ermordung und diesen ganzen Nachrichten aus der Außenwelt juckte es Bryn unter den Fingernägeln, den Wahnsinn zu bekämpfen – wenn das überhaupt möglich sein sollte, bei diesem inneren Hang zum Wahnsinn, den es offensichtlich in allen menschlichen Wesen gab.

Oben angekommen, herrschte in der Stadt eine seltsame Atmosphäre: auf der einen Seite schlafende Einwohner, auf der anderen herumschwirrende Patrouillen. Auf dem Weg zum Turm von Itlin wurde Eridanus immer wieder für Berichte und Fragen beiseitegerufen. Mit seinen Gedanken allein, ließ Bryn nochmals die unerfreulichsten Vorfälle dieses Abends Revue passieren. Abgesehen von dem bitteren Geschmack in seinem Mund nahm Bryn unterwegs nicht viel wahr: Um ihn herum war alles nur ein ununterbrochener Mischmasch aus gepflasterten Steinen und fallendem Wasser. Schließlich ließen sie sich in Eridanus' Salon im Erdgeschoss nieder, wo ein ununterbrochener Strom von Sicherheitskräften kam und ging und dringende Fragen besprochen wurden. Bryn schloss die Augen, in seinen Ohren rauschten die Gespräche vorbei wie vorher das fallende Wasser. Immer wieder sah er vor seinem geistigen Auge die verunstaltete Dekanin.

«Du wirst nicht mehr verdächtigt, Bryn.» Eridanus spähte in einem ruhigeren Moment zu ihm herüber. «Du kannst gehen, wenn du möchtest. Versuche, etwas zu schlafen.»

Bryn ließ sich zu seinem Zimmer führen und schlief mit Bildern von maskierten Anhängern des Kultes ein, die durch Itrim schlichen.

✦ ✦ ✦

In den nächsten Tagen setzte Bryn seine Nachforschungen fort. Er befürchtete schon, er würde wie damals im Regere Mansionum zu einer Anhörung geladen werden, aber das blieb ihm glücklicherweise erspart. Ihm wurden nur in privater Atmosphäre beim Tee von ein paar grimmig dreinblickenden Leuten einige Fragen gestellt, und das war es auch schon. Es kursierten Gerüchte, dass Djutoris wieder als Dekan eingesetzt würde, jetzt, wo einer der vier Posten frei war. Bryn las alles über Magnarion, was er finden konnte, aber er kam nicht voran. Er hing fest. Alles, was er hatte, war der Tempel von Tahl, von dem ihm niemand sagen konnte, wo er lag. Er las alles über die Tahl Uthnae und über die Drachenritter, konnte aber nichts finden, was aussagekräftig genug war, damit er ihr Versteck aufspüren konnte. Während er über das Schwert des Apheristen nachgrübelte, wuchs in ihm der Verdacht, dass der garamanische Wahnarchist die Dekanin vielleicht nicht allein um des Aufsehens willen umgebracht hatte. Vielleicht interessierte sich der Kultivator mit der Maske für Magnarion, und der hatte damit bestimmt nichts Gutes im Sinn.

Als Bryn Eridanus daraufhin ansprach, wiegelte der einfach ab: «Jeder Diener des Wahnsinns wird sich von Magnarion möglichst fernhalten wollen. Sie könnten es nur aus einem einzigen Grund suchen: um zu verhindern, dass wir es finden.»

Sicher glaubte der Feind nicht, dass Bryns Chancen, das Schwert zu finden, besser stünden als die der Tausende anderen, die bereits danach gesucht hatten. Sie wussten doch nicht einmal, dass er danach suchte.

Was Bryns Suche nach Magnarion anging, sagte ihm Eridanus zu, mit der Gilde der Kundigen zu sprechen, was sie im Hauptquartier über die Tahl Uthnae von einst finden konnten. Am nächsten Tag kam er jedoch mit unerfreulichen Nachrichten zurück. Das Problem mit ihrer Runde war, dass alle Mitglieder unglaublich viel zu tun hatten. Alle hatten sich um eigene Angelegenheiten zu kümmern, und für Bryn ein magisches Schwert zu finden stand recht weit unten auf ihrer Liste. Natürlich war der Gilde klar, dass er ein Pentakylist war, deshalb solle er doch einfach zusehen, was er mit den außerordentlichen Gaben, die ihm bereits verliehen worden waren, tun könne.

Und genau das tat Bryn. Er stellte Magnarion für eine Zeitlang zurück – zumindest bis er weitere Anhaltspunkte finden würde – und stürzte sich mit Freude darauf, Lueths Notizbuch weiter durchzuarbeiten, und zwar genau an den Orten, an denen dieser die einzelnen Einträge verfasst hatte. Am dritten Tag machte er eine Entdeckung, die seine Begeisterung weiter anfachte und ihm half, über den Mord an Dekanin Nydia hinwegzukommen. Er war gerade dabei, in einem Turm einer der

Ausbildungsstätten, die den Turm von Itlin umgaben, zu lesen, da entdeckte er, dass es das Fernrohr, von dem Lueth schrieb, noch immer gab. Was hatte er auch erwartet – die meisten Dinge in Itrim blieben so, wie sie waren. Die Linse dieses Fernrohrs zeigte die Dinge, wie sie in der Unsichtbaren Welt aussahen, ohne dass der Betrachter dafür etwas tun musste.

Bryn betrachtete gerade den ergeomorphischen Strom über den Bergen, als er an den verschiedenen Rädchen drehte, um verschiedene Aspekte der Unsichtbaren Welt zu studieren. Und dabei erweckte ein Gebilde seine Aufmerksamkeit, das sich irgendwie vom Rest abhob. Bei näherer Betrachtung konnte er seinen Augen kaum trauen: Mitten auf einer Felswand standen die geheimen Schriftzeichen von der Bellyset-Inschrift und seinem Culmus. Und hier konnte er die Nachricht klar und deutlich lesen: *Wenn du dies lesen kannst, bist du ein Pentakylist.*

Das ergab Sinn. Bryn war beeindruckt von Lueths Fähigkeiten. Der junge Lehrmeister hatte die Pentakylistischen Zeichen nicht nur lesen, sondern auch *schreiben* können. Nachdem Bryn diesen Schriftzug gesehen hatte, fiel es ihm auch leichter, das Notizbuch zu lesen. Er wusste jetzt, dass es nur für seine Augen bestimmt war. Sogar Eridanus konnte es nicht lesen, und Mittni hatte die Worte nicht einmal sehen können, nachdem Bryn einen Abschnitt entschlüsselt hatte.

Er sprach mit dem Hohen Lehrmeister über seine Entdeckung, der sich darüber freute, ihm aber trotzdem nicht weiterhelfen konnte. Bryn sah Eridanus nur ein paar Minuten am Tag, bei einer hastigen Mahlzeit oder wenn sie zufällig irgendwo übereinanderstolperten. Itrim war durch das Attentat auf Dekanin Nydia und die Tatsache, dass selbst Itrims hochkomplexes Sicherheitssystem sie nicht geschützt hatte, erschüttert worden.

Während Bryn in seinen Elfenbeintürmen studierte, schien Calaspia in Aufruhr zu sein. Die Neuigkeiten über den Tod der Dekanin verbreiteten sich rasch. Es war ein schwerer Kratzer an Itrims Ansehen und die erste große Reklame für die Geißel. Wenn nicht einmal ein Dekan in seinem Turm in der exklusivsten Numenii-Stadt sicher war, wer dann? Die Geißel erlangte eine traurige Berühmtheit. Die gefürchteten Zeichen waren nicht nur ins Fleisch geschnitten worden, nun wurden sie auch in öffentliche Denkmäler gekratzt, in Bäume geschnitzt, mit Blut auf Wände geschmiert, mit Knochen auf Hügeln geformt, in Berghänge eingebrannt, in Flammen auf den Armre-See geschrieben, und sie erschienen sogar in den Wolken am Himmel. Jeden Tag wurden weitere Leichen gefunden, auch wenn keine von ihnen so berühmt wie die Dekanin Nydia Visvires war.

Neben den verstörenden Schriftzügen gab es natürlich noch andere Vorkommnisse. Apheristische Schreine wurden zerstört, und Pilger wurden entführt, woraufhin ähnliche Gräueltaten auch gegen Anhänger des Kultes organisiert wurden. Verkleidete Gestalten trieben Versammlungen der Inquisition auseinander und töteten die Redner. Die zweifelhafteren Praktiken der Kulte fanden nun in so großer Anzahl in der Öffentlichkeit statt, dass die Behörden nur noch hilflos zuschauen konnten. Auf diese Erfolge bauten die politischen Flügel der Geißel auf und setzten mit demokratischen Mitteln das Recht durch, ihre liberalsten und absurdesten Lehrinhalte in Schulen und in der breiten Öffentlichkeit zu verankern. Als bekannt wurde, dass die Inquisition dem Einhalt gebieten wollte, kam es zu schweren Protesten der krankhaften Intellektuellen – sogar von denen, die gegen die Geißel waren, sich aber für «die wahren Anhänger dieser eigentlich friedlichen Religion» einsetzten.

Am wenigsten schienen die Randgebiete des Imperiums betroffen zu sein. Nomidien hatte am meisten unter dem Wahnsinn gelitten, und seine Einwohner waren daher am misstrauischsten – ganz davon abgesehen, dass sie politisch nie besonders aktiv gewesen waren. Je näher man Armaah kam, desto mehr Nachtwachen und Versammlungen gab es. Die meisten dieser Informationen erhielt Bryn nur über die Lehrmeister, manche auch direkt von Eridanus, denn das Imperium versuchte, die schockierendsten Neuigkeiten geheim zu halten. «Bisher war der Kultivator mit der Maske eher eine mäßigende Figur», beklagte sich Djutoris eines Tages. «Obwohl viele Leute seine Bewegung verlassen haben, als er seine wahren Motive offenbart hat, sind in seinem Gefolge immer noch viel mehr Extremisten, als es vorher je gegeben hat.»

Mit Eridanus' Hilfe hatte Bryn eine Nachricht nach Eisenfels geschickt, um Mittni zu erklären, wo er so lange steckte. Er solle sich keine Sorgen machen, er sei in Itrim. Der Barue musste bei dem Gedanken an das Gesicht grinsen, das sein Freund wohl machen würde, wenn er das hörte.

Am neunten Tag verkündete Eridanus nach dem Frühstück, dass er ihm etwas zu sagen hätte.

«Hast du schon davon gehört? Gestern haben uns die Begnadeten eine Seite gezeigt, die wir bisher noch nicht kannten.» Eridanus führte Bryn ins Erdgeschoss des Turms von Itlin. «Anscheinend haben sich die Begnadeten versammelt, um die Geißel zu bekämpfen. Und die Numenii spenden ihnen dafür Beifall. Ihr Ruf hat sich zum Besseren gewandelt. Sie werden als Helden angesehen.»

Das mittlerweile vertraute Geräusch des flüsternden Wassers entspannte Bryn. «Glaubt Ihr, das hat etwas mit dem Kultivator ohne Maske zu tun?»

«Schon möglich.» Der Magier blickte starr geradeaus, den

Blick verdeckt. «Aber ich frage mich, wie sich Tausende Begnadete, die über ganz Calaspia verstreut leben und keine Erinnerung an ihr früheres Leben haben, in einer einzigen Nacht versammeln können … Ich werde sofort ein paar Nachforschungen über dieses neue Phänomen anstellen. Warum begleitest du mich nicht einfach?»

Sie gingen nach Norden und kamen rasch ins Äußere Itrim. Auf einigen Veranden und Fensterbänken der Gelehrtenunterkünfte bemerkte Bryn kleine Statuen. Er hatte solche Figuren auch schon woanders gesehen, aber da er sich fragte, ob sie hier vielleicht eine andere Bedeutung hatten, sprach er Eridanus darauf an.

«Götzenbilder.» Bryn konnte die Verärgerung des Hohen Lehrmeisters spüren. «Einfach lächerlich. Jahrtausendelang hat unser Orden Aberglaube und Unwissenheit verdammt, und wir haben uns als Kritiker jedes irrationalen oder unwissenschaftlichen Glaubens positioniert, und nun geben manche von uns dieser Welle kultureller Dummheit nach.»

Durch die Schreine, die er gesehen hatte, wusste Bryn, dass die Götzenanbetung in letzter Zeit so beliebt war, wie noch nie, besonders beim Adel. Er dachte darüber nach, warum die Leute anfingen, Abbilder ihrer selbst oder Abbilder dummer Tiere – gar nicht zu sprechen von furchtbaren Biestern oder bösartigen Dämonen – anzubeten. Dann fiel ihm ein, dass sogar in der apheristischen Kirche manch einer Statuen aus Stein oder Holz Respekt entgegenbrachte.

«Erinnerst du dich an unser Gespräch über die krankhaften Intellektuellen und die Garamanen?», fragte Eridanus. «Ich meine nicht die wahnarchistischen Garamanen, wie den, den wir vor kurzem gesehen haben.»

«Leute, die davon besessen sind, den Wahnsinn als Energiequelle zu nutzen, wie Ergeomorphismus.»

«Genau. Nun, der Ergeomorphismus ließe sich auf ähnliche Weise und mit höherem Nutzungsgrad als Kraftquelle nutzen. Eines der Modelle, die ich dir gezeigt habe, veranschaulicht den möglichen Entwicklungssprung des Imperiums. Du würdest die Welt nicht wiedererkennen.»

«Würde der Wahnsinn bei der Umwandlung in Energie verschwinden?»

Eridanus runzelte die Stirn. «Das ist das Problem. Meine Befürchtungen haben sich als wahr erwiesen. Die Erfindungen der Garamanen greifen in Wirklichkeit auf die Energie des Wahnsinns zurück. Letzten Endes entsteht dabei als Abfallprodukt eine viel *komprimiertere* Form des Wahnsinns. Und das, fürchte ich, ist eines der vielen Dinge, die dazu beigetragen haben, dass es immer mehr Begnadete gibt. So viel haben unsere Nachforschungen ergeben, und trotzdem bevorzugen es noch immer viele Lehrmeister, die Dinge schönzureden. Die Kinder des Wahnsinns brennen darauf, uns als Radikale abzustempeln. Ich hätte doch schon die Menhire zerstört, sagen sie, und trotzdem verbreiten sich die negativen Auswirkungen des Wahnsinns immer weiter. Sie sagen, das sei Beweis genug für unseren Verfolgungswahn und dass die Sache ganz einfach gelöst werden kann, indem wir uns die *wahre Natur* des Wahnsinns zu eigen machen.»

Bryn schnaubte. «Die einzige Natur des Wahnsinns ist die Entstellung der Natur.»

Der Hohe Lehrmeister erstarrte. «Das hat Lueth einmal gesagt.»

«Oh, tut mir leid. Aber ja, das stimmt, ich habe es im Notizbuch gelesen.»

«Pass auf, dass du seine Worte nicht unbewusst verinnerlichst. Ich werde dir jetzt die Begnadeten zeigen. Wir scheinen eine äußerst wichtige Entdeckung gemacht zu haben, was ihre

Gabe angeht: Wenn sie ihre Gabe erhalten, sind ihre übernatürlichen Fähigkeiten sehr ausgeprägt. Im Laufe der Zeit werden sie jedoch schwächer, unabhängig davon, ob sie sie benutzen oder nicht. Und daher müssen sie ihre Gabe gelegentlich … auffrischen.»

«Und wie geht das?»

«Ich habe mich noch nie besonders für Vampire interessiert – bis heute. Ja, die Begnadeten erlangen ihre Kräfte wieder, indem sie das Blut von Tieren oder Menschen trinken.»

Bryn dachte an Bruder Griffin. Und jetzt wusste er, wer die Ziege im Kloster wirklich gerissen hatte. «Drattni», keuchte er. «Er ist in Quivelda und war ein Begnadeter. Was ist, wenn –»

«Immer mit der Ruhe», unterbrach ihn Eridanus. «Die Gilde der Kundigen befasst sich sehr intensiv mit diesem Thema. Thybil hat die Sache in die Hand genommen.»

Bryn sah ihn verwirrt an. «Aber sie haben ihn doch nicht …»

«Wir haben noch keine echte Lösung gefunden, aber es gibt verschiedene Vorsichtsmaßnahmen. Begnadete neigen dazu, ihren Durst bei Vollmond zu stillen. Wenn man sie in den entsprechenden Nächten an ihr Bett kettet, beruhigt sich ihr Verlangen langsam, selbst wenn sie kein Blut getrunken haben.»

«Das ist schrecklich», sagte Bryn. «Griffin hat mich ja schon enttäuscht, aber *Drattni* würde doch ganz bestimmt nicht –»

«Du musst bedenken, dass sie ihre Persönlichkeit verloren haben.» Der Hohe Lehrmeister winkte einem graubärtigen Mann zu. «Nach unseren bisherigen Kenntnissen müssen wir davon ausgehen, dass die Begnadeten bei ihren nächtlichen Ausflügen überhaupt nicht wissen, was sie tun. Sie werden wohl von dem angetrieben, was ihnen ihre Vergangenheit geraubt und ihre Gabe geschenkt hat.»

«Und das wäre?»

Eridanus strich über den Hals seines Stabes. «Der Anflug des Wahnsinns, den wir alle in uns tragen, ist bei Begnadeten viel ausgeprägter. Aber sieh dir das mit eigenen Augen an. Hier sind wir: Das FZHA, das Forschungszentrum für humanmagische Abnormitäten. Die Begnadeten sind im Westflügel untergebracht.»

Es war eines der langweiligsten Gebäude, die Bryn in Itrim gesehen hatte. Die Betonblöcke sahen neben den verbreiteten Türmen und Verzierungen kalt und nüchtern aus. Bryn war sich nicht ganz sicher, ob er tatsächlich sehen wollte, was er in seinem Inneren vermutete. Er versuchte, sich nicht eine endlose Reihe begnadeter Männer, Frauen und Kinder vorzustellen, die festgeschnallt waren und mit denen Experimente durchgeführt wurden, als er plötzlich durch Scheppern und Rufe aus dieser unglückseligen Vorstellung gerissen wurde.

Eridanus, der gerade die Tür öffnete, wurde zurückgeworfen. Er hielt seinen Sturz mitten in der Luft an und stellte sich wieder auf die Füße, während Bryn versuchte zu erkennen, was vor sich ging.

Ein fleischfarbener Fleck schoss an ihnen vorbei. Das musste ein Begnadeter sein, dachte Bryn, der sich übernatürlich schnell bewegen konnte. Er musste herausbekommen, wohin er wollte.

Instinktiv löste er blitzschnell einen Zauber aus. Es geschah so schnell, er konnte selbst kaum nachvollziehen, wie er den Prozess, der in dem Begnadeten ablief, kopiert hatte und nun wie dieser durch die Nacht flog, ihm immer auf den Fersen blieb.

Er nahm ein undeutliches Licht hinter sich wahr, und

schon blieb Eridanus weit zurück. Das Forschungszentrum verschwand. Undeutlich zogen die Straßen des Äußeren Itrim an ihm vorbei, dann wurden sie durch Berge ersetzt. Bryn wurde klar, dass er mehrere Zauber gleichzeitig ausgeführt haben musste: Er hatte die Quelle der Geschwindigkeit – die Gabe – kopiert und sie so angezapft, dass er immer in dieselbe Richtung wie der Flüchtende lief. Er konnte sich das Ganze nur mit Pentakylismus erklären. Das Hochgefühl dieser Art zu reisen ließ ihm keine Zeit, rational darüber nachzudenken, und als sie schließlich anhielten, beschäftigten ihn erst einmal andere Dinge.

Vom Mondschein erleuchtet, trieb dicker Staub durch die Luft wie ein Insektenschwarm. Bei den trüben Lichtverhältnissen sah Bryn nur ein paar breite Stufen, Säulen und Altäre und ein halbes Dutzend Gestalten, die so ruhig dort standen, dass er sie für Statuen hielt. Das einzige Zeichen dafür, dass sie das nicht waren, war ihr Atem. Wer waren sie? Und wo befanden sie sich hier? War dies eine Art Kirche?

Bryn zog sein Schwert, das wie vereist schimmerte, und ging um den Begnadeten herum, der ihn unwissentlich hierher geführt hatte. Sein Gesichtsausdruck war völlig leer, so leer, stellte Bryn sich vor, wie der der anderen hier wohl auch. Er ließ seinen angespannten Barue-Sinnen freien Lauf und erschauderte. Unter der Oberfläche des Mannes lag eine unheimliche, unnatürliche Ruhe – und weiter darunter in seinem tiefsten Inneren eine quälende Angst. Selbst als Bryn ihm das Schwert vor die Nase hielt, beachtete der Mann ihn nicht weiter. Fasziniert betrachtete Bryn die anderen – es waren alles Begnadete. Niemand reagierte in irgendeiner Weise auf seine Anwesenheit. Sie schienen in Trance zu sein. Oder zu warten.

Bald erweckte die Krypta, in der sie standen, Bryns Aufmerksamkeit. Er ließ die benommenen Begnadeten einfach stehen und stieg vorsichtig über Kratzer und tiefe Risse im Steinboden zu einer zerbrochenen Säule, die ihn an einen Baum erinnerte, der von einem Blitz getroffen worden war. Dann hob er sein Schwert über den Kopf wie eine Fackel. Die Klinge begann selbst zu leuchten, bald heller als der Mond. Soweit Bryn sehen konnte, stand er in einer unterirdischen Halle, die vielleicht Zwerge erbaut hatten – allerdings passte etwas so Ödes gar nicht zu ihnen. Eher passten die Katakomben zu den Begnadeten mit ihrem Mangel an Erinnerungen und Persönlichkeit – als hätte die Verzweiflung, die ihnen die Seelen aussaugte, auf ihre Umgebung ausgestrahlt.

Dann erkannte Bryn, dass einige der Risse in der Säule gar keine Risse waren, sondern ein Muster ergaben. Er fuhr mit dem Finger über die runenähnlichen Symbole. Als er sie von Sand und Ruß befreit hatte, erstarrte er. Er kannte dieses Symbol.

Schwer atmend deutete er mit dem Culmus zur Seite der Höhle. Der Lichtstrahl fiel auf eine nackte Wand. Am Boden befand sich eine Wölbung, als wäre die Wand geschmolzen wie Wachs und hätte sich unten gesammelt. Vielleicht riesige Muster, die in den Boden eingearbeitet worden waren. Die Windungen auf der Säule ähnelten denen, die er auf den Masken der nicht menschlichen Mörder gesehen hatte. Die Begnadeten standen noch immer bewegungslos da. Aber etwas hatte sich geändert. Es waren inzwischen über fünfzig Begnadete. Im erlöschenden Licht seines Schwertes beobachtete er mehrere Umrisse, die sich wie Schlafwandler zu ihren begnadeten Brüdern gesellten.

Bryn musste wieder daran denken, was ihm Eridanus erzählt hatte: dass die Begnadeten die Geißel bekämpften. Vielleicht versammelten sie sich auch heute Nacht zu diesem Zweck. Vielleicht konnte er ihnen helfen.

Während er leise zu ihnen hinüberging, überkam Bryn tiefes Mitleid für diese zerstörten Menschen.

Er blickte dem Nächstbesten von ihnen in die leeren Augen, und als er ihr äußeres Erkennungszeichen – die unglaubliche Ruhe – und die Angst in ihrem tiefsten Inneren spürte, fragte er sich, was wohl in ihren Köpfen vor sich ging. Waren sie in einer Art Schlafwandel? Wurden sie durch Magie hier zusammengerufen? Versammelten sie sich oft?

Bevor er auch nur reagieren konnte, schloss sich eine Hand um seine Kehle. Sein Gegenüber hatte noch immer denselben leeren Blick und schien gar nicht zu merken, was er tat. Bryn versuchte, sich gegen den plötzlichen Angriff zu wehren. Er hatte ihn unvorbereitet erwischt, denn kein Gefühl hatte den Sinneswandel des Begnadeten verraten.

Dieser hielt ihn mit nur einer Hand gepackt, und seine Finger schlossen sich um Bryns Hals. Sein anderer Arm hing schlapp herunter, als hätte er mit dem Kampf seines Gegenstücks überhaupt nichts zu tun. Bevor der Begnadete ihn erwürgen konnte, brach Bryn ihm den Arm und hastete außer Reichweite.

Sein Angreifer verfolgte ihn nicht, also blieb Bryn hinter der nächsten Säule wieder stehen. Keuchend blickte er um die Marmorsäule herum und sah erleichtert, dass ihre Aufmerksamkeit auf etwas anderes gelenkt wurde. Sie befanden sich nicht mehr in diesem traumähnlichen Zustand, aber ihre neue Energie war auf eine andere Gestalt gerichtet.

Am anderen Ende der Gruft, wo Bryn den Ausgang vermutete, versperrte eine gesichtslose Gestalt das hereinfallende Mondlicht. Der gespenstische Schein wurde von den Falten seines Umhangs reflektiert und hüllte ihn in eine kalte Aura, die die Einzelheiten seiner Gestalt verschleierte.

Das Geräusch von Schwertern, die aus ihren Scheiden gezogen wurden, begrüßte den Ankömmling, als die Begnadeten sich wie ein Mann zu ihm umdrehten. Bryn schlich von Säule zu Säule, um besser sehen zu können.

Der vorderste Begnadete stand einige Schritte vor seinen Brüdern. Er wollte sich auf den einsamen Schatten stürzen, aber plötzlich fiel er stattdessen nach vorn in den Dreck. Er krallte sich in die schmutzigen Steine, versuchte sich vorwärtszuziehen, um den Neuankömmling anzugreifen, aber seine Beine steckten fest. Bryn versuchte den Boden zu sehen: Schnüre schlossen sich wie Fesseln um die Fußgelenke des Begnadeten.

Bald lief eine Frau an dem um sich schlagenden Mann vorbei, aber im nächsten Moment ging auch sie zu Boden, und ihr ganzer Körper wurde rasch von sich verknotenden Wurzeln umschlungen.

Der Mann, dem Bryn aus Itrim hierher gefolgt war, schoss aus der Mitte der Versammlung los. Die ersten grünen Triebe streiften seine Hose, aber sie waren zu langsam, um ihn zu fassen zu kriegen. Die nächsten umschlangen seine Beine, aber dank seiner Geschwindigkeit zerriss er sie. Doch die letzten Wurzeln erhoben sich in Erwartung seines Angriffs zu einer Mauer, und er blieb in ihnen hängen wie eine Fliege im Spinnennetz.

Die gesichtslose Gestalt stieg die Stufen zu seiner Beute hinunter. Nun breitete sich das Mondlicht über seinen Kopf hinweg wieder in der Halle aus. Dabei wurde es von poliertem Messing, von Marmor, Stahl und Wasser reflektiert und erhellte den Kopf des Neuankömmlings – und Bryn sah die Maske.

Die kleinen Härchen auf seinen Armen stellten sich auf, und ihm fuhr ein Schauder über den Rücken.

Es war der Kultivator.

Nun hatte der Kultivator mit der Maske den ersten Begnadeten erreicht, der zuckend in einem Bett aus Dorngestrüpp lag. Der wahnsinnige Magier beugte sich hinunter und berührte ihn an der Stirn. Bryn konnte nicht genau erkennen, was er tat, aber die Bewegung wirkte, als ob er einem Toten die Augen schloss.

Bryn musste herausbekommen, was hier vor sich ging. Da alle nur auf den Neuankömmling achteten, konnte er sich unter die Menge mischen und wurde mitten in den drängenden Körpern nach vorn getragen.

Als ein Begnadeter versuchte, sich mit Feuer einen Weg durch die sich windenden Wurzeln zu kämpfen, tauchte das die umliegenden Säulen in rotes Licht. Die Luft wurde vom Gestank verkohlter Pflanzen erfüllt, es roch nach angebrannter Suppe.

Die tentakelähnliche Pflanze fing nicht an zu brennen, aber das tödliche Grün schrumpelte mit einem blubbernden Zischen zusammen, bis nur noch eine Pfütze aus schwarzem Schlick auf dem Boden übrig blieb. Bryn musste würgen.

In dem kurzen Aufflackern der Flammen sah er einen menschlichen Körper um sich schlagend in der Luft hängen. Ein Begnadeter war über die Wurzel geflogen, aber in unnatürlichen Strömen der windstillen Höhle gefangen, konnte er den Kultivator nicht erreichen.

Der setzte seinen Spaziergang durch die Gefangenen fort. Wie ein Priester nach einer Schlacht ging er von einem gefallenen Körper zum nächsten und berührte sie an der Stirn, wie um sie zu segnen.

Bryn war nahe genug, um ihre Gefühle zu spüren: wieder die vertraute Friedlichkeit, die ihre innere Angst umschloss – und noch etwas anderes.

Der Kultivator mit der Maske war so leer an Gefühlen wie

der tote Stein des Tempels – von ihm empfing Bryn nur den Wahnsinn in der Unsichtbaren Welt. Aber er konnte hier im Raum noch die Gefühle von normalen Leuten spüren. Verwirrung, Furcht, Ungläubigkeit. Echte, gesunde menschliche Angst wie beim Erwachen aus einem Albtraum, um dann festzustellen, dass man mit lebendigen Dornen am Boden gefesselt ist.

Bryn keuchte, als ein Begnadeter nach dem anderen wieder zu Bewusstsein kam.

Der Kultivator mit der Maske tötete sie nicht … er befreite sie! Sie wurden von ihren Gaben befreit!

Sobald der Kultivator sie berührt hatte, zogen sich die fesselnden Wurzeln wie Schlangen zurück und ließen ihre Beute los.

Fasziniert schlich Bryn sich näher heran. Er war verwirrt. Wie konnte der Anführer der Kulte nur etwas so Wunderbares tun? Bryn hielt sich von den zuschnappenden Ranken fern, kroch aber so nah wie möglich heran, bis er die Risse im uralten Stein sehen konnte, durch die sich die Wurzeln ihren Weg aus der Erde gekämpft hatten. Wenn er nur herausfinden konnte, wie der Kultivator die Begnadeten befreite, dann konnte er es vielleicht den Lehrmeistern erklären; auf diese Weise ließen sich in ganz Calaspia die Begnadeten befreien.

Doch der Gedanke erstarb, bevor er ihn völlig zu Ende gedacht hatte, und ein neues Frösteln breitete sich in seiner Brust aus.

Er war jetzt dicht genug dran, um in der Unsichtbaren Welt das rötliche Schimmern zu sehen, das die Körper der Begnadeten verließ, wenn der Kultivator ihr Menschsein wiederherstellte – es verschwand in den Fingern ihres Befreiers.

Der Kultivator befreite sie nicht von ihrer Gabe … er stahl sie ihnen.

Was hatte Djutoris in Itrim gesagt? Die Magie der Begnadeten sei keine echte Magie. Sie war auf ihrer Karte nicht zu sehen, da sie anscheinend nur auf der physischen Ebene der Sichtbaren Welt arbeitete. Ihr Ursprung und ihre Macht lagen nicht in der Unsichtbaren Welt. Die Begnadeten waren vom Wahnsinn besessen, so ähnlich wie die Nurg'uzrael. Und als der Kultivator den Wahnsinn aus ihren Seelen entfernte, wurde die besitzergreifende Kraft nicht zerstört, sondern in ihn umgelenkt.

Bei jedem Auflegen seiner unseligen Hand wurde der Kultivator mächtiger und unberechenbarer.

Bryn spürte eine Angst in sich aufsteigen wie noch nie zuvor. Er befand sich in einer Höhle, zusammen mit hundert leeren menschlichen Hüllen, Zombies des Wahnsinns, und mit dem Kultivator, einem mächtigen Magier, der sich gerade ein Dutzend verschiedener Gaben angeeignet hatte. Er musste ihn aufhalten, bevor er noch weitere Gaben erlangte. Bryn zog die Stärke aus den ihn umgebenden Körpern ab und kanalisierte die Wärme aus der Tiefe der Erde. Dann konzentrierte er den Ergeomorphismus auf die Wurzeln der Pflanzen – die Wurzeln der Wurzeln –, sodass sie in Flammen aufgingen.

Glücklicherweise sanken die Pflanzen zu Boden, sodass sich die Menschen, Begnadete und bereits Befreite, losreißen konnten, bevor die Flammen sie erfassten.

Sie erfüllten den Tempel mit einem trüben Licht, das scharfe Schatten auf die Höhlenwände und die zerstörten Säulen warf. In dem rötlichen Glühen zog Bryn sein Culmus und kämpfte sich durch den Ruß und die Asche vor zum Kultivator. Wenn er es schaffte, ihn zu töten, hatten die verschiedenen Kulte keinen Anführer mehr und versanken in Anarchie.

Auch die Begnadeten, die sich aus ihrer unnatürlichen Gefangenschaft befreit hatten, griffen jetzt ihren Feind an. Vielleicht fürchtete sich der Wahnsinn in ihnen vor der Befreiung. Jeder Einzelne griff mit seiner entsprechende Gabe an.

Der Kultivator zog nur einen langen Dolch und nahm es Hieb für Hieb und Gabe für Gabe mit ihnen auf. Ein-, zweimal, in einem Sekundenbruchteil zwischen einem Gegner und dem nächsten, sprach er einen Zauber des Wahnsinns aus, um zu verhindern, dass mehr als nur ein paar von ihnen gleichzeitig zu ihm vordringen konnten.

Endlich schaffte es Bryn, sich durch die kleiner werdende Gruppe zu kämpfen. Er mischte sich unter die Angreifer und hoffte, den Kultivator schnell zu erledigen, ihm in dem Wirrwarr aus Schwertern und Magie den entscheidenden Stoß versetzen zu können. Aber als er sich unter die Begnadeten mischte, wandten sie sich auch gegen ihn, denn sie hatten erkannt, dass der neue Kämpfer keiner der Ihren war.

Bryn musste sein schmales Schwert mit unglaublicher Geschwindigkeit führen. So schnell wie sie auf ihn einstürmten, schlug er ihnen die Waffen aus den Händen. Der Schein der langsam niederbrennenden Flammen auf dem Boden spiegelte sich in seiner Klinge. Zwischen ihrem Aufflammen hob das Mondlicht seine wahre Farbe hervor. Sein Schwert war das einzige echte Licht im Zentrum dieses Sturms aus Schwertern und Wahnsinn.

Ein Pyromane spuckte ihm Feuer entgegen wie ein Drache. Aus dem Augenwinkel sah er eine Welle seltsamer Farben durch die Luft fliegen, sie schoss auf ihn zu wie ein kaum sichtbarer Pfeil. Der dritte Angriff war telekinetisch. Und dann gab es noch die Schwerter.

Bryn hatte kaum Zeit, all die Gefahren zu registrieren, die auf ihn zuschossen. Es war ausgeschlossen, dass er auch nur die Hälfte davon abwehren konnte. Er musste einfach nur hier weg, und das blitzschnell. Bryn schloss die Augen, die seit dem Flammenangriff äußerst lichtempfindlich waren. Er spürte ein unglaubliches Verlangen, einfach von diesem verheerenden Fleck zu verschwinden – und er spürte auch die Fähigkeit dazu.

Als er die Augen wieder öffnete, stand er ein paar Meter abseits. Seine Feinde bildeten einen Kreis um eine leere Stelle. Dann zerriss die Welle dieser immateriellen Kraft den Begnadeten, der gerade noch hinter Bryn gestanden hatte, in blutige Fetzen, und seine Gegner stoben verwirrt auseinander, um sich nicht gegenseitig zu verletzen.

War er hierher gesprungen oder gerollt? Nein, er musste sich hierher *teleportiert* haben. Er wusste nur, dass er es nicht bewusst getan hatte, obwohl er mit Sicherheit hier hatte landen wollen. Das war kein Ergeomorphismus und kein Psychallaisismus … oder doch? Konnte er mittlerweile so gut zaubern, dass es ihm schon unterbewusst gelang?

Während seine Gedanken rasten, waren auch seine Arme nicht untätig. Er streckte die beiden nächsten Begnadeten nieder, bevor die anderen in der Nähe ihn wieder umzingeln konnten.

Und diesmal musste er nicht mehr groß überlegen. Sein Schwert bewegte sich weiterhin mit all der tödlichen Anmut der Culmus Sangui, aber er hielt sich nicht mehr für einen Magier. Jede Gabe wurde beiseitegefegt, bevor sie ihn erreichen konnte, als würde jemand anders den Gegenzauber durch ihn hindurch ausführen, mit seiner eigenen Energie.

Bryn bemerkte, dass er die Gaben problemlos auf ihre Auslöser zurückwerfen und auch eigene Angriffe ausführen konnte, so schnell, als verfügte er selbst über eine Vielzahl von Gaben.

Er wollte die Begnadeten nicht verletzen, und als er sich ansah, was er gerade getan hatte, stellte er zu seiner Überraschung fest, dass die meisten dieser Marionetten des Wahnsinns bewusstlos, glücklicherweise jedoch am Leben und unverletzt waren.

Die Begnadeten kippten vor seiner Klinge und Magie mehr oder weniger einfach um. Rasch hatte er die ihm im Weg Stehenden beiseitegewischt, und der Weg zum Feind war frei. Der Kultivator hob den Blick, sah Bryn und fuhr zusammen.

Er bespuckte den nächsten Gegner mit Feuer, der gegen eine Säule krachte. Dann erhob sich der Kultivator in die Luft und flog in einem riesigen, langsamen Sprung zum Ausgang. Bryn stieß die ihm im Weg stehenden Begnadeten beiseite und lief zu den Stufen, die nach oben hinausführten. Als er an der untersten Stufe ankam, verschwand der Kultivator mit der Maske gerade oben durch den Ausgang. Bryn stampfte die Stufen hoch und stand plötzlich in der kalten Luft unter dem prachtvollen Sternenhimmel.

Seltsam buckelige Steine krönten das Hügelgrab, das den Eingang zum Tempel markierte. Verschieden große Ebenen mit kleinen Hügeln und Bäumen erstreckten sich in die Ferne bis zu den Gipfeln der Berge von Itrim im Westen. Bryn untersuchte die Unsichtbare Welt in alle Richtungen. Hier draußen war es, abgesehen von den stampfenden Füßen, die von unten hochschallten, völlig still.

Und weit und breit keine Zeichen vom Kultivator mit der Maske.

✦ 28. KAPITEL ✦

Die versperrte Kathedrale

Ich bin gerade dabei, eine Entdeckung zu machen, und die Erwartung, dass sie stimmt, erfüllt mich mit Hochgefühl. Sie passt ganz einfach perfekt zu meinen mythologischen Nachforschungen, kommt aber aus einer völlig unerwarteten Quelle: der apheristischen Kirche (wenn auch aus einem Archiv, das ein reiner Theologe nie betreten würde). Dort wird behauptet, dass ursprünglich – als «Regenten» ihrer Welt – alle Kreaturen mit einer Seele Pentakylisten waren! Erst nach dem Eindringen des Wahnsinns wurde die Magie, wie alle physischen Ebenen und anderen Dimensionen auch, aufgespalten und verdorben. Welche weiteren Geheimnisse verbirgt die Kirche bezüglich des Apheristen – und Calaspia in früheren Zeitaltern?

— Lueths Notizbuch

Bryn bemerkte einige unauffällige Bewegungen. Dunkle Umrisse wehten zu ihm herüber. Er streckte seine Fühler aus und verstärkte seine Barue-Sinne weit über ihr normales Maß: Von den Begnadeten wehte Friedlichkeit und Angst herüber. Also war die Versammlung im Tempel noch nicht vorüber.

Da er hier nichts Neues mehr erfahren konnte, ging Bryn einer weiteren Konfrontation aus dem Weg. Er ging um das Hügelgrab herum und machte sich auf den Weg nach Westen, nach Itrim. Nach dem Kampf waren seine Glieder schwer, und die Nacht erschien ihm zu still.

Er blieb stehen. Nach Itrim zurückzugehen hatte keinen Sinn. Bei normaler Geschwindigkeit würde es Tage dauern, die Berge zu erreichen, und außerdem kannte er den Weg in die Stadt der Türme noch immer nicht. Und da er jetzt als autorisierter Magienutzer zertifiziert worden war, würde auch sein Trick, die Lehrmeister zu sich zu locken, nicht mehr funktionieren.

Auf dem nächsten Hügel ließ Bryn sich ins feuchte Gras fallen.

Wenn er nicht wieder zurück nach Itrim gehen konnte, sollte er nach Quivelda gehen? Nach Baruto? Zu den Culmus Sangui? Er war einem Durchbruch keinen Schritt näher gekommen. Der Codex Sanguis hatte sich als Enttäuschung erwiesen. Die Krieger hatten bis vor kurzem nach dem Codex Culmus und dem Codex Sanguis gelebt, und für viele Generationen hatten diejenigen, die den Codex Sanguis verwendet hatten, keine mächtigeren Fähigkeiten besessen als jetzt unter Sarghenta.

Die Gedanken an seine einsame Suche entmutigten ihn, und so zog Bryn Lueths Notizbuch aus dem Pilgergewand, wie er es häufig tat, wenn er sich gelangweilt oder verloren fühlte.

Elyon, weise mir den Weg.

Die Pentakylistische Schrift brauchte kein Licht. Obwohl der Mond und die Sterne viel zu schwach schienen, um die Symbole gut erkennen zu können, konnte er ihre groben Umrisse sehen, und das reichte aus, damit er sie in der Unsichtbaren Welt zu fassen bekam. Als der Index langsam deutlicher wurde, traf ihn die Erkenntnis, dass er tatsächlich ein Pentakylist war.

Während ihm langsam bewusstwurde, dass er diese überlegene Gabe tatsächlich einsetzen und nicht nur ein paar seltsame Schriftzeichen entziffern konnte, fiel ihm Mama Bellysets Brief wieder ein.

Dieser hat den Feind nicht allein mit Magnarion bekämpft.

Als er die Worte leise wiederholte, war er sich sicher: Der Apherist hätte seine Taten auch ohne sein legendäres Schwert vollbringen können. Und Bryn schwor, auch er würde sich nicht dadurch behindern lassen, dass er die Waffe nicht besaß. Finden wollte er sie aber trotzdem.

Als er den Index nach Informationen über Wahnsinn und Pentakylismus durchsuchte, fiel ihm ein Abschnitt wieder ein, den er in Itrim gelesen hatte. Er hatte von einer Theorie der apheristischen Kirche gehandelt, nach der vor dem Eindringen des Wahnsinns sämtliche Intelligenzwesen so etwas Ähnliches wie Pentakylisten gewesen waren. Das würde auch zu der Erleuchtung passen, die ihm nach dem Lösen des Pentakylistischen Puzzles gekommen war.

Lueth behauptete, dass das sogar vor den Aposteln des Verstehens und ihresgleichen geheim gehalten wurde – was auch erklärte, warum ihm der Besuch im Kloster nicht weitergeholfen hatte.

Wenn es tatsächlich Dinge gab, die nur der Pontifex und seine engsten Vertrauten wussten, musste es in der apheristischen Kirche so manches interessante, streng vertrauliche Geheimnis geben. Vielleicht waren die, die eng mit dem wahren Apheristen zusammengearbeitet hatten, würdige Geheimnisträger.

Als die stillen Umrisse der Begnadeten langsam aus dem

Hügelgrab herausströmten, holte Bryn einen dieser Stifte aus Itrim aus seinem Pilgerbeutel. Gut, dass man dafür keine Tinte mit sich herumschleppen musste. Er schrieb eine Nachricht an Eridanus: Es gehe ihm gut, er werde nicht nach Itrim zurückkehren, da er eine andere Spur gefunden habe, und er solle Silaeti und Sylvata bitte nach Eisenfels schicken.

Er faltete den Brief zu einer Pfeilspitze und blies unter ihre kleinen Flügel. Er verknüpfte sie mit den Winden nach Itrim, so musste er ihr nur wenig seiner eigenen Energie mitgeben. Und damit die Stadtgrenze den Zauber nicht abwies, gab er ihm eine Spur seiner Freundschaft zu Eridanus mit, sodass der Hohe Lehrmeister seine Echtheit erkennen konnte.

Langsam verebbte der Strom der Begnadeten, die in die dichter werdenden Wälder im Osten verschwanden. Bryn wandte dem Totentempel den Rücken zu und machte sich auf den Weg nach Norden zur Kathedrale des Katechismus – dem Sitz des Pontifex und seines Rates.

✦ ✦ ✦

Als Inbegriff des Einflusses und der Extravaganz der Kirche erhob sich die Kathedrale des Katechismus in all dem weltlichen Glanz, den Gold und handwerkliches Können schaffen konnten, über ihre reichen und noblen Schwestern.

Der größte Teil des Komplexes war für die Öffentlichkeit gesperrt. Trotzdem strömten tagein, tagaus Leute aus dem ganzen Numenii-Imperium und sogar aus fernen Ländern zum städtischen Sankt-Apherist-Platz. Alle wollten den prachtvollen Anblick genießen, einen berühmten Geistlichen erblicken oder sogar ein Wort von ihm erhaschen, Lehrschriften und Gebetbücher oder Andenken wie Bilder und Statuen der

Heiligen oder geschriebene Segenssprüche kaufen, Tribut an ihre Schutzheiligen entrichten, der Kirche ein goldenes Opfer bringen und manchmal sogar beten.

Der Platz war von zwei altertümlich aussehenden Säulengängen umschlossen, die auf beiden Seiten der Basilika lagen wie Arme, die die außerhalb des Platzes einluden und die auf dem Platz umarmten. Zurzeit wirkte die Umarmung jedoch etwas widerwillig: Eine Reihe Geweihter – in Umhänge gekleidete Wachen des Katechismus – und Bannbrecher schlossen den Kreis der vorbehaltlichen Liebe, der zu zwei Dritteln durch Stein geschützt und zu einem Drittel offen, aber streng bewacht wurde.

Im Kloster hatte Bryn immer gehört, dass die Kathedrale für ihre Gastfreundschaft und Hilfsbereitschaft Besuchern gegenüber äußerst berühmt war. Die Apostel des Verstehens wurden nach ihrem ersten Training hierher geschickt, um die Masse der spirituellen Sucher zu unterstützen, und die, die für ihr weiteres Training zurückgekehrt waren, hatten immer in den höchsten Tönen vom Heim und von der Zentrale der apheristischen Kirche geschwärmt.

Bryn konnte sich schon vorstellen, dass sich seit dem Aufkommen von Splittergruppen wie den Kulten des Wahnsinns so einiges geändert hatte. Jetzt, da im ganzen Imperium Schreine und Tempel verunstaltet oder sogar zerstört wurden, achtete der Pontifex sehr genau darauf, dass nicht einmal das kleinste Stückchen seiner heiligen Bleibe befleckt wurde.

Sicherheitsaspekte schienen wichtiger zu sein als die Anliegen und Fragen der Besucher – die Mitarbeiter durchsuchten sie eher, als dass sie ihnen halfen. Wohin Bryn auch sah, überall wurde die Menge von todernsten Ordnern überwacht. Er hatte Glück, denn da er ein Apostel des Verstehens gewesen war und die weißen Kleider eines Pilgers trug, fiel er hier in keinster Weise auf. Problemlos kam er bis auf das Gelände der Kathedrale. Aber noch war er nicht am Ziel.

Während Bryn sich durch die Geistlichen, Touristen, Pilger, flüsternden Besucher mit großen Augen und stolz und geschäftig dreinblickenden Mitglieder der Kirche schlängelte, dachte er, dass sie alle so aussahen, als würden sie ein ganz anderes Calaspia bewohnen als er.

So gern Bryn sich den öffentlichen Innenhof, die Schriften, die Statuen und das Museum auch angeschaut hätte, er konnte sich nicht so recht dazu durchringen, sich wie ein Tourist zu verhalten. Er marschierte direkt auf die Basilika zu. Sie hatte die größte oberirdische Halle, die er je gesehen hatte – und angesichts ihrer Größe sicher auch die prunkvollste. Mehrere Minuten lang ging er sprachlos durch die riesige, erhabene Halle. Überall hingen Tafeln mit Bildern zu den Geschichten der Heiligen Schriften. Dann fiel ihm die Decke auf. Sie war so luftig und kompliziert erbaut worden. So hoch über dem Boden, bildete sie regelrecht den Himmel nach. Es war ein überwältigender Anblick.

Teile der Basilika waren nur Geistlichen zugänglich. Manche Altäre und Gemälde waren mit Stangen oder Ketten abgesperrt. Bryn hätte den Rest des Tages hier verbringen können, aber bald wanderten seine Blicke von dem Luxus zu den Türen. Sie schienen verschlossen, nur selten benutzt und für seine Mission nicht von Interesse zu sein. Enttäuscht verließ er die Halle wieder durch das große Tor. Er musste einfach einen Weg vom äußeren in das innere Kloster finden.

Dann entdeckte Bryn eine Tür, die genau diesem Zweck zu dienen schien. Ein Geistlicher trat zu dem einzigen Wachsoldaten, wechselte einige Worte mit ihm und verschwand dahinter. Wenn es ihm gelang, durch diese Tür zu schlüpfen, würde er in den nicht öffentlich zugänglichen Bereich gelangen und hatte es sicher leichter, den Rat zu finden. Ihm blieb wohl nichts anderes übrig, als es einfach zu probieren. Was sollte im schlimmsten Fall schon passieren?

«Tut mir leid, Herr», sagte die Wache mit erhobener Hand. «Der Rest der Kathedrale ist geschlossen. Nur der Rat und sein Gefolge dürfen diesen Bereich betreten.»

«Genau», antwortete Bryn, ohne stehen zu bleiben. «Ich bin hier, um dem Rat vorzusprechen.»

«Kann ich dann bitte Eure Papiere sehen, Herr?»

«Ich habe keine Papiere.» Bryn blieb vor dem Wachposten stehen. Er war noch jung und trug nur eine einfache Rüstung ohne Kopfschutz, einen Dolch und ein Kurzschwert. An seiner Körperhaltung konnte Bryn erkennen, dass er nicht sonderlich kampferfahren war. Der Barue könnte ihn erledigen, bevor er auch nur nach seinem Schwert gegriffen hätte.

«Ich fürchte, ich kann Euch ohne offizielle Dokumente nicht passieren lassen.»

«Ich bin ein Apostel des Verstehens und habe wichtige Informationen für den Rat.» Sein autoritäres und überzeugtes Auftreten nagte an der Entschlossenheit der Wache. «Es war keine Zeit mehr, die entsprechenden Papiere zu beantragen, aber ich muss unbedingt passieren.» Es belastete Bryns Gewissen nur wenig, die Gefühle des Mannes zu untersuchen und ihn ein bisschen kooperativer zu machen. Dann kam ihm eine Idee. «Zumindest keine Papiere. Natürlich verfüge ich über verschiedene Autoritätsnachweise, zum Beispiel Bischof Hecklehursts Siegelring.» Er kramte in seinem Beutel und zog die Fälschung heraus, hielt sie lässig zwischen Daumen und Zeigefinger und tat so, als suchte er noch weitere Gegenstände, die bekannten Ratsmitgliedern gehörten.

«Nun, dann dürft Ihr wohl passieren», sagte der Wachsoldat nervös. «Wo Ihr doch ein Apostel des Verstehens seid.»

Er öffnete Bryn die Tür. «Einen schönen Tag noch, Herr.»

«Danke.» Bryn steckte den gefälschten Ring wieder ein. «Ebenso.» Er konnte sein Glück kaum fassen.

Im Unterschied zu Armaah und Bel-Tued, wo die Gebäude in den verschiedensten Stilen gebaut worden waren, schien die Architektur des Heiligen Stuhls der apheristischen Kirche nur in der Anzahl der Verzierungen zu variieren: von relativ schlichten und einfachen Türmen zu eher normal verzierten, die mit Dornen, Flügeln, Fialen und Bögen auf Kreuzblumen geschmückt waren. Wie in Itrim hatte es den Eindruck, als stammten die prächtigen Gebäude aus einem längst vergangenen Zeitalter.

Die Architektur machte es Bryn leicht, den Weg zu finden: Er folgte einfach der zunehmenden Pracht. Schon bald befand er sich im Zentrum des Komplexes. Er stand vor einem großen Innenhof, den er erst für offen hielt, dann bemerkte Bryn aber das hohe Glasdach. Links davon lagen die Eingänge zur Kathedrale für die Dekane und Bischöfe, dahinter eine Kapelle für die Geistlichen, die einen Ort für ein stilles Gebet suchten, fern von den durch die Kathedrale strömenden Massen. Rechts lagen weitere Klöster, Bibliotheken und Archive. Vor ihm führten sieben Stufen hoch zu den innersten Gemächern, die für die Bischöfe und den Pontifex und ihre engsten Vertrauten reserviert waren. Vor einer großen Holztür standen zwei Wachen. So, wie sie aussahen, würden sie es Bryn nicht so leichtmachen wie die erste Wache. Dicke, goldene Federn schmückten ihre Helme. Ihre Rüstungen waren nicht nur prachtvoll gearbeitet, sie würden ihnen im Kampf auch guten Schutz bieten: von den Schuhen aus gehärtetem Leder bis zu den mit Ketten gepanzerten Handschuhen, in denen sie ihre Hellebarden hielten.

Als Bryn zu ihnen hinüberging, spürte er die Magie, die

die Türen schützten. Kurz fragte sich Bryn, warum der Rat sich so abschottete und was er zu verbergen hatte. Dunkle Geheimnisse über den persönlichen Wahnsinn, Regierungsangelegenheiten, Pentakylismus?

«Halt!» Die eine Wache beobachtete Bryn genau, als er die unterste Stufe betrat.

«Der Rat tagt gerade, Ihr dürft da nicht hinein», sagte der andere, die Hellebarde fest gepackt.

«Genau wegen des Rates bin ich hier», antwortete Bryn, blieb aber vorsichtshalber auf der untersten Stufe stehen.

«Wie alle hier in diesem Bereich. Diese Gebäude hier dürfen jedoch nur persönliche Mitglieder des Rates betreten, und die sind bereits vollzählig versammelt.» Die Wache lockerte den Griff. «Und nun geht weiter.»

«Ihr versteht nicht», sagte Bryn. «Ich bin ein Apostel des Verstehens, und ich habe Informationen, die der Rat anhören muss.»

«Dann wendet Euch an die zuständige Stelle und füllt einen entsprechenden Antrag aus. Wenn Ihr dort drüben hineingeht», er zeigte links an Bryn vorbei, «könnt Ihr bei dem entsprechenden Geistlichen sämtliche relevanten Angaben hinterlassen.»

«Ich habe keine Zeit, einen Antrag zu stellen und zu warten, bis sich irgendjemand darum kümmert – und die Informationen sind zu heikel, um sie irgendeinem Schreiber mitzuteilen.» Bryn versuchte, respekteinflößend zu klingen, aber unterhalb der Wachen zu stehen erleichterte die Sache nicht gerade. Er machte einen Schritt auf die nächste Stufe.

«Stehen bleiben!», warnte ihn die zweite Wache. «Sonst sind wir gezwungen, Euch in Gewahrsam zu nehmen.»

Als ob ihr das könntet, dachte Bryn, behielt diesen Gedanken aber lieber für sich. «Ich muss mit dem Rat sprechen.»

«Wir haben weder die Befugnis, Euch vorzulassen, noch können wir es überhaupt. Die Eingänge sind versiegelt, wenn der Rat tagt. Nicht einmal wir vermögen dort einzudringen! Allein die Würdenträger können anderen Zutritt gewähren. Also geht bitte, Sir.»

Er dachte kurz darüber nach, ob er den Wachen den falschen Siegelring zeigen sollte, aber es bestand die Gefahr, dass sie ihn als Fälschung erkannten, und das würde seine Lage nur noch verschlimmern. Und selbst wenn sie ihn für echt hielten, konnten sie ihn ja nicht einlassen. Soweit er spüren konnte, hatten sie nicht gelogen.

Bryn nickte und wandte sich ab. Er würde einen anderen Weg finden müssen.

✦ ✦ ✦

Auch der Versuch, den Antrag zu stellen, stellte sich als schwierig heraus. Den richtigen Ansprechpartner hatte er schnell gefunden. Aber als Bryn ihm sagte, er würde gern beim Rat vorsprechen, verspottete der werdende Kahlkopf ihn regelrecht. Bryn erklärte ihm, er sei ein Apostel des Verstehens, sagte ihm, er sei ein Bellyset, und immerhin das rief eine Reaktion hervor: Der Mann runzelte die Stirn, doch statt ihn endlich den Antrag ausfüllen zu lassen, riet er ihm, vielleicht besser einen Termin beim Präfekten für ökonomische Angelegenheiten anzustreben.

«Ich bin nicht geschäftlich hier!», fuhr Bryn ihn an. Dann zwang er sich, ruhig zu bleiben, und fuhr fort: «Wie ich schon sagte, habe ich vertrauliche Informationen, von denen normalerweise nur Bischöfe Kenntnis erlangen. Gebt mir eine Chance, lasst mich vor und lasst sie entscheiden.»

Aber es war zu spät. Bryn sollte rasch bedauern, die Stimme

gehoben zu haben. Die Wachen ließen ihre Muskeln spielen, der kahle Mann hinter dem Schreibtisch schniefte und vergrub sein Gesicht in einem Taschentuch, und nichts, was Bryn sagte, brachte ihn irgendwie weiter.

Völlig frustriert konnte er sich nur noch zusammenreißen und keinen offenen Kampf anfangen. Er schluckte seine Ungeduld herunter und schlurfte müde zum Brunnen der Erlösung. Hier wuschen sich Pilger in einer symbolischen Geste den Schmutz von der Haut, wenn der Rat nicht tagte: Der Schmutz, der sich unterwegs angesammelt hatte, repräsentierte die kathartische Reise der Seele. Sowohl der Schmutz des Körpers als auch der Seele wurde weggespült und ließ den Pilger geläutert zurück, damit dieser den neuen Raum in seinem Leben mit besseren Dingen füllen konnte. Bryns Leben war so vollgepackt, blieb da noch Raum für irgendetwas anderes? Und keine seiner Rollen hatte ihn auch nur einen Schritt näher ans Ziel gebracht: weder als Apostel des Verstehens noch als Braumeister noch als Culmus Sangui.

Bryn spritzte sich Wasser ins Gesicht und sah ein, dass er wohl keinen besonders guten ersten Eindruck hinterlassen hatte. Er fühlte sich an Mittni und ihre Zeremonie in Caer Isnova erinnert: Die Ideologien dahinter waren sich sehr ähnlich. *Das Alte ist gegangen, das Neue ist gekommen.*

Die Sonne spiegelte sich in einem nahen Fenster, einem grandiosen Puzzle aus Glas, das das Licht zu einem Mosaik aus Farben auffächerte und auf den Grund des Brunnens warf. Eine Ecke des hellen Rundes traf auf das Wasser, wo es in weitere Schatten aufgeteilt wurde, die zu wilden Mustern verwirbelten und hier und da neue Farbtöne zurückwarfen.

Unbarmherzig brannte die Sonne auf das Kollegium des Katechismus herunter. Bryn hatte in Itrim zwar gebadet, aber inzwischen war er schon wieder von Kopf bis Fuß schmutzig. Ohne groß darüber nachzudenken, wer ihn vielleicht sah oder beobachtete, begann er mit dem Pilgerritual. Er stieg ins kalte Wasser, zog sich dort aus, wusch sich und seine Kleider, die er dann zum Trocknen über den Brunnenrand legte.

Zum ersten Mal in seinem Leben kam Bryn der Gedanke, den inneren Wahnsinn aus der Seele zu spülen. War so etwas möglich? Wie sollte man diesen Vorgang angehen – oder war es etwas, das plötzlich geschah? Wenn der Wahnsinn das war, was die Menschheit von Elyon trennte, würde jemand, der den persönlichen Wahnsinn besiegt, einen bisher unerreichten Zugang zu Gott erhalten …?

Solche Gedanken schossen ihm durch den Kopf, während er sich wusch, völlig verloren in dem Treiben der anderen um ihn herum, die ihren eigenen frommen Beschäftigungen nachgingen. Er hielt die Luft an und tauchte unter, während er darum betete, Elyon möge ihn läutern. Als er wieder auftauchte, hingen strahlende Perlen aus Wasser in seinen Wimpern. Einen Moment lang war er fast blind.

Dabei fiel sein Blick auf die Ziegelsteine eines Nebengebäudes. Das Mauerwerk war durchaus mit den besten Arbeiten in Armaah vergleichbar, aber wie es sich so zum Himmel streckte, schien sein Hauptzweck darin zu liegen, Ehrfurcht einzuflößen. Mit all den Verzierungen und Schnörkeln im Mauerwerk war es eindeutig nicht gebaut worden, um das menschliche Auge zu erfreuen. Zumindest seine öffentlich zugänglichen Bereiche nicht.

Bryn watete zurück an den Rand des Brunnens. Aber wo waren seine Kleider geblieben? Bryn blickte nach links und nach rechts. Er konnte nicht auf der ganz anderen Seite des Brunnens sein, denn sonst wäre die Fontäne jetzt zwischen ihm und dem Nebengebäude. Wahrscheinlich hatte sich jemand darüber geärgert, dass er im Brunnen badete, während der Rat tagte, und ihm einen Streich gespielt. Wer es auch immer war, Bryn sollte ihn mit seinen Barue-Sinnen rasch aufspüren können, wie er hier irgendwo herumstand und ihn amüsiert beobachtete.

Aber niemand schien sich für ihn zu interessieren, Bryn konnte keine passenden Gefühle aufschnappen. Ihm rutschte das Herz in die – verschwundene – Hose. Wie sollte er hier ohne Kleider herumspazieren? Die Geistlichen würden das als Beleidigung auffassen, und nackt würden seine Chancen auch kaum steigen, vor den Rat treten zu dürfen.

Bryn merkte, dass er viel ehrlicher um Hilfe betete, als er es in seinen Schlachten je getan hatte. Und obwohl er keine Lösung für das Problem fand, ebbte seine Angst ab, und er beruhigte sich. Elyon würde ihn schon wieder einkleiden ... aber er wollte ihn zuerst etwas lehren. Vertrauen vielleicht? So völlig ohne Kleider war Bryn nicht gerade in der Stimmung, etwas zu lernen, aber da er so auch nicht aus dem Brunnen steigen wollte, ließ er sich ins Wasser zurückfallen und grübelte über seine Situation nach.

Gedanken trieben durch seinen Kopf, hauptsächlich über die apheristische Kirche und seine ungewisse Beziehung zu ihr. Lueth, die Kirche, der Orden von Itrim und die Culmus Sangui – alle gingen auf den nebulösen Apheristen zurück. Sogar die Gilde der Kundigen. All diese Gruppierungen glaubten, dass sie das Richtige taten, dass ihre Arbeit am wichtigsten war. Und mitten in diesen Überlegungen kam ihm plötzlich die Erleuchtung.

Viele kämpften in Elyons Namen, aber nur wenige folgten Seinem Willen. Diese mächtigen Männer, die selbst ernannt in Seinem Namen kämpften, würden entmachtet werden. Die Pläne der Weisen, die mit niederträchtigen Methoden kämpften, würde Er zu Fall bringen. Sie führten ihre eigenen Kriege. Bevor irgendjemand Elyons Banner verdient hatte, mussten sie zuerst die eigenen Insignien fallen lassen und Seine tragen.

Nach diesen Gedanken, die er für eine eigene Erkenntnis hielt, hörte er etwas, das mehr als nur eine Stimme in seinem Kopf war.

Die Mächtigen und Weisen haben sich gegen Meinen himmlischen Thron verschworen, und ihre eigenen Pläne zur Rettung von Calaspia haben die Länder einer Gefahr ausgesetzt, wie es sie seit den Tagen des Eindringens nicht mehr gegeben hat. Ich werde dich leiten, Schritt für Schritt, denn du kennst den Weg nicht. Vertraue nicht auf menschliche Utopien, vertraue Mir, und Ich werde das Unmögliche vollbringen.

«Was soll ich tun?», fragte Bryn atemlos.

Dann wurde es ihm klar: Er sollte gar nichts *tun*. Handeln ohne Sein war das Problem. Genau darum ging es in der Religion. Elyon verlangte kein Tun, sondern *Sein*. Alles Handeln würde sich aus seiner neuen Identität ergeben.

«Und was ist meine neue Identität?», fragte Bryn.

Nur der Eine, der ihn geschaffen hatte, konnte ihm auch seine wahre Identität offenbaren. Und die offenbarte er denen, die ohne *eigene* Uniformen, Waffen und Standarten für ihn kämpften. Man kann nicht zwei Meistern dienen oder zwei Imperien angehören. Elyon wollte, dass er nackt war, damit Er ihn einkleiden konnte.

«Du kannst nicht wirklich wollen, dass ich so umherspaziere», sagte Bryn.

Wieder das Gefühl: Wirf deine eigenen Kleider fort. Respektiere irdische Autoritäten, wenn sie der himmlischen nicht widersprechen, aber befreie dich von jeglichen irdischen Treueschwüren. Elyon wollte, dass er nur für Ihn allein kämpfte.

Nicht für andere, nicht mit anderen – die niedrigeren Autoritäten ergeben waren.

Gerade wollte Bryn fragen, was das bedeuten solle, da spürte er die Antwort schon in seinem Herzen. Er konnte sich nicht auf seinen intellektuellen Status als Apostel des Verstehens verlassen, auch nicht auf seinen materiellen Status, seine finanziellen Ressourcen als Bellyset oder seine körperlichen Ressourcen als Culmus Sangui, er konnte sich nicht einmal auf seinen magischen Rang als Pentakylist und seinen hochedlen Rang als Erbe des Apheristen verlassen.

Bryn stieg aus dem Wasser und kniete auf dem Vorsprung des Brunnens der Erlösung nieder.

«Ich lege Dir all meine Titel zu Füßen», erklärte Bryn.

Er spürte eine Glückseligkeit, als wäre in seinem tiefsten Innern etwas befreit worden. «Ich widerrufe all meine Treueschwüre. Ich will mich nur auf Deine Fähigkeiten verlassen, nicht auf die meinen. Ich will allein Dein Diener sein.»

Und Dein Kind.

Und bevor in Bryn ein Gefühl der Unsicherheit aufkommen konnte, wie er dort so lange nackt vor dem Brunnen kniete, fiel sein Blick auf etwas am Fuß des Brunnens. Seine Kleider. Sie waren nur über den Rand gerutscht.

«Eine letzte Frage», murmelte Bryn. «Was ist mit den streng vertraulichen Geheimnissen der apheristischen Kirche? Habe ich alles erfahren, wofür ich hergekommen bin, oder soll ich weiter versuchen …»

Des Königs Herz ist in der Hand des Herrn. Teile der Schrift fielen ihm ein. *Klopfet an, so wird euch aufgetan.*

Mit neuer Entschlossenheit nahm Bryn seine Kleider, die durch und durch trocken waren – und weich, als ob sie jemand gewaschen, getrocknet und gebügelt hätte.

Keine menschliche Hand konnte die Tür zum Rat öffnen,

das wusste er, aber Elyon würde ihm eine Audienz bei den Königen dieser Welt gewähren.

Als er sich anzog, bemerkte Bryn, dass die kleinen apheristischen Abzeichen verschwunden waren, die Zeichen der Loyalität zu einer geringeren Autorität.

Seine Pilgerschaft war vorüber.

✦ 29. KAPITEL ✦

Hecklehurst

Wütend, dass Ikuyl wagte, auch nur in Betracht zu ziehen, die Völker sollten sich gegenseitig umbringen, ergriffen die Avatare rasch Gegenmaßnahmen. Torb-Oros, Herrscher des Drachenvolks, führte den Gegenangriff und vernichtete die Nurgor nahezu, die sich aber teuer verkauften. Ikuyl musste zugeben, dass die Nurgor vorerst versagt hatten, behauptete jedoch, letzten Endes zu triumphieren. So unbesonnen und stolz – und fasziniert –, wie sie sich angesichts ihres Sieges fühlten, stimmten die fünf Avatare einem weiteren Kampf zu. Und dieses Mal waren sie auf Krieg vorbereitet, nicht auf Kultivierung.
— Lueths Notizbuch

Klopfet an, so wird euch aufgetan.» Schöne Worte! Wenn sie nur wahr gewesen wären. Hatte er nicht schon vor dem Bad im Brunnen angeklopft? Aber was blieb ihm anderes übrig, als es einfach noch einmal zu probieren? Also sprach er dieselben Leute und noch ein paar andere an, die ihn im besten Fall nur zu anderen, ebenso verschlossenen Türen weiterschickten.

Bryn eilte von einem Verwaltungszimmer ins nächste und

schaffte es dabei nicht einmal, zu einer höheren Instanz vorgelassen zu werden. Auf wie vielen Pfeilern hier Statuen irgendwelcher Leute standen! Bei so vielen geehrten Berühmtheiten verlor man Elyon leicht aus den Augen. Aber konnte man Gott überhaupt den Augen Sterblicher entziehen?

Eine Stunde später setzte Bryn sich völlig frustriert auf einen Felsbrocken und blickte hinüber zu dem unzugänglichen Palast, in dem der Rat tagte. Sie konnten sich ja nicht ewig dort drinnen verstecken. Dann würde er eben warten, bis die Sitzung vorbei war, und sich dann einen Bischof auf dem Weg in seine Residenz greifen. Aber vielleicht besaß auch nur der Pontifex die Informationen, die er benötigte? Oder ein Kardinal in einer ganz bestimmten Funktion?

In der Kathedrale des Katechismus, die zusammen mit den vielen kleinen umliegenden Bauten eher eine Stadt des Katechismus war, gab es erstaunlich viel Grün. Sein geschulter Blick verriet Bryn sofort, dass er nicht über einen Baum in den Palast gelangen konnte. Sie standen alle zu weit weg. Aber wenn er für ein Ablenkungsmanöver sorgte, konnte er vielleicht am Efeu hochklettern und von oben eindringen.

Andere Alternativen hatte er anscheinend nicht. Doch bevor er zu solch drastischen Maßnahmen griff, wollte er noch einen letzten Versuch unternehmen.

Anklopfen … Vielleicht war es ja wörtlich gemeint?

Bryn musste lachen, denn ihm war klar, dass das nicht klappen konnte. Aber er wollte wenigstens alle Möglichkeiten ausprobiert haben, damit die Schuld nicht bei ihm, sondern bei Elyon lag, der Sein Wort gebrochen hatte – wenn Er überhaupt zu ihm gesprochen hatte. Bryn spazierte am Gebäude entlang, bis er schließlich zu einer kleinen, unbewachten Tür kam.

Unbewacht war vielleicht nicht das ganz richtige Wort.

Obwohl hier in der Tat keine Soldaten Wache hielten, war es wahrscheinlich eher die am besten bewachte Tür, auf die er je gestoßen war. Links und rechts befanden sich größere, tatsächlich benutzte Türen, vor denen Bannbrecher und Geweihte Wache hielten. Gleichrangige Ablösungen patrouillierten über das Gelände, sodass immer zwei Trupps um den Rat marschierten.

Ihm blieb nur ein kurzer Augenblick, bis jemand kommen und ihn wegschleppen würde, also klopfte er rasch viermal an die Tür. Natürlich antwortete niemand, aber es geschah etwas anderes. Als seine Fingerknöchel die weiche Holzfläche berührten, lag unvermittelt das Gesamtbild der verschiedenen Schutzzauber vor ihm ausgebreitet.

Ein Eindringen war unmöglich – ohne Pentakylismus. Es gab auch besondere Vorsichtsmaßnahmen gegen den Wahnsinn. Bryn jedoch sollte in der Lage sein, durch die kleinsten Schlupflöcher zu dringen, die für jeden klassischen Magier zu klein waren. Er fing an, sich einen Weg in die Struktur zu ertasten, schreckte aber zurück. Er sollte es schon schaffen, sich durch die Tür zu drücken, aber wenn auf halber Strecke irgendetwas schiefging, was leicht geschehen mochte, wenn er auch nur eine Sekunde die Konzentration verlor, dann würden die Schutzzauber ihn umbringen.

Von rechts hörte er knirschende Kieselsteine: Die nächste Patrouille nahte. Bryn atmete tief ein. Wenn er sterben sollte, konnte er wenigstens sagen, dass es ihn erwischt hatte, als er Elyons Anweisungen befolgte. Wenn es ein jenseitiges Königreich für dahingeschiedene Seelen gab, was sollte man denn noch alles machen, um irgendwo zu landen, wo es einem gut erging?

✦ ✦ ✦

Nach all den Problemen, die er auf sich genommen hatte, um hierherzukommen, stand er nun plötzlich wie angewurzelt vor einem mit Zinnen versehenen Eingang und starrte zwischen zwei in Roben gehüllte Wachen mit Helmen hindurch in die Ratshalle. Sie war leer. Er spürte die Überraschung der Wachen, und er konnte nur hoffen, sie würden ihn für einen Diener halten.

Er hätte es wissen müssen. Wenn er als Culmus Sangui für die Sicherheit des Rates verantwortlich gewesen wäre, hätte er auch dafür gesorgt, dass alle dachten, er würde am offensichtlichen Ort tagen, während das tatsächliche Treffen irgendwo anders stattfinden würde …

«Was sucht Ihr denn?», fragte die ältere Wache und begegnete Bryns offensichtlich verwirrtem Blick mit einem sympathischen Lächeln.

«Den Rat», platzte es aus ihm heraus. «Mir wurde gesagt, er tagt gerade.»

Er erwartete, das glattrasierte Gesicht der Wache würde sich nun verhärten, aber stattdessen begannen beide lauthals zu lachen.

«*Den* Rat, sagt er! Ja, *welchen* denn, Junge? Seine Heiligkeit hat einen monatelangen Päpstlichen Rat der Heiligen Väter einberufen, um über den Wahnsinn zu beratschlagen. Wirklich treffen tun sie sich natürlich nur einmal pro Woche.»

Die jüngere Wache schnaubte. «Und alle anderen apheristischen Gesandten nutzen die Anwesenheit der Heiligen Väter, um sie den ganzen Tag mit eigenen Themen zu bestürmen. Elyon weiß, wie sie sich auf die eigentliche Aufgabe konzentrieren können.»

«Du bist neu hier, oder?» Der Ältere nickte vor sich hin, bevor Bryn noch antworten konnte. «Zu wem gehörst du denn?»

«Zu Seiner Eminenz Bischof Hecklehurst.»

«Im Ernst?», sagte der Jüngere. «Mit Seiner Gnaden treibt man keine Scherze. Er toleriert nicht auch nur den leisesten Anflug von Ketzerei. In Zeiten wie heute ist es nicht leicht, jemanden zu finden, der seinen Ansprüchen genügt.»

«Er hat nach dir verlangt?» Der Ältere kratzte sich an seiner langen Nase.

«Ja», sagte Bryn verträumt. «Er hat mich beauftragt, vor dem Rat zu erscheinen.»

«Dann solltest du Seine Gnaden besser nicht warten lassen.»

Er packte Bryn am Arm, und sie führten ihn durch die leere Ratshalle. Ihre Schritte hallten von den Wänden zurück wie Stimmen auf der Suche nach Gehör. Hinter dem nächsten mit Zinnen versehenen Eingang bogen sie scharf rechts ab und gingen über einen weichen Teppich in königlichem Rot. Dreimal kamen sie an Wachen vorbei, die auch die Gewänder und Helme der Geweihten trugen, dem höchsten öffentlichen Rang für Soldaten im apheristischen Heer. Mehrmals blitzte irgendwo das Leuchten der Goldenen Wacht auf.

Schließlich kamen sie zu einer prunkvollen, beeindruckenden Eichentür: Hier tagte der private Päpstliche Rat – und hier standen noch viel beeindruckendere und eindeutig unnachgiebigere Wachen.

Einer der Geweihten, die ihn hierher eskortiert hatten, stellte ihn vor, und Bryn begann, seine Situation zu erklären.

«Habt ihr den Verstand verloren?», fuhr der Hauptmann die Wachen an. «Wie könnt ihr einen nicht autorisierten Pilger zu den Heiligen Vätern führen? Männer, führt sie alle weg!»

Die Krieger kamen langsam auf sie zu.

Bryn konnte sehen, wie durchtrainiert sie waren. Wahrscheinlich war der Rat längst in Sicherheit gebracht, bis er sich seinen Weg in das Zimmer erkämpft hatte. Und einen guten ersten Eindruck hinterließ man mit so etwas auch nicht.

Vielleicht sollte er sich einfach festnehmen lassen, um vor eine höhere Instanz gebracht zu werden? Er wich zunächst einmal einige Schritte zurück.

Dem Mann, der ihn hierher gebracht hatte, schien klarzuwerden, welche Torheit er da begangen hatte. Er packte Bryn am Kragen.

Blitzschnell drehte Bryn sich unter dem Arm seines vermeintlichen Ergreifers hindurch und stand der Ratswacht einen Augenblick später mit einer Geisel im Arm, der er ein Messer an die Kehle hielt, gegenüber.

«Halt!», rief der Hauptmann. «In diesem Haus Gottes soll kein Blut vergossen werden.»

Als würdest du auch nur einen Moment zögern, dachte Bryn.

Die Wachen waren stehen geblieben, aber Bryn wollte auf Nummer sicher gehen. «Niemand bewegt sich – oder das Blut dieses Mannes wird euretwegen vergossen.»

«Du hast gegen uns alle doch gar keine Chance.» Der Hauptmann nahm seinen geschmückten Helm ab und sah Bryn ernsthaft an. «Lass es sein. Wir verhandeln mit Terroristen nicht, und wenn du dreimal einen Unschuldigen als Schutzschild hast. Was also hoffst du zu erreichen?»

«Ich möchte den Rat sprechen – das ist alles.» Bryn deutete ihm mit einer Kopfbewegung an, zurückzubleiben. «Die Heiligen Väter würden vielleicht lieber mit mir sprechen, als die Verantwortung für einen Mord vor ihrer Tür zu tragen. Besonders wenn sie hören, welche Informationen ich für sie habe. Wie können die mutmaßlichen Repräsentanten Gottes daran gehindert werden, Seine Worte zu erhören? Wären sie vielleicht auch blind für Seine Gegenwart, wenn Er höchstpersönlich in Fleisch und Blut hier erscheinen würde?»

«Du Gotteslästerer! Wenn du eine Beschwerde über die kirchlichen Strukturen hast, kannst du dich ja an die entsprechenden Autori…»

«Genau davon rede ich doch!», fuhr Bryn dazwischen.

Über ihnen im Turm erschallte ein Gong.

Die Eichentür wurde geöffnet, und ein rotes Gesicht wollte wissen, was der Aufruhr hier draußen solle.

Es dauerte nur Sekunden, dann verbreitete sich hinter der Tür die Nachricht, dass draußen ein selbsternannter Bote stand und eine Geisel genommen hatte.

«Lasst Elyons unschuldigen Diener frei und gebt Euch in Gewahrsam der Heiligen Väter, dann wird Euch Audienz gewährt.» Der Geistliche starrte ihn an.

Nach einigem Hin und Her fand Bryn sich schließlich auf der anderen Seite der Tür wieder. Der Zwischenhändler hatte sich in den Raum zurückgezogen, und Bryn konnte die Ratsmitglieder in einem Kreis von Thronen sehen.

«Vielen Dank für die Unterstützung.»

Er klopfte dem benommenen Geweihten auf die Schulter und schob ihn hinaus in den Gang. Die Eichentür schloss sich.

«Verbeugt Euch vor jedem einzelnen Heiligen Vater», begann der Schriftgelehrte atemlos eine Liste mit Anweisungen vorzulesen. «Sprecht sie mit ihren göttlichen Titeln an. Schaut ihnen nie direkt in die Augen. Verbeugt Euch und erhebt Euch erst, wenn –»

«Das sollte reichen.»

Die unscheinbare Stimme hatte einen Unterton, der vermuten ließ, dass der Sprecher es nicht nötig hatte, lauter zu werden, dass er so daran gewohnt war, Befehle zu erteilen, dass sie nicht mehr wie Befehle klangen. Er war in ein kunstvoll besticktes, perlenbesetztes Gewand gekleidet, um seine Schultern hing ein roter Umhang, der den Träger eher kleiner als imposanter erscheinen ließ, genauso wie die glänzende Tiara auf seinem Kopf.

«Verbeugen!», befahl der Schriftgelehrte mit dem lautesten Flüstern, das Bryn je gehört hatte.

«Euer Gnaden, ich habe Fragen und Vorschläge.»

Der Barue ging weiter zum höchsten Kreis der apheristischen Kirche hinüber. Im Gegensatz zur Ratshalle, die über Fenster mit bemalten Scheiben verfügte, hatte dieser Raum nur ein Fenster im Kuppeldach, durch das dunstiges Licht auf den Rat herunterfiel, wie aus einem Himmel, dessen Segen nicht gewiss war.

«Stellt Euch vor», zischte der Schriftgelehrte. «Wer schickt Euch?»

Der Kreis der erhöhten Stühle befand sich genau in der Mitte des Raumes, direkt unter dem Glasdach. Bryn konnte bei keinem der fünf Bischöfe oder ihrem Oberhaupt Neugierde oder irgendein anderes Gefühl spüren. Aber er konnte sich vorstellen, wie die, die nicht in seine Richtung gewandt saßen, den Kopf verrenkten und ihre Würde vergaßen, um den Neuankömmling zu betrachten.

«Vergebt mein rüdes Auftreten, Euer Gnaden.» Bryn neigte den Kopf zu Pontifex Leo Pius IV. und brach dabei gleich mehrfach das langatmige Protokoll. «Die Natur meiner Informationen verhinderte, dass ich auf respektvolleren Wegen versuchte, zu Euch zu gelangen. Mein Name ist Bryn Bellyset. Ich wurde in Arleath zu einem Apostel des Verstehens ausgebildet. Ich war einer der Barue, die für den falschen Alarm bezüglich der Rückkehr der Ostentum verantwortlich waren, der Imperator Opeion dazu gezwungen hatte, eine übereilte COLA-Sitzung einzuberufen.»

Bei diesen Worten schien ihn einer von ihnen interessierter zu betrachten.

«Ich habe geschworen, alles in meiner Macht Stehende zu tun, um den Wahnsinn aus Calaspia zu vertreiben, Euer Gnaden, und dazu brauche ich Eure Hilfe. Wie Ihr wisst, wird die Kirche von allen Seiten angegriffen. Götzenanbetung, die Begnadeten und der Kult des Wahnsinns blühen selbst in unseren Gotteshäusern auf. Ich frage Euch nicht nach Geld oder Soldaten, sondern nach Informationen.»

In den tiefen Schatten der riesigen Halle war ein weiteres Dutzend Geweihter stationiert. Sie waren in schlichtes Schwarz gekleidet, wortwörtlich gesichtslose Beobachter, denn sie trugen flache, ausdruckslose Masken. Bryn wunderte sich, warum sie ihn nicht von den Heiligen Vätern fernhielten, aber als er weiter um ihre Runde herumging, sodass er die Gesichter der einzelnen Bischöfe sehen konnte und sie auch das seine, bemerkte er ein Schimmern, das sie wie eine Blase umschloss.

«Wenn wir die grundlegenden Probleme deines Vorhabens einmal beiseitelassen, junger … Bellyset … welche Informationen sollten wir deiner Meinung nach haben, die dir helfen könnten?»

Bryn untersuchte die Blase in der Unsichtbaren Welt und erkannte sie als einen magischen Schild, der den Rat sowohl vor magischen als auch vor körperlichen Angriffen schützte. Niemand konnte ihren Kreis ungebeten betreten, und nichts konnte eines ihrer Mitglieder von außen dazu bringen, eine solche Einladung auszusprechen. Wenn sie einen privaten Rat abhielten, konnten sie bei Bedarf auch ihre Stimmen nach außen abschotten – auch jemand, der nur ein paar Schritte vom Thron des Pontifex entfernt stand, konnte die Bischöfe selbst dann nicht mehr hören, wenn sie lauthals schrien.

«Ich weiß, dass es Geheimnisse über die Kirche gibt, die kein gleich wie berühmter oder verehrter Gelehrter kennt. Angelegenheiten, die den Gläubigen nie offenbart wurden und die von den Aposteln des Verstehens nie diskutiert werden. Theologische Geheimnisse, die diesen Kreis nie verlassen. Ich muss einige davon erfahren.»

Die gekrönten und bärtigen Gesichter der Bischöfe tauschten unsichere Blicke aus.

«Jeder Verrückte mag annehmen, dass innere Kreise nicht nur über Weisheit und Einsicht verfügen, sondern auch über dunkle Geheimnisse, die erforderlich sind, um eine so umfangreiche und vielfältige Menschenmenge wie die Anhänger des Apheristen zu führen.» Das glatte Gesicht des Pontifex wirkte gleichzeitig teigig, fleischig und runzelig. «Die Audienz ist vorüber.»

Ohne ein weiteres Zeichen setzten sich die Geweihten in Bewegung. Der Geistliche flüchtete rasch in eine Nische, der Vorhang schwang hinter ihm zu, als der erste Krieger Bryn erreichte.

Der Barue hatte jedoch kein Interesse daran zu kämpfen. Nur aus einem gewissen Pflichtbewusstsein, die Überlegenheit der Culmus Sangui demonstrieren zu müssen, wich Bryn der Hellebarde des ersten Geweihten aus und schlug sie dem Angreifer aus den Händen. Dann wirbelte er den Krieger in die Reihen seiner näher kommenden Kameraden.

Bryn zog sein Culmus und machte die nächsten drei von ihnen kampfunfähig, achtete jedoch darauf, sie nicht zu töten.

Nachdem er seine kämpferische Überlegenheit auf diese Weise hinreichend demonstriert hatte, hielt er wie zur Warnung eine Hand in die Höhe. Plötzlich kämpften die übrigen Krieger gegen den Widerstand der Luft an und konnten keinen Schritt weiter auf ihn zugehen.

Es tat gut zu spüren, wie der Pentakylismus ihre Talismane aus Nurkis umging.

«Unmöglich!», brüllte der Pontifex.

Bryn lächelte.

Gelassen und den Bischöfen wie zur Bekräftigung leicht zunickend, trat Bryn einen Schritt in die Blase.

Alle starrten ihn an, einige wütend, andere ängstlich. Der Bischof, der ihm am nächsten war, wickelte sich in seinen absurd langen Umhang und zog den Saum so weit hoch auf den erhöhten Stuhl, dass er nun den Boden nicht mehr berührte.

Bryn versperrte die Blase, sodass ihr weiteres Gespräch unter ihnen blieb. Er spürte, dass jemand den Schutz aufzuheben versuchte, damit die Geweihten hereinstürmen konnten, und wehrte den Versuch ab. Die Blase sorgte in idealer Weise dafür, dass er in Ruhe mit dem Rat reden konnte.

«Der Apherist war der letzte bekannte Pentakylist.»

Langsam drehte Bryn sich auf der Stelle und suchte in den Gesichtern der Heiligen Vätern nach einem kleinen Zeichen der Anerkennung. Aber niemand ließ etwas Derartiges erkennen. Vielleicht waren sie auch einfach zu schockiert, dass er so plötzlich auf der falschen Seite ihres vertrauten Schildes stand und es in ein Gefängnis verwandelt hatte.

«Die Kirche verfügt über Aufzeichnungen über die vergessene Geschichte. Über Drachen, Tahl Uthnae, Plimpe – und Pentakylismus. Eure Archive enthalten Informationen, dass es vor dem Apheristen eine Zeit gegeben hat, als die Fähigkeiten unseres Gründers nichts Außergewöhnliches waren. Sämtliche Intelligenzwesen sollen Pentakylisten gewesen sein. Ist das wahr?»

Nun, da sie nicht mehr durch ihre Blase geschützt wurden, konnte Bryn spüren, wie verwirrt die Bischöfe waren. Die meisten von ihnen waren nicht besonders gut darin, ihre Gefühle abzuschotten. Ein oder zwei erholten sich nach einer Weile und verbargen dann ihre Gefühle.

Draußen riefen die Geweihten nach Verstärkung. Eine der Wachen schleuderte seinen Speer nach Bryn, aber er verschwand auf der einen Seite der Blase und kam auf der anderen wieder heraus, wo er eine Vase zerschmetterte und in einem Wandteppich stecken blieb.

Nun – wohl auch weil sie sahen, dass er sie nicht angreifen wollte – hörten ihm die Bischöfe endlich zu.

Ohne sich ihnen als Erbe des Apheristen zu erkennen zu geben oder ihre Fragen zu beantworten, wie er es geschafft hatte, in ihren sicheren Kreis einzudringen, versuchte Bryn, ihnen zu erklären, worum es ihm ging. Sein Blick fiel auf die angenähten apheristischen Abzeichen auf ihren verschiedenen Accessoires, und schließlich schloss er seine kleine Rede ab: «Gebt mir das Buch, Euer Gnaden. Lasst mich Euer Schwert sein.»

Einer der Bischöfe hustete.

«Ich fürchte, unser junger Freund ist ein wenig auf dem Holzweg. Dieser Bryn hier hat an einem meiner brisanteren verdeckten Projekte teilgenommen, aber offensichtlich ohne die entsprechende Einweisung.»

Mit offenem Mund stand Bryn wie angewurzelt da. Er wollte gerade widersprechen, als der Bischof ihm eine Lücke in seiner Abschirmung öffnete und ihn ein versicherndes Gefühl spüren ließ – was ihn nicht gerade weniger verwirrte.

«Es handelt sich um ein neues Trainingsprogramm, das, wie Ihr sehen könnt, äußerst effektiv ist, aber noch in den Kinderschuhen steckt – in einer Art Testphase.» Der Bischof nickte gebieterisch zu Bryn herunter. «Ich werde unter vier Augen mit ihm sprechen.»

Bryn verbeugte sich. «Entschuldigt die Unannehmlichkeiten. Ich … nun wird mir einiges klar.»

An seinen Abzeichen konnte Bryn erkennen, dass dies Vater Hecklehurst, der Bischof von Itrim, war, in dessen Namen Dordios aus Wenfeld entführt worden war. Das schien Jahre her zu sein. Bryn fragte sich, ob er wohl einen Blick auf den originalen Siegelring würde werfen können, um ihn mit der Fälschung zu vergleichen.

Der Pontifex seufzte und entließ sie mit einem Wink seiner gebrechlichen Hand. «Wenn Ihr jemand anders wärt, würde die Sache anders aussehen.» Er hob sein Zepter und verfügte, als wäre es seine eigene Idee gewesen: «Bischof Hecklehurst wird sich mit dem jungen Herrn Bellyset unterhalten. Der Rat vertagt sich für heute – nach dieser Unterbrechung. Wir werden wie besprochen wieder zusammenkommen. Und Ihr, Bischof, werdet mir nach der Abendmesse Bericht erstatten.»

✦ ✦ ✦

«Hier sind wir sicher. Ihr könnt offen sprechen.»

Die vollgestopften Regale erstreckten sich in alle Richtungen, Seiten über Seiten voller Wissen, das praktisch aus den Nähten platzte und darauf brannte, seine Weisheit in die Welt zu posaunen.

«Ich werde Euch nicht einmal danach fragen, wie Ihr unsere Schutzmaßnahmen umgehen konntet, Meister Bellyset.» Der Bischof strich über die Metallbindungen mehrerer brüchiger Bücher und blickte in dem staubigen Licht kurz zu Bryn hoch. «Aber wenn ich fragen würde, was würdet Ihr antworten?»

«Dass das, Euer Gnaden, für unser Ziel nicht wichtig ist.

Seid beruhigt, niemand anders ist dazu in der Lage. Außer die Informationen, die ich suche, ändern meine Meinung – aber das müsstet Ihr mir dann schon sagen.»

«Als Regent der Archive könnte ich mich endlos mit Euch über die Geheimnisse unserer Kirche unterhalten.»

Sie gingen weiter, die goldenen Schnallen der schwarzen Lederschuhe des Bischofs glänzten.

«Ich denke jedoch, dass die Zeit des Studiums vorüber ist. Zu lange haben wir die Nase in die Bücher gesteckt, während der Wahnsinn das Land verschlingt. Es ist Zeit, das Schwert aus unserem Buch zu ziehen und es zu führen wie einst der Apherist.»

Bryn starrte den Bischof an. Wie vorher verbarg dieser seine Gefühle, aber er hatte ein Feuer in den Augen, das Bryn auch im Herzen spüren konnte. Die endlosen Reihen der Bücher und Schriftrollen, die er gerade noch bewundert hatte, waren vergessen. Ähnliche Sammlungen hatte er schließlich auch schon in Itrim gesehen, und die Gilde der Kundigen besaß zweifelsohne mindestens genauso viele Wälzer. Allerdings nicht mit den Geheimnissen des Apheristen, hinter denen er her war. Aber jetzt, und das war noch viel besser, redete endlich einmal jemand darüber, etwas zu *unternehmen*.

«Habt Ihr einen Plan?», fragte Bryn. «Ich war lange auf der Suche und habe versucht, selbst einen auszuarbeiten … aber wenn Ihr wisst, was ich bisher nicht herausbekommen konnte, dann ist meine Pilgerfahrt endlich zu Ende.»

«Ihr seid am richtigen Ort, mein junger Freund. Ich bin froh, dass Ihr uns gefunden habt, wie unorthodox Eure Mittel auch immer waren.» Hecklehurst richtete die glanzvolle Mozetta auf seinen Schultern – sie war blau, die Farbe von Itrim. Darunter trug er dieselben weißen Simarre wie die anderen

Bischöfe. «Genauer gesagt, bin ich froh, dass Ihr mich gefunden habt. Denn auch ich war auf der Suche.»

Bryns Hoffnungen sanken. Würde jetzt der immer gleiche Monolog folgen über das Zusammenarbeiten, um die Puzzlestücke zusammenzufügen usw. usw.?

«So gern ich Euch auch erzählen würde, wie ich die Vernichtung des Wahnsinns vorantreibe, Bryn, kann ich Euch doch nur von einer Gruppe äußerst mächtiger Individuen berichten, die genau das tut.»

«Und wer ist das?»

Der Bischof setzte sich auf einen vollgepackten Stuhl. Bryn nahm ihm gegenüber Platz.

«Mit ist zu Ohren gekommen, dass es einen Kreis gibt, der eine ähnliche Vision hat, wie Ihr von Euch behauptet. Auch sie glauben, dass es möglich ist, den Wahnsinn zu zerstören – und selbst jetzt, während wir hier sprechen, arbeiten sie auf dieses Ziel hin.»

«Und Ihr gehört dazu?»

Bischof Hecklehurst breitete die Arme aus. Bryn hielt die riesigen Ringe, die er trug, eher für hinderlich, aber wahrscheinlich musste der Bischof keinerlei körperliche Arbeiten mehr selbst durchführen, vielleicht nicht einmal mehr einen Brief selbst schreiben. Als er den Siegelring sah, war er plötzlich nicht mehr an einem Vergleich mit seiner Fälschung interessiert. «Das ist der Punkt. Ich muss erst wissen, ob diese … Gruppe … vertrauenswürdig ist. Unter ihnen sind äußerst mächtige Leute. Händler, Geschäftsleute, Industrielle. Echte Macher, was Märkte und Vorstellungen angeht. Diese Art Leute, die ein Imperium hinter den Kulissen beeinflussen.»

«Wie bei der Verschwörung?» Bryn spürte Wut in sich aufsteigen bei dem Gedanken, dass die Verschwörer noch immer auf freiem Fuß waren und dass Perduellis nicht der alleinige Kopf der Verschwörung sein konnte.

«Genau das müssen wir herausfinden. Welche Motive haben sie? Sie behaupten, den Wahnsinn vernichten zu wollen, aber das haben schon viele versucht, die sich ihm dann doch ergeben haben. Werden sie durchhalten bis zum Ende?»

Der Bischof hatte alle Diener in diesem Bereich des Archivs hinausgeschickt. Er bot Bryn ein Getränk an, doch der lehnte dankend ab.

«Wie habt Ihr von ihnen gehört?», fragte der Barue. «Wie können wir mehr herausbekommen?»

«Man könnte sagen, dass es meine Leidenschaft und mein Lebensziel ist, den Wahnsinn zu bezwingen. Ich halte in dieser Beziehung immer die Augen offen. Diese Gruppe – ein ganzes Netzwerk mit zahlreichen Einflussmöglichkeiten – arbeitet schon eine ganze Zeit lang im Verborgenen. Man kann ihnen nur äußerst schwer auf den Fersen bleiben, aber ihre Einflussnahme auf Calaspia ist mit Sicherheit viel umfangreicher, als ich anfangs vermutet habe. Um ganz ehrlich zu sein, der einzige Grund, warum Ihr und ich von ihnen wissen, ist, weil sie *wollen*, dass wir von ihnen wissen. Sie wollen unsere Hilfe, um ihre Aufgabe zu Ende zu bringen. Und deshalb müssen wir mehr über sie in Erfahrung bringen.»

«Wer sind *sie*? Wer ist ihr Anführer?» Bryn spielte mit dem Gedanken, dass der Bischof über die Gilde der Kundigen redete. «Wie nennen sie sich?»

Bischof Hecklehurst nahm einen Schluck aus seinem Kelch. «Zuerst einmal scheinen sie Namen nicht besonders zu mögen. Warum sollte man sich einen Namen geben, wenn man nicht will, dass über einen gesprochen wird? Ich habe angefangen, sie einfach *Das Netzwerk* zu nennen. Denn genau darin liegt ihre Macht und ihre Identität. Sie haben kein

Gesicht, keinen Anführer, nein, sie werden von einer gemeinsamen Vision geführt. Einer Vision, von der ich glaube, dass Ihr und ich sie teilen.»

Der Bischof nahm seine Krone ab und legte sie rechts neben sich auf einem Satinkissen ab. Er musste schon über sechzig sein und hatte vielleicht noch die dunkelsten Haare von allen Bischöfen. Dieser Hecklehurst erinnerte Bryn an Thybil und Eridanus, in deren alten Körpern das Lebenslicht noch immer viel heller schien als in denen vieler anderer.

«Was unternehmen sie denn, um den Wahnsinn zu zerstören? Wie genau gehen sie vor?» Bryn musste sich zusammenreißen, damit die Worte nicht nur so aus ihm hervorsprudelten. «Wie machen sie es? Wie können sie den Wahnsinn bekämpfen?»

«Sie behaupten, die einzige Möglichkeit, Calaspia vor der Geißel des Wahnsinns zu retten, bestehe darin, die Pläne der Kulte gegen sie zu verwenden. Das macht ihre Strategie so ausgesprochen gefährlich, denn sie erlauben bestimmten Dingen, sich einfach zu entwickeln … Sie haben wohl einigen Einfluss auf die Kulte. Was mich gleichzeitig beunruhigt, denn Außenstehende haben keine Möglichkeit zu beurteilen, ob diese … Verbindung … sich als schädlich erweisen wird. Riskant, ja, aber zu diesem fortgeschrittenen Zeitpunkt vielleicht die einzige verbleibende Option. Ach, ich wünschte, ich wüsste mehr.» Der Bischof seufzte und stellte den Kelch ab. «Das Netzwerk ist besser geschützt als alles, was ich je gesehen habe – außer vielleicht unseren Hohen Rat des Katechismus.»

Ein nachdenkliches Lächeln kroch über seine ernsten, scharfen Gesichtszüge. «Und das, mein junger Freund, ist der Punkt, wo Ihr ins Spiel kommt. Meine Geheimagenten haben die Identität mindestens eines Mitglieds enthüllt, das zumindest irgendetwas mit dem Netzwerk zu tun hat. Er ist Dekan in Itrim, und so hatte ich gute Ausreden dafür, ihn genau zu beobachten. Durch eine Nachlässigkeit in ihrer Kommunikation konnten wir herausbekommen, wann ihr nächstes Treffen stattfindet.»

Damit war die Gilde der Kundigen aus dem Spiel.

«Natürlich habe ich versucht, ihre Ratsversammlungen, falls sie so etwas überhaupt haben, zu belauschen. Bislang ist mir das nicht geglückt. Wir müssen zuerst einmal feststellen, ob sie Freunde oder Feinde sind, und dann, wie wir ihre Möglichkeiten für uns nutzen können – zur Befreiung Calaspias.»

Er nestelte mit plumpen Fingern an den Fransen seines Schals herum. «Ich fürchte, uns bleibt nicht mehr viel Zeit. Ihr wisst, worauf die Kulte hinarbeiten?»

«Der Jüngste Tag», flüsterte Bryn. «Wenn die Geißel uns überrollt, wandeln die Agenten des Wahnsinns über das Land.»

Mit einer Bewegung, die so sicher wie unerwartet war, dass Bryn sich beinahe auf eine körperlichen Kampf gefasst gemacht hätte, schob der Bischof eine zerknitterte Notiz auf den Marmortisch. Auf dem schmutzigen Pergament stach die verschmierte Schrift hervor wie Blut:

Die Kulte strömen zusammen
Die Geißel kommt über die Welt
Vernunft, Verstand stehn in Flammen
Vor Wahnsinn schützt Macht nicht noch Geld

Die Geißel in funkelnder Pracht
Der Gesunden Kampf verloren
Wir kommen und mit uns die Nacht
In Wahnsinn wiedergeboren

«Wir müssen die bevorstehende Apokalypse abwenden», sagte Bischof Hecklehurst. «Vielleicht ist das Netzwerk unsere letzte Hoffnung, und das an einem Punkt der Geschichte, an dem man eigentlich niemandem mehr trauen sollte. Ihre Pläne sind äußerst kompliziert. Manch einer würde sagen, verrückt. Nun, *sie* haben den Kultivator mit der Maske aufgebaut, um Einfluss auf die Kulte zu gewinnen. Er ist ihr Strohmann.»

Bryn pfiff. Das war tatsächlich ein wahnsinniger Plan. Aber es war immerhin ein Plan, und deshalb sollte er auch irgendein Ziel haben.

«Werdet Ihr mir helfen, Bryn Bellyset? Werdet Ihr diese Aufgabe übernehmen?»

Bryn biss die Zähne zusammen. Es war der einzige Hinweis, den er hatte. Was auch immer hinter dem Netzwerk steckte, er musste es herausbekommen. Ob er dazu Verbündete brauchen würde oder nicht, konnte er erst entscheiden, wenn er mehr Informationen hatte.

Er nickte.

«Folgt Dekan Delmar, wenn er in Liborec ankommt. Er hat vor, in drei Tagen die Fähre zu nehmen.» Bischof Hecklehurst zerknitterte das Pergament in seiner Faust. «Infiltriert das Netzwerk. Belauscht ihre Gespräche und erstattet mir Bericht. Wir müssen feststellen, was sie vorhaben und ob ihre gewaltigen Pläne wirklich vertrauenswürdig sind. Und wenn dem so ist, müssen wir ihnen die Hand reichen und gemeinsam die Aufgabe zu Ende bringen, die Elyon uns gegeben hat.»

✦ 30. KAPITEL ✦

Lothial

Ikuyl beschwerte sich, dass es nicht fair sei, wenn er allein kämpfen musste, während die anderen zu fünft waren, und so stimmten die Avatare zu, sich herauszuhalten. Noch immer unbesonnen, ließen sie sich sogar darauf ein, Calaspia nicht einmal zu betreten – nicht in der geringsten physischen Form einzugreifen –, bis der Wettkampf vorüber war. Ikuyl trickste sie aus und verhinderte mit mächtigen Zaubern, dass sie jemals wieder einen Fuß nach Calaspia setzen konnten. Sie ihrerseits schufen gefürchtete Waffen für ihre Völker, einschließlich der Talismane wie Magnarion und der Klauen des Todes. Der Wettkampf zwischen den intelligenten Völkern und dem Wahnsinn dauert noch immer an, obwohl nur wenige erkennen, was er tatsächlich ist: ein Kampf zwischen der beabsichtigten Schöpfungsordnung und vielen Formen rebellischer Streithähne.

— Lueths Notizbuch

Eine Gruppe reicher, mächtiger und geheimnisvoller Individuen … Er kannte einen Mann, auf den diese Beschreibung haargenau zutraf. Und da Bryn ohnehin einige Tage warten musste, bis er den Dekan zu seinem Treffen verfolgen würde, konnte er Okolnit ebenso gut gleich fragen, ob er diesem Netzwerk angehörte. Vielleicht war die Beschattung damit hinfällig. Der abtrünnige Lehrmeister war ohnehin der Meinung gewesen, dass sie zusammenarbeiten sollten. Dann hatte er seine Meinung geändert und versucht, ihn – wieder einmal – zu töten, da Bryn sich nicht als so stark erwiesen hatte, wie Okolnit angenommen hatte. Eridanus hatte eine Art Waffenstillstand ausgehandelt, aber früher oder später würde die endgültige Konfrontation stattfinden müssen. Und da er gerade nichts Besseres vorhatte, war jetzt genau der richtige Zeitpunkt dafür.

Natürlich vermisste er Mittni und die anderen. Manchmal fühlte er sich einsam, aber er bezweifelte, dass sie es verstehen würden, und er war nicht scharf darauf, Dinge erklären zu müssen, die er selbst nicht verstand. Es war eine andere Art der Einsamkeit, wie er sie bisher noch nie erlebt hatte. Dieses Mal fühlte er sich nicht vergessen oder verlassen, sondern auserwählt. Seit dem Bad im Brunnen der Erlösung und dem Gespräch mit Ishea spürte er, dass er die Abzeichen, die auf seinen Pilgerkleidern fehlten, jetzt im Herzen trug. Mehr als je zuvor war ihm bewusst, dass er für Elyon lebte. Gott sorgte für ihn. Gott hatte ihn befähigt und konnte sogar ihn – den kleinen, belanglosen Bryn – für Seine ewigen Zwecke gebrauchen. Es konnte keine höhere Auszeichnung geben.

Auf seiner Reise wanderten seine Gedanken zum hundertsten Mal zu dem zurück, was Bischof Hecklehurst gesagt hatte. Kannte die Gilde der Kundigen dieses Netzwerk? Wenn er doch nur mit Thybil hätte sprechen können!

Aber warum eigentlich nicht? Eridanus hatte sich mit Hilfe eines Spiegels mit Djutoris unterhalten können. Bryn hatte zwar keine Übung darin, über eine solch große Entfernung zu kommunizieren, aber er war zuversichtlich. Wenn er den gesamten Schutzmechanismus des Heiligen Stuhls durchdringen und ihre Angriffe abwehren konnte, indem er sich auf sein Gefühl verließ, würde er sich wohl auch mit einem Freund unterhalten können, der ein paar Tagesmärsche entfernt war. Bryn glaubte, Thybil leichter erreichen zu können als Eridanus, denn Quivelda war in magischer Hinsicht im Vergleich zu Itrim eher eine Oase der Ruhe. Und so konzentrierte er sich auf Thybils Gesicht, seine Stimme, seine ruhige, aber eindrucksvolle Erscheinung.

Bryn versank so tief in der Meditation über seinen alten Mentor, dass er schon fürchtete, seine eigene Vorstellungskraft mache ihm etwas vor, als er eine Erwiderung spürte. Aber seine Barue-Gefühle kribbelten einen Augenblick lang mit einem unmissverständlichen Gefühl der Freude, die nur Thybils sein konnte, als er ihn sah.

«Du bist ein fähiger Magier geworden, Bryn.»

Er freute sich so sehr über seinen Erfolg, dass seine Konzentration nachließ, und so blieb nur eine vage Erscheinung zurück, die er nicht wieder zu einem mentalen Bild aufbauen konnte. Auch die Stimme seines Freundes konnte er nicht mehr hören, nur noch eine Art Gedankenblitze empfangen.

Nach einigen Anstrengungen schickte Bryn ihm ein paar Gedanken über den Tempel, die Tahl Uthnae und ein Schwert. Nach ungefähr einer Minute der Kommunikation war Bryn einigermaßen sicher, dass Thybil seine Nachricht verstanden hatte.

Ich konnte Magnarion bisher nicht finden. Ich konzentriere mich jetzt auf den Pentakylismus.

Dann brach der Kontakt ab, und Bryn war völlig erschöpft.

Während er weiterging, brummte ihm der Schädel. Unfähig, klar zu denken oder sich auf etwas zu konzentrieren, spazierte er langsam weiter. Bilder von Thybil flogen durch seinen Kopf. Die imaginäre Gesellschaft seines alten Freundes genießend – den Klang seiner Stimme, den Geruch von Sonne und Regen und Wind auf der Haut des alten Barue, das faltige Lächeln, die verständnisvollen Augen, den flauschigen weißen Bart –, nahm Bryn die Geräusche in seiner Umgebung gar nicht richtig wahr.

Er fühlte ein schmerzhaftes Verlangen nach seinem früheren Leben, zu dem er nie wieder würde zurückkehren können. Er wollte nicht zurück in die Swigny-Fabrik, sondern einfach wie ein ganz normaler Barue bei seinen Eltern leben. Sie konnten es nicht zulassen, dass noch mehr Leben zerstört wurden. Die Teile fügten sich langsam zusammen. Er kam den unzähligen Strippen der Puppenspieler, die in ganz Calaspia die Finger im Spiel hatten, immer näher. Er konnte es fühlen.

Wenn er doch nur über die Gabe der Geschwindigkeit verfügen würde! Aber er hatte nicht einmal ein Pferd … Er trat nach einem Stein und zuckte vor Schmerz zusammen. Es war gar kein Stein, sondern die Spitze eines Felsens, die aus dem Gras ragte.

Langsam begann Bryn vor Ungeduld zu kochen: Sollte er die nächsten Tage seine Zeit damit verschwenden zu *gehen*, während der Kultivator mit der Maske in Ruhe irgendwelche seltsamen Zeremonien vorbereitete? Wie sollte er die nächsten Tage nur einen klaren Kopf bewahren, bis er endlich bei Okolnit ankam?

Doch halt! Warum sollten Begnadete – diese zufälligen Manifestationen des Wahnsinns – ihm gegenüber im Vorteil sein; er war schließlich ein Pentakylist! Er konnte doch teleportieren.

Dieser Zauber war eine überaus komplizierte Angelegenheit. Nicht einmal alle Lehrmeister wagten sich an einen Versuch. Eridanus zufolge handelte es sich bei einer Teleportation unter anderem um einen Umkehrzauber, sodass der Geist den Körper trug anstatt umgekehrt. Auf diese Weise ließ sich das physische Hindernis der Entfernung überwinden. Mit dem Nebeneffekt, auf mindestens ein Dutzend Arten den Tod finden zu können.

Aber Pentakylisten brauchten ihre Magie nicht auf eine so systematische Weise zu verweben wie andere. Wenn er sich nicht an die vorgegebenen Muster halten musste, konnte er doch auch keine Fehler machen, oder? Zumindest ging Bryn davon aus, dass er sich nicht gleich umbringen würde, wenn der Pentakylismus fehlschlagen sollte.

Da er nicht so recht wusste, wie er die Sache anfangen sollte, begann er so schnell er konnte zu rennen. Er sehnte sich danach, die Strecke schneller zurückzulegen, sehnte sich danach, dass sein Körper seinem Geist nicht im Weg stand, die Entfernung zu überbrücken.

Bryn flog den Hügel regelrecht hinunter und den nächsten wieder hinauf. Und schon war es ihm gelungen, sich vollkommen zu verausgaben. Trotz allem war sein Körper noch immer sehr physisch vorhanden, und seine Beine waren schwer geworden.

Als er oben ankam, brach er japsend zusammen. Er riss eine Handvoll des feuchten Grases aus und schüttelte sich ein paar Tropfen ins Gesicht. Die letzte Feuchtigkeit ließ er sich in den Mund rinnen. Suchend sah er sich nach einem Flusslauf in der Nähe um und stöhnte auf. Der nächste Fluss lag im Süden, also in der falschen Richtung. Dann musste er wohl vorerst ohne Wasser weitermarschieren.

Wenn er doch einfach selbst oder auf einem Drachen nach Bel-Tued fliegen könnte! Er schloss die Augen und ließ sich in Gedanken treiben wie Sylvata …

Als er die Augen wieder öffnete, war der Himmel wolkiger. War er eingenickt? Er setzte sich auf und sah sich um – er saß auf einem ganz anderen Hügel!

Einem Hügel, der am Meer lag.

Bryn sprang auf und sah, dass er sich in einem Obstgarten mit Apfelbäumen befand. Mit klopfendem Herzen blickte er den Kiesweg hinunter, der ordentlich bis zu den langen, getünchten Häusern führte, in deren Scheiben sich die Sonne spiegelte.

Vergnügt setzte er seinen Weg fort.

Lothial sah genauso aus wie bei seinem letzten Besuch, als er als Gejagter hier angekommen und mit einem vermeintlichen Verbündeten und beschenkt mit neuen Kleidern, Gold und Silaeti wieder abgereist war. Bryn hoffte, dass er nie wieder einem Mann begegnen würde, der ähnlich unbeständig wie Okolnit sein würde – zumindest keinem so mächtigen Mann. Und was das betraf, natürlich auch keiner entsprechenden Frau, obwohl die ohnehin dazu neigten, unberechenbar zu sein. Bryn fragte sich kurz, wie es Peasmi wohl als Imperatorin von Numenii erging, dann konzentrierte er sich wieder auf den Mann, den er gleich treffen würde – der Mann, der ihn schließlich hatte umbringen lassen wollen.

Okolnits Sommersitz war eine Insel der Schönheit und Stille. Sie protzte mit der elegantesten Modernität, die Bryn jemals in Calaspia gesehen hatte: antike Inschriften, Verzierungen, Statuen und anderen Andenken an einst.

Dieses Mal spürte Bryn den magischen Schutz, die Ringe und Abwehrzauber, die Okolnit bei seinem letzten Besuch schon längst gewarnt hatten, bevor Bryn auch nur einen Fuß in das äußerste Gebäude gesetzt hatte.

Er versuchte gar nicht, sie zu umgehen. Sollte der alte Mann doch wissen, dass er im Anmarsch war. Sollte er sich doch auf das Schlimmste vorbereiten!

Für all seinen Reichtum waren recht wenige Wachen zu sehen. Wie gut sein magischer Schutz auch immer sein mochte, Wachleute und Patrouillen waren noch immer das billigste Abschreckungsmittel gegen durchschnittliche Kriminelle, die sichtbare Sicherheitsmaßnahmen brauchten, damit sie sich die Sache noch einmal überlegten.

Niemand griff ihn an. Der Ort sah leer, beinahe verlassen aus. Bryn ging den wenigen Wachen mit Leichtigkeit aus dem Weg, schlich von Deckung zu Deckung, bis er den Haupteingang erreicht hatte.

Magische Sperren schob er wie Spinnweben beiseite, und er musste sich den Ernst der Situation bewusstmachen, um nicht laut loszulachen. Beim letzten Mal hatte er Esperas Hilfe gebraucht, um in den Palast zu gelangen, von den Gemächern des alten Mannes ganz zu schweigen. Ohne Pentakylismus, das wusste er, würde er tagelang vor der ersten Tür herumstehen.

Bryn umging einen Abwehrzauber nach dem anderen und stand schließlich etwas desorientiert vor der Tür zu Okolnits «Thronsaal».

Das graue Material, aus dem die Tür bestand, war weder Holz noch Stein. Es gab keine Klinke, also drückte Bryn einfach gegen die Tür. Sie war glatt und kalt, jedoch nicht so kalt wie Eis – irgendwie unwirklich, wie gehärtete Luft.

Bryn fiel ein, wie Espera ihre Handfläche gegen die Tür gedrückt hatte. Darauf hatte die Tür zu schimmern begonnen und war schließlich verschwunden. Er versuchte es erst mit der rechten, dann mit der linken Hand – nichts geschah.

Es herrschte vollkommene Stille.

Bryn schaute die Stufen zurück nach oben, die so seltsam in diese Sackgasse hinunterführten, dann auf die weißgetünchten, im Gegensatz zum restlichen Gebäude völlig kahlen Wände und fragte sich, ob es noch einen anderen Weg in den Raum gab.

Vielleicht war Okolnit nicht im Hause, und niemand konnte in den Raum gelangen, wenn er nicht drinnen war. Nicht einmal ein Pentakylist.

Bryn war davon ausgegangen, dass Okolnit zu dieser Jahreszeit hier draußen war, wie Espera es ihm gesagt hatte. Aber was, wenn er ganz woanders steckte, zum Beispiel in Itrim? Oder auf der See oder einem ganz anderen Kontinent?

Nun, dann brauchte er sich zumindest keine Sorgen über den Zorn des Abtrünnigen zu machen …

Bryn überlegte schon, ob er wieder gehen sollte – aber dann hätte er sich doch zu leicht aufgegeben. Er konnte nach einer solch langen Reise doch nicht einfach wieder abziehen. Und so tat er das Einzige, was ihm noch einfiel, auch wenn es recht banal war: Er klopfte an. *Klopfet an, so wird euch aufgetan …*

Das Pochen klang dumpf, als läge hinter der Tür gar kein Raum.

Unvermittelt war sie verschwunden.

Das Zimmer war zu dunkel. Obwohl die Sonne ungehindert durch die großen Fenster hereinschien, hellte sie das Zimmer nicht so auf, wie es hätte sein müssen. Vorsichtig trat er ein.

Dort saß Okolnit auf seinem Stuhl, als hätte er schon auf Bryn gewartet. Soweit Bryn sich erinnern konnte, trug er noch dieselben Kleider, und sein weißes Haar war wie immer streng zurückgekämmt.

In demselben Moment, als Bryn einen Schritt in den Raum gemacht hatte, wusste er, was die Sonne so abdunkelte. Als er ihre Anwesenheit bemerkte, blieb ihm fast das Herz stehen, und seine Kopfhaut begann zu kribbeln. Es waren Dutzende Tahl Uthnae, geschmeidige schwarze Gestalten, die auf beiden Seiten des Raumes schwebten – und, wie er in den Augenwinkeln zu sehen glaubte, auch oben an den Wänden –, wie die Schatten des Gebäudes, wie Tinte auf Wasser.

Bryn zeigte keine Regung und sammelte all seine Abwehrkräfte. Als kein magischer Angriff erfolgte, ging er einen Schritt weiter. Er blickte fest in die blauen Augen des Hausherrn, während er langsam Schritt für Schritt auf ihn zuging.

Dann ein Rascheln, als wehte Wind durch das Zimmer. Ihre dunklen Gewänder flatterten kurz. Und dann schlugen sie zu.

Bryn zuckte nicht einmal zusammen, als sie sich blitzschnell in Bewegung setzten.

Anscheinend auf einer anderen Wellenlänge schreiend, lösten sich die Gestalten von ihren Hochsitzen und stiegen von ihren Dachbalken herab. Ihre weißen Klingen blitzten auf, und sie schossen auf Bryn zu.

Bryn ließ seine angeborenen Sinne schweifen und wandte sich dem Tahl Uthnae zu, der ihm am nächsten war. Bryn konnte seinen Hass sofort spüren, und damit er ihn nicht überwältigte, blockte er den Fluss so ab, dass er nur noch in eine Richtung floss. Glücklicherweise waren die Erinnerungen an Thybils Erscheinung noch ganz frisch. Bryn packte die Wut der Kreatur und ließ seine unbändige Freude auf sie los.

Die Wut verschwand, als würde sie in einen Strudel gesaugt. Einen Augenblick lang war Bryn erleichtert, aber dann streckte er rasch wieder seine Fühler in alle Richtungen aus. Wenn er diese Methode nicht schneller einsetzen konnte, kam irgendeiner dieser seelenlosen Krieger doch an ihn heran.

Also versuchte er, sich ringsum gleichzeitig um die vordersten Gestalten zu kümmern, und seine Freude sprang von der einen auf die andere über und schien sich mit jedem besiegten Gefühl von Zorn und Hass zu vervielfältigen.

Wie Kleiderfetzen sanken die Angreifer um ihn herum zu Boden.

Okolnit maß ihn mit leidenschaftslosem, beinahe gelangweiltem Blick.

Selbst als die Gestalten in kleinen Stückchen wie schwarzer Schnee um ihn herum zu Boden rieselten, gestattete Bryn sich nicht, den Blickkontakt zu dem einzigen anderen menschlichen Wesen zu unterbrechen. Er blinzelte nicht einmal.

Der letzte der sich aufblähenden Mäntel sank langsam zu Boden.

Bryn blieb vor dem alten Mann stehen.

«Willkommen», sagte Okolnit.

Bryn verbeugte sich. «Immer ein Vergnügen.»

«Ventlis?», fragte sein Gastgeber.

«Wasser. Oder besser, Swigny.»

Der Barue schraubte seine Sinne wieder auf ihr normales Maß herunter. Vor lauter Freude über sein gelungenes Auftreten summte er eine Zeitlang vor sich hin. Dann stellte er überrascht fest, dass auch der Alte eine gewisse Zufriedenheit ausstrahlte – er, der normalerweise völlig gefühllos war.

Okolnit blickte Bryn interessiert an. Er nickte kurz, dann kräuselte sich die gegerbte Haut um seinen Mund zu einem Lächeln, und schließlich begann er zu lachen.

Von da an redeten sie nie wieder über Bryns Ermordung und warum Okolnit sie gewollt hatte. Niemand sprach mehr davon, ob er in Lueths Fußstapfen wandeln würde. Der alte Lehrmeister nahm es an und akzeptierte es ohne weitere Fragen.

Nach einigen spärlichen Begrüßungsformalitäten fragte Bryn geradeheraus: «Gehört Ihr zum Netzwerk?»

Mit heruntergezogenen Mundwinkeln zuckte Okolnit nur kurz die breiten, aber abgemagerten Schultern. «Es gibt viele Netzwerke, Junge. Zu so manchem gehöre ich, einige leite ich sogar. Seit Anbeginn meiner Karriere waren Netzwerke einer meiner mächtigsten Grundpfeiler.»

«Ich spreche von *dem* Netzwerk. Von der Gruppe unglaublich mächtiger Individuen, die den Aufstieg der Kulte gefördert haben.»

Die dunklen, graugefleckten Augenbrauen des Alten zogen sich zusammen. «Das *Netzwerk* also steckt hinter den Kulten des Wahnsinns? Und ich auch? Das passt doch überhaupt nicht zusammen.»

«Es hat die Kulte nur gefördert, um sie bis zu ihrer endgültigen Vernichtung eindämmen und kontrollieren zu können», sagte Bryn. «Also könnt Ihr das als Kompliment auffassen. Und? Zählt Ihr zu seinen Mitstreitern?»

Zu Bryns Überraschung schüttelte Okolnit den Kopf. «Das ist eine Gruppe, zu der ich glücklicherweise wenig Kontakt hatte. Gib Acht, worauf du dich einlässt, Bryn. Du hast dir schon genug Feinde an höherer Stelle eingehandelt.»

«Was wisst Ihr über sie?»

Der Alte seufzte. «Ich muss zugeben, dass ich nur wenig darüber weiß, wer sie sind, und noch weniger über ihre Aktivitäten. Sie weben so verworrene Netze, wie ich kaum welche gesehen habe.»

«So verworren wie Eure eigenen?»

Okolnit lachte rau. «Im Vergleich zum Netzwerk webe ich Seide. Ich schätze, ihre Gruppe besteht aus einem halben Dutzend Individuen, die mindestens so einflussreich sind wie ich, wenn auch einige davon vielleicht nicht ganz so reich sind. Ich habe nie den Drang verspürt, weiter nachzuforschen.»

Er erhob sich aus seinem Stuhl, ohne dabei annähernd so

geschmeidig auszusehen wie Eridanus. Seine schrumpelige Gestalt passte nicht ganz zu dem Feuer in seinem Innern. «Immer wenn ich feststelle, dass das Netzwerk irgendwo seine Finger im Spiel hat, ziehe ich mich zurück. Investitionen und Kapitalanlagen aller Arten: Wenn sie mitmischen, schnappe ich mir, was ich kann, und ergreife die Flucht. Nein, nein, ich halte mich vom Netzwerk fern, und du würdest gut daran tun, es ebenso zu halten.»

«Wie lange gibt es das Netzwerk schon?», fragte Bryn.

«Schwer zu sagen», sagte Okolnit. «Wahrscheinlich noch nicht allzu lange. Im Vergleich zu anderen Orden wie Itrim stecken sie sicher noch in den Kinderschuhen. Ich habe erst vor gut zehn Jahren das erste Mal von ihnen gehört.» Er lachte. «Weißt du, ich glaube, sie hätten mich sogar gefragt, ob ich bei ihnen mitmischen will, aber sie müssen wohl etwas gegen meine schlechte Vergangenheit gehabt haben.»

«Ihr wurdet für zu unmoralisch gehalten?», fragte Bryn.

Der Alte lachte herzhaft.

«Für zu *moralisch*?», sagte Bryn ungläubig.

Mit dem Rücken zu Bryn machte Okolnit einige lange, maßvolle Schritte, als würde er einem privaten Ritual folgen. «Es ist weniger eine Frage der *Moral* als vielmehr der … Berechenbarkeit. Was für Leute auch immer hinter dem Netzwerk stecken, sie möchten nichts mit jemandem wie mir zu tun haben, der impulsiv ist und sich nicht so leicht einschätzen lässt. Dem seine Unabhängigkeit über alles geht.»

Unvermittelt blieb er stehen und sah ihn über die Schulter hinweg an. «Versprich mir, Bryn, dass du dich, was auch immer geschieht, nicht zu einem Bauern in ihrem Spiel machen lässt.»

«Ich habe nicht die Absicht, mich zu einem Werkzeug machen zu lassen, egal von wem», sagte Bryn.

«Und doch geschehen Dinge, die unseren besten Absichten widersprechen, oder nicht? Die Barue wurden kaum gefragt, ob sie wollten, dass Perduellis den Thron besteigt.» Bryns gekräuselte Lippen richtig interpretierend, wechselte Okolnit weise das Thema. «Aber du musst halb verhungert sein.» Er ging auf die Eichentür zum Hof zu. «Komm, lass uns gemeinsam speisen.»

«Nicht so schnell.» Bryn hatte Nemos vorzeitig gealtertes Gesicht vor den Augen. «Ich bin kürzlich einem Verwandten begegnet, der es abgelehnt hat, sich vor dem Geld zu verneigen. Wie viele andere wie ihn hätte ich treffen *können*, wenn es Euch nicht gegeben hätte?»

«Vielleicht mehr, vielleicht weniger. Die Antwort darauf kann man kaum berechnen.» Okolnit blickte an Bryn vorbei auf seine fruchtbaren Ländereien. «Man kann unmöglich sagen, was vielleicht geschehen oder gewesen wäre. Wenn die Vergangenheit nicht so abgelaufen wäre, dann wäre sie eben anders abgelaufen.»

«Reden wir über Nemo», sagte Bryn. «Und über meinen Großvater. Was habt Ihr mit ihnen gemacht?»

Der Alte starrte ihn an. «Ich habe ihnen nichts genommen, das sie nicht bereit waren, für ihre Sache zu geben.»

«Wie ihren Verstand?», fauchte Bryn.

Okolnit nickte. «Ich habe ihre Entschlossenheit bewundert.»

«Wie ist mein Großvater gestorben?», fragte der Barue. Er hätte versuchen können, seine Gefühle im Zaum zu halten, aber er ließ ihnen freien Lauf und wurde langsam lauter. «Was ist mit Nemo passiert? Habt Ihr ihn von seiner heldenhaften Reise, den Wahnsinn zu bekämpfen, abgehalten und seinen Verstand zerstört, damit er keine Bedrohung mehr für Eure romantische Beziehung zu Lueth war? Sprecht!»

«Dein Großvater wurde von Ayactan ermordet.» Die Gefühle zu dieser Antwort waren nicht zu lesen. «Nemo war eines der mutigsten Geschöpfe, die ich je kennengelernt habe. Als er von meiner Arbeit hörte, war er mehr als willig, mitzumachen. Es war *sein* Vorschlag, dass ich seine spirituelle DNS untersuchen sollte. Falls der Schlüssel zu kopieren und zu reproduzieren gewesen wäre, hätte das die schwere Erblast deiner Familie etwas gemildert. Ich habe ihn gewarnt, aber er wollte nichts über die möglichen Konsequenzen hören.»

«Und Ihr hattet keinen Erfolg, denn sonst würden Eure Tahl Uthnae oder eine ähnliche Brut über die Mittel verfügen, die der Apherist besaß und von denen vermutet wird, dass sie den Wahnsinn zerstören?»

«Es ist uns nicht gelungen, und ich habe nie wieder etwas Ähnliches probiert. Die spirituelle DNS ist viel zu … empfindlich.» Okolnit seufzte, und Bryn spürte sein Bedauern. «Nemo war mir ein guter Freund. Vielleicht der einzige Freund, den ich, von Lueth abgesehen, je hatte. *Ich* bin derjenige, der für seinen Aufenthalt in diesem Heim bezahlt.»

Bryn schüttelte den Kopf. Er fühlte sich plötzlich völlig leer. «Lasst uns essen.»

Beim Essen sprachen sie über viele Dinge. Trotz seiner Überraschung war Bryn erleichtert darüber, dass Okolnit nicht zum Netzwerk gehörte, auch wenn er natürlich gern mehr erfahren hätte.

Als sie mit dem Essen fertig waren, schnipste Okolnit mit den Fingern. Das konnte unmöglich jemand gehört haben, aber offensichtlich durch irgendeinen Zauber benachrichtigt, kam eine Dienerin herein und räumte den Tisch ab. Nach dem Nachtisch, einer leckeren Zitronencreme, führte der Alte Bryn in eines der Nebengebäude, in dem er noch nie gewesen war.

Was er dort sah, erinnerte ihn an Itrim. Im ersten Moment glaubte er, seine Augen würden ihm einen Streich spielen.

Er trat um eine Ecke und blieb erstarrt vor einer dicken Glasscheibe stehen. Sein Herz begann zu rasen.

Vor ihm hing ein Schattenwandler wie die Manifestation eines Albtraums.

Als er seinen Herzschlag wieder etwas beruhigt hatte, ging er Okolnit nach, der völlig unbeeindruckt weitergegangen war.

Nach links und rechts blickend, sah Bryn weitere Gestalten.

Als er erkannte, was sie waren, verwandelte sich seine Verwirrung in Entrüstung.

«Ihr führt Experimente mit ihnen durch?»

«Ich beobachte sie, ja.» Okolnit nickte leicht, ohne Bryn anzusehen. «Die Begnadeten … die neueste Manifestation des Wahnsinns.»

«Aber nichtsdestotrotz menschliche Wesen!», sagte Bryn. «Ihr könnt diese Leute nicht so behandeln!»

Der Alte drehte sich zu seinem jungen Gast um und fragte ernsthaft: «Sind sie denn menschlich?»

Bryn schwieg.

«Sie haben keine Vergangenheit», fuhr Okolnit fort, «keine Erinnerungen. Was ist der Mensch, wenn nicht Summe seiner Handlungen?»

«Sie haben eine Vergangenheit, auch wenn sie sich nicht daran erinnern.» Bryn wandte sich angewidert von den Begnadeten ab und sah stattdessen zu der nebelartigen Gestalt des Wandlers. «Und von den Erinnerungen an ihre Vergangenheit einmal abgesehen, sie hatte zumindest eine *Zukunft* – bevor Ihr sie eingesperrt habt.»

«Das möchte ich doch sehr bezweifeln.» Der Gastgeber

lachte trocken. «Über dieses Vorurteil könnte ich mich immer wieder amüsieren! Du gehst davon aus, dass ich diese armen verrückten Seelen hier eingesperrt habe, Bryn, wo sie doch in Wirklichkeit aus freien Stücken hier sind. Sie wollen wissen, was mit ihnen los ist. Du redest über ihre Zukunft wie ein wahrer Menschenfreund – in offensichtlicher Missachtung ihrer tatsächlichen Notlage.»

Bryn fielen die Worte von Cerions Eltern wieder ein. Er schüttelte den Kopf. Er wollte, dass Okolnit weitersprach, fürchtete sich jedoch davor, was er vielleicht zu hören bekommen würde.

«Was glaubst du, warum hier gerade diese beiden sehr verschiedenen Spezies, Begnadete und Wandler, direkt nebeneinander zu sehen sind?»

Als Bryn von einer reglosen Gestalt zur nächsten blickte, verdichteten sich seine Vermutungen. «Weil sie gar nicht so verschieden sind», flüsterte er. «Weil Begnadete zu Wandlern werden, wenn sie sterben?»

«Es sieht ganz danach aus. Vielleicht nicht alle von ihnen, aber viel deutet darauf hin, dass bei einem gewissen Prozentsatz der Begnadeten ein Teil ihres Wesens hier zu verbleiben scheint, dass sie nicht vollständig ins Jenseits hinübergehen.» Wieder sah Okolnit ihn nicht an, während er sprach. «Sind diese Wandler auf derselben Seite oder kehren sie zurück, um grausame Rache an denen zu nehmen, die sie in ihrem physischen Leben gequält haben?»

Sie gingen weiter in ein hohes, fensterloses Zimmer, in dem Dokumente verstreut lagen und Bücherregale unter der stählernen, gläsernen Last unzähliger Vitrinen und Ausstellungsstücke stöhnten, die Okolnits Forschungen zur nicht vollendeten Aufgabe des Apheristen und zu Nequams Bemühungen enthielten.

«Was glaubt Ihr, wie kann man den Wahnsinn vernichten? Wie wollte Lueth den Wahnsinn bekämpfen?» Schließlich war Okolnit einer der wenigen, die überhaupt qualifiziert waren, diese Frage zu beantworten, sowohl durch seine Beziehung zu Nequam als auch durch seine Nachforschungen zu diesem Thema.

«Lueth hat das Buch der Zeiten sehr ernst genommen. Seine meisten Aktivitäten bauten auf den Seiten auf, die er gefunden hatte, oder auf den Geheimnissen, die er aus anderen Quellen zusammengetragen hatte. Für ihn erschien das einen Sinn zu ergeben, aber ich habe die Hoffnung aufgegeben, eine Richtung in seinen Plänen zu erkennen. So viel kann ich dir verraten: Die Ostentum und Ragnarok sind nicht mehr als Trittsteine gewesen, und obendrein welche, um die er nicht gebeten hatte.» Er zeigte auf die durchsichtigen Scheiben. «Ich besitze mehr Seiten aus Dattus Buch als die meisten anderen, und doch finde ich in ihnen nicht, was ihn angetrieben haben mag.»

Bryn musste sofort an Lueths Notizbuch denken. Aber unter Okolnits Augen würde er es lieber nicht aus seinen Sachen holen.

Auf dem Weg nach draußen sah Bryn einige Stammbäume, größtenteils von den Bellysets. Am unteren Ende stand der Name *Nemo Bellyset* und darunter sein eigener.

«Du bist der Letzte eurer Linie, der das schwere Erbe des Apheristen möglicherweise schultern kann.» Okolnit starrte auf den Stammbaum. «Meine Messungen deuten darauf hin, dass der Gipfel des Wahnsinns kurz vor dem Ausbruch steht. Ich werde mich mit Eridanus treffen, um zu besprechen, welche möglichen Maßnahmen ergriffen werden können. Aber welche Vorkehrungen wir auch immer treffen, der Jüngste Tag naht. Die Geißel verschlingt das ganze Land.»

Der Alte zog eine schwarze Kralle hervor, die ungefähr so lang wie sein kleiner Finger war, und gab sie Bryn.

«Diese Waffe enthält Schwarzgold, Garagold und andere physische Manifestationen von Elementen der Unsichtbaren Welt. Allein das Material ist unbezahlbar, aber im Vergleich zu seinen Kräften nahezu wertlos. Wann immer du dringend Verbündete brauchst, schneide dich damit. Sobald sie mit deinem Blut in Kontakt kommt, werden sich die Tahl Uthnae versammeln, um dich zu verteidigen oder deinen Befehlen zu gehorchen.»

Bryn hielt es für eine Klaue des Todes, wie die, die Sylvata noch immer für ihn aufbewahrte, aber er konnte ihre Form nicht verändern. «Danke, Okolnit. Wie viele gibt es davon?» Bryn dachte an den – hoffentlich unwahrscheinlichen – Fall, dass der Lehrmeister und er gleichzeitig die Hilfe der Tahl Uthnae benötigen würden.

«Nur diese eine.»

Okolnit übergab ihm die Kontrolle über sein Mordkommando? Ohne einen weiteren Blick trat der Alte in das blendende Licht hinaus und spazierte in den offenen Garten. Das türlose Gebäude verschloss sich hinter ihnen, indem der Eingang undurchlässig wurde und sich verhärtete.

Bryn hatte sich nie viel aus Botanik gemacht, aber die Vielzahl an Farben und die einmalige Zartheit an Formen, die er in der weichen Erde aufgereiht sah, verlangte regelrecht nach Namen, um die einzelnen Arten voneinander unterscheiden zu können. Er dachte an Mama Bellyset – er hätte ihren Vorträgen doch mehr Aufmerksamkeit schenken sollen.

Im strahlenden Sonnenschein fiel es ihm schwer, an die Begnadeten und Wandler zu denken, die sie in den Schatten hinter sich gelassen hatten wie einen schlechten Traum. Als er mehrere lange, dunkle Dornen an einem Holzstamm sah, fragte Bryn: «Woher habt Ihr eigentlich die Klauen des Todes für die Tahl Uthnae?»

«Aus dem Tempel, in dem sie aufbewahrt wurden», sagte Okolnit. Er roch an einer Blume mit ovalen Blütenblättern, die in den Farben der Dämmerung schimmerten.

«Der Tempel von Tahl?», rief Bryn. «Ihr seid dort gewesen?»

«Das war eine der wenigen Bühnen, die ich persönlich betreten musste.»

Bryn war so aufgeregt, dass er seine Bedenken in den Wind schlug. «Habt Ihr Magnarion gefunden?»

«Nein, ich fürchte, die einzigen Schwerter, die ich finden konnte, waren die Klauen.» Okolnit ließ seine schöne, aber irgendwie tot wirkende Blume los. «Allerdings wäre Magnarion, sollte es tatsächlich existieren, wahrlich eine ungeheuerliche Waffe …»

«Was wisst Ihr darüber?» Bryn fragte, weil er seine Enttäuschung unbedingt vermindern wollte, indem er irgendetwas Neues über das legendäre Schwert in Erfahrung brachte.

Okolnit beobachtete ihn eine Zeitlang schweigend. Die Sonne hing über ihm und warf kurze, scharf umrissene Schatten auf das weiche Gras. «Wenn du schon gewusst hast, dass man es im Tempel suchen muss, mein Junge, dann kann ich dir nicht mehr viel Neues erzählen.»

Bryn nickte und blickte niedergeschlagen über die sanften Hügel, die zur Hafenstadt von Bel-Tued hinunterführten. Also musste er sich auf den Pentakylismus konzentrieren. Und von dieser Fähigkeit wollte er Okolnit nichts erzählen, auch wenn er vorhatte hierzubleiben, bis es Zeit wurde, sich um die Aufgabe von Bischof Hecklehurst zu kümmern und das Netzwerk auszuspionieren.

Sein Gastgeber leckte an einer feuerroten Blume. Die Erklärung dafür folgte umgehend: «Hm, fast reif!»

Okolnit bot ihm die Blüte an, indem er sie am Stiel langzog, der sich dehnte, ohne abzureißen.

Bryn roch gehorsam daran und konnte sich ein Lächeln nicht verkneifen.

Er hätte es ahnen können: Ventlis.

✦ ✦ ✦

Nachdem Bryn sich in dieser Nacht versichert hatte, dass Okolnit ihm nicht nachspionieren oder etwas über seinen kostbaren Besitz herausbekommen konnte, zog er das Notizbuch hervor, um etwas darin zu lesen. Lueth zitierte oft aus dem Buch der Zeiten, aber man konnte schwer sagen, ob er den ganzen Text abgeschrieben hatte oder nur hier und da eine Zeile aus Dattus Buch verwendete, um einige Schlussfolgerungen zu belegen.

Wieder einmal fielen ihm die verschiedenen Papierarten auf, und ihm kam eine Idee. Ohne im Index nachzuschlagen, blätterte er zu einer der eingefügten Seiten und studierte den Text. Er war nicht in der toten Pentakylistischen Schrift wie Lueths Tagebucheinträge.

Schockiert erkannte er, dass sie nicht in der Hohen Zunge, sondern in der Alten Zunge geschrieben war, der Sprache der Plimpe, der wirksamsten magischen Schrift, die man kannte. Dass ihm das nicht schon früher aufgefallen war, lag daran, dass er Texte und Tagebucheinträge in der Gemeinzunge gelesen hatte. Lueths Magie übersetzte sogar die Alte Zunge!

Lueth Rann hatte tatsächlich Auszüge aus dem *Buch der Zeiten* in sein Notizbuch eingefügt!

Bryn konnte sich nicht vorstellen, dass er wirklich Teile

aus Calaspias wertvollstem Manuskript ausgerissen und zusammengefaltet hatte. Vielleicht war es doch ein anderer Text. Er las ein paar Zeilen: Nein, es war nicht daran zu zweifeln.

Der Abschnitt war eine Chronik über das Eindringen des Wahnsinns. Das allererste Auftreten des Wahnsinns in ihrer Welt. Er war schwer zu lesen, und Bryn verstand nur hier und da ein paar Worte, die ihren Entsprechungen in der Hohen Zunge ähnlich genug waren.

Mittendrin – wie ein direkter Beweis, dass das tatsächlich ein Teil des Buches der Zeiten war – standen die Worte: *Ich, Dattu, bin mir völlig sicher.*

Bryn war überrascht – und etwas beunruhigt – über die Dinge, die die Sprache der Plimpe mit einem anrichten konnte, denn plötzlich hatte er eine Vision von dieser ältesten Kreatur, die man sich vorstellen konnte, die so alt wie die Welt an sich war.

Zeitalter wurden an den Falten seines runzeligen Fells gemessen. Erinnerungen an den Aufstieg und Fall von Zivilisationen schwammen in seinen feuchten, sternengleichen Augen.

Er hatte noch nie einen Plimp mit so langen, dünnen Haaren gesehen. Sie waren vollkommen weiß. Selbst Mako Hiapo sah im Vergleich dazu jung aus. Bryn musste lachen vor Freude über das Privileg, den Autor des Buches der Zeiten, Dattu, gesehen zu haben.

Dann blieb sein Blick auf Lueths Schrift auf der nächsten Seite kleben. Es ging um die Geißel.

Sie verfluchen mich. Sie glauben, ich würde den Wahnsinn verbreiten, wo ich ihn doch nur benutze. Sehen sie denn nicht, dass ich die Geißel geschwächt habe? Ohne mein Eingreifen würden die Mauern nach Ruach'zam bröckeln, Geister würden durch die Länder stolzieren, der Wahnsinn würde den Menschen den Verstand rauben …

Wandler und Begnadete. Lueth hatte sie prophezeit und aufgehalten. Aber wie? Bryn konnte die Antwort kaum glauben.

Der Wahnsinn braucht ein kreatives Ventil. Wenn ich ihn nicht nach meinem Willen dirigiert hätte, hätte er sich eigene Wege gesucht und wäre unkontrollierbar geworden. Nur dadurch, dass ich die Ostentum als Manifestationen des Wahnsinns geschaffen und sie durch das Tor nach Garakron gebracht habe, konnte ich verhindern, dass der Wahnsinn das Land überschwemmt. Vorläufig. Natürlich, dank der kurzsichtigen Aktionen von Itrim und dem Imperium dienen diese Monster meinem Schutz – und meiner Vergeltung …

Konnten auch sie den Wahnsinn so umformen, dass man leichter mit ihm fertigwurde? Aber dafür war es zu spät. Wandler und Begnadete waren Nebenwirkungen der Geißel. Symptome. Die Geißel hatte die von Lueth gefürchtete Linie bereits überschritten, und sie gewann an Fahrt.

All das ist nur eine vorübergehende Lösung, bis ich entscheiden kann, welche Mittel und Methoden am wirksamsten sind, um den Wahnsinn in Calaspia auszutrocknen. Es schaudert mir bei dem Gedanken, was möglicherweise geschehen wäre, wenn ich nicht in der Lage oder gewillt gewesen wäre, den Wahnsinn mit diesem vorübergehenden Ventil zu manipulieren, denn nicht einmal ich kann die Manifestationen des Wahnsinns ineinander umwandeln. Wenn ich keinen Erfolg gehabt hätte, hätte ich direkter in die Fußstapfen des Apheristen treten müssen. Eines Tages wird es so weit sein. Und ich weiß nicht, ob ich dazu bereit bin.

Wenn selbst Lueth vor dieser Aufgabe zurückgeschreckt war, wie sollte dann er das Vermächtnis des Apheristen zu Ende bringen?

✦ 31. KAPITEL ✦

Das Netzwerk

Wie ich in meinen letzten Tagen in Itrim entdeckt hatte – das scheint ewig her zu sein –, kann man den Wahnsinn in außergewöhnlich mächtigen magischen Gegenständen speichern. Und noch besser: Mit genug Kraft kann der magische Gegenstand möglicherweise sogar die Geisterwelt durchbohren! Ich habe es geschafft, solch ein vollgesaugtes Objekt nach Ruach'zam zu übertragen, aber ich bin bis heute daran gescheitert, eine bedeutsame Menge des Wahnsinns zu speichern. Wie oft man das tun müsste, braucht man nicht erst berechnen, es kann nicht in einer entscheidenden Größenordnung wiederholt werden. Ich würde einen endlos mächtigen Gegenstand brauchen, um genug Wahnsinn zu speichern oder weiterzuleiten, damit ich den Wahnsinn aus dieser Welt verbannen könnte. Welche Gegenstände, außer den Talismanen der Avatare, sollten das sein? Aber den mächtigsten kann ich nicht finden …

— Lueths Notizbuch

Dekan Delmar sah wie alle anderen Lehrmeister in Liborec aus. Ein gepflegter Mann mittleren Alters, der aus Vorsicht die Zeichen seines Ranges nicht offen zur Schau stellte.

Er kam mit der Fähre aus Armaah, genau wie Hecklehurst gesagt hatte, und stieg mitten in der herausströmenden Menschenmenge aus. Aber er konnte Bryn nicht entkommen. Mit einem gewissen Sicherheitsabstand klebte der Barue an seinen Fersen wie ein Schatten.

Mehrmals hätte er seine Beute beinahe verloren, als sie zwischen anderen untertauchte, aber immer konnte er sie rasch wiederfinden. Die belebten Marktstraßen erschwerten Bryns Aufgabe, boten ihm aber gleichzeitig gute Deckung.

Einmal rempelte Dekan Delmar einen anderen Passanten an, und durch seine demütige und entschuldigende Reaktion konnte Bryn sich denken, wer der Wichtigere der beiden war. Vielleicht würde sich das Netzwerk als die gute Nachricht erweisen, auf die alle gewartet haben. Aber wenn sie den Wahnsinn so mutig im Untergrund bekämpften, warum hatten sie es Eridanus nicht wissen lassen? Warum sollte ein Dekan so lange im Geheimen arbeiten? Eigentlich nur, wenn der Hohe Lehrmeister ein Verräter war.

Der Magier ging sicheren Schrittes und zügig. Er blickte weder links noch rechts, und nichts sprach dafür, dass er wusste, dass er verfolgt wurde.

Bryns Mission war schon fast zu einfach. Er würde Delmar problemlos bis zum Treffpunkt verfolgen, wenn er denn tatsächlich zum Netzwerk gehören sollte. Dann würde er ihre Schutzmechanismen durchbrechen, dabei jedoch so vorsichtig sein, dass sie nichts von seiner Anwesenheit bemerken würden, und lauschen. So wie es aussah, konnte er Hecklehurst noch am selben Tag Bericht erstatten.

Der Stichtag des Kultivators kam immer näher. Bryn konnte nur hoffen, dass das Netzwerk eine Antwort auf den kosmischen Plan der Anhänger des Kultes hatte.

Plötzlich war der Dekan verschwunden, und Bryn blieb

nichts anderes übrig, als ihm rasch zu folgen, in die Gasse neben dem Gebäude einzubiegen und durch eine Tür hineinzuschlüpfen.

Eigentlich war sie verschlossen, aber nur einen Augenblick lang. Bryn war froh, dass er für solche Aufgaben die Klaue des Todes nicht mehr brauchte.

Im Gebäude war es ruhig, beinahe wie ausgestorben. Delmar war nirgends zu sehen. Bryn schlich an übereinandergestapelten Holzkisten und Bergen von Hanftaschen vorbei zum Eingangsbereich. In der Luft hing eine dünne Staubschicht, die ihm in den Augen brannte. Vorsichtig hockte er sich hin und suchte den Boden ab. Es gab zu viele Fußspuren, um erkennen zu können, ob der Dekan links oder rechts an der Treppe vorbei oder nach oben oder unten gegangen war.

Bryn warf einen Blick in die Unsichtbare Welt. Weil er auf seinem Weg keinerlei Magie verwendet hatte, hatte der Dekan zwar keine Spur hinterlassen, aber Bryn erkannte die einzige andere Magiequelle im Lagerhaus sofort.

Als er in den muffigen Keller hinunterschlich, knarrten die Holzstufen dumpf unter seinem Gewicht. Eine Wolke feuchter, erdiger Luft empfing ihn. Als er weiterging, begann sie, nach Kräutern zu riechen. Bryn bekam Hunger – kein Wunder, er hatte seit dem Frühstück nichts mehr gegessen. Aber dann sah er sie: die Kiste.

Sie lag auf der Seite, der offene Deckel offenbarte ihr leeres Innere. Bryn kniete sich hin. Der weiche Dreck auf dem Steinboden hinterließ einen Fleck auf seiner Hose.

Er konnte den verwendeten Zauber nicht erkennen, aber der Pentakylismus offenbarte ihm etwas anderes: eine Tarnung, die er noch vor ein paar Wochen nicht erkannt hätte, die ihn nun aber direkt zu dem Zauber führte, den sie eigentlich verbergen sollte.

Mit seiner Handfläche beleuchtete er die nähere Umgebung und fand die Bestätigung für seine magische Detektivarbeit. Hier war jemand auf Händen und Füßen herumgekrochen, und das nicht, um etwas aus der Kiste zu holen. Der Dekan war in der Kiste teleportiert.

Weil der Zauber bereits abgeschlossen war, konnte Bryn sich nicht einfach an ihn hängen. Also kroch er in die Kiste und verfolgte mit seinem Geist die Spuren des Zaubers nach Süden und nach Osten bis zum Ziel.

Sie endeten an einem dunklen und stillen Ort, irgendwo in einem Marmorpalast. Draußen erstreckten sich schillernd grün einige bewässerte Gärten durch die Einöde. Nach dem Klima und der ungewöhnlichen Architektur zu urteilen, war Delmar nach Nomidien oder noch weiter in die Ferne gesprungen.

Oder war Nurkis im Spiel? Auch wenn er nicht genau wusste, worin der Unterschied dazwischen bestand, konnte Bryn mit Pentakylismus zwischen dem Geist und der Seele unterscheiden. Also wenn Delmar hier irgendwo steckte, sollte Bryn ihn finden können.

Letzten Endes erwies sich eine seiner beiden Vermutungen als richtig. Delmar war nicht nur weiter teleportiert, er hatte dabei auch noch in einem Ring aus Nurkis gestanden.

Bryn war verwirrt. Wie konnte man von einem Boden aus teleportieren, der von einer Substanz umgeben war, die Magie bei Kontakt auslöschte? Das war ja, als würde ein Fisch durch den festen Boden von einem Fluss zum nächsten gelangen!

Er versuchte, sich an Eridanus' Worte über Teleportation zu erinnern. Der Geist trug den Körper und nicht andersherum. Vielleicht ging das über reine Magie hinaus? Aber es war ein magischer Vorgang, der den Standortwechsel aufrechterhielt …

Als er den Boden genauer untersuchte, fand Bryn die Erklärung. Delmar war gar nicht selbst teleportiert. Deshalb hatte Bryn auch keine Spur gefunden, der er hätte folgen können. Nein, er war durch ein Portal getreten, das von einem Ring aus Nurkis verdeckt wurde. Und da sich beide nicht berührten, neutralisierte das Nurkis die Funktion des Portals auch nicht. Das von dem seltenen Element der Unsichtbaren Welt umschlossene Portal führte nicht durch die Substanz, sondern war direkt mit einem anderen Portal verbunden … aber wo? Es gab nur eine Möglichkeit, das herauszubekommen.

Für einen Sekundenbruchteil schob Bryn die Informationen, die er aus der Ferne empfing, beiseite und überprüfte, ob er noch immer allein im Lager war. Vom tröpfelnden Wasser an einer Wand und einer in der Dunkelheit herumrennenden Ratte abgesehen, war es völlig still.

Wenn er kein Pentakylist gewesen wäre, hätte Bryn die Begrenzung nicht durchschreiten können. Da er aber einer war, wurde ihm nur einen Augenblick lang schwindelig – dann stand er auf der anderen Seite.

Im selben Augenblick verschwand der Palast. Einen Moment lang verlor Bryn die Orientierung. Und dann stand er wieder in einem anderen Kreis aus Nurkis in einer leeren Kammer. Bryn konnte nicht erkennen, wo in Calaspia er sich nun befand.

Als er aus dem antimagischen Hindernis hinaustrat, stellte Bryn überrascht fest, dass er wieder in Liborec war. Warum war Dekan Delmar dann nach Nomidien gegangen? Wahrscheinlich, um eine falsche Fährte zu legen. Eine Fährte, die niemand anders durchschaut hätte.

Hin und wieder vergaß Bryn beinahe, dass er nicht persönlich in diesem Haus stand. Er konnte seinen Körper nicht sehen – klar, denn er war ja nicht dort –, aber sein Bewusstsein war es, und darauf kam es an.

Er schwebte durch eine prachtvolle, traditionelle Villa, so ähnlich wie Okolnits Lothial oder Itrim. Hier und da kamen Diener oder Schreiber vorbei, aber wenn es im Gebäude eine Versammlung der Reichen und Einflussreichen gab, dann konnte er sie nicht spüren. Andererseits, wenn ein Dekan zu solchen Mitteln gegriffen hatte, um seine Spur zu verschleiern, würde die Versammlung selbst auch gut geschützt sein.

Das Haus wurde außen wie innen gut überwacht. Bryn konnte Abwehrzauber, magische Barrieren und Alarme spüren, die das Haus schützten. Manche Räume waren besser geschützt als andere. In ein, zwei Räumen konnte er die Präsenz des Dekans spüren, als wäre er hier hindurchgegangen, aber ihn selbst fand er nicht.

Bryn stieg hinauf ins Dachgeschoss, aber hier fand er nur ein wildes Durcheinander von Gebrauchsgegenständen, mottenzerfressen und eingestaubt. Er schwebte zurück ins Erdgeschoss. Unten angekommen, erkannte er, dass das Fundament des Gebäudes sich tief in die Erde erstreckte – mindestens noch zwei weitere Stockwerke. Er schlich nach unten, um sich die Räume einmal näher anzusehen. Es gab Vorratsräume, die oft von Küchenhilfen besucht wurden, und einen eindrucksvollen Weinkeller sowie einen Geheimtunnel, der aus der Stadt hinausführte.

Aber das war noch nicht alles. Eine weitere Ebene – so weit er sehen konnte, ohne irgendeinen Zugang.

Seine Suche erinnerte ihn an die Kathedrale. Nur hier war er nicht wirklich körperlich anwesend, was sowohl Vorteile als auch Nachteile mit sich brachte. Die Aussicht darauf, das Netzwerk zu belauschen, machte ihn so ungeduldig, dass er sich fast einfach hindurchdrückte, ohne erst über Alternativen nachzudenken.

Immer mit der Ruhe! Klar, er konnte in ihre Runde vordringen. Aber wenn er das tat, würden sie ihn bemerken. Ihre Schutzzauber waren zu raffiniert, um sie einfach beiseitezudrücken. Und selbst wenn er die Abwehrzauber umgehen konnte, ohne dass sie ihn entdeckten, würde ihr System sie wahrscheinlich noch immer informieren, dass jemand Unbekanntes anwesend war.

Die Idee kam ihm, als er über Ruach'zam, die Geisterwelt, nachdachte. Wenn es in der physischen Welt eine spirituelle oder unsichtbare Dimension gab, die ihrerseits wieder in den Strömen der Existenz, also Ruach'zam, schwamm, dann waren die verschiedenen Ebenen nicht ständig völlig voneinander getrennt. Die Dinge waren aufgeteilt, aber ursprünglich hatten sie zusammengehört. Es musste ein paar Überlappungen geben.

Er brauchte es sich nicht selbst erklären, um es auszuprobieren. Er wusste nur, dass er in genau diesem Augenblick nicht einzig und allein in seinem Körper war. Und deshalb war es vielleicht möglich, einige *Funktionen* seines Geistes, zum Beispiel das Verstehen, weiter hinauszustrecken – vielleicht auch eine körperliche Funktion wie das Hören.

Er konnte die Fähigkeit nicht einfach heraustrennen, er brauchte einen Gegenstand, auf die er sie übertragen konnte. Etwas, das nicht seine Präsenz trug, nur die dichtestmögliche Facette von ihm. Und das, so dachte er, bewerkstelligte er hauptsächlich mit Hilfe des Psychallaismus, denn alles ergab einen Sinn, wenn Psychallium das ungeformte unsichtbare Element war. Aber war es dasselbe wie ein spirituelles Element?

Dann war er hindurch. Obwohl er auf dem Stockwerk darüber «stand» und die unten Versammelten nicht sehen konnte, konnte er sie hören. Und genau darauf kam es jetzt an. Denn was er nun zu hören bekommen sollte, würde seine nächsten Schritte bestimmen.

«Wir müssen es beenden! Je länger wir warten, desto mehr Dinge entziehen sich unserer Kontrolle.»

«Natürlich, Gurrick», sagte eine Frauenstimme. «Aber es liegt nicht mehr in unseren Händen. Wir müssen den Dingen erlauben, sich zu entwickeln. Und wenn der richtige Zeitpunkt gekommen ist, werden wir zuschlagen.»

«Und was, wenn dieser Zeitpunkt noch in weiter Ferne liegt, Gräfin? Ich glaube, es gibt Möglichkeiten, durch die wir unsere strategischen Bündnisse beschneiden können – und müssen.» Die Stimme kam Bryn bekannt vor …

Dann sprach ein älterer Mann, dessen Stimme Bryn nicht kannte. «Es ist fast genug Wahnsinn vorhanden, damit wir anfangen können – richtig, Delmar?»

«Der Wahnsinn breitet sich immer weiter aus, Pearlprow. Zumindest dieses Wagnis hat sich als Erfolg erwiesen.»

Bryns Herz hämmerte. Das Netzwerk war kein Verbündeter. Es war der Feind.

«Der Hohe Lehrmeister hat die meisten äußeren Kanäle geschlossen», fuhr der Dekan fort, «aber es ist zu spät. Der Strom kann nicht mehr umgekehrt werden. Wie besprochen, fördert der Kult den Einfluss des Wahnsinns in einem selbsterhaltenden Prozess. In ein paar Tagen sollten wir so weit sein.»

«Das wird auch langsam Zeit!», knurrte die erste Stimme. «Was ich nicht ganz verstehe: Wenn dieser wahrscheinlich entscheidendste Teil des Plans erst *nach* dem Sturz von Perduellis begonnen wurde, wozu haben wir ihn dann überhaupt gebraucht? Wir hätten Opeion gar nicht umbringen müssen!»

Nun wieder die bekannte Stimme, hart und ungeduldig. «Perduellis war dienlich, um den Boden zu bereiten, auf dem der Kult aufblühen konnte, und das wisst Ihr genau.»

Bryn konnte kaum glauben, was er hörte. Er musste Hecklehurst benachrichtigen, und die Gilde der Kundigen. Die Culmus Sangui, die Inquisition, Itrim, die apheristische Kirche, Eridanus, Rameon, Imperatorin Peasmi – er musste sie warnen, wer der wirkliche Feind war. Sie mussten eliminiert werden – aber wie sollte man sie aufhalten, bevor sie die Flucht ergriffen? Wo die Köpfe hinter der Verschwörung hier in Liborec versammelt waren, konnte Bryn nicht einfach abwarten und zuhören. Nur Meilen von diesem verlassenen Lagerhaus entfernt saßen die wahnsinnigen, reichen Kreaturen, die sein Leben und das Tausender anderer verwüstet hatten.

Sie hatten Opeion umgebracht … und Mama Bellyset. Sie hatten die Barue getäuscht und Eridanus, Galar und Gug als Betrüger dastehen lassen. Sie hatten Aurgelmir als Strohmann zum Imperator ernannt und zugesehen, wie er unter Perduellis – ihrem Werkzeug – dahingesiecht war.

Es juckte Bryn in den Fingern vor Wut, aber ihm blieb keine andere Wahl, als zu lauschen und sich ihre Namen einzuprägen, damit sie später gejagt werden konnten. Aber selbst wenn man sie fassen würde, kein Gericht der Welt konnte ihnen etwas beweisen. Mit all ihrem Einfluss und Reichtum würden sie die Landesältesten einfach kaufen.

Und wie sollte man sie überhaupt vor irgendein Gericht stellen? Er hatte keinerlei Beweise für das, was er hier hörte.

Es sei denn, er würde die Jagd sofort eröffnen.

✦ ✦ ✦

«Ja, aber da hat Gurrick ganz recht.» Der dunkelhaarige Mann war in schimmernde Seide gekleidet und sprach mit weicher Stimme mit ostnumeniischem Akzent. «Perduellis hat das getan, was wir von ihm verlangt haben. Meiner Meinung nach war er allerdings ein wenig nachlässig. Und wir haben Glück gehabt, dass uns das nicht zurückgeworfen hat. Er hat sich als unzuverlässig erwiesen. Was sollte den Kultivator mit der Maske davon abhalten, im letzten Augenblick die Seiten zu wechseln?»

«Ich kann Euch versichern, dass der Kultivator mit der Maske genauso am Erfolg dieses Unternehmens interessiert ist wie wir. Vertraut meiner Urteilsfähigkeit, wie Ihr auch den revolutionären Möglichkeiten, die ich geschildert habe, vertraut habt. Und zu Perduellis, Imal, selbst wenn er uns an Ayactan verraten hat, so hat er Ayactan auch an uns verraten. Die Tage des Dämons sind gezählt. Er wird uns kein Dorn im Auge mehr sein.»

«Ihr scheint von unserem Sieg überzeugt zu sein», sagte die Gräfin.

«Natürlich, Victoria. War haben alle zu viel investiert, zu viel Wertvolles geopfert, um zuzusehen, wie Calaspia so weitermacht wie bisher. Brüder und Schwestern, *es ist so weit.*»

Ein paar Sandkrümel rieselten von der Decke. Gräfin d'Arnel hob ihren Fächer, obwohl die Krümelchen in der Mitte des großen Raumes herunterrieselten und sie am Rand saß.

«Aber was ist mit der Inquisition?», fragte sie, den Fächer noch immer über den Kopf erhoben. «Die meisten unserer Leute haben ihre Posten noch, aber Rameon regiert mit eiserner Faust. Ihn kann man nicht beeinflussen oder verwirren. Müssen wir ihn auch eliminieren?»

«Die Inquisition ist nicht mehr wichtig. Sie wird die gemeinsamen Bemühungen des Kultes nicht verhindern können. Ha, sie weiß doch noch nicht einmal, was der Kultivator mit der Maske da aufbauen lässt! Nun ja – nicht dass die Anhänger der Kulte das selbst wüssten.»

«Das will ich ja mal nicht hoffen!», sagte der Herzog. «Das würde das Fass zum Überlaufen bringen und die ganze Initiative vollkommen untergraben!»

«Immer mit der Ruhe, Pearlprow. Selbst die Anhänger der Kulte können den wahren Zweck der ganzen Aktion nicht herausbekommen.» Der Bischof stand mit ausgebreiteten Armen da, als wollte er sie segnen. «Halten wir uns nicht länger damit auf, was wir nicht erreicht haben. Bis vor kurzem hat der Plan wunderbar funktioniert. Die Kulte haben wie erwartet starken Zulauf. Und wir haben sogar mehr von ihnen vereinen können, als wir erhofft hatten. Dementsprechend hat sich der Wahnsinn stark verbreitet. Auch wenn sich Teile des Planes auf dünnem Eis bewegen, stehen wir kurz vor dem Ziel.»

Der Bischof ließ die Arme wieder sinken. Wie durch einen Zauber stand plötzlich mitten im Kreis der prunkvollen Stühle ein junger Mann. Sein Auftauchen war so schnell und doch so raffiniert vonstattengegangen, dass kein Mitglied des Netzwerks genau sagen konnte, ob er gerade erst gekommen war oder ob sie ihn nur gerade erst wahrgenommen hatten.

Die meisten lehnten sich nach vorn oder zuckten zurück und betrachteten den unerwarteten Besucher erst einmal genauer, nur Dekan Delmar sprang auf. Doch bevor er einen Zauber sprechen konnte, hatte der junge Mann sich Herzog Pearlprow geschnappt und hielt ihm eine blanke Klinge an die Kehle.

«Keine Bewegung!»

Dem gehorchend, entfesselte der Magier, ohne sich zu bewegen, einen tödlichen Zauber.

Der Angriff des Dekans erwies sich als genauso wirkungslos

wie die unzähligen Vorsichtsmaßnahmen, die sie eingerichtet hatten, um ihr Treffen geheim zu halten und zu schützen.

«Für wen haltet Ihr Euch eigentlich, dass Ihr so mit dem Schicksal von Calaspia spielt?», fragte der Krieger, während er mit glühendem Blick von Gräfin d'Arnel zu Gurrick sah.

«Dies mag Euch wie eine verdeckte Operation erscheinen, Fremder», sagte der braungebrannte Mann mit dem juwelenbesetzten Krummsäbel an der Seite, «aber wir sind mit Sicherheit keine Rebellen. Zu dieser Runde gehören hohe Amtsträger der apheristischen Kirche, des Ordens von Itrim und des Numenii-Imperiums.»

«Sehr interessant, Lord Imal», sagte der Kämpfer, «zumal weder der Hohe Lehrmeister noch die Imperatorin etwas von diesem kleinen Club hier wissen!»

«Wer in aller Welt seid Ihr eigentlich?», fragte Gurrick und fingerte unter seinem Pelzumhang am Griff eines Dolches herum.

«Ich bin Bryn, Erbe des Apheristen, Verteidiger der Freien und geistig Gesunden. Und was ich gleich tun werde, tue ich in meiner Eigenschaft als Paladin …» Sein Blick fiel auf den Mann neben dem Kamin, und erst jetzt erkannte er ihn. «Ihr!»

Der Bischof lächelte. «Nein, mein junger Held. Nicht ich, sondern Ihr. Gratuliere zum –»

«Ihr doppelzüngiger Verräter! Bevor ich Euch umbringe, Hecklehurst, warum habt Ihr das getan?» Bryn musste sich zusammenreißen, sonst hätte er sich sofort auf die Ratte gestürzt. «Welche Verlockungen hält der Wahnsinn für Euch bereit?»

«Ich befürchte, Ihr versteht das alles völlig falsch. Wir hegen keinerlei Sympathien für den Wahnsinn.»

«Lügner!» Bryn hielt die Klinge dichter an den Hals seiner Geisel. «Versucht nicht, mich zum Narren zu halten. Ihr glaubt, hier in Eurem Fuchsbau in Sicherheit zu sein, aber es ist zu spät. Ich habe alles gehört!»

Der Bischof streckte Bryn einen Arm entgegen. «Bryn, lasst Herzog Pearlprow los. Nehmt mich als Geisel. Ich habe das Netzwerk gegründet. Das hier sind meine Anhänger.»

Der Barue schubste seinen Gefangenen zurück in die dicke Samtrückenlehne und trat zu dem Geistlichen. Eine Geisel zu nehmen war ohnehin mehr Theaterdonner als alles andere. Er brauchte keine Geisel, um für seine Sicherheit zu sorgen. Er wollte nur ganz einfach sichergehen, dass dieser Abschaum ruhig sitzen blieb.

«Ihr seid die Verschwörer. Ihr habt Imperator Opeion ermordet, und das Blut von Aurgelmir klebt auch an Euren Händen. Ihr habt Perduellis eingesetzt, Ihr habt für die Ausbreitung der Kulte des Wahnsinns gesorgt!»

Stahl schwirrte durch die Luft auf ihn zu. Ohne einen Blick daran zu verschwenden, fing Bryn den Dolch, bevor er sich in seinen Rücken bohren konnte. «Und Ihr hättet auch Eridanus und Galar getötet, wenn Ihr die Chance gehabt hättet!»

Bryn konnte ihre Enttäuschung spüren und wie überrascht Gurrick war, dass er ihm seine Waffe nicht zurück entgegenschleuderte. Aber damit hatte Bryn keine Eile. Wenn es so weit war, würde er sich um alle gleichzeitig kümmern.

Er bedeutete dem Bischof, sich zu setzen, und hielt ihm dann das Culmus an den Hals. «Und jetzt ist die Zeit gekommen, wo Ihr den Lohn für Eure Aktivitäten erntet.»

Hecklehurst schluckte. «Ihr könnt mich töten, aber meine Pläne werden auch ohne mich verwirklicht werden.»

Typisch Verbrecher, dachte Bryn. Langsam drückte er zu. Der bewegungslose Körper des Bischofs strahlte Gefühle von Selbstopferung und Selbstgerechtigkeit aus, die den Barue nur noch weiter anstachelten. Angewidert flüsterte Bryn: «Eure Pläne werden mit Euch zusammen sterben. Bereitet Euch darauf vor, die Imperatoren wiederzusehen, die Ihr verraten habt.»

«Lasst Euch nicht aufhalten. Aber vorher hört uns an. Ich wollte, dass Ihr herkommt – ich habe Euch eingeladen, erinnert Ihr Euch?»

«Was?» Gurrick wollte aufspringen, war aber viel zu betäubt, um sich zu bewegen.

Bryn zögerte. Das war nur eine Ausrede, der Feind wollte Zeit schinden. Aber Hecklehurst *hatte* ihm gesagt, er solle das Netzwerk ausspionieren und wo er den Dekan finden würde …

«Ihr habt mir gesagt, ich soll Delmar überwachen, aber nur, weil Ihr gedacht habt, ich würde ihn verlieren.» Die Mitglieder des Netzwerks tauschten ungläubige Blicke aus. «Nun, da habt Ihr mich leider unterschätzt.»

«Nein, nein – Ihr seid genau so mächtig, wie ich gehofft hatte!» Der Bischof lachte. «Ich befürchte, wir befinden uns in einer eher lachhaften Situation. Alles hat sich genau so entwickelt, wie ich es mir gewünscht habe. Das Einzige, was noch fehlt, ist, dass Ihr uns anhört.»

«Ich habe bereits gehört, was Ihr und Eure Schlangenbrut getan habt!», sagte Bryn.

«Ihr habt nur die Begleiterscheinungen unseres Planes gehört, mehr nicht», sagte Hecklehurst in demselben Tonfall, mit dem er Gurrick schon wegen Perduellis' Versagen zurechtgewiesen hatte. «Ich habe Euch diese Aufgabe gegeben, weil ich Euch prüfen wollte. Und Ihr habt den Test bestanden. Wie ich gerade sagen wollte – gratuliere. Nun hört uns an, und wenn Ihr mich danach noch immer töten wollt, dann soll es geschehen.» Der Bischof nickte vorsichtig zu den anderen hinüber. «Verschont jedoch meine Anhänger. Gesteht ihnen ein gerechtes Verfahren zu und überlasst es dem Hohen Gericht, sie wegen Verrat zum Tode zu verurteilen.»

Die Mitglieder des Netzwerks hörten sprachlos zu. Bryn konnte die Fragen, die ihnen durch den Kopf schossen, regelrecht hören. Vielleicht verstanden sie die üblen Pläne des Bischofs, aber was Bryns Rolle anging, waren sie genauso ahnungslos wie er.

«Hat der Imperator denn auch ein gerechtes Verfahren bekommen?», fragte Bryn.

«Ja, das hat er in der Tat. Opeion war nicht gewillt, den trägen Komfort, den er durch seinen sogenannten Wiederaufbau erlangt hatte, zu riskieren. Zu Beginn seiner Regierung wollte er nicht einsehen, dass es notwendig war, mutig gegen den Wahnsinn anzukämpfen, und mein Mentor hielt unsere Sache schon für zerschlagen.

Aber ich konnte ihn überzeugen, dass es Möglichkeiten gab, tatkräftige Schritte zu unternehmen, ohne jemanden um Erlaubnis zu fragen, und so wurde das Netzwerk geboren. Seitdem arbeiten wir bis zum Umfallen, um den Wahnsinn zu bekämpfen.»

«Lügner, ich habe Euch doch schon gesagt, dass ich gehört habe, wie Ihr Euren Abschaum für die *Ausbreitung* des Wahnsinns gelobt habt!», rief Bryn. «Vielleicht hört Ihr besser zu, wenn ich Gurrick die Haut abziehe, wie bei dem Tier, das er um die Schultern trägt.»

«Seht Ihr, Ihr macht Euch genauso wenig aus dem System wie wir.» Bryn in die Augen blickend, lehnte Hecklehurst sich nach vorn, sodass er seinen Hals gegen das Culmus drückte. «Wenn Ihr Euch entscheidet, das Gesetz in die eigenen Hände zu nehmen, Bryn Bellyset, dann seid Ihr ohnehin bereits einer von uns.»

Auch durch den Kontakt mit dem Schwert konnte Bryn in seinem Feind überraschenderweise keine Spur des Wahnsinns spüren. Andererseits war das allerdings auch keine so große Überraschung. Schließlich hatte er hier einen Anführer des Wahnsinns vor sich, der sicher wusste, dass er einen klaren Kopf bewahren musste, und der daher nicht mit seinen verderbten Kräften herumspielte. Oder zumindest noch nicht. Im Innern schon völlig verdorben, war er hinterlistig genug, seine Untergebenen vom Wahnsinn vernichten zu lassen. Leute wie Perduellis.

«Euer Mentor? Wer soll das sein? Ich dachte, Ihr seid der Anführer.»

«Das bin ich. Mein gesegneter Mentor, ruhe er in Frieden, war Leiter der apheristischen Archive. Und nur deshalb habe ich Euch erkannt, als Ihr in die Kathedrale geplatzt seid und über höchst vertrauliche Geheimnisse geredet habt.»

«Und Ihr wolltet mich prüfen, warum? In Wirklichkeit wolltet Ihr Eure Abwehrmechanismen prüfen. Und jetzt haben sie versagt –»

«Ja, ja, jetzt werdet Ihr uns töten und Euch für einen Helden halten. Aber ich habe Euch heute hierher eingeladen, um Euch die Gelegenheit zu einer Heldentat zu bieten, die Eure kühnsten Träume in den Schatten stellt.»

«Was redet Ihr da, Hecklehurst?», fragte Lord Imal schockiert.

«Ihr habt ihn hierher gebracht?», fragte die Gräfin. «Warum?»

«Es ist noch nicht alles verloren.» Ein selbstbewusstes Lächeln mit einer Spur Wahnsinn umspielte den Mund des Bischofs. «Wir stehen kurz vor der letzten Phase des Planes. Endlich habe ich jemanden gefunden, der in der Lage und es wert ist, die Last von Magnarion zu tragen.»

Bryns Herz begann zu rasen. Es klopfte ihm bis in den Hals. Einen Augenblick lang konnte er nichts sagen, so aufgeregt war er. Endlich wusste jemand etwas darüber, wo Magnarion stecken sollte. Aber es war der Feind.

«Niemals werde ich Euch helfen!», brüllte er. Das Schwert zitterte ihm in der Hand. Vorsichtshalber nahm er es ein Stück zurück, schließlich wollte er sich nicht selbst der besten Chance berauben, das heilige Schwert seines Vorfahren zu finden. «Niemals werde ich dafür sorgen, dass Magnarion Eurem üblen Vorhaben dient!»

«Und genau das», sagte Hecklehurst, «ist der Grund dafür, warum Ihr der Richtige für diese Aufgabe seid.»

Dass der Bischof lächelte, obwohl er ihm doch das Schwert an die Kehle hielt, verunsicherte Bryn.

Was dann geschah, ging so schnell und wurde doch so ruhig durchgeführt, dass Bryn unfähig war zu reagieren.

Der Geistliche griff nach der Schneide von Bryns Schwert. Den Schmerz, der den Bischof durchfuhr, konnte Bryn spüren, bis er plötzlich die Kontrolle über seinen Körper verlor und von seiner eigenen Panik abgelenkt wurde. Sosehr er sich auch bemühte, Bryn konnte nicht einmal mehr den kleinen Finger bewegen.

Hecklehurst schlüpfte unter dem ausgestreckten Schwert hervor und stand auf. Blut tropfte aus seiner Handfläche. «Verzeiht mir, Bryn, aber ich kann nicht riskieren, dass Ihr die Beherrschung verliert. Ihr müsst Eure Gefühle kontrollieren und mir zuhören. So ist das für uns alle am einfachsten.»

Bryn versuchte, sich zu wehren, aber nicht einmal mit Pentakylismus konnte er der Umklammerung entkommen. Soweit er erkennen konnte, nutzte der Bischof keinen der fünf Zweige der Magie – nicht einmal den Wahnsinn.

«Was wollt Ihr ihm erzählen, Verräter?», fragte Dekan

Delmar. «Bringt den Eindringling um und dann erklärt Euch.»

«Nein, nein, wir werden ihn nicht umbringen. Er wird unser Anliegen verstehen und kooperieren.»

Jetzt, wo sein Körper gelähmt war, waren Bryns Sinne plötzlich äußerst geschärft, ohne dass er dafür etwas getan hatte. Er konnte ihr voreingenommenes Urteil spüren und dass sie dachten, es wurde langsam Zeit. Das Netzwerk vertraute Hecklehurst, weil ihnen nichts anderes übrigblieb. Er hatte sie vielleicht überrascht, aber er würde ihre Erwartungen letztlich nicht enttäuschen. Das hier war nicht das erste Mal, dass er etwas Bestürzendes getan hatte. Hauptsache, er hatte die Situation wieder im Griff.

«Ihr beherrscht Magie, die in Itrim nicht gelehrt wird, aber einem Befehl vom Himmlischen Thron des Apheristen könnt Ihr erfreulicherweise auch nicht trotzen.» Hecklehurst umrundete ihn und musterte ihn wie eine unbekannte Giftpflanze.

Mit welchen Kräften haltet Ihr mich fest?, fragte Bryn. Er wollte die Frage laut stellen, aber seine Lippen blieben unbewegt. Der Bischof schien ihn trotzdem zu verstehen.

«Die Erde und die Sterne bezeugen, dass Elyon höchstpersönlich mir die Macht über Euch verliehen hat», intonierte Hecklehurst.

Einige der Mitglieder tauschten beeindruckte Blicke aus.

«Das ist ja alles sehr unterhaltsam, aber ich kann den Sinn für ein solches Risiko nicht sehen!», sagte Gurrick.

Die anderen Mitglieder nickten zustimmend.

«Ruhe!», brüllte Hecklehurst. «Ihr habt mich gezwungen, ihn in unseren Kreis zu bringen, so wie Ayactan uns gezwungen hat, zu handeln. Wir können nicht mehr warten.»

Der Bischof setzte das Gespräch fort, dass Bryn anfangs

belauscht hatte. «Wir müssen Bryn sofort losschicken, um Magnarion zu holen, bevor die Feinde des Netzwerks es gegen unsere Pläne benutzen.»

Bryn hoffte, die Feinde würden es zuerst finden. Während er mit einem Ohr zuhörte, konnte er nichts dagegen tun, dass seine Gedanken abschweiften. Er war Gefangener der Verschwörer, die ihn in der letzten Phase ihres umfassenden Projekts einsetzen wollten. Er, ein Pentakylist, konnte sich nicht aus dieser Lähmung befreien. Er konnte sich weder verteidigen noch angreifen.

Elyon, hilf mir!, betete er.

Hecklehurst hatte behauptet, dass es Elyon höchstpersönlich war, der ihn lähmte. Beim Beten spürte Bryn allerdings im Herzen, dass Gott hiermit nichts zu tun hatte. Es war keine Magie, aber es war auch nicht Elyons Macht, die ihn hier festhielt. Es war irgendeine andere Kraft.

Wenn Elyon nicht gegen ihn war, dann würde Er ihm gegen die helfen, die Seinen Namen missbrauchten.

«Im Namen des Höchsten, befreit mich!»

Überraschenderweise konnte er die Worte laut aussprechen, und noch während er sprach, war er plötzlich wieder frei.

Hecklehurst wirbelte herum und wurde blass, machte aber keinen weiteren Versuch, Bryn wieder zu lähmen.

«Was wollt Ihr mit Magnarion?» Bryn hob wieder sein Culmus. «Und warum glaubt Ihr, dass ich Euch helfen werde?»

Die anderen waren über diese neuerliche Wendung entsetzt. Der Bischof jedoch war eher erfreut.

«Magnarion ist das endgültige Instrument in unserem Plan. Es ist die einzige Waffe, die mächtig genug ist, um diese gewaltigen Wellen des Wahnsinns aus Calaspia hinauszulenken.» Hecklehurst hob eine Hand – seine Ringe funkelten im Schein des Kamins, in kräftigen Farben reflektierten sie das

Flackern, also ob ihnen selbst ein schwelendes Feuer innewohnen würde. «Habt Ihr nicht auch die ganze Zeit nach dem Unmöglichen gesucht? Ich gebe zu, es ist ein verrückter Plan. Aber erwartet Ihr, den *Wahnsinn* mit Mitteln der *Vernunft* zerstören zu können?»

«Ihr wollt den Wahnsinn verstärken … um ihn zu zerstören?»

«Na endlich versteht Ihr, worum es geht», sagte Hecklehurst. «Wir haben die Kulte gefördert, um sie ein für alle Mal zu zerstören. Die Ausbreitung des Wahnsinns ist nicht nur eine unglückliche Begleiterscheinung unserer Operation, sondern ihr Fundament. Wir durchleben gerade eine kurze Periode, in der offenbar unserer Feinde die Macht in den Händen halten. Aber das wird bald vorbei sein. Wir haben ihnen diese Macht gegeben, aber im Handumdrehen wird diese Macht wieder verschwinden – und mit ihr alle Feinde der geistigen Gesundheit.»

«Wie soll das gehen?», flüsterte Bryn. Er konnte nicht glauben, dass er nun, nachdem ihm nicht einmal Okolnit und die Gilde der Kundigen einen Schlachtplan hatten anbieten können, möglicherweise endlich hören würde, wie sich der große Auftrag des Apheristen vollenden ließ.

«Während wir hier miteinander reden, schaufeln sich Tausende Anhänger des Kultes in ganz Calaspia ihre eigenen Gräber. Die Rückkehr der Kulte war nicht zu vermeiden. Egal wie brutal sie ausgerottet wurden, immer wieder sind sie wie Unkraut zurückgekehrt, um das Land zu überwuchern. Deshalb haben wir ihr Wachstum gefördert. Wir haben dabei aber ihr Fundament selbst aufgebaut, um sie an den Wurzeln ausreißen zu können. Wir müssen ihre Wurzeln zerstören, um zu verhindern, dass sie je wieder zurückkommen.»

Bryn dachte an die falschen Ostentum und Nequam, also

Lueth Rann, und ihm wurde klar, dass die Dinge, wenn es um den Wahnsinn ging, nie so waren, wie sie aussahen. Mit pochendem Herzen ließ er das Culmus sinken. «Wie meint Ihr das?»

«Wie Ihr sehen werdet, entspricht das, was ich Euch über das Netzwerk erzählt habe, vollkommen der Wahrheit. Wir *sind* Calaspias Retter, die schreckliche Hoffnung, von der sie nicht gewagt hat zu träumen … und die sie nicht verdient hat. Setzt Euch. Ich werde Euch alles erklären. Bryn, tretet unserem Rat bei und werdet unser Vorsitzender. Ihr könnt jedes einzelne Mitglied des Netzwerks befragen, wenn Ihr wollt. Ihr werdet sehen, wir erzählen alle dieselbe Geschichte.»

Der Bischof machte eine Handbewegung, und ein weiter weg stehender Stuhl vervollständigte den Kreis. Bryn untersuchte ihn in der Unsichtbaren Welt nach Fallen. Dann setzte er sich rasch hin, denn er befürchtete, dass ihm bei dem, was jetzt kam, die Beine versagen würden. Ihm wohlwollend zunickend, setzte der Bischof sich auch wieder.

Jetzt, wo die unmittelbare Bedrohung anscheinend vorüber war, meldete sich Gurrick zu Wort: «Was geht hier vor sich, Hecklehurst? Wenn Ihr wollt, dass er Magnarion holt, gut! Aber warum habt Ihr ihm diesen Auftrag nicht unter vier Augen erteilt? Wie könnt Ihr es wagen, ihm das *Netzwerk* zu offenbaren?»

«Später», fuhr der Bischof ihn an.

«Jetzt!» Lord Imal sprang auf. «Ich lasse mich nicht wie eine Frau behandeln!»

«Oder wie ein Kind!» Gräfin d'Arnel schlug ihren Fächer auf ihren satinschimmernden Oberschenkel und funkelte den König von Nomidien an. «Ihr, Bischof, habt uns den Schwur abgenommen, dass wir nicht einmal unsere engsten Vertrauten einweihen. Und nun bringt Ihr einfach diesen Jungen hierher – und das, wo *Ihr* erklärt habt, dass niemand außer Elyon uns jemals zusammen sehen sollte!» Auch sie erhob sich nun. «Denkt daran, Hecklehurst, dies ist *mein* Haus, und ich dulde hier keine Fremden!»

«Äußerst unverschämt», stimmte Pearlprow ihr zu.

«Ich nehme an, Bryn hat nichts dagegen, zu hören, welche Rolle er spielen soll», seufzte Hecklehurst. «Er ist nicht nur eine Waffe, die genauso stark wie Magnarion selbst ist. Nein, ich habe Bryn ins Spiel gebracht als – sollen wir es Absicherung nennen? Wie ich gerade gesagt habe, wir haben alle viel zu viel investiert, um einen Fehlschlag hinzunehmen. Jeder Einzelne von uns hat wieder und wieder seine Werte verraten, um unser großes Ziel zu erreichen. Das, fürchte ich, hat unsere Urteilsfähigkeit benebelt. Wir haben uns schon zu sehr an unsere Schuldgefühle gewöhnt.» Er packte seine Armlehnen und blickte in die Runde. Wie Bryn bemerkte, war der Schnitt in seiner Hand verschwunden. «Und jetzt, in dieser so wichtigen letzten Phase unseres Planes, kann ich nicht einfach zusehen, wie moralische Nachlässigkeiten unser letztendliches Ziel gefährden. Lange haben wir gegen unsere eigenen Prinzipien verstoßen – zum Wohle aller. Aber leider musste ich feststellen, dass einige von uns immer sorgloser mit ihren Geschäften umgegangen sind – als hätten sie vergessen, *warum* wir Calaspia vom Wahnsinn befreien wollen. Wie kann man sich nur so gehenlassen?»

Alle schwiegen.

«Pearlprow, glaubt nicht, ich wüsste nichts von Euren abwegigen Fabriken! Ihr seid verantwortlich für die Herstellung von Abbildern aus Holz und Stein – tote Götter, die unsere Gesichter tragen. Diese *Götzenverehrung* ist Gestank in Elyons Nase und droht, unserem Unternehmen Seinen Segen zu entziehen.»

Er sah die Gräfin an und sagte: «Victoria, ich weiß, dass Ihr weniger angesehene Veröffentlichungen als das *Numenii-Wochenblatt* drucken lasst. Eure Drucker vervielfältigen verabscheuungswürdige Bilder, die üblere Sehnsüchte des Fleisches befriedigen – und die genau solche Ausschweifungen fördern, wie die Kulte sie begehren! Ich weiß, dass die meisten Eurer neuen Abonnenten Gemäßigte sind.»

Gräfin d'Arnel sank in ihrem Stuhl zusammen. «Auch die werden bald vernichtet. Es ist doch nicht so schlimm, ihnen vorher noch etwas Geld aus Tasche zu ziehen.»

«Prinzipien!», brüllte Hecklehurst. «Habt Ihr vor, diese Schundblätter am Jüngsten Tag einzustellen? Das möchte ich bezweifeln.» Er schüttelte den Kopf. «Ich kann – ich *darf* keine weiteren Kompromisse mehr eingehen. Bryn ist hier, um sicherzustellen, dass unser Plan so schnell wie möglich vollendet wird, damit Calaspia hoffentlich endlich die Früchte unserer langen Arbeit erleben darf.»

«Und was genau sollen diese Früchte sein?», fragte Bryn schroff. Wie konnte Hecklehurst von Prinzipien reden, wenn das Netzwerk hinter der Verschwörung steckte? Das, erkannte er, war genau das Problem. Aber was erwarteten sie von ihm: dass er diesen Geschäftsleuten eine spirituelle Führung sein würde?

«Wir haben die Kulte ermuntert, unnatürlich rasch und auf eine Weise zu wachsen, dass ihnen so viele Leute, die mit dem Wahnsinn sympathisieren, wie möglich beitreten. Während wir uns dem Tag nähern, den die Anhänger des Kultes für den Tag ihres Sieges halten – der aber in Wirklichkeit der Tag ihrer Vernichtung sein wird –, können wir jeden Tag beobachten, wie sich den Kulten Hunderte Neulinge anschließen.» Hecklehurst schlug sich mit der Faust in die Hand. «Der Jüngste Tag wurde vom Kultivator mit der Maske ausgerufen, den wir aufgebaut haben, um die Kulte zu vereinen. Er hat sich ihrer bedient, um einen riesigen Strudel aufzubauen. Sie glauben, dieser Energiefluss wird Calaspia mit dem Wahnsinn überschwemmen, aber in Wirklichkeit wird er die Unsichtbare Welt leer saugen und unsere Welt so rein hinterlassen, wie sie seit dem Eindringen des Wahnsinns nicht mehr war. Während die Anhänger des Kultes unwissentlich diesen Kanal aufbauen, dürfen wir nicht zulassen, dass eine so mächtige Waffe wie Magnarion in ihre schmutzigen Hände gelangt.» Er blickte Bryn feierlich an. «Und deshalb habe ich Euch hierher gerufen. Werdet Ihr uns helfen, Calaspia zu retten?»

✦ 32. KAPITEL ✦

Enthüllte Geheimnisse

Ja, Kanalisierung könnte der Schlüssel sein. Aber um die esoterischen Strukturen dafür in entscheidender Größenordnung schaffen zu können, bräuchte ich die Kooperation oder die Ignoranz des ganzen Imperiums. Sie müssten von Bel-Tued bis nach Nomidien reichen. Noch nie ist etwas von solcher Komplexität und mit solchem Umfang ausprobiert worden. Tausende müssten dabei helfen, über den ganzen Kontinent verteilt …
Und was das größte Problem sein würde: Bevor man den Wahnsinn austrocknen könnte, müsste er zuerst vervielfältigt werden, an die Oberfläche steigen und möglicherweise ein Chaos anrichten. Was sollte die Agenten des Wahnsinns davon abhalten, einen Plan dieser Größenordnung zu erkennen und zu ihrem eigenen Nutzen zu verändern? Und wenn das geschehen würde, hätte ich die Basis für ihr schlimmstes und ältestes Projekt bereitet: die Geißel.
— Lueths Notizbuch

Eine Welt *retten*, die Ihr ruiniert habt!» Bryn schüttelte den Kopf. «Das ist verrückt.»

«Ich werde unter vier Augen mit Euch über die letztendlichen Mittel reden», sagte der Bischof. «Ihr werdet es verstehen … Wir müssen zusammenarbeiten, um die Pläne unserer Feinde zu vereiteln. Und damit meine ich *nicht* die Inquisition oder das Imperium, wie Ihr vielleicht denkt. Und auch nicht die vereinten Kulte, denn die sind unsere ahnungslosen Verbündeten.»

«Der Kultivator ohne Maske», sagte Bryn. «Er versucht, die Pläne des Kultivators mit der Maske zunichtezumachen, denn er weiß, was Ihr vorhabt. Der Kultivator ohne Maske ist ein waschechter Wahnanarchist.»

«Genau», sagte Hecklehurst. «Die Inquisitoren haben richtig erkannt, dass der Kultivator eine Nemesis hat. Aber sie vermuten, dass dieser sogenannte Kultivator ohne Maske ihr potenzieller Verbündeter ist, denn sie wissen natürlich nicht, was der Kultivator mit der Maske tatsächlich vorhat. Aber genau so muss es sein. Wenn sie ihn unterstützen würden, würden die Kulte Verdacht schöpfen, und einige Anhänger tun das bereits. Bisher sind sie in der Minderheit, aber wir wollen auf jeden Fall verhindern, dass immer mehr Ayactan folgen.»

«Ihr seid auch mit Ayactan verbündet?», fragte Bryn abwehrend.

«Nein», sagte Hecklehurst rasch. «*Perduellis* hat sich mit Ayactan verbündet, um die Anführer in Misskredit zu bringen und seine Marionette einzusetzen. Er hat in unserem Sinne gehandelt, aber mit seinen Machenschaften mit Ayactan hatten wir nie etwas zu tun – noch wussten wir etwas davon, bis sie in vollem Gange waren.»

«Ja, das hat die Sache noch undurchschaubarer gemacht!», sagte Pearlprow.

«Perduellis ist ein gerissener Mittelsmann. Er wusste, dass das, was wir ihn tun ließen, so aussehen würde, als läge es im Interesse Ayactans. Und da Perduellis Ayactan unsere Pläne nicht offenbarte, hat der Dämon den Köder geschluckt. Letztlich gewann Perduellis so unsere Unterstützung und seine. Vor kurzem hat der Dämon jedoch erkannt, was der Kultivator mit der Maske vorhat. Ihr könnt Euch vorstellen, wie erzürnt er war, dass diese scheinbare Bewegung des Wahnsinns – die größer als alles ist, was er seit dem Krieg um das Tor oder sogar seit den Tagen des Apheristen auf die Beine gestellt hat – den Wahnsinn langfristig nicht verbreitet, sondern schwächt oder schließlich sogar vernichtet.»

«Die Begnadeten und die Wandler unterstehen Ayactan», erkannte Bryn.

«Ja, und eine Handvoll der extremsten und gefährlichsten Anhänger des Kultes», sagte Gurrick, «die zusammenarbeiten, um unsere Bemühungen zu vereiteln. Sollten sie Erfolg haben … Die Folgen wären unvorhersehbar!»

«Ayactan ist nicht so dumm, wie Perduellis angenommen hat», sagte Dekan Delmar. «Dank der Heuchelei unseres Verbündeten weiß der Dämon viel zu viel. Selbst ohne unsere genauen Schritte zu kennen, ist ihm klar, was kommen muss, um unsere Aufgabe abzuschließen, und er versucht systematisch unsere Pläne zu durchkreuzen.»

«Ayactan hat Dekanin Nydia umgebracht», keuchte Bryn.

«Seine Untergebenen.» Delmar nickte. «Glücklicherweise weiß das Netzwerk bereits, wo sich Magnarion wahrscheinlich befindet.» Bryns Herz begann erneut zu rasen. «Aber wir müssen davon ausgehen, dass Ayactan es auch weiß. Wir können nicht wissen, ob sie die Information verraten hat, bevor sie starb, aber wir befürchten es – sie war eine Gelehrte und hat sich nie besonders darum bemüht, es geheim zu halten.»

Bryn wollte gerade fragen, wo das Schwert seines Vorfahren stecken sollte, da stand Hecklehurst auf und zog die Aufmerksamkeit auf sich.

«Vielleicht hatte Ayactan noch einen anderen Grund, Nydia zu besuchen. Er will nicht nur verhindern, dass wir Magnarion finden … Ich befürchte, der Dämon sucht nach einer gleichwertigen Waffe für seine Zwecke.»

«Was ist mit Zappagrasta?», fragte Delmar. «Ayactan hat seinen Meister in dessen eigenem Schwert eingesperrt. Ist das kein furchterregendes Schwert?»

«Mächtig, ja, und gerissen – aber nicht für diese Aufgabe geeignet. Es könnte Magnarion nicht ersetzen.»

«Was ist mit den Klauen des Todes?», fragte Bryn. «Wenn wir alle finden könnten, würden sich die Talismane von Torb-Oros nicht für die Aufgabe eignen?»

Der Bischof schnaubte. «Eine Klaue könnte vielleicht eine kleine Energiemenge in die Geisterwelt übertragen, aber doch nicht annähernd so viel wie einer der heißen Flecken. Der Wahnsinn würde sowohl die Klaue als auch den ausführenden Magier sofort vernichten.» Hecklehurst stützte sich auf seinen zepterähnlichen Stab. «Wie Ihr wisst, ist der Wahnsinn so verbreitet wie noch nie. Wenn wir den Strudel nicht umgehend aktivieren, bricht möglicherweise sogar der Gipfel des Wahnsinns aus. Und damit meine ich nicht nur ein kleines Rinnsal, sondern eine Welle der Verdorbenheit.»

Der Bischof starrte versunken ins Feuer. «Was ich bisher keinem von Euch erzählt habe: Ayactan versucht, den Ausbruch zu beschleunigen. Mit einem ähnlich mächtigen Schwert könnte er den Gipfel des Wahnsinns vorzeitig zum Ausbruch bringen. Dann würden die Agenten des Wahnsinns höchstpersönlich über das Land kommen.»

Bryn machte sich die Tragweite dieser Worte klar. «Dann will Ayactan Magnarion also nicht nur, um Euch daran zu hindern, den Strudel auszulösen, sondern auch um Calaspia zu überschwemmen?»

«Glücklicherweise ist Magnarion ein Schwert der Rechtschaffenheit. Deshalb ist er auf der Suche nach einem anderen Schwert.»

«Welches andere Schwert soll so mächtig sein wie Magnarion?», fragte Gräfin d'Arnel.

«Magnarions Nemesis», sagte Delmar mit weit aufgerissenen Augen. «Chaos! Wahrscheinlich wusste Nydia auch, wo sich dieses verdammte Schwert befindet. Hat sie dieses Geheimnis mit ins Grab genommen? Oder hat Ayactan es vorher aus ihr herausgepresst?»

«Wir können nur hoffen, dass sie nichts verraten hat.» Der Bischof schüttelte den Kopf. «Uns läuft die Zeit davon. Die Anhänger der Kulte müssen das große Finale viel schneller vorbereiten, als der Kultivator zuerst verkündet hat. Und wir müssen Magnarion finden, bevor Ayactan es tut, damit wir den Strudel so rasch wie möglich aktivieren können. Wir dürfen nicht zulassen, dass Ayactan Chaos findet, bevor wir so weit sind. Wenn irgendetwas schiefgeht, ist alles verloren; dann können alle möglichen Dämonen problemlos in Calaspia eindringen. Am Jüngsten Tag würde der Wahnsinn unsere Welt überschwemmen und alles ins Chaos stürzen. Freiheit und Unschuld wären für immer verloren.»

Einen Augenblick lang schwiegen alle. Dann brach plötzlich ein offener Streit zwischen den Mitgliedern des Netzwerks aus, und sie warfen ihrem Anführer wüste Anschuldigungen an den Kopf.

Warum hatte Hecklehurst die Welt solch einer fundamentalen Bedrohung ausgesetzt? Wie lange kannte er dieses Risiko schon? Warum hatte er ihnen nicht früher davon erzählt?

Bryn war ihrer Meinung. Allerdings waren sie auch nicht besser. Es war ihre eigene Schuld, jetzt mit ihm auf diesem sinkenden Schiff zu sitzen. Was hatten sie denn erwartet?

Trotzdem, die Zeit des Redens war vorbei. Und Schuldzuweisungen brachten sie nicht weiter. Sie mussten handeln.

«Was soll ich tun?», fragte Bryn.

Niemand hörte ihn. Hecklehurst stand aufrecht und stolz da, wie ein Fels in dieser Brandung aus Beschuldigungen. Er blieb ruhig und geduldig und ging gar nicht weiter auf ihr Geschwätz ein. Langsam verebbte der Lärm zu einem verärgerten Gemurmel.

Bryn konnte nicht mehr ruhig sitzen. Im Tiefsten seines Inneren loderte ein Feuer. Er sprang auf und begann im Zimmer herumzugehen. Alle starrten ihn an.

«Wie ich bereits vorgeschlagen habe, entsendet das Netzwerk Euch, um Magnarion zu holen», sagte Hecklehurst. «In der Zwischenzeit werden wir unsere gesamten Streitkräfte mobilisieren. Wir haben mehr als genug zu tun.»

«Ich verfolge Magnarions Spur schon so lange», sagte Bryn atemlos. «Wo steckt es?»

Bischof Hecklehurst verzog das Gesicht. «Unserer Vermutung nach in einem Tempel von Tahl.»

Bryn ließ sich mit offenem Mund in seinen Stuhl fallen. «*Einem* Tempel? Es gibt mehrere?»

«Natürlich!», sagte Pearlprow im hochmütigen Ton eines Eingeweihten. «Dieser Kerl behauptet, er sucht Magnarion und weiß nicht einmal, dass es mehrere Tempel gibt!»

Er lachte, und die Gräfin stimmte ein.

«Soweit wir wissen, gibt es vier Tempel von Tahl», sagte Dekan Delmar. «Wenn Magnarion sich noch immer dort befindet, ist es jedoch in *dem* Tempel von Tahl.»

«Ihr meint den Tempel des Schädels», sagte Lord Imal. «In Nomidien.»

Der Dekan nickte.

«Aber genau wisst Ihr es auch nicht?» Bryn sah Hecklehurst abschätzend an. «Ihr baut Eure Pläne – von denen das Schicksal von Calaspia abhängt – auf ein Schwert auf, von dem Ihr nicht einmal genau wisst, *wo* es sich befindet? Was ist, wenn es gar nicht *existiert*? Wenn Ihr das alles schon so lange plant, warum habt Ihr Magnarion nicht zuerst geholt und erst *dann* begonnen, durch eine Verschwörung die Kulte zu stärken?»

Der Bischof senkte entschuldigend den Kopf. «Wir hatten nie die Absicht, Magnarion zu verwenden. Aber für die ursprünglich geplante Magie bleibt keine Zeit. Deren Rolle muss nun das Schwert übernehmen. Statt den Wahnsinn langsam aus unserem Universum abzusaugen, müssen wir jetzt einen Strudel schaffen, der den Wahnsinn rasch absaugt – mit Magnarion als Speerspitze einer plötzlichen Flut. Wir müssen Ruach'zam regelrecht aufstechen. Nur das Schwert des Apheristen ist mächtig genug für diese Aufgabe. Keine andere Waffe kann es mit dieser unvorstellbaren Menge des Wahnsinns aufnehmen.»

Bryn fielen einige Einträge über magische Gegenstände in Lueths Notizbuch ein. Dort hatte er darauf hingewiesen, dass normale Gegenstände keine bedeutenden Mengen des Wahnsinns aufnehmen konnten, dass aber Magnarion – der mächtigste Talisman der Avatare – dafür genau die richtige Waffe war.

«Wir müssen den Plan ändern», sagte Gurrick. «Ayactan zwingt uns zu raschem Handeln. Magnarion ist die einzige Waffe, die diesen langen und beschwerlichen Prozess beschleunigen kann. Wenn Ihr es nicht finden könnt, Fremder, können wir nur hoffen, dass Ayactan dieses ‹Chaos› nicht in die Finger bekommt … und selbst wenn er es nicht finden kann, dass der Wahnsinn Calaspia nicht durchtränkt, bevor der Strudel bereit ist.»

«Ihr müsst Magnarion holen und ins Goldene Tafelland reisen, zum Thron des Wahnsinns. Und dort müsst Ihr den Wahnsinn aus Calaspia ableiten. Bevor die Geißel uns überrollt.» Hecklehurst schüttelte den Kopf. «Das konnte niemand voraussehen. Wir dachten, Ayactan sei tot. Stattdessen arbeitete er mit unserem Verbündeten zusammen. Jetzt müssen wir das Beste aus der Situation machen. Wir müssen Elyon vertrauen und beten, dass er uns die Waffe finden lässt, die er einst dem Apheristen anvertraut hat.»

«Und warum sollte ich Euch vertrauen?» Bryn unterdrückte die zunehmenden Kopfschmerzen, aber in seinem Kopf drehte sich alles. «Was, wenn Ihr Euch die ganze Geschichte ausgedacht habt? Wenn Ihr eigentlich mit Ayactan zusammenarbeitet? Ich habe keinerlei Beweise.»

Hecklehurst breitete die Arme aus. «Das, mein Junge, ist der Grund dafür, warum ich Euch Magnarion überlassen will. Wenn Ihr das mächtigste Schwert in den Händen haltet – und den Schlüssel zu unserem Erfolg –, müsst *Ihr* sicherstellen, dass nichts schiefläuft. Selbst wenn einer aus unserer Runde sich gegen uns wendet. Ja, selbst wenn *wir alle* uns durch irgendeine Trickserei des Wahnsinns gegen unsere ursprünglichen Pläne wenden. *Dann* wird es Eure Aufgabe sein, uns umzubringen.»

Trotz all der Entspannungsübungen, die er bei den Culmus Sangui gelernt hatte, war Bryn völlig außer Atem. Er war nervöser als je zuvor vor oder während eines Kampfes.

«Und wie können wir dem Jungen vertrauen?», wollte Gurrick wissen. «Wer ist er überhaupt? Wie gut kennt Ihr ihn, Hecklehurst?»

Der Bischof lächelte. Der eisige Blick in dem faltigen Gesicht blieb völlig unberührt. «Das Treffen ist zu Ende. Ich werde jeden Einzelnen von Euch zu Hause für ein Gespräch unter vier Augen aufsuchen. Zuerst jedoch werde ich mit Bryn sprechen. Victoria, vielen Dank für Eure Gastfreundschaft.»

Einer nach dem anderen verabschiedeten sich die Mitglieder des Netzwerks, indem sie aufsässig blickend die Armlehnen ihrer übergroßen Stühle packten und verschwanden.

«Ihr habt mehr gehört, als man auf einmal zu hören bekommen sollte.»

Hecklehurst setzte sich wieder hin. Sein Stuhl glitt leise über den Marmorboden, bis er schräg vor dem Kamin stehen blieb. Bryn trug seinen Stuhl auf normale Weise hinüber und gesellte sich zu ihm. Sie saßen vor dem Kamin wie zwei alte Großväter.

«Lasst uns jetzt miteinander reden wie zwei Söhne der Kirche, ohne diese ständigen Unterbrechungen durch die aufgeblasenen Herrscher dieser Welt. Vergebt mir dieses Täuschungsmanöver. Ich konnte Euch nicht verraten, dass ich zum Netzwerk gehöre, noch konnte ich Euch in der Kathedrale des Katechismus von unseren Plänen erzählen. Jetzt wisst Ihr, wer zum Netzwerk gehört. Jetzt wisst Ihr alles.»

«Warum musstet Ihr mir das hier erzählen?», fragte Bryn. Er bemerkte, dass das leere Gefühl im Bauch nicht nur Nervosität war, er bekam auch ganz einfach langsam Hunger.

«Eure Vorstellung in der Kathedrale hat mich sehr beeindruckt, und ich konnte spüren, dass Ihr der Richtige seid. Ich kann es nicht erklären. Aber ich musste sicher sein, dass Ihr so etwas wiederholen könnt. Und was die Geheimnisse des Netzwerks angeht, so musste ich bei unserem ersten Treffen zu dieser Verschleierungstaktik greifen, denn der Geheimhaltungsschwur gilt für uns alle. Jeder von uns kann einen Außenstehenden nur im Beisein der anderen einweihen. Es ging nicht anders.»

Bryn nickte. «Aber warum schickt Ihr nicht einfach Delmar Magnarion holen?»

«Das Schwert des Apheristen gehört in die Hände eines Dieners Elyons. Außerdem kann ich das Kernstück unserer neuen Strategie niemandem aus unserer Runde anvertrauen. Derjenige würde dadurch über einen unschätzbaren Vorteil verfügen, den er gegen die anderen einsetzen könnte.»

Hecklehurst schlug auf die Armlehne. «Ich habe schon mehrmals bereut, dass ich sie als Gleichberechtigte in dieses Unternehmen einbezogen habe. Es soll ein Sicherheitsnetz gegen eventuelle Fehleinschätzungen einzelner Mitglieder sein, einschließlich meiner selbst. Aber wie sehr sie mich ermüden. Ich bewege mich auf dünnem Eis. Gurrick, d'Arnel und Pearlprow sind Geschäftsleute. Und Imal und Delmar sind nicht weniger selbstsüchtig, selbst wenn sie eine bessere Vorstellung davon haben, was es heißt, diplomatisch vorzugehen.»

Das Gesicht des Bischofs lag halb im Schatten. Er starrte ins Feuer. «Wir sind nicht auf alles stolz, was wir getan haben. Um uns abzusichern, haben wir teilweise zu den hässlichsten Mitteln gegriffen. Und deshalb möchte ich, dass Ihr, ein Außenstehender, als ein Barue, der von unseren Machenschaften betroffen ist, unser Richter seid. Ihr sollt dafür sorgen, dass wir auf dem Pfad der Tugend bleiben. Ihr müsst nicht ihr Freund sein, so wie ich. Ihr könnt einfach unverblümt die Wahrheit sagen. Ich jedoch muss dafür Sorge tragen, dass alle eines Mutes und eines Sinnes sind. Ich habe heute viel von ihnen verlangt, vielleicht zu viel. Nach diesem Gespräch hier werde ich sie besuchen, um sie zu beruhigen – und ein bisschen ihre angeschlagenen Egos zu streicheln. Ihr jedoch sollt unser Prophet sein und die Herrschenden zurechtweisen. Ich habe Euch das alles erzählt, weil Ihr noch unvorbelastet seid.»

«Ich frage mich, wie lange man das noch sagen kann.» Bryn

seufzte. Was soll das alles? Calaspia war wahrlich nicht perfekt, das gebe ich zu … aber wozu solch ein Glücksspiel? Kann der Einsatz die Sache wert sein?»

«Eine berechtigte Frage für jemanden, der nur wenig über Calaspias ewigen Kreislauf des Selbstbetrugs weiß.» Der Bischof klang nicht mehr wie der selbstbewusste Redner oder der entschlossene Vorsitzende. «Wenn Ihr über den geschichtlichen Überblick verfügen würdet, wie ich dank des Buches der Zeiten –»

«Ihr kennt das Buch der Zeiten?», sprudelte es aus Bryn heraus.

«Natürlich! Ich kann Euch gar nicht sagen, wie unterhaltsam es war, mit anzusehen, wie die Inquisition herumrennt – mit *Bannbrechern*! Als Kopf des apheristischen Geheimdiensts unterstehen die Bannbrecher letzten Endes meiner Zuständigkeit. Ihr könnt Euch sicher vorstellen, wie es für mich war, als sie die Dreckarbeit für das Imperium leisteten, um auch nur einzelne Fetzen des Buches zu bekommen – meist sogar nur Kopien. Und dann noch der alte Okolnit, der dieses Spiel recht gut beherrscht. Und, nicht zu vergessen, die Gilde der Kundigen.»

«Die … Gilde?» Bryn konnte sich gerade noch zurückhalten zu fragen: Ihr wisst von der Gilde der Kundigen?

Aber der Bischof schien durch ihn hindurchzublicken.

«Ich nehme an, dass es diese geheime Vereinigung noch immer gibt. Wir haben uns auf ihre Aktivitäten als Weltverbesserer in Calaspia fest verlassen. Deshalb war ich auch recht überrascht, wie lange Perduellis an der Macht geblieben ist. Eines unserer Probleme ist es, dass die Kulte zu mächtig geworden sind – teilweise weil ich die Gilde der Kundigen überschätzt habe, was ihren ‹Schutz› des Imperiums vor der Verschwörung anging. Sie hat eine ganze Zeitlang gebraucht.

Oder vielleicht gibt es sie letztlich doch nicht.» Er sah Bryn an und schien eine Antwort zu erwarten.

Bryn griff lieber zu einer Gegenfrage. «Wenn sie so geheim sein soll, woher wisst Ihr von ihr?»

«Das Buch der Zeiten. Was glaubt Ihr, wer es den Plimpen vor ewigen Zeiten weggenommen hat? Das war die apheristische Kirche! Dieses Wissen wird von einem Pontifex zum nächsten weitergegeben, und den meisten wird gar nicht bewusst, wie bedeutsam das ist. Viele von ihnen glauben nicht einmal an Plimpe. Aber mein Mentor und seine Vorgänger haben verstanden, und ich auch. Dattus Buch …»

Zum ersten Mal an diesem Abend fand der Bischof nicht die richtigen Worte.

«Für mich ist die Geschichte Calaspias eine blutbefleckte und verschmutzte Landkarte. Die meisten können diese Karte nicht lesen. Niemand ist gewillt, den Pfad zu erkennen, auf dem wir uns befinden. Niemand ist in der Lage, einen Ausweg zu finden. Immer und immer wieder begehen wir dieselben Fehler, dieselben Dummheiten. Blind unserer Vergangenheit gegenüber! Blind unserer Zukunft gegenüber – und ob nun durch Instinkt oder durch Vorbestimmung, wir scheinen dazu verdammt, immer wieder in dieselben Fallen zu tappen wie unsere Vorfahren …»

Der Bischof versuchte die Worte, die ihm nicht einfielen, gestenreich zu ersetzen, aber schließlich ließ er die Hände hilflos in den Schoß sinken. Er schüttelte den Kopf. «Ich habe die Karte von Calaspias Geschichte seit dem Ersten Eindringen studiert und auch eine Ahnung von dem, was davor lag. Generationen haben sich für ihre Nachkommen geopfert. Edle, selbstlose Geschöpfe – und die, für deren Freiheit sie gestorben sind, bezeichnen sie verächtlich als naiv.»

Eine gewisse Schärfe hatte die Stimme des Bischofs erfasst.

Bryn sah ihn an, das Feuer spiegelte sich in seinen feuchten Augen.

«Sie schreien mir aus ihren Gräbern entgegen: Beendet das! Müssen unsere Nachkommen aus denselben Gründen sterben wie wir – nur wegen einer gleichgültigen Generation? Denn eine einzige untätige Generation reicht aus, um das Vermächtnis einer heldenhaften Linie zunichtezumachen.»

«Und diese Vorstellung habt Ihr aus dem Buch der Zeiten?», fragte Bryn.

Hecklehurst verzog das Gesicht. «Die Nebel des Vergessens hüllen die Sterblichen ein und verdunkeln den Fluss der Zeit. Wenn wir nicht vergessen hätten, könnten wir vorausschauen. Ich trage das Vermächtnis, nicht zu vergessen, und darf nicht zulassen, dass andere vergessen. Wie soll ich träge vor mich hin leben, wenn die Geschichte sich wiederholt?»

Wenn Hecklehurst die Wahrheit sagte, würde das die Dinge in ganz anderem Licht erscheinen lassen. Wenn man die Gegenwart nicht aus dem eigenen, begrenzten Blickwinkel, sondern durch das Fernrohr der Vergangenheit betrachtete, vielleicht versuchte das Netzwerk dann tatsächlich, Calaspia zu schützen. Trotzdem konnte Bryn ihre Methoden nicht akzeptieren.

«Warum habt Ihr Eridanus nicht für Eure Sache gewonnen?», fragte Bryn.

«Ich hätte mich sehr gefreut, mit dem Hohen Lehrmeister zusammenzuarbeiten, aber er war voreingenommen, zu sehr in seinem Vorgehen eingefahren. Ich mache ihm keinen Vorwurf, wenn man die Feindschaft zu seinem besten Freund bedenkt.»

«Wusstet Ihr, dass Nequam den Wahnsinn vernichten wollte?»

«Jeder weiß, dass er das anfangs behauptet hat. Ich weiß

nicht, ob es nur eine Ausrede war. Ich empfinde Mitleid mit ihm. Wenn er seine Machenschaften nicht als Jugendlicher, sondern als alter Mann begonnen und ich das Netzwerk bereits ins Leben gerufen hätte, wäre er vielleicht unser mächtigster Verbündeter geworden. So ganz auf sich allein gestellt, hat er jedenfalls den Verstand verloren und sein eigenes Vorhaben verraten, wie es auch schon vielen anderen ergangen ist. Ich möchte bezweifeln, dass selbst ich Calaspia den Krieg um das Tor hätte ersparen können.»

«Ich weiß nicht …» Bryn sprach nicht weiter, aber er war sich sicher, dass sein Vorfahr mit den Ressourcen von Hecklehurst und Eridanus' Freundschaft bestimmt erfolgreich gewesen wäre.

Mit einer anderen Frage, die ihn brennend interessierte, wechselte er das Thema. «Wie habt Ihr mich vorhin ohne Magie gelähmt?»

«Durch Elyons Macht.» Hecklehurst setzte sich gerade auf und starrte Bryn stirnrunzelnd von oben herab an.

«Unmöglich», fauchte Bryn. «Nur der Pontifex kann für sich in Anspruch nehmen, Gottes Stellvertreter auf Erden zu sein, und selbst das bestreite ich.»

«Leo? Pah!» Der Bischof verschränkte die Arme vor der Brust, dass die seidigen Ärmel in Falten herunterhingen. «Der Pontifex ist ein Idol, das geschaffen wurde, um der mystischen Bewegung, die sich die apheristische Kirche nennt, ein Gefühl der Einheit und eine Führung zu bieten – und nicht viel mehr. Er hat keine Ahnung von den Wünschen Elyons.»

«Und was wünscht Elyon?», fragte Bryn.

«Elyon ist ein heiliger Gott des Zornes, der uns ermächtigt hat, Seinen Willen auszuführen, koste es, was es wolle. Ich habe das in den Aufzeichnungen des Apheristen gelesen: Die

Heilige Schrift verkündet, dass Elyon die Vernichtung des Wahnsinns verlangt!»

Bryn hatte eine Erleuchtung. Vielleicht war es das Gespräch mit Eridanus, das ihm nun die Augen öffnete. Er wusste nicht genau, wo diese Erkenntnis so plötzlich herkam, aber sie verdeutlichte ihm ihre Situation und flößte ihm Bedauern ein.

«Bischof, die Schrift besagt, dass Elyon den Wahnsinn hasst und keine Gemeinschaft mit ihm eingehen kann. Aber er fordert uns nicht auf, Seine Kreation für Ihn wiederherzustellen, denn es liegt nicht in unserer Macht. Wie könnte Er auch, wenn das eigentliche Problem der Wahnsinn *in uns selbst* ist?»

Der Barue war wieder zu einem Apostel des Verstehens geworden, der einem von den irdischen Mächten geblendeten Geistlichen widersprach. Aber dieses Mal ging es um mehr als nur intellektuelles Interesse. Egal, wie tief er auch in der Hierarchie der Kirche stand, er war ein Kind Elyons, dazu auserwählt, einen eigenwilligen Sohn zu bekehren. «So banal es im direkten Vergleich auch erscheinen mag, nur indem wir den inneren Wahnsinn verdammen und bekämpfen, können wir den äußeren Wahnsinn besiegen.»

«Kinderkram! Das ist keine Frage der Moral oder der *Religion*, sondern der Wissenschaft. Wissenschaft auf einer viel höheren und wahrhaftigeren Ebene, als Itrim je in der Lage sein wird, sie sich auch nur vorzustellen. Wir müssen den Wahnsinn in Calaspia ausrotten, indem wir ihn zurück nach Ruach'zam treiben, wo er hergekommen ist. Dann», er stieß Bryn seinen Finger in die Brust, «wird der persönliche Wahnsinn oder wie Ihr es nennt, der innere Wahnsinn, automatisch in die Unsichtbare Welt zurückgesogen und die Menschheit dadurch von seinen unerwünschten … Nebenwirkungen befreit.»

«Faszinierende Theorie, Euer Gnaden. Unglücklicherweise

scheint Eure Suche nach empirischen Beweisen Calaspia die Kehle abzuschnüren.»

«Und was glaubt Ihr, mein Junge, wünscht der Allmächtige?» Hecklehurst drehte sich zu ihm um und starrte ihm ins Gesicht.

Das Netzwerk in Fragen der Methodik und Moral herauszufordern war ein Thema, aber einem Hüter des Katechismus in Fragen der Theologie grundlegend zu widersprechen ein vollkommen anderes. Selbst unter den intelligenten, aufgeklärten Aposteln des Verstehens gab es einige, die nicht nur den Saum von Bischof Hecklehursts Gewand küssen, sondern seine Worte aufschreiben und aufbewahren würden – wahrscheinlich sogar eingerahmt neben einem Bild ihres Idols.

Aber das war falsch.

«Ihr haltet die Karte der Geschichte in den Händen, aber bei allem Respekt, Euer Gnaden, ich glaube, Ihr interpretiert sie falsch.»

Wer war Bryn denn, einen Bischof – den Regenten über das Buch der Zeiten! – in kirchlichen Fragen zu korrigieren? Er kam sich wie ein Prophet von einst vor: einer, der in der offiziellen Hierarchie der Kirche zwar nicht einmal den niedrigsten Rang innehatte, aber einer der wenigen war, die noch lebten und die von der wahren Kirche ermächtigt worden waren – einer, zu denen Elyon tatsächlich gesprochen hatte. Bryn blickte in die herausfordernden Augen des mächtigsten Individuums Calaspias, eines Bischofs, der glaubte, er würde Gott dienen, der aber eigentlich versuchte, Gottes Platz einzunehmen.

Bryn erkannte die Ehre, die Hecklehurst angesichts seiner mutmaßlich göttlichen Position in dieser irdischen Institution fühlte, dieser vom Menschen geschaffenen Religion; den Stolz, der Wächter des Buches der Zeiten zu sein und das

Gefühl der Überlegenheit, das er dadurch verspürte; die Vorstellungen über den Sinn und Zweck des Zieles, das er selbst für eine himmlische Weisung hielt.

«Was Elyon von Euch verlangt, Bischof, ist nicht, die Welt zu ändern, sondern Euer Herz. Er hat Euch aus der Wüste zugerufen, aber Ihr wart zu verzaubert von der Stadt, um Ihn zu hören. Er hat an die Tür zu Eurem Herzen geklopft. Ihr hättet Ihn hereinbitten sollen, bevor Ihr Seinen Platz als Richter einnehmt.»

Bryn atmete tief durch. Er fühlte bei dieser Gelegenheit, einen fehlgeleiteten Geistlichen auf den richtigen Weg zu bringen, keine Besorgnis, keine Verlegenheit, nicht einmal Überlegenheit, sondern Frieden und Freiheit.

«Ich habe Elyon doppelt so lange gedient, wie Ihr auf der Welt seid, Jüngling!» Mit dunkelrotem Gesicht presste Hecklehurst die Worte durch seine gelehrten Lippen.

«Ihr habt mich gefragt, Euer Gnaden, und ich antworte. Elyon wünscht keine Lippenbekenntnisse oder Opfergaben, sondern ein demütiges Herz. Er will nichts anderes als eine Verbindung zu seiner Kreation.»

Hecklehurst drehte sich weg. «Über theologische Ansichten können wir uns später noch genug streiten, Meister Bellyset. Aber lasst uns unwichtige Lehrmeinungen jetzt erst einmal beiseitelegen. Wir müssen eine drohende Katastrophe abwenden!»

Bryn seufzte. Auch wenn das Eindämmen des äußeren Wahnsinns keine endgültige Lösung bringen würde, schadete die derzeitige Flut der verderbten Energie allen geistig gesunden Menschen. Sie mussten sie also rasch unter Kontrolle bringen. Wenn das Netzwerk recht hatte, hatten sie nur eine Chance.

Elyon hatte das alles aus einem bestimmten Grund zugelassen. Vielleicht hatte er die Absicht, Calaspia die falsche

Denkweise des Netzwerks zu offenbaren – und dadurch auch die richtige Lösung.

«Also, um auf meine Frage zurückzukommen», flüsterte Bryn, «wenn es nicht Elyons Macht war, was dann?»

«Ich habe keine Ahnung, warum Ihr glaubt, zwischen der Macht Gottes und einer anderen Macht unterscheiden zu können», sagte der Bischof mit flacher Stimme. «Aber es stimmt, es gibt Gottheiten, die Elyon in Seiner unendlichen Weisheit eingesetzt hat, um Calaspia zu regieren.»

«Ihr meint die Avatare?», keuchte Bryn. «Ihr habt Zugang zu ihnen?»

«Zugang wäre übertrieben.» Hecklehurst stützte den Kopf in die Hand und blickte zu Boden. «Nachdem sie ihre Macht missbraucht und sich über Elyon erhoben hatten, hat Er sie aus Calaspia verbannt. Sie können hier nicht mehr wohnen und es nicht einmal mehr aus freien Stücken betreten. Aber es gibt noch immer eigenständige Reste ihrer Macht und Verbindungen, die noch nicht ganz abgebrochen sind. Mehr kann ich nicht sagen.»

In diesem Augenblick wurde es Bryn klar. Der Bischof beherrschte Magie, die nicht als solche erkannt wurde. Er war einer der respektiertesten Geistlichen im Imperium und Kopf des apheristischen Geheimdiensts.

«Ihr wart es», sagte Bryn.

Ohne den Kopf zu heben, drehte Hecklehurst sein Gesicht zur Seite, sodass er auf Bryns Knie blickte.

«Ihr habt den Imperator getötet.» Der Barue starrte ihn an. «Die Lehrmeister waren ihrer Magie beraubt, aber Ihr nicht. Und sie konnten Eure Macht nicht erkennen.»

Der Bischof drehte den Kopf wieder weg und starrte zu Boden.

Bryn blies angewidert Luft durch die Zähne.

«Ihr klingt überrascht», sagte Hecklehurst. «Es war ein schmerzvoller Moment für mich, aber es musste sein. Ich habe Opeion so viel Respekt entgegengebracht. Indem ich die schwerste Aufgabe selbst übernommen und den höchstmöglichen Verrat begangen habe, habe ich mich gleich zweifach in die vorderste Reihe der Schuldigen gestellt. Als Kopf *und* als Täter. Ich habe nie etwas von meinen Anhängern verlangt, das ich nicht selbst bereit war zu tun.»

Bryn dachte darüber nach. Es war ein schreckliches Verbrechen, aber wäre es weniger schlimm gewesen, wenn er stattdessen andere geschickt hätte, um die Dreckarbeit zu erledigen?

«Ihr seid nicht mit unseren Methoden einverstanden, mein Junge. Ich frage aber nicht, ob Ihr unter mir oder für mich oder für uns arbeiten wollt. Aber arbeitet nicht gegen uns. Was auch immer geschehen ist, wir schlagen dieselbe Schlacht.»

«Mir bleibt keine große Wahl», sagte Bryn. «Lassen wir das Buch der Zeiten einmal beiseite. Ich glaube, Ihr habt schlimme Fehlentscheidungen getroffen. Habt Verbrechen begangen, die so schlimm wie die von Nequam waren, wenn nicht schlimmer. Aber wie Ihr sagt, die Zeit für Debatten und Entscheidungen ist vorbei.»

«Dann stimmt Ihr mir zu?»

Bryn nickte, aber Hecklehurst beugte sich zu ihm und packte seinen Arm.

Er schüttelte den Kopf und blickte ihm durchdringend in die Augen.

«Stimmt mir nicht so voreilig zu», zischte der Bischof. «Es gibt viele Hindernisse auf dem Weg zu Magnarion, und viele Barrieren, die einen daran hindern, es zu führen. Ich glaube, Ihr seid der eine – ich kann es fühlen.»

Der Barue spürte großen Widerwillen bei seinen nächsten Worten.

«Ich kann das nicht von Euch verlangen, mein Sohn.»

Bischof Hecklehurst seufzte und ließ Bryns Arm los. «Wenn Ihr zustimmt, wird das Netzwerk vorbereitet sein, sobald Ihr mit Magnarion zurückkehrt. Aber es gibt noch etwas, das ich vor den anderen nicht erwähnt habe, Bryn: Das Schwert des Apheristen ist nicht nur die Waffe, die wir brauchen, um den Wahnsinn loszuwerden. Wir müssen sie *opfern*. Vielleicht geht sie Calaspia dadurch für immer verloren.»

Bryn atmete tief durch. Keine Macht der Welt sollte in der Lage sein, Magnarion zu zerstören. Aber falls doch, dann war es eine angemessene letzte Tat für das legendäre Schwert. Calaspia zu retten – wieder einmal.

Er nickte.

Der Bischof legte den Kopf in die Hände, seine Ringe funkelten im Licht der Flammen. «Nun, das war der einfache Teil der Frage … jedoch … ist Magnarion nicht das Einzige, was für Calaspia geopfert werden muss.»

Die nächsten Worte ließen Bryn betäubt und gleichzeitig seltsam unberührt verharren.

«Auch Magnarions Träger muss gewillt sein, sein Leben zu opfern.»

Mit steifen Gliedern stand Bryn auf und kniete sich vor das Feuer. Er zog sein glänzendes Culmus und zeigte damit zu Boden. «Ich schwöre bei meinem Vorfahren, dem Apheristen, dass ich sein Schwert zurückerlangen werde, so Elyon will. Ich werde Magnarion finden, und wir werden den Wahnsinn aus dem Land treiben.»

Wenn er dabei sterben sollte, dachte Bryn, so wollte er vorher jedoch ein letztes Mal seine Freunde sehen. Um Lebwohl zu sagen. Vielleicht würde es eine letzte gemeinsame Mission mit Mittni geben. Und mit Galar. Eine letzte Reise. Eine Gemeinschaft bis in den Tod.

✦ 33. KAPITEL ✦

Abschied

Nachdem sie die Nurgor in den wenig gastfreundlichen Norden und die Randgebiete der Zivilisation getrieben hatten, wo sie für niemanden mehr eine Gefahr bedeuteten, hatten die Völker Ruhe und genossen ein goldenes Zeitalter. Die Avatare verloren das Interesse an dem, was in Calaspia vor sich ging, und zogen sich tief in Gebiete zurück, die außerhalb physischer Dimensionen lagen. Nachdem Ikuyl die Harmonie und Schöpfungsordnung so gewaltig gestört hatte, hatte er in der Zwischenzeit das gesuchte Mittel zum Zweck gefunden – den inneren Wahnsinn. Calaspia war reif für seine Vorhaben.
— Lueths Notizbuch

Thybil! Was machst du denn hier?»

Der Alte lehnte in der Abendsonne an den Steinmauern von Eisenfels und lächelte den herannahenden Bryn herzlich an.

«Ach, was soll ich den Leuten in Quivelda noch Ratschläge geben, wie sie ihr Leben führen sollen, wenn ohnehin der Jüngste Tag naht? Dann wird ihnen ihre damalige Gefangenschaft wie das Paradies vorkommen.»

Thybil strich sich den viel zu langen Pony aus dem Gesicht und kam ihm entgegen, um ihn zu umarmen.

«Offensichtlich besteht wirklich Gefahr. Tausende Anhänger der Kulte versammeln sich an strategischen Orten im ganzen Imperium und auch außerhalb. An manchen Orten haben sie die verbliebene, geistig gesunde Bevölkerung völlig vertrieben. Imperatorin Peasmi hat bereits Flüchtlingslager errichten lassen. Die Inquisition, Itrim, die Gilde der Kundigen – alle arbeiten zusammen, um den Jüngsten Tag zu verhindern. Zumindest sind so unsere Streitkräfte endlich wieder vereint, hm? Hat lange genug gedauert!»

Die ganze Geschichte über das Netzwerk wollte schon fast aus Bryn heraussprudeln, aber er hielt seine Zunge im Zaum. Er würde sagen, was zu sagen war, aber er wollte die Sache nicht unnötig verkomplizieren.

«Eisenfels ist jetzt wieder die inoffizielle Zentrale, aber dieses Mal arbeiten wir eng mit Armaah zusammen. Rameon ist oft hier, um sich mit Sarghenta abzusprechen. Aber komm, wir werden noch genug Zeit haben, um uns zu unterhalten. Du musst hungrig sein.»

Die beiden alten Freunde spazierten den Weg aus getrocknetem Schlamm zur Zitadelle hinunter und sahen dabei zu, wie die letzten Schafe geschoren wieder aus dem Tal auf die Hänge gescheucht wurden. Die Heuballen waren bereits eingefahren worden.

«Die Anführer werden zusammen essen, denn es gibt viel zu besprechen, jetzt, wo du zurück bist. Alle werden sich freuen, dich zu sehen, Bryn, nicht nur Silaeti und Sylvata.»

«Sie sind hier?»

«Jawohl, und Mittni war recht besorgt, als sie ohne dich hier aufgetaucht sind. Dann wurde uns aus Itrim gemeldet, dass du im Turm von Itlin steckst – du kannst dir vorstellen, wie neidisch Mittni war. Es hieß, du wärst wieder abgereist, aber genauere Angaben fehlen.»

Thybil blickte ihn neugierig an.

«Lange Geschichte», sagte Bryn. «Aber Mittni: Wo steckt der Schuft?»

Der alte Barue pfiff durch seinen flaumigen Bart. «Macht sich wahrscheinlich wieder drüben bei den jungen Mädchen wichtig. Vor dem ganzen Trubel mit den Ostentum war er so ein schüchternes Kerlchen – genau wie du –, und jetzt macht er die anderen Soldaten eifersüchtig!»

Bryn dachte an Espera, Zuola und Peasmi und die anderen Mädchen, die er kennengelernt hatte. Wann immer ihm eines gefallen hatte, war es gerade nicht der richtige Ort oder Zeitpunkt gewesen – nicht dass er andernfalls gewusst hätte, was er hätte machen sollen.

«Es war unvermeidlich, wirklich», seufzte Thybil. «Gute Lehrer hinterlassen ihre Spuren, weißt du. Gute Manieren und ein bisschen Kavalierspielen kann Wunder wirken.»

«Oh, also willst du die Anerkennung dafür einstecken, ja?», lachte Bryn. «Muss ich mir Sorgen um Mittni machen?»

«Auf jeden Fall», sagte Thybil. «Du weißt, er ist ein großartiger Geschichtenerzähler – was ja auch keine Schande ist. Er erzählt immer noch seine Abenteuer aus Polgaren, aber du würdest sie kaum wiedererkennen. Wenn dieses ganze verrückte Abenteuer überstanden ist, müsst ihr beide euch zusammensetzen und alles aufschreiben. Sonst werdet ihr beide, wenn ihr erst einmal in meinem Alter seid, wahrscheinlich erzählen, dass *ihr* beim Krieg um das Tor mitgekämpft habt!»

Bryn nickte. «Eine schöne Aufgabe, die viele, viele Abendunterhaltungen in Anspruch nehmen würde … und dabei auch noch produktiv wäre!»

Es war seltsam, so wenige Barue in Eisenfels zu sehen. Aber ein gutes Zeichen, machte Bryn sich bewusst. Zumindest, solange sie in Quivelda sicher waren und er mit den anderen diese ganze Sache mit dem Jüngsten Tag klären konnte.

Gemütlich spazierten die beiden Barue weiter, amüsierten sich über die trägen Sommerabendaktivitäten um sie herum und genossen die Gesellschaft des anderen.

«Du hast dich verändert», sagte Thybil.

«Was meinst du?» Bryn nahm an, Thybil würde auf seine Pilgertracht anspielen.

«Deine … *Rastlosigkeit.* Sie ist weg.» Thybil sprach damit Bryns angeblich typische innere Unruhe an, die ihn manchmal fast hatte platzen lassen. «Du hast deinen inneren Frieden gefunden! Ich dachte schon, dieser Tag würde nie kommen – und nun stehen wir hier am Rand einer Apokalypse, und du findest zu dir!» Er begann lauthals zu lachen. «Mein lieber Junge, was ist mit dir geschehen? Ist es der Codex Sanguis?»

Bryn hatte es selbst kaum bemerkt. Die ewige Selbstbeobachtung war vorüber, war von einer beruhigenden unsichtbaren Hand in den richtigen Blickwinkel gebracht worden, die überflüssige Fragen und Ängste beiseitegeschoben hatte. Ohne auch nur darüber nachzudenken, hatte er in Elyon zu sich gefunden.

«Komisch, dass du das erwähnst.» Bryn dachte an die Rückreise von der Kathedrale des Katechismus, diesem Ungetüm menschlicher Religion. Diese Rituale, die eine Kirche im Vergleich zu dem, worum es tatsächlich ging, so blass erscheinen ließen wie ein Schatten im Vergleich zu dem echten Objekt, das ihm seine Form schenkt. Er hatte eine ähnliche Erfahrung gemacht wie auf den Berggipfeln, als er der letzten Beurteilung für die Culmus Sangui entgegengestapft war und sein Culmus gewonnen hatte. Aber dieses Mal steckte mehr dahinter. Der Friede in seinem Herzen trotzte jeglichem Verständnis.

Lächelnd schüttelte Bryn den Kopf. «Als Apostel des Verstehens dachte ich, dass mein Glaube vernünftig war. Was auch stimmte! Aber es war eine Ansicht … keine Einsicht. Ich war auf menschliche Weise selbstbewusst – und daher im Grunde unsicher. Ständig musste ich meinen Glauben auf jeden Aspekt des Lebens anwenden – ihn verteidigen, ihn erklären. Aber jetzt ist es andersherum: Mein Glaube verteidigt und erklärt mein Leben – *ist* mein Leben. Ich weiß nicht, was noch kommen mag, und ich habe aufgehört, danach zu versuchen, es herauszubekommen. Was das angeht sind wir alle noch kurzsichtiger als Galar! Also lasse ich mich jetzt von meinem Glauben leiten. Wahrscheinlich ist dieses innere Streitgespräch deshalb vorüber.»

Er zuckte die Achseln. Als er einen Augenblick später sah, wie Thybil ihn lächelnd betrachtete, musste er lauthals lachen.

«Das ähnelt dem Glauben der Plimpe.» Jetzt war der alte Mann nachdenklich. «Na ja … ah, sieh mal, wer da ist!»

In einer Nische zwischen den Felsen am Fuß der Zitadelle saß Mittni. Er war nicht allein. Neben ihm – oder eher auf seinem Schoß – saß Melody, die Tochter des Raben Egor, des einäugigen Bauern, und seiner Frau Elsa.

Als Mittni erkannte, wer da auf ihn zukam, schob er Melody rasch neben sich und sprang auf. Melody machte einen Knicks und verschwand, während Mittni zu seinem Freund lief und ihn stürmisch umarmte.

«Jetzt weiß ich, warum du mich nicht begleiten wolltest.» Bryn zwinkerte ihm zu.

Mittni öffnete den Mund, um zu protestieren. Schließlich stotterte er los: «Erst lässt du mich hier mit ihnen allein, und dann meckerst du, wenn ich meine Pflicht erfülle!»

Bryn lachte. «Oh, in was für einen ehrenvollen Kampf du dich gestürzt hast – schier unglaublich! Erzählt mir, Verteidiger von Eisenfels, von Eurem kühnen Kampf, in diesem geschützten Hafen Ruhe und Ordnung zu schaffen … Wie es scheint, hast du auch geplant, den Kampf gegen das Aussterben der Bevölkerung aufzunehmen, oder?»

«Horcht, wer hier den Mund aufreißt!» Mittni gab ihm einen freundschaftlichen Klaps auf die Wange. «*Schuckel,* du hast doch damit angefangen, irgendwelchen geheimnisvollen Frauen, die viel zu alt für dich sind, Honig ums Maul zu schmieren! Sicher eine große Verlockung, mein Lieber, aber auch ein bisschen besorgniserregend. Ich würde mir keine Frau nehmen, die mich im Ringkampf besiegen könnte, von Magie gar nicht erst zu sprechen!»

«Das lass sie mal probieren», grinste Bryn. «Apropos sich eine Frau nehmen – weiß Egor schon davon?»

Thybil klopfte seinem Großneffen auf die Schulter. Seine nächsten Worte kamen Bryn vor, als hätte er ihm ins Gesicht geschlagen. «Er hat Mittni vor der Verlobung seinen Segen gegeben.»

Bryn blieb im Hals stecken, was er gerade sagen wollte. «Das ist … großartig», stotterte er stattdessen. «Holla. Gratuliere. Wir werden langsam erwachsen, was?»

Er wusste wirklich nicht, was er noch dazu sagen sollte, und so ließ er sich von Thybil und Mittni die gemeißelten Stufen hoch in die Zitadelle führen.

Mittni verstand seine Gefühle falsch und sagte: «Du musst mir alles über deine Abenteuer erzählen. Jedes kleine Detail! Ich werde dich nicht in Ruhe lassen, bis ich alles gehört habe.»

Bryn lachte und versprach, ihm alles zu erzählen, was ihm noch einfiel.

«Keine Geheimnisse mehr!», maulte Mittni. «Die bringen dich nur immer in Schwierigkeiten.»

Geheimnisse, dachte Bryn. Es war nicht gerade fair, Mittnis und Melodys Bund so zu nennen, wo sie doch im Amboss direkt zwischen den Raben begonnen hatte und es offensichtlich alle mitbekommen hatten außer ihm, der zu sehr mit Grübeln und Meditieren beschäftigt gewesen war. Doch wie konnte Mittni nur ans Heiraten denken, wo Bryn seine letzten Kräfte aufbrachte, um den Wahnsinn zu stürzen? Wie oft hatte er sein Leben aufs Spiel gesetzt, seit er Mittni hier zurückgelassen hatte? Wie oft hatte er kämpfen müssen, während Mittni sich mit völlig anderen Dingen beschäftigte?

Plötzlich wünschte sich Bryn, er wäre nicht zurückgekehrt. Er hätte sich direkt auf den Weg zum Tempel des Schädels, des größten und ältesten Tempels von Tahl, machen sollen. Elyon wusste, dass die Zeit knapp genug war.

Was hatte er sich nur dabei gedacht? Innerlich schüttelte Bryn sich. Natürlich freute er sich für seinen besten Freund. Aber der Zeitpunkt war etwas unglücklich. In besseren Tagen hätte er sich nur an den Gedanken gewöhnen müssen. Melody war ein wundervolles Geschöpf, das hätte er bemerkt, wenn er sich nicht ständig im Kreis seiner eigenen Schmerzen und Verluste gedreht hätte, als sie die Raben kennengelernt hatten. Doch jetzt fühlte Bryn sich allein. Er war immer davon ausgegangen, dass Mittni bis zum bitteren Ende an seiner Seite sein würde, dass sie zusammen den letzten Hügel ersteigen würden, um sich die Waffe zu greifen, mit der sie die Kulte des Wahnsinns vernichten konnten. Er hatte es für selbstverständlich gehalten, dass Mittni neben ihm stehen und vor Staunen den Mund aufreißen würde, wenn er Magnarion aus seinem prähistorischen Schlummer erweckte. Dass sein bester Freund bei ihm sein würde … wenn es zu Ende ging.

Er schluckte den Kloß in seinem Hals herunter und betrat hinter Thybil und Mittni die Zitadelle.

«Seid gegrüßt, Schwertmeister!», antworteten diejenigen, die ihn nicht so gut kannten. Andere standen auf und ergriffen seine Hand, klopften ihm auf die Schulter oder umarmten ihn. Galar war da und presste Bryn an seine Brust, dass ihm fast die Luft wegblieb.

Kurz darauf drückte sich eine braune Masse am Tisch vorbei, dass einige Papiere aufflogen. Ein Fellknäuel flog in Bryns Arme, die er instinktiv angehoben hatte.

«Hallo!»

Eine Schnauze wurde ihm an die Wange gedrückt und begann zärtlich an seinem Ohr zu schnüffeln. Bryn lachte und streichelte die langen, seidigen Ohren des Plimps.

«Hallo, Kik-Eritee.»

Am anderen Ende des Zimmers stand General Kishmish. Würdevoll strich sich der ergraute Plimp über die krausen Augenbrauen.

Bryn wurden ein Platz und reichlich Essen angeboten. Als er gerade beginnen wollte, von seinen verschiedenen Reisen zu berichten, spazierten Sarghenta und Rameon ins Zimmer.

General Kishmish nahm Haltung an. «Die Beratereien mögen beginnen!»

✦ ✦ ✦

Bryn saß zwischen Mittni und Thybil. Ihnen gegenüber saßen Galar und Wafrudnir. Ohne große Formalitäten brachte Rameon sie in Sachen Geißel auf den neusten Stand.

«Die Inquisition ist nicht mehr in der Lage, mit den Wahnarchisten fertigzuwerden, und hat sich zurückgezogen, um keine unnötigen Unruhen zu provozieren. In der Zwischenzeit hat die Imperatorin Bataillone von Soldaten entsandt. Sie heben Gräben aus und errichten Barrikaden, um zu verhindern, dass die Kulte noch mehr Zulauf bekommen.»

Bryn konnte sich Rameon im Moment nicht als Imperator vorstellen, obwohl er es geworden wäre, hätte er nicht mit der Tradition gebrochen und seiner älteren Schwester die Krone überlassen. Vielleicht war es ihm auch gar nicht um die Tradition gegangen, vielleicht hatte ihn Aurgelmirs Tod auch einfach zu verstört, um den Thron zu besteigen, an dem schon Bruder und Vater zerbrochen waren.

Nach den letzten Schätzungen haben fast *vier Prozent* der Numenii ihre Häuser verlassen und sich zu den Anhängern der Kulte gesellt.»

Rameon knirschte mit den Zähnen, sodass sich unter seinem jugendlichen Bart, den er sich erst kürzlich hat wachsen lassen, die Kiefermuskeln wölbten. Anscheinend hatte er einige Übung im Zähneknirschen, seit er zusammen mit Langworth, einem Culmus Sangui, das Amt des Hochinquisitors ausübte.

«Wir haben klargestellt, dass wir die Zusammenrottungen von Anhängern der Geißel nicht als kriminelle Vereinigungen, sondern als feindliche Heere betrachten. Wir haben bekannt gegeben, dass wir gegen diesen Abschaum Krieg führen werden. Und trotzdem wächst ihre Zahl täglich.»

Das Netzwerk hat gute Arbeit geleistet, dachte Bryn. *Zu gute.*

«Die Wahnarchisten verhalten sich bemerkenswert ruhig. Worauf sie genau warten, wissen wir nicht. Der Kultivator mit der Maske hat verkündet, dass es bis zum Jüngsten Tag nur noch eine Frage von Wochen sei. In den letzten Tagen hat er sich immer wieder bei den größeren Versammlungen sehen lassen. Wie ihr wisst, gibt es davon in jedem Königreich zwei bis drei Stück. Insgesamt gibt es im ganzen Imperium fünfzehn Brennpunkte. In letzter Zeit scheint er sich allerdings rar gemacht zu haben. Die Menschenmengen werden langsam unruhig. Sie sagen, er ist gegangen, um das neue Zeitalter einzuläuten.»

Bryn fragte sich, wo der Kultivator mit der Maske steckte. Traf er sich mit dem Netzwerk? Was hatte Hecklehurst vor, um die Bühne für Bryns Auftritt mit Magnarion vorzubereiten?

Aber bevor er weiter darüber nachdenken konnte, merkte Bryn, dass ihn alle ansahen. Thybil hatte gerade irgendetwas gesagt.

Bryn sah sich am Tisch um, manche guckten ihn skeptisch, andere erwartungsvoll an. Aquiuss war hier und Cerion und noch ein paar andere Culmus Sangui. Cunar und Bruder Maxwell waren als Stellvertreter der Raben hier. Zuola lehnte neben Kishmish an der Wand und sah ausdruckslos zu. Sarghenta gab sich große Mühe, ihn nicht weiter zu beachten, stattdessen malte sie auf einer Karte auf dem Tisch herum.

Auf dem Weg hierher hatte Bryn darüber nachgedacht, was er ihnen erzählen würde. Die Verlockung war groß, ihnen den wahren Sinn der Geißel zu enthüllen. Das würde alles verändern! Aber es war zu kompliziert, das hier vorzutragen, und wenn er es Thybil und Eridanus erzählen würde, würden die es letztlich einer ähnlichen Runde vortragen müssen. Nein, sollen sie sich darauf konzentrieren, die Versammlungen der Wahnarchisten unter Kontrolle zu halten. Er und Hecklehurst würden den Rest übernehmen.

Die gewaltige Aufgabe, die vor ihm lag, spukte ihm durch den Kopf wie ein Gespenst. Er hatte das Gefühl, mit ihm davonzuschweben. Er hatte genug davon, zu reden. Er wollte nur hier sitzen und zum letzten Mal ihre Gesellschaft genießen. Und dann würde er sich seiner Aufgabe stellen müssen.

«Auf meinen Reisen habe ich herausbekommen, wo Magnarion zu finden ist», sagte er also. «Ich werde bald nach Nomidien gehen, um das Schwert des Apheristen zu holen. Magnarion wird die Speerspitze sein, mit der der Wahnsinn aus Calaspia vertrieben werden kann.»

Bryn sprach mit ruhiger, fast gelangweilter Stimme. Aber seine paar Worte riefen mehr Reaktionen hervor als Rameons ganzer Bericht. Die Hälfte von denen, die gleichzeitig begannen zu sprechen, machte sich über seine Behauptung lustig, die andere Hälfte rief aufgeregt durcheinander.

«Ruhe!», rief Thybil mindestens genauso energisch wie sonst Eridanus. «Bryn, erzähle uns mehr. Wo soll sich Magnarion befinden, und wie kann dieser Rat dich dabei unterstützen, es zu finden?»

«Wie hat er diese Entdeckung überhaupt gemacht», fragte Sarghenta ebenfalls sehr nachdrücklich, «und wie soll es dabei helfen, den Triumph der Geißel zu verhindern?»

Plötzlich kam Bryn eine Idee. «Die Ruhestätte Magnarions hat mir das Buch der Zeiten offenbart, Lady Sarghenta. Was seine Rolle beim Abwenden der bevorstehenden Apokalypse angeht …» Seine Mundwinkel zuckten, er musste fast lachen über die Ironie der Situation, aber es schien zu funktionieren. «Magnarion wird die Krone der Geißel sein, aber während ihre Bewegung noch feiert, wird es sich in eine Dornenkrone verwandeln.»

«Aaaah!» General Kishmish nickte zustimmend. «Großartiger Plan!»

Alle anderen sahen eher verwirrt aus. Bryn konnte ihre Verärgerung spüren, bei einigen sogar fast Feindseligkeit. *Sprich nicht in Rätseln!*, wollten viele wohl sagen.

«Was meinst du damit?», fragte Rameon.

«Nun, ich freue mich, euch mitteilen zu können, dass die

Geißel nicht aufgehalten werden muss, denn sie ist nicht aufzuhalten.» Mit einem Mal waren wieder alle still. «Die gute Nachricht ist, dass wir nicht versuchen müssen, sie aufzuhalten – denn sie wird einfach umgekehrt. Die Anhänger der Kulte versammeln sich, um ein neues Zeitalter einzuläuten. Aber statt des zweiten Eindringens des Wahnsinns werden sie genau das Gegenteil erleben.»

Auf diese Weise konnte Bryn ihnen erzählen, was passieren würde – oder was er hoffte, das passieren würde –, ohne ihnen die ganze Geschichte mit dem Netzwerk verraten zu müssen.

«In der Tat schaufeln sie sich die ganze Zeit unwissentlich ihre eigenen Gräber. So wie die Barue, Galar, Gug und Eridanus unwissentlich der Verschwörung zugearbeitet haben, arbeiten die Wahnarchisten gerade an ihrem eigenen Untergang.»

«So herrlich das auch klingt», sagte Aquiuss, «aber wie in Ruach'zam soll das vor sich gehen?»

«Wenn alles so weit ist und die Geißel kurz davorsteht, Calaspia während einer letzten Zeremonie mit dem Wahnsinn zu überschwemmen, verwandelt Magnarion sich buchstäblich in eine Speerspitze. Der Strudel, der alles mit dem Wahnsinn überfluten soll, lässt sich umkehren. Und nur eine Waffe ist mächtig genug, um den Wahnsinn aus Calaspia zu vertreiben: das Schwert des Apheristen.»

«Na bitte!», sagte Thybil zu Sarghenta. «Aber jetzt zurück zu meiner ursprünglichen Frage. Bryn, wie können wir dir helfen?»

Bryn konnte spüren, wie stolz der alte Barue war. Er ließ ihn dafür seine Dankbarkeit spüren. Wie viele Leute würden eine solche Geschichte ohne Zweifel akzeptieren und sich bedingungslos hinter ihn stellen? Wenn das Schicksal der Welt von seiner Aufrichtigkeit und seinen Fähigkeiten abhing?

«Natürlich darf das normale Volk nichts davon erfahren.

Kein Wort darüber darf aus diesem Raum dringen. Das Allerwichtigste ist, dass ihr dieses Wissen für euch behaltet.» Bryn blickte ihnen in die Augen, sowohl um sie zu überzeugen, aber auch um ihnen zu drohen.

«Ich werde nur wenige Begleiter brauchen – vielleicht auch keinen. Was immer auch geschieht, ihr müsst zusehen, dass die Kulte ihr letztes Ritual nicht beginnen können, bevor ich mit Magnarion zurück bin. Das ist eure wichtigste Aufgabe. Wenn wir das nicht verhindern können, ist alles verloren.»

Rameon nickte, viele andere auch. «Die Inquisition wird notfalls selbst den allerletzten Soldaten dafür opfern.»

«Wenn ich zurückkomme, muss ich einen Weg finden, ins Zentrum ihrer Hauptversammlung zu gelangen, die im Goldenen Tafelland stattfindet. Egal, wie viele Leute sich auch an den anderen Orten versammeln, denkt immer daran, der Wahnsinn wird im nordöstlichen Armaah zuschlagen. Die Menhire dort liegen direkt zwischen dem Gipfel des Wahnsinns und der Quelle. Und genau dort werden sie versuchen, Calaspias natürliche Abwehrkräfte zu durchbrechen.»

Bryn spürte, wie er immer mehr von ihnen überzeugte.

«Vielleicht werden wir uns einen Weg durch Horden schreiender Wahnarchisten kämpfen müssen, die die verderbte Kraft aufputscht. Oder noch wahrscheinlicher, ich werde mich als einer von ihnen durch ihre Reihen schleichen. Wie auch immer, seid vorbereitet. Ich werde für einige Tage weg sein. Sobald ich Magnarion habe, werde ich zum Goldenen Tafelland stürmen – das die Kulte in Erwartung des Jüngsten Tages jetzt auch den *Thron des Wahnsinns* nennen.»

Damit hatte er ihnen eigentlich alles gesagt. Natürlich hatten sie Fragen, Tausende. Aber er war nicht hier, um ihre Neugierde zu befriedigen. Er hatte sein Pflicht allen gegenüber erfüllt, die einen Anspruch auf seine Loyalität hatten:

die Barue, die Loyalisten, die Culmus Sangui. Ob sie ihm nun glaubten oder nicht – ob sie nun glaubten, dass er das schaffen würde oder nicht –, alle kannten seinen Plan. Zumindest den Teil, den sie kennen sollten.

«Wir können es uns nicht leisten zu streiten», beendete Bryn seine Rede. «Reicht einander die Hände. Alle zivilisierten Kräfte müssen zusammenarbeiten und möglichst viele Leute daran hindern, sich der Bewegung anzuschließen. Was die Versammlungen der Wahnsinnigen angeht, so dämmt sie ein. Und denkt immer daran, euch auf den Thron des Wahnsinns zu konzentrieren.»

Bryn stand auf und wollte nur noch hinaus. Solange er hier war, würden sie ihn mit Fragen überschütten. Doch dann fiel ihm noch etwas ein.

«Ach so, ich war übrigens ein paar Tage bei Okolnit. Selbst er bietet seine Hilfe an, um den Jüngsten Tag zu verhindern. Ich würde raten, sie anzunehmen.»

«Ja, das wissen wir», sagte Thybil. «Sein Angebot ist äußerst willkommen.»

«Wie das?», fragte Bryn.

«Zufälligerweise ist Espera seine Abgesandte», sagte Rameon mit gefühlloser Stimme. Bryn konnte seine Unsicherheit spüren. Er hoffte wohl, dass sie sich letztlich doch nicht für den Thron seiner Schwester interessierte. «Sie ist in Armaah bei der Imperatorin. Die beiden beratschlagen über eine mögliche Zusammenarbeit. Sie wollen die Geißel mit Hilfe gewisser Krieger eindämmen, die man Tahl Uthnae nennt.»

Bryn nickte grimmig lächelnd. «Lasst die Tahl Uthnae den Thron des Wahnsinns bewachen. Vielleicht kann ich sie im Goldenen Tafelland gebrauchen.»

Er machte sich auf den Weg zur Tür. Stühle wurden beiseitegerückt, um ihm Platz zu machen.

«Und was, wenn es fehlschlägt?», fragte Sarghenta.

Bryn brauchte sie erst gar nicht zu fragen, um zu wissen, für wie wahrscheinlich sie es hielt, dass er schaffen würde, Magnarion zu holen.

Er zuckte die Achseln. «Euch wird schon etwas einfallen.»

Dann war er draußen im feuchten, in den Fels gehauenen Gang. Niemand hielt ihn auf. Er ließ sie ehrfürchtig schweigend zurück, und sie begannen erst wieder zu sprechen, als er aus der Zitadelle hinaus in die Dämmerung trat.

✦ ✦ ✦

Bryn mochte es, wie die Sterne hier funkelten. Im Amboss war der Himmel am klarsten, und das bisschen Licht von Eisenfels beeinträchtigte ihr Leuchten nicht im Geringsten. Abgesehen vom Geruch der Schafe war die Luft kühl und roch nach Regen. Bryn war seltsam aufnahmefähig für alle möglichen Kleinigkeiten: einzelne Blatthalme, Felsen, die aus dem moosbewachsenen Boden ragten, die geheimnisvollen Umrisse der Wolken, die über ihm schwebten wie außerirdische Späher. Das menschliche Treiben klang fern und gedämpft durch die Mauern aus Felsgestein.

Sylvata landete auf seinem Arm und streichelte ihn mit ihrem harten Schnabel. Er strich über ihre schönen Federn und blickte in ihre Knopfaugen. Silaeti graste ein paar Meter weiter im Freien. Er brauchte sie nicht anzubinden. Egal, wohin sie auch wandern sollte, sie würde nicht aus Eisenfels herauskommen. Bryn setzte sich auf einen Felsen, zog die Wolldecke enger um die Schultern und döste ein. Was man auch immer für Techniken beherrschte, eine Reise von mehreren Tagen forderte ihren Tribut.

Eigentlich wollte er hier warten, bis die Ratsversammlung

zu Ende war, und sich dann mit Thybil und Mittni unterhalten. Aber als der alte Barue herauskam – gebeugt, erschöpft –, war Bryn so müde, dass er Mittni nur wortlos in ihr altes Zimmer begleitete, wo er rasch einschlief.

Aus reiner Gewohnheit erwachte er früh am Morgen. Als ihm bewusstwurde, dass er nicht auf irgendeiner Straße unterwegs war und unter freiem Himmel oder in einem Kloster übernachtet hatte, sondern in Eisenfels, freute er sich. Er kuschelte sich wieder ein, wie er es vor einem Jahr nicht anders gemacht hätte, und schlief weiter.

Als Bryn schließlich aufstand, war selbst Mittni bereits auf, es musste also schon recht spät sein. Das Frühstück in der höhlenartigen Haupthalle war schon vorbei, aber in der Küche warteten Speck, Brot und Milch auf ihn, «solange das nicht zur Angewohnheit wird!».

Vielleicht werden sie sich bald wünschen, dass ich noch Gelegenheit dazu hätte.

Er trat hinaus ins Licht des neuen Tages und schenkte Sylvata den letzten Streifen des köstlichen Specks, dann stieg er den Hang hinauf. Die Leute dabei zu beobachten, wie sie ihrem Tagwerk nachgingen, berührte ihn seltsam. Er seufzte. Er würde nie wieder dazugehören.

«Ah, hier steckst du also! Endlich aus den Federn, wie ich sehe.» Thybil nahm Bryn am Arm und führte ihn zu einer Bank aus einem alten Baumstamm. «Wie du gestern sicher bemerkt hast, ist Eridanus unglücklicherweise nicht hier. Ich habe jedoch mit ihm sprechen können. Der Hohe Lehrmeister ist dabei, den sich ausweitenden Wahnsinn zu bekämpfen. Viele Leute werden zu Begnadeten und verursachen großes Chaos. Er würde dich selbst zum Tempel des Schädels begleiten, aber er befürchtet, dass der Orden von Itrim ohne ihn nicht zurechtkommt.»

Bryn nickte zustimmend. «Ich habe nichts anderes erwartet.»

«Aber die Gilde will dich schützen und unterstützen, Bryn. Mako Hiapo besteht darauf, dass du mit seinem Segen gehst.»

Bryn grinste. Vielleicht war das alles, was er brauchte!

«Und nicht nur mit seinem Segen», lachte Thybil. «Er schickt dir zwei seiner besten Krieger.»

Das klang schon besser! Die Begleitung eines Plimps war Bryn höchst willkommen, allein um die Reise zu «beschleunigen».

In einiger Entfernung konnte Bryn Mittni sehen, Hand in Hand mit Melody. Sie waren auf dem Weg zu Egor. Bryn fragte sich, was Bartholdi wohl von ihrer Beziehung hielt. Nach allem, was Quivelda durchgemacht hatte, würde das für Mittni nur eine kleine Hürde sein.

Schade, dass Mittni sie nicht begleiten wird. Bryn sah mehrere Raben, die Feuerholz aus dem Lager in die Küche trugen. Der junge Reedy, der auf einer kleinen Flöte spielte und ein, zwei Dinge über Tiere und Pflanzen wusste, hatte sich von Sylvata ablenken lassen. Dann war da Jasri, der Nomidier – vielleicht würde es von Vorteil sein, einen Einheimischen dabeizuhaben. Scorza, der geflüchtete Händler, der in seiner Zeit in Bel-Tued ein großer Schmuggler gewesen war. Und ganz sicher würde ihm die herzliche Begleitung von Cunar, dem Hauptmann, und Maxwell, dem munteren Ordensbruder, guttun. Aber er sollte nicht über mögliche Begleiter nachdenken, nur um nicht allein zu reisen.

Obwohl Lueth genau aus diesem Grund zu Nequam geworden war …

«Wann wirst du aufbrechen?» Thybil blätterte in seinen Papieren.

«Nach dem Mittagessen», sagte Bryn. «Mit Proviant, um schneller voranzukommen.»

«So bald schon?», fragte Thybil. «Gibt es einen Grund zur Eile?»

Bryn nickte. «Ich bin nicht der Einzige, der auf der Suche ist. Ayactan sucht nach Chaos. Es ist ein Wettlauf. Wer sein Schwert zuerst findet, kann die Geißel zum Guten oder zum Bösen wenden.»

«Und wenn der Dämon sein Schwert zuerst findet?»

Bryn knackte mit dem Knöcheln. «Wenn Ayactan im Goldenen Tafelland auftauchen sollte, dann greift ihn mit allem an, was ihr habt. Es muss unbedingt verhindert werden, dass er den Thron des Wahnsinns erreicht und aktiviert.»

Mittni kam zu ihnen herüber. In einigem Abstand folgte seine zukünftige Familie.

«Woher weißt du das?», begann Thybil. «Was wäre, wenn Ayactan Chaos bereits hat?»

«Wenn er es hätte, würde er handeln. Außer er wartet auf den Jüngsten Tag, um eine möglichst große Schau abzuziehen … Egal, wir müssen ihm auf jeden Fall sofort Steine in den Weg legen, um zu verhindern, dass er den Thron erreicht, falls er es schon vorher probiert.» Und leise fügte Bryn hinzu: «Und beten, dass Chaos nicht zu mächtig ist.»

✦ ✦ ✦

«Habt Dank, Lady Sarghenta, für alles, was Ihr mir beigebracht habt. Ohne das Training in der Eisforte wäre ich schon bei so manchem ungefährlicheren Abenteuer gestorben.»

Sogar die Herrin von Caer Isnova war gekommen, um sich zu verabschieden.

«Ich dachte mir schon, dass wir bei dir vielleicht gar nicht so schlechte Arbeit geleistet haben.» Die alte Dame sah wachsam wie immer aus, ihre langen grauen Haare streng zum gewohnten Pferdeschwanz zurückgekämmt, die Augen funkelnd. «Aber wenn du tatsächlich Magnarion holen willst, wirst du mehr brauchen als nur Training. Und entweder hast du das in dir oder nicht.»

Bryn nickte. «Ich wollte den Culmus Sangui nie Probleme bereiten. Ihr werdet es nicht bereuen, das Ihr mich unter Eure Fittiche genommen habt.»

Zum ersten Mal seit Monaten schenkte Sarghenta ihm ein schmales Lächeln. «Ich habe tatsächlich schon überlegt, ob ich dich begleiten soll, Bryn Bellyset. Aber ich muss dafür sorgen, dass die Geißel nicht überhandnimmt, bis du zurückkommst – ob mit oder ohne Magnarion.»

Bryn war froh, dass nur ein paar Leute hier waren, um ihn zu verabschieden. Würde Mittni gehen, wären jetzt Menschenmassen hier. Nahezu alle Barue unter den Loyalisten waren nach Quivelda zurückgekehrt, sodass sein Verabschiedungskomitee größtenteils aus Raben und ein paar Culmus Sangui bestand.

«Vielleicht stimmt die Geschichte, die du uns erzählst, und deine Bemühungen sind tatsächlich unsere größte Hoffnung. Für den Fall, dass du Magnarion tatsächlich findest, müssen wir die ein paar Culmus Sangui mitgeben.» Dann fügte Sarghenta noch hinzu: «Ein paar andere.»

Er strahlte. Und seine Freude wuchs noch, als Zuola und Aquiuss vortraten.

«Du glaubst gar nicht, was für Diskussionen nötig waren, damit die beiden uns begleiten dürfen», flüsterte Mittni und verdrehte die Augen.

«Uns?», fragte Bryn. «Dann kommst du auch mit?»

«Natürlich! *Schuckel*, was in aller Welt dachtest du denn?»

«Aber Melody …» Bryn entdeckte ihr tapferes, tränennasses Gesicht hinter dem Kreis der engsten Freunde.

Er konnte spüren, dass nichts Mittni davon abbringen würde, ihn zu begleiten, und drückte ihn, so fest er konnte. Dann mussten beide lachen.

«Na, nun kann der Aufbruch kommen, was?» Cunar grinste, dass seine goldenen Zähne blitzten.

Auch Galars Goldzahn blitzte in der Mittagssonne auf, als der Zwerg vortrat und Bryn die Hände auf die Schultern legte. Bryn beschlich dabei ein mulmiges Gefühl: Die Hände waren im Vergleich zu seinen Schultern so riesig. Der Zwerg brauchte nichts zu sagen; er blickte ihm einfach nur ermutigend in die Augen.

«Die Geißel wird zittern vor deinem Zorn, Tawny.»

Der Töter klopfte auf seine goldene Axt.

«Wo stecken denn unsere Plimpe?», wollte Mittni wissen.

«Die machen am Tor ein Nickerchen», sagte Cerion. Bryn konnte seine Enttäuschung spüren, dass er sie nicht begleiten durfte.

«Dann werden wir sie dort einsammeln.»

Bryn trieb Silaeti mit einem mentalen Stupser an. Sylvata schwebte bereits über ihnen in den Lüften. Lueth zufolge waren die Intelligenzwesen als Regenten von Calaspia vor dem Eindringen des Wahnsinns einen Bund des Verstehens mit Tieren und sogar mit bestimmten Pflanzen eingegangen. Das waren der Ursprung und die Natur des *wahren* Pentakylismus, und es war wunderbar. Die Gruppe begann die Stufen zu dem Weg durch die Felsen hochzusteigen, der zum versteckten Ausgang führte.

Thybil legte ihm eine Hand auf die Schulter.

«Auf der Straße nach Armaah wirst du dich an deinen ersten Zauber erinnern.» Er sprach leise. «Der Vorfall hat mich damals nicht deshalb beunruhigt, weil du ein Magier warst, sondern weil es auf Größeres hingedeutet hat.» Der Alte blickte ihn von der Seite an. «Der Fluch der Magie in seiner Vollkommenheit.»

«Du meinst den Pentakylismus. Warum Fluch?»

«Oh, der Pentakylismus ist nicht an sich schlecht, aber die Verantwortung, die aus ihm erwächst, ist riesig. Der Apherist war ein tragischer Held. Aus Lueth wurde Nequam. Und auch auf dich wartet ein schweres Schicksal: Du sollst den Wahnsinn besiegen oder dabei untergehen.»

Bryn erinnerte sich an seinen Kampf mit der Klaue des Todes.

Thybil lächelte. «Was auch geschieht, ich weiß, du wirst triumphieren.»

«Mit Elyons Hilfe», sagte Bryn.

Thybil nickte. «Ja, mit Seiner Hilfe.»

Wie aufs Stichwort tauchte Bruder Maxwell am Tor auf, um ihnen seinen Segen zu erteilen.

«Der nutzt auch jede Gelegenheit», murmelte Cerion.

«Herr der Heerscharen!», rief der Mönch mit zum Himmel gereckten Armen, sodass seine weiten Ärmel sich im stärker werdenden Wind aufbauschten und seine runden Arme bloßlegten. «Wir versammeln uns in Deinem Namen als Verteidiger des Guten und Wahrhaftigen. Heute entsenden wir unsere Brüder und Schwestern, um die Waffe zu suchen, die Ihr einst Eurem mächtigen Diener, dem Apheristen, geschenkt habt. Lasst ihre Bemühungen von Erfolg gekrönt sein, lasst sie ihre Reise sicher überstehen und den Wahnsinn, der Euren heiligen Namen beschmutzt, besiegen! Beschützt sie und verschafft ihnen denen gegenüber einen Vorteil, die Euer Werk verachten und versuchen, das Wunder Eurer Schöpfung zu verdrehen und zu verunstalten.»

«Danke, Bruder.» Bryn drückte Bruder Maxwells Hand und verabschiedete sich dann von seinen Freunden.

Ein letztes Mal verabschiedete er sich von Thybil. «Wenn das alles vorbei ist, kümmere dich um Quivelda. Telsea und Dos, Bartholdi. Grüße sie von mir.»

«Wir werden dir auf deinem Weg zujubeln. Zu deinen Ehren wird ein Schrammel nach dem anderen gedichtet werden, und nicht nur von den Barue!» Thybil trat einen Schritt zurück und lächelte seine beiden früheren Schüler an. «Das ist der glücklichste Moment in meinem Leben. Ich war noch nie so stolz.»

Ein letztes Mal ließ Bryn den Blick über das Tal von Eisenfels schweifen. Natürlich wusste er, dass Telseara und Dordios in Baruto waren. Aber insgeheim hatte er gehofft, dass sie aus irgendeinem Grund heute zufälligerweise doch hier sein würden. Dann schüttelte er diesen Tagtraum ab, und ihm wurde klar, dass er sich von seinen beiden Lieblingsschlingeln nicht würde verabschieden können. Ein anderer Teil von ihm war froh, dass sie bei seinen Eltern waren, ihnen Gesellschaft leisteten und ihnen die Kinder waren, die Felix und Fortuna sich immer gewünscht hatten. Es erschien ihm gut und richtig.

Mittni bemerkte nicht, was Bryn durch den Kopf ging, denn er schien aus anderen Gründen mit ähnlichen Gefühlen zu kämpfen. Der Hu-Barue gab Melody einen Abschiedskuss und wandte sich dann den dunklen Pfad hinunter, der aus der Festung führte.

Bryn tat es ihm gleich, und zusammen ließen sie Thybil, die Raben und die anderen Culmus Sangui zurück. Sie brachen auf, und Bryn konnte und wollte nicht sagen, was ihm auf der Seele lag: Selbst wenn er Erfolg haben würde, sahen sie sich gerade zum letzten Mal.

Am unteren Ende des Hanges warteten zwei Plimpe auf

sie. Einer der beiden trug polierte Schulterpanzer, die sogar im Dunkeln glänzten.

«Kishmish und Kik-Eritee!», rief Mittni. «Ha, dann kann unsere Mission kaum fehlschlagen!»

Bryn schluckte seinen Kummer hinunter und legte Mittni einen Arm um die Schultern.

«Na, das wird jetzt mal eine echte Queste, hm?»

✦ 34. KAPITEL ✦

Der Weg zu Magnarion

In gewisser Weise ist es hier in Itrim recht langweilig – also, ihre Lehren. Die anderen Studenten sind dumm wie Schafe, die auf der Weide grasen und nicht wissen, welche reichhaltigen Mahlzeiten sie auf der anderen Seite des Zaunes erwarten. Hier und da schnappt einmal ein etwas hellerer Geist den Geruch eines exotischeren Duftes auf und hüpft aufgeregt zu seinem Meister, zufrieden damit, wenn der ihm für seine Entdeckung über den Kopf streicht – nur um dann umso leidenschaftlicher auf die Weide zurückzukehren. Narren. Meine interessantesten Lektionen lerne ich außerhalb der Klassenzimmer, und mein einziger Lehrer ist die Neugierde.
— Lueths Notizbuch

Die zusammengewürfelte Truppe reiste rasch und voller Erwartungen. Es war eine unwahrscheinliche Gruppe: Plimpe, Barue und Culmus Sangui – allesamt Krieger. Nichts an ihrer Erscheinung deutete auf die schicksalhafte Last hin, die auf ihren Schultern lastete – außer vielleicht ihre Eile und Entschlossenheit. Sie flogen mit einem Luftschiff nach Nomidien, und von dort aus mussten sie sich ihrem geheimnisvollen Ziel auf dem Pferderücken nähern (bis auf die Plimpe, verstand sich). Noch aus der Luft hatten sie zwei Versammlungen gesehen, die so groß gewesen waren, dass sie die Menschenmengen zuerst fälschlicherweise für seltsam gewachsene Wälder gehalten hatten. In ihren Zentren hatten Menhire mit magischen Kernen pulsiert, aber darum durften sie sich erst kümmern, wenn sie ihre Mission erfolgreich abgeschlossen hatten.

Schließlich kamen Bryn und seine Verbündeten beim Tempel von Tahl an – *dem* Tempel von Tahl.

Die Gefährten sprachen nur selten miteinander. Früher hätten Mittni und er sich in einer ähnlichen Situation wohl die ganze Zeit Geschichten über Magnarion erzählt. Geschichten über die fiktiven Gefahren, die noch zu bewältigen sein würden, und Drachen, die noch immer den Schatz und die Prinzessin bewachten. Aber nun war Bryn allein mit seinen Gedanken. Die Wirklichkeit dieser Queste übertraf die wildesten Träume, die Mittni, Telseara, Dordios und er sich je ausgedacht hatten. Alles Mögliche, was Bischof Hecklehurst ihm gesagt hatte, schoss ihm durch den Kopf. Tagsüber grübelte er ständig über ihren verwegenen Plan nach, und nachts träumte er davon.

Er war von Anfang an misstrauisch gewesen, aber im Laufe der Zeit kamen ihm immer mehr Zweifel an der Geschichte des Netzwerks. Vielleicht waren sie dem Wahnsinn bereits verfallen – schlau, ja, aber im Grunde völlig wahnsinnig? Oder sie wollten ihn in ihrem verwirrenden Netz aus Täuschungen einfangen? Konnte er ihnen trauen?

Seine Freunde verschwendeten keinerlei Gedanken an diese Fragen. Sie vertrauten Bryns Urteil und dem des Rates, der sie als seine Begleiter entsandt hatte. Sie fragten ihren Anführer auch nicht, woher er seine Informationen hatte. Bisher verlief jedoch alles, wie Bryn vorausgesagt hatte.

Soweit es Bryn betraf, war es gar keine Frage, ob sie Magnarion holen sollten oder nicht. Wenn er das Schwert erst einmal hatte, würde alles Sinn ergeben. Er zweifelte auch nicht daran, dass sie das Schwert des Apheristen finden würden. Es war sein Erbe, sein Geburtsrecht. Mit jedem Tag kam er der Vollendung dieser bedeutenden Aufgabe näher, die Lueth begonnen hatte, und vor ihm der Apherist und Telabor und Dattu.

Nomidien war von der verderbten Energie am schlimmsten betroffen. Sogar aus der Ferne konnten sie erkennen, dass die Leute in den Siedlungen, an denen sie vorbeikamen, in Angst und Schrecken lebten, weil das Land, das sie über Generationen versorgt hatte, sich nun so unnatürlich zeigte. Selbst Rameih, die größte Stadt in Nomidien, hielt ihre Tore für Fremde geschlossen.

Von Rameih aus reisten sie nach Osten, bis sie auf einen Nebenfluss des Nordstroms trafen, der den Nomidien-See speiste. Sie folgten ihm und ritten um den See herum bis zu den östlichen Nebenflüssen. Erst dort zogen sie in die Berge.

Als sie am zweiten Tag in den sandigen Klippen erwachten, hätte Bryn schwören können, dass sie einige Meilen tiefer im Gebirge lagen als beim Einschlafen. Das war einer der Gründe, weshalb er sich so darüber freute, Plimpe in der Gruppe zu haben – von der Unterhaltung, die sie ihnen, oft auch unabsichtlich, boten, einmal ganz abgesehen. Als sie sich an diesem Morgen statt in der Nähe des Sees mitten in einer eintönigen Landschaft aus zerklüfteten Felsen wiederfanden, bedankte er sich bei ihnen. Aber natürlich verstand weder Kishmish noch Kik-Eritee, wovon er redete. Vielleicht hatten sie einfach vergessen, wo sie eingeschlafen waren, oder es war für sie völlig normal, im Traum zu reisen. Komischerweise sah das Lager genauso aus wie vor dem Einschlafen. Die

Ebene, auf der sie ihr Lager aufgeschlagen hatten, sah keinen Deut anders aus, und selbst die Feuerstellen, die sie in der Dämmerung entzündet hatten, waren noch nicht so weit heruntergebrannt, wie sie sein sollten.

Die Berge von Nomidien verschonten sie nicht mit den Auswirkungen des Wahnsinns. Sie fanden Spuren von Untieren, die selbst Paladine wie Aquiuss und Zuola weder aus dem Training noch von ihren vielen Reisen kannten. Am Mittag sahen sie am Horizont unheimliche Lichter. Als die Sonne unterging, verschwand mit ihr auch das natürliche Licht, aber ungefähr eine Stunde lang erhellte eine andere Quelle den Himmel. In der Nacht pulsierte das farblose Himmelszelt, und die Sterne gruppierten sich zu seltsamen Sternbildern, die die Vorboten des Untergangs darstellten. Ständig konnte Bryn den verführerischen Zauber des Wahnsinns spüren, und sein trügerisches Versprechen der Befreiung lag drückend in der Luft. Von den Plimpen abgesehen, versuchten alle, Magie zu vermeiden.

«Wir sind fast da, aber ich befürchte, so langsam werden meine Informationen etwas vage.» Bryn rieb sich gegen die Kälte die Hände. «Es klang alles hübsch einleuchtend, aber jetzt, wo wir hier sind, sieht es ganz danach aus, als müssten wir raten.»

«Irgendjemand sollte das Wetter mal daran erinnern, welche Jahreszeit wir eigentlich haben», sagte Mittni.

Sie hatten eine Pause gemacht, um rasch zu essen, etwas aus dem schlammigen Fluss zu trinken und ihren Füßen und Schultern etwas Erholung von ihren Lasten zu gönnen. Das Gepäck, mit dem sie aus Eisenfels aufgebrochen waren, bestand größtenteils aus Proviant und wurde immer weniger, bis sie die Reste ihrer konservierten Diät aus getrockneten Lebensmitteln schließlich mit lokalen Produkten auffüllen mussten. Bryn erlebte eine herbe Enttäuschung, als er Möhren ernten wollte und sah, dass die Knollen selbst verschwunden waren. Der Wahnsinn manifestierte sich in Nomidien auf völlig neuen Ebenen. Die Vorstellung, ihr Scheitern würde dazu führen, dass ganz Calaspia von etwas noch Schlimmerem überflutet werden würde, beschleunigte ihre Schritte.

Bryn musste wieder an den Reinfall mit ihrem Mittagessen denken, als sie sich eine schnelle, aber erträgliche Suppe aus frischen Zutaten gekocht hatten. Als sie den Deckel hochgehoben hatten, um zu kosten, ob sie fertig war, schwammen zappelnde Maden darin herum, denen es nichts auszumachen schien, dass das Gebräu kochte. Kik-Eritee hatte den Rest des Abends damit verbracht, sich zu kratzen und im Feuerschein sein Fell zu untersuchen, um sicherzugehen, dass sich keine Krabbeltiere darin versteckten. Als er dabei einmal fast seine Beintaschen nach außen gedreht hatte, wies Kishmish ihn arg zurecht.

Im Grunde war nur die Hälfte von dem, was sie jagten oder sammelten, essbar. Einige der regelmäßigen visuellen oder akustischen Erscheinungen des Wahnsinns überstiegen sogar Bryns Fähigkeiten, Dinge zu beschreiben. Und ganz plötzlich steckten die sechs Abenteurer in einem Dilemma, das sich jeder Erklärung widersetzte.

Ein feuchter Nebel hing an ihren Kleidern. Wie ganz normaler Nebel verhüllte er ihre unmittelbare Umgebung, man konnte die eigenen Hände und Füße kaum erkennen – aber den Horizont konnten sie deutlich sehen. Je weiter sie blickten, so schien es, desto besser wurde die Sicht. Und am besten konnten sie die Ränder des gebirgigen Horizonts erkennen. Ihnen war bewusst, dass so etwas unmöglich war, aber genau das zeigten ihnen ihre Augen. Und obwohl alle dasselbe wahrnahmen, konnten sie es einander in keiner Weise beschreiben.

Endlich stolperten sie aus dem widernatürlichen Nebel – die kleine Schwaden klebten schier an ihren Gliedern – und konnten wieder ihre unmittelbare Umgebung erkennen. Sie fanden sich in einer Schlucht wieder, die so unglaublich tief war, als hätte irgendein unheiliger Gott in seinem Zorn die Erde entzweigerissen.

«Ich kann mich gar nicht daran erinnern, dass wir irgendein starkes Gefälle hinuntergegangen sind», sagte Mittni. «Und wenn wir schon eine Zeitlang am Boden dieser Schlucht herumspaziert wären, hätten wir doch gegen die Vorsprünge laufen müssen.»

Mit der behandschuhten Faust schlug Zuola gegen die Felswand. «Und warum konnten wir im Nebel bis zu den fernen Bergen sehen, wenn wir jetzt mitten in diesen Felsen stehen?»

Beunruhigt und unfähig, anders mit der Situation fertigzuwerden, als mit den Achseln zu zucken, schoben sie die Verwirrung beiseite und begannen den Aufstieg. Bryn war froh, dass Sylvata noch immer über ihnen schwebte. Mit einem Blick durch ihre Augen versicherte er sich, dass sie noch immer in den Bergen von Nomidien steckten und nicht in einer ganz anderen Dimension. Am seltsamsten war, dass trotz der verzerrten Natur um sie herum weder er noch einer der Plimpe irgendeine Magie spüren konnte. Natürlich konnten sie den Wahnsinn in der Luft spüren, aber seine verderblichen Auswirkungen nahmen sie schon gar nicht mehr als anormal wahr. Das Gebilde der sichtbaren Welt war vollkommen infiziert.

Das schockierte Bryn am meisten: Die entstellte Natur war sich des Bösen, das in ihrem Innern lebte, nicht länger bewusst und hatte aufgehört, sich zu wehren. Sie hatte das verdrehte Eindringen akzeptiert und ihre wahre Identität, ihren wahren Zweck verloren. Bryn lief ein Schauder über den Rücken, wenn er an das unaussprechliche Übel dachte, das sich unter dem Schutz der Agenten des Wahnsinns über ganz Calaspia verbreiten würde, sollten sie das Blatt am Jüngsten Tag nicht zum Guten wenden können.

Als das Unerklärliche für sie so normal geworden war, dass es sie nur noch selten verwirrte, sahen die Gefährten vom Gipfel des Hanges aus einen kleinen Bach.

Das Wasser war kalt und so klar wie jede andere Quelle im Amboss. Vorsichtig, wie sie bei allen Geschenken waren, auf die sie trafen, kniete Bryn sich hin, um zu trinken. Die Flüssigkeit war wärmer auf der Zunge, als er erwartet hätte. Er wollte sie gerade hinunterschlucken, da wurde ihm klar, dass es überhaupt kein Wasser war, eher eine dicke süßliche Substanz wie … Blut.

Er spuckte aus und musste würgen. Wenn sein Magen nicht ohnehin schon völlig leer gewesen wäre, hätte er sich übergeben. Außerhalb seines Mundes sah die Flüssigkeit wieder wie Wasser aus, aber obwohl er Durst hatte, konnte er sich nicht überwinden, noch einmal zu kosten.

Bryn musste den anderen erst gar nicht erklären, dass mit dem Bach etwas nicht stimmte. Sie hatten langsam das Interesse verloren, Fragen zu stellen. Mit ein, zwei enttäuschten Seufzern machten sie sich auf den Weg durch das seichte Wasser und hofften, sie würden beim nächsten Fluss mehr Glück haben.

Als alle im Wasser standen, schien der kleine Bach plötzlich nicht mehr so seicht. Mit immer tieferem Rauschen begann er die Ebene zu füllen. Bryn, der gerade ans andere Ufer treten wollte, musste sich mit einem Sprung auf einen Felsen retten. Mit klopfendem Herzen betrachtete er den reißenden Strom.

«Das ist ja fast so schlimm wie unsere Tests in der Eisfeste, oder?», rief Mittni von der anderen Seite herüber.

«Schlimmer.» Bryn sprang zum nächsten Felsen. «Dieses Mal wissen wir, dass es die Wirklichkeit ist. Oder zumindest wirklich genug, um uns zu töten.»

Hier stimmte etwas überhaupt nicht. Warum musste ein Pentakylist, ein Regent von Elyon, der fähig war, die Sichtbare und die Unsichtbare Welt nach seinem Willen zu verändern, diese Verspottung von Gottes Ordnung dulden?

«Schöpfer der Naturgesetze, Herrscher über den Himmel, lass uns wieder festen Boden unter unseren Füßen haben!», versuchte er das Tosen des Flusses zu übertönen. «Erlange die Herrschaft über das Land zurück, auf dem Eure Untertanen wandeln, allmächtiger König. Befreit dieses Land aus dem Griff des Wahnsinns!»

Während er betete, spürte er, wie die Pentakylistische Kraft, von seinem Unterbewusstsein geleitet, durch seinen Körper floss, um die Wunden der Natur zu heilen. Langsam verebbte der Strom wieder zu einem sanften Flüsschen. Kik-Eritee, der angestrengt stromaufwärts geschwommen war, kreiste plötzlich auf dem Trockenen die Arme.

«Habt Dank, großer Vater.» Bryn lächelte vor Freude über den Frieden, der sich über das Land legte und der nach der ganzen Verderbtheit fast so greifbar für ihn war wie ein intelligenter Geist für seine Barue-Sinne.

Er konnte Mittnis Verblüffung spüren und war überrascht und enttäuscht, als er ihn sagen hörte: «Schon ganz praktisch, wenn man da oben auf offene Ohren stößt, hm?»

Sie redeten nicht oft über Theologie. Seine Zeit bei den Aposteln des Verstehens war etwas, dass der Hu-Barue nicht mit ihm teilte, und seine tieferen Kenntnisse zu solchen Themen zu offenbaren kam ihm immer irgendwie selbstsüchtig und eingebildet vor. Jetzt jedoch hatte Bryn das Gefühl, dass sein Glaube etwas war, das alle verstehen konnten – verstehen sollten, da er allem einen Sinn verlieh, und das nicht auf intellektuelle Weise, sondern einfach als *der* richtige Weg.

Bevor Bryn seinen Freund darauf ansprechen konnte, sah er, dass Kishmish, der schon längst auf der anderen Seite angekommen war – tosendes Wasser hin oder her –, sich zur Erde beugte. Die anderen wateten zu ihm hinüber, um einen Blick auf das zu werfen, was der Plimp untersuchte.

Im Nachhinein wurde Bryn klar, dass die Spuren auf der anderen Seite schon die ganze Zeit zu sehen gewesen waren, aber aus irgendeinem Grund hatten sie sie bis dahin noch nicht wahrgenommen. Vielleicht hatte der Wahnsinn sie überdeckt.

Kik-Eritee, der sich das Wasser aus dem nassen Fell gewischt hatte, so gut es ging, bückte sich zu seinem Meister herunter, um das zu betrachten, was das Interesse des ehrwürdigen Plimps geweckt hatte. Sein normalerweise glattes Haar stand ab wie bei einem Hund, der sich geschüttelt hatte, und ließ ihn doppelt so massig aussehen wie gewöhnlich.

«Fußstapfen würde ich das nicht gerade nennen», sagte Aquiuss. Da musste Bryn ihm zustimmen, denn die Abdrücke waren größer als jeder Fuß und hatten eine unnatürliche Form – eher wie ein Hufeisen als wie ein menschlicher Fuß.

«Aber sie sind so regelmäßig wie Fußabdrücke», sagte Zuola.

Ihre Blicke folgten den runden Abdrücken im Schlamm den staubigen, mit Steinen übersäten Hang hinauf, wo sie nur auf den härtesten Felsen keine Spuren hinterlassen hatten.

«Was auch immer diese Spuren hinterlassen hat, es muss das mehrfache Gewicht eines ausgewachsenen Mannes besitzen», sagte Aquiuss.

«Wie Bruder Maxwell?», kicherte Mittni, aber Bryn konnte spüren, dass er Angst hatte.

«Es muss eine Art Maschine sein.» Zuola warf ihre dunklen Haare nach hinten, um die Spuren im Stein genauer zu untersuchen.

«Keine Maschine», sagte Kishmish mit tiefer, trockener Stimme. «Böses.» Er folgte der Spur und schien den verseuchten Boden gar nicht betreten zu wollen, so weich trat er auf.

Ein unsinniger Gedanke schoss Bryn durch den Kopf: Was, wenn die furchteinflößenden Fußabdrücke zur Ruhestätte von Magnarion führten?

Nach seinem Gebet wurden sie nicht mehr durch irgendwelche unnatürlichen Erscheinungen des Wahnsinns abgelenkt. Stattdessen begannen andere Dinge, ihnen Sorgen zu bereiten.

Sie fanden einen ersten Stein, der aufrecht vor ihnen stand und glänzte, als ob er rotes Sonnenlicht reflektieren würde. Der Himmel war jedoch völlig farblos.

«Grenzsteine», sagte Kishmish.

Zuola ging näher heran, um ihn sich genauer anzusehen, die Plimpe blieben jedoch lieber ein Stück zurück.

«Nicht anfassen!», befahl der General und winkte warnend zu ihr hinüber.

Aquiuss hielt Wache, während sich die anderen die Steine, die schulterhoch aus dem Berg ragten, näher anschauten. Auch Bryn konnte es spüren. Er konnte den Gedanken nicht abschütteln, dass seine Instinkte ein oder sogar mehrere Kreaturen in der Nähe spürten, die ihm Furcht einflößten.

«Beobachter?», fragte Kik-Eritee seinen Mentor.

Der Ältere reckte den Kopf in die Höhe und sah sich um. «Vielleicht Tempelwächter.»

Bryn lief ein Schauder über den Rücken. Hecklehurst

hatte ihm über die unbekannten Wachposten einiges erzählt. Magnarion würde mit ihnen fertigwerden. Aber solange sie das Schwert des Apheristen nicht hatten, würden die Schwertjäger eine leichte Beute sein.

«Dort – weitere Markierungen.»

Bryn entdeckte zwei weitere dunkelrote Felsbrocken, die wie blutüberströmte Knochen hervorstanden.

«Zumindest wissen wir jetzt, dass wir auf dem richtigen Weg sind.»

Vor langer Zeit hatte diese ganze Bergkette einmal den Tahl Uthnae gehört, bevor sie langsam von den Numenii besiedelt worden war. Nun betraten sie das geheiligte Gebiet, das über Jahrtausende das unumstößliche Zentrum ihrer Macht gewesen war.

Als sie die Schwelle ins Gebiet der Tahl Uthnae übertraten, verklangen die letzten Gesänge unbekannter Vögel. Nur ein einsames Kreischen zerriss die Stille. Bryn blickte hinauf zu Sylvata, aber sie schien ihnen unbehelligt zu folgen. Auch durch ihre Augen konnte er keinen der Hüter erblicken. Aber etwas anderes weckte seine Aufmerksamkeit. An ihrer linken Klaue leuchtete eine ihrer Krallen in neuem Glanz. Die Klaue des Todes funkelte in derselben Schattierung wie die Grenzsteine. Die blutdurstige Waffe spürte die Nähe ihrer Heimat.

Bryn war sich nicht ganz sicher, ob ihm diese weitere Bestätigung, dass sie auf dem richtigen Weg waren, gefiel. Nun gab es kein Zurück mehr. Rasch wies er sich selbst zurecht: Er musste Magnarion holen, koste es, was es wolle.

Ohne sich allzu weit voneinander zu entfernen, begannen die Freunde den Berg zu ersteigen, auf dem sie den Tempel von Tahl finden sollten. Wahrscheinlich hatten die anderen dasselbe Gefühl wie Bryn: dass ihnen jemand folgte. Oder noch schlimmer: dass jemand vor ihnen auf sie wartete. Sie erstiegen den steilen Hang in einem Tempo, das so mancher Soldat nicht allzu lange durchgehalten hätte. Ihre Pferde mussten sie auf diesem unebenen Boden an den Zügeln führen.

Obwohl sie ihrem Ziel immer näher kamen, verließ Bryn der Mut. Sie kamen nicht rasch genug voran. Vielleicht mussten sie bis zum Gipfel des Berges steigen, und das würden sie nicht mehr schaffen, ehe es dunkel wurde. Außerdem war Zeit hier ein höchst unbeständiges Gut, aber selbst wenn er davon ausging, dass ihnen bis zum Sonnenuntergang noch ungefähr sechs Stunden bleiben würden, würden sie diesen Koloss bis dahin wahrscheinlich nur zur Hälfte ersteigen können.

Kishmish und Kik-Eritee waren außergewöhnlich still und ängstlich. Bryn wollte nicht einmal darüber nachdenken, ob sie in diesem verdammten Land ihre Plimpkräfte verloren hatten. Eine kleine Beschleunigung nach Plimpart hätten sie gut gebrauchen können.

Und noch etwas bereitete ihm Sorgen: ein bedrückendes Gewicht, das Freiheit versprach, wenn er es stemmen konnte. Eine Art von Macht, die ihm widerlich und doch beunruhigend vertraut vorkam. Sylvata kam weiter zu ihnen heruntergeschwebt, vielleicht fühlte auch sie sich wie ihre menschlichen Gefährten. Dann begannen die Dinge für Bryn Sinn zu ergeben: Die Flut der Kraft, die er spüren konnte, war dieselbe wie in der Waffe, die ihn beinahe zerstört hätte.

Sie erklommen den unheiligen Berg, gehetzt von einem Schreckgespenst. Allmählich wich ihre Hast einer gewissen Vorsicht. Bryn bemerkte, dass er nicht der Einzige war, der sorgfältig darauf achtete, wohin er trat, und der Blicke zurück über die Schulter warf. Im Gebiet der Tahl Uthnae schien es keinerlei Tiere und nur wenige Pflanzen zu geben. In ihren Stiefeln verfingen sich sandverkrustete Sträucher. Wenn sie an verkümmerten Bäumen vorbeigingen, fingen diese bedrohlich an zu schwanken, als würden sie ihnen mit ihren zerbrechlichen Armen wehklagend und warnend zuwinken. Überall huschten Eidechsen davon, wenn sie näher kamen, oder erstarrten und verschmolzen mit dem Untergrund.

Kik-Eritee fand zwischen den Felsen einen uralten Pfad. Dankbar folgten die Gefährten nun diesem weniger steilen Weg, obwohl sie sich dafür durch wuchernde Farne drücken mussten. Für die Plimpe war das am schlimmsten, denn die schwarzen und roten Zecken, die darin lebten, schienen sie am liebsten zu haben. Einige waren so groß wie Bryns Fingernagel. Während Kik-Eritee angewidert herumzappelte und sich hinter Mittni versteckte, zog General Kishmish sein dünnes, seltsam geformtes Schwert und schlug eine Schneise.

Plötzlich schlug er ins Leere. Sie stolperten hinaus auf eine künstliche Lichtung, auf der das Farnkraut bereits verbrannt, zertrampelt und wie Haarbüschel bis an die Wurzeln ausgerissen worden war. Auch hier fanden sie wieder die runden Fußabdrücke.

«Wie alt sind sie?», fragte Bryn.

Die beiden Paladine beugten sich hinunter und begutachteten die Spuren.

«Schwer zu sagen», erklärte Aquiuss, «wenn man noch nie solche Spuren gesehen hat.»

«Anscheinend sind die Schuhe, oder was auch immer das sein soll, aus Metall.» Zuola blinzelte in die Sonne, die langsam zum westlichen Rand der Berge hinuntersank – in ein besseres Land. «Von dem Morast einmal abgesehen, können sie zehn Tage alt sein – oder zehn Jahre. Aber was ist mit den anderen Spuren, die unser Freund hinterlassen hat?»

Sie sah Aquiuss an, der das ausgerissene Farnkraut untersuchte. «Noch genauso frisch wie das wachsende Zeug. Kann sein, dass es erst heute ausgerissen wurde.»

Mit den Händen auf den Schwertgriffen gingen sie weiter.

«Ich dachte, die Hüter sollen in einem ewigen Schlaf liegen», sagte Zuola.

«Bis sie geweckt werden.» Aquiuss blickte hoch zum Gipfel des Berges.

Kishmish schüttelte den grauen Kopf. Er hatte die weichen und biegsamen Ohren angelegt. «Draußen keine Hüter streifen herum.»

Nicht nur Pflanzen waren ausgerissen worden. Auch Felsen waren beiseitegeschafft worden, hatten Platz für etwas Riesiges machen müssen. Einige waren zu Pulver zermahlen worden. Und auch darin fanden die Gefährten wieder die runden Spuren.

Kik-Eritee hockte am Rand der Lichtung und stieß ein klagendes Schluchzen aus. Alle liefen zu ihm. Er beugte sich über die leblosen Überreste einer Eidechse, die so groß war wie seine Hände, und streichelte sie. Zuerst erkannte Bryn gar nicht, was es war, denn die Kreatur hatte eine Form, dass er sie für ein interessantes Blatt hielt. In Wirklichkeit aber war der Kadaver aufgerissen worden – vom Schwanz bis zur Kehle.

Wie in einem Traum trat Bryn einen Schritt zurück und erfasste das Ausmaß des Gemetzels. Überall auf den Felsen verstreut lagen Dutzende verstümmelter Eidechsen, zerrissen und aufgeschlitzt und in den Staub geworfen wie leere Muschelschalen.

Ihm wurde übel. Die Eidechsen waren nicht gefressen worden, was wenigstens noch der natürlichen Ordnung von Fressen und Gefressenwerden entsprochen hätte. Sie waren auch nicht gejagt worden, wie eine Katze es getan hätte. Sie waren einfach ganz gezielt systematisch getötet und verstümmelt worden. Wenn sie wenigstens einfach in brutaler Raserei getötet worden wären, dachte Bryn. Aber das hier war schlimmer. Was für ein Wesen das hier auch immer angerichtet hatte, es war berechnend, grausam und eiskalt. Was für eine Kreatur konnte einen solchen Hass verspüren? Bryn stellte sich einen Tahl Uthnae vor, der spöttisch lächelnd auf einem Felsen hockte, während er die kleinen Tierchen langsam mit den Fingern auseinanderriss … Vielleicht waren die echten Tahl Uthnae, im Gegensatz zu Okolnits Nachahmungen, doch nicht ganz so ausgestorben, wie angenommen wurde. Wer war denn schon auf diesem verlassenen Berg gewesen, um das mit Gewissheit sagen zu können?

Durch die toten Eidechsen wurde die Spur der Zerstörung noch deutlicher. Selbst in dieser öden und wahnwitzigen Landschaft warf der Tod einen Schatten, der so deutlich wie ein frischer Schnitt in einer eiternden Wunde war.

Auch ein paar Meter weiter ließen die Spuren der Kreatur, die vor ihnen hier entlanggegangen war, sie wieder eine Zeitlang verharren. Dieses Mal war ein unterirdischer Bau von Murmeltieren verwüstet worden. Das Heim der Tiere lag offen vor ihnen, die Jungen lagen platt gedrückt am Boden. Arme, so groß wie Bryns Finger, hingen hilflos an den kleinen Körpern herab. Es waren Bryns Lieblingstiere im Amboss. Neben den Plimpen gehörten sie zum Niedlichsten, was die Natur zu bieten hatte.

«Sie sind seit ein paar Stunden tot», sagte Aquiuss leise. Zuola, die in ihrem Leben mehr Blut gesehen hatte als die meisten kampferprobten Soldaten, war den Tränen nahe.

Kik-Eritee atmete schwer, das kastanienbraune Haar auf seiner breiten Brust hob und senkte sich über seiner schmalen Taille. Diesmal wollte er die toten Körper nicht berühren. Der Plimp blinzelte bei ihrem Anblick so rasch, als wollte er eine Sinnestäuschung wegwischen. Aus Bryns Furcht wurde

Zorn. Nun wusste er mit Bestimmtheit, dass diese Fußspuren jemand – etwas – unglaublich Böses hinterlassen hatte.

Er war nicht der Einzige, der einem Wutausbruch nahe war. Kishmishs flaumige graue Brust hob und senkte sich in berechtigter Wut. Plötzlich verbeugte der General sich steif.

«Es tut gestraft werden müssen!», erklärte er. «Ich werde ihr Unrecht rächern!»

Mit kummervoll heruntergezogenen Mundwinkeln salutierte er. Dann, bevor Bryn ihn aufhalten konnte, sprang der Plimpkrieger auf und spurtete den steilen Hang hinauf, dass seine großen Füße Staub aufwirbelten. Kik-Eritee blieb ungewohnt aufrecht stehen, die weiche Hand klebte beim Salutieren an seinem lockigen Pony, als wäre er eine Statue.

«Kommt zurück!», rief Bryn. «Wir müssen zusammenbleiben!»

Er seufzte. Der pelzige General war bereits außer Sicht, und Plimpe verfügten in den ungünstigsten Augenblicken über ein außergewöhnlich selektives Hören. Eine ganze Minute lang salutierte Kik-Eritee, vom Zucken einiger Muskeln abgesehen, völlig bewegungslos. Der Barue warf einen letzten Blick auf die Murmeltiere und ging dann weiter. Er konnte nachvollziehen, wie Kishmish sich bei ihrem Anblick gefühlt haben musste, wo für Plimpe doch alles in der Natur kostbar und anbetungswürdig war.

«Sollen wir ihn gehen lassen?», fragte Mittni.

«Versuch doch, ihn einzuholen», sagte Zuola. «Das wirst du kaum schaffen.»

«Vielleicht sollten wir ihm Kik-Eritee zur Verstärkung hinterherschicken?», schlug Aquiuss vor.

Der verbliebene Plimp war jedoch in eine eher abweisende Stimmung verfallen. Er marschierte vor ihnen her, funkelte die karge Landschaft wild an und wartete regelrecht darauf, dass irgendetwas versuchen würde, die ihm anvertrauten Menschen anzugreifen. Bryn wollte ihn lieber erst gar nicht ansprechen. Wenn er gewillt sein würde, sie zu verlassen, wäre Kik-Eritee schon längst an der Seite seines Mentors, wenn nicht sogar vor ihm.

«Ihm wird doch nichts passieren?», fragte Aquiuss.

«Hör mal, wir reden hier von General Kishmish», sagte Zuola. «Er hat es im Krieg um das Tor ganz allein mit einer Legion Ostentum aufgenommen. Als alle anderen Truppen damit beschäftigt waren, einen Pass zu verteidigen, ist Kishmish losgegangen und hat die Verstärkung ihrer Feinde angegriffen. Einen Tag und eine Nacht lang konnten die Späher den Aufruhr, den er veranstaltete, durch ihre Fernrohre beobachten. Als Sarghenta und Eridanus ihre Belagerung endlich durchbrechen konnten und ihm die letzte Ehre erweisen wollten – denn schließlich hatte er sein Leben geopfert für ihren Sieg – kam er gerade unter einem Haufen toter Ostentum hervorgekrochen und beschwerte sich über den Gestank. So geht zumindest die Legende.»

«Da hast du recht», nickte Aquiuss. «Und das sind nicht nur Legenden – ich habe gehört, wie Galar Rameon erzählt hat, wie Kishmish und er zusammen ein Bataillon *Nurg'uzrael* besiegt haben.»

Bryn fiel ein, wie Kishmish und Kik-Eritee vor gar nicht allzu langer Zeit neun von Okolnits Tahl Uthnae bekämpft hatten, weil die einer alten Eiche zu nahe gekommen waren, die die Plimpe besonders gern hatten. Aber trotzdem hatte er ein schlechtes Gefühl, was dieses Monster anging. Offensichtlich war es intelligenter als Ostentum und Nurg'uzrael und daher auch mehr zu fürchten. Im Gegensatz zu den Nurgor, die durch ihre Unzulänglichkeiten gelähmt und auf die Kreativität der Menschen eifersüchtig waren, war das hier ein so boshaftes Wesen, dass es das reine *Konzept* des Lebens hasste.

Vor solchen Gefühlen regelrecht zitternd, blickten Mittni und er sich an. Bryn legte seinem Freund beruhigend den Arm um die Schultern.

Mittni zuckte vor ihm zurück, nicht ängstlich, sondern gleichzeitig verwirrt und fasziniert. «Warum fällt mir das erst jetzt auf?», stammelte der Hu-Barue. «Dein Gesicht!»

Bryn kratzte sich am Kinn und wunderte sich über seine raue Haut. Während er sich fragte, wie sein Gesicht wohl aussah, tastete er seine Wangen ab und konnte kaum glauben, was er dort spürte. Einen Bart. Eigentlich wuchsen Barue erst in hohem Alter Bärte. Bryn zuckte die Achseln. «Ich habe halt auch Nephelimblut.»

Irgendwie beruhigten ihn die Stoppeln sogar. Er fühlte sich älter, männlicher und vielleicht sogar ein klein wenig besser in der Lage, mit dieser Mission fertigzuwerden.

«Kishmish hat gesagt, dass die Hüter sich nicht aus dem Tempel herauswagen», sagte Bryn. «Warum sollten sie nach all diesen Jahrhunderten hier so randalieren?»

Die Frage war rein rhetorisch gemeint, denn er fürchtete sich davor, wo sein Gedankengang ihn hinführen würde.

«Und wenn dieses Wesen kein Hüter ist, dann ist es vielleicht genauso auf der Suche wie wir. Jeder, der weiß, wo Magnarion steckt, wird es haben wollen. Vielleicht ist es ja ein mächtiger Anhänger der Kulte?»

«Aber die genaue Position des Tempels ist völlig unbekannt, genau wie die Tatsache, dass Magnarion sich hier befinden soll.» Zuola wischte den Gedanken beiseite. «Zu viele Zufälle.»

«Genau», sagte Bryn. «Das sind für meinen Geschmack zu viele Zufälle. Wir suchen das Schwert des Apheristen, um am Jüngsten Tag endgültig zu siegen. Unsere Feinde sind auf der Suche nach Chaos, um die Geißel zu vollenden. Und offensichtlich nehmen alle denselben Pfad … was nur bedeuten kann, dass Chaos und Magnarion sich am selben Ort befinden.»

«Oder auch nicht», sagte Zuola, «und das Ganze ist eine Falle. Sie wollen nicht, dass wir Magnarion finden. Vielleicht verstecken sich die übelsten Wahnarchisten im Tempel von Tahl, und Kishmish rennt ihnen direkt in die Arme.»

✦ ✦ ✦

Obwohl sie sich an ganz verschiedenen Orten befanden, hatten sich die vier am selben Eichentisch zum Rat versammelt. Wie immer bei solchen Treffen tauchten sie innerhalb weniger Minuten einer nach dem anderen auf. Nur einer aus ihrer Runde fehlte.

«Was geschieht, wenn Bryn scheitert? Wir können hier nicht herumsitzen und auf den Jüngsten Tag warten. Was geschieht, wenn er nicht rechtzeitig zurückkommt?»

«Wir sitzen nun wahrlich nicht nur herum, Sarghenta», sagte Gug. «Jeder von uns hat genug zu tun. Genau wie Bryn kümmern wir uns alle um unsere Aufgaben.»

«Aber wenn sein Schiff sinkt, werden wir alle mit ihm untergehen!», fauchte die Herrin der Culmus Sangui.

«Das stimmt.» Eridanus seufzte. «Wir müssen sicherstellen, dass wir noch andere Optionen haben. Es steht zu viel auf dem Spiel.»

«Aber was haben wir denn für Alternativen?», fragte der Erste Berater der Imperatorin.

Der Hohe Lehrmeister antwortete mit ungewohnt monotoner Stimme. «Es fällt mir nicht leicht, auch nur an diese Situationen zurückzudenken, aber es hat Zeiten gegeben, in denen die Gilde der Kundigen zu drastischen Maßnahmen gezwungen worden ist, um die langfristige Sicherheit von Calaspia zu gewährleisten – und sogar so weit gehen musste, eine ganze Generation zu opfern.»

Der Berater schüttelte den kahlen Kopf. «Red, diese alten Geschichten sind die eine Sache … aber lass uns nicht auf komische Ideen kommen! Du hast Tawny zu oft zugehört.»

«Die Geschichte tut sich wiederholen – immer und immerster», sagte das älteste Mitglied der Gilde. «Alles, was in alten Zeiten geschahte, tut auch in neuen Zeiten wieder geschiehen.» Der Plimp war selbst eine Kreatur aus einem anderen Zeitalter, woran er sie mit seinen nächsten Worten auch erinnerte. «Was Eridanus sagen tut, habe ich bereits zwiemal selbig erlebt. Und vielleicht tut die Zeit kommen, es driemal zu erleben.»

«Und was sollten wir als Alternativplan machen?» Gug breitete die Arme aus. «Flutwellen? Feuer, das vom Himmel fällt? Dürren und Seuchen?»

«Das ist alles unendlich viel besser als die Geißel!» Der Hohe Lehrmeister schlug mit der Faust auf den Tisch.

«Diese Beurteilung überlassen wir am besten Elyon.» Gug, der einen in ihrer Runde vermisste, fragte: «Wo bleibt Thybil? Es sieht ihm nicht ähnlich, zu spät zu kommen …»

Mit zitternden Fingern blätterte der alte Mann in dem brüchigen Buch. Sein Blick zuckte hin und her. Seine Feder kratzte über das Papier, als er sich noch ein paar Notizen machte.

Er zögerte. Hektisch zog er einen dicken Lederwälzer aus dem übervollen Regal, suchte im Index und blätterte dann rasch zu dem gesuchten Thema, in dem seit Jahrzehnten niemand mehr gelesen hatte. Zufrieden atmete er einmal tief durch.

Er löschte mit den Fingerspitzen die Kerzen, schnappte sich

seine Unterlagen und eilte aus dem Raum. Einen dunklen Gang hinunter. In eine in den Felsen geschlagene Höhle.

«Thybil: Das wurde aber auch Zeit! Hier, das musst du dir anhören …»

Er knallte die Unterlagen auf den Tisch. Onkel Gug verstummte.

«Das werdet ihr nicht glauben.» Rasch kramte der Barue in den Papieren. «Der Text, in dem es heißt, dass nur der wahre Träger Magnarion aus seiner Scheide ziehen kann, bedeutet nicht, dass niemand anders das Schwert selbst ziehen kann. Er besagt nur, dass allein der Apherist es als Magnarion ziehen kann, also mit all seinen Kräften.»

«Aber mein alter Freund», sagte Gug, «geht da nicht nur deine Phantasie ein bisschen mit dir durch? Du spielst mit den Interpretationen herum. Warum sollte dir das noch nicht früher aufgefallen sein?»

«Warte», sagte Thybil. «Das ist noch nicht alles. Meine Theorie kann erklären, warum verschiedene Quellen besagen, der Apherist hätte mit dem furchteinflößenden Chaos gekämpft, während andere vom heiligen Magnarion reden – in ein und derselben Schlacht! Diese Widersprüche werden unter Fachleuten hitzig diskutiert und gehören zu den grundlegenden Meinungsverschiedenheiten, die zu der Mehrere-Apheristen-Hypothese geführt haben. Aber diese Seite aus dem Buch der Zeiten schildert die Goldene Schlacht, und hier wird zum ersten Mal vermutet – nein, dokumentiert! –, dass der Apherist *sowohl* mit Magnarion *als auch* mit Chaos gekämpft hat.»

Der Barue riss sich die Brille von der Nase und sah sie atemlos an.

Die anderen schien das nicht besonders in Aufregung zu versetzen. Gug nahm sein Monokel ab, um etwas Interesse zu bekunden.

«Eine bemerkenswerte wissenschaftliche Erkenntnis, Thybil», sagte Sarghenta. «Das sollte dir noch einen weiteren ehrenvollen Titel einbringen.»

«Versteht ihr denn nicht?», stöhnte Thybil. «In einer anderen Quelle wird erwähnt, dass ein Normalsterblicher das Schwert des Apheristen aus der Scheide zog – und es nicht Magnarion war. Denkt doch mal nach! Das bedeutet, dass dasselbe Schwert entweder als Chaos oder als Magnarion gezogen werden kann ... oder als ein ganz normales Culmus.»

Sarghenta erbleichte. «Wenn du recht hast, dann ist Bryn nicht nur auf der Suche nach Magnarion ... sondern auch nach Chaos.»

«Und in diesem Fall wird er nicht der Einzige sein, der gerade auf der Suche ist.» Eridanus strich sich durch den Bart, oder hielt er sich voller Angst den Mund zu? «Ayactan muss dieselbe Spur verfolgen!»

Die Bestürzung, die die vier menschlichen Mitglieder der Gilde spürten, als sie diese Information verarbeiteten, ließ sie erst einmal verstummen.

«Thybil, du tust sagen, ein normales Culmus?», fragte der Anführer der Plimpe. «Bryn Bellysets hat eins.»

Gug schlug sich gegen die Stirn. «Du sagst, Bryn besitzt Magnarion vielleicht schon die ganze Zeit!»

«Das haben wir doch schon diskutiert», ermahnte sie Eridanus. «Allerdings, wenn andere das Schwert des Apheristen als normales Culmus ziehen und Bryn es als Magnarion zieht, warum hat Volund Firefist seine Macht dann nicht erkannt?»

«Woher soll ich das wissen?» Thybil kramte wieder in seinen Papieren. «Vielleicht hat er Magnarion zwar die ganze Zeit besessen, es aber – wie andere auch – nie mit all seinen Kräften gezogen. Dann hätte es für ihn und auch für uns wie ein ganz normales Schwert ausgesehen.» Der Barue gab auf, noch irgendetwas in den Papieren zu finden, und stützte sich, die Haare raufend, auf ihnen ab. «Gut, er ist ein Pentakylist und obendrein ein Bellyset, aber ich kann nicht glauben, dass nach all diesen Jahrhunderten ausgerechnet *Bryn* Magnarion aus dem Auge des Apheristen zieht!»

«In der Tat, wir sollten vernünftig bleiben.» Eridanus richtete sich auf. «Als Bryn hier vor uns gestanden hat, hat Sarghenta dem Rat eine Liste von Kriterien vorgetragen, die ein Schwert erfüllen muss, um *das* Culmus von Apherist sein zu können – und die Bryns Culmus nicht erfüllt hat.»

«Und welche Kriterien waren das noch einmal?», fragte Gug. «Schließlich muss man das Schwert nach Thybils neuer Theorie unter völlig anderen Voraussetzungen betrachten.»

«Stimmt!» Im Angesicht dieser neuen Erkenntnis erhob Thybil sich, ohne darüber nachzudenken. «Wir haben gesagt, dass sein Schwert nicht mächtig genug ist. Außerdem kann es von anderen aus der Scheide gezogen werden. Mittni hat uns das demonstriert. Aber jetzt wissen wir, was der Text in dieser Hinsicht bedeutet!»

«So gern ich auch glauben mag, dass unser Bryn schon immer im Besitz des rettenden Schwertes ist», sagte Sarghenta, «gibt es noch weitere Kriterien, die ich damals nicht erwähnt habe.»

Und diese Gründe, warum Bryns Schwert nicht das legendäre Culmus sein konnte, ging die Gilde der Kundigen nacheinander durch. Dabei wurde ihnen klar, dass von den Einwänden einige nur Legenden und durch nichts im Buch der Zeiten zu bestätigen waren, während andere auch anders interpretiert werden konnten. Schließlich waren sie bisher ja auch davon ausgegangen, dass der Text implizierte, Magnarion sei immer ein und dasselbe Schwert und könne daher von anderen auch nicht gezogen werden.

«Na, wunderbar!», rief Gug. «Ich hätte nie gedacht, dass ich so etwas einmal erleben würde! Bryn hat Magnarion! Haha!» Der kleine Berater hüpfte vor Freude wild herum.

«Warum sollte Magnarion auch unseren Vorstellungen entsprechen müssen?», sagte Eridanus herausfordernd. «Wir haben es doch nie gesehen! Stattdessen müssen wir unsere Vorstellungen dem tatsächlichen Schwert anpassen, dann ergeben die Legenden auch Sinn.»

Mako Hiapo schüttelte sich vor Lachen, ein schrilles, sprudelndes Glucksen, das gar nicht mehr aufhören wollte. Thybil aalte sich in der Freude der Gilde, dass sein junger Freund, Bryn, tatsächlich der Erbe des Apheristen war. Dass er sein Schwert besaß.

«Oh, komm schon, Sarghenta!», rief er. «Ich dachte, du hättest es hinter dir, sauer zu sein! Warum kannst du dich nicht einfach mit uns freuen?»

«Weil es eine Schande ist, dass wir das nicht schon viel früher bemerkt haben! Wir müssen sofort versuchen, mit Bryn zu sprechen!» Was ihre Stimme und ihren Gesichtsausdruck anging, eiferte die Herrin der Eisfeste ihrem frostigen Palast nach. «Wenn der Junge das Schwert hat – nun, dann ist er auf demselben Weg wie der Feind, denn der ist wie gesagt auf der Suche nach Chaos, und beide sind ein und dasselbe Schwert.»

Eridanus keuchte. «Bryn wandert nicht nur auf demselben Weg wie der Feind. Seine ganze Mission ist völlig überflüssig – sie ist das Gefährlichste, was wir machen konnten!»

«Genau», sagte Sarghenta. «Er legt Ayactan die Waffe, die er braucht, regelrecht zu Füßen.»

Eine Zeitlang später schüttelte Eridanus enttäuscht den Kopf. «Wir können sie nicht mehr erreichen. Sie müssen den Berg bereits betreten haben.»

35. KAPITEL

Knochenfeste

Es gibt tiefgreifende, uralte Arten von Magie, die das Studieren in Itrim wie unbedeutende Zauberkunststückchen aussehen lassen. Und genau auf diese, da bin ich mir sicher, bezieht sich Brogan in seinem Zweiten Skript. Lehrmeister Connic war diesbezüglich arrogant und behauptete: «Heutzutage liegen diese Rätsel bezüglich der Wechselwirkungen zwischen Geist, Materie und Magie, auf die Brogan sich bezieht, offen vor uns ausgebreitet wie eine Karte. Wir verstehen sie besser, als er es je für möglich gehalten hätte!» Als Leiter dieser Forschungsabteilung musste er so etwas natürlich sagen. Aber er irrt: Aus den Schriften zwischen dem Ersten und dem Zweiten Skript geht deutlich hervor, dass dies nicht der Fall ist. Er bezieht sich eher auf Ruach'zam – die Geisterwelt – und das Ausmaß unseres Einflusses und unserer Macht in diesem Reich. Keiner der anderen Studenten denkt, dass das von Wert ist. Bei Eridanus bin ich mir nicht so sicher. Der Junge hat Potenzial, auch wenn er weiterhin Amalrics Worte nachplappert – nur mit etwas höherer Stimme.

— Lueths Notizbuch

Je höher sie stiegen, desto zerklüfteter wurde der trostlose Berggipfel. Sandige, windgepeitschte Hänge, die wie erstarrte und zu Stein gewordene Wellen aussahen, wichen scharfkantigen Felsvorsprüngen und Klippen, die Bryn irgendwie an Zinnen erinnerten. Die Vegetation hatte den Kampf anscheinend aufgegeben und sich fast völlig zurückgezogen. Die Eidechsen versteckten sich lieber zwischen den Spalten im Fels. Vielleicht hatten sie ihre Lektion gelernt. Zumindest lagen keine Kadaver mehr herum.

Der Morgen verlief ruhig. Keiner der Gefährten wollte seine ausgetrocknete Kehle unnötig beanspruchen. Bryn bedauerte, dass sie die Zeit, als die Morgenluft noch relativ kühl gewesen war, nicht zum Reden genutzt hatten, bevor der Berghang wieder zum Ofen des Vortags geworden war. Sie waren an keinem einzigen Bach vorbeigekommen. Und auch der General war nicht wieder aufgetaucht. Bryn hoffte, dass er es geschafft hatte, das Monster, dessen Spuren sie verfolgten, zu «strafen». Oder zumindest, dass er kein ähnliches Schicksal erlitten hatte.

«Hat eine gewisse Ähnlichkeit mit Eisenfels, oder?» Mittni betrachtete den scharfkantigen Weg, der jetzt, wo er regelrecht den Fels durchschnitt, deutlicher hervortrat. Sie hatten fast schon das Gefühl, durch einen Graben zu marschieren. Sylvata hatte sich auf Silaetis Sattel niedergelassen und versuchte, ihre Augen vor dem Licht zu schützen, das von den nackten Felsen reflektiert wurde. Oder vielleicht auch vor dem Staub, den die marschierende Kolonne aufwirbelte.

«Haltet die Augen nach dem Eingang offen», sagte Bryn. Sie waren nun am oberen Drittel des Hanges angekommen. «Wir haben keine Karte, und die Hinweise verraten uns leider auch nicht, wo genau der Eingang zu finden ist. Wir müssen allzeit bereit sein.»

Wie sich herausstellte, war der Eingang durch ein Wegzeichen markiert, auf das sie lieber verzichtet hätten. Der Anblick des Toten lenkte sie zunächst von dem Felsüberhang ab, der in den unheiligen Berg hineinführte wie in den ausgemergelten Magen eines Monsters.

Bryn blieb stehen.

Ihnen gefror das Blut in den Adern.

Dann zerriss ein schriller Schrei die Stille. Kik-Eritee stürzte an Bryn und Mittni vorbei und warf sich seinem Meister zu Füßen. Sie baumelten in Brusthöhe.

«Kishmiiish!», heulte Kik-Eritee. Dann verfiel er in unverständliches Schluchzen.

Bryns Herz klopfte wie wild, als er langsam näher heranging.

Zuola drückte sich an ihm vorbei, um den verängstigten Kik-Eritee zu trösten. Sie drückte ihn und streichelte ihm über den Pelz, während er sich vor Schmerz verkrampfte.

«Er lebt!» Aquiuss lief rasch hinüber.

Dadurch war der Bann gebrochen, und auch Bryn lief zu dem geschundenen Körper des alten Plimps.

«Kishmish, wir sind hier – wir sind bei dir!», versicherte ihm Aquiuss.

General Kishmish war kaum zu erkennen. Der alte Krieger hing mit verdrehten und zuckenden Gliedern in einem dornigen Busch. Sein Blut hatte seine grausame letzte Ruhestätte rot gefärbt. Wo er nicht herausgerissen war, hing sein matter Pelz in triefenden Fetzen herunter. An manchen Stellen war es bis hinunter auf seine blanke, lederartige Haut verbrannt.

«Wer hat Euch das angetan?», fragte Bryn so ruhig er konnte. Ihm war eher nach Schreien zumute. Sie standen vor dem Steinschädel, der in den Tempel führte – war es also der Hüter gewesen? Oder irgendetwas anderes?

Unfähig zu antworten, öffnete der Plimp die Augen. Sein Blick war trüb, schwach und leer. Wie ein Neugeborenes bewegte Kishmish langsam seine geschundenen Finger. Bryn ergriff seine kalte, steife Hand, um ihm zu zeigen, dass sie bei ihm waren. Er konnte in dem Alten kaum Schmerzen spüren. Das schien er bereits hinter sich zu haben. Bryn konnte sehen, dass der Plimp versucht hatte, sich aus seinem Gefängnis zu befreien. Selbst jetzt klammerte er sich in einem letzten Versuch, von dem Busch herunterzukommen, mit der anderen Hand an den stacheligen Stamm.

Kik-Eritees Schluchzen hallte über den Gipfel. Noch nie hatte Bryn einen Plimp weinen gehört. Es war das herzzerreißendste Geräusch, das er sich vorstellen konnte. Der Plimp krallte die Finger in den Schmutz und zog sich näher an seinen schwächer werdenden Freund heran. Er streckte seinem alten Meister die blutigen Hände entgegen, um ihn zu liebkosen.

Als er ihn berührte, schossen weiße Funken über Kishmishs graue Schulter. Als die Magie des Plimps durch die Berührung zu wirken begann, begannen die Muskeln und Sehnen langsam zusammenzuwachsen. Obwohl es keine Hoffnung mehr gab, hielt Bryn hoffnungsvoll die Luft an. Doch irgendetwas funktionierte nicht richtig, denn der Heilungsprozess brach ab, bevor die Heilung vollendet war.

Bryn beugte sich näher heran, dann erschauderte er entsetzt. Nicht nur die Dornen des Busches hatten sich in den Plimp gebohrt, ihm waren Stacheln aus Nurkis in den Körper getrieben worden. Deshalb funktionierte der Heilungszauber auch nicht richtig. Wie lange hing Kishmish schon hier, unfähig, sich zu heilen, unfähig zu sterben?

Kishmish hing da wie geschlachtetes Fleisch, wie ein Bündel blutverschmierter Kleider, die zum Trocknen aufgehängt worden waren. Sein schönes Schwert lag zerbrochen im Schatten des Berges.

Auch Kik-Eritee schien die Hoffnungslosigkeit bewusstzuwerden. Der junge Plimp erhob sich schwerfällig auf seine wackeligen Füße, schniefte und wischte sich mit einem Arm über die Nase. Mit Tränen in den Augen nahm Kik-Eritee Haltung an. Dann verbeugte er sich in aller Förmlichkeit.

«General.»

Bryn und Mittni spürten den Schmerz und Verlust in diesen Silben und klammerten sich aneinander. Sie verbargen die eigenen Tränen an der Schulter des anderen. Als Bryn aufblickte, glänzte das Sonnenlicht in seinem kastanienbraunen Pelz. Der junge Plimp schritt hinüber zum Eingang des Tempels des Schädels. Dann holte er die Waffe seines Meisters und verschwand im Schatten.

«*Droch*», knurrte Bryn, «wir können nicht zulassen, dass so etwas noch einmal geschieht.»

Er zog sein Culmus und kniete vor dem alten Plimp nieder. «Kishmish, ich werde Euch nie vergessen. Habt Dank, guter Freund, für Eure Dienste.»

Er beugte sich hinüber und umarmte den Plimp so gut es ging.

Aber er wollte Kik-Eritee nicht allzu lange allein lassen, also stand er auf und zog Aquiuss und Mittni mit sich. Zuola blieb mit den Pferden und Sylvata zurück, um Kishmish in seinen letzten Momenten Beistand zu leisten. Und schon waren auch die anderen im schädelartigen Eingang verschwunden.

✦ ✦ ✦

«Fühlt es sich so an, auf dem Gipfel des Wahnsinns zu stehen?», fragte Mittni.

Ihre Fackeln hatten sie aus Wandhalterungen gerissen, die wie die Drachenmäuler aussahen. Sie streckten sie hoch über ihre Köpfe und sahen im flackernden Licht, wie die anfangs niedrige Decke nach oben ins Leere verschwand.

«Nein», sagte Aquiuss.

«Und woher willst du das wissen?» Der Hu-Barue starrte ihn an.

Aquiuss zuckte die Achseln. «Ich habe Galar gefragt.»

Mehr denn je wünschte Bryn sich, der mächtige Töter wäre bei ihnen. Abgesehen von der Trauer, die er über Kishmishs Ableben fühlte, hatte er Angst. Was konnte einen Plimp besiegen, ihn gar töten?

Von Kik-Eritee war nichts zu sehen oder zu hören. Dass ihn ein ähnliches Schicksal ereilen konnte, verlieh ihnen selbst nach diesem erbarmungslosen Aufstieg neue Kräfte.

Hier waren sie nun, im Tempel von Tahl – kein beliebiger alter Tempel, sondern das Zentrum okkulter Zeremonien. Die letzte Ruhestätte Magnarions. Bryn konnte nicht glauben, dass nach Jahrtausenden, in denen Leute wie Lueth Rann denselben Pfad verfolgt hatten, gerade er derjenige sein sollte, der das Ziel erreichte. War das tatsächlich seine Bestimmung?

Grobbehauene Felsen bildeten einen Gang in das kalte Herz des Berges. Es war kaum vorstellbar, dass sie vor wenigen Minuten noch geschwitzt hatten. Aquiuss stieß auf eine feuchtglänzende Wand und kurz danach auf ein Rinnsal. Vorsichtig kostete er, dann stillten die drei ihren Durst.

Über ihnen lag endlose Dunkelheit. Schließlich zogen sich die Wände zurück, und der Gang weitete sich zu einer großen Höhle. Hier waren die Felsen nicht mehr grob, sondern sorgfältig geglättet. Obwohl sie es eilig hatten, mussten sie einen Moment stehen bleiben, um die Malereien an den Wänden zu betrachten.

«Die Geschichte der Tahl Uthnae», erklärte Bryn. Er versuchte, sich an das Gespräch mit Eridanus über ihre Ursprünge zu erinnern, und erzählte den anderen, was die Abbildungen darstellten.

Links neben dem Durchgang, wo der Tunnel weiterging, flogen furchterregende feuerspeiende Drachen durch die Lüfte. Ihre Krallen gingen in Schwerter über – die Klauen des Todes. Diese Talismane des Avatars Torb-Oros waren den Drachenrittern verliehen worden – Krieger, die sich der Rache für Verluste durch die Hände des Wahnsinns verschrieben hatten. Unweigerlich waren ihre Seelen von ihrem unstillbaren Hass aufgezehrt worden, und so waren aus ihnen die Tahl Uthnae entstanden. Es war faszinierend, ihren langsamen Abstieg zur Mutlosigkeit zu betrachten. Nach der Hälfte der Bilder sahen sie viele Symbole, die von Kummer und Selbstverachtung handelten. Danach ging es nur noch um Tod und Zerstörung, ohne ein einziges Zeichen der Erlösung. Rechts neben dem Durchgang sah Bryn einige Bilder, die die Tahl Uthnae zeigten, wie sie vor ihrer Auslöschung durch die Numenii gewesen waren.

Die Vorhalle führte in den eigentlichen Tempel, eine riesige, verlassene Gruft, die früher einmal der Schoß des Hasses gewesen war. Hier war die Luft trockner und kühler als im Tunnel. Die staubige Luft, die sie atmeten, war schwer vor Wachs und Weihrauch. Neben den uralten Gerüchen gab es jedoch auch noch einen neueren. Organisch und stechend.

Bryn, der den Blick nach vorn in die Höhe gerichtet hatte, trat fast gegen den bewegungslos daliegenden Schwanz. Er zog sein Schwert und kniete sich hin. Sein Bildnis spiegelte sich in einem glatten, schuppigen Panzer. Unter der natürlichen Rüstung wölbten sich Muskeln. Armlange Krallen. Spitze Reißzähne.

«Ein Ostentum», flüsterte Mittni.

«Nein», sagte Bryn. «Ein Hüter des Tempels des Schädels. Sie waren schon lange hier, bevor Lueth – Nequam – das dunkle Portal aktiviert hat.»

Bryn betrachtete die Kreatur näher und dachte, dass, von den fehlenden Flügeln einmal abgesehen, so bestimmt Drachen ausgesehen haben mussten. Sie war mehrfach so groß wie die falschen Ostentum, auf die er auf dem Weg zu COLA getroffen war.

«Ist schon ein paar Stunden tot», sagte Aquiuss, der am Kopf der Kreatur stand – am anderen Ende des Raumes.

«Dann ist es also nicht von Kik-Eritee getötet worden.»

Bryn beugte sich hinüber ins Licht des Paladins. Der mächtige Hals der Kreatur war zerquetscht worden, ihr Blut hatte eine Lache gebildet. Aber von einer verbogenen Wandhalterung abgesehen, gab es keine Anzeichen für einen Kampf. Er fragte sich, was den Tempelhüter so einfach hingerichtet hatte, ohne dabei auch nur ins Schwitzen zu geraten.

«Na, immerhin brauchen wir uns jetzt nicht mehr mit dem Hüter herumzustreiten», sagte Aquiuss.

«Kann ja nur schlimmer werden.»

Bryn stand auf, das Culmus noch immer in der Hand, und ging weiter. Er folgte einem diagonalen Balken, der die Decke stützte. Er schimmerte in einem matten Weiß. Als Bryn sich danach streckte, erkannte er, dass es ein riesiger Knochen war. Ob die Verzierungen an den Altären und Säulen auch aus Knochen waren oder aus Marmor, konnte er jedoch nicht erkennen. Alles war von einer Rußschicht bedeckt. Ihre Fackeln waren nur Lichtfunken in einem Ozean des Vergessens. Und die Dunkelheit begann an ihnen zu nagen.

Dann öffnete sich die Halle weiter. Zwischen den mit Grabsteinen gepflasterten Wänden erweckten Lichtstrahlen auf dem rissigen Steinboden und hinter dem Hauptaltar ihre Aufmerksamkeit. Dort standen zwei Gestalten. Die eine klein, dünn und maskiert. Die andere groß, breit und maskiert.

Mit gezückten Waffen stürzten die Gefährten in die Halle, blieben dann aber plötzlich stehen, als das Licht ihrer Fackeln auf eine weitere Gestalt fiel, die auf dem runden Stein des Hauptaltars lag. Rufe und Zischgeräusche hallten durch die Höhle. Die beiden maskierten Gestalten schienen mit irgendwelchen furchteinflößenden Zaubern beschäftigt zu sein – zweifelsohne, um Magnarion zu finden oder zu aktivieren.

So schnell sie konnten, krochen die Freunde, ohne Geräusche zu machen, in den Schatten des Hauptaltars. Bryn warf einen Blick nach oben und sah, dass die beiden Gestalten immer noch beschäftigt waren. Er tastete auf dem Altar entlang, bis er einen haarigen Arm zu fassen bekam.

«Kik-Eritee?»

Ihm kribbelte die Kopfhaut. Vorsichtig hob Aquiuss seine Fackel, ohne dass die beiden Gestalten etwas davon mitbekamen. Mit klopfendem Herzen sah Bryn sich den bewegungslosen Körper des Plimps an.

«Er lebt!»

Wie es aussah, war er nicht einmal verwundet, nur bewusstlos. Und weit und breit keine Spur von Nurkis zu sehen.

Bryn und Mittni lösten die Fesseln des Plimps und zogen ihn vom Altar. Sie versuchten, Kik-Eritee zu wecken, aber er war ohnmächtig.

«Bring ihn in Sicherheit», sagte Bryn.

Aquiuss schüttelte den Kopf. «Spielt doch keine Rolle, ob er hier herumliegt oder draußen. Du brauchst meine Hilfe.»

Bryn ging davon aus, dass das hier eher ein magischer Kampf werden würde als ein körperlicher. Aber es hatte keinen Sinn zu streiten. Und wenn sie Magnarion finden würden, brauchten sie vielleicht auch gar nicht zu kämpfen …

«Ich habe keine Ahnung, wo genau das Schwert steckt», sagte Bryn. «Wir müssen uns einfach umschauen. Zuerst sollten wir herausfinden, ob die beiden es vielleicht schon gefunden haben.»

Sie ließen Kik-Eritee im Schatten des Steinaltars zurück. Dann huschten sie von Säule zu Säule, ohne auf die eingelassenen Edelsteine und die unheimlichen Verzierungen zu achten.

Als sie näher herankamen, konnte die drei die Umrisse der beiden anderen deutlicher erkennen. Der Kleinere sah aus wie der Kultivator mit der Maske. Bryn erkannte ihm aus dem anderen Tempel von Tahl wieder. Der andere war Ayactan. Bryn hatte den Dämon noch nie gesehen, doch es gab keinen Zweifel: die dicke Rüstung, der gehörnte Helm – und Zappagrasta.

Bryn war verwirrt. Hatte Hecklehurst nicht gesagt, dass er derjenige sei, der Magnarion holen sollte? Andererseits war es natürlich gut, einen weiteren Verbündeten zu haben. Oder vielleicht war es noch viel besser? Eine ganz neue Hoffnung keimte in ihm auf. Hatte das Netzwerk den Plan geändert? Sollte nun der Kultivator diese Last tragen?

Zweifelsohne kämpften die beiden miteinander. Ein magischer Kampf. Ayactan hielt sein dämonisches Schwert vor sich, aber nur zur Bündelung seiner Kräfte.

Ein anderes Schwert – das legendäre Culmus, nach dem alle suchten – konnten sie nicht sehen. Was nur heißen konnte, dass sie es noch nicht gefunden hatten, sonst hätte sich derjenige schon längst aus dem Staub gemacht. Oder noch wahrscheinlicher, er hätte den Feind vernichtet und wäre dann ins Goldene Tafelland gestürmt. Entweder um den Thron des

Wahnsinns zu aktivieren und die Geißel zu vollenden oder um sie ungeschehen zu machen.

Bryn gab den anderen ein Zeichen, dass sie sich aufteilen sollten, und schon schlichen alle davon.

Der Kultivator mit der Maske und Ayactan standen sich über glühenden Wellen und fliegenden Funken gegenüber und schienen die Neuankömmlinge nicht zu bemerken. Die Geräusche ihrer Zauber und ihr angestrengtes Ächzen übertönten ihre Schritte.

Gebückt lief Bryn an den Wänden des Tempels entlang. In regelmäßigen Abständen standen glänzende Rüstungen. Tahl Uthnae brauchten keine Rüstungen, aber diese hier mussten die Überbleibsel der ursprünglichen Träger der Klauen des Todes sein. Die hundert Drachenritter.

Fluchend durchsuchte Bryn jeden Riss in der Wand und zwischen den Steinplatten, jede leere Gruft, jedes Loch im Boden. Da konnte man stundenlang suchen und hatte kaum einen Bruchteil der endlosen Wände abgesucht!

Vielleicht sollte er dem Kultivator mit der Maske lieber helfen, bevor er umkam. Wie es aussah, gewann Ayactan die Oberhand.

Etwas anderes, das sich hinter den Kämpfenden befand, weckte Bryns Aufmerksamkeit. Im Schein der Zauber funkelte eine Erhebung wie Kristall. Irgendetwas in Bryn rührte sich, als er diesen glitzernden Haufen betrachtete. Der bedeutsame Stein hinter ihnen zog ihn an, und er machte mit dem Schwert in der Hand drei hilflose Schritte auf die Kämpfenden zu.

Das Licht seiner Fackel spiegelte sich in seinem Culmus. Plötzlich wurde es ihm klar. Die Kristallerhebung war oben flach – sogar etwas nach innen gebogen wie bei einem Vulkan. Das war die Ruhestätte von Magnarion!

Er erstarrte. Das Schwert war fort.

Was konnte geschehen sein? Vielleicht war der Kultivator mit der Maske zuerst hier gewesen, hatte das Schwert des Apheristen genommen und es dann, als Ayactan ankam, versteckt? Deshalb kämpften sie bestimmt auch. Der Dämon wollte dem Kultivator Magnarion entreißen oder ihn zwingen, das Versteck zu verraten.

Bryn war gerade noch rechtzeitig angekommen!

Er wollte ihm schon zu Hilfe eilen, da wurde Bryn von etwas abgelenkt, das ihm bisher noch nicht aufgefallen war. Wie er bemerkt hatte, waren die Wandhalterungen leer. Sie waren auch anders geformt, sahen eher wie Schwerthalterungen aus. Wenn das nun Magnarions Versteck war? Mit ihm würde er sicher ein besserer Verbündeter sein. Denn sich dem Dämon an der Seite des Kultivators gegenüberzustellen, nur mit seinem Pentakylismus bewaffnet, war keine sonderlich reizvolle Vorstellung. Während er zu den Kämpfenden lief, kam er an mehreren leeren Wandhalterungen vorbei und fragte sich, was wohl passieren würde, wenn er eine Klaue des Todes hineinsteckte.

Kein Magnarion. Bryn stieß sich von der Wand ab und begann zu rennen.

Ein hartes Lachen ertönte. Der Kultivator ging zu Boden. Als er über den Stein rutschte, wurden ihm die Ärmel seines Umhangs hochgerissen, und der Steinboden kratzte ihm die Arme auf. Er kroch weiter nach hinten und riss einen Arm hoch, um einen magischen Angriff abzuwehren. Unter der Maske, die trotz ihrer Unbeweglichkeit einen geschockten Ausdruck zu zeigen schien, ragte an seinem Hals eine pochende Vene hervor.

Der Dämon näherte sich seinem besiegten Feind. Selbstsicher stand er über dem Kultivator und hob Zappagrasta in die Höhe.

Bryn stieß einen wortlosen Schlachtruf aus. Seine Füße stampften über den unsichtbaren Boden. Er würde zu spät kommen.

Der Kultivator war jedoch noch nicht am Ende. Noch während das dämonische Schwert durch die Luft auf ihn zusauste, zog er übernatürlich schnell sein eigenes Schwert und parierte den Angriff. Seine Klinge zersprang, und er wurde mit ihren Bruchstücken überschüttet. Ayactan packte ihn mit seiner freien Hand und schleuderte ihn gegen die Wand.

Der Kultivator sank zu Boden. Ayactan zeigte mit Zappagrasta auf ihn, und ein grüner Strahl schoss auf den kauernden Mann zu. Der sprang zur Seite, und wo er eben noch gehockt hatte, traf der Strahl die Wand und verwandelte sich in ein zischendes Etwas, halb Schlange, halb Efeu. Dann setzte der Kultivator die Gabe der Geschwindigkeit ein, und Bryn sah nur noch seinen schwarzen Umhang flattern. Als der Kultivator sich in einer Ecke in Sicherheit gebracht hatte, brach er zusammen.

Ein paar Schritte vor seinem Feind blieb Bryn stehen. Wenn der Kultivator mit all seinen Gaben und esoterischen Künsten nicht gegen den Zorn des Dämons bestehen konnte, hatte er nur wenig Hoffnung für sich selbst. Er war zu schwach. Er brauchte Magnarion. Ayactan war einfach zu mächtig.

Aber er war nicht allein. Er kämpfte für jemand viel Größeren – Elyon stand hinter ihm. Und Elyon war unendlich viel größer als Ayactan. Wenn man Gott auf seiner Seite hatte, was wollte die andere Seite einem dann entgegensetzen? Er umkreiste den Dämon.

«Bryn!» Mittni rief von weit hinten zu ihm herüber. «Was tust du?»

Langsam, als kostete er den Moment aus, drehte sich Ayactan zu ihm um.

Magnarions Kristallthron leuchtete lebendig. Jetzt waren es andere Farben, Weiß und Blau, sie wurden nicht reflektiert, sondern ausgestrahlt. Er erinnerte Bryn an das Auge des Apheristen und das Kristallculmus.

«Du bist anders als der maskierte Mann.» Die Stimme des Dämons klang wie ferner Donner, wie zwei Berge, die aneinander mahlten. Bryn spürte die Kräfte, die in Ayactans Rüstung steckten und darauf warteten, entfesselt zu werden. «Er ist vom Wahnsinn durchtränkt, beinahe so sehr wie ich, und er kennt die Pfade der verdammten genauso wie der geringeren Künste aus Itrim. Du jedoch scheinst tatsächlich wahnsinnig zu sein, wenn du mir gegenübertrittst. Wenn du mit Galar und Eridanus hier vor mir stehen würdest, würde ich fragen, ob ihr euch ergebt, bevor sich noch jemand selbst verletzt.»

«Da hast du völlig recht, Dämon», sagte Bryn. «Wir sind tatsächlich nicht einmal annähernd gleich stark! Denn ich kämpfe nicht allein.»

«Ein Kultivator, der die Mächte verraten hat, die ihm Stärke verliehen haben, und ein Kind mit einem Schwert!» Ayactans Lachen ließ den Boden erbeben und hallte in Bryns Brust wider. «Warum willst du gegen mich kämpfen, Bürschchen? Was hast du für ein Problem? Was habe ich dir je getan?»

«In der Tat hast du einige meiner Freunde getötet, und den Rest versuchst du in den Wahnsinn zu treiben. Und das ist ein großer Fehler.»

Die Stimme des Dämons wurde ruhiger. «Du siehst hungrig aus, Sterblicher. Komm, lass mich dir die Arme ausreißen und dich damit füttern.»

Eine andere Stimme erklang, dünn und luftig wie das Zischen von Dampf aus einem Kessel. Zuerst konnte Bryn gar nicht erkennen, woher sie kam. «Das Schwert!», rief das Schwert des Dämons. «Passt auf, er ist gut bewaffnet!»

Ayactan schlug Zappagrasta gegen eine Säule, in der ein dunkler Spalt zurückblieb. «Er ist nicht einmal ein richtiger Mann, nur ein Barue!», rief er aus. «Wie Lord Ikuyl lachen würde. Oh, sieh doch – noch einer! Das ist zu viel: *zwei* Barue, haha!»

Bryn gab Mittni ein Zeichen, außer Reichweite zu bleiben. Er verstärkte die Verbindung zwischen ihnen, um seinen Freund zu schützen, falls Ayactan ihn angreifen würde. Dann tauchte Aquiuss auf, das Schwert in der Hand. Er steckte seine Fackel in eine der Wandhalterungen, damit der nahende Kampf nicht nur vom Kristallthron beleuchtet wurde.

Die drei Culmus Sangui umkreisten den Dämon, der anderthalb mal so groß war wie sie.

«Kämpft nicht!», schrie Zappagrasta. «Flieht!»

Ayactan schien die Angst seines Schwertes eher zu amüsieren. «Du bist bloß eifersüchtig, dass ich erfolgreich sein werde, wo du gescheitert bist. Ich werde in der Hierarchie aufsteigen und dein rechtmäßiger Meister werden. Und das zu Recht, denn *ich* werde es sein, der die Geißelung Calaspias vollendet!»

Bryn fragte sich, ob das stimmte. Warum hatte Zappagrasta Angst? Schließlich hieß es, er sei sogar noch mächtiger als Ayactan.

Sie umkreisten den Dämon zweimal. Im Augenwinkel sah Bryn den Kristallthron funkeln. Warum sollten sie eigentlich kämpfen? Der Kultivator mit der Maske war in Sicherheit.

«Sucht weiter!», befahl Bryn. «Sucht Magnarion! Ich halte ihn in Schach.»

Ayactans Lachen übertönte die Schreie seines Schwertes und hallte bis in die letzten Ecken des Tempels. Dann schoss er mit einer Geschwindigkeit, die seinen massigen Körper Lügen strafte, auf Bryn zu.

Funken stoben auf, als ihre Schwerter sich trafen. Der Aufprall schoss Bryn durch den Arm, ließ seine Zähne klappern und sein Rückgrat knirschen. Er wurde ein paar Meter zurückgeschleudert und konnte sich gerade noch abrollen. Er war so durchgeschüttelt worden, fast hätte ihm die mentale Reaktionsfähigkeit gefehlt, eine ausreichende magische Barriere aufzubauen. Aber im Gegensatz zur Waffe des Kultivators hatte sein Schwert den Angriff unbeschadet überstanden.

Er stand direkt vor dem Kristallthron, der nun so viel Licht ausstrahlte, dass Bryn einen Schatten warf. Für die anderen sah es so aus, als hätte Bryn eine gleißende Aura. Mittni und Aquiuss hoben schützend einen Arm vor die Augen, Ayactan stand wie versteinert da.

Um sich zu überzeugen, dass der Thron nicht gleich explodieren würde, warf Bryn rasch einen Blick nach hinten. Auch sein Schwert leuchtete weiß wie ein Blitz, die Scheide glitzerte wie Eis in der Sonne. Warum war es so hell? Es leuchtete so prachtvoll, wie er es von Magnarion erwartet hätte. Aber der Thron war noch immer leer.

Dann wurde ihm auf einmal alles klar. Der Thron von Magnarion oder Chaos war leer. Weder Ayactan noch der Kultivator mit der Maske hatten das Schwert – und das musste heißen, dass es von Anfang an nicht hier gewesen war. Er hatte es zuerst nicht bemerkt, weil er mit dem Rücken zu Magnarions Ruhestätte gestanden hatte, aber beim Umkreisen des Dämons hatte der Kristall jedes Mal, wenn er ihm näher kam, heller geleuchtet. Und je näher er der Ruhestätte kam, desto heller brannte sein Culmus.

Mein Culmus ist Magnarion!

Bryn platzte fast vor Ehrfurcht und Leidenschaft. Wie konnte ihm das nur die ganze Zeit entgangen sein? Dann begann er sich plötzlich zu fürchten: Er hatte die Waffe, die der Feind benötigte, direkt zu ihm getragen. Was würde passieren, wenn er nicht mächtig genug war, um Magnarion zu führen? Was würde passieren, wenn Ayactan es ihm wegnehmen würde? Bryn ärgerte sich über sich selbst. Wie hatte er nur so lange mit dem Schwert seines Vorfahren leben können, ohne es zu bemerken? Vielleicht musste es erst geweckt werden …

Ayactan stampfte schwerfällig auf ihn zu, er musste gegen das Licht ankämpfen, als watete er durch einen reißenden Strom. Bryn beugte sich über den kalten, glatten Kristallthron und schob das prachtvolle Schwert seines Vorfahren hinein. Es passte wie dafür gemacht. Bryn konnte keinerlei Reibung spüren, als die Klinge hineinglitt – wie durch Luft.

Einen Augenblick lang erstarben alle Geräusche und Bewegungen. Gleißendes Licht durchzuckte den Tempel. Alles versank im Dunkeln, und dann schossen Flammen aus den leeren Wandhalterungen. Aquiuss' Fackel ging in Flammen auf und fiel zu Boden. Wie verlöschende Glut wurde der Kristallthron langsam dunkler, bis er schließlich wieder wie am Anfang schimmerte.

Mit wild pochendem Herzen zog Bryn das Schwert wieder aus dem Edelstein. Neben seiner Reinheit kam er sich klein und schmutzig vor. Neben seiner Macht schwächlich. Unbedeutend.

«Ich kenne dieses Schwert.»

Ayactan krümmte sich zusammen, den misstrauischen, zischenden Zappagrasta hielt er vor sich wie einen Schild. Es war seltsam, diese bullige Gestalt in einer solchen Abwehrhaltung zu sehen.

Bryn spürte die Energie, die von seinem prachtvollen Schwert ausging. Seine Augen glänzten in seinem Licht. Das hier war tatsächlich Magnarion, das Schwert des Apheristen!

Wahnsinn, nimm dich in Acht! Er atmete tief ein und sog das Gefühl von Macht und Reinheit in sich auf.

Aber irgendetwas stimmte nicht. Irgendwo in seinem Innern war eine Mauer. Die Macht fühlte sich fremd in ihm an – nicht, weil sie, sondern weil er unrein war. Er war der Fremde – entfremdet von Elyon.

Das ist der persönliche Wahnsinn, erkannte er. *Der in uns allen steckt. Und niemand kann so schmutzig vor Gott bestehen. Nicht einmal mit einem heiligen Schwert.*

Bryn versuchte, seine Verwirrung zu unterdrücken. Elyon würde eine Lösung für dieses Problem haben. Hatte nicht selbst der Apherist am inneren Wahnsinn gelitten? Und hatte er Zappagrasta nicht genau mit diesem Schwert besiegt?

Er durfte Ayactan seine Zweifel nicht spüren lassen. Er musste selbstbewusst handeln – als wäre alles in Ordnung. *Bleib ruhig.*

Wieder und wieder spürte Bryn das Aufwallen der Energie in seinem Schwert. Aber er war unwürdig, sie zu führen. Sie zu steuern. Die Energie fühlte sich gut an, er konnte sie nippen, sie schmeckte herrlich – aber bevor er sie trinken konnte, sickerte das Lebenswasser durch die Risse seiner verwundeten Seele. Die drei hatten wieder begonnen, um den Dämon zu kreisen wie Planeten um eine böse Sonne. Das war ein Fehler.

Der Feind erkannte, dass mit Magnarion etwas nicht stimmte – oder mit Bryn. Sonst hätte er ihn selbst schon längst niedergestreckt. Mit einem scheppernden Brüllen, dass Bryn dachte, ihm würden die Trommelfelle platzen, stürzte der Dämon auf ihn zu.

Obwohl er völlig verängstigt war, blieb Bryn wie angewurzelt stehen. Vielleicht wollte Ayactan ihn auch nur testen. Wenn er jetzt die Nerven verlor, war alles vorbei.

Der gepanzerte Krieger schoss auf ihn zu. Zappagrasta wirbelte durch die Luft. Als das besessene Schwert auf ihn zuschoss, duckte der Barue sich darunter hinweg. Ein gepanzerter Stiefel schoss nach oben, Ayactan trat nach ihm. Bryn rollte sich zur Seite und stach zu.

Magnarion glitt durch das Metall wie durch verrottetes Holz und durchbohrte den massiven Stiefel. Energie schoss durch das Schwert und saugte den Wahnsinn auf. Die Kraft des Dämons schwand. Aber es war nur ein schwacher, begrenzter Energiefluss, ein klägliches Rinnsal. Ayactans Faust beendete den Angriff.

Der Hieb machte Bryn fast bewusstlos. Er konnte hören, wie seine Nase brach. Die eine Hälfte seines Kiefers wurde taub, die andere schmerzte zerfetzt. Er schlug auf dem Boden auf, dass es ihm die Knochen erschütterte.

Durch Blut und Tränen sah er den Dämon auf sich zukommen. Jeder Schritt donnerte Bryn in den Ohren. Der Boden bebte. Der Dämon hob sein Schwert zum endgültigen Schlag.

Aber da kamen Mittni und Aquiuss angelaufen. Schon sprangen sie auf ihn zu, ihre Schwerter blitzten im Licht der Flammen. Zuerst griff der Paladin an: Er hieb auf die Wirbelsäule des Dämons ein – jeder Sterbliche wäre enthauptet worden, egal mit welcher Rüstung.

Ein unbeholfenes *Klong*. Ayactan zuckte nicht einmal zusammen.

Er drehte sich gerade um, als Mittni sein Culmus auf den Helm des Dämons heruntersausen ließ. Die Klinge grub sich ein Stück weit hinein, und Mittni klammerte sich am Rücken des Dämons fest. Dann ein Knistern. Es roch nach verbrannten Haaren. Mittnis Haaren.

Bryn konnte sein Entsetzen spüren, noch bevor der Hu-

Barue aufschrie. Mittni flog durch die Luft, knallte dampfend zu Boden und blieb mit zuckenden Gliedern liegen. Bryn sah nicht, wie seine Pupillen sich rot färbten und er Schaum vor dem Mund bekam.

Der Kampf war hoffnungslos. Beinahe blind vor Blut und Tränen drückte Bryn sich aus dem Dreck hoch und taumelte in Sicherheit. Er wünschte sich, es wäre dunkel – der Schein der Flammen brannte ihm in den Augen. Alles tat ihm weh. Ihm war übel, und er konnte sich kaum auf den Beinen halten. Er beugte sich vor und konzentrierte sich auf seine Atmung. Wischte sich den Schmutz aus dem Gesicht. Betastete seine gebrochene Nase – und heilte sie. Während der Pentakylismus kribbelnd in sein geschädigtes Gewebe eindrang, kam Bryn eine Idee, wie er Magnarions volles Potenzial entfesseln konnte: mit Pentakylismus. Aber es klappte nicht.

Hinter einer Säule kramte Bryn in seiner Tasche. Sie hatten noch eine letzte Waffe, aber die Tahl Uthnae würden zu lange brauchen, um herzukommen. Er fand die schwarze, scharfe Klaue. Rasch zog er den Ärmel hoch, um sich zu schneiden.

Plötzlich explodierte die Welt, Steinsplitter flogen herum und trafen seinen Körper. Staub füllte seine Lunge. Er stürzte zu Boden. Dann trat Ayactan über die Reste der Säule hinweg, die er zertrümmert hatte.

Bryn streckte den Arm nach Okolnits Klaue aus, die ihm heruntergefallen war, konnte sie aber nicht erreichen.

Aquiuss kroch unter den Überresten der Säule hervor und brüllte frustriert auf, als er zum nächsten Angriff ansetzte. Bryn kroch zwischen den Schatten der Säulen herum und konnte im Moment nicht mehr tun, als seinen Geist auszustrecken, um seinen Freund vor dem wahnsinnigen magischen Angriff zu schützen. Trotzdem erstarb das Brüllen, und der

Paladin keuchte auf. Verzweifelte, hastige Geräusche. Klirren, Rauschen, Klappern. Es klang, als hätte der Dämon Mittnis Schwert aus seinem Helm gezogen und es geworfen.

Stille.

«Was ist nun aus eurem großen Bündnis geworden?», höhnte Ayactan. «Wie Hühner versteckt ihr euch, selbst mit Magnarion in der Hand. Will niemand mehr gegen mich antreten? Muss ich euch zertrampeln wie Ungeziefer?»

Bryn antwortete nicht; er versuchte ruhiger zu atmen. Er hatte Okolnits Klaue verloren, und es war auch nur ein schmaler Hoffnungsschimmer gewesen, selbst wenn die Tahl Uthnae schneller reisen konnten als Begnadete mit der Gabe der Geschwindigkeit. Außerdem wäre sein magischer Hilferuf wahrscheinlich nicht einmal durch die magische Isolierung des Berges gedrungen.

«Jetzt, wo du Magnarion in der Hand hältst, Bellyset, wirst du wohl selbst erkennen, dass du die Geißel nicht aufhalten kannst. Dafür ist es schon zu spät.»

Bryn konnte sehen, dass sich auch Aquiuss und Mittni in Sicherheit gebracht hatten. Sie schienen sich gerade noch aus dem Tempel schleppen zu können. Niemand von ihnen konnte auch nur noch eine einzige Sekunde gegen den Dämon bestehen.

Aber sie hatten Magnarion, und selbst wenn er letzten Endes doch nicht der Auserwählte war, würde das Schwert seinen Zweck als Speerspitze gegen die Geißel erfüllen. Es blieb nichts mehr zu tun, als die Flucht zu ergreifen.

Er gab den anderen ein entsprechendes Zeichen. Mittni nickte. Aquiuss deutete an, dass er nicht sehen konnte, wo Ayactan steckte. Und tatsächlich, als Bryn um die Säule spähte, konnte er nur noch die Abdrücke sehen, wo der Dämon gerade noch gestanden hatte. Er zuckte die Achseln. Er gab ihnen ein Zeichen, die Augen offen zu halten, und die drei machten sich vorsichtig auf den Weg.

Als sie den Hauptaltar fast erreicht hatten, tauchte der gehörnte Helm über dem Steintisch auf. Er hielt eine weiche, bewusstlose Gestalt in den Händen.

«Kik-Eritee!», rief Bryn.

Der Plimp rührte sich nicht.

«Hört euch mein Angebot an.» Ayactans Stimme donnerte durch die frostige Luft. «Gebt mir Chaos, und eurem Liebling wird nichts geschehen.»

✦ ✦ ✦

An allen Brennpunkten wurden Kräfte in ergeomorphische Becken gespeist. Das kleinste von ihnen, westlich des Ambosses in Bel-Tued, war das erste, das bis zum Rand gefüllt war. Aus leuchtenden Kreisen von Menhiren, die kaum mehr in der Lage waren, die Energie zu halten, die sie angesammelt hatten, zuckten Blitze schimmernden Wahnsinns nach Osten ins Goldene Tafelland.

Aus den Kehlen der unzähligen Anhänger der Kulte erklang verzücktes Jubeln.

✦ 36. KAPITEL ✦

Chaos

Privilegierte Planeten: Kann es sein, dass der Allmächtige mehrere Universen erschaffen hat? Ich meine nicht die zahllosen Paralleluniversen, die durch endlose Variationen alles ermöglichen sollen. Die sind nur eine Ausrede denkfauler, also unverantwortlicher Gelehrter – und das nicht aus Versehen, sondern aus voller Absicht. Elyon hat viele Welten erschaffen. Aber vielleicht gibt es in jedem Universum nur jeweils eine physisch bewohnbare Welt. Die einzigartig günstige Umwelt auf Calaspia muss als Wiege des Lebens betrachtet werden, gar nicht zu reden von den unglaublich präzisen Algorithmen, die eine solche Daseinsebene überhaupt erst möglich machen, von den Gesetzen der Materie bis zu den Gesetzen des Geistes. War es nicht Brogan höchstpersönlich gewesen, der die Existenz eines solchen Multiversums ins Gespräch gebracht hat?
— Lueths Notizbuch

Bryn dachte an die Inschrift auf seinem Culmus. *Dieses Schwert kann für Gutes oder Böses blankgezogen werden.* Zu spät hatte er begriffen, was diese Worte bedeuteten – dass Magnarion und Chaos ein und dasselbe Schwert darstellten, je nachdem, wer es mit welcher Absicht zog. Doch egal was passieren würde, er durfte Magnarion nicht dem Dämon überlassen, denn der würde das Schwert in Chaos verwandeln. Bryn hatte das Gefühl, dass Ayactan im Gegensatz zu ihm keine Probleme damit haben würde, die zerstörerischen Kräfte des Schwertes voll auszuschöpfen.

«Du hast nie vorgehabt, die Geißel auf diese Weise zu beenden, nicht wahr, Bellyset?», fragte Ayactan. «Der Preis ist zu hoch. Oder vielleicht weißt du auch gar nicht …»

«Ich weiß, worum es geht», sagte Bryn. «Und ich bin bereit, mein Leben für Calaspia zu opfern. Aber so etwas kannst *du* nicht verstehen.»

Der Dämon begann donnernd zu lachen, sodass die schlaff herunterhängenden Arme des Plimps herumgeschleudert wurden.

«Ganz schön selbstsüchtig für jemanden, der behauptet, selbstlos zu handeln! Das liebe ich so an euch. Nichts ist so amüsant wie stolze Bescheidenheit – und Unwissenheit.»

«Lass das Geschwätz», sagte Bryn. «Wobei … du könntest dich noch viel mehr amüsieren, wenn du deinem eigenen Wahnsinn zuhören würdest.» Der Barue war auf alles vorbereitet: Jetzt würde er nichts als Tricks und Lügen zu hören bekommen.

Ayactan ließ den Plimp in seinen Armen kreisen. «Du spielst nicht nur mit deinem Leben.» Die geflüsterten Worte krochen über den nackten Boden zu Bryn. Ihm lief ein Schauder über den Rücken. «Dein eigenes Leben magst du rasch opfern, aber wie sieht es mit den unzähligen Menschenmassen aus, die sich im Goldenen Tafelland versammelt haben? Kannst du dich für sie auch so rasch entscheiden?»

«Was soll das heißen?»

«Du möchtest Calaspia vom Wahnsinn befreien.» Der Dämon streichelte über eines der lederartigen Ohren des Plimps. Bryn fürchtete schon, er würde es jeden Moment ausreißen, wie ein Kind, das einer Spinne die Beine ausreißt.

«Hast du dich nie gefragt, *wie* der Wahnsinn verschwinden würde? Er wird ihnen nicht aus den Körpern oder Seelen gerissen … der Wahnsinn wird sie alle mit sich reißen.»

Bryn hatte das Gefühl, seinen Körper nicht mehr zu spüren. Er stellte sich vor, wie ein die Freiheit bringender Held durch wimmelnde Menschenmassen von Wahnarchisten zu marschieren. Sich für ihre Erlösung zu opfern. Und sie dann alle mit in den Tod zu reißen.

«Lügner!», brüllte er. «Egal was du sagst, deine Zeit ist vorüber.»

Er überschlug kurz, wie weit sie es noch bis zum Ausgang hatten. Aber selbst wenn sie das Risiko eingehen würden, Kik-Eritee zu verlieren – lieber Kik-Eritee! –, der Dämon stand noch immer zwischen ihnen und dem Ausgang. Flucht war unmöglich.

«In Ordnung, dann willst du auf mein Angebot also nicht eingehen. Wie auch immer, das Goldene Tafelland wird bald nicht mehr als der Ort des ersten Siegs des Apheristen bekannt sein, sondern als der seiner letzten und endgültigen Niederlage. Und nun weißt du immerhin, dass du nicht nur das Leben dieser Kreatur hier opferst, sondern auch die Leben aller Anhänger der Kulte, die sich versammelt haben, um die Vollendung der Geißel einzuläuten.» Der Kopf des Plimps baumelte herunter, als Ayactan ihn in die Höhe hob. «Genug geredet, ihr blutdurstigen Sterblichen.»

«Nein!», rief Bryn. «Hier. Nimm das verfluchte Schwert.»

«Was hast du vor?», rief Aquiuss. «Du kannst einem Dämon nicht trauen! Wenn er Chaos bekommt, sind wir alle verdammt! Dann werden *alle* Plimpe sterben!»

Bryn hörte ihm nicht zu. Er betete und lauschte einer anderen Stimme.

Erwecke Magnarion!, flehte er Elyon an. *Ist es nicht Dein Wunsch, dass dieser Dämon besiegt wird? Streck ihn nieder!*

Zum ersten Mal in seinem Leben erwachte eine beinahe hörbare Stimme in seinem Kopf. Nicht beinahe, er hörte sie tatsächlich. Aber er hörte sie nicht mit den Ohren und mehr als nur in seinen Gedanken. In alle Ewigkeit hätte er dieser Stimme zuhören und darüber meditieren können. Aber die Worte forderten ihn auf, sofort selbst zu handeln.

STRECKE DU IHN NIEDER! ICH GAB DIR ALLES, WAS DU DAZU BRAUCHST.

«Aber Magnarion ist nicht mächtig genug!», jammerte Bryn. «*Ich* bin nicht mächtig genug!»

Er antwortete der Stimme Gottes laut.

Das uralte Culmus vibrierte vor Kraft, es war bereit, seine Energie freizulassen. Aber irgendetwas in Bryn hielt es zurück.

«Ich brauche Deine Kraft!» Bryn streckte das funkelnde Schwert vor. «Ich bin zu schwach!»

UND WAS GEDENKST DU DAGEGEN ZU UNTERNEHMEN? Die ewige Stimme klang belustigt. LASS MEINE KRAFT DURCH DICH FLIESSEN.

So hilflos hatte Bryn sich noch nie gefühlt. Langsam ging er weiter auf den Dämon zu, er versuchte, sich zu öffnen, sich mit Elyon zu verbinden.

Ayactan stand mit erhobenen Armen da und schien zu lauschen. Hatten er und die anderen die Stimme auch gehört?

«Du musst es tun!», rief Bryn. «Ich bin Dein Werkzeug, und doch kannst Du mich nicht benutzen. Und ich kann nicht benutzen, was Du mir gabst. Worauf wartest Du denn noch?»

«Hübsches Selbstgespräch, Junge, aber nun lass das Schwert fallen.» Ayactan hob die Arme weiter nach oben. Eine von Kik-Eritees pelzigen Händen klatschte gegen den Helm des Dämons. Der zuckte zusammen und fegte sie beiseite.

«Leg den Plimp hin und geh von ihm weg», sagte Bryn. «Ich bekomme Kik-Eritee, und du bekommst das Schwert und kannst damit machen, was du willst.»

Der riesige Dämon schwieg; vielleicht überlegte er, ob der Barue es ernst meinte. «Nun gut.»

Ayactan warf seine Geisel weg. Kik-Eritee schlug zu Boden, dass Staub aufwallte, dann rollte er zur Seite und blieb mit verdrehten Armen bewegungslos liegen.

«Das hättest du auch etwas vorsichtiger tun können!»

Der Dämon zuckte die Achseln. Dann sprang er mit ausgestreckter Hand vom Opfertisch, flog schon fast.

«Nein, Bryn! Du machst das nicht richtig!» Mittni rief irgendetwas. Bryn ignorierte ihn. Wie konnten er und Aquiuss auch nur auf die Idee kommen, dass er ihm Magnarion übergeben würde? Dachten sie, der Wahnsinn hätte ihn benebelt?

Bryn konzentrierte sich.

Gebet, Pentakylismus, die scharfe Schneide des Schwertes und die bloße Stärke seines Armes – er legte alles, was er hatte, in diesen einen Hieb. Mit erhobenem Schwert stürzte er los. Sein Körper, Sehvermögen und Gehör waren vollkommen auf den Angriff konzentriert. Seine ganze Welt bestand nur noch aus dem Schwert und dem Feind. Seine Schritte klangen seltsam, als würden vier Füße auf den Dämon zulaufen. Lief Elyon an seiner Seite?

Der Dämon riss Zappagrasta hoch, gleich würden sie aufeinander einschlagen. Doch dieses Mal duckte Bryn sich nicht weg, versuchte er nicht, dem Angriff auszuweichen. Er war so auf den Angriff konzentriert, völlig in Kan'Elia versunken, dass er nicht einmal einen Kampfruf ausstieß. Jedes Fünkchen seiner Energie war in seinem Schwert konzentriert.

✦ ✦ ✦

Mittni hörte die Stimme, spürte Bryns Verzweiflung. Die Energie, die im Schwert steckte, brandete wie Wellen gegen die Küste, unfähig, das trockene Land einzunehmen.

Eins war klar: Magnarion war mächtig genug, und Bryn gab zu, dass seine Kraft nicht ausreichte. Er musste zu einem Kanal für Elyons Kraft werden. Was stimmte also nicht? Warum konnte Elyon Bryn nicht nützen?

Als Mittni dem Streitgespräch zwischen der hörbaren Stimme seines Freundes und der göttlichen Antwort lauschte – die er vielleicht in seinem Kopf hörte, vielleicht aber auch durch Bryns Gefühle verstand –, dachte der Hu-Barue über alles nach, was Bryn und die anderen gesagt hatten.

Er verstand nicht viel von Theologie oder Philosophie. Das war eher Bryns Sache. Aber soweit er die mächtige, majestätische Stimme verstand, war Elyon noch viel weniger an akademischem Gerede interessiert als Mittni. Es ging einzig um die Verbindung zu Gott. Und offensichtlich behinderte der innere Wahnsinn diese Verbindung.

Das wohlgeformte Gesicht eines Mädchens tauchte vor seinem geistigen Auge auf. Und als er an Melody dachte, an ihre Liebe, ihre Höhen und Tiefen, wusste er plötzlich, was Bryn davon abhielt, die Kräfte von Elyon zu entfesseln, die durch Magnarion flossen.

Wenn Mittni etwas falsch gemacht oder ihr wehgetan hatte – wie damals, als er unter den Wasserfällen von Eisenfels mit ein paar anderen Mädchen schwimmen gegangen war –, musste ihre Beziehung wieder gestärkt werden. Natürlich konnte Melody ihm vergeben, aber die Beziehung war erst wieder in Ordnung, wenn Mittni bewusstwurde, dass er etwas getan hatte, was sie ihm vergeben musste – und wenn er wusste, dass ihm vergeben worden war. Und der einfachste Weg dafür war zu fragen.

Und er brauchte Vergebung, seine Legitimität musste wiederhergestellt werden.

Mittni erinnerte sich an eine frühe Lektion, die sein Vater ihm erteilt hatte, als er ihn beim Stehlen erwischt hatte. Bartholdi hatte ihm so den Hintern versohlt, dass es richtig wehgetan hatte. «Hast du mich jetzt nicht mehr lieb?», hatte der kleine Mittni geheult.

«Sohn», hatte sein Vater geantwortet. «Ich werde dich *immer* lieben, selbst wenn du ein Verbrecher werden solltest. Aber als Häuptling kann ich kein gesetzwidriges Verhalten tolerieren. Selbst als mein Sohn wirst du meine *Autorität* nur erben, wenn du dich an die Regeln unserer Gemeinschaft hältst.»

Es war so einfach.

Mittni lief seinem Freund nach, der gerade den Dämon angriff.

«Nein, Bryn! Du machst das nicht richtig!»

✦ ✦ ✦

Mit einer solchen Macht, mit voller pentakylistischer Wucht, hätte vielleicht auch jedes normale Culmus den mächtigsten Magier vernichtet. Bryn stürzte sich auf ihn. Magnarion leuchtete, trommelte, bohrte sich hinein.

Ayactan taumelte. Er stolperte zurück, umklammerte seinen Arm – die Stelle, wo er einmal einen Arm gehabt hatte. Bryn hatte eigentlich versucht, ihm den Kopf abzuschlagen, aber im letzten Augenblick hatte irgendeine Macht das Schwert zur Seite gedrückt. Aber nicht weit genug, um sein Ziel völlig zu verfehlen.

Jedoch interessierte es Bryn nicht mehr besonders, wo genau er den Dämon getroffen hatte. Denn es war noch etwas geschehen, das viel wichtiger für ihn war. Mittni lag auf dem Boden, eine tiefe Schnittwunde in der Seite. In vollem Schwung hatte Bryn dem Dämon nicht nur den Arm abgeschlagen, sondern das Schwert danach auch weiter um sich selbst herum fliegen lassen. Und der Rückschwung hatte seinen Freund erwischt.

«Mittni!»

Der Hu-Barue lag nur da und schnappte nach Luft. Seine Augenlider flatterten.

Bryn umklammerte den Freund und schrie fassungslos. Das konnte nicht geschehen sein.

Bleib ruhig. Du kannst ihn heilen.

Bryn drückte seine Finger auf die Wunde. Das Blut tränkte ihre Kleider. Vielleicht war es der Schock, seinen sterbenden Freund in den Armen zu halten, vielleicht konnten Wunden, die von Magnarion stammten, auch nicht geheilt werden, aber selbst seine Pentakylistischen Versuche waren vergeblich.

«Es tut mir so leid», hauchte Bryn. «Bruder, Mittni, mein lieber Bruder.»

Er konnte spüren, wie alles um ihn herum unwirklich wurde. Seine Finger schlossen sich um Magnarion. Es blieb noch eine letzte Aufgabe mit dem Schwert zu vollbringen. Er würde nicht ohne Mittni weiterleben – nicht, wo er ihn getötet hatte.

Gerade wollte sich Bryn nach Art der Culmus Sangui, die den Tod weniger fürchten als Gefangenschaft, in sein Schwert stürzen, da zögerte er. Er musste sich zumindest noch Mittnis letzte Worte anhören. Er beugte sich über seinen Freund.

Zwischen Blut und Speichel stieß der Hu-Barue immer wieder dieselben Worte hervor.

«Nimm von mir, was unrein ist. Läutere mich, Elyon. Befreie mich von meinem persönlichen Wahnsinn …»

Bryn konnte kaum glauben, was er da hörte. Mittni musste im Delirium sein. Oder die Berührung mit dem heiligen Schwert hatte ihm seinen unredlichen Lebenswandel vor Augen geführt, so wie bei ihm.

«Oh, tapferer Mittni, guter Mittni! Finde deinen Frieden!»

Bryn ließ das Schwert fallen und drückte den mutigen Hu-Barue an sich. So saß er dort, seinen Freund in den Armen, während der Lebenssaft aus ihm herauslief, und lauschte seinen letzten verwirrten Worten, da fiel plötzlich ein Schatten auf ihre bemitleidenswerten Gestalten. Ayactan baute sich vor ihnen auf. Wie Äste eines Baumes ragten dort, wo sein rechter Arm abgetrennt worden war, nun zwei Arme hervor.

«Was für eine praktische Waffe. Gefühle vernichten meine Feinde viel effektiver als Kampf.»

Aquiuss stürzte sich auf den Dämon. Aber bevor er ihn irgendwie verletzen konnte, holte Ayactan ihn mit einem Faustschlag von den Füßen. Bewusstlos sackte der Paladin zusammen.

Nun würden sie also gemeinsam hier sterben. Mittni und er in einem Ende vereint, wie sie es sich bei ihren Questen nicht hätten heldenhafter und vergeblicher ausdenken können. Und doch war für Calaspia noch nicht alles verloren. Eridanus, Galar und Mako Hiapo würden Ayactan das Schwert entreißen, und einer von ihnen würde sich als der wahre Träger von Magnarion erweisen.

Aber was war das? Mittnis Augen begannen zu schimmern – ein Glanz aus seinem Innern. Bryn fürchtete schon, dass er innerlich verbrannte. Aber das Leuchten war zu hell und zu gleichmäßig. Es musste seine Seele sein, die den Körper verließ, um Ruhe im Jenseits zu finden. Dann erkannte Bryn, dass seine erste Vermutung gar nicht so falsch gewesen war. Es brannte tatsächlich irgendetwas, aber nicht Mittni, sondern etwas in seinem Inneren. Bryn spürte, dass es ein schmerzvoller, aber befreiender Vorgang war.

Ayactan erstarrte bei dem Anblick, und er schien Angst zu bekommen.

Mittni, der sich bisher über seine grausame Wunde zusammengekrümmt hatte, streckte sich plötzlich. Dann entspannten sich seine Glieder. Er war durch die Macht des Lichts geheilt worden – voll und ganz, auch seine Seele.

Mittni griff sich Magnarion.

Ayactan stand fassungslos dort, zwei seiner drei Arme an den Helm gepresst, als wollte er sich die Ohren zuhalten.

Als der Hu-Barue das Schwert aufhob, erklang Musik, die von nirgends und überall gleichzeitig zu kommen schien – das legendäre Himmlische Lied. Es klang so schön, Bryn konnte nur daknien und weinen. Er sah seinen genesenen Freund an und kam sich noch schmutziger vor. Mittni hatte eine Verwandlung durchgemacht. Er war vollkommen vom Wahnsinn befreit worden, auch von dem, der für alle menschlichen Geschöpfe ganz natürlich war.

Mit seinem dritten Arm schlug Ayactan auf Mittni ein.

Der Hu-Barue hob Magnarion und parierte. Das Schwert des Feindes schrie auf und zersprang. In schimmernden Splittern fiel es zu Boden. Der Dämon, der in der Waffe gefangen gewesen war, kam frei, ging in einer weißen Flamme auf und schoss in einer brennenden Spur zum Himmel.

Dann griff Mittni Ayactan mit dem göttlichen Schwert an. Beinahe vollkommen geräuschlos glitt es durch die Rüstung des Dämons. Dann trat der Hu-Barue einen Schritt zurück, wie ein Schauspieler vom Bühnenrand, und schloss die Augen.

Der Dämon begann zu zittern. Als der Wahnsinn in ihm sich entzündete, fing seine Rüstung an zu glühen wie Kohle. Bryn musste die Augen zusammenkneifen und sie sich schließlich zuhalten.

Wind aus der Unsichtbaren Welt heulte durch den höhlenartigen Tempel und trug die Seele des Dämons in die Geisterwelt. Von seiner Rüstung blieb nur eine glühende, geschmolzene Lache zurück. Es gab keinen Ayactan mehr in Calaspia.

Mittni, der noch immer blutete, begann zu taumeln und stürzte in den Dreck. Mit letzter Kraft lief Bryn zu Kik-Eritee. Er hob den leichten, pelzigen Körper hoch und trug ihn zu Mittni. Dann legte er die Hand des Plimps auf Mittnis Brust, und die Wunde begann zu heilen. Der Fluch des Wahnsinns war aus der Halle verschwunden, und so funktionierte ihre Magie wieder besser. Er hatte keine Angst mehr, die Kontrolle zu verlieren. Zuerst berührte er die gebrochenen Knochen des Plimps, um Kik-Eritees natürliche Heilungsmagie zu aktivieren. Und dann leitete er sie in Mittnis Körper weiter.

Schließlich sank er erschöpft zurück und genoss die Dunkelheit.

✦ ✦ ✦

Das Kreischen eines Vogels brachte ihn zu sich. Sylvata.

Er öffnete die Augen, und sein Blick fiel auf ein ihm unbekanntes Gesicht. Warum sah es so hölzern aus? Er brauchte einen Augenblick, dann begriff er, dass es der Kultivator mit der Maske war. Er kniete vor ihm, ein Schwert in den Armen.

Magnarion.

Bryn war froh, dass der unerwartete Verbündete überlebt hatte.

Auch der Kultivator freute sich. Bryn konnte spüren, wie er ihren Sieg genoss. Aber es war nicht nur reine Freude. Es war Schadenfreude.

Verwirrt hob Bryn den Kopf, um besser sehen zu können. Der Kultivator schob das weiße Schwert in die funkelnde blaue Scheide …

Wie eine erlöschende Kerze flackerte die Scheide und verblasste. Nun wurde die Hülle durchsichtig, dann leuchtete sie in verschiedenen Farben auf. Und schließlich wurde sie schwarz.

Jemand lag auf dem Hauptaltar. Ein nackter Körper. Eine Frau. Zuola. Selbst von hier konnte Bryn erkennen, dass sie tot war.

Sein Herz begann zu schlagen wie eine Kriegstrommel. Die Dinge fügten sich zusammen. Aber seine Gedanken waren langsam, vernebelt. Träumte er? Aus irgendeinem Grund wusste er, was gleich passieren würde …

Langsam zog der Kultivator das Schwert wieder aus der Scheide. Aber es war nicht dasselbe Schwert.

Es war nicht mehr Magnarion.

Flammen loderten in den Wandhalterungen auf, schossen bis fast an die Decke. Dann erloschen sie.

Chaos.

Der Boden begann zu beben. Die Säulen schwankten, und Mauerwerk regnete von der Decke herunter. Unter Zuolas Leichnam brach der Opferaltar auseinander. Ihr Körper baumelte über einem Riss und wurde nur durch die Fesseln an ihren Armen und Beinen in der Luft gehalten.

Der Kultivator mit der Maske lachte wie wahnsinnig und

reckte die schwarze Klinge triumphierend in die Höhe. Bryn zog ein Messer aus seinem Stiefel hervor und warf es.

Vorbei.

Der Kultivator schwang sein neues Schwert durch die Kammer, als wollte er auf etwas zeigen. Die Statuen, von denen Bryn dachte, dass das Erdbeben sie durchrüttelte, setzten sich in Bewegung. Die Rüstungen der Drachenritter erwachten zum Leben. Nachdem er sie aus ihrem Jahrtausende andauernden Schlaf geweckt hatte, schob der Kultivator Chaos in die Scheide an seiner Seite. Dann war er mit einem Schwung seines schwarzen Umhangs verschwunden.

Mit einem donnernden Geräusch gab die Felswand hinter dem Kristallthron des mächtigen Schwertes nach. Dann teilte sich der Boden, und der Spalt arbeitete sich bis in die Vorhalle vor, in der der erschlagene drachenähnliche Hüter lag. Aquiuss kam wieder zu Bewusstsein.

Der Paladin taumelte auf Bryn zu und rief: «Was geht hier vor?»

«Der Tempel stürzt ein!»

Bryn schüttelte Mittni und Kik-Eritee und bedeutete Aquiuss, ihnen hinauszuhelfen. Dann schwankte er wie ein Betrunkener zum zersplitterten Altar hinüber. Sylvata kam angeflogen, sie freute sich, ihn am Leben zu sehen. Bryn streckte ihr eine Hand entgegen. Der Adler hob einen Flügel und streckte die linke Klaue vor. Eine Kralle löste sich und flog durch die Luft. Bryn fing sie auf.

Er durchtrennte Zuolas Fesseln und warf sich die Paladin über die Schulter. Sie war kalt, steif und vor allem schwer. Sollte er sie zurücklassen? Niemals! Er biss die Zähne zusammen und stampfte los.

Aquiuss hatte es geschafft, Kik-Eritee und Mittni zu wecken. Unschlüssig, ob sie ihm helfen oder seinen Anweisungen folgen und flüchten sollten, warteten die drei beim Ausgang. Schließlich jagte der Plimp zu Bryn hinüber, seine kräftigen Beine trugen ihn rasch über den aufreißenden Boden. Er nahm ihm Zuola ab und trug sie wie ein Baby im Arm, selbst als er auf dem Weg nach draußen über den toten Tempelhüter hinwegsprang.

Mittni sah nicht besonders gut aus. Er war blass, und Aquiuss musste ihn stützen.

Und die Drachenritter kamen näher. Ein paar wurden von herabfallenden Steinen zerquetscht. Aus den letzten Ecken des Tempels kamen sie hervorgekrochen, hundert zum Leben erweckte Rüstungen.

«Lauft! Ich werde euch etwas Zeit verschaffen.»

Aquiuss scheuchte den humpelnden Mittni los und baute sich neben Bryn auf. Der schubste ihn weg und knurrte ihn an. Als Aquiuss die Waffe sah, die in seiner Hand ihre Form veränderte, gab er nach und folgte Mittni.

Wütend atmete Bryn tief durch und ließ das dunkle Schwert kreisen. Die Zeit war reif, dass die Klaue des Todes sich wieder ihren alten Meistern zeigte.

Sie bewegten sich mindestens ebenso flink wie Okolnits Tahl Uthnae. Aber diese hier konnte er nicht mit Gefühlen bekämpfen, denn sie waren tot. Bryn kämpfte wie wild, um sich zu verteidigen, während er Schritt für Schritt rückwärts aus der Vorhalle ging. Glücklicherweise konzentrierten sich alle Drachenritter auf ihn – kein einziger drückte sich an ihm vorbei, um Mittni und Aquiuss zu verfolgen.

Sylvata flog den beiden durch den Tunnel hinterher, und nun war Bryn völlig allein. Allein mit Elyon und hundert mörderischen Rüstungen. Sie hatten keine Klauen des Todes, aber sie kämpften mit anderen Waffen. Mit unzähligen tödlichen Instrumenten griffen sie Bryn an.

Nun, da er die Klaue in der Hand hielt, spürte er plötzlich eine Verbindung zu Okolnits Geschenk. Er streckte seinen Geist danach aus und rief es zu sich. Mit der einen Hand kämpfte er weiter, mit der anderen schnitt er sich in den Arm und rief die Tahl Uthnae zu Hilfe. Aber er konnte keine Reaktion spüren, und während er einem Angriff auswich, verstaute er die Klaue rasch in der Tasche.

Langsam war er vollkommen durchgeschwitzt, und ihm ging die Luft aus. Selbst völlig ausgeruht und vorbereitet hätte er nicht länger als ein paar Minuten gegen diese ungestümen Angriffe durchhalten können. Er musste etwas unternehmen – und zwar rasch.

Mit Pentakylismus lenkte er ein paar herabfallende Steine auf seine Gegner. Dabei musste er sich auf sein Gefühl und kurze Blicke in die Unsichtbare Welt verlassen, denn im Tunnel war es, abgesehen von den glänzenden Rüstungen der Drachenritter, die von innen heraus zu leuchten schienen, recht dunkel. Schließlich konnte er sich die toten Ritter mit der Klaue des Todes nicht mehr vom Leibe halten, und er wollte sie mit einem Zauber wegsprengen. Aber die Magie machte ihn völlig fertig, und rasch erkannte er warum. Drachenhaut war gefeit vor Magie. Er konnte sie zwar ein Stück zurück drücken, aber keinem Einzigen war wirklich etwas passiert.

Benutze deinen Verstand!, sagte er sich selbst. Es musste intelligentere Möglichkeiten geben, in diesem Kampf Magie einzusetzen. Was würde Eridanus tun?

Eine Übung aus Eisenfels schoss ihm durch den Kopf. Vor der Erstürmung von Armaah, bei der Aurgelmir getötet worden war, hatte der Hohe Lehrmeister ihn etwas über die Möglichkeiten der Magie gelehrt. Er hatte Bryn aufgefordert, einen ausweichenden Stein zu fangen.

Bryn lachte und belegte sich selbst mit einem Ausweichzauber.

Sosehr sie sich auch bemühten, die Drachenritter trafen ihn nicht mehr. Mit übernatürlichen Reaktionen wich sein Körper den Angriffen aus, er tanzte schon fast, als er zum Ausgang lief. Er lachte und lachte, während er einen nach dem anderen von ihnen zur Strecke brachte.

Dann zuckte eines seiner Knie nach hinten, um dem Tritt eines Drachenritters auszuweichen, und äußerst schmerzvoll wurde Bryn der große Nachteil an seinem Zauber bewusst. In der Eile hatte er nicht daran gedacht, dass sein Körper doch schon etwas anderes war als ein Stein. Durch den Zauber bewegten sich seine Glieder, ohne seine Anatomie zu berücksichtigen. Um einem Angriff auszuweichen, würde er sich möglicherweise selbst töten, indem er sich über seine körperlichen Grenzen hinaus verbog!

Rasch hob Bryn den Zauber auf und stürmte hinaus, so schnell er konnte.

Was mit seinem schmerzenden Knie nicht besonders schnell war. Die Drachenritter waren schneller.

Da er mittlerweile recht kraftlos war, wusste er, dass er nicht genug Konzentration für einen Zauber aufbringen würde, nicht einmal mit Pentakylismus. Sonst würde er sich Geschwindigkeit verleihen und verschwinden, wie es der feige Kultivator getan hatte. Allerdings würde er dann Mittni und Aquiuss überholen, und die Drachenritter würden über sie herfallen.

Konnte ihm die Klaue des Todes noch irgendwie helfen? Bestimmt gab es eine enge Beziehung zwischen den Talismanen von Torb-Oros und der ersten Generation der Sterblichen, die ihr Leben ihrem Hass geopfert hatten. Als er an einer Wandhalterung vorbeilief, fiel ihm ein früherer Gedanke ein. Die

Halterungen hatten eine ungewöhnliche Form, wie Scheiden, und er hatte sich gefragt, was geschehen würde, wenn man eine Klaue des Todes hineinsteckte.

Genau das würde er nun herausfinden.

Für ein paar Sekunden verlieh er sich magische Geschwindigkeit und schob die Klaue in die Halterung. Es geschahen zwei Dinge: In den Edelsteinen auf beiden Seiten des Weges flammte Licht auf und erhellte den Tunnel, und die Rüstungen erstarrten wieder.

Keuchend trat Bryn hinaus ins grelle Licht.

«Kommen sie?», fragte Aquiuss.

Bryn schüttelte den Kopf und drückte Mittni zurück auf den Boden. «Ruht euch aus.»

Sie hatten Zuola mit einer Decke zugedeckt. Er atmete noch immer schwer, als er den Blick abwandte. Er konnte ihren raschen, unwürdigen Tod nicht akzeptieren.

«Vergib mir», flüsterte er. Wie sollte er sich je vergeben, bewusstlos dagelegen zu haben, als ihr helles Lebenslicht ausgeblasen worden war? Er sollte wütend herumbrüllen, er wollte weinen vor Reue … aber er fühlte nur Leere. Bryn hatte das Gefühl, genauso tot zu sein wie sie.

Er warf einen Blick auf das einfache Leichentuch, das die Tote von den Lebenden trennte. Sosehr er sich auch wünschte, sie würde nur schlafen, es war hoffnungslos. Die lebhafte, starke, wunderschöne Zuola war tot.

Bryn spürte keine Schuld und hasste sich dafür. Nein, er konnte nicht einmal den Hass aufbringen – es war mehr ein theoretischer Abscheu vor sich selbst.

In der Hülle seines Körpers zuckte etwas, das noch immer am Leben war und einen Funken der Entschlossenheit in ihm weckte. Was er fühlte oder nicht fühlte, war erst einmal nicht so wichtig. Wenn es noch eine Zukunft gab, konnte er sich später um seine Verzweiflung kümmern. Zum Teil hoffte er, sich nie davon zu erholen. Aber nun kam es auf die Verantwortung an, die er zu tragen hatte.

Sein Culmus war ihm gestohlen worden. Die Klaue des Todes würde er im Tunnel des Tempels von Tahl zurücklassen, damit die Drachenritter nicht wieder erwachten. Eigentlich war er sogar froh, das Schwert endlich für immer los zu sein.

Bryn kniete sich neben die gefallene Paladin und streichelte ihr weiches, dunkles Haar.

«Danke, Zuola. Ich werde dich nie vergessen.»

Er seufzte, nahm ihr Schwert und blickte den steilen Hang hinunter. Ihm war zwar übel, aber die Luft roch gut. Nicht bloß frisch, wie es zu erwarten war, wenn man gerade aus einem unterirdischen Tempel des Todes heraustrat, sondern tatsächlich frisch und grün. Er blickte sich nach Kik-Eritee um und sah ihn vor einem Baum knien. Es war der Dornbusch, in dem Kishmish sein Ende gefunden hatte. Noch immer hoffte Bryn vage, dass der Plimp wie Phoenix aus der Asche wiedergeboren werden würde.

Der Busch hatte sich in einen Rosenstrauch verwandelt. Im Großen und Ganzen hatte sich der ganze Berggipfel verwandelt, so ähnlich wie Mittni, nachdem er vom inneren Wahnsinn erlöst worden war. Die Wüste blühte.

Bryn ließ sich auf die Wolldecke neben Mittni sinken und streckte seinen schmerzenden Körper aus.

Magnarion war verschwunden. Und hier lag er, ein Versager im wahrsten Sinne des Wortes. Wenn sie gewusst hätten, dass er das Schwert schon längst gehabt hatte, hätte all dies nicht geschehen müssen. Sie hätten direkt ins Goldene Tafelland ziehen können. Kishmish und Zuola wären noch am Leben. Und er wäre tot, wie es sein sollte. Und die Geißel wäre aufgehalten worden.

«Und nun?», fragte Aquiuss.

Bryn biss die Zähne zusammen. Sie waren dem Sieg ferner als je zuvor.

«Wir müssen die Zentrale warnen, dass der Thron des Wahnsinns möglicherweise aktiviert wird. Der Kultivator hat Chaos.»

Dafür mussten sie die Berge verlassen. In einem flachen Grab unter Kishmishs Rosenstrauch – Kik-Eritee grub es in nur einer Minute – beerdigten sie Zuola, dann sammelten sie ihre Habseligkeiten ein und gingen.

Der Kultivator mit der Maske ist ein Verräter, dachte Bryn. *Vielleicht hat Hecklehurst mich belogen, was das Netzwerk angeht. Aber wozu haben sie mich gebraucht?*

Der Tod des Plimps hatte den öden Berg fast bis ins Tal hinunter erlöst, und so gingen sie nun über ganz normalen Sand, als der Bach in Sicht kam, an dem sie Ayactans Fußabdrücke das erste Mal gesehen hatten.

«Gibt es bei euch irgendwelche Bestattungszeremonien?», fragte Bryn.

«Natürlich – seit die uralten Zeiten!», erklärte Kik-Eritee. Der niedergeschlagene Plimp war kaum als der lebhafte, lustige Geselle zu erkennen, als den Bryn ihn kannte. «Aber du tust nicht teilnehmern können. Schmerzen sind zu tief in unserem Volk. Unsere Trauer tun anderen nicht verstehern können.»

Bryn nickte und kam sich töricht vor.

Zum Glück brauchte er nicht zu antworten, denn ihr Gespräch wurde unterbrochen. Als sie die Grenze aus Nurkis erst einmal überschritten hatten, spürte Bryn sofort die Anziehungskraft von Eridanus' Geist. Trotz seines Pentakylismus war er so erschöpft, dass er Stein und Wasser vorbereitete, um sicherzugehen, dass der übriggebliebene Wahnsinn die Nachricht nicht verstümmelte oder verdarb.

Gerade als er den Kontakt zum Hohen Lehrmeister herstellen wollte, spürte er Aquiuss' Anspannung. Der Paladin suchte den Himmel ab, und einen Augenblick später hörte Bryn es auch: Eine Unruhe in der Luft, die ihm bekannt vorkam, er wusste aber nicht woher. Im ersten Moment dachte er an die Flügel eines drachenähnlichen Monsters, das ihnen Verdammnis bringen würde, aber das unterschwellige Dröhnen war zu tief und gleichmäßig. Ein Propeller.

«Sie müssen das Gebiet abgeflogen haben», rief Aquiuss. «Perfekt!»

Das Brummen wurde lauter, schallte über die Ebene, hallte von den steinigen Hängen wider und kitzelte sie in der Brust.

«Ein Luftschiff?», fragte Bryn.

Schon tauchte ein hölzerner Schiffskörper zwischen den Wolken auf, und geblähte Segel zerrten das Schiff voran. Ohne Magie wären die Masten schon längst gebrochen.

«Wie habt ihr uns so schnell gefunden?», fragte Mittni, als Galar ihm an Bord half.

«Auf eurem Berg hat sich so einiges getan.» Eridanus hob die Hand, und das Schiff, das schon gekämpft hatte, endlich wieder fliegen zu dürfen, schüttelte die Fesseln ab und schoss in die Luft. «Vor ein paar Stunden tauchte plötzlich euer Signal auf, wo die Karte vorher schwarz gewesen war – dann verschwand es wieder. Die Abwehrmechanismen des Berges müssen für einen Augenblick außer Kraft gesetzt worden sein.»

Bryn konnte nur raten, wann genau das gewesen war: Wahrscheinlich, als er Magnarion in seine ursprüngliche Scheide aus Kristall geschoben hatte. Eigentlich war er ihm einigermaßen egal. Nun ging es nur noch darum, dass sie auf dem Weg waren, um Zeugen der Zerstörung des Planeten zu werden – und alles war seine Schuld.

«Was macht ihr hier?» Bryn warf bestürzt einen Blick in die Runde. Galar und Eridanus, ihre beiden mächtigsten Krieger. «Ihr solltet das Goldene Tafelland schützen!»

«Wo ist dein Schwert?», fragte Eridanus. «Bryn, du hattest Magnarion schon die ganze Zeit!»

«Ich weiß.» Ihm war nach Stöhnen zumute, aber die Worte klangen kurz und knapp. «Und Ihr habt Euch entschieden, persönlich hierherzukommen? Was ist mit dem Thron?»

«Warum sollten wir den Thron des Wahnsinns verteidigen?», sagte Galar. «Wenn du Magnarion an Ayactan verloren hättest, wäre eh alles verloren.»

«Ayactan ist tot. Aber es *ist* alles verloren», heulte Bryn. «Der Kultivator mit der Maske schwingt Chaos. Er ist verschwunden.» Ihnen alles über das Netzwerk zu erzählen, konnte er sich jetzt jedoch nicht durchringen.

Eridanus streichelte Kik-Eritees Ohren. «Dann sollten wir keine Zeit verlieren. Auf ins Goldene Tafelland zu Thybil, Sarghenta und Rameon.»

✦ 37. KAPITEL ✦

Der Thron des Wahnsinns

Welch Ironie, dass mir gerade meine Liebe zur Wahrheit ein so liebloses Leben beschert hat. Mein Genius ist ein Fluch, eine zu schwere Last. Früher dachte ich, mit Magie könnte man alle Probleme lösen. Nun weiß ich, dass Lösungen die Magie der Probleme sind. Das Gefüge der Realität ist zerrissen, die Welt zerbrochen, wahnsinnig. Die größte irdische Schönheit ist nichts als eine verwelkende Blume; kraftlos, eine Welle im Ozean; geistlos, ein Wölkchen im Wind. Ich habe mich intensiver mit den Manifestationen des Wahnsinns befasst als jeder andere, der gesunden Geistes ist. Manchmal frage ich mich, ob ich das überhaupt noch bin. Eines weiß ich genau: Es liegt Schönheit in der Zerbrochenheit, Kraft in der Schwäche und Weisheit in den verrückten Dingen, die der Gelehrte verachtet. Und daher werde ich, wenn diese Welt wiederaufgebaut wird und meine Asche plötzlich ewigen Ruhm genießt, Teil dieser Neuen Schöpfung sein, die trotz all ihrer Narben und Kämpfe schöner, besser und wahrhaftiger sein wird. Eilt euch, ihr Menschen, eure Lektionen zu lernen und Entscheidungen zu treffen. Eilt euch, denn Er wartet darauf, alles zu erneuern. Was mich angeht, ich kann nicht mehr warten.

— Lueths Notizbuch

Gemeinsam wollten ein Plimp, ein Hoher Lehrmeister und ein Pentakylist etwas vollbringen, das ansonsten höchstens noch Lueth Rann gewagt hätte. Sobald sie sich weit genug vom Berg der Tahl Uthnae entfernt hatten, konzentrierte sich einer ausschließlich darauf, ihre Zauber dem Einfluss des Wahnsinns zu entziehen, und dann verzauberten sie die Segel so, dass sie noch rascher vorankamen. Alles musste festgezurrt werden, und als der Schiffsrumpf vom Fahrtwind ordentlich durchgeschüttelt wurde, verweilte die menschliche und ritterliche Fracht lieber unter Deck. Mit der vielfachen Geschwindigkeit des schnellsten Pferdes schossen sie nach Nordwesten. Sylvata kauerte sich in Bryns Armen zusammen und versteckte den Kopf unter einem Flügel.

«Die Zwerge bewachen drei Lager der Wahnarchisten», sagte Galar. «Nach allem, was du uns erzählt hast, haben wir den größten Teil des Numenii-Heeres, die Inquisition und die Culmus Sangui versammelt und um das Goldene Tafelland aufgestellt.»

Bryn nickte. Die Vorkommnisse des Tages schienen schon so weit weg zu sein. Er hatte noch nicht ganz verarbeitet, dass das Schwert des Apheristen die ganze Zeit in seinem Besitz gewesen war – und nun hatte es der Kultivator.

Plötzlich wurde ihm klar, was Nemo gemeint hatte. *Es hat den Tempel verlassen. Es ist hier.* Er hatte von Magnarion gesprochen.

Nur ein paar Stunden später bremste das Luftschiff über den letzten Bergen von Nomidien langsam ab.

«Wir sind bald da», erklärte Eridanus. «Hier ist der Wahnsinn so intensiv wie in den südlichen Bergen von Nomidien – oder noch intensiver. Das ergeomorphische Becken liegt nördlich von Rameih. Alle Brennpunkte haben so viel Energie aufgesaugt, wie sie konnten. Dann haben sie begonnen, den

Wahnsinn ins Goldene Tafelland zu leiten. Das ergeomorphische Becken ist riesig – so groß wie der Armre-See. Es kann noch nicht ganz voll sein, aber das muss es auch nicht, wenn der Kultivator mit Chaos auftaucht.»

Der Hohe Lehrmeister beobachtete einige Heimsteine und andere Glasinstrumente. «Haltet Ausschau nach dem Kultivator. Wir müssen ihn aufhalten, koste es, was es wolle.»

Sie stiegen an Deck und blickten auf Tinum hinunter, der Stadt, die dem Goldenen Tafelland am nächsten lag. Alle anderen Siedlungen waren verlassen oder in Militärlager verwandelt worden.

Sylvata musste sich regelrecht festkrallen, als sie umherspazierte. Die Flügel schien sie lieber nicht benutzen zu wollen. Der Wind riss an Bryns Haaren und Kleidern, ließ ihn jedoch auch langsam wieder klar im Kopf werden. Verzweifelt suchte er in Lueths Notizbuch nach irgendwelchen nützlichen Hinweisen. Er konnte sich nicht wirklich gut konzentrieren, und so brauchte er mehrere Minuten, um auch nur einzelne Zeilen im Index zu entschlüsseln.

Galar saß da und polierte grimmig seine Axt. Der Barue sah wieder ins Buch und keuchte auf. Ein Eintrag im Index, den die Pentakylistische Schrift ihm offenbarte, lautete: *Sturli der Töter, Nachkomme von Telabor.*

Rasch schlug Bryn die entsprechende Seite auf und las: *Da sie aus weniger Generationen besteht, war die Ahnenreihe der Zwerge so viel einfacher zu verfolgen als meine eigene!*

«Was steht da?», fragte Mittni.

«Galar», rief Bryn. «Wusstest du, dass du ein Nachkomme von Telabor bist?»

Der Zwerg blickte ihn überrascht an, nickte dann aber. «Das hier ist Telabors Axt. Nie hat es eine bessere Waffe gegeben.»

Als Bryn die Notiz las, spürte er eine gewisse Ermutigung:

Telabor hatte geschworen, dass er und seine Nachkommen Töter sein würden, bis der Wahnsinn besiegt war. Er war nicht der Einzige, der eine solche Erblast zu tragen hatte. Er war nicht allein. Auch Galar und seine Vorfahren waren Verbündete gewesen. Gemeinsam konnten sie den Kampf ihrer Ahnen weiterführen – und vielleicht sogar vollenden.

Der Zwerg öffnete sein Hemd. «Telabor selbst hat die Tradition mit der Raubvogeltätowierung begonnen. Keine andere Familie trägt dieses Zeichen.»

Die Barue waren überrascht, dass Galar von seiner Abstammung wusste. Mittni lachte. «Würde mich nicht wundern, wenn Kik-Eritee ein Nachkomme von Dattu wäre.»

Bryn beugte sich über die Reling und traute seinen Augen kaum. Der Wald unter ihnen bestand nicht aus Holz, sondern aus Fleisch.

Die wimmelnden Menschenmassen der Anhänger der Kulte sangen okkulte Lieder und tanzten. Das an sich war noch nicht besonders ungewöhnlich. Aber die unzähligen Körper bewegten sich in nahezu perfekter Harmonie. Wie Bäume im Wind wiegten sie sich zu einem unnatürlichen Heulen hin und her, einem dämonischen Geräusch, das Bryn die Nackenhaare zu Berge stehen ließ. Anscheinend besaßen die Massen keinerlei Kontrolle mehr über ihre eigenen Körper.

Kamen sie zu spät?

✦ ✦ ✦

«Was macht ihr zwei denn hier?», rief Thybil. «Ich dachte, ihr seid in Baruto!»

«Und, wie gefällt er dir?» Telseara grinste ihn aus dem Swignystand an. «Wir haben an allen Brennpunkten Buden aufgestellt, die die Soldaten mit Freigetränken versorgen. Das ist unbezahlbare Reklame! Ich meine, das sind *Tausende* Soldaten, von den Anhängern der Kulte gar nicht zu sprechen …»

«Wir haben die Bellysets überzeugt, dass es das aufregendste und beunruhigendste Ereignis seit dem Krieg um das Tor ist. Wenn jemand überlebt, wird das hier noch für Generationen ein Gesprächsthema sein», strahlte Dordios. «Und deshalb wird es sich als geschickter Zug erweisen, die mutigen Soldaten, die das Imperium vor dem Wahnsinn beschützt haben, zu sponsern.»

«Hätte ich mir denken können, dass ihr dahintersteckt.» Thybil fuhr sich mit der Hand durch die Haare. «Na, gut. Dann reicht mir mal einen Becher.»

Als der alte Barue gerade den dritten Becher leeren wollte, setzte er ihn, ohne zu trinken, plötzlich wieder ab.

Die Wahnarchisten hatten schon so lange gesungen, dass er das abstoßende Geheul gar nicht mehr wahrgenommen hatte. Aber nun fiel ihm die Veränderung auf.

Das Singen hatte aufgehört.

Telseara und Dordios schauten auf. Dann schwang die Tür mit dem Bellyset-Emblem zur Seite, und sie traten unter den Swignybannern hervor. Sie folgten Thybil, der bereits den Hang erstieg.

Aus dem Kommandozelt über ihnen tauchte Sir Humphrey auf und sah durch ein Fernrohr.

Dort, mitten in der Menschenmenge, bewegte sich etwas. Die Reihen teilten sich – nein, die Leute legten sich auf den Boden! –, um eine Schneise für eine einsame Gestalt mit einem erhobenen Schwert zu bilden.

Das war nicht Ayactan, aber Bryn war es auch nicht.

«Wie ist der an den Wachen und Gräben vorbeigekommen?», donnerte Humphrey.

General Wingnut gab ein Signal. Das Horn hallte über das ganze Lager.

✦ ✦ ✦

Aus dem Luftschiff konnte Bryn gut sehen, was der Wahnsinn angerichtet hatte. In der Umgebung des Goldenen Tafellands wimmelte unnatürliches Leben, es gab Deformationen und Abscheulichkeiten aller Art. Das eigentliche Zentrum sah überraschend normal aus.

«Der Wahnsinn ist hier so intensiv, dass er aufgehört hat, Unheil anzurichten», sagte Eridanus. «Wie an seiner Quelle auf dem Gipfel des Wahnsinns ist die Energie hier zu konzentriert, um andere Formen anzunehmen.»

«Wie physische Manifestationen von Elementen aus der unsichtbaren Welt.» Noch während Bryn sprach, wurde ihm klar, dass es so einfach nun auch nicht war. Rote und dunkelrote pulsierende Linien durchzogen wie Krampfadern der Erde den Boden. Der Wahnsinn hing in der Luft; man konnte ihn selbst mit bloßen Augen in der Sichtbaren Welt erkennen. Bryn und Mittni konnten ihn mit ihren Barue-Sinnen wahrnehmen wie ein menschliches Geschöpf. Er fühlte sich nicht wirklich *böse* an, denn seine Macht, die sich auf größere Dinge von kosmischen Ausmaßen konzentrierte, war mit solch einfachen Begriffen nicht zu fassen. Der Wahnsinn schien seine Anwesenheit, seine Handlungen für rechtmäßig zu halten. Zwischen den Menhiren schossen Energiestränge hin und her. Als wäre das Blut eines Kontinents über das Gras vergossen worden, funkelte auf den Feldern rubinroter Tau.

«Da!», rief Aquiuss vom Bug. «Es kommt Bewegung in die Anhänger der Kulte.»

Bryn ging zum Paladin hinüber. Nach einer Weile entdeckte er die Unruhe, ein kleine Welle der Begeisterung. Eine kleine Gestalt stolzierte mit erhobenem Schwert durch, nein, über das Gewimmel der Körper. Sie schien auf den Monolithen im Zentrum der Ebene zuzusteuern.

«Wir müssen ihm den Weg versperren!»

Sie waren noch so quälend weit von ihm entfernt. Eridanus wollte gerade eine Nachricht an die Zentrale schicken, da erklang das Horn. Die Zeltreihen hinter den Gräben um den Thron des Wahnsinns erwachten hektisch zum Leben. Bataillone von Soldaten drängten an die Begrenzungen, die Reihen der Numenii-Soldaten füllten sich.

Überall um den Kultivator mit der Maske herum versperrten seine Anhänger den Weg – es war unmöglich, ihm zu folgen. Hilflos beobachtete Bryn, wie der Kultivator sich einen Weg durch die triumphierenden Menschenmassen bahnte. Jubelgeschrei brandete wie Flutwellen in die letzten Ecken der Versammlung, die zwar zu weit weg und zu überfüllt waren, um etwas sehen zu können, aber von der Begeisterung in der Luft gepackt wurden. Nun war ihre Zeit gekommen. Die Geißel stand vor der Vollendung.

Bryn wunderte sich, warum der Kultivator nicht die Gabe der Geschwindigkeit nutzte, um den Monolithen zu erreichen, aber dann verstand er. Er war sich seines Sieges so sicher, dass er sich nicht zu beeilen brauchte.

«Wo sind die Culmus Sangui?» Bryn ließ den Blick über ihre Reihen schweifen. Das Numenii-Heer war zahlenmäßig deutlich unterlegen, aber wenn es zum Kampf kommen sollte, konnte es auf sich selbst aufpassen. Wie es von hier oben aussah, trugen die Anhänger der Kulte keine Waffen. Aber ihnen blieb keine Zeit für eine offene Feldschlacht! Es war eine Frage von Minuten, bis der Kultivator den Monolithen erreichen und mit Chaos den Wahnsinn entzünden würde.

«Da kommen sie», rief Aquiuss. «Führe sie an, Kapitän!»

Bryn sah, wie mehrere andere Luftschiffe sich vor ihnen in die Luft erhoben. Bis sie ihre Segel richtig in den Wind gebracht hatten, war ihr Schiff bereits in die vorderste Linie der Flotte geschossen. Als die Numenii-Soldaten in einer Flut blitzenden Stahls aus den Gräben auftauchten, flogen die Schiffe über sie hinweg.

«Da, Humphrey, Hornbeam und Wingnut», zeigte Eridanus.

Die Infanterie verteilte sich, um die Grenzgebiete abzusichern, und Sekunden später strömte die Kavallerie über rasch aufgestellte Brücken ins feindliche Gebiet. Sie zwangen eine Schneise in die Menge und trampelten die, die nicht aus dem Weg gingen, zu Boden. Der Schwung ihres Angriffs trug sie ungefähr ein Drittel der Strecke bis zum Monolithen, dann wurden sie langsamer und die Anhänger der Kulte begannen, sie von den Pferden zu zerren. Die Infanterie jagte ihnen nach und bildete einen Korridor durch die Menge.

«Die Kampfmagier wagen es nicht, zu zaubern, aber ohne Magie werden sie es nie schaffen.»

Bryn hielt die Luft an, als Hunderte Bogenschützen ihre Bogen spannten und sie auf die Gestalt richteten, die ihm sein Schwert gestohlen hatte. Mit einem langandauernden Schwirren, wie das Flattern winziger Flügel, schossen die Pfeile mit tödlicher Anmut durch die Luft. Sie mähten ein Gebiet in der grasähnlichen Menschenmenge nieder, kamen aber nicht bis zum Kultivator. Er war außer Reichweite.

Bryn kramte in seiner Tasche, um die einzige Hilfe zu rufen, die ihm noch einfiel. Er zog Okolnits Klaue hervor, drückte sie in die Haut seines linken Armes und schnitt sich ins Fleisch. Dieses Mal spürte er eine Reaktion der Tahl Uthnae.

Die Luftschiffe hatten ein weiteres Drittel der Strecke bis

zum Monolithen zurückgelegt, mussten nun aber abbremsen, um nicht über das Ziel hinauszuschießen. Bryn war froh, dass er hier oben in der Luft war, sonst würde er den Ozean der Gefühle dort unten noch intensiver spüren. Selbst von hier oben konnte er die überwältigenden Vibrationen aus Erwartung und Siegestaumel spüren – und die Entschlossenheit und Frustration ihrer eigenen Streitmacht. Glücklicherweise konnte er keine einzelnen Stimmen unterscheiden.

Bryn blickte hinüber zum Nebenschiff und musste plötzlich grinsen. Am Bug des Schiffes stand Cunar, ein Entermesser in der Hand. Der Pirat war endlich wieder einmal genau dort, wo er hingehörte. Hinter ihm standen Rameon und eine Gruppe Soldaten und Bannbrecher. Bryn winkte den Culmus Sangui auf den anderen Schiffen zu. Nie zuvor hatte er so viele von ihnen gemeinsam auf einer Mission gesehen. Er erblickte Meister Tamasan, der ihm so viel über das Kämpfen mit dem Schwert beigebracht hatte, und Usdun Leeren, der ein schmollendes Bündel im Arm hielt: Meister Vallon. Selbst Sarghenta war an Bord und rief Anweisungen.

Der Kultivator mit der Maske erklomm den Hang. Nein, er flog ihn hinauf. Nur Sekunden später stand er auf dem höchsten Punkt der Ebene und streckte zum Jubel der unzähligen Fanatiker Chaos in die Höhe. Kamen sie zu spät? Wie lange würde der Feind brauchen, um das Ritual zu vollziehen?

Mit einem kurzen Blick in die Menge erkannte Bryn Dutzende maskierte Krieger in schwarzen Umhängen. Gut, dann hatte Espera sie wie abgemacht hierher gebracht. Die Tahl Uthnae hatten bereits zur Kavallerie aufgeschlossen. Sie schossen zwischen den Körpern hindurch, ohne langsamer zu werden, wie Geister, die alles durchdringen konnten. Bryn zeigte mit der schwarzen Klaue auf den Monolithen und wies ihnen in Gedanken den Weg.

«Fertig zum Angriff!», brüllte Aquiuss. Der Paladin zog sich die Handschuhe an und knotete sie mit Lederschnüren fest, die beinahe bis an die glänzenden Ellbogenschützer reichten. Auch die anderen Culmus Sangui trugen ihre Kampfrüstungen. Da damals niemand geahnt hatte, dass Bryn und Mittni einmal in großen Schlachten kämpfen würden, hatten sie nie in voller Montur trainiert. Bryn zweifelte daran, dass die Einschüchterung, die sie mit ihrer schweren Rüstung erzielten, die Unbeweglichkeit wettmachen würde, aber als sie sich bewegten, sah es so geschmeidig wie immer aus. Offensichtlich waren die Rüstungen viel leichter als die des Imperiums.

Nun kontrollierten auch die Insassen auf seinem Schiff ihre Ausrüstungen. Bryn griff sich einen Messergürtel und wappnete sich für den Kampf. Wenn sie denn so weit kommen sollten.

Ein tiefes Grollen zog über die Ebene hin.

Der Kultivator stand mit erhobenen Armen dort und schwankte im Griff einer unnatürlichen Windbö. Gras und Blätter wurden vom Boden in den Himmel geblasen.

Steine schlugen gegen den Schiffsrumpf. Rasch schützte Bryn seine Augen mit den Händen und spähte durch die Finger. Chaos, das zuerst weiß wie Knochen war, begann zu brennen und wurde immer heller, schien das gesamte Licht auf dem Hügel und in der Umgebung aufzusaugen. Der wolkenlose Himmel verdunkelte sich, zeigte aber keinerlei Sterne – als wollte Ruach'zam sie allesamt unter einer Decke ersticken.

Aber noch war die Welt nicht am Ende.

Noch war der Wahnsinn nicht ausgebrochen.

Als die Luftschiffe den felsigen Hügel erreichten, sammelten sie sich in Kampfformation, um die Passagiere vor möglichen Angriffen zu schützen. Es wurden Strickleitern heruntergelassen, und die Krieger stiegen hinab. Vom Wind geschüttelt, mussten die Luftschiffe über den Kamm hinwegfliegen, um ihnen am Hang eine bessere Chance zu geben, abzusteigen. Innerhalb einer Minute gingen Dutzende Krieger von Bord und stürzten über den kläglichen Rasen auf ihren Feind zu.

Galar war natürlich als Erster unten, dann kam Aquiuss. Auf dem Nachbarschiff war Meister Usdun am schnellsten, und das, obwohl er den kindlichen Denkmeister in einer Hand hielt. Von einer weiteren Leiter sprang Cerion auf den Felsen, hinter ihm kam Eridanus. Dann folgte Mittni und kurz hinter ihm Bryn.

Wieder donnerte ein *Rums* über die Ebene. Was auch immer da vor sich ging, sie hatten keine Zeit, es herauszufinden. Sie mussten sich um den Kultivator mit der Maske kümmern.

Ein Culmus Sangui schleuderte dem Kultivator den ersten Speer entgegen. Aber wo war er plötzlich? Bryn konnte ihn nicht mehr sehen. Er sah sich auf dem Felsen um, aber er war verschwunden.

Die Turbulenzen wurden schlimmer, und die Leiter schlug gegen den Schiffsrumpf. Der Kultivator mit der Maske musste die Gabe der Geschwindigkeit benutzt haben. Bryn sprang nicht hinunter, stattdessen warf er einen Blick in die Unsichtbare Welt. Die spirituellen Entsprechungen gequälter Schreie und beißender Dämpfe stürzten auf ihn ein. Der Wahnsinn zog seinen Geist gleichzeitig in verschiedene Richtungen. Er schnappte nach Luft und riss sich wieder aus der Unsichtbaren Welt. Es musste reichen, die Ebene mit den Augen abzusuchen. Seine Kameraden standen sprachlos dort. Ohne eine Spur von Chaos konnten sie nichts weiter tun, als von diesem Aussichtspunkt aus nach seinem Träger zu suchen.

Schreiende, spuckende und geifernde Anhänger der Kulte kamen auf sie zu.

Bryn zuckte zusammen, verschloss sich den äußeren Eindrücken und tauchte wieder für einen kurzen Augenblick in die Unsichtbare Welt ein.

Er musste die Zähne zusammenbeißen, um gegen die aufkommenden Kopfschmerzen anzukämpfen. Dann zog er sich wieder die Leiter hinauf und kroch über die Reling. Mitten in dem wüsten Durcheinander hatte er eine schwache Spur des Feindes gefunden.

Er war nicht mehr in der Nähe des Monolithen.

«Zurück an Bord! Schnell!», rief Bryn. «Er ist auf der anderen Seite!»

Im kräftigen Wind näherten sich die Luftschiffe den spitzen Felsen nur langsam. Sie konnten nirgends landen. Ein paar Krieger versuchten, sich an den Leitern festzuhalten, aber an Bord zurückzukehren war schwieriger, als auszusteigen.

Eine der Leitern schleifte den erdigen Hang entlang und wurde von den Anhängern der Kulte gepackt. Die ersten wurden mit in die Luft gehoben, aber weitere sprangen heran, um die Beine der anderen festzuhalten. Schließlich konnten sie eine weitere Leiter ergattern. Sie zogen an den Leitern, sodass das Schiff zu kentern drohte. Rasch schnitt die Mannschaft die Leitern ab, und sie zog sich zurück.

Ein drittes Grollen donnerte über die Ebene. Bryn dachte, ihm wären die Ohren geplatzt. Ihm standen die Haare auf den Armen zu Berge, und seine Kopfhaut kribbelte. Er konnte spüren, wie der Wahnsinn sich aufbaute.

Der Wind peitschte ihm die Haare ins Gesicht und zerrte an den Segeln. Er riss Cunar das Kopftuch herunter und blies es über die Köpfe der Anhänger davon. Dann schlugen zwei Schiffe gegeneinander, dass die Planken knirschten.

Sie würden es nicht schaffen, viele Krieger zurück an Bord zu holen.

Rameon erkannte die Situation. «Haltet den Hügel!», befahl er den fast einhundert Kriegern. Schließlich konnte es durchaus sein, dass der Kultivator nur mit ihnen spielte und wieder hier auftauchte, sobald sie weg waren.

Aquiuss eilte den Hang herunter und sprang. Seine Hände streiften die baumelnde Leiter, er rutschte ab, fand Halt. Durch den Schwung pendelte er unter dem Kiel hin und her. Er war der Letzte, der aufspringen konnte, bevor das Schiff abflog.

Bryn hatte keine Zeit, sich um die Übrigen Gedanken zu machen. Die meisten von ihnen waren Culmus Sangui, und die Anhänger der Kulte waren unbewaffnet – und selbst wenn das nicht so gewesen wäre, würden die Schwerter von ihren Kampfrüstungen abprallen. Außerdem waren Eridanus und Galar bei ihnen.

«Wir sehen uns später, Mittni!», rief er.

Während das Schiff erbebte und Fahrt aufnahm, sah Bryn, wie die Krieger einen Schutzwall bildeten, um den Höhenzug zu besetzen.

Als die Luftschiffe abdrehten, um den Kultivator mit der Maske zu jagen, galten Bryns Sorgen eher seiner eigenen Person. Von den zehn Luftschiffen waren nur noch drei bemannt.

✦ ✦ ✦

In Panik sah Mittni, wie der Rumpf des Schiffes sich vom Hang entfernte und schließlich abwandte. Bryns Worte klangen ihm in den Ohren.

Er war direkt hinter mir, dachte der Hu-Barue verärgert. *Direkt hinter mir!*

«Bist du der Mittni, der in Polgaren den Nurgor-Kriegsherrn zu Fall gebracht hat?», fragte ihn einer der Soldaten, ein Bannbrecher.

Überrascht antwortete der Barue: «Ja, der bin ich.»

Rameons Soldaten tauschten ermutigt Blicke aus. Dass sich sein Ruhm im ganzen Heer verbreitet hatte, war völlig belanglos neben der Tatsache, dass er diesen Männern neue Hoffnung schenkte. Mittni zog sein Culmus und nickte ihnen aufmunternd zu. Dann zuckte er zusammen.

Rums.

Der Wall aus Stahl wurde von einem Erdbeben durchgeschüttelt.

Mittni lachte nervös. «Oben im Norden gab es auch so ein paar verrückte Momente.» Die meisten der Männer waren älter als er, aber trotzdem hatte er das Gefühl, ihnen Mut zusprechen zu müssen. «Erst als …»

Er sprach nicht mehr weiter, denn in diesem Augenblick konnten ihnen keine Worte mehr Trost spenden. Direkt vor ihren Augen materialisierte sich der flackernde Umriss eines Dämons.

✦ ✦ ✦

Die Tahl Uthnae – natürlich. Sie waren noch nicht bis zum Monolithen vorgedrungen, und so leitete Bryn sie um den Hügel herum, den Luftschiffen hinterher. Der Kultivator mit der Maske führte ein weiteres Ritual durch. Dieses Mal zog er Chaos und steckte es am Griff in die Erde, sodass es zum Himmel zeigte.

«Er bezahlt.» Kik-Eritee blickte finster zu ihm hinunter und strich sich über die Augenbrauen.

Rums, antwortete das Goldene Tafelland.

Und nur Sekunden später folgte das nächste Grollen.

Rums … Rums. Es wurde schneller.

Bei jedem Erdstoß schoss farbloses Licht von den Menhiren zum mächtigsten Schwert von Calaspia, das inmitten der Dunkelheit leuchtete wie der Mond.

Bryn streichelte Kik-Eritees lederartiges Ohr. Der Plimp hatte den Kopf an Bryns Seite gelegt, während sie warteten. Sie versuchten, nicht hinunter in das Meer aus Gesichtern zu blicken. Die leeren Luftschiffe kreisten um den Monolithen und warteten, dass sich die Turbulenzen legten. Die beiden anderen Luftschiffe, die neben dem ihren herflogen, sahen düster aus, ihre Masten wie Skelette, die Krieger an Bord wie eine Warteschlange zum Galgen. Da Bryn die weitere Besatzung des Schiffes nicht kannte, hatte er das Gefühl, mit Kik-Eritee allein zu sein. Es wurde immer kälter, und sie drängten sich aneinander. Der Pelz des Plimps fühlte sich an wie eine am Kamin gewärmte Decke.

Donnerschläge.

«Feuer!», rief Cunar.

Ohne weitere Warnung schossen zwei brennende Harpunen aus den Tiefen des Schiffsrumpfs. Sie zischten auf den Kultivator mit der Maske zu und explodierten viel zu hoch in der Luft. Der Rauch zog an einer Blase entlang, unter der die Luft klar blieb.

«*Droch.* Ein Schutzschild. Feuerraketen sind also zwecklos.»

Plötzlich taumelte Bryn und packte Kik-Eritee, der mit den Armen paddelte und langsam nach hinten fiel. Das Schiff erbebte im Griff einer anderen Art Turbulenz.

«Langsamer!», rief Bryn, der eine Störung in der Unsichtbaren Welt spürte. «Was geht hier vor sich?»

Im nächsten Augenblick rief der Kapitän: «Wir verlieren an Höhe!»

Bryn stolperte zur Mitte des Schiffes und klammerte sich an der Takelage fest. «Landen!», befahl er. Er winkte zu Rameons Schiff hinüber, das an ihnen vorbeigesegelt war. «Halt! Wir müssen zu Fuß weiter!»

Im Lärm der Propeller konnte ihn niemand hören. Und niemand blickte in seine Richtung. Alle starrten zur spöttisch blickenden Maske hinunter.

Dann begannen auch sie die stärkere Schwerkraft zu spüren. Aber es war zu spät, um umzukehren. Das Holz begann zu knarren. Ein Seil riss durch und schlug einen Soldaten zu Boden. Rameons Luftschiff wurde langsamer, dann schwankte es und schoss wie in einem Wasserfall hinunter auf den Felsen zu.

✦ ✦ ✦

Zwar stürzten sich die Anhänger wie wild auf die Strickleitern, um sie festzuhalten und zu ersteigen, aber sie schienen nicht besonders scharf darauf zu sein, gegen die Culmus Sangui zu kämpfen. Eridanus eilte gerade den Hügel herab, um den Kultivator zu stellen, da erstarrte er. Für einen Augenblick hatte der Wahnsinn die äußere Membran deaktiviert, die Calaspia und Ruach'zam voneinander trennten. Irgendetwas war aus der Geisterwelt herübergekommen, und er wusste, dass es nicht nur ein Wandler gewesen war.

Rasch blickte Eridanus in die Unsichtbare Welt, um herauszubekommen, was es war, da sah er auch schon, wie die Luft zu flimmern begann und die Soldaten zurückfuhren. Es war ein Fürst, der in der dämonischen Hierarchie noch über Ayactan stand.

«Wir müssen verhindern, dass der Dämon sich vollständig materialisiert.» Er packte Galar am Arm. «Sonst werde selbst ich nur wenig tun können, um seinem Willen zu widerstehen.»

Der Zwerg stand sprachlos mit offenem Mund dort, als er langsam an dem Ding hochblickte.

«Am besten versuchen wir, den Kultivator zu töten und den Wahnsinn aus dem Goldenen Tafelland zu verbannen. Dann hätte der Dämon keine Plattform mehr.» Der Hohe Lehrmeister sah sich um. «Leider können wir Bryn dabei im Moment nicht weiter unterstützen, denn dieser Teufel versperrt uns den Weg.»

– Wir sind Armaros. Fürchtet uns und betet uns an. –

Armaros gähnte. Als er dabei einatmete, verließen die Seelen Dutzender Anhänger der Kulte ihre Körper, und er saugte sie durch seinen durchsichtigen Mund ein.

Zufrieden seufzte Armaros und wurde deutlicher sichtbar.

✦ ✦ ✦

«Rameon! Cunar!»

Hilflos musste Bryn zusehen, wie sie Schiffbruch erlitten. Er wandte den Blick vom zertrümmerten Wrack ab und blickte zum anderen Schiff. Am unteren Ende der Strickleiter hing Aquiuss ein paar Meter über dem bebenden Boden unter dem Rumpf. Als das Luftschiff sank, ließ er sich von der Leiter fallen und rollte sich ab. Blitzschnell war er wieder auf den Beinen und lief mit gezogenen Schwertern auf den Kultivator zu.

Der Kapitän ihres Luftschiffes konnte es gerade noch abbremsen und weicheren Boden ansteuern. Es rutschte über den Rasen, unter lautem Knirschen rissen ein paar Steine tiefe Risse ins Holz, dann stand es still. Wie als Reaktion auf ihre holperige Landung begann der Boden zu beben. Die Stoßwellen kamen jetzt alle paar Sekunden.

Erleichtert über die halbwegs glimpfliche Landung, stieß Bryn einen Seufzer aus, dann sprang er Kik-Eritee hinterher über die Reling. Während der Rest der Besatzung schwer bewaffnet von Bord ging, befreite er die verängstigte Silaeti und stieg, ohne sie zu satteln, auf. Er schickte die kreischende Sylvata in den seltsam gefärbten Himmel, damit er durch ihre Augen das Gelände überblicken konnte – aber das half ihm auch nicht weiter, denn überall waren einfach nur unzählige Anhänger der Kulte. Sie standen einfach nur mit verzücktem Gesichtsausdruck da und genossen den Herzschlag der Apokalypse.

Einer rief ihnen zu: «Bringt mich ruhig um, aber die Geißel könnt ihr nicht mehr aufhalten! Ich werde meine Belohnung erhalten!»

Manche bettelten regelrecht darum, getötet zu werden, und oft wurde ihnen dieser Wunsch von anderen Anhängern erfüllt.

Hinter dem Durcheinander aus Körpern stand mitten in dem leeren Becken Chaos. Der Kultivator stieg in die Höhe. Als er sah, wie sich Bryns Gruppe nährte, rief er: «*Dunlanor!*»

Bryns Barue-Sinne erfassten die Veränderung sofort. Die Anhänger standen nicht mehr untätig herum und warteten auf die Vollendung der Geißel. Nun gelüstete es sie nach Blut.

Plötzlich wurden sie von allen Seiten bedrängt, und Bryn konnte mit Zuolas Schwertern nicht einmal eine Flanke verteidigen, geschweige denn den Weg vor Silaetis aufblitzenden Hufen frei kämpfen. Sie zerschmetterte Schädel und Körper und trug sie so schnell vorwärts, wie sie konnte. Okolnit hatte sie gut trainiert. Hin und wieder schoss ein Zauber auf sie zu, aber es bereitete Kik-Eritee und ihm als Pentakylisten, keine Probleme, sie auf ihre Verursacher zurückzuschleudern.

Mitten in dem ganzen Durcheinander hatte Bryn Chaos aus den Augen verloren. In welche Richtung sollte er gehen? Er versuchte, einen Blick durch Sylvatas Augen zu werfen, aber sosehr es sich auch bemühte, er konnte keinen Kontakt zu ihr herstellen.

Um wenigstens etwas besser sehen zu können, kniete Bryn sich auf Silaetis Rücken. Dadurch kamen sie natürlich noch langsamer voran, und er konnte nicht mehr so viele Feinde niederstrecken. Im Augenwinkel sah er, wie der Plimp stolperte. Im Nu wurde Kik-Eritee zu Boden gedrückt, und immer mehr Anhänger stürzten sich auf ihn.

Trotz aller Gefahren einer magischen Eskalation wollte Bryn gerade einen Zauber auf sie abschießen, als am Rand des Haufens eine pelzige Hand zum Vorschein kam. Bryn packte den Plimp und zog ihn auf Silaetis Rücken. Zusammen stürzten sie durch eine Lücke davon.

Der bösartige Rhythmus klang nun beinahe wie der rasselnde Atem einer Kreatur, die so groß wie der Planet war.

✦ ✦ ✦

Nun konnten sie bereits den Umriss von Armaros sehen, seine hasserfüllten roten Pupillen und die vielen behuften Beine. Je mehr die Krieger von seiner immer deutlicher werdenden Form erblickten, desto mehr raubte er ihnen die Konzentration. Selbst die Culmus Sangui zogen sich den Hang hinunter zurück. Starr vor Angst, konnte Galar sich kaum von der Stelle bewegen.

Nur ein Krieger blieb standhaft. Mit dem Culmus in der Hand ging Mittni, Bartholdis Sohn, mutig mehrere Schritte auf diese abscheuliche Erscheinung zu.

«Was zur Hölle steh ich hier rum?», knurrte Galar. «Telabor

hat Schlimmeres gesehen.» Der Mut des Barue riss ihn aus seiner Schlaffheit, und er konnte sich wieder bewegen. «Genau auf so etwas hab ich doch die ganze Zeit gewartet.»

Und so hob Galar Sturlison, die goldene Axt seines Vorfahren, und griff an.

✦ ✦ ✦

In dem Gemenge mit den Angreifern hatte Bryn den Kultivator aus den Augen verloren. Er wusste weder, wo Osten noch Westen lag, wurde jedoch von einer Unruhe rechts von ihnen angezogen. Zusammen mit Kik-Eritee griff er an. Nach einer Minute hatten sie sich durch die Reihen der Anhänger gekämpft, und sie erblickten eine leuchtende Rüstung.

Aquiuss schnitt sich mit seinem Culmus einen Weg durch die Menge. Durch seine überdimensionalen Schulterpanzer wirkten seine Schultern schon fast lächerlich breit. Er war ein furchteinflößender Anblick. Und erst die Culmus Sangui hinter ihm!

Ein paar weitere Brustpanzer glänzten im kalten Licht der ergeomorphischen Wellen, und erleichtert sah Bryn, dass Rameon und Cunar den Aufprall überlebt hatten. Mutig versuchten die beiden Gruppen, die Lücke zwischen ihnen zu schließen.

Dann kam Bryn eine Idee, und er fluchte über seine Dummheit. Es lag doch auf der Hand, wie sie den Kultivator mit der Maske aufspüren konnten – sie brauchten nur dem Wahnsinn zu folgen, der auf Chaos zuströmte.

Er klopfte Cunar auf die blutüberströmte Schulter. Vereint kämpften sie sich weiter auf den Kultivator zu. Ein paar Minuten später erstreckte sich der Hang vor ihnen in die Ferne zum Wald. Plötzlich hörten die Anhänger auf, sie anzugreifen.

Bryn und seine Kameraden stürmten durch ihre Reihen ins Freie.

Dort stand der Kultivator und badete im Fluss des Wahnsinns. Die Waffen fest gepackt, stampften die Übriggebliebenen durch den Morast auf ihn zu.

Es sah aus wie ein Glänzen in der Luft, mehr nicht. Aber es riss sie von den Füßen.

«Ein Schutzschild», fauchte Bryn. Und genau dafür hatten sie ihn dabei.

Kik-Eritee und er begannen, den Schutzschild des Kultivators aufzuheben. Aber sie schafften es nicht. Mit Chaos im Zentrum hatte der listige Kultivator die Barriere nicht als geschlossenes, selbsterhaltendes Gebilde errichtet, sondern dafür den Wasserfall an Energie angezapft, der in das Becken floss. Auf diese Weise war es unmöglich, die Magie zu neutralisieren, bevor schon wieder neue Energie nachfloss. Bryn würde den Schild nur aufheben können, indem er zuerst den Fluss des Wahnsinns unterbrach. Wenn er das schaffen würde, dann … nun, er konnte es nicht.

Sie konnten den Schild nicht aufheben.

Aber er konnte einfach hindurchmarschieren.

Ohne noch länger zu zögern, hielt Bryn die Luft an und drückte sich hindurch, seine Kampfgefährten blieben draußen zurück. Als Kik-Eritee versuchte, ihm zu folgen, begann sein Fell zu zischen, dann schrie er auf und wurde zurückgeschleudert.

«Bryn Bellyset», ächzte der Plimp. Er versuchte, das nächste Wort zu unterdrücken, aber es drang ihm doch über die Lippen. «Autsch.»

✦ ✦ ✦

Welchen Zauber er auch probierte, der Thron des Wahnsinns war so vom Wahnsinn durchtränkt, dass für anderes kein Platz mehr blieb. In der Unsichtbaren Welt war kein Fünkchen Psychallium zu finden. Der gesamte Ergeomorphismus im Goldenen Tafelland schleuste den Wahnsinn zu Chaos. Verzweifelt blickte Eridanus zum Säugling Vallon, während einer seiner raren echten Freunde, Galar der Töter, über den Monolithen hinweg seinem ehrenvollen Ende entgegenstampfte.

Ohne eigene Magie zu nutzen, ließ Vallon mit Hilfe der gesammelten Energie Hunderte rubinrote Splitter des Wahnsinns in die Höhe steigen und schleuderte sie Armaros entgegen. Kurz bevor sie ihn erreichten, lösten sie sich auf und fielen als blutige Fetzen zu Boden.

«Schön, dann eben auf deine Art!»

Der Denkmeister ballte seine winzigen Fäuste. Ein Wirbel aus Blitzen teilte die Luft.

Auch Eridanus nickte grimmig. «Wir haben keine andere Wahl.»

«Nein!», rief Mittni. Aber es war zu spät.

Der Hohe Lehrmeister schloss sich seinem kleinen Gegenstück an, und gemeinsam versuchten sie, einen Meister des Wahnsinns mit Wahnsinn zu bekämpfen.

Armaros stieß ein grauenhaftes Lachen aus, dann nahm er einen dunkleren Farbton an, und zum ersten Mal warf er einen Schatten.

«Tawny!»

Galar hatte zwei Drittel des Weges zurückgelegt. Der Dämon bräuchte sich nur nach vorn zu beugen und ihn zu *verschlucken …*

«Red!», heulte Meister Vallon. «Es ist noch nicht zu spät!» Usdun hielt ihn in die Höhe, damit der kindliche Denkmeister sehen konnte, was vor sich ging. «Der Jadereif – wirf den Jadereif!»

Der Hohe Lehrmeister griff sich an den Nacken und löste das uralte Schmuckstück. In seinen Händen wurde der Talisman zu einem funkelnden Reif. Eridanus warf ihn.

«Na gut, ich hatte ohnehin langsam die Nase voll von euch», fauchte der Säugling.

Das waren seine letzten Worte. Was dann geschah, überraschte die Versammlung mehr als Galars Angriff. Meister Vallon streckte seine Ärmchen aus, als wollte er von jemandem hochgehoben werden. Dann stieg er in die Luft empor – allerdings nicht mit seinem Körper. Sein Geist strömte aus dem kindlichen Körper und *schmolz* in der Luft. Der Jadereif kam in einem Bogen angeflogen, sammelte seine Substanz zu einem perlenglänzenden Ball in der Mitte und schoss dann auf Armaros zu.

Meister Usdun blieb mit einem leblosen Säugling im Arm zurück.

Armaros lächelte sie mit seinem großen Maul an und bespuckte sie dann mit seinem brennenden und ätzenden Speichel. Galar war nur noch ein paar Schritte vom Feind entfernt, als das Jade Torque vor ihm aufblitzte und sich zu einem Schutzschild aufblähte.

Durch die Rauchschwaden sah der erstaunte Dämon einen grünen Schild und dahinter den noch immer lebenden Zwerg. Mit einem Hieb seiner Axt teilte Galar die sich aufblähenden Flammen.

Einen Augenblick lang leuchtete Telabors Erbstück heller als die Sonne, dann wurden die Runen auf dem großen Axtkopf in die Luft projiziert. Goldene Buchstaben fielen auf den Dämon und fraßen sich in seine durchsichtige Haut.

Mit einem Todesklagen wie aus unzähligen Kehlen wurde

Armaros allmählich heller und seine Umrisse schwächer. Dann wurde er von den Winden des Wahnsinns aufgesaugt, die auf Chaos zuströmten.

✦ ✦ ✦

Gelassen beobachtete der Kultivator mit der Maske das gigantische Spektakel, mit dem sich Zehntausende von Anhängern in Stimmung brachten. Das Energiereservoir war so weit, ihre Leiden zu übertragen. Nur noch Sekunden, und die Tore würden sich öffnen.

Und genau in diesem Augenblick entschied sich ein Barue, seinen raffinierten Schutzschild zu umgehen. Wie er das geschafft hatte, wusste er nicht. Es war auch nicht wichtig. Der Junge kam ohnehin zu spät. Allerdings hatte er Jahre gebraucht, um das alles vorzubereiten, hatte sich mit den unbeschreiblichsten Leuten herumschlagen müssen – also wollte er *diesen* Augenblick nun auch in Ruhe genießen.

«Halt!», rief Bryn und streckte ihm sein Schwert entgegen.

Der Kultivator verstand ihn bei diesem Lärm kaum, aber er konnte sich schon denken, was er sagte.

Hör auf damit. Ich bin hier, um die Welt zu retten. Nimm deine Maske ab.

Es war immer dasselbe.

Dann erkannte er, dass es Bryn Bellyset war, Magnarions Meister. Er hatte ihn in Armaah gesehen, während dieser schicksalsschweren COLA-Versammlung im vorletzten Jahr, in Thybils Gefolge. Und dann noch einmal vor gar nicht allzu langer Zeit auch dort, als das Regere Mansionum vor Wandlern gewimmelt hatte. Und vor ein paar Stunden, als er den ganzen Plan gerettet hatte, indem er Ayactan besiegte.

Der Junge kam ganz schön herum.

Er *wollte* ihn nicht wirklich töten, aber er stand ihm nun einmal im Weg.

Der Kultivator schüttelte über Bryns Dreistigkeit den Kopf und schoss einen Teil der Energie, die vom Schild in sein Schwert floss, auf den Neuankömmling ab.

Bryn riss die Hände nach oben. Der Druck schlug in den Handflächen ein und wirbelte ihn zurück. Er stemmte sich gegen den Strom, sodass seine Stiefel sich in den Sand gruben. Und dann zerteilte er den Strom in Bäche, die ruhig ins Kraftfeld zurückflossen. Der Kultivator konnte so viel Energie auf ihn umleiten, wie er wollte, das änderte auch nichts.

Der Maskierte ließ die Arme sinken. Der Zauber löste sich auf. Er konnte es nicht länger riskieren, den Jungen zu unterschätzen. Es war Schicksal.

Er hatte es schon immer gemocht, vom Schicksal zu profitieren.

«Sehr schön, Bryn. Meinetwegen können wir uns meinen Preis teilen.»

✦ ✦ ✦

Lass dich auf nichts ein, was er sagt. Bryn taumelte über die bebende Erde auf ihn zu, um ihn niederzustrecken. *Er wird dir einen mächtigen Posten in der neuen Hierarchie des Wahnsinns anbieten.*

«Reich mir die Hand, Junge. Du kannst mit mir kommen.»

Seltsame Wortwahl. Er hält dich zum Narren, wie schon im Tempel von Tahl!

«Ich habe keine Zeit für Erklärungen, mein Kleiner, aber ich kann dir etwas bieten, wovon nicht einmal Lueth geträumt haben kann.»

Er hat Zuola ermordet.

Bryn kämpfte sich weiter.

Der Kultivator mit der Maske seufzte. Plötzlich flogen Erdbrocken durch die Luft, und mehrere Gestalten schossen aus dem Boden, um ihn aufzuhalten.

Der Barue klatschte in die Hände und beobachtete zufrieden, wie sein Pentakylismus das Monster, das ihm am nächsten war, wieder zu Staub zerfallen ließ. Aber im selben Moment stiegen dafür zwei neue Gestalten aus dem Boden.

Bryn biss die Zähne zusammen, wich dem ersten Mann aus Sand aus und rammte den zweiten mit seiner Schulter um. Der wich ein paar Zentimeter zurück, drehte sich dann jedoch um seine eigene Achse, um den Schwung abzufangen. Bryn drückte und trat nach ihm, um seinem sandigen Griff zu entkommen. Dann rollte er sich hustend von ihm weg.

Weder seine eigenen Handlungen noch die seiner Widersacher konnte er mehr hören. Die unfassbaren Kräfte, die in Chaos hineinströmten, schluckten alle Geräusche und Gedanken.

Bryn spürte die Blicke seiner Freunde hinter sich und drehte sich um. Die unermüdlichen Tahl Uthnae hatten sich durch die Menschenmassen gekämpft und sie endlich erreicht – ob es etwas nützen würde, würde sich erst noch zeigen.

Zumindest hielt der Kultivator nicht Chaos in den Händen, denn das wurde für das Ritual gebraucht. Wenn Bryn an den Männern aus Sand vorbeikam, konnte er ihn niederstrecken.

Plötzlich schmerzte sein Arm. Er sah hin und schreckte zusammen.

Zwischen den Männern aus Sand wimmelte der Boden vor leuchtenden Schlangen. Bryn zerschmetterte der Schlange, die ihn gebissen hatte, den Kopf und schlug mit Zuolas Schwert weiter auf die anderen ein. Aber er wurde immer langsamer und müder.

Schwarze Schatten stürzten an ihm vorbei. Er konnte es mit keinem weiteren Zauber des Kultivator aufnehmen. Dann erkannte er, dass es seine Verbündeten waren.

Bryn hätte nie gedacht, dass er einmal dankbar dafür sein würde, die eindrucksvoll herumwirbelnden Masken, die dünnen Schwerter oder die schwarzen Umhänge der Tahl Uthnae zu erblicken. Er hatte nicht erwartet, dass sie den Schild durchdringen konnten. Aber vielleicht hielt er sie gar nicht auf, da sie weder menschlich noch wirklich lebendig waren.

Als die mindestens dreißig Tahl Uthnae an ihm vorbeijagten und über die Schlangen und Männer aus Sand herfielen, raffte Bryn sich zu einem letzten Angriff auf.

Sie sind mit Recht so wütend, dachte er. *Der Wahnsinn verdirbt das Gute, das Wahre und das Schöne.*

Mit Vallons Gedankenmethoden stärkte er seine geistige Kampfbereitschaft und seine schwachen Glieder, dann zwang er sich aufzustehen und griff an.

Das Grollen bestand nicht mehr aus einzelnen Schüben, es war zu einem andauernden Erdbeben geworden.

Die Tahl Uthnae erreichten den Kultivator. Einen nach dem anderen zerriss er sie mit erhobener Hand zu Fetzen. Bryn bezweifelte, dass er sie mit Freude bekämpfte, so wie er sie damals in Okolnits Kammer besiegt hatte.

Unbewusst wurde der Barue langsamer.

Aber das tut er.

Wie konnte jemand, der so verderbt wie der Kultivator war, das Böse mit dem Guten bekämpfen? Er konnte es nun ganz deutlich spüren – der Kultivator war davon überzeugt, dass er nicht nur etwas Einzigartiges und Historisches vollbrachte, sondern auch etwas Gutes, etwas Gutes für Calaspia in Bryns eigener Definition des Wortes. Aber warum war er davon überzeugt?

Tricks. Illusionen. Hast du denn nichts gelernt?

Der letzte Tahl Uthnae rieselte in Fetzen zu Boden, als Bryn sich daran vorbeidrückte und ihn nur noch ein halber Meter von seinem Feind trennte.

«Der Sieg ist mein.»

Die Worte des Kultivators hallten in seinem Kopf wider, da wurde Chaos plötzlich für einen Augenblick ganz kalt und schwarz. Kein Fünkchen Licht wurde mehr von seiner Oberfläche reflektiert.

Für ein paar Sekunden war die Welt wieder normal. Auch das lästige, schrille Summen war verschwunden. Das Kraftfeld flackerte auf und verschwand. Rameon, Aquiuss und Kik-Eritee schossen vor, gefolgt von ihren Truppen.

Dann schoss lautlos eine letzte Lichtwelle über die Ebene und warf jeden und alles im Umkreis von Hunderten Metern zu Boden. Es herrschte vollkommene Stille.

Bryn öffnete die schmerzenden Augen, um zu sehen, wie das Ende kam. Chaos, der Thron des Wahnsinns, alles war bereit. Er hielt noch immer Zuolas Schwert in der Hand. Und er war der Einzige, der ihm nah genug war, um etwas zu unternehmen.

Die Stille klingelte ihm in den Ohren, dann erhob sich Bryn für ihre letzten Sekunden. Sein nächster Schritt konnte über die Zukunft des Planeten entscheiden.

Ihm blieb nur noch eine Sekunde. Dies war seine Gelegenheit, den Kultivator mit der Maske zu töten.

Er tat – nichts.

✦ 38. KAPITEL ✦

Die Erlösung der Völker

Dies sind meine letzten Notizen, denn warum sollte ich sie weiterführen, nun, da ich versagt habe? Verraten von denen, die ich geliebt habe, verflucht von denen, die ich beschützen wollte. Calaspia braucht einen größeren Helden als mich. Ich habe es versucht, mehr als jeder andere heute noch lebende … und ich habe mehr erreicht, als je zuvor erreicht wurde. Aber trotzdem habe ich versagt. Sie sagen, ich wäre dem Bösen verfallen. Und doch war alles, was ich getan habe, notwendig – und ist es noch immer. Ist es böse, Erlösung zu suchen? Gut, dann ist es eben böse, und doch tue ich es. Ich bin Nequam. Dann soll es so sein. Ich stehe zu dem, was ich getan habe. Soll dieses ehrliche Dokument mein Zeuge sein.
— Lueths Notizbuch

Nur dadurch dass ich den Kultivator töte, wird Calaspia auch nicht gerettet. Ich muss ihn töten, Chaos an mich nehmen und es in Magnarion verwandeln, dann ein Tor nach Ruach'zam öffnen und den Wahnsinn absaugen lassen. Ich als Speerspitze muss den Strudel durch den Born in die Geisterwelt führen. Und mir bleiben nur ein paar Sekunden.

Der Kultivator mit der Maske versperrte ihm den Weg

zu Magnarion. Er würde es nicht rechtzeitig erreichen. Sein Schwert – die Waffe, die Elyon ihm verliehen hatte, um Calaspia zu retten – würde nun die ewige Verdammnis bringen. Wozu war es ihm dann erst gegeben worden, fragte sich Bryn, wo Elyon doch alles wusste, noch bevor es geschah? Das konnte nur heißen, dass Elyon wollte, dass er scheiterte … oder dass er Erfolg haben würde.

Elyon hat mir dieses Schwert gegeben. Selbst wenn es nun Chaos ist und nicht Magnarion, es gehört mir!

Noch halb im Knien streckte Bryn die Hand vor.

Das Schwert des Apheristen begann zu blitzen und zu donnern, dann löste es sich auf den Ruf seines Herrn hin aus dem Boden. Der Kultivator sprang darauf zu, blieb jedoch im Wahnsinn hängen, der hier dicker als Wasser war. Bryn erkannte, dass es doch keine Blitze, sondern Strahlen verderbter Magie waren.

Schließlich schlossen sich seine Finger um die Waffe seines Vorvaters. Eine Aura purer Energie umgab ihn wie ein Wasserfall. Durch sie hindurch sah er, wie der Kultivator mit der Maske versuchte, sich zu ihm durchzukämpfen – nur dass er jetzt keine Maske mehr trug. Bryn konnte sein Gesicht sehen, und er kannte es. Es gehörte Perduellis.

«Gib mir das Schwert, du Narr!»

Bryn hätte sich fragen können, warum der Verschwörer überhaupt noch am Leben war, aber als er in seine wahnsinnigen Augen sah, enthüllten sich ihm die Antworten auf diese und viele andere Fragen. Er sollte nie erfahren, ob es sich so verhielt, weil nun er die Waffe trug, die der Kultivator in Chaos verwandelt hatte, und daher eine Verbindung zwischen ihnen bestand, oder ob das nur ein weiteres Ventil war, durch das sich der Überfluss an Magie manifestierte. Er wusste nur, dass er in diesem Augenblick in den Augen des heimtückischen Mundschenks die Phantasiegebilde seiner Träume sehen konnte. Und plötzlich waren viele Rätsel gelöst.

Es war nie Perduellis' Ziel gewesen, die Agenten des Wahnsinns nach Calaspia zu holen. Er wollte gar nicht den Wahnsinn verbreiten – nicht um seiner selbst willen.

Letztlich war ihm Calaspia egal.

Er hatte das Netzwerk und Ayactan nicht gegeneinander ausgespielt, um Macht zu erlangen – zumindest nicht hier. Es hatte gar nichts mit Calaspias Schicksal zu tun.

Ihm war egal, wer gewann … denn er wollte etwas viel Größeres. Er hatte andere Welten gesehen, Ruach'zam erlebt und in Calaspia geblättert wie in einem Buch. Und nun hatte er es durch.

Perduellis war schon lange zu seinem nächsten Abenteuer bereit.

Er legte es gar nicht auf die Weltherrschaft an.

Er wollte das Portal nicht aufbauen, um Calaspia zu vernichten oder den Wahnsinn zu verbreiten. Dem Magier reichten verlockende Blicke in die Geisterwelt nicht mehr, er wollte andere Welten vollständig erforschen. Was ihn anging, war die Geißel nur eine Gelegenheit, das Tor zu seinen Träumen zu öffnen. Träumen, die die Vorstellungen der meisten Sterblichen bei weitem überstiegen.

Deshalb hatte der Kultivator mit der Maske ihm angeboten, ihn mitzunehmen … Perduellis drückte sich gegen den Energieschleier. Seine Finger begannen zu brennen und zu schmelzen, aber er konnte sich nicht hindurchdrücken.

«Ich werde es tun!», schrie Perduellis. «Rette dich selbst, du Narr, denn nun kommt mein Augenblick!»

Anfangs hatte Bryn gezögert, weil er davon ausgegangen war, dass es ohnehin schon zu spät war. Er wusste auch nicht, wie man Chaos in Magnarion verwandelte – er hatte die ganze Zeit ja nicht einmal gewusst, dass er das Schwert des

Apheristen bereits hatte. Und nun hielt er das Schwert in den Händen und zögerte noch immer.

Denn eigentlich hatte er einfach nur Angst. Was würde mit seiner Seele geschehen, wenn sie auf dem Höhepunkt des Wahnsinns nach Ruach'zam gespült wurde?

Er hatte diesen Augenblick so oft in seinem Kopf durchgespielt. Wie er sich als Held für Calaspia opfern würde. Aber nun, wo es an der Zeit war zu handeln, wurden alle Selbstopferungspläne von seinem Selbsterhaltungstrieb durchkreuzt.

Sterben war die eine Sache. Für eine gute Tat bis in alle Ewigkeit verdammt zu sein die andere.

War es vielleicht gar nicht nötig, sich zu opfern? Perduellis brauchte den Wahnsinn, um mit ihm aus Calaspia herauszukommen – Chaos war sein Schiff, der Wahnsinn der Wind in seinen Segeln, und sie würden ihn durch das Multiversum zu fremden Welten tragen.

Nein, entschied Bryn, das Risiko war zu groß. Vielleicht hatte ihn der Blick in Perduellis' Augen auch nur getäuscht, und er kämpfte doch für die Geißel. Oder der Wahnsinn versuchte ihn hereinzulegen. Er würde sich seinem Schicksal ergeben und den Planeten retten.

Ja, Bryn würde das Schwert behalten und Calaspia retten – aber warum sollte er sich in die Rolle ergeben, die das Netzwerk ihm aufgezwungen hatte? Er hatte eine andere Idee. Eine viel einfachere und sicherere Methode, um das Ziel zu erreichen.

Er konnte Chaos verbannen und Magnarion blankziehen. Als Erbe des Apheristen, als Pentakylist und Träger der mächtigsten Waffe der Welt konnte er oberster Herrscher werden. Der Wahnsinn würde in seinem Schwert eingesperrt sein, und er könnte ihn langsam, aber sicher in die Quelle fließen lassen. Er würde ein guter Diktator sein – und das war immer besser als eine schlechte Demokratie. Er könnte dafür sorgen, dass alles wie geplant funktionierte – wie das Netzwerk, aber auf eine klarere und systematischere Weise, ohne unnötige Opfer, ohne Mittel und Ziele durcheinanderzubringen.

Es würde herrlich werden … aber, meldete sich sein Gewissen, was würde geschehen, wenn er stürbe? Dasselbe wie immer: Sein Erbe oder sein Mörder würde den Thron besteigen und seine Arbeit zunichtemachen. Das Imperium würde brennen oder verkommen.

Nun, dann würde er sich eben unsterblich machen und ewig König bleiben! Mit dem Buch der Zeiten …

Bryn biss die Zähne zusammen und schüttelte die wirren Gedanken ab, die sich in seinem Kopf ausgebreitet hatten. Er sah zu seinen Freunden, die ihn schwer atmend anstarrten.

Er war nicht in der Lage, das Schwert zu benutzen, weder als Chaos noch als Magnarion. Das konnte nicht Elyons Plan sein. Der Wahnsinn musste anders bekämpft werden, durch seine freie Entscheidung, auch wenn es keine Erfolgsgarantie gab. Und für diese Aufgabe war ihm das Schwert verliehen worden. Für sein Opfer.

Selbst wenn Perduellis seinen Platz einnehmen würde, dachte Bryn, was würde geschehen, wenn der Plan nicht klappte? Dann würde er sich wünschen, dass er bei dem Versuch, den Sieg zu erlangen, der auch seinen Tod bedeutet hätte, hier umgekommen wäre.

Lieber ein Opfer zu viel als eines zu wenig.

Er reckte das dunkle Schwert zum glühend heißen Himmel, und plötzlich leuchtete Chaos auf und verwandelte sich in Magnarion. Und dann konnte er nichts mehr tun, als den Dingen ihren Lauf zu lassen.

Von einem Augenblick zum anderen hörte und spürte er

ein neues Geräusch, erst in den Zehen, dann kroch es hinauf in seine Brust. Nach ein paar Sekunden übertönte es alle anderen Geräusche, und schließlich steigerte es sich in ein ohrenbetäubendes, immer schrilleres Crescendo.

Ströme, Meere, Ozeane aus Energie stürzten auf ihn ein. In ganz Calaspia wurden knisternde Stränge des Wahnsinns durch die ergeomorphischen Fluten aus tiefen Reservoirs hervorgepumpt und ergossen sich aus allen Richtungen ins Goldene Tafelland. Seltsame Lichter erhellten die verfrühte Nacht.

Die Anhänger der Kulte wurden verwandelt.

Die Geißel stand vor der Vollendung.

Sie hatten versagt.

Von Panik erfüllt sah Bryn, wie die Wahnarchisten eine grausige Verwandlung durchmachten. Zuerst leuchteten sie in den blauen und purpurnen Farbtönen wie die Kräfte im Himmel, die sich in ihren lebhaften Augen spiegelten. Dann begannen sie einer nach dem anderen, das dämliche Grinsen noch immer im Gesicht, zu brennen, und die verderbte Energie, die sie entfesselt hatten, verschlang sie. Der Wahnsinn riss ihnen die Kleider vom Leib, dann die Haut und arbeitete sich hinunter bis auf die Knochen.

Schließlich fielen sie zu Staubhäufchen zusammen, die der wirbelnde Wind davontrug.

Das geschah nicht nur im Goldenen Tafelland. Innerhalb weniger Sekunden verwandelten sich die größten Versammlungen in ganz Calaspia in Asche und Energie, und ihre Reste wurden auf Luftströmen zum Thron des Wahnsinns geweht. Zu Magnarion.

Ayactan hat die Wahrheit gesagt. Nicht nur ich werde sterben, sondern Tausende mit mir.

Bryn erwartete, dass er sich nun selbst in Asche verwandeln und in die Unterwelt geblasen werden würde. Über seinem

Kopf drehte sich ein Wirbel und saugte Steine und Sträucher nach oben. Es fiel ihm immer schwerer, Magnarion festzuhalten. Nun würde es gleich so weit sein …

Er konnte seinen Körper kaum sehen, aber noch schien er unversehrt. Dann verschwand plötzlich der blasenähnliche Schutzschild – und fast direkt vor ihm stand Perduellis, der auch noch nicht zu Staub zerfallen war, und kämpfte sich auf ihn zu.

Musste er bis zum bitteren Ende hier stehen? Würde er sich als Letzter auflösen? Und was würde geschehen, wenn Perduellis ihn erreichte, bevor der Vorgang abgeschlossen war?

Würden seine Freunde den Kultivator aufhalten können? Oder waren auch sie dazu verdammt, zu Staub zu zerfallen?

Die verderbte Energie hüllte sie ein wie Nebel, wie die Gischt des Wasserfalls des Wahnsinns. Dann, wie ein Raubvogel, stieß der Wirbel herab und verschwand in Magnarion.

Das Schwert des Apheristen sprühte über vor Energie und wurde ihm aus der Hand gerissen. Es stieg zum Himmel empor, doch Perduellis war rasch hochgesprungen und hatte es gepackt. Seine Finger fest um den brennenden Griff geschlossen, wurde er mit dem Schwert in die Höhe gezogen, und die beiden vereinten sich zu einem Fächer aus Feuer.

Ungläubig schrie Bryn auf. Das hier war doch seine Opferung! Er versuchte hochzuspringen, aber die Winde, die Perduellis nach oben zogen, warfen ihn nur zurück in den aufgewirbelten Dreck. Dann dämmerte ihm, was hier vor sich ging, und seine Bestürzung wich Erleichterung. Durch seine Entscheidung, sein Leben für Calaspia zu opfern, war das Schwert von Chaos zu Magnarion geworden – nicht durch die Tat an sich. Er musste sich opfern *wollen*, hatte Hecklehurst gesagt, aber nicht, dass er tatsächlich sterben *würde*. Er hatte es geschafft. Sie hatten gewonnen. Und er hatte überlebt.

Was nun mit Perduellis geschehen würde, Bryn wusste es nicht. Überleben würde er wahrscheinlich. Magnarion war mächtig genug, um die endlose Energie in sich zu behalten, und sie würde ihn in der Geisterwelt schützen und ihm genug Schwung verleihen, um in die nächste physische Dimension vorzudringen: zu einem Planeten, den man körperlich von Calaspia aus nicht erreichen konnte. Und dort würde der mächtigste Mundschenk der Geschichte seine Suche nach Wissen fortsetzen.

Vom Wahnsinn umhüllt, thronte Perduellis auf den Seelen seiner Anhänger und stieg mit dem Schwert voran immer weiter in die Höhe. Vielleicht gab es in ihm nichts Menschliches mehr, das verzehrt werden konnte, dachte Bryn, und deshalb war er der einzige Wahnsinnige, der nicht zerfallen war. Vielleicht war er der personifizierte Wahnsinn.

Nun verstand er, warum der Kultivator mit der Maske ihn im Tempel von Tahl getäuscht hatte: nicht, um ihm das Leben zu retten und *seinen* Platz einzunehmen. Das wäre höchstens der Fall gewesen, wenn er tatsächlich für das Netzwerk gearbeitet hätte. Auch warum er Chaos bevorzugt hatte, war klar: Mit Magnarion hätte er die Kulte nicht anführen können.

Die Geschichte dieses unergründlichen Charakters schoss ihm durch den Kopf, und er überlegte, ob das alles stimmen konnte. Das Netzwerk hatte Perduellis aufgebaut, um die Verschwörung anzuführen, und sie hatten auch den Kultivator mit der Maske aufgebaut, um die Kulte zu vereinen – um sie letztlich zu besiegen.

Er musste an den Morgen denken, an dem Perduellis scheinbar gestorben war, in den unterirdischen Ebenen des Regere Mansionum. Rameons Schwertkampf. Der schreiende Sturz ins Wasser.

Und Eridanus' Worte: *Perduellis ging zu schnell, ohne große*

Gegenwehr. Und seit er gestürzt wurde, hat sich nicht genug verändert.

Er hatte sich so einfach besiegen lassen, weil er besiegt werden wollte. Er hatte darauf gesetzt, dass sie ihn stürzten.

Das war alles Teil seines großen Plans gewesen.

Letztlich hatte das Netzwerk gewonnen. Ein grausiger, ein wahnsinniger Sieg, aber trotzdem ein Sieg – mit der Hilfe ihrer Feinde. Wie Hecklehurst es versprochen hatte. Der Kultivator mit der Maske war so vorgegangen, wie sie es geplant hatten, aber nur, solange es auch seinem Ziel gedient hatte. Und doch hatte Bryn es geschafft, dass alles so gekommen war, wie es kommen sollte. Dort flog Perduellis durch den Himmel, glitt auf den Wellen des Wahnsinns zu fremden Welten. Was immer besser oder richtiger gewesen wäre, nun war es zu spät, um etwas zu ändern: Die Seelen der Anhänger der Kulte waren unterwegs zur Quelle, wo Calaspia vom Wahnsinn befreit werden würde.

Ein verworrenes Netz – wie Okolnit gesagt hatte.

Als ihm das Ausmaß des Ganzen bewusstwurde, wurde Bryn schlecht. Ayactan hatte die Wahrheit über das Schicksal der Anhänger der Kulte gesagt, und es waren so viele – gewesen.

Der Strom schoss an ihm vorbei nach Norden, nach Polgaren. Und währenddessen …

Der verschlossene Fluss der Quelle sprengte seine Fesseln, der Wahnsinn floss in die Geisterwelt und ließ wieder das Lebenswasser nach Calaspia fließen.

Die Wandler wurden von Ruach'zam eingesaugt.

Ohne den lebenserhaltenden Wahnsinn verloren die Nurg'uzrael ihre verderbten Kräfte und wurden wieder zu Nurgor.

Die Begnadeten wurden von ihrer Bürde befreit, und ihre Erinnerungen kehrten zurück. Nur an die Zeit mit ihrer Gabe konnten sie sich nicht erinnern.

Der Gipfel des Wahnsinns brach auf und spuckte zum ersten Mal in diesem Zeitalter Lava.

Als die Flut allmählich zu einem Rinnsal versickerte, verschwand Bryns Schlangenbiss. Zurück blieb nur etwas Asche.

Der Säugling, der einmal Professor Vallon gewesen war, schnappte nach Luft und öffnete die Augen.

«Meister?», sagte Mittni.

Der Säugling begann zu schreien.

✦ ✦ ✦

Im wahren Leben geschah nie etwas Interessantes oder Aufregendes. Ab diesem Tag waren *interessant* und *aufregend* zwei Begriffe, die sich sehr von dem unterschieden, was sie für Bryn und Mittni früher einmal bedeutet hatten.

«Was auch immer geschehen wird, ich glaube nicht, dass ich solch eine Geschichte noch einmal erleben möchte.» Mittni saugte die Sonne in sich auf und genoss den Anblick von Apfelbäumen und Hasen, die über die Wiesen jagten. Selbst wenn er sich so etwas bis in alle Ewigkeit angucken würde, er konnte sich kaum vorstellen, dass die Erinnerungen an den Thron des Wahnsinns je verblassen würden. «Ich hoffe, Siftex erfährt nicht, was hier passiert ist. Ich hätte wirklich kein Problem damit, niemals einen Schrammel über unsere Abenteuer zu hören.»

«Es muss keiner erfahren, was im Tempel von Tahl vor sich gegangen ist.» Bryn beruhigte Silaeti mit seinen Gefühlen, sie war ungewöhnlich nervös.

Mittni nickte. «Lass uns einfach erzählen, dass Kik-Eritee die Sache geregelt hat.»

«General Kishmish», sagte Bryn.

Alle dachten, dass Bryn es vollbracht hatte, und gratulierten ihm. Er erklärte, dass er eigentlich versagt hatte, aber sie hielten das für Bescheidenheit. Es hatte keinen Sinn, sich darüber zu streiten. Was zählte, war das Ergebnis. Mittni war einer der wenigen gewesen, die ihm richtig zugehört und seine Erklärung sogar akzeptiert hatten.

Nachdem sie nun schon das zweite oder dritte Mal daran gescheitert waren, Calaspia zu «retten», freuten die beiden Barue sich, endlich wieder nach Quivelda zurückzukehren.

Mittni blickte seinen Freund von der Seite an und fragte: «Du verstehst immer noch nicht, warum ich mit Magnarion kämpfen konnte, oder?»

Bryn lachte. «Da habe ich mich so viel mit Theologie beschäftigt und konnte das Offensichtliche trotzdem nicht sehen. Dein unverfälschter Blick hat erkannt, was zu tun war. Du hast Elyon nicht nur gefragt, was zu tun ist, du hast es auch einfach gemacht. Und das war gut so. Ich bin froh, dass du mehr verstanden hast als ich, sonst wären wir beide jetzt Vergangenheit – und mit uns die geistige Gesundheit. Wenn du Ayactan nicht aufgehalten hättest, wäre die Geißel vollendet worden. Offensichtlich hätte *er* nicht den Weg des Kultivators mit der Maske eingeschlagen.»

«Ich glaube, die Sache mit dem persönlichen Wahnsinn habe ich verstanden», sagte Mittni, «aber waren die Prophezeiungen alle falsch? Ich meine, du bist doch trotzdem der Erbe des Apheristen, und ich bin kein Nachkomme von ihm. Oder doch?»

Während Sylvata an ihnen vorbeiflog und krächzte, lächelte Bryn. «Bruder Maxwell hat dazu eine interessante Meinung. Ich habe zu ihm gesagt: ‹Was ich immer noch nicht verstehe, warum konnte Mittni Magnarion führen, wenn er doch kein Erbe des Apheristen ist?›, und er hat geantwortet: ‹Ist er das nicht? Vielleicht ist unser Verständnis davon, was ein Erbe ist, nicht ganz richtig. Vielleicht wurde Mittni, obwohl er kein körperlicher Nachkomme des Apheristen ist, zu einem spirituellen Nachkommen.› Das gefällt mir.»

Und das gefiel auch Mittni. «Ich bin ein Erbe des Apheristen», sagte er zu sich selbst. Dann drehte er sich zu Bryn um. «Als Erben des Apheristen haben wir vielleicht die Welt davor bewahrt, im Wahnsinn zu versinken, aber das grundlegende Problem besteht noch immer.»

«Stimmt, wir müssen den Leuten klarmachen, dass das eigentliche Problem der innere Wahnsinn ist.»

Gedankenversunken ritten sie über einen Hügel. Plötzlich scheuten die Pferde zurück, und Bryn und Mittni erstarrten. Vor ihnen standen Tausende haarige, muskelbepackte Wesen. Nurgor.

Die beiden Barue zogen die Schwerter und wollten schon angreifen, als Bryn Mittni plötzlich zurückhielt. Er traute seinen Ohren kaum. Die Nurgor *sangen.*

Groß und stark wie ein Bär
Bin ich schon, seht mal her!
Und was ich nicht will, dass man mir tu,
Füg' ich auch keinem and'ren zu!

Er konnte die Worte kaum verstehen, aber es war eindeutig das Lied, das er seinem Bewacher beigebracht hatte, als sie auf dem Weg vom Kloster in eine Falle geraten waren. Mit pochendem Herzen entdeckte Bryn Graaramn, der die anderen mit ernstem Gesicht und erhobenen Fäusten dirigierte. Bryn musste grinsen. Mittni murmelte das Lied unsicher vor sich hin.

Groß und stark wie ein Bär
Bin ich schon, seht mal her!
Zum Stänkern, Hauen und zum Streiten
Lass ich mich doch nicht verleiten!

«Was treiben die da?», fragte Mittni, das Schwert noch immer kampfbereit.

«Sie feiern ihren Sieg über den Wahnsinn.»

Bryn dachte an die schöne Paladinin, die immer behauptet hatte, dass Nurgor mehr waren als Ostentum. Doch sein Schwert steckte auch er nicht weg. Er beruhigte Silaeti und trieb sie ein wenig näher an das singende Heer heran, dann hob er Zuolas Schwert, sodass sich die Sonne in der Klinge spiegelte.

«Quasar-Uzrael!» Freudiges Gebrüll schallte ihm von unten entgegen. «Nakaam! Quasar-Uzrael!»

Einer nach dem anderen knieten sie vor ihm nieder.

«Aber sie haben doch gar nicht gegen den Wahnsinn gekämpft.» Mittni kam ihm ungläubig hinterhergeritten.

«O doch, das haben sie», sagte Bryn. «Ich weiß nicht, ob sie tatsächlich ein Lied komponieren können, aber sie können singen.»

«Und was hat das damit zu tun?» Bryn spürte, dass Mittni nicht klarwar, wie bedeutend ein Lied sein konnte. Sein Freund zeigte auf die brüllende Horde und fragte: «Was hat das zu bedeuten?»

Als ihm Teile aus Lueths Notizbuch einfielen, lächelte Bryn und strahlte seine Freude in die Menge ab. «*Uzrael* heißt in der Hohen Zunge ‹Wahnsinn›. Durch einen Schachzug des Wahnsinns wurde dieses Volk als Nachahmung der Menschen geschaffen, und da sie nicht kreativ sind, haben sie aus Stolz ihre Stärke in den Vordergrund gestellt. Deshalb heißt *uzrael* in ihrer Sprache auch ‹Stärke›. Aber sie wissen, dass sie ein gebrochenes Volk sind.» Bryn schlug sich auf die Brust. «*Nurg'or* heißt in ihrer Sprache das ‹gebrochene Volk›. *Nurg'uzrael* steht also für die, die sich selbst für Stärke brechen. Die Nurg'uzrael gibt es nicht mehr, und heute sind wir Zeuge der Entscheidung der Nurgor, vollkommen zu sein.»

Sie sangen noch immer mit kindlicher Freude, nickten einander zu und klopften einander auf die Schulter.

Groß und stark wie ein Bär
Bin ich schon, seht mal her!
Ich frag tausendmal am Tag warum,
Weil dann bleib ich auch nicht dumm!

«Aber wie können sie vollkommen sein, wenn sie böse geschaffen wurden?»

«Sie sind unvollkommen, ja, aber dieses Lied zeigt, dass sie ihre Möglichkeiten erkannt haben, wie sie an der Kreativität teilhaben können. Heute erfüllt sich ihre Legende. Ich bin *Quasar-Uzrael* – ‹der, der der Kraft Sinn gibt›.»

«Und wie willst du das machen?» Mittni nahm ihm Silaetis Zügel ab und sah besorgt zu, wie Bryn sich in die Mitte der singenden Monster aufmachte.

Die Menge empfing ihn mit jubelnden Rufen: «Quasar! Quasar-Uzrael!» Sie sangen weiter und streckten ihm die Arme entgegen, um ihn, seinen Mantel, sein Schwert zu berühren. Mittni sah zu, wie sein Freund von der lärmenden Menge verschluckt wurde.

«Erlöser!», grüßte ihn Graaramn.

Bryn drückte ihm die Hand und konnte seine Freude spüren. «Woher willst du das wissen? Wie kannst du dir sicher sein?»

«Legende sagt, Quasar-Uzrael gefangen von Nurgor. Aber nicht getötet. Wie du.»

Sollte er tatsächlich ihr Erlöser sein? Mit dem Schwert deutete er auf die Menge der demütigen Monster und blickte zu Mittni, der verwirrt die Achseln zuckte.

Ob ihn das Schicksal nun auserwählt hatte oder nicht, Bryn würde diese Chance nicht zurückweisen.

✦ ✦ ✦

«Wer hätte gedacht, dass wir Elyon jemals für einen *Horgest* lobpreisen würden?»

Thybil schüttelte den Kopf, während er auf die endlosen Reihen der durch die Straßen strömenden Nurgor mit ihren Hörnern und Stoßzähnen zurückblickte. Es war das erste Mal, dass sie durch eine Stadt zogen, ohne auch nur einen einzigen Einwohner zu töten. Dieser friedliche Zug durch Tinum sollte ein erster Schritt sein, um die Numenii davon zu überzeugen, dass eine Kooperation zwischen den Völkern möglich und sogar erstrebenswert war.

«Das hätte niemand für möglich gehalten.» Cunar nahm einen Schluck von irgendetwas, das kein Swigny war. Bryn spürte, wie fasziniert er war, den früheren Feind so nah und so friedlich zu erleben. «Und ich kann immer noch nicht glauben, dass es wirklich passiert. Es kann so viel schieflaufen. Wer soll verhindern, dass auch nur einer von ihnen durchdreht und das Ganze in einem Abschlachten endet?»

«Lueth hat daran geglaubt», sagte Bryn mehr zu sich selbst. «Durch die Einberufung des Horgest wurde sichergestellt, dass alle Nurgor aus Calaspia hier sind, und die Legende von Quasar-Uzrael sorgt dafür, dass alle Nurgor ihrer Erlösung entgegenfiebern. Selbst wenn man sie angreifen würde, ist es sehr unwahrscheinlich, dass sie Vergeltung üben würden.» Er lächelte Graaramn zu, der stolz am Kopf der Parade neben ihm marschierte, umkreist von den Bannern des Horgest. Das Gefühl dieser vielen Nurgor war überwältigend: *Hoffnung.*

Hoffnung den Hoffnungslosen. Sinn und Zweck den Verlorenen. Das waren Elyons höchste Ziele in praktischer Anwendung. Ikuyl, der Schöpfer des Wahnsinns, hatte die Menschlichkeit verdreht und diese Nachbildungen geschaffen, um Böses zu tun. Und trotz ihrer Zerbrochenheit hatte Elyon das Dilemma der Nurgor entwirrt und so einen noch größeren Sieg für Werte und Versöhnung errungen.

«Mit der Aussicht darauf, Schönes *bauen* und an der Kreativität der Menschen teilhaben zu können, *wollen* die Nurgor nicht einmal mehr gewalttätig sein.»

Am Stadtrand von Tinum kamen sie an einigen Nurgor vorbei, die unter Anleitung eines Architekten und einiger Handwerker schwere Balken hoben und in Position hielten. Auf der anderen Straßenseite bestaunte Bryn einen riesigen Nurgor, der nach den Markierungen eines Künstlers Stücke aus einem Block schlug. Unter seinen vorsichtigen Schlägen formte sich langsam eine Skulptur.

Hinter der Stadt blühten im Goldenen Tafelland Gebüsche und junge Bäume auf. Ein Schwarm zwitschernder Vögel zog über ihnen vorbei. Aus dem fruchtbaren Boden spross üppiges Gras und verdeckte die letzten Aschereste. Doch im Zentrum der aufblühenden Natur stand eine sanft im Sonnenlicht glänzende architektonische Meisterleistung, die alle Blicke auf sich zog. Das Gebäude sah noch besser aus als auf der Abbildung im Buch der Zeiten.

«Und hier ist der Beweis dafür, dass die Nurgor ihr neues Leben annehmen werden, wenn wir ihnen nur die Chance dazu geben.» Wie alle anderen hatte Eridanus nur Augen für die goldene Pyramide. Unter menschlicher Aufsicht war sie ausschließlich von Nurgor gebaut worden.

Onkel Gug stieß einen Pfiff aus. «Das sollte es den Numenii schwermachen, Nurgor als Gärtner oder Handwerker abzulehnen. Ihre handwerklichen Fähigkeiten werden die Wirtschaft ankurbeln. Auch Polgaren wird die Nurgor integrieren müssen, wenn sie mithalten möchten.»

«Stimmt», lachte Thybil, «die Nurgor werden erfinderischen Geschäftsleuten eine Quelle vieler neuer Ideen sein.»

«Okolnit hat bereits ein Patent für einen Nurgor-Dünger eingereicht.»

Bryn grinste Espera an. Natürlich hatte er das. «Ich bin mir nicht sicher, ob sie ihm das erteilen werden.»

«Ist ohnehin nur ein Ablenkungsmanöver.» Der Rotschopf zuckte die Achseln. «Er führt ein Projekt durch, bei dem die Bauern, die seine Ländereien bewirtschaften, Nurgor anleiten. Nächsten Monat will er in den Medien eine Werbekampagne für die exotische Wirkung Nurgor-angebauter Kost starten.»

«Klingt eher nach Ausbeutung», sagte Telseara, «und nicht gerade nach Förderung ihrer Kreativität.»

«Im Gegenteil!» Thybil zeigte auf die Felder. «Was könnte kreativer, befriedigender sein, als selbstgepflanzte Früchte auf selbstbeackertem Boden wachsen zu sehen? Und davon abgesehen, nichts ist so schön wie die Schönheit der Natur. Ich kann mir gut vorstellen, dass viele Nurgor auf diese Partnerschaft, die beiden Seiten Gewinn bringt, eingehen werden.»

Sie versammelten sich um die goldene Pyramide, um die Umwandlung des Throns des Wahnsinns zu feiern und sich zum Fundament der Weisheit zu bekennen. Die Vorurteile und feindseligen Gefühle abzulegen und anzuerkennen, dass diese neue Lebensweise für alle Beteiligten von Vorteil war, würde demütige Aufrichtigkeit brauchen.

Auf dem ersten Absatz wartete die Imperatorin der Numenii mit ihrem Gefolge. Graaramn trat vor und stieg zögerlich die breiten Stufen hinauf. Als er oben ankam – zwei Stufen unter den Menschen und trotzdem auf Augenhöhe mit ihnen –, streckte Peasmi zum Gruß die Hand vor. Graaramn ergriff sie und gab ihr einen feuchten Handkuss. Ihre anfängliche Angst wich einem Lachen.

«Guter Punkt.» Onkel Gug machte sich eine Notiz. *«Prinz finden für Peasmi.»*

Als die Imperatorin ihre Rede begann, schielte er durch sein Monokel nach oben.

«Seit dem Ersten Eindringen des Wahnsinns war es die mächtigste Waffe unseres Feindes, Zwietracht in unseren Herzen zu säen – zwischen Brüdern, Städten, Nationen und besonders zwischen Völkern. Heute erkennen wir, dass die Nurgor gar nicht so viel anders sind als wir. In der Tat hat vielleicht gerade diese Ähnlichkeit zu unserer Feindschaft geführt – mehr als die Unterschiede. Denn die Nurgor, neidisch auf unsere Fähigkeit, Schönes zu schaffen, waren verbittert. Aus Neid haben sie uns angegriffen, um uns unsere schönen Schätze zu stehlen und zu zerstören, was sie nicht nachmachen konnten, zum Beispiel unsere Städte. Die Verzweiflung über ihr Dilemma führte zu Wut und Gewalt.»

Peasmi nickte Bryn zu. «Lange Zeit haben die Nurgor jedoch an ihrer Hoffnung auf Erlösung festgehalten: der Chance, genießen zu können, was wir genießen, nämlich nicht nur Dinge zu schaffen, sondern schöne Dinge zu schaffen. Heute sind wir stolz darauf, unseren entfremdeten Cousins helfen zu können. Von heute an können die Nurgor in Harmonie mit den Intelligenten Völkern leben und Freude daraus gewinnen, an der Schönheit teilzuhaben, die sie selbst nicht ausdrücken können. Wir werden ihnen ermöglichen, sie mit unserer Hilfe zu schaffen.»

Die meisten Nurgor verstanden nicht, was sie sagte, aber sie klatschten und jubelten, weil die Imperatorin der Numenii eine Rede zu ihren Ehren hielt.

Bryn ritt an einer Gruppe Lehrmeister vorbei, die sich in sicherem Abstand von den Nurgor versammelt hatte – aber nicht so weit weg, dass es unhöflich erscheinen würde, nur ein paar hundert Meter. Sie waren gekommen, um das historische Ereignis zu bezeugen, zu dokumentieren und zu analysieren. Einer in der ersten Reihe machte sich hektisch Notizen für eine Sonderausgabe des *Numenii-Wochenblatts.*

… um Calaspias neues Weltwunder zu bestaunen. Die Goldene Pyramide markiert den Beginn des Friedens zwischen zwei verfeindeten Völkern – aus dem angeblich nicht nur Zusammenarbeit, sondern sogar Zusammenleben erwachsen soll …

Eridanus lächelte und warf Bryn einen vielsagenden Blick zu. «Die Pyramide steht für viel mehr als nur für den Frieden zwischen Nurgor und Menschheit, aber natürlich würde das wie die Sensation des Jahrtausends wirken.»

Der Journalist blickte auf und wollte diese arrogante Behauptung schon kommentieren, da erkannte er Eridanus und schluckte seinen Ärger herunter. Dann sah er ihn verschlagen an. «Was hält der Hohe Lehrmeister denn von diesem bedeutenden … Denkmal? Glaubt Ihr nach mehreren Jahrtausenden des Kampfes, dass dieser überraschende Frieden nicht von Dauer sein wird? Ist das Symbol deshalb wichtiger als das, wofür es steht?»

«Mein guter Lehrmeister … und Journalist … das scheint Ihr falsch verstanden zu haben. Die Goldene Pyramide ist kein Friedensvertrag zwischen Mensch und Nurgor, obschon sie durchaus ein Symbol ihrer Fähigkeit zur Zusammenarbeit ist.» Eridanus fuhr sich mit der Hand durch seine unordentlichen weißen Haare, die zu Berge standen wie immer und ihn mit seinen geröteten Wangen wie einen viel jüngeren Mann wirken ließen, der in einem alten Körper gefangen war. Der Funke der Begeisterung in seinen Augen leuchtete heller, als Bryn es je gesehen hatte. «Was die Pyramide an sich angeht, erfüllt sie vier Funktionen. Erstens dient sie als Trichter für den Wahnsinn, als ein weiteres *Gara*dukt, das auf halber Strecke zwischen dem Gipfel und der Quelle steht – und als Kontrollpunkt, denn sobald der Fluss des Wahnsinns manipuliert wird, verliert sie ihren goldenen Schein und ist daher ein öffentlicher Indikator dafür, ob der äußere Wahnsinn weiterhin aus Calaspia in die Geisterwelt abfließt. Zweitens gedenkt sie der Entthronung des Wahnsinns vor einem Dreivierteljahr, bei der ganz eindeutig bewiesen wurde, dass es nicht reicht, den äußeren Wahnsinn zu bekämpfen. Das Netzwerk hinter der Verschwörung und die Ermordung von Imperator Opeion gingen in die völlig falsche Richtung, und ihr Kurs kann keine dauerhafte Lösung bringen. Drittens erinnert sie uns deshalb immer daran, dass wir, jeder Einzelne von uns, sich um den persönlichen Wahnsinn kümmern muss, statt den äußeren Wahnsinn als Ausrede zu benutzen. Und das gewährleisten wir durch die vierte Funktion der Pyramide, die darin besteht zu zeigen, wie ein Zusammenleben in Harmonie den inneren Wahnsinn verringert und somit den äußeren Wahnsinn schwächt.»

Der Journalist starrte Eridanus einen Augenblick lang schweigend an, dann schüttelte er den Kopf. «Sehr – interessant», stammelte er. «Jedoch wird diese Seite der Geschichte meine Leser nicht besonders interessieren. Zu komplex. Keine gute Story.»

Der Hohe Lehrmeister lächelte gezwungen. «Ob das nun Euren Vorlieben entspricht oder nicht, das ist die Wahrheit, und genau die *werden* alle Einwohner des Imperiums erfahren.»

«Vielleicht sollten wir einen Termin für ein Interview abmachen.» Imperatorin Peasmi begann die Stufen herabzusteigen, und der Journalist drehte sich um, um die Szene zu beobachten.

Eridanus lachte und ließ ihn stehen. Zusammen mit Bryn, der verwirrt sein Pferd am Zügel führte, gingen sie weiter.

«Wenn das nicht einmal Lehrmeister verstehen, wozu dann noch mit der normalen Bevölkerung reden?»

«Glücklicherweise sind nicht alle so dumm wie ein Lehrmeister. Es gibt Dinge, Bryn, die das einfache Volk viel besser versteht. Leute, die das wahre Leben leben, statt es aus einem Elfenbeinturm heraus in seine Bestandteile zu zerlegen.»

«Zerlegen ... Das ist es!» Bei diesem Wort wurden dem Barue ein paar Gedanken bewusst, die schon lange in seinem Kopf herumspukten. «Ich habe ich mich immer gefragt, wie ich es mit meinem Pentakylismus geschafft habe, verschiedene Elemente der Unsichtbaren Welt völlig nahtlos miteinander zusammenarbeiten zu lassen, selbst mit Elementen der Sichtbaren Welt. Aber alle Daseinsebenen gehören *zusammen*. Sie können gar nicht einzeln betrachtet werden.»

Eridanus lachte. «Ich möchte nicht so tun, als würde ich das verstehen, mein junger Apostel. Das klingt für einen alten Mann doch allzu philosophisch.»

«Nein, der Pentakylismus ist ein lebendiges Symbol der praktischen Wahrheit dieser Einheit, nicht nur ein haltlos umherwaberndes Gefühl.» Bryn war viel zu aufgeregt, um zu lachen. «Der Kampf der Völker, der Kampf um Geld und Macht ist es, was die Welt entzweit. Durch solche Konflikte blüht der Wahnsinn auf. Durch die Unterdrückung der Völker durch ihre Eliten. Diese Konflikte müssen beendet werden, damit kein neuer Wahnsinn entsteht. Lueth wusste das. Deshalb hat er so viel Zeit investiert, um die gegenseitigen Abhängigkeiten und Wechselwirkungen zwischen den Völkern zu erforschen! Aber das alles kann – und muss – auch für Gruppierungen innerhalb der einzelnen Völker gelten.»

«Ich glaube nicht, dass deine Eltern sich so leicht mit dem Sozialismus abfinden würden, Bryn …»

«Es geht um viel mehr als das.» Der Braumeister warf einen Blick zurück zu den Lehrmeistern. «Wir selbst erschaffen den Wahnsinn, weil wir nicht nach der Ordnung leben, die Elyon für uns vorgesehen hat. Gegen die natürliche Ordnung zu verstoßen schafft unnatürliche Konflikte. Das gilt praktisch für alle Bereiche des Lebens, öffentliche wie persönliche. Wir verstoßen gegen die Ordnung unseres Schöpfers und wundern uns dann, warum die Welt durcheinandergerät …»

Eridanus legte ihm die Hand auf die Schulter. «Nun, da du selbst einen Sitz in der Gilde der Kundigen innehältst, freuen wir uns schon darauf zu sehen, wie ein Pentakylist das Gesicht von Calaspia verändern wird – indem du seine Facetten veränderst.»

«Ich versuche nur, die Arbeit eines anderen Pentakylisten zu vollenden.» Bryn klopfte auf die Satteltasche, die das Notizbuch enthielt. «Wir leben in einer geteilten Welt. Der Pentakylismus ist ein Überbleibsel aus einem verlorenen Zeitalter, als die Welt noch vereint und wir die Regenten eines funktionierenden Systems waren. Der Wahnsinn hat dieses Zeitalter beendet. Aber eines Tages wird Elyon die zerbrochenen Teile wieder zusammenfügen und vereinen.»

«Das klingt gut», sagte Eridanus.

Bryn war sich nicht ganz sicher, ob er das sarkastisch gemeint hatte oder nicht. «Und bis dahin ist es unsere Aufgabe, das Puzzle zusammenzufügen. Es werden Lücken bleiben, aber es wird ein Bild entstehen. Vielleicht wird genau diese Zerbrechlichkeit umso mehr Schönheit enthalten.»

Hinter ihnen, auf halber Höhe der steilen Pyramide, glänzten ein paar verzierte Gestalten noch heller als der Rest der leuchtenden Komposition. Auf einer gigantischen Stufe erhob sich die gemeißelte Form eines Drachen, der unter seinen ausgestreckten Flügeln mehrere Gestalten beschützte. Stolz vereint standen dort ein Mensch, ein Nephelim, ein Zwerg, ein Plimp und ein Nurgor. Auf ihren Schultern, ausgestreckten Armen und um ihre Füße tummelten sich mehrere kleine Tiere. Die Maus auf dem Stoßzahn des Nurgors mochte Bryn besonders.

Der Hohe Lehrmeister nickte leicht. «Danke, Lueth, dass du es gewagt hast, die Einzelteile zu erforschen. Alle anderen haben vor ihnen die Augen verschlossen oder sie weggeredet. Vergib mir, dass ich mit einer so einfachen Interpretation des Wortes zufrieden gewesen war. Ich hatte nur die Summe der Einzelteile gesehen. Du hast die Geschichte hinter den Rissen erkannt.»

Mit Lueths Notizbuch, dem Buch der Zeiten und Bryns Fähigkeit, bisher verlorene Abschnitte in dem Pentakylistischen Skript zu entziffern, würde die Gilde der Kundigen die natürliche Ordnung wiederentdecken und etablieren können, die Lueth *die gegenseitigen Abhängigkeiten und Wechselwirkungen zwischen den Völkern* genannt hatte. Demnächst wollten sie bereits in Eisenfels mit einem Pilotprojekt beginnen. Da es von Telabor als Stützpunkt für die Allianz der geistig gesunden Völker gegen das Eindringen des Wahnsinns errichtet worden war, war es der perfekte Ort für den neuen Lebensstil.

Als den Einwohnern von Calaspia einige Veränderungen bewusstwurden – zum Beispiel ein Nurgor im Garten oder ein Plimp, der morgens im Bett herumhüpfte (ein *Plimp*! Sie hatten nicht einmal geglaubt, dass es die tatsächlich gab) –, begannen sie zu verstehen, dass ein Leben in Harmonie, bei dem jeder von den Stärken der anderen profitieren und seine Schwächen ausgleichen konnte, so wie Elyon es sich gedacht hatte, den inneren Wahnsinn verringern würde, der schließlich der Hauptgrund für den äußeren Wahnsinn in Calaspia war.

Davon abgesehen hatte jeder Einzelne die Möglichkeit, den Wahnsinn selbst zu bekämpfen.

Bryn ritt zu einem Gefolge, das die Bellyset-Insignien trug. «Sind wir dann so weit?»

Telseara gab ein Zeichen, und die Kutschen setzten sich in Bewegung.

Letztlich hatten Bryns Eltern doch nicht so falschgelegen. *Es gibt viele Möglichkeiten, die Welt zu verändern,* hatte Felix gesagt.

Hass, Ignoranz und Gleichmut waren ihre Feinde. Gleichmut führte zu Ignoranz, und Missverständnisse führten zu Hass. Sie mussten Armut, Gier und jegliche Art von Ungerechtigkeit bekämpfen.

«Ich hätte nie gedacht, dass ich einmal *gern* im Familienunternehmen arbeiten würde», lachte ein gepflegter Barue von seinem Hengst herunter. «Aber ich kann euch gar nicht sagen, wie glücklich ich gerade bin.»

Das brauchte er nicht. Bryn konnte es spüren.

«Auf zur Swigny-Fabrik. Es wird Zeit, das Geschäft zu revolutionieren.» Bryn klopfte seinem Begleiter auf die Schulter. «Wir werden das Bellyset-Imperium in neue Höhen heben, Onkel Nemo.»

Das verlangte schon allein die Tradition.

Epilog

Meine einzige Hoffnung ist, dass einmal jemand kommen wird, der auf meinen Grundlagen weitermacht. Denn was habe ich anderes getan, als auf dem aufzubauen, was Brogan, Dattu und der Apherist mir hinterlassen haben? Hinter Lügen verborgen, ist immer Wahrheit zu finden.
Ach, es bleibt noch vieles zu tun.
— Lueths Notizbuch

Anfangs war Melody misstrauisch, als Mittni einen Säugling mit nach Hause brachte, dann freundete sie sich aber doch rasch mit der Idee einer Adoption an.

«Er ist sehr schlau», waren beinahe die ersten Worte ihres Verlobten, «und was immer du machst, behandle ihn nicht von oben herab!»

Obwohl Melody keine Barue war, hatte sie das seltsame Gefühl, dass Mittni sich irgendwie vor dem blauäugigen Baby *fürchtete*. Aber nun, wo Vallon Bartholdi langsam heranwuchs und wieder Babyspeck angesetzt hatte, schienen die beiden ganz gut miteinander zurechtzukommen.

«Sei ja rechtzeitig zur Hochzeit zurück, sonst heirate ich einen anderen! Wirklich, plane lieber einen Monat für die

Vorbereitungen mit ein – und einen weiteren zur Sicherheit. Du weißt, dass du dich immer verspätest.»

«Es ist doch nur für ein paar Wochen!» Mittni wuchtete seine Tasche über die Schulter. «Ehrlich, Cerion, Frauen!» Die beiden Culmus Sangui grinsten und schnürten ihre Stiefel für eine lange Reise.

«Für dich scheinen ein paar Wochen keinen großen Unterschied zu machen, hm?», fragte Cerion, als sie außer Hörweite waren.

Mittni lachte. «Man kann eine Invasion aufhalten, aber nicht eine Idee, deren Zeit gekommen ist!»

«Was soll das denn heißen?»

Der Hu-Barue zuckte die Achseln. «Weiß ich auch nicht genau. Das hat Bryn einmal gesagt. Im Grunde ist die Zeit nach der Krise reif dafür, das ganze System zu überdenken, aber wir müssen dafür sorgen, dass wirklich etwas geändert wird. Sonst werden die Dinge wieder in die alten Bahnen zurückkehren. Wir müssen die Regierungsstrukturen grundlegend umgestalten.»

«Na, *das* werden wir besser Bryn überlassen», lachte Cerion. «Wir werden genug damit zu tun haben, dass die Culmus Sangui wieder nach dem Codex Sanguis leben. Was mich daran erinnert: Wie definierst du den Codex Sanguis, ohne gleich ein Buch daraus zu machen?»

Mittni stieß einen Pfiff aus. «Danach zu leben ist einfacher, als ihn zu erklären – und danach zu leben ist schon schwer genug. Aber auf jeden Fall den Versuch wert. Also, lass es mich so versuchen: Der Codex Sanguis ist nicht nur ein Rahmen für den Codex Culmus, der ihn leitet und erklärt. Er zeigt auch eine Lebensweise für alle Intelligenten Völker auf. Der Codex Culmus erklärt, wie man Ostentum und Mörder und so weiter bekämpft – also den äußeren Wahnsinn –, wohingegen der Codex Sanguis erklärt, wie man den *inneren* Wahnsinn bekämpft, der ja letztlich zum äußeren Wahnsinn führt.»

«Nicht schlecht», sagte Cerion. «Und was heißt das praktisch?»

Sie sahen sich einen Augenblick lang an, dann mussten sie lachen.

«Ich würde sagen, wir fangen einfach mal an und überlassen Bryn den Rest.» Mittni hielt schützend eine Hand über die Augen und blickte zu den fernen, leuchtenden Bergen. «Wie läuft es in Caer Isnova?»

Cerion warf einen Blick zurück über die Schulter, Melody winkte noch immer. «Wir haben uns zwar alle immer über Professor Vallon beschwert, aber wir vermissen ihn. Allerdings gibt es jetzt eine Statue von ihm, gleich gegenüber vom Kristallculmus. Ich wette, der Kleine würde sich riesig darüber freuen, wenn er das wüsste.»

«Oh, das macht er.» Mittni hatte wieder diesen verlorenen Gesichtsausdruck. «Und er freut sich darauf zu sehen, wie wir den Codex Sanguis etablieren.»

«Da wette ich drauf», sagte Cerion. «Er freut sich immer zuzusehen, wie etwas fehlschlägt.»

Mittni spürte, dass ein paar Jüngere gerade einen Streich vorbereiteten, und zwinkerte einem von ihnen zu. Drattni spazierte ahnungslos pfeifend vorbei. Mittni lächelte und winkte ihm zu. Er würde es schon überleben …

✦ ✦ ✦

Verärgert warf der Prinz von Nomidien seine geölten Locken zurück und marschierte hinaus, die große Nase in die Höhe gereckt.

«Noch einer und noch einer und noch einer», gähnte

Peasmi, als er außer Sicht war. Die Imperatorin der Numenii musste sich arg zusammenreißen, um die *geeigneten Bewerber* wenigstens mit Anstand zu entlassen.

«Das bringt nichts.» Telseara trat hinter dem Vorhang hervor und rollte die Augen. «Die haben es alle nur auf den Thron abgesehen.»

«Ja, und sie sind alle so langweilig und überheblich.»

Onkel Gug wischte sich den Schweiß von der Stirn. «Wie lief es?»

«Wie sieht es denn aus?», seufzte Peasmi.

«Nun, ich glaube, Euer nächster Kandidat wird Euch vielleicht etwas mehr erfreuen.» Der kahlköpfige Berater zwinkerte ihr verschwörerisch zu – was mit einem Monokel im Auge gar nicht so leichtfällt.

«Drei Tage, Gug! Heute ertrage ich dieses ermüdende Geschwätz schon *drei* Tage lang!» Die Imperatorin ließ die endlose Liste auf den Marmorboden sinken. «Ich habe wirklich Wichtigeres zu tun, als Kinder zu bekommen. Warum kann Rameon das mit dem Thronfolger nicht einfach übernehmen?»

«Oh, wir werden ihn auch noch bearbeiten, Mylady, keine Sorge. In der Zwischenzeit hätte ich hier aber noch einen letzten Bewerber.» Er lachte. «Für heute.»

Peasmi atmete tief durch. «*Einen* noch, und dann werden wir uns auf einen Tag pro Monat für deine Obsession beschränken. Sind wir uns da einig?»

«Ich bewundere Eure Weisheit, Eure Hoheit.» Irgendwie gab ihr der kleine Berater zu einfach nach. Bestimmt würde er noch etwas aus dem Ärmel zaubern. Aber wie sollte Gug sie auch überzeugen können? Er wusste ja nicht, dass sie schon immer davon geträumt hatte, den einen Mann zu heiraten, der sie in einem winzigen, schmutzigen Boot nach Eisenfels gebracht hatte.

Zumindest schien der Neuankömmling nicht so aufgedonnert zu sein wie die anderen. Seine Kleider waren schlicht, schon fast *schmuddelig*. Sie wusste nicht warum, aber das gefiel ihr. Mit wie viel Pracht wollten die anderen sie denn auch beeindrucken, wo sie davon doch selbst schon genug besaß?

«Ich bin bisher immer in wichtigen Missionen nach Armaah gekommen. Und doch war keine von ihnen auch nur annähernd so wichtig wie diese hier.»

Der Mann warf seinen Umhang ab.

Peasmi keuchte. «Aquiuss!»

Der Vorhang wurde zur Seite gerissen. Telseara hüpfte aufgeregt auf sie zu, die Hand vor Freude auf den Mund gepresst. Nun brauchte sie nichts mehr zu sagen oder zu tun, außer rasch den Raum zu verlassen.

✦ ✦ ✦

«Seit wir uns das letzte Mal gesehen haben, seid Ihr also in das lukrative Bellyset-Unternehmen eingestiegen, wie ich gehört habe. Zeit, sich etwas Erholung zu gönnen, hm? Das habt Ihr Euch verdient. Nun, wo alles so ist, wie es sein soll.»

Hecklehurst prostete ihm mit einem Glas Wein zu. Sie saßen in der Kathedrale im Privatsalon des Bischofs.

«Alles ist wieder so wie vor der Geißel», sagte Bryn, «und damit nicht so, wie es sein sollte.»

Der Bischof seufzte und lachte. «Habt Ihr das immer noch nicht aufgegeben, mein Junge? Ich dachte, das hätten wir oft genug durchgesprochen. Es gibt einfach keine Möglichkeit, ein ganzes Volk auf diese Weise zu beeinflussen.»

«Offensichtlich doch», grinste Bryn. «Nicht umsonst haben die Kulte plötzlich Tausende Anhänger gehabt.»

«Nun, wie ich Euch bereits gesagt habe, das Netzwerk

steht Euch gern hilfsbereit zur Seite. Wir stehen tief in Eurer Schuld, wie ganz Calaspia. Ohne Euch wären wir alle möglicherweise auf ewig verdammt gewesen. Aber Ihr solltet Euch nicht mit etwas quälen, das man nicht ändern kann. Genießt Euren Sieg.»

«Aber eigentlich, Bischof, bin ich genau deswegen hier. Ihr habt gesagt, ich soll auf Euch zukommen, wenn ich Eure Hilfe brauche, und ich bin hier, um Euer großzügiges Angebot anzunehmen. Ich weiß jetzt, was wir tun können.»

«Ihr seid ein gemachter Mann, mein Junge. Ich habe Euch das Schicksal von Calaspia anvertraut, und ich vertraue Euch auch meine Schatzkammer an.» Hecklehurst lächelte gütig. «Nehmt, so viel Ihr braucht – egal wofür. In der Tat müsst Ihr es mir nicht einmal zurückzahlen.»

«Ich meine nicht Euer Geld, Bischof. Ich meine etwas ganz anderes. Wie Ihr wisst, möchte ich Calaspia helfen, wieder so zu werden, wie der Schöpfer es geplant hatte. Aber niemand wusste, wie wir das normale Volk effektiv erreichen können. Aber jetzt ist es mir klar: mit Hilfe der apheristischen Kirche.»

Hecklehurst nickte langsam. «Ich verstehe, was Ihr wünscht. Nun gut, ich werde Eure Ernennung zum Bischof arrangieren – sagen wir, von Arleath? Oder lieber Bel-Tued? Für Bischof Demuir wird es langsam Zeit abzudanken.»

«Ich habe mich gegen diesen Ansatz entschieden. Auch aus diesem Grund bin ich in unser Familienunternehmen eingestiegen – um von jeglichen Gruppierungen unabhängig zu sein. Ich will Calaspia aus dem Hintergrund umformen, ohne politische Eingliederung, ohne hinderliche Bürokratie.» Bryn musste an seine Erleuchtung im Brunnen der Erlösung denken. Er war nur dem Allerheiligsten ergeben. «Ich habe diesen Kampf an vielen Frontlinien gleichzeitig zu führen. Ihr, Itrim – alle müssen zusammenarbeiten. Aber ich kann nur etwas erreichen, wenn ich frei bin. Also habt Dank, aber nein. Wir müssen die apheristische Kirche reformieren, nicht hintergehen.»

«Eine weise Entscheidung. Das sollte auch kein Problem sein.» Der Bischof strich seine ergrauten Haare zurück. «Um mögliche Probleme werde ich mich kümmern. Ich werde Euch dabei helfen, die Kirche zu reformieren. Wir werden einfach ein paar Attentate inszenieren – Altersschwäche oder so –», fügte er beiläufig hinzu, «– und ein paar relevante Abschnitte einer kleinen Bibliothek umschreiben, die glücklicherweise meiner Hoheit untersteht. Habt Ihr an so etwas gedacht?»

«Nein, nein!» Bryn schüttelte resigniert den Kopf und konnte sich gerade noch zurückhalten, die Augen zu verdrehen. «Wir brauchen ein öffentliches Geständnis und eine Entschuldigung, ein vollkommenes Umdenken hinsichtlich der Grundlagen der Kirche. Weniger Religion. Keine Bestechlichkeit. Das Volk muss verstehen, dass Bräuche nicht notwendig, sondern bestenfalls Symbolismus sind. Wir müssen die Leute ermutigen, eine direkte Beziehung zu Elyon zu suchen, ohne blinde Vermittler. Habt Ihr gewusst, dass Teile des Buches der Zeiten Botschaften von Elyon an alle Menschen sind? Wir müssen sie in die Gemeinzunge übersetzen und frei zugänglich machen. Am besten beginnen wir in den Klöstern, sie sind ein guter Ausgangspunkt.»

Hecklehurst wurde immer blasser. Er hob das geschliffene Kristallglas an die Lippen, stellte es dann jedoch, ohne zu trinken, wieder auf die Tischplatte aus feinstem Marmor. Alles, was er von sich geben konnte, war Gestotter.

Bryn lächelte. «Vielen Dank, Bischof.»

✦ ✦ ✦

«Das ist der beste Geschäftsplan, den ich seit Jahren gesehen habe.» Der Alte wies auf das Pergamentbündel. «Sei so lieb und zeichne ihn ab, Espera.»

Nemo und Bryn grinsten sich an.

Bryn Bellyset drehte sich um und winkte seine Eltern herüber, die, den Tränen nahe, im Hintergrund warteten.

Felix Bellyset tätschelte Fortunas Schulter. «Als er große Geschäfte gesagt hat, hat er das tatsächlich so gemeint, hm? Das ist mein Junge.»

✦ ✦ ✦

Sand flog durch die Luft, die Körnchen blieben unangenehm kleben, wo das Wasser ihn nass gemacht hatte. Die seltene Windböe fuhr dem Zwerg durch die Mähne und ließ die goldenen Locken um seine breiten Schultern tanzen.

Da war es wieder – das Kampfgeschrei von Nurgor. Galar lächelte. Wurde ja auch Zeit.

Er warf einen letzten, sehnsuchtsvollen Blick auf seine kleine Hütte und seufzte.

«Dann mach es mal gut», verabschiedete er sich.

Ged-Ruak wartete. Und auf dem Weg dorthin würde er ein paar Nurgorn beibringen, wie man lustige Gesichter in Menhire kratzte.

«Droch.»

Galar lief zurück in die Hütte und holte seine Brille.

ENDE

Calaspia

Ein Planet, ähnlich dem unseren. Die Welt von Bryn Bellyset und seinen Freunden

Länder und Hauptstädte

Das Imperium besteht aus sechs Ländern, nämlich Armaah, Arleath, Itrim, Nanoak, Nomidien und Bel-Tued. Die Hauptstädte der Länder heißen jeweils so wie das Land selbst. Armaah, eine schwimmende Stadt, ist zugleich Sitz des Imperators und Hauptstadt des ganzen Imperiums. Ged-Ruak ist die Hauptstadt der Zwerge.

Bevölkerung

Numenii – das größte Reich / Bündnis in Calaspia

Barue – Stamm von Menschen, die Emotionen anderer erspüren können

Zwerge – kleine, stämmige Wesen, deren Festungen in den Bergen liegen. Ihre Haut ist gegen extreme Temperaturen resistent.

Nephelim – großer kriegerischer Stamm

Plimpe – zauberhafte Fabelwesen, welche als Mythos gelten

Monster

Dämonen – mächtige, bösartige Wesen der Geisterwelt

Ostentum – Name für eine Vielfalt von gefährlichen, unerklärbaren Ungeheuern, die nach dem Krieg um das Tor als ausgestorben galten

Nurgor – unkreative Bestienmenschen

Sprachen

Zwergisch – Sprache der Zwerge

Numii oder Gemeinzunge – Sprache der Numenii (auch der Barue)

Hohe Zunge – Sprache der Magier, lenkt ihre Gedanken beim Zaubern

Alte Zunge – geheime, sehr mächtige Sprache der Plimpe, die niemand außer ihnen kennt

Währung

Goldkronen, Silbermonde, Pennies

1 Goldkrone = 10 Silbermonde; 1 Silbermond = 10 Pennies

Jahreszeiten
Zeit der Erneuerung / Keimzeit – Frühling
Sonnenzeit – Sommer
Zeit der Neige – Herbst
Schneezeit – Winter

Glaube, Götter, spirituelle Welten
Apheristische Kirche – mächtige Staatsreligion mit dem Glauben an den Gott Elyon und Heilige. Gründer: Apherist
Elyon – Gott der Schöpfer, der Allmächtige
Sechs Avatare – mächtige Engel, die jeweils einen Stamm der intelligenten Rassen von Calaspia regierten
Ikuyl – einer der sechs Avatare

Apostel des Verstehens
Philosophischer Orden zur Verteidigung des apheristischen Glaubens. Bryn verbringt hier vier Jahre seiner Ausbildung.

Orden von Itrim
Gegner des apheristischen Glaubens, bestehend aus Wissenschaftlern und Magiern. Hat seine Basis in der geheimnisvollen Stadt Itrim.

Lehrmeister
Ein Gelehrter von Itrim. Eridanus ist der Oberste Gelehrte.

Wahnsinn
Eine zerstörerische magische Energie und verfälschende Kraft

Gipfel des Wahnsinns
Vulkanähnlicher, steiler schwarzer Berg, speit die Kräfte des Wahnsinns aus
Andere Namen für diesen Gipfel: Ragnarok oder Garakron («Krone des Irrsinns» in der Sprache der Nurgor)

Culmus Sangui
Geheimer Orden von exzellenten Kriegern

Krieg um das Tor
Der größte Krieg von Calaspia seit Menschengedenken. Fand vor über 40 Jahren statt, als ein böser Zauberer namens Nequam die Ostentum auf die Numenii hetzte.

Von der Schule gelangweilt, erschaffen die Zwillingsbrüder Suresh und Jyoti Guptara die Fantasy-Welt Calaspia und verfassen mit elf Jahren ihr erstes Buch dazu. Als sie Teenager sind, entwickeln sich ihre Ideen weiter und werden zu einer komplexen Saga. Ihr Debütroman «The Conspiracy of Calaspia» erscheint 2006 zunächst in Indien, stürmt dort die Bestsellerliste und wird von Presse und Publikum gelobt.
Suresh und Jyoti Guptara wurden am 22. 11. 1988 als Kinder eines indischen Vaters und einer britischen Mutter in England geboren. Heute wohnen sie in der Schweiz, wo sie auch Deutsch lernten, und gehören zu den jüngsten Vollzeit-Autoren der Welt.

«Das Erbe der Apheristen» ist der dritte und letzte Band der «Calaspia-Sage» um Bryn Bellyset und seine Freunde.

Bel-Tued
Baruto
Trabatrawald
Wenfeld
Ged-Ruak
Der Amboss
Quivelda
Arleath
Pendix
Lar~Gren
Itrim